# 风中散落的故事

钟山 著

当代世界出版社
THE CONTEMPORARY WORLD PRESS

**图书在版编目（CIP）数据**

风中散落的故事 / 钟山著. —北京：当代世界出版社，2017.5

ISBN 978-7-5090-1202-4

Ⅰ.①风… Ⅱ.①钟… Ⅲ.①长篇小说—中国—当代 Ⅳ.①I247.5

中国版本图书馆CIP数据核字（2017）第087673号

书　　名：风中散落的故事
出版发行：当代世界出版社
地　　址：北京市复兴路4号（100860）
网　　址：http://www.worldpress.org.cn
编务电话：（010）83908456
发行电话：（010）83908409
　　　　　（010）83908455
　　　　　（010）83908377
　　　　　（010）83908423（邮购）
　　　　　（010）83908410（传真）
经　　销：全国新华书店
印　　刷：北京墨阁印刷有限公司
开　　本：710毫米×1000毫米　1/16
印　　张：24
字　　数：428千字
版　　次：2017年5月第1版
印　　次：2017年5月第1次
书　　号：ISBN 978-7-5090-1202-4
定　　价：49.00元

这是一首唱响在昨天的命运交响曲，凄美的旋律，扣动着一代人的心弦，委婉动听，如泣如诉。

这是一首吟诵爱情的歌谣，永恒的主题，掀开人们尘封的心扉，恍如昨日，往事如歌。

一个男人，迈着铿锵的脚步匆匆走过，饱受风霜，历经磨难，岁月在他朗朗的笑声中，渐行渐远。

一个女人，婀娜的身姿宛如花丛中飞舞的蜂蝶，她曾那般年轻，没人知道她流过多少心酸的眼泪，吞下多少艰涩的苦果。

那是一个怎样的年代，一群男人，吼着粗犷的号子，用生命和着汗水铸就了共和国的辉煌！

那是一段什么样的时光，一群女人，尚未来得及咀嚼青春的盛宴，便已青丝华发，孤灯泣红装！

岁月无痕，无痕的岁月。

人生如梦，如梦的人生。

多少过往，像无数涓涓流淌的山泉，终将化作浩瀚的江河，汇入人生的海洋。

多少人生，像风中飞舞的落叶，终将化作泥土，融入大地山川沟壑。

岁月像条河，它日夜不停地流淌，直到永远！

人生像首歌，它被一代一代吟唱，直至永恒！

# 序　曲

1977 年发生了许多事。其中，最重要的莫过于邓小平再次复出。经历十年动乱，各行各业百废待兴。也就在这一年，高校恢复考试招生。

中午收工，范践民抄起玉米饼子涂上大酱，一边香喷喷地吃着，一边随手翻阅报纸。不经意间，摘自合众通讯社一篇题为"中国人靠吃饲料提供热量"的文章引起他注意。"……目前，中国人的膳食主要以玉米、高粱以及薯类为主，甚至还要掺杂些植物藤蔓以补充食物的匮乏……"看罢，范践民举起那张报纸对大家嚷嚷道："看见没，这些外国佬儿净窝囊中国人，大苞米、红高粱在他们眼里竟然成了饲料，难道他们天天吃大米白面不成？"

刚好饲养员挑担水进来，范践民放下手中的报纸，粗声大气地喊道："刘叔，别倒净，给我留点儿！"

饲养员把水桶递给他，笑呵呵地骂道："傻小子，见大酱比娘们儿还亲，那东西吃多了跑肚拉稀！"

范践民咕嘟咕嘟灌一肚子井水，拍拍鼓起的肚皮又去翻那堆报纸。突然，一行大字标题映入眼帘，他禁不住心头一震，连忙放下手中的玉米饼子认真读起来。

"8 月 3 日至 9 月 25 日全国高等学校招生工作会议在北京召开。这次会议是根据邓小平同志关于改革高等学校招生制度的指示精神召开的。会议讨论制订了《关于1977 年高等学校招生工作的意见》等一系列问题。文件规定，凡是工人、农民、复员军人、干部和应届毕业生，只要符合条件都可以报考，年龄可以放宽至 30 周岁。"文件还规定："1977 年高校招生工作将于本年第四季度开始，新生于 1978 年 2 月前入学。"

范践民反复看了几遍，暗自思忖："这么说我也可以参加高考，与其在家修地球，还不如豁出几个月工分不要去考上一把。若能考上，岂不彻底改变命运？"

刚好，生产队长走进来，他慢条斯理地撕块儿报纸卷支喇叭筒烟，范践民忙掏出火柴替他点上，毕恭毕敬地说："队长，报上说今年恢复高考，我想去试试。您看能不能给我几个月假复习一下功课？"

生产队长心不在焉地瞥了一眼报纸，吐出一口辛辣的旱烟，略微思索一下说："还是别歇工了，不就是看书嘛，去看草原吧，一天给你记16分。那儿清静，野狼都是公的，省得你小子分心。"

范践民想想也是，第二天便扛起行李、带上课本一头扎进草甸子，在蚊子、小咬的陪伴下做起了他的大学梦。

# 1

农历戊午年正月廿十，许惠茹背着行李，迎着凛冽的寒风走出站台。这年她刚满二十岁，第一次离家，望着眼前这个陌生城市显得十分拘谨。正当她举目四处张望之际，突然看到林惠民手里举的那块"北方工学院新生接待站"牌子，心情豁然开朗起来。于是，她径直走了过去。

何紫琼穿件紫红色呢子大衣，围条白色长围巾，站在林惠民身旁冻得直跺脚。见许惠茹走来，立即大声招呼道："你好！是北工新生吗？"

许惠茹刚回答个"是"，一位穿军大衣的男青年突然拦住她大呼小叫道："老同学，你怎么在这儿？带这么多行李这是要去哪儿啊？"

许惠茹一愣神儿，刚想仔细辨认一下来者，那人却举起棉手套挡住她的视线。许惠茹结结巴巴地说："你认错人了，我不认识你！"

那人说："嗨！你可真是的！连老同学都不认识了，我叫李泉，二班的。"

许惠茹被他说迷糊了，正不知如何是好。突然，那人伸手抢下了她的包儿！情急之下，许惠茹立刻哭喊道："快来人啊，有人抢我包！"

见许惠茹呼喊，那人推开她转身就跑。何紫琼连忙过来问："怎么回事？你不认识他？"

许惠茹急得带着哭腔对何紫琼道："不认识，他抢走了我的包，里面有我的入学通知书！"

何紫琼见那人已经跑出十步开外，立即朝迎面走过来的范践民喊道："那位大哥！抓住那个穿军大衣的！他是小偷儿！"

范践民一愣，没等他缓过神儿来，那人已经从他身边溜过去。气得何紫琼顿足大骂："你个笨蛋！傻愣着什么，还不快去帮我把他逮住！"

范践民这才明白，立马扔掉手里的行李，几步追到那人近前，一把拽住他的军大衣唬道："小子，你给我站住！"

谁知那人双手往后一背，甩掉军大衣继续逃窜。

见中了他的金蝉脱壳之计，范践民扔掉大衣，飞起一脚将他踢倒在地！

那人抽出把尖刀凶巴巴地对范践民吼道："小子！不关你事，最好离远点儿，不然别怪老子白刀子进、红刀子出！"

没等他话音落地，范践民一脚已踢飞他手中的那把尖刀，将其擒获！

突然，何紫琼大叫一声："大哥，当心身后！"

范践民忙回头，见身后果然又窜出个持刀歹徒！忙闪身躲过，趁势捏住那人脖子往前一送，两个脑袋"吭当"一下撞在一起，疼得俩小子倒在地上直打滚儿。

见范践民制服两个歹徒，何紫琼立即跑过来骂道：

"不要脸的东西，把包儿交出来！"

"我没拿，我真没拿她包儿。"

见他嘴硬，何紫琼双手卡腰，命令范践民："大哥，给我使劲儿踹！不把包交出来踹死他！"

范践民又朝俩人踹几脚，直踹得俩小子哭爹喊娘嗷嗷直叫。不得已，只好抬手指指果皮箱，趁他二人取包儿之际，从地上爬起来一溜烟儿跑了个无影无踪。

眼前发生的这场惊心动魄的搏斗，吓得许惠茹浑身哆嗦成一团。当她从何紫琼手里接过失而复得的包儿时，感动得竟不知道说什么好。

何紫琼走到范践民面前道："这位大哥，幸亏您出手相助，真太感谢您了！"

范践民道："不用客气，举手之劳，不足挂齿。倒是这位小妹妹，吓着没有？"

何紫琼转身对许惠茹道："傻愣着什么，还不过来谢谢这位大哥！"

许惠茹连忙走到范践民近前深施一礼，心存感激地说："这位大哥，谢谢您！若不是您出手相助，今天我可惨了，包里有我的入学通知书！"

范践民说："谢什么，没事就好。"说着，拎过行李坐在上面悠然自得地抽起烟来。

何紫琼奇怪地问："这位大哥，您怎么不走啊？"

范践民说："您这儿不是北工新生接待站吗？我也是来报到的。"

何紫琼用惊异的目光上下打量一番范践民，见他一米八九的身高，一张大长脸，两只小眼睛，怎么看怎么像进城务工的民工。于是，她心存疑虑地问："大哥，你不会是来北工干活儿的吧？我们这儿只接待入学新生。"

范践民从怀里掏出录取通知书递给她，何紫琼看罢问道：

"你叫范践民？"

"对！"

"报考的是机械工程？"

"是！"

何紫琼咂咂嘴，把录取通知书还给范践民，嘲弄道：

"惨了，惨了，北工净招些什么人，连民工大哥都招来了。唉，与尔等这些人为伍，这漫长的四年叫我何某可怎么熬啊！"

范践民被她嘲弄得满脸通红，眨巴着一对小眼睛，一时竟找不出适当的话回敬她。他心想：这人可真是的，人长得倒挺漂亮，说话可真够毒的！

许惠茹见何紫琼玩笑开得有些过分，忙走上前道："范践民，谢谢你！我叫许惠茹，从新河农场来的，也报考的机械工程专业，我们是同学，以后请你多多关照。"

范践民认真打量一眼许惠茹，只见她白皙的皮肤，匀称的身材，一双充满友善的大眼睛镶嵌在白白净净的脸庞上。眉宇间既看不到女孩子常挂在脸上的羞涩，也没何紫琼那般刁蛮娇横。几句真挚的话语，让范践民感觉心里热乎乎的。于是，连忙客气道："这说的哪里话，您不拿我当民工，我已经谢天谢地。"一边说，一边白了何紫琼一眼。

何紫琼发现林惠民不见了，担心地喊道："林惠民！林惠民！你跑哪儿去了？"

林惠民应声战战兢兢地走过来心有余悸地说："我的妈呀，吓死我了！那两个人好凶啊，都拿着刀！"

何紫琼道："呸！瞧你这副熊样儿，亏你还是个男生，若在战争年代准当叛徒！接站牌呢？"

林惠民晕头转向地叨咕道："牌子？是呀，牌子哪儿去了？刚才我还用它盖在头顶，怎么转眼就不见了！"

何紫琼呵斥道："还不快去找！"

林惠民赶紧找回那块接站牌，心有余悸地站在一旁。

何紫琼抬手看看表，见时针已经指向五点，学校的接站车还没到，心中未免有些着急，问林惠民："接站车怎么还不来，说好五点钟来接我们的。"

林惠民像什么都没听见似的，挂着那块牌子望着眼前这位人高马大的范践民，一脸孩子气地问道：

"你有一米九吧？"

"一米八八。"

"喜欢篮球不？我猜你一定喜欢，我也喜欢。"

范践民眯缝着一对小眼睛打量林惠民，总感觉有些不对劲儿，尤其那双蓝汪汪的眼睛，让他觉得像个外国人。

何紫琼见林惠民只顾和范践民搭讪不理自己大为不悦，没好气地说：

"林惠民！刚才我问你什么了？净扯些没用的，你还没自我介绍呢！"

"噢，我叫林惠民，本市37中的，是学校篮球队的大前锋。"

她又问范践民："你是哪年的？"

"五五年出生，二十二周岁。"

何紫琼说："我也是五五年出生，你几月份生日？"

"农历三月二十。"

何紫琼惊呼道："啊？你只比我大一天！我是农历三月二十一的。真是的，你怎么不晚出生两天。"又问林惠民，"你是哪年的？"

"我是五六年出生，二十一周岁。"

"许惠茹呢？"

"我是五七年的，刚满二十周岁。"

年轻人容易沟通，刚刚相识便如同老熟人儿似的聊了起来。刚聊到各自的高考分数、报考志愿，一个长得肥头大耳的同学骑辆自行车来到近前，将一条腿支在地上对他们说："老师派我来通知你们，学校的接站车坏了，让你们自己想办法回去！"

"啊？你有没有搞错？这么远让我们自己回去？"


# 2


天渐渐黑下来，西北风夹着小清雪抽在脸上火辣辣的疼。何紫琼提议乘公交，范践民听说要花两毛钱，立刻摇晃着大脑袋瓜子说："算了，不就几里路嘛，咱一会儿就走到，干吗要花两毛钱！"

许惠茹似乎也很在意这两毛钱，瞪着一双大眼睛望着范践民，意思说："咱走吧。"

范践民见状，抓起自己和许惠茹的行李一左一右背在身上，迈开大步就要走。许惠茹赶紧拦住他要自己背。范践民说："别争了，还是我替你背吧，我们之间应该不缺乏阶级友爱。"

何紫琼见他一个人背两个行李，对林惠民说："林惠民！你俩一人背一个！"

林惠民指指手里的牌子道："那牌子谁扛啊？"

何紫琼说："给我，我来扛！"

范践民说："算了吧，你能走路已经是对革命的最大贡献，都别争了，咱们抓紧时间走路。"

范践民甩开大步，一会儿工夫便把三个人落下好大一截。起初，许惠茹和林惠民还勉强能跟上，何紫琼从没走过这么远的路，况且还穿双皮鞋，可苦了这位何大小姐。见范践民走得那么快，气得她一边走，一边不停地抱怨。

来到一个十字路口，范践民不知该往哪个方向走，只好停下来。何紫琼呼哧带喘地走过来，一屁股坐在马路牙子上嚷嚷道：

"你倒是走啊，怎么不走了？不是走得快吗？别停下，一直往前走！你个缺德带冒烟的，可把我累死了！"

说着，赌气把自己的挎包挂在范践民身上！还觉得不解气，又抢下许惠茹的包也挂他身上！

林惠民说："何紫琼，要不把牌子也给他吧，我也扛不动了。"

范践民逞强似的抢过牌子插在行李上，对几个人说：

"现在你们都是轻手利脚，谁也不许再耍熊！"

特意对何紫琼说："尤其是你，不许再喊累！"

何紫琼刚想争辩，突然灵机一动冒出个坏主意，顿时来了精神。她紧走几步追上范践民，对他说：

"诶，范践民，我给你讲个故事。说有个人扛捆东西骑在驴背上，不停地对驴诉苦说：'累死我了！'驴说：'你从我背上下来，让我替你驮，你不就不累了吗？'那人觉得驴说得有道理，便从驴背上下来，把东西放在驴背上。驴问：'你现在还累吗？'那人说：'你的主意真不错，我现在一点儿都不累了！'"

几个人听罢，望着范践民大笑起来。

范践民眨巴眨巴小眼睛不急不恼地说：

"何紫琼，我也有个故事，你听好。说有个人赶两头驴去赶集，却把东西全都放在一头驴背上。那头驴觉得委屈，抱怨主人偏心，可既然主人要这样它也没办法，只好驮起东西跟着主人走。走着走着，突然发现身旁多了一头小驴儿，于是他这才恍然大悟，原来主人是心疼那头骒驴！"

何紫琼愣了一下，问许惠茹："啥叫骒驴？"

许惠茹羞怯地告诉她："就是母驴！"

"啊？你个该死范践民！让你变着法骂人！让你变着法骂人！"

何紫琼一边叫嚷着，一边追着去打范践民。

几个人连打带闹，不知不觉来到北方工学院。

范践民四下打量这所即将改变自己命运的高等学府，校园似乎比家乡的县城还大，每幢屋宇仿佛都透着一股神秘感。尤其那座红墙绿瓦的文庙引起他的强烈好奇，禁不住问：

"何紫琼，这里怎么还有座庙啊？"

何紫琼说："那是座文庙，里面住的是孔圣人。可不是你家那儿的和尚尼姑庙！对了，现在是开饭时间，我们直接去食堂，今天我请客！"

范践民说："这怎么好意思，咱还是大拇指卷煎饼——自己吃自己吧！"

"哎呀，挺大个人真磨叽，赶快跟我走！"

何紫琼带大家走进食堂，迎面飘来的饭香引诱得范践民直咽口水。见何紫琼和林惠民端来四份香喷喷的红烧肉、大米饭，范践民喉咙里像有只小手，恨不得立刻吃进嘴里。

何紫琼把双筷子递给许惠茹，说道："好香的红烧肉，赶快趁热吃！"

许惠茹腼腆地端起米饭吃一口，望着那碗香飘四溢的红烧肉不好意思伸筷。

何紫琼夹起一块肉放她碗里，说道："吃！把这碗肉全吃光！看你瘦得像根刺似的，多吃点儿补充补充营养。"

见范践民还愣在那儿不动筷，何紫琼不解地问："怎么回事！你咋不吃饭呢？"

范践民立刻抄起筷子、端起那碗米饭大吃大嚼起来。说实话，这是他有生以来吃得最香的一顿饭。他不由得想起报纸上那段话，暗自思忖：这白米饭、红烧肉可真比玉米饼子蘸大酱好吃多了，难怪美国人说咱吃饲料，看来自己这二十多年还真是吃饲料长大的。

范践民正在那儿胡思乱想，忽听何紫琼敲敲手里的碗，说道："几位听我说，今天我这顿饭可不白请，有件事你们得帮我。"

大家一怔，不约而同停下来等她说下文。何紫琼把头伸过来神秘兮兮地说：

"其实也没什么，估计咱们很可能分到一个班，选班长的时候你们投我一票！怎么样？这要求不过分吧？"

范践民见为这事，立刻满不在乎地说：

"不过分，一点儿都不过分！不过吗，既然这样，能不能再来一碗饭？我范某说话算数，吃你这顿饭，俺肯定投你一票，如果您能让俺吃饱……"

"那又怎么样？"何紫琼问。

"俺范某这辈子就投到您的麾下，追随左右，任凭调遣！"

"好！君子一言？"

"驷马难追！"

"林惠民！再给他买三碗米饭！"

林惠民起身去买饭，许惠茹也跟了过去。

何紫琼把吃剩的几块肉倒在范践民碗里，双手托着腮帮子看着眼前这位傻乎乎的黑大个儿，暗想：人倒不错，就是长得砢碜点儿，两只小眼睛，一张大长脸，唉，白瞎这副身材……她正想着，见林惠民、许惠茹端回三碗米饭，便对范践民说："吃吧，今天一定让你吃个饱！"说完，拉起许惠茹去了洗手间。

俩人离开不到三分钟，范践民已经把三碗米饭吃得一干二净！何紫琼问："这回你该吃饱了吧？"范践民说："刚吃个半饱儿。"

何紫琼赌气地又给他买来四碗米饭。

范践民一阵风卷残云，将八只空碗往何紫琼面前一推还说没吃饱。

气得何紫琼把饭票往桌上一摔，说道："今天豁出去了，就不信填不饱你的肚子！林惠民！再去买！"

林惠民接过饭票，到卖饭窗口转了一圈儿回来说："饭卖没了！"

范践民装出一副懊悔的样子说道："哎呀，这是怎么说的，好容易吃顿白米饭还没吃饱，何紫琼，别怪哥们儿不讲究，我最多只能投你一票，至于投您麾下嘛……"

何紫琼说："得！你可拉倒吧，谁经得起你这么吃，还是趁早离你远点儿吧！"说罢，拉起许惠茹就走。

范践民故意气她，嚷嚷道："何紫琼，怎么说走就走？我这儿还没吃饱呢！"


# 3


何紫琼没当上班长，倒不是大家不选她，因为根本没选。

刘刚是这群人中年龄最大的，这年刚好三十。他是从林区考来的，之前已经当了几年代课教师，属于老三届。

报到时，刘刚特意带些榛子、松子等林产品当作稀罕物送给老师，很快得到学院部分领导和老师们的赏识，因此，被指定为七系学生支部书记、二班班长。

分班后的第一天，辅导员宣布对刘刚的任命便匆匆离去。刘刚站起身踌躇满志地说：

"同学们，我首先感谢大家的信任，刘某虽才疏学浅、孤陋寡闻，却有一颗真诚为大家服务的心。希望在今后的学习中，大家携手同心，让我们7系2班成为学院领导心目中的楷模……"

凭心而论，刘刚口才不错，一番就职演说言简意赅，一听便知道精心准备过。大家噼里啪啦给他鼓几声掌，刘刚抱拳致谢，得意之形溢于言表。

刘刚以为大家已经接纳他为一班之长，想不到却惹恼了这位范大爷。范践民一屁股坐在课桌上对大家吼道：

"鼓个屁掌！三核桃俩枣换个芝麻绿豆官儿臭显摆个啥！这都什么年代了，选个班长的权利都被剥夺，这叫什么事儿呢！刘刚！你小子不是要为大家服务吗？打今儿起，教室卫生全归你打扫！"

刘刚愣眉愣眼地看着范践民，想不出自己什么地方得罪了这尊瘟神。他哪里知道，这位已经被何紫琼用八碗米饭收买，是专门用来收拾他的。

见范践民向刘刚发难，何紫琼暗自窃喜道："好小子，八碗米饭不白吃！关键时刻真敢搂火！""不行，得想法子配合他一下！"

于是，何紫琼故意把杯水洒在林惠民脚上，林惠民一步窜到椅子上嚷嚷道："何紫琼！你发什么神经！你当不上班长拿我撒什么气，又不是我不让你当！"

何紫琼阴阳怪气地说：

"谁让你把脚放地上了？有能耐你扛在肩上啊！人家眼皮儿往上瞭的能当书记、当班长，你两脚朝上岂不一步登天了！"

"你！"

"我怎么了？"

"你泼妇！"

"你混蛋！"

见俩人吵得热火朝天，范践民一脸坏笑地凑到何紫琼近前说道：

"何紫琼，我说你怎么老鸹钻牛犄角——认准一门呢？不让咱当班长，咱可以当支书嘛！"

"胡说八道！我又不是党员，当什么支书！"何紫琼愤愤地说。

"看看，说你死心眼儿吧，你还不服气。听我说，这党员有党支部，咱非党可以成立个非党支部！大家说对不对？"

"对！"

林子、猪头等一起跟着起哄。

"是这样，打今儿起咱就选何紫琼当咱这个非党支部书记！大家说好不好？"

"好！"

几个坏小子心照不宣地相互配合，你一句，我一句，一连串儿阴损刁毒的话语，差点把刘刚羞臊得找个地缝钻进去。

见刘刚窘迫的那副尴尬相，何紫琼别提多开心。她接过范践民的话茬，也眉飞色舞地来了段开场白，故意用力清了清嗓子，说道：

"同志们，无产阶级战友们，首先嘛，我何某感谢大家的信任，既然大家推举我为支书，今后嘛，啊，我何支书一定为大家服好务。但是，教室卫生仍由刘刚同学负责！作为支书，我随时监督就是了。希望大家紧紧团结在以我为首的非党支部周围。当然，党费就免了。"

大家一阵哄堂大笑，范践民挤眉弄眼地凑到何紫琼近前道：

"何支书，恭喜您荣升非党支部书记，这可是件值得庆贺的大喜事，您看是否大宴群臣庆贺一番？"

何紫琼立刻警觉起来，把脸一沉说道：

"庆贺什么？你可拉倒吧！我这个月的饭票已经被你吃掉一半儿，还想打我主意？没门！"

许惠茹自始至终趴在桌子上大气不敢出，尽管知道何紫琼想当班长，而且自己还吃了人家一顿饭，却打心眼儿里不赞成范践民对待刘刚的态度。想想，大家离开校门，农村的回乡种地，城里的在家待业，好不容易考上大学，应该好好珍惜才是。至于谁当书记、班长由学校安排也不为过，为这事争争抢抢枪多不值得。尤其见范践民奴颜婢膝地向何紫琼邀功请赏，许惠茹朝他狠狠瞪了一眼，一脸不悦地起身离去。


实弹射击是军训最后一课。范践民、猪头几位都盼着过把枪瘾。来到靶场，教官发给每人五发子弹。按次序林惠民第一个出列，教官递给他一支半自动步枪，林惠民哆哆嗦嗦地接过枪央求道："教官，我心慌，先别让我打行不？"

范践民见他胆小，对教官说："教官，我当过基干民兵，让我先来！"

"好！你给大家做个示范！"

"是！"

范践民接过枪，熟练地压上子弹，趴在射击位置上"叭叭叭"五发子弹打出四十八环！全体同学报以热烈掌声。范践民晃荡着大脑瓜子差点儿没美出鼻涕泡来。

随后林子、猪头、乌鸦嘴都相继打出不错的成绩。

何紫琼从来没摸过枪，见大家兴致勃勃地放枪急得抓耳挠腮。好不容易轮到她，这位何大小姐竟然不会瞄准，两只眼睛瞪得溜圆，"啪啪啪"五发子弹全部脱靶，着实得了个大鸭蛋，惹得众人一阵大笑。

乌鸦嘴抱着肩膀儿走到何紫琼近前，操着一口浓重的辽西话道："我靴（说）何鸡（支）书，你介（这）戏（是）想抱窝呀！"

气得何紫琼骂道："滚！再窝囊我，小心撕烂你那张乌鸦嘴！"

与何紫琼刚好相反，许惠茹自打来到靶场便不急不躁，就站在一旁认真观察、揣摩射击要领。轮到她上场，许惠茹从教官手中接过枪，卧倒在射击位置上沉稳的五个点射，第一次摸枪便打出四十环的好成绩，仅次于老范位列第二，大家同样报以掌声。

见许惠茹打出这么好的成绩，何紫琼满心不快，一张粉面沉得像汪水似的。许惠茹见她一脸官司，主动上前搭讪："何紫琼，我都快紧张死了，你看，我现在手还哆嗦呢。"

许惠茹一边说，一边去拉何紫琼。何紫琼用力甩开她的手，冷冷地说："别整事了！哆嗦还能打出四十环！农村人真虚伪！"说完，丢下许惠茹转身走开。

许惠茹委屈得眼泪直在眼圈儿转，禁不住在人群中寻找范践民，不知道为什么，此时，她特想得到他的一声安慰，哪怕只是一个关爱的眼神。


# 4


军训结束后放假一天，周一开始正式上课。

第一堂课是大学语文，讲授中国现代文学的重要代表人物孙犁和他的代表作《白洋淀纪事》。

授课的是位女老师，叫白洋，三十八九岁的样子，圆脸、短发，脸上有几颗雀斑，一米五左右，胖得有点儿圆。与同学们想象中的师者风范相差甚远。常言道："人不可貌相，海水不可斗量。"或许是位大家学者，不然怎么站在大学讲台上？然而，大家很快便失望了。

白洋简单介绍了孙犁先生的生平及主要著作后，便开始抑扬顿挫地朗诵范文。浓重的鲁西北口音，加之极富夸张的语调，听起来有点儿滑稽。大家想笑，可谁也没敢笑出来，毕竟是大学第一课。

白洋越讲越动情，看得出，她非常喜欢孙犁这部作品，怀着崇敬的心情，一边朗读，一边讲解："幸亏是这些青年妇女，白洋淀长大的，小船划得飞快，像箭打的一般钻进了腔（淀）里！"

不知是她发错音，把"淀"读成了"腔"，还是原本就分不清这个"淀"和"腔"的读音，同学们想笑却又不敢，憋又憋不住，一个个双肩耸动浑身直哆嗦。白洋望着大家怪异的表情，浑然不知道哪儿出了毛病。

乌鸦嘴问："老西（师），那'腔'（淀）有多大呀？"

"白洋腔（淀）面积三百多平方公里，是中国最大的腔（淀）！"

经这一问一答，大家可就笑开了。一个个笑得前仰后合，眼泪都笑出来了。白洋实在挂不住面子，收起教案往外走，可走到门口又觉得不对劲儿，心想：怎么能让学生轰出来呢？于是，她站在那儿有些犹豫，头却已经伸了出去，只把个硕大的屁股留在人们的视线之中。乌鸦嘴不失时机说了句："介（这）才是中国最大的腔呢！"

白洋气哼哼地回到教研室，径直找到系主任，把教案往桌子上一摔，委屈地说："主任，7系2班的课我没法上，这哪里是学生，简直是一群地痞流氓、社会无赖！"说着，情不自禁地捧着那张大脸盘子呜呜咽咽地哭了起来。

系主任闻听大怒，他习惯性摸了下光秃秃的头顶，无意中触到那两块深深的疤痕，立刻想起十年前，同样在7系2班这个教室，一群打了鸡血似的红卫兵给他挂块反动学术权威的大牌子，从早晨一直批斗到午夜。老教授实在熬不住，刚要直直腰，立刻遭到自己学生的一记闷棍。打得他一头栽倒在地，血流不止。小老头儿知道仇恨不该记在范践民他们身上，可是，倘若不对这些头上长角、身上长刺的学生严加管束，师道尊严岂不又被他们踩在脚下！

范践民他们正在兴高采烈地模仿乌鸦嘴和白洋的对白，见系主任突然怒气冲冲地闯进教室。小干瘪老头儿用力敲敲讲台，言之凿凿地宣布7系2班停课整顿，直至做出深刻检讨。

系主任在人们惊愕的目光中愤然离去，刚刚上了一堂课的大学生们，一个个面面相觑，一时竟不知道如何是好。

范践民眨巴眨巴小眼睛问大家："我们哪儿错了？要我们检讨什么？"

何紫琼阴阳怪气儿地说："刘刚，你这个班长是怎么当的？出了这么大的事儿你还在这儿装傻充愣！别怪本支书说你，还不快去给白老师道个歉，顺便告诉她，就说她不是中国最大的腔！"

众人又是一阵哄堂大笑。

见刘刚起身走出教室，许惠茹那颗悬着的心总算放了下来。

北方的春天总是姗姗来迟，原野上的积雪尚未完全退去，朝阳处的青草已经急不可待地发出嫩芽，杨柳悄无声息地鼓起苞蕾，只待一夜春风，整个世界将立即变得郁郁葱葱。

林惠民倒骑在椅子上看何紫琼做题，在她眼前不停地晃来晃去，搅得何紫琼心烦意乱，赌气嚷嚷道：

"林惠民，算我求你，离我远点儿行不！"

林惠民故意气她道："何紫琼，你知道猪八戒是怎么死的？"

"让你气死的！"

"回答错误，是笨死的！你信不，这本习题集上任何一道题，你只要读出来，我不用动笔就能做出来！"

"林惠民！你吹大了吧！"

"不相信咱打赌？"

"赌什么？我今天倒要见识见识！"

"输了你请我吃顿肉馅包子！"

"如果我赢了呢？"

"我请你。"

"好！一言为定！范践民、许惠茹你俩作证！"

"好嘞，开始！"

接连十几道题，何紫琼故意选那些烦琐的计算题，谁知林惠民思路敏捷、逻辑严谨，不但每道题都能准确无误脱口而出，而且丝毫感觉不到难度。何紫琼惊奇地嚷道：

"林惠民！你长的是人脑袋吗？简直太神奇了！"

"何紫琼，你骂人不吐脏字儿的！不许耍赖，请我吃包子！"

"不就是一顿包子吗，我何支书至于和你耍赖吗！走！数学天才，咱这就去！"

其实，范践民知道何紫琼准输，因为这本习题集他俩已经做过不止三遍。尽管如此，他还是十分佩服林惠民超强的逻辑思维和缜密的运算能力。暗自惊叹："这小子的确是个天才，将来指不定会有大作为！"

见他俩要走，范践民说道："何紫琼，你也忒不讲究了吧，怎么说也得带上我俩呀？"

何紫琼一边往外走，一边说道："得！你可拉倒吧，还是吃你的大拇指头卷煎饼吧，我可供不起你！"

他二人走后，许惠茹拿出一打儿饭票对范践民说："范践民，知道你饭量大，每月三十斤的定量肯定不够，这些饭票你拿去，反正我也吃不了。"

范践民连忙推辞道："别介，许惠茹，怎么能要你的饭票呢？谢谢你关心，不过，我有办法填饱肚子！"

"你就别跟我客气了，咱都是从农村来的，家里也没多余的粮食贴补咱，快拿着吧！"

见二人相互推诿，猪头在一边嚷嚷道："干什么呢，范践民！怎么咱班女生都对你情有独钟？瞧你那副德行，也不比我们强多少，真让人不理解！"

范践民立马反驳道："怎么，眼红了不是？这叫人格的魅力！不然拜俺老范为师教教你？"

"得！你还是数数手上的饭票够吃几回八碗饭吧！依我看，你就是一大号饭桶！"

"你小子够阴的，哪壶不开提哪壶！"

见二人斗嘴，许惠茹转身离去。范践民也不好再推辞。打那时起，许惠茹总是把节省下的饭票送给范践民，因此得了个"饭票"的绰号，几个小子背地里一直喊到大学毕业，只有她一直蒙在鼓里。

# 5

紧张的学习生活单调却不乏味，课业压力虽然大，可每个人都在暗自较劲，谁也不肯甘拜下风。

期末考试成绩终于下来了，林惠民、许惠茹科科优秀。范践民担心不及格的材料力学竟然得了 60.5 分，高兴得翻身打滚，一张大长脸笑成了一朵狗尾巴花。

乌鸦嘴两门功课不及格，气哼哼地把自己摞倒在床上骂道：

"介（这）个败家的学校，可把老子坑苦了。将来告诉我儿，千万不能报考介（这）个该死的北工，当年你老子在这儿可遭了大罪！"

刘刚也两门功课不及格，蔫头耷脑地打不起精神。

何紫琼虽然几门功课都勉强及格，成绩却较许惠茹差好大一截，尽管嫉妒得不行，却不得不由衷地佩服这个乡下丫头。对许惠茹的那股子轻蔑劲儿不仅收敛许多，言语中还多了些溢美之词，甚至有些恭维。

晚饭后，范践民几个人抱着一堆脏衣服来到洗衣间。刚好何紫琼、许惠茹、苦丫也来洗衣服，见他们抱来一堆脏衣服都捂着嘴笑，张罗着帮他们洗。

范践民摇头晃脑地说："不可以，不可以，脏了几位丽人的手担当不起，还是我们自己洗吧。"

大家一边说笑，一边洗衣服。

何紫琼问林惠民："明天休息，你们打算干什么？"

"没想呢，怎么？你们有安排？说出来供我们参考参考。"

"我们想去游泳，考试前就张罗去，可那会儿实在没空儿。"

林惠民问范践民想不想去。老范说："既然这样，咱就当回护花使者，万一遇上不法之徒也来个英雄救美什么的。"

何紫琼说："那咱说定，明天下午一点在校门口集合。"


七月流火，艳阳高照，微风习习，清波荡漾。恰逢丰水期，江面显得十分宽阔。江水自西向东悠然地流淌，经年累月冲刷北岸，使其形成一丈多高的悬崖，而南岸则是一片松软的沙滩。

范践民扒掉背心外裤扔在沙滩上，朝身上撩几把水便一个猛子扎进江中，眨眼工夫游到北岸，手脚并用爬到一处悬崖上，端起猪头那架望远镜四处瞧热闹。南岸女同学围起一条床单换泳装，乌鸦嘴、猪头在打水仗，只是不见许惠茹。咦？许惠茹哪儿去了？来时她一直在的！于是，他端着望远镜继续搜寻。终于看到许惠茹在江边蹚水，见她扯起裤管光着脚丫走在松软的沙滩上，看样子玩儿得还挺开心。范践民知道她不可能有泳装，大热天儿还穿着一身长衣长裤。于是，他突发奇想，倘若给许惠茹穿上一件淡绿色半袖衫，再配条白色褶裙，肯定比紫琼漂亮。

何紫琼真是一把游泳好手，在水中像条江豚，时而劈波斩浪，时而闲庭信步，尽情地享受着戏水的快乐。相比之下，林惠民可就差远了，刚会几下蛙泳，大多还是"狗刨"。见范践民已经登上北岸，俩人一前一后也朝北岸游过来。何紫琼一边游，一边等林惠民。突然，一个漩涡把林惠民卷进去，他顿时慌了手脚，情急之下大喊一声"救命"，接着便是一通乱扑腾！何紫琼闻声，立刻来了个浪里翻身游到近前施救，不料却被林惠民死死抓住，俩人一起被卷进漩涡！

范践民正端着望远镜欣赏何紫琼的泳姿，淡黄色的泳衣包裹着何紫琼丰腴的胴体，在水中若隐若现，女性特有的曲线禁不住让他想入非非。突然，范践民发现俩人纠缠在一起，立刻大叫一声："不好！"他像支离弦的箭，从一丈多高的悬崖上直射水中，以百米冲刺的速度游到两人近前，挥起拳头对准林惠民的脑袋狠狠地砸了过去！林惠民立刻失去知觉！范践民趁势将他拉出漩涡，推给游过来的猪头。接着，一把抓住何紫琼的长发奋力朝南岸游去。来到水浅处，范践民将何紫琼大头朝下夹在腋下，一边往岸上跑，一边呼喊："何紫琼！何紫琼！你应一声！"见何紫琼没动静，范践民把她平放在沙滩上，也顾不得男女有别，用力按压她的胸！按一下，何紫琼吐出一口水，再按，又吐出一口，反复十几次，何紫琼终于不再吐，却仍没有呼吸。情急之下，范践民一只手捏住何紫琼的鼻子，另一只手托起下巴为她做人工呼吸，朝她嘴里吹气，再吹气，直到何紫琼一阵剧烈咳嗽之后清醒过来。

林惠民被猪头拖上岸时已经清醒了。脸被范践民那一拳打了个半边儿青，嘴角儿上还淌着浑浊的江水，一副惊魂未定的样子，活像条被人痛打一顿的落水狗。见范践民给何紫琼做人工呼吸，林惠民挣脱猪头爬到何紫琼身旁，茫然不知所措地看着范践民忙碌，直到何紫琼缓过气，他才惊魂未定地瘫坐在沙滩上说道："我的妈呀，可把我吓死了，以后再也不来游泳了！"

一场突如其来的意外，把众人的兴致一扫而光。大家七手八脚帮何紫琼、林惠民换好衣服，扶起两位劫后余生的伙伴悻悻返回。刚刚走出几步，范践民突然大叫一声："望远镜！"立马返身跳入江中奋力朝北岸游去。

许惠茹担心地望着大江里若隐若现的范践民，紧张得嘴唇直哆嗦，生怕再出现什么意外。直到范践民奔拉着大脑袋爬上岸，她才如释重负般嗔怪道："你可回来了，都快把人家担心死了！望远镜呢？"

范践民无可奈何地朝猪头啧啧嘴儿道："丢了，我买一个赔你！"

林惠民连惊带吓病了。何紫琼、许惠茹、苦丫等几位女同学来寝室探望。林惠民挣扎着要坐起来，却被何紫琼按下，让他躺好，用棉球蘸着紫药水一边替他涂抹，一边嗲声嗲气地问："惠民，疼不？"

林惠民木讷地说："已经不疼了，只是头晕。"

何紫琼一惊一乍地说："哎呀！该不会被老范那一拳打坏了吧？走！咱去医院！我妈是大夫，让她好好替你检查一下！"

林惠民说："不用了，过几天就会好的。"

何紫琼说："那怎么行！咱这可是天才的脑袋！听我的，必须去医院！"

范践民这个气，尤其何紫琼那句"该不会被老范那一拳打坏了"听着特不对心思，心想：狗咬吕洞宾，不识好人心。若不是老子那一拳，你俩早就沉到江底喂了王八！不谢也就罢了，反倒责怪起老子！见许惠茹、苦丫在，况且林惠民还在病中，只好强迫自己咽下这口气。

经历这场生死劫难，何紫琼对林惠民骤然开始升温。整天想方设法黏着林惠民，分开一会儿就像丢了魂似的，把个林惠民烦得不行，觉得一下子失去了自由。

晚上，林惠民史无前例地失眠了，躺在床上翻来覆去难以入睡。双层床，每翻一次身，那张床便吱吱嘎嘎响上一通，弄得范践民也跟着睡不着，低声问：

"惠民，怎么了？哪不舒服？"

"没有，就是觉得心里乱！"

"眼见放假，期末你考得又那么好，有啥烦心的？"

"唉，我也说不清楚，反正觉得心里特别扭。"

"因为何紫琼？"

"嗯。"

"她不是对你挺好吗？"

"就为这个闹心！"

"你是咋想的？"

"我不想恋爱，可她一天到晚总黏着我，弄得我一点儿自由都没有。"

"何紫琼挺好的，家庭条件好，人又聪明漂亮，你还有啥不称心的？"

"我也没说她不好，只是找不到那种感觉，总觉得她不是我要找的那个人，却又总是和她说不清楚！"

"唉，怎么会这样！"

"你和许惠茹怎么样？看得出她对你劲儿挺大。"

"别往我这扯，我们之间是纯粹的友谊，你们别往歪处想！"

"阿呸！你就装吧。全世界都知道是你'饭票'，你倒装起了大尾巴狼！"

聊了一会儿，范践民也没了睡意。觉得林惠民说得也不无道理，许惠茹的确不错，无论人品相貌，还是才华学识都无可挑剔，自己白白用了人家半学期饭票，却连一点儿表示都没有。不行！暑假一定想办法弄点儿钱替她买套衣服，我范践民的"饭票"怎么能连件换洗的衣服都没有呢？

两个人默默想着各自的心事，不知不觉睡了过去。

# 6

清晨，大家还在床上半梦半醒，忽听学校大广播喇叭通知各系辅导员、各班班长到政教处开紧急会议，大家纷纷猜测可能发生了什么紧急情况。

东北的雨季多集中在七八月份。今年老天爷似乎特别勤奋，三天两头下场雨。正值麦收季节，几家大型国有农场的麦田积水，联合收割机无法尽数收割已经成熟的小麦，不得已，只好向省内各大专院校求助。学院接到通知后立即召开动员大会，号召全体师生放弃暑假投身到龙口夺粮战役中来。

范践民他们来到距离学校三百公里外的一处国有农场。一望无际的田野翻滚着麦浪，同学们顶着烈日在泥泞的麦田里劳作。范践民、林子强等做过农活儿的尚能应付，何紫琼、许惠茹等几个女生连镰刀都没摸过，累够呛也割不下多少麦子。乌鸦嘴更可恶，他把一肚子怨气全撒在麦子上，拎把镰刀专削麦穗，左一刀，右一刀，麦穗被他砍得遍地都是。范践民心疼地说："得！别拿麦子撒气，不愿割，去跟康拜因后边烧麦秸吧。"死乌鸦求之不得，立刻拎把镰刀四处放起火来。

突然，何紫琼惊慌失措地喊道："范践民！快过来！许惠茹被蚂蟥咬了！"众人闻声赶紧围拢过来，见果然有只蚂蟥叮在许惠茹腿上，正贪婪地吮吸她的血！随着吸入的血量增加，那只蚂蟥迅速增大几倍。许惠茹疼得直哆嗦，几次想用手去拉，都被范践民制止道："这东西千万不能硬拽，你越拽它越往里面钻！你先忍着点儿！"说罢，脱下一只胶鞋在许惠茹腿上"啪啪"一通敲打，那只蚂蟥果然被震落下来。范践民伏下身用嘴吮出创口中的污血，接过何紫琼递过来的消毒水、绷带替她包扎好。

这是两个人第一次亲密接触，说实话，范践民真得感谢那只蚂蟥，若不是它，恐怕借他八个胆儿，也不敢在众目睽睽之下，把对许惠茹的情感表现得如此淋漓尽致。

人们惊诧许惠茹竟然也没有半点羞涩，老范为她包扎完毕，许惠茹掏出一方手帕，踮起脚尖为范践民擦去脸上的汗，目光中流淌着满满的爱，似乎在用这样一种方式向人们宣布：他们恋爱了！

猪头、乌鸦嘴等几个坏小子羡慕嫉妒恨地在一旁起哄，林惠民则阴阳怪气地说："瞎起什么哄！人家这叫纯洁的友谊！"

何紫琼目睹这一切，一张粉面气得变了颜色，愤愤地骂了句："什么纯洁的友谊！瞧她那副贱样！"

傍晚，范践民别出心裁地燃起一堆篝火，空寂的夜晚顿时热闹起来。大家顾不上一天的疲劳，纷纷跑过来凑热闹。

猪头摇头晃脑地说："咱们玩个游戏，用一句话、一件事、一首诗，或者一支歌说出我们当中的一个人，是谁，谁站起来说下一个。"

"好！我先来。"

乌鸦嘴歪着头、猫着腰，双手抄在袖筒里，装出一副苦大仇深的模样唱道：

天上布满星，

月牙亮晶晶。

生产队里开大会，

诉苦把冤伸……

没等他唱完，大家异口同声喊道："苦丫！"

苦丫是位热情开朗的姑娘，因为长得瘦小，林子强说她打小吃糠咽菜长大，因此，送她这么一个绰号。

苦丫站起来说："一条三天没打着食儿的大狼狗！"

大家一时猜不出，沉默片刻，乌鸦嘴道："那还用薛（说），眼睛都饿蓝了！"

大家顿时恍然大悟，一起喊道："林惠民！"

林惠民站起来说："大胖小子要饭！"

"紫（子）琼（穷）！"

何紫琼说："身高一米八，大脚一尺八，嘴巴一寸八，眼睛一毫八。"

范践民知趣地起身对大家道："Sorry，Sorry，有碍观瞻，有碍观瞻。"他滑稽中略带几分羞涩，惹得大家一阵大笑。苦丫摘朵小花捧在手上，故作一副虔诚的样子走到范践民面前道："我爱你……老范大叔！"惹得大家把眼泪都笑出来了。范践民伸出一双大手把她举过头顶，围着火堆转了一圈儿放到林惠民身旁。

平时不苟言笑的刘刚似乎也被大家的情绪感染，站起来对大家说："我用英文给大家朗诵一段《共产党宣言》。"

"好！"大家噼里啪啦给他几下掌声。

A spectre is haunting Europe —— the spectre of Communism.

All the Powers of old Europe have entered into a holy alliance to exorcise this spectre : Pope and Czar, Metternich and Guizot,

French Radicals and German police-spies.

……

苦丫问林惠民："spectre 是什么意思？"

"幽灵！"

苦丫继续问："那 haunting 呢？"

"游荡、徘徊！"

"我的妈呀，大黑天怪吓人的！"

大家似懂非懂地听完刘刚朗诵兴趣索然，见热烈的场面冷了下来，苦丫余兴未艾地说："老范，你不许耍赖皮，刚才轮到你，你必须说一段，不然就给我们唱支歌。"

老范诡谲地对苦丫道："这样吧，我伸开双臂，你们上来两个女生，若能把我的胳膊扳下来，让我怎么都行。"

苦丫立即和另一个女生攀在他两条粗壮的胳膊上，像天平两端挂着的砝码，任凭老范原地转圈。老范说："你俩太轻！再上来两个。"

何紫琼刚想冲上去，却被许惠茹一把拉住，说道："别去，他准使坏！"

没等她把话说完，就听老范嚷嚷道："哎哟，不行了！"随即把两个女同学摔了个王八啃西瓜——滚的滚，爬的爬。

何紫琼不解地问："许惠茹，你咋看出来他要使坏的？"

许惠茹双手托腮沉默不语。

苦丫从地上爬起来追打老范，非要他表演节目不可。范践民歪着大脑袋想了想，南腔北调地唱道：

"在那不远的地方 / 有几个傻姑娘 / 每当看到她们的笑脸 / 就像一锅土豆摆在饭桌上 / 我披上一张羊皮 / 混在她们身旁 / 没挨着那细细皮鞭 / 却被七八只拳头打在我身上。"

苦丫几个见范践民窝囊她们，立刻群起而攻之，挥舞着拳头打得他抱头鼠窜。

林惠民取来吉他对大家说："咱老范是位音乐天才，还会弹吉他，让他给大家自弹自唱一首怎么样？"

"好！"猪头、林子几个小子一起跟着起哄。老范接过吉他轻轻弹了几下，用他那苍凉粗犷略带沙哑的嗓音唱道：

云遮月，柳枝弯。

鸟归巢，夜阑珊。

伊人锦衾梦正酣，
青丝掩笑靥。
梨花含露枝头绽，
夜莺啾啾透月寒。
闺楼红幔风吹卷，
玉藕拂罗衫。

夜色浓，蛙声眠。
青萍起，水潺潺。
风漾荷叶霜满天，
徘徊衣正单。
青青子衿丛中转，
呦呦鹿鸣溪水边。
吾欲乘风携婵娟，
纤纤玉手牵。
……


　　许惠茹静静地坐在草地上，那颗少女的心深深沉浸在歌声中，仿佛歌中吟唱的就是自己，禁不住将一下被夜风吹散的秀发，脸上现出一阵潮红。见她失魂落魄的样子，何紫琼推了她一把道："诶！想什么呢？"许惠茹怔了一下，喃喃自语："想不到这个人高马大，一肚子坏水的家伙，竟然还有这么细腻的内心世界。"

　　子夜，一群年轻人沉醉在夜色里，沉醉在为青春吟唱的歌声中。篝火渐渐熄灭，最后，只剩下一缕余烟。旷野上传来几声令人毛骨悚然的狼嚎，乌鸦嘴说："大事不好，快回吧，老范把狼招来了！"


# 7


　　林惠民似乎遇上了麻烦，他不想恋爱，却同时陷入两个女人的情感漩涡之中。

　　夏梦颖是位上海人。白皙的皮肤，高挑的身材，椭圆形的脸庞上镶嵌着一双如丝媚眼。

按说，夏梦颖和范践民之流属于同龄人，可这位夏老师偏偏喜欢以师者自居。

上午第二节大课，夏梦颖操着一口上海普通话讲授柏努利方程式。这是一道数学模式下的流体力学题，夏梦颖本想在大家面前露一手，借此展示一下实力。不料，演算刚刚进行到第六步，就在导数上犯了个小小的错误。当发现演算进行不下去时，豆大的汗珠儿立刻从那张姣好的脸庞上滚落下来。有道是人慌无智，夏梦颖越急越找不到毛病在哪儿。不得已，只好摊开双手向大家做了个抱歉的动作，一脸窘迫地收起教案仓皇离去。

夏梦颖刚刚走出教室，林惠民立刻像只猴子似的蹿到讲台上，模仿夏梦颖的腔调道："同学们，是这样的噢，这里出现个小小的问题，谁能说出这道偏微分方程的导数取值范围？"

说实话，在座的十七名同学，除林惠民、许惠茹少数几个高数基础好的能跟上夏梦颖的教学思路外，大多都是鸭子听雷。夏梦颖的狼狈退场多少令人有些意外，而平素很少在众人前崭露锋芒的林惠民的反常之举，无形中给这堂课注入一支兴奋剂。大家的兴奋点立刻被他撩拨起来。猪头摇晃着肉乎乎的大脑袋冲到黑板前，拾起粉笔代入他选定的导数，仅仅做出两步就进行不下去了。乌鸦嘴幸灾乐祸地说："你这仁（人）一贯缺少鸡鸡（自知）之明，驹（猪）能做上，何劳鱼（驴）捧着腮帮子冥思苦想？"

范践民正琢磨猪头错在哪儿，听乌鸦嘴用话敲打自己，刚要回敬他几句，却见许惠茹把一张演算纸递给林惠民。林惠民接过那张纸只扫了一眼便笃定这道艰深的应用题她做对了。于是，他立刻转回身，把许惠茹的解题步骤抄写在黑板上。他一边抄，一边继续模仿夏梦颖的说话腔调道："同学们，是这样的噢，关于柏努利方程式的偏导数应该遵循这样两个原则，噢，许惠茹同学运用的是常态压力导数，而应用更为广泛的是动态压力导数。比如夏老师这道题……"

林惠民油腔滑调的表演突然戛然停止，人们沿着他惊悚的目光望去，发现不知道什么时候系主任已经站在教室里。

原来夏梦颖噙着眼泪回到教研室，她有一肚子的委屈却又无处发泄，不知该怪自己无能，还是怪系里分配的这个倒霉专业。

系主任得知夏梦颖在 7 系 2 班受挫，以为又是范践民那帮坏小子欺负刚登台的年轻教员。于是，小老头儿不问青红皂白气呼呼跑来兴师问罪。可是，老教授的双脚踏进教室，立刻被眼前的热烈场面惊呆了！他一眼看出，这些年轻人讨论的是一道极其艰深、必须用微分方程才能解出的高等应用数学题。老教授的表情迅速由惊讶变成惊愕，又由惊愕变成惊悚！简直难以置信，仅仅两年，这些入学分数参差不齐，大多勉强进入录取分数线的一群社会小混混儿，竟然已经触摸到高等应用数学这一边缘学科！

见系主任突然驾到，林惠民忙不迭地回到座位上，喧闹的教室立即静了下来。系主任缓步走上讲台，细心的同学发现老教授有些激动。高等应用数学是他苦心钻研多年的学科，因文革被搁置多年。复课后才被老教授纳入教学日程。如今，7系2班这帮一直不被他看好的"社会小混混"竟然钻研得如此深入，不能不让老教授万分感慨。谁说中国人才断代、后继乏人？拨乱反正才两年，这些重新背起书包的年轻人却已经触摸到高等应用数学边缘！老教授一改初衷，用铿锵有力的声音讲道：

"同学们，首先，我真诚地祝贺你们，祝贺你们在这么短时间内取得了这样好的成绩！你们是好样的！不愧为时代骄子！相信在不久的将来，你们必将成为国家建设四个现代化的生力军！"

大家对老教授的讲话报以一阵热烈掌声。两年了，同学们夜以继日的努力终于得到认可。

# 8

课堂风波之后，经过系主任一番循循善诱的教诲，夏梦颖一改往日那副做派，一头扎进学生堆里和同学们打成一片。在她的积极倡导下，7系2班成立了以林惠民、许惠茹为核心的高等应用数学研究小组，在课堂内外积极开展活动。一时间，原本无人理睬的高等应用数学竟成了北工在校生们争先涉猎的热门学科。而夏梦颖则从一个无足轻重的青年教师，一跃成为学生们热捧的明星学者。

何紫琼全然不在意这些，让她无法容忍的是林惠民与夏梦颖之间越走越近的关系。每当看到林惠民屁颠儿屁颠儿地出现在夏梦颖左右，何紫琼便嫉妒得两眼冒火，恨不得立刻冲上去扇那个夏梦颖几个耳光，一把手将林惠民从她身边夺回来！然而，理智告诉她，林惠民与夏梦颖之间的交往完全处于正当范畴，自己没有权利，也没有理由横加干涉。

这天，夏梦颖的一身打扮真可谓引领潮流。一条墨绿色的连衣裙凸显胸部的隆起，隐约显现一双挺拔的丰乳。一头飘逸的长发，散发着女性青春期特有的气味，每当从林惠民之流身旁走过，空气中立刻弥漫着她的发香。

在夏梦颖的影响下，北工女生的装束也在悄然发生变化，条件好些的纷纷效仿夏老师打扮自己。就连一直用块粗布把胸束得紧紧的许惠茹之流，也有意无意不再束得那么紧，让身体多少显现出几分曲线。为此，夏梦颖尽管招来些守旧派的流言蜚语，但随着时间的推移，人们的目光也渐渐变得不再那么挑剔。

林惠民天生对异性缺乏敏感，二十几岁了，心理年龄却仍停留在懵懂少年时期。严格意义上说，林惠民从未对任何异性，包括何紫琼在内产生过爱慕。唯独这个夏梦颖，每当二人四目相对，他总有一种怦然心动的感觉。尽管他总是极力躲避这位夏老师火辣辣的目光，不断告诫自己："她是自己的老师，自己是她的学生，况且中间还有个何紫琼，倘若被她察觉，不被她作死才怪！"可是，在林惠民的内心深处，还是被夏梦颖占据好大一块位置。他喜欢听她的声音，嗅到她的体香，甚至陶醉于她停留在身旁的那短暂一瞬。然而，令他不解的是：每当他想夏梦颖，何紫琼便立刻在他脑海中出现，林惠民觉得奇怪，自己从没对她有过任何承诺，她却牢牢占据在自己心中。

周末，何紫琼抱着林惠民的一堆床单、枕巾、内衣来到寝室，林惠民正躺在床上看夏梦颖送他的《应用高等数学概论》，见她来连声招呼也不打，全然一副事不关己的样子。何紫琼赌气推他一把，林惠民这才不十分情愿地站起身，坐到长条凳上继续看书。

何紫琼像个女仆似的替林惠民换下床单、枕巾，把内衣内裤叠好放床下。近来，她一直用这样的方式向人们宣示与林惠民的关系。林惠民则既不拒绝，也不感激。见何紫琼剃头挑子一头儿热，大家都觉得这位聪明的何支书似乎也有犯傻的时候。

乌鸦嘴跷着二郎腿与她搭讪：

"诶，何紫琼！"

"有话说，有屁放！"

"何鸡（支）书，你介（这）人咋介（这）薛（说）话儿，我给你俩算一卦，你俩属相不合，成不了！"

"什么？我倒想听听，怎么个属相不合！"

"你属羊吧？"

"嗯。"

"你听好，卦上说'在感情方面，属羊的不吝啬付出，对于爱情非常直接，遇到自己喜欢的人便抑制不住心中的爱慕，往往是我就爱你，却不管对方是否接受'。"

起初，何紫琼并没在意他的胡说八道，后来渐渐觉得有些道理，于是问道：

"那你说我和属什么的合呢？"

"属虎的！卦上说必须是属虎的！最好是三月虎。"

"噢，属虎，还必须是三月的，这个巧劲儿可难碰。"

"好碰！"

"谁？"

"我呀，属虎，三月份出生！"

"我跟你？"

"对的！"

"我跟你怎么就能长久？"

"羊入虎口嘛！"

乌鸦嘴占点儿便宜，高兴得手舞足蹈。何紫琼抓起林惠民的一只袜子，趁他不注意一把塞他嘴里转身跑掉。

回到寝室，何紫琼躺在床上玩味乌鸦嘴的一番话，越想心里越不是滋味。尤其林惠民那副无动于衷的表情，真让她心灰意冷，禁不住问自己："我这是何苦呢，热脸贴人家冷屁股！一盆火似的待人家，却换不回来一丁点回报。"她不由得暗自伤心垂泪。

许惠茹拿起那件织了拆、拆了又织的毛衣，一边摆弄着，一边想心事。苦丫凑过来问："织完了？""织完了。"

苦丫把那件大毛衣套在身上，像装进一条麻袋里，一边在地上来回走，一边问："惠茹姐，穿这么大毛衣不得像老范那么高啊？"

起初，何紫琼并没在意她们说什么，听苦丫提到范践民，她抬起头看了一眼，立刻恍然大悟。于是，她立马翻身下床来到男寝楼，恰巧林子强从图书馆回来和她打个照面，何紫琼说："你帮我叫一声范践民，说我在排球场等他。"

林子强不解地问："叫林惠民还是范践民？"

何紫琼不耐烦地说："你这人怎么这么啰唆，不是告诉你叫范践民嘛！"

林子强朝她做了个鬼脸，转身走进寝室。

听说何紫琼叫自己，老范挺纳闷，问躺在床上看书的林惠民："惠民，何紫琼叫我做什么？"

林惠民漫不经心地说："我哪儿知道，整天神神道道的，你去不就知道了。"

范践民来到排球场，见只有何紫琼一个人站在那儿，低着头一副若有所思的样子。他问道："何紫琼，你找我？"

何紫琼赌气道："怎么，我就不能找你吗？"

见她心绪不佳，范践民也就没再多说什么。

月亮被一大块积雨云遮住，天空中不时落下几滴雨点儿。一阵凉风吹来，何紫琼禁不住打了个寒颤。范践民连忙脱下上衣为她披上，何紫琼木然接受。

二人默默地站了好一会儿，何紫琼突然说："范践民，我想借你肩头靠一会儿。"

范践民疑惑不解地望着何紫琼，一时猜不出她的用意，支支吾吾地说道："这不太好吧？容易让人产生误解。"

何紫琼面带愠色道："我就想靠一会儿，有什么不好的！"

说罢，环顾一下四周。见平日里人头攒动的排球场上几乎没人，未免有几分遗憾。

不知出于什么考虑，范践民总觉得欠何紫琼点儿什么。而究竟欠她什么，却连他自己也说不清楚。见她心情不好，范践民只好应付道："好吧，看在吃你八碗米饭的份上，俺就当会儿歪脖儿树！"

何紫琼说："你不贫嘴能死呀！真是的！"

范践民打着哈哈道："不贫不贫，怎敢与何支书耍贫嘴。"

何紫琼轻轻叹口气，转身靠在范践民背上道：

"范践民，时间过得真快，一晃都大三了，再过一年咱就各奔东西。这几年，我们虽然天天在一起，却一直没和你认真谈一次，今天我想和你说几句心里话儿。"

范践民抬头看了一眼天，提醒何紫琼道："何紫琼，天阴得厉害，要不咱先回，有话以后再说？"

何紫琼执拗着不肯，像背诵台词似的继续道："范践民，我知道你喜欢我，同时也十分感激你为我所做的一切，包括这条命都是你救回来的。说句心里话，如果不是遇到林惠民，我会毫不犹豫爱上你！"

范践民像被马蜂蜇了似的转回身，把脸凑到何紫琼近前道："我说何紫琼，你能不能不编故事？这可能吗？"

"可能！我说可能就可能！反正我不许你和别人谈恋爱！尤其不许和许惠茹！"

"咦？何紫琼，你能给我个理由吗？"

"理由？要什么理由？我爱你！这个理由够不？"

范践民哭笑不得地对何紫琼道："何紫琼，你们能不能不开玩笑？咱已经不是小孩子了，爱情不是拿来闹着玩儿的。况且中间还有林惠民，求你别把我们之间的关系搞乱行不？"

"不行，他不爱我！你必须爱我！"

范践民被这位刁蛮任性的何大小姐弄得简直不知如何是好，全世界都知道她爱林惠民爱得死去活来，她却跑来和自己表演爱情告白。范践民明明知道何紫琼在拿自己当备胎，却不忍心当面戳穿她。

起风了，雨点越下越密。天空中突然亮起一道闪电，随后倾盆大雨劈头盖脸地泼了下来。天公不作美，何紫琼只好草草结束这场表演，在范践民保护下匆匆离去。

回到寝室，何紫琼一边换下淋湿的衣服，一边装出一副愁肠百结的样子不住地唉声叹气。苦丫问：

"紫琼姐，你怎么了？"

"唉！这个范践民，死乞白赖地向我求爱，被我拒绝，他竟然要跳楼！"

"啊？紫琼姐，老范不是在和惠茹姐谈恋爱吗，怎么又去找你？"

"我哪儿知道，这些男人简直烦死人！"

# 9

范践民顶着大雨跑回寝室，刚脱下湿淋淋的衣服，林子强便一脸诡谲地对他说："别脱了，刚才苦丫来过，说许惠茹在教室里等你，让你快点儿去。今天也不知道怎么了，你倒成了块香饽饽，与美女频频约会，应接不暇了吧？"

范践民揩了一把脸上的雨水，感觉林子强不像在逗他，却又不敢信实，心里不住地犯疑："这么大的雨她能去教室吗？"

林子强似乎看出了他的心思，忙说："我真没骗你，苦丫是雨前来的，刚好你前脚出去会何紫琼，她后脚就来寝室找你。快去吧，不然许大小姐该等不及了。"

范践民只好抹了一把脸上的雨水，重新披上那件被淋湿的衣服返身冲入雨中。

许惠茹见范践民顶着大雨前来赴约十分过意不去。见他浑身被雨淋得透湿，忙取出那件儿毛衣逼他穿上。说实话，范践民长这么大，别说毛衣，他连件儿秋衣都没穿过。于是他对许惠茹说："惠茹，你看我浑身湿漉漉的，等我弄干净再穿行不？"

许惠茹想想也是，见范践民死死盯着自己，忙羞涩地低头躲闪。

范践民说："惠茹，其实我一直想替你买套衣服，就是钱总腾不出空儿来，反倒让你为我破费，真有点过意不去。"

"说什么呢，我什么也不要你的。这件毛衣是我的一点心意，织得不好，你可不许笑话！"

"这太不公平，你送我这么贵重的东西，我却什么表示都没有。"

"那你就表示吧，怎么表示我都接受。"许惠茹含情脉脉地看了一眼范践民，羞涩地低下头。

雨越下越大，随着一声炸雷，校园的灯瞬间全部熄灭。黑暗中，一道闪电，在教室的粉墙上清晰地勾勒出一个成熟女性的丰腴曲线和一个粗犷男人的宽阔胸肩。范践民周身血液沸腾，狂跳的心像鏖战中的鼙鼓。许惠茹把手放在他那双大手上，用颤抖的声音说道："践民，抱抱我！"

范践民浑身一震，一时竟不知如何是好。他机械地张开双臂，仿佛抱的不是一个人，而是一个薄如蝉翼的瓷娃娃，生怕稍一用力弄碎了。

许惠茹靠在范践民怀里，感觉是那样的踏实。她多想一辈子靠在这个男人身上，不管风雨雷电，无论冰雪寒霜，这个男人一定会用那双坚实的臂膀为她撑起一片蓝天，让她生活得平静安逸。

范践民从许惠茹热切的目光中似乎读到一种渴望，那是一个成熟女性对爱的渴望，可是他却不知道如何回应。

许惠茹扬起头微微闭上双眼等待范践民的亲吻，可是，这个该死的老范，却像截树桩子似的直挺挺立在那儿，一动也不敢动！

许惠茹突然觉得一阵委屈，她一把推开范践民扑在书桌上嘤嘤哭了起来。

范践民一怔，禁不住犯起了糊涂，心想：我也没做什么过分之举，她为何哭得如此伤心？女人的心思，真的让人捉摸不透！

他哪里知道，此时许惠茹正挣扎在极度痛苦之中。她不想欺骗范践民，却没勇气把自己的过去告诉他。自从遇到范践民，许惠茹便无数次的编织与这个男人的梦。她崇拜范践民的高大威武，欣赏他的幽默豁达，和他在一起她有安全感。唯恐说出自己的过去，眼下这一切立刻化为乌有。

范践民隐约察觉许惠茹似有隐情，猜她可能在老家有过婚约。农村女孩儿大多早婚，通常刚刚步入成年便开始谈婚论嫁。见许惠茹平静下来，范践民替她擦干脸上的泪痕，说道："许惠茹，请你听好，你已经是我生命中的一部分，谁也别想把你夺走！"

许惠茹疯狂地亲吻着老范，喃喃道："是你的！是你的！只要你不嫌弃，许惠茹一生一世都是你的！"

俩人正在海誓山盟，林惠民、猪头、乌鸦嘴、林子等几个小子突然破门而入，两道手电光齐刷刷落在他二人身上！乌鸦嘴装腔作势地吆喝："众兄弟，速速将这二厮拿下！押送官府，开刀问斩！"

# 10

　　林惠民终于遇到自己想要的，遗憾的是，那不是一件东西，而是那位带着一脸甜笑，用那中提琴般的声音把一个个枯燥的数学符号化作涓涓山泉注入自己心田的夏梦颖。在她的引领下，林惠民那颗聪颖的灵魂开始迅速升华，并且一步步渐入佳境。他渴望与夏梦颖一起遨游在那个寂静却又充满奇妙的数学王国，用那种只有他们才能听懂的语言相互告白，互相激励。

　　周末，本应该是个平静的日子，却发生一件不平常的事情。中国应用数学协会寄来的一份《高等应用数学研究》引起北工校园的极大轰动。夏梦颖与林惠民合著的一篇《关于偏微分方程在流体力学中的应用》被赫然刊载出来。尤其卷首那段简短的编者按，给两位作者以极高的评价，竟然称她（他）们为"新时代勇攀数学高峰的突击队员。"

　　系主任得知消息后，立马向学院做了汇报。老院长在全体教职工大会上拿着那份学报激动不已地说：

　　"同志们，想必你们已经看到，这是中国最具权威的数学学报，上边刊载着夏梦颖同志的论文。这是我们学院恢复招考后在国家级刊物上发表的第一篇论文。夏梦颖同志了不起！还有那个叫林惠民的同学也很了不起！在这里，我代表学院党委号召大家要向他们学习，希望大家在各级学术刊物上发表更多的文章，借此提升我们北方工学院在学术界的地位。"

　　夏梦颖被凭空掉下来的一张大馅饼砸得晕头转向，她极力躲闪人们投过来的羡慕且带有几分嫉妒的目光，心里却受用得不行。学院领导的表扬，让这位年轻教师感到前途一片光明。

　　周末，夏梦颖决定与林惠民共同庆贺一番，毕竟是两个人的共同成果。林惠民当然是来者不拒。此时，他已经全然不再顾及何紫琼的感受。

　　夏梦颖的寝室在教工 17 号楼，这是一座新落成的单身教工宿舍。学院分给每个单身教师一间十二平方米大小的房间，虽然小得可怜，可毕竟是个栖身之所。夏梦颖为能有这样一处完全属于自己的私密空间着实激动了好一阵子。她把自己这个小窝布置得十分温馨，一张小床，一张书桌，差不多占据房间大部，剩余一点空间被她铺上一块地毯，供来访者席地而坐。

晚课后，林惠民如约到来。夏梦颖别出心裁地为他准备了一顿烛光晚餐。洁白的桌布上摆放着一瓶葡萄酒和两只高脚杯，一盒午餐肉、一碟肉炒蒜薹、一碟糖醋洋葱，外加一盒上海五福楼的肉馅月饼。这在当时可以称得上是一顿丰盛的晚餐。夏梦颖穿件水粉色的晚装，一头秀发高高盘在头顶，俨然一位家庭主妇，在烛光下更显得楚楚动人。

今晚，何紫琼像只被人抢走崽子的母狼，已经愤怒到了极点。晚课结束后，见林惠民像只兔子似的跑去会夏梦颖，何紫琼一路尾随着来到17号教工楼。她知道夏梦颖那间寝室在3楼最西侧，之前，每次林惠民到来，二人总是并肩坐在窗前讨论问题。何紫琼尽管嫉妒得不行，却也无可奈何，只得一遍遍自欺欺人地劝诫自己："人家是在搞学术研究，是正常的师生关系，自己不能往歪处想。"然而，今晚何紫琼所看到的情景彻底打碎了她一厢情愿的幻梦。夏梦颖那扇小窗，分明是块幕布，上面清晰地映衬着夏梦颖高高挽起的卷发，和林惠民那张俊俏潇洒的脸庞。而两只频频举起的酒杯，撞击的是何紫琼那颗滴血的心灵。何紫琼突然觉得自己的五脏六腑像被人掏出，疼得她几乎不能自持，禁不住在心里一遍遍地呐喊："林惠民，你不能这样，你是我的！我的！"

何紫琼实在不敢再看下去，生怕看到二人再有什么令她无法忍受的亲密之举，进而冲进夏梦颖那间小屋，掀翻那张桌子！不，干脆点上一把火，大不了三个人同归于尽！然而，她没有，理智告诉她这样做于事无补。

何紫琼漫无目的地来到池塘边，一轮皎洁的明月把她那张靓丽的脸庞映衬在水面上。晚风掀动她一头飘逸的长发，何紫琼禁不住心头一震，一个念头突然涌上心头。于是，她咬牙切齿暗自发誓："夏梦颖你给我听好，我何紫琼要的，谁也抢不去！即使我得不到，他也绝对不会成为你的！"


毕业论文答辩整整进行了三天，终于告一段落，大家总算可以放松一下紧张的心情。范践民想找许惠茹聊聊，来到女寝室楼，刚好和苦丫走了个对面。苦丫问："范践民，你来找许惠茹？她不在，一大早出去了。"

范践民若有所思地看看苦丫，心中莫明其妙地泛起一股醋意。

苦丫推了他一下道："发什么呆！你们这些男人真是的，心眼儿都像针鼻儿那么小！"

范践民悻悻地回到宿舍，见刘刚、乌鸦嘴通过补考补足学分，高兴得像两个孩子，庆幸终于可以拿到毕业文凭。

何紫琼在给林惠民试一套西装，众目睽睽之下，为他打领带、擦皮鞋，二人打扮停当并肩走出校门。不用问，又是何紫琼带他去改善伙食。这段时间何紫琼可谓下了血本，替林惠民从里到外换上一身名牌，生生把他打扮成个花花公子。

晚上，林惠民回到寝室，心烦意乱地把自己撂在床上。范践民忙问："怎么了？看你一副倒了八辈子大霉的样子。"

林惠民愤怒地说："怎么啦！我这回算被她彻底套牢了！"

范践民不解地问："到底怎么了，你倒是说呀！"

林惠民像只弹簧似的从床上跳起来，把脸抵在范践民的鼻子尖儿上说："怎么啦！我让她给办了！"

范践民莫明其妙地看着林惠民，一时没弄明白他所说"办了"的含意。追问道："什么办啦？办什么了？"

林惠民气急败坏地说："就是说她现在已经不是处女，我也再不是处男了，我俩那个了！"

"啊？"老范惊讶地看着林惠民道，"既然这样，和她结婚不就完了吗？"

"问题是我不想结婚，不想一辈子被她束缚！我想一个人轻松自在地活着！这下可好，她再生个孩子出来，俩人一块折磨我，这辈子算交待了！诶？你说我怎么遇上她呢？像个巫师，总能把魔法施在我身上！"

林惠民歇斯底里地大发一通牢骚，范践民叹一口气劝慰道："唉，你又不是不知道，这几年她把心思全用在你身上。依我说，何紫琼除了脾气急躁些，无论容貌、才气、家庭，没有配不上你的地方。知道你对夏老师有好感，可人家是天上的星星，你摘不到。依我说，你也别太拗，事已至此，看在她对你一片真情的份上，你就接纳她吧。"

"不接纳又能怎么办？她刚才说了，如果我再与夏老师来往，她就去公安局报案！告我强奸，送我去蹲大牢！"

"啊？她怎么可以这样？"范践民将信将疑地看着林惠民，觉得他不像在编故事。

原来两个人打扮停当走出校园后，何紫琼先请林惠民美美地吃顿四川麻辣火锅，然后又一起逛街。其间，何紫琼提议去她家，起初林惠民不肯，但禁不住她软磨硬泡，只好依她。

何紫琼家是处独门独院的老式民宅，窄窗棂，高屋顶，典型的俄式建筑。由于通体木质结构，无论上下楼梯，还是走在地板上，整个房间都会发出咚咚声。客厅与当时所有人家陈设相同，一张八仙桌，两把靠背椅，墙上挂一排相框，里边装满大大小小的照片。

林惠民指着何紫琼扎着两只羊角辫儿的照片说：

"何紫琼，瞧你那时候多青纯，活脱脱一个小淑女。"

"林惠民！你啥意思，难道现在本姑娘不淑女吗？"

"不，像少妇！"

"你？你敢窝囊我，今天非让你……"

何紫琼一边说着，一边把林惠民推到自己房间，假意抡起拳头打他。林惠民一边躲闪，一边推她，无意间碰到何紫琼的乳房，何紫琼哎哟一声，抱着胸脯疼得直咧嘴。林惠民连忙道歉，一再表示自己不是故意的。何紫琼趁机搂着他的脖子，一边亲吻，一边说道：

"傻瓜！道什么歉，知道人家最喜欢你什么吗？"

"什么？"

"就是你这双蓝汪汪的眼睛！诶？你说，你怎么长了这么一双眼睛？简直迷死人！"

"其实，你的眼睛也很漂亮，也很动人！"

"你还喜欢我什么？"

"嗯，你的胸！挺拔，曲线也美。"

"真的？"

"嗯！"

"想要吗？"

"嗯。"

……

林惠民从没体验过的感觉，一阵剧烈的抽动，一股热流从他的下体喷薄而出，瞬间整个身心升腾到梦幻般的境界。

然而，短暂几秒钟亢奋过后，林惠民觉得浑身抽筋剥骨般的难受，从手指肚儿一直到脚底心儿针扎的一般。除此之外，他更担心何紫琼怀孕，沮丧地耷拉着脑袋像被人阉了似的。

何紫琼匆忙穿好衣服，见林惠民一副失魂落魄的样子，用脚踹他一下道："怎么，占了人家的身子，你倒像受多大委屈似的！我可告诉你，从现在起我是你的人，以后再不准往夏梦颖那儿跑！不然别怪我告你强奸，送你去蹲大牢！"

林惠民惊恐地望着何紫琼，一张小脸儿吓得煞白。

自打从何紫琼家回来后，林惠民像躲避瘟神似的竭力避开这位夏老师。他比谁都清楚，何紫琼向来翻脸比翻书快，万一惹她不高兴，暂且不说送自己蹲大牢，往学院打个报告也够自己受的。什么叫一失足成千古恨，现在林惠民肠子都悔青了大半截。好在夏梦颖的流体力学课已经结业，不然，他真的不知道该如何面对这两个女人。

夏梦颖对林惠民的反常十分不解，不知道这位一直追随左右的帅哥为何突然疏远自己，甚至不想与她见面。

这天，夏梦颖专程来找林惠民，约他出去走走。林惠民偷窥一眼何紫琼，见她两只杏核眼仿佛要喷出火来，只好支吾其词地婉拒夏梦颖道："夏老师，您看我手上一摊子事儿，要不咱换个时间？"一边说，一边不住地朝夏梦颖眨眼。夏梦颖云里雾里不知其所以然，望着一脸窘迫的林惠民，只好怏怏离去。

其实，夏梦颖是来辞行的，她终于收到梦寐以求的商调函。这位生产建设兵团的连指导员，后来被推荐上清华大学物理系，毕业后分配到北工任教的上海知青，终于凭借自己的实力如愿以偿返回故乡。临行前，百转愁肠的夏梦颖特想与林惠民作一次长谈。凭直觉，她认定林惠民是个天才，而且是位不可多得的天才。无论从师生、朋友哪个角度，她都觉得有义务提醒林惠民珍惜自己、把握前途。见林惠民执意躲避，夏梦颖只好给他写封情真意切的长信，委托许惠茹待自己离开后代为转交。


信是这样写的：

林惠民同学，我是以老师、朋友的二重身份给你写这封信，这样做目的只有一个，就是想提醒你用心设计一下自己的未来。

林惠民同学，你是我所遇到的最有天分、最有潜质的人才。国家刚刚结束十年动乱，各行各业急需人才，应该说我们赶上了一个千载难逢的好机会。临行前，我已经把你的情况向系主任详细汇报，希望他能把你留在学校工作。他是一个把事业看得比生命还重的人，相信他肯定能帮你。

林惠民同学，尽管不知道你为什么疏远我，但肯定不是我们之间出了问题。无论你遇到什么情况，作为老师，作为朋友，我都希望你把自己的前途放在第一位，把其他事情看淡一些。人生短暂，关键只有几步，你千万不要走错。最近听到些小道消息，据说国家对研究生的招考政策也在调整，希望你有所准备，机会总是留给有准备的人。为此，我期盼能在更高的学术殿堂里再次与你邂逅，与你携手遨游在知识的海洋里，一起探索未知、追求梦想，做一对好同事、好伴侣。

看完夏梦颖的信，林惠民心头一阵酸楚，像吞下一颗五味子苦辣酸甜辛一齐涌来。对于未来他不敢奢求，因为它从没掌握在自己手上；对于眼前，他更是两眼一抹黑，看不到任何光明。夏梦颖给自己画的那张饼尽管香飘四溢，却遥不可及，眼下最要紧的是如何哄住何紫琼不与自己反目。为此，林惠民尽管满心不情愿，还是将那封信撕得粉碎随手抛在风中。

临近华业，许惠茹却与范践民躲起猫猫。之前，俩人说好同去找系主任公开关系，作为理由申请分配去同一个地方。为此，范践民几次去找许惠茹，却都被她以各种理由加以拒绝，不是说忙，就是说累了想早点休息，实在拗不过就干脆放他鸽子。范践民眨巴着一对小眼睛百思不得其解，猜不出许惠茹为何突然改变初衷。除此之外，更令范践民奇怪的是，近来，许惠茹一改平素那副节衣缩食的寒酸相，从服装到发式全然一副新潮打扮。先是学何紫琼把一头长发弄出几个波浪弯，随后，又与苦丫几个穿起紧身衣、喇叭裤。何紫琼嘲讽她土包子终于开花，许惠茹却毫不在意，像故意与谁较劲儿似的依然我行我素的打扮自己。

其实，许惠茹到底中了何紫琼的离间计。当她从苦丫口中得知范践民向何紫琼求爱，突然觉得十分委屈。她想不明白，为什么何紫琼总能抢占先机，而自己究竟比她差在哪里。论相貌感觉不比她差，论才学或许还略高她一筹，凭什么她想要的便可信手拈来，男人，包括老范在内全都心甘情愿地围着她转。思来想去，最终归结到自己太土气，不招男人喜欢。于是，她痛下决心改变自己。首先，强迫自己不去理睬那个见异思迁的范践民！其次，开始用心打扮自己，起码跟上潮流。好在连续几年高考催生了一个新的职业，许惠茹干脆当起了家教。

周末，范践民又去找许惠茹，何紫琼睡眼惺忪地趴在楼上窗口谑笑道："我说范先生，您能不能知趣点儿？也不搬块豆饼照照您这副尊容，配得上人家如花似玉的许大小姐不？你还是别在这儿瞎耽误工夫，许惠茹一早就被一台212吉普车接走，你个傻狍子，还这儿犯花痴呢！"

范践民先是一怔，习惯性地摸了摸额头，尽管被何紫琼嘲弄成一张关公脸，却仍眨巴着一双狡黠的小眼睛朝上望。他不相信何紫琼的话，希望像往常那样，许惠茹推开她面带微笑地对自己说："别听她胡诌，我马上下楼！"然而，这次他失望了，许惠茹最终也没像他想象的那样出现在窗前。见范践民一脸窘迫的样子，何紫琼开心地咯咯笑个不停。范践民刚想转身离开，何紫琼突然叫道："范践民，站那儿别动！正好这会儿没事儿，我替许大小姐陪陪你！等着，我换件衣服马上下去！"

原来今天何紫琼也被林惠民放了鸽子。清晨，何紫琼跑完五千米便去篮球场找林惠民。本打算约他一起出去逛街，不料却被林惠民一口回绝。近来，林惠民一反常态，公然在众人面前顶撞何紫琼。尤其那件事之后，林惠民一朝被蛇咬，十年怕井绳，无论何紫琼怎么纠缠，同样的错误他坚决不犯第二次。为此，何紫琼也无计可施。

二人走出校园，沿着林荫道朝郊外走去。正值盛夏，田野里向日葵开出金灿灿的黄花，成群的蜜蜂忙着采花蜜，头戴破草帽的农夫吆喝着两只腱牛犁地。一派生机盎然的景象，让两位原本沮丧的心情变得轻松许多。四年的大学生活让他们变得成熟，懂得用心去思考眼前的这个世界。何紫琼突然停下脚步，瞪着一双疑惑的大眼睛问范践民："老范，我怎么觉得咱俩被他给耍了呢？"

范践民眨巴眨巴着眼睛望着何紫琼，喃喃道："应该不会吧？"


# 11

论文答辩结束后，大家轻松许多。这是四年大学生活中最轻松、同时也是最焦躁的时刻。眼看要毕业，分配去向关系一生，大家嘴上不说，心里都很着急。刘刚想留校，上蹿下跳积极做工作；猪头的舅舅是军区副司令，他打算到军界混混，看他踌躇满志的样子，应该没什么问题；何紫琼老爸是个处级干部，打算把女儿弄到外贸部门；许惠茹最不情愿的是分回老家。对此，她除了祈祷命运之神青睐，再不可能有任何作为。而范践民、林惠民等只能听天由命。

周末，大家翘首以待的分配方案终于下来了。刘刚如愿以偿留校；猪头分到他舅舅那儿的一个后勤单位；何紫琼去了省外贸；林惠民被分到市运输公司；乌鸦嘴、许惠茹、苦丫等分回原籍；老范、林子强被分配到北方化工设计院。

分别的时刻到了，大家的心情都显得十分沮丧。林惠民把所有的书籍、笔记以及学习用品尽数扔掉，弄得寝室一片狼藉。

教室里，何紫琼、苦丫等买来好多笔记本忙着写临别赠言。范践民见许惠茹坐在书桌旁发呆，搜肠刮肚找些话来安慰她，许惠茹像什么都没听见似的，连看他一眼的心情都没有。

刘刚一副小人得志的样子，美得那张脸像被风抽了八天的马蹄莲，正忙不迭地张罗"最后的晚餐"。

傍晚，大家把课桌拼在一起，十几位同学围坐在一起举行告别晚餐。首先，刘刚以班长的身份来段开场白。他说：

"同学们，四年的大学生活结束了。在党的关怀下，在全体老师辛勤培养下，我们7系2班全体同学满载着党和人民的期望即将奔赴新的征程。临别之际，我衷心祝愿大家在各自的岗位上做出优异的成绩，为党增光，为母校添彩。愿我们化作一滴晶莹的水滴融入浩瀚的大海；化作美丽的花朵组成绚丽的百花园；化作一缕闪光的丝线，织出鲜红的党旗；化作一颗颗小小的螺丝钉，坚守在为人民服务的岗位上贡献我们的青春。至此临别之际，我请大家共同举杯，干了这杯友谊酒、分别酒、壮行酒！"

刘刚的一番话挺煽情，大家报以热烈掌声。何紫琼站起来说：

"同学们，举起这杯酒，忍不住泪水流。人生能有几个四年，我们却朝夕共度。生命之舟在青春的港湾扬帆起航，今天我们分手，相信一定会有重逢的时候！我请大家一起喝了这杯饱含友谊的分别酒！"

范践民只顾一个劲儿地喝酒，身旁的一箱啤酒几乎全部被他喝光了。林惠民两瓶啤酒下肚情绪便开始失控，搂着范践民号啕大哭，立刻把伤感的情绪传递给每一个人。许惠茹走过来劝范践民少喝一点，范践民站起身替她斟满一杯酒，深情地说了句："保重！"将手中的酒一饮而尽。

气氛凝重而伤感，大家胸口像堵了块棉花。范践民张开双臂，搭在林惠民、许惠茹肩上，满怀深情地说：

"同学们，聚不是开始，散也不是结束。同窗友谊将永远铭刻在我们记忆中，祝愿我们的友谊天长地久！"

于是，大家纷纷学着他的样子，十七个青年男女勾肩搭背结成一个整体，洒泪响应道："愿我们的友谊天长地久！"

即将分别的同学们，
让我们再唱一首歌。
下一个欢乐的晚会上，
不知我们将在什么地方……

别了，花样年华；别了，生命中最美好的青春时光。

# 12

北方化工设计院坐落在城郊。一幢幢排列有序的哥特风格红砖小楼，隐现在一排排高耸入云的钻天杨之中。鳞次栉比的楼宇、绿茵茵的草坪、曲径通幽的青石小道、修剪整齐的榆树墙，花红柳绿，交相辉映，恰似一幅中西合璧的风景画。院内商店、浴池、饭店、理发店一应俱全，俨然一个小社会。

范践民和林子强来到设计院，望着眼前偌大个院落不知该往哪里走，真有点儿刘姥姥进大观园的感觉。看着来来往往、进进出出的人们都带着一股子"牛哄"劲儿，想问一声，还担心人家不理。踌躇许久，终于遇到一位慈眉善目的老者，五十多岁的年纪，圆圆的脸庞，矮胖的身材，看上去挺平易近人的。范践民赶紧上前道："请问这位老师，我们是新分来的学生，不知去哪儿报到，麻烦您指点一下好吗？"

老者十分谦和地问："新分配来的学生？哪个学校毕业的？"

"北方工学院。"范践民答道。

"噢，那咱们是校友啊，我也是北工毕业的。不过，那时候北工还是所中等专业学校。对了，你俩叫什么名字？"

"我叫范践民，他叫林子强。"

"噢，你俩跟我来吧。"

老者带他俩走进一幢办公楼，吩咐把行李物品放在收发室。随后，来到四楼人事处，见房门开着，老者站在门外喊道："小白！白科长！有两位同学报到，请接待一下！"

"好的，院长。"里面那位女同志应声答道。

范践民一惊，想不到这位胖老头儿是院长，立刻紧张起来，慌乱中竟然不知说句什么好，窘迫得汗都下来了。老院长笑呵呵地伸出手，一边与他俩握手寒暄，一边道："小伙子，欢迎你们！以后我们就是同事了，当然，我们还是校友，有事尽管来找我。""谢谢院长，给您添麻烦了！"范践民说道。

"进来吧，两位同学。"里面那位女同志喊道。

范践民一惊！声音好耳熟，却一时想不起是谁。俩人伸头朝里边望，见一位女同志正趴在桌子上写东西，看不到脸，只看到椅子上一个硕大的屁股。

"白洋腚？"林子强问。

"嗯！"范践民点点头，暗自思忖：妈的！怎么又遇上她！俩人相视一笑，只好硬着头皮往里走。

白洋正忙着手头上的活儿，头不抬，眼不睁地对他俩说："二位请坐，稍等一小会儿，我马上就好。"

见白洋在忙，范践民没敢打扰。毕竟是学生见老师，二人只好规规矩矩站在门口等候。

白洋终于忙完手中的活儿起身要走，看样子已经把两位给忘了。抬头看到范践民和林子强站在房门口，白洋微微一怔，随即惊讶地喊道："范践民、林子强！怎么是你们两个？"

"白老师好！"范践民和林子强异口同声道。

白洋兴奋得一张大脸盘子涨得通红，像遇见久违的亲人似的拉起他俩的手高兴地说："光知道分来两位大学生，这几天一直忙，也没腾出空儿来看档案，想不到是你们两个坏小子！"

见白老师这般热情，范践民和林子强只顾手足无措地傻笑。

白洋替他俩倒杯水，范践民连忙接过来问："白老师，你怎么会在这儿？"

白洋说："我已经调到这里三年了，前几年科技干部归口随我爱人一起过来的。时间过得真快，一晃你们都大学毕业，想不到我们师生能在这儿重逢。对了，我先来一步，这里的情况比你们熟，以后不许和我客气，有事尽管来找我。"

白老师热情洋溢的一番话，听得俩人心里热乎乎的。当初那个令人生厌的"白洋腔"转瞬之间竟然变得如此可亲可爱。

见白洋不计前嫌，俩人心里十分愧疚。范践民说："白老师，在校时学生年轻不懂事多有冒犯，还请老师大人大量……"

白洋立刻打断他的话，快人快语地说："范践民，快别这么说。那些事也不全怪你们，我本人也不适合从事教学工作。过去的事谁都不要再提起，咱们重新开始。相信我们会成为好朋友、好同事的。好了，这些话留着以后说，我先带你们去财务处领一个月工资，然后去总务处安排住宿，中午我请你俩吃饭。"

"白老师，这……"

"别这儿那儿的，听我的，咱抓紧时间争取上午把事情办利索！"

在白洋带领下，范践民和林子强很快办完手续。刚报到就发一个月工资，俩人高兴得差点儿找不到北。这是范践民第一份工资，五张崭新的"大团结"顿时让他心中有了底气。

领完工资，白洋又带他们来到总务处。负责舍务的李科长是白洋同乡，听说二位是白洋的弟子，特意安排一间阳面寝室。宽敞明亮的双人间干净、舒适，床头柜、写字桌一应俱全。老范和林子强高兴得一再向白老师道谢。白洋说："谢我什么，这些都是你们努力的结果。若不是念完大学，你白老师想帮也帮不了你们。好好珍惜吧，设计院有你们的用武之地。"

范践民笨嘴拙腮地说："谢谢老师的鼓励，学生一定不辜负您的厚望，努力工作，争取干出点儿成绩来。"

此时的范践民真有点儿平民变小资的感觉，美得都快飘起来了。庆幸命运之神青睐，分配个称心如意的好单位。

白洋看看表，见已经到下班时间，便催促二人去食堂吃饭。范践民觉得却之不恭，只得随白洋一起去食堂吃午餐。

重新回到寝室，简单安置一下行李、备品后，范践民便坐下来给许惠茹写信。把工作单位情况尽可能详细地写给她，字里行间充满了喜悦。

报到后，按照设计院规定，新分配的毕业生必须到基层工作一年。范践民、林子强被派到设计院所属四分厂焊接车间当见习技术员。


# 13


周末，范践民跑步来到江边，脱下衣服，一头扎进江里取回昨晚拴在江底的脏衣服，拧干后摊在水泥护坡上。盛夏，太阳火辣辣的热，一会儿工夫便将衣服晒干了。范践民收起衣服回到宿舍，见工作服被电焊烧了几个洞，随手抄起根细铜丝连上。正缝着，林惠民来了，一副无精打采的样子，进来便一头倒在老范床上。

与范践民相比，林惠民的运气算糟透了。档案里不知被哪位大神写上"此人有日本、苏联等海外关系"，略略几行字，竟把个天之骄子的大好前程给断送了。公司一纸文书发配他去"五七"厂和一群家属工洗车，林惠民到"五七"厂转一圈儿后就再没露面。

见范践民用细铜丝缝工作服，林惠民打趣："看不出你还会做金缕玉衣，也不怕扎了屁股！"

范践民诙谐地说："没办法，比不得你，衣来伸手，饭来张口，不知道你哪辈子修来的福气。"

"你可拉倒吧，得便宜卖乖！什么人呢！"林惠民反驳。

见他心情不好，老范也没再说什么。一个堂堂大学生被分去和一群胸无点墨的家属工洗车，放谁身上也不会舒服。于是，老范问："工作的事有眉目没有？"

林惠民心灰意懒地说："有啥眉目，背着海外关系的黑锅到哪儿都那么回事。"

"你打算怎么办？总不能这么耗着吧？"

"前段时间我姥姥回趟日本，说我有个舅舅在武汉一家日本控股公司任职，我想去他那儿看看。"

"怎么，这就要去当汉奸？难怪人家不信任你！"

"什么当汉奸，你说话能不能不这么难听！现在政策允许，我想自己干！"

见林惠民有些在意，范践民连忙取笑道："那就暂且定你个洋奴买办吧。"接着，他又好奇地问，"对了，你怎么会有个日本鬼子舅舅呢？"

林惠民的姥姥叫川岛惠子，是 20 世纪 30 年代来到中国东北的一名开拓团员。中日邦交正常化后，她拿出当年日本政府签发的移民证查询在日本的亲人。半年后，突然接到弟弟的一封信，邀她归国探亲。老人家大喜过望，赶紧拿着信函去外事部门办理出国手续。她已经加入中国国籍，出国前，外办工作人员反复告诫她："出去后不许说中国如何落后、如何不好！"可到日本，老太太还是说走嘴了。一天，姐弟二人闲谈，弟弟问："姐姐，听说你们还用那种像'茄子'似的灯泡？"川岛惠子说："不是的，弟弟。我们用油灯。"

范践民听罢大笑不止，问林惠民："那后来呢？"

林惠民说："后来这段对话不知怎么被登在报上，害得我姥姥三番五次被外事部门叫去说明情况，差点儿没把老太太吓死。"

二人正为"茄子灯泡"捧腹大笑，忽听楼下传达室李师傅喊道："205 室范践民，电话！"

这些天，范践民一直盼着许惠茹的消息，以为是她打来的，赶紧下楼去接。然而，老范拿起电话便失望了。电话是何紫琼打来的，问林惠民是否在他这儿，如果在让他快点儿回去。接完何紫琼的电话，老范对林惠民如实转达。没等老范说完，林惠民便抓起个枕头蒙在脸上大喊大叫道："亲妈呀，能不能让我安生一会儿！还让人活不！"

何紫琼是家中的独生女，打小被娇惯得刁蛮任性，唯一能让父母骄傲的就是考上大学。可是，大学刚毕业就把男友带回家同居。父母觉得面子上过不去，却拗不过自己的宝贝女儿。只好睁一只眼，闭一只眼装看不见。丈母娘疼姑爷那是没说的，可做父亲的看自己的心肝宝贝和另一个男人出双入对、同床共枕，心里总觉得不是滋味，言语中多少流露出几分不快。为此，何紫琼和她老爸经常发生口角。

林惠民没有生活来源，除了何紫琼家他真就无处可去。可是，每当面对自己这位老丈人，林惠民总有种压抑感。偏偏何紫琼爱显摆，上下班非让他接送不可。林惠民实在无法忍受，跑到范践民这儿想躲几天清静，没想到自己刚到，何紫琼的电话便追了上来。

老范说："长此下去也不是个办法，你躲过初一，躲不了十五，躲到什么时候是个头儿啊？"

林惠民说："你以为我愿意这样？这不是没办法吗！"

"你刚才不说去武汉找你舅舅吗？那就去呗？"

林惠民叹一口气道："唉！我现在身无分文，怎么去啊！"说完又倒在床上，翻愣着一对儿狼狗眼儿望着天花板出神儿。

大学四年，范践民知道林惠民自尊心极强，从不轻易与人开口。同时，他更了解何紫琼，知道她肯定不会同意林惠民去武汉。犹豫片刻，范践民还是决定帮他一把。于是，他从怀里掏出一沓钱递给林惠民道："这是我刚发的工资，你拿去用吧！"

林惠民曜地从床上坐起来，抓过那沓钱从中抽出几张，说道："我用不了这么多，够路费就行，到了那儿我自有办法。"

范践民说："还是多带些吧，穷家富路，出门在外两眼一抹黑，多带点儿钱总不会错。"说着，硬把钱全塞给了他。

林惠民揣起钱对范践民说："我现在就去武汉，如果何紫琼问起，你千万别告诉她我去哪儿。还有，把你那块破表借我几天，回来还你。"

林惠民走后，范践民算倒了八辈子大霉。何紫琼一天八个电话，没完没了地追问林惠民的去向。范践民被她逼得实在没办法，只得如实相告，说林惠民去了武汉。

周末，何紫琼来设计院，哭丧着一张脸，神情黯然地靠在老范床上。见她情绪不佳，老范故意调侃道：

"何支书，今天怎么有空光临寒舍？"

"你少跟我扯没用的，说！林惠民到底怎么回事？"

"诶？我说何紫琼，那是你们家的事，别没完没了纠缠我行不？"

"我说你这人怎么这样？问你句话就是纠缠？你也忒拿自己当回事了吧！唉，这世界变化太快，想不到你范践民也有狗眼看人低的时候！"

"何支书说的哪里话，您就是借范某八个胆也不敢小觑您何大小姐。怎么？林公子走了有点受不了？"

"范践民，不怕你见笑，我都快崩溃了。我就想不明白，他怎么可以这样对我？"

老范替她倒杯水，好言劝慰道："何紫琼，事情没你想的那么严重，林惠民去武汉是为了寻找一条出路，你该支持他才是。"

"我不是不支持他，我伤心的是他心里根本没有我，一点儿都不在意我的感受！"

"何紫琼，别把什么事情都和情感联系在一起。你设身处地替他想想，一个大学生沦落到给人擦车，撂谁身上能好受。你是他最亲的人，应该多理解他才是。"

何紫琼情绪有些激动，忿忿地说："你还要我怎么理解他，为了给他调动工作，我爸厚着一张老脸四处求人，他不但不领情，还整天拉着一张脸，像我家欠他似的。动不动就和我吵，我爸都伤透心了！"

范践民眨巴着小眼睛犹豫片刻，对她道："何紫琼，你天天和他在一起，难道你不知道他不想去单位上班？"

何紫琼用诧异的目光看着老范半晌没言语，她不明白林惠民怎么会有这种想法，难道连份正式工作都不要了？见范践民说得如此肯定，何紫琼满腹狐疑地问："他真是这么想的？我怎么从没听他说过？"

范践民说："这是他走前亲口对我说的，或许是因为档案里记载他有海外关系的缘故吧。"

"他是为这个才去的武汉？"

"嗯！"

"不对！范践民，我怎么觉得你俩有事瞒着我。不会是你给他出的馊主意吧？"

范践民微微一怔，脸上略显现出几分不快，对何紫琼道："你怎么疑神疑鬼的！林惠民去武汉是想寻找一条出路，他不想背着个海外关系走到哪儿都被人瞧不起！"

"怎么会是这样？他从来没和我提起过！"

"这就得问你自己了，你口口声声说爱他，却不知道他心里想什么、要什么。我说何支书，你好失败啊！"

见范践民嘲笑自己，何紫琼脸上有些挂不住，略带几分愠怒质问道："就算你说得对，那你告诉我，林惠民去武汉找什么人？打算在那里长期工作，还是过一段时间就回来？"

"非常抱歉！何支书，我还真回答不了您。我只知道他去武汉一家日本控股公司找他舅舅，至于去多长时间、什么时候回来，鄙人一概不知！"

见范践民一副狡黠神情，何紫琼一张粉面涨得通红，横眉怒目地对范践民吼道：

"范践民！你拿我当猴儿耍！林惠民是个没主意的人，肯定你给他出的馊主意！"

"何紫琼，听你的意思好像我有什么不可告人的目的？我可告诉你，武汉是他自己要去的，这件事与我没有任何关系！"

"没关系？哼！你骗谁呢，他身上没有钱，路费是不是你给的？"

"没错，路费是从我这儿拿的。"

"这不得了！你连钱都给了，还说和你没关系！什么也别说了，我算明白了，就是你怂恿他去的！"

"何紫琼！你别胡说八道！"

"胡说八道的是你，就你那点儿花花肠子，骗得了别人，骗不了我！"

"何紫琼，我干吗骗你？骗你有意思吗？"

"有没有意思你自己知道！"

老范知道何紫琼素来翻脸比翻书快，尽管满心不高兴，却还是和颜悦色地对她解释道："何紫琼，我和林惠民是亲同学、好朋友，他有困难我不能不帮！你别狗咬吕洞宾，不识好人心，以小人之腹，度君子之量成不？"

"你是君子？可拉倒吧，别遭贱君子一词。谁不知道你，敢在我面前装什么君子！阿呸！"

"诶？何紫琼，这么说我倒成了小人？"

"是不是小人你心里清楚！"

何紫琼把水杯重重放在桌子上，范践民被她吓了一跳，语气有些生硬地说："何紫琼，你倒是说说，我怎么就成了小人？"

见范践民真生气，何紫琼从床上拾起自己的包，真假参半地嘲讽道："哼！你少和我来这套，还不知道你，一肚子坏水！"

这回范践民可真急了，厉声问道："何紫琼！你把话说清楚！"

何紫琼毫不示弱地反驳道："姓范的！你少和我拍桌子吓唬耗子，本姑娘不吃你那套！有什么说不清楚的，你不就想把林惠民打发走吗？我告诉你，他就是去了天涯海角，你也休想得到本姑娘！"

"你？"

范践民被她气得说不出话，他强迫自己冷静下来，对正在气头上的何紫琼说："紫琼，知道你心情不好，我不和你计较。打今儿起，我发誓再不介入你俩之间的事成不？同时，我郑重地告知你，我在和许惠茹谈恋爱！"

何紫琼轻蔑地朝他瞥一眼，阴阳怪气地说："哟！真看不出，还挺有眼力，那可是位温柔贤惠的美人！娶了她，你不但娶了老婆，连闺女都有了！你可真能捡便宜！"

范践民一愣，惊愕地问何紫琼："你说什么？谁闺女？"

"想知道自己问去！才懒得理你们的那些破事！"她说着，赌气推开老范转身离去。

望着何紫琼远去的背景，范践民心中隐隐作痛。他倒不在意何紫琼如何亵渎自己，只是为许惠茹无端受到诋毁而愤愤不平。此时，他仿佛看到许惠茹脸上那副委屈的表情。范践民愤怒之余，禁不住萌生几分疑虑："一个花容月貌、才情过人的时代骄子，为什么总是一副忧郁的面容？难道真如何紫琼所言，她是一个已婚女人，并且还有孩子？"

# 14

许惠茹怀着复杂的心情回到家乡。当熟悉的小城映入眼帘，脑海中又浮现出四年前离开时的情景，禁不住潸然泪下。

许惠茹是家中的独女，高中毕业，在乡广播站找份播音员的临时工作。虽然每个月只有十几块钱工资，对她却是一笔不错的收入。每天除了早、中、晚三次播音外，还帮乡里干点儿抄抄写写的活儿。工作虽然简单乏味，她却干得十分开心。

这天，乡长吕二军拿着一份讲话稿反复看了几遍，内容他没太在意，倒是那几页工整娟秀的字迹深深吸引了他，禁不住拍案叫绝："好字！真是一手好字。"秘书小黄闻声跑进来，问："乡长，怎么了？"

"小黄，稿是谁写的？"

"我写的。"

"你蒙谁呢！你那两笔字当我不知道！"

"乡长，稿是我写的，许惠茹帮我抄一遍。"

"许惠茹？就是那个新来的小丫头？"

"是！"

"好字！真是一手好字！"

说吕二军故作风雅也不全对，他酷爱书法，尤其喜欢硬笔书法。虽然自己写得不怎么样，可评论起别人却头头是道儿。

吕二军出生在农村。初中毕业后参军，在部队上苦干二年，虽然入了党却没能提干，复员还得回乡种地。根据那个时候的政策，想留在城里，除非找个有城市户口的对象。可是，头平脸正的城里姑娘谁肯嫁给一个农村兵。吕二军一门心思想进城，经人介绍认识了一个叫季彩霞的小学代课老师。女方因病切除了子宫，介绍人开诚布公地对他说："咱把丑话说在前边，如果不是因为这儿也不会找你个农村兵。"吕二军满脑子只想进城，只要能进城，什么爱情、孩子，统统不在考虑范围之内，当即应下这门婚事。接下来，他来了个速战速决，二十天探亲假，从相亲到登记结婚办得利利索索。转年从部队复员，吕二军如愿以偿地被分到城里一家工厂当上一名工人。

进厂后，吕二军干了一年修理工，第二年当班长，第三年升为车间主任，工作干得十分出色。

平静的日子一晃过去三年，吕二军总觉得生活中缺点儿什么。尤其听见别人家小孩儿爸爸妈妈地叫，吕二军心里甭提啥滋味，为这事两口子经常闹摩擦。季彩霞主张领养个孩子，吕二军说狗肉贴不到羊身上，总惦着生个自己的。可是，季彩霞已经没了生孩子的物件，根本生不出来。为此，两口子经常争吵。

一天，吕二军突然萌生个"借肚皮"的想法，他想借别人的肚皮生个自己的孩子！起初，季彩霞一百个不赞同。可转念一想，自己不能生，抱养别人的孩子他又不情愿，为了维系这个家只好勉强同意。可是，借谁的肚皮用一下呢？

季彩霞有个叔伯妹妹叫季彩凤，中学毕业后经常来城里堂姐家住几天。于是，吕二军便打起她的主意。起初季彩霞死活不同意，可经不住吕二军软磨硬泡只好默许。

这天，季彩凤又来堂姐家，帮姐姐做完家务坐在桌旁看小说。夏天屋里闷热，吕二军光着膀子穿个裤头屋里屋外走，没话找话和季彩凤搭讪。正值青春萌动期的小姨子，见姐夫裸露的身体不由得心头一阵阵悸动，绯红的面颊渐渐泛起春意。吕二军故意站到她近前，热乎乎的体温惹得季彩凤神情有些恍惚。尤其看到姐夫毛茸茸的胸毛一直延伸到裤头里面，底下还有个硬邦邦的东西伸头探脑地蠢蠢欲动，勾引得小姨子一张大脸盘子涨得通红，呼哧呼哧直喘粗气。见姐姐进来，季彩凤一把推开姐夫，跑到里间"扑通"一下趴在炕上。季彩霞见状说了句："饭菜做好了，我去老妈家，你俩先吃，别等我！"说罢，关上门走了。

打那儿起，只要季彩凤来，季彩霞便回娘家。一来二去季彩凤果然怀上了。眼见借腹生子的计划就要成为现实，两口子禁不住暗自窃喜。

然而，事情远没他俩想得那么简单。吕二军叔丈人见闺女肚子被搞大，拎把菜刀找上门骂道："你们干的好事！今天不给老子个说法，我和你们拼命！"两口子被叔丈人骂得跪地讨饶，自知理亏，答应出一千块钱作为补偿。他叔丈人嫌少，非要两千。两口子每月工资加一块还不到一百块钱，两千块钱实在拿不出。争来讲去，最后讲到一千二百元，他叔丈人才答应让闺女把孩子生下来。

按说事情到此也算功德圆满。吕二军虽然花了一笔钱，但毕竟借小姨子的肚皮生个自己的孩子。两口子白天想，夜里盼，终于盼到季彩凤顺利产下一个大胖小子。夫妻二人乐得嘴都合不上，就等着孩子满月季彩凤拿钱走人。

终于盼到孩子满月，到季彩凤拿钱走人的时候麻烦来了。季彩凤非但不同意把孩子给堂姐，反倒连人也不走了。整天抱着孩子以泪洗面，寻死觅活闹得鸡犬不宁。这一闹不要紧，两口子借腹生子的事可就不胫而走，一时间成了小城的头号新闻。人们街头巷尾，茶余饭后，无不津津乐道他家这点儿破事儿，一时间弄得吕二军十分尴尬。小姨子赖着不走，舆论压力又这么大，无奈之下，两口子只好离婚。从此，季彩霞姐俩儿结下夺夫之仇。

吕二军得了儿子、换了老婆，虽然闹了一段心，时间一长自然也就没人再提及此事。赶上国家大力发展乡镇工业，县里下派一批科技副乡、镇长，吕二军摇身一变，被选派到乡里当上主管乡镇工业的副乡长。既然天赐良机，吕二军当然不会放过，上任伊始乡镇企业抓得不错，加之上下关系打点到位，任期刚满，吕二军便由副乡长直接坐上乡长的宝座。

现在的吕二军真可谓春风得意，前程似锦，可美中不足的还是婚姻。想想，第一桩婚姻为进城，第二桩婚姻为生个孩子。现在城也进了，孩子也有了，按说应该满足才是，吕二军却总觉得缺点儿什么。直到遇上许惠茹，他才猛然意识到：原来生命中缺少一段刻骨铭心的爱情！而自己的这两段婚姻都不是因为爱，就某种意义上说纯粹是交易！没有爱情的生命太苍白，没有爱情的生活如同嚼蜡，我吕二军必须补上这一缺憾！

初恋之所以令人难忘，是因为初涉爱河的纯真。然而，纯真也可以诠释为单纯，而单纯的另一种解读则是犯傻。吕二军没费吹灰之力便让涉世不深的许惠茹坠入了爱河。

许惠茹的家距离乡政府有十几里路，广播室放张床便成了她的宿舍。吕二军平时不住乡里，自从打起许惠茹的主意便也经常不回家。起初，许惠茹尽管对这位吕乡长颇有好感，却不敢轻易走近，仅限于帮他抄抄稿子、收拾收拾卫生什么的。随着了解加深，尤其吕二军承诺帮她转正，许惠茹那份情窦初开的少女情怀也渐渐地为他敞开。

这天晚上，许惠茹刚刚结束播音，吕二军便闯进来一把将她摁倒在床上！许惠茹虽然极力反抗，却始终没勇气大声呼救，最终让吕二军得手。一阵慌乱之后，许惠茹强忍着下体的疼痛，推开吕二军胡乱穿上衣服坐在床上哭泣。吕二军也觉得事情做得过于冒失，于是，他使出浑身解数宽慰许惠茹。许惠茹满脸泪痕地问吕二军：

"你占了我的身子，我现在已经不是少女了！"

"应该说不是处女！"吕二军替她纠正道。

"可你有家有老婆！"

"你放心，我离婚！娶你！"

"你可不能坑我啊？不然我只有死路一条！"

"你放心，我吕二军吐口唾沫都是钉儿！答应你，就一定做得到！"

得到吕二军的承诺，许惠茹停止了哭泣。她相信吕二军不会骗她，尽管这个男人比自己大许多，还有过两次婚姻，但毕竟是自己喜欢的那种男人。许惠茹那颗空寂的心顿时充满希望，忘情地扑到吕二军怀里，疯狂地亲吻这个带给自己希望的男人。

吕二军虽然经历过两次婚姻，却从未体验过被异性亲吻的感觉。之前的两个女人，似乎天生不具有主动示爱功能，给他的仅限动物性一面。许惠茹的热吻重新唤起吕二军的欲望，当他下体又开始蠢蠢欲动，准备再次享受一番新鲜的肉体时，突然发现许惠茹木雕泥塑般地愣在那儿。原本熠熠生辉的脸庞转瞬之间竟然形如枯槁，两只眼睛死死盯着那台扩大器"嘎"一下昏了过去。吕二军不由得一怔，定睛一看，原来自己进来得太突然，许惠茹没来得及关掉那台连着全乡千家万户的扩大器。他禁不住暗自叫苦，心想：坏了！全他妈给播出去了！

坐在街口纳凉的一群村民好生纳闷，刚才明明听见大广播喇叭说："今晚就转播到这里，诸位听众，再见。"怎么又播起了广播剧，而且还是重口味儿。正当众人疑惑之际，大喇叭里突然传出一个十分熟悉的声音："你放心，我吕二军吐口唾沫都是钉儿！"人们这才恍然大悟，敢情人家这是'现场直播'。"

吕二军的这桩风流事很快成了家喻户晓的头号新闻，"现场直播"没几天就被停止工作。吕二军知道乡长肯定当不成了，弄不好还得被开除公职、开除党籍。唉！一失足成千古恨，后悔自己太鲁莽，一时的冲动竟然把自己推到绝境。无奈之下，只好厚着脸皮三番五次找县委张书记检讨、认错，痛哭流涕地恳求："张书记，请您给我一次改正错误的机会，我一定痛改前非，坚决和她一刀两断，以后绝不再犯类似错误。"张书记考虑他年轻，况且只是生活作风问题，虽然影响极坏，但毕竟没有触犯法律。于是，决定派他去市委党校长期班学习，临行前一再叮嘱他："好好珍惜这次学习机会，用马列主义充实自己，彻底改造非无产阶级世界观，切不可再惹是生非。"吕二军当即表示："感谢组织上给我这次机会，请您放心，一旦发现我仍与她藕断丝连，您立刻打发我回老家种地！"

吕二军的唾沫无论如何变不成钉儿，他甚至连和许惠茹道声别的勇气都没有。

由于担心许惠茹找自己纠缠，吕二军干脆来了个人间蒸发，让那个乡村丫头找都没处找他。这一来可坑苦了许惠茹，工作丢了不说，整日躲在家中连趟街都不敢去，生怕被认出来遭人指指点点让自己难堪。终日待在家里以泪洗面，望眼欲穿地盼着吕二军兑现承诺，真可谓度日如年。

然而，令许惠茹想不到的是，吕二军杳无音讯，自己的肚子却一天天大了起来。起初，她只顾伤心欲绝，没在意身体发生的变化，待母亲察觉闺女不对劲儿时，肚子里的孩子已经长成了。一个姑娘家哪经得起这般打击，犹如晴天一声霹雳，生把个花季少女逼上绝路！看着一天天隆起的肚皮，许惠茹那颗心彻底死了。她开始恨这个吕二军，恨他薄情寡义，恨他始乱终弃，恨他把自己害得人不人鬼不鬼扔在一旁不闻不问！谁说弱女子没有杀心？此时的许惠茹真想一刀宰了这个吕二军，然后结束自己的性命！见闺女整天惶恐不安，担心她出事，母亲寸步不离地守着她。直到她肚子里的孩子呱呱落地，一家人才算松了一口气。

孩子生下后，许惠茹只顾伤心难过，她甚至不愿看那孩子一眼。倒是母亲像拾了个宝贝似的，整日把孩子抱在怀里。

痛苦中降临的小生命给许惠茹带来无尽烦恼的同时，却也给这个家庭带来几分欢乐。许老大像只贪心的老猫，一有空便把孩子捧在手里高兴得合不拢嘴。老两口儿对外称自己抱养个小闺女，这样许惠茹便成了自己女儿的姐姐。为了减轻女儿的心理压力，母亲没让她给孩子哺乳，硬是一碗粥、一碗饭地喂养这个小生命。孩子吃不到母乳长得十分瘦小，许老大便去河里打鱼摸虾，想尽办法给孩子增加营养。在两位老人的精心呵护下，这个意外闯入人间的小生命竟然奇迹般地活了下来。

转眼女儿已满周岁。其间，吕二军连张两寸宽的纸条也没给过许惠茹。正当许惠茹彻底陷入绝望之际，传来高校恢复高考的消息。许惠茹像个溺水者抓住一捆稻草，毅然告别双亲幼女，重返母校拼命复习备考。她原本就是个品学兼优的好学生，各门功课十分扎实，经过几个月的不懈努力，终于在激烈的竞争中脱颖而出，被北方工学院高分录取。

## 15

大学毕业，许惠茹打心眼儿里不愿分回家乡。然而，命运之神似乎特喜欢捉弄她，偏偏送她到最不愿意去的地方，被分配到县科委。好在一直生活在偏远乡村，人们对于她的过去不甚了解。谁也不曾想到这位年轻漂亮的女大学生，竟然是几年前吕二军那桩"现场直播"的女主角。四年大学没白念，她不仅有了城市户口，还当上了国家干部。

到科委报到后，许惠茹立即给范践民回信。接到信，范践民打来电话，说周末过来看她，问她是否有时间，许惠茹立即满口应允。

周末，范践民专程去商场为许惠茹选套衣服。在柜台前驻足良久，终于看中一套银灰色大翻领女式西装，便买了下来。走出商场，刚好遇上何紫琼。

何紫琼惊讶地问："范践民，你怎么会来逛商场？"

"诶？我说何支书，我为什么不能逛商场？我还纳闷呢，怎么走到哪儿都能遇上你呢！"范践民戏谑道。

"说什么呢！我何支书就把您烦成这样！真扫兴！"何紫琼故意板起面孔申斥道。

"怎么，还真生气？这可不是您的风格。遇上何支书是俺老范八生有幸，怎么会烦呢！"

"少扯！说！干什么来了？知道你没事从不逛商场！"

"真不愧何支书，您太了解我了。我来替许惠茹买套衣服，您也不早来一步，替我参谋参谋。"

何紫琼朝他撇撇嘴，酸溜溜地说："听说分到科委了，运气不错嘛！"

"还行，只是没干本专业有些可惜。"

"得了吧，什么破专业，整天鼓捣那些破铜烂铁水泥块子，是该女人干的活儿吗！老范，咱好不容易遇见，你得请我吃饭！"

"何支书，实在不好意思，我身上的钱全花光了，要不改天？"

"范践民！今天你不请我吃这顿饭，我保证你后悔一辈子！"

"啊？有那么严重？"

"我说有就有！"

见何紫琼执意要去，范践民只好应允。二人就近找家饭店，简单点几个菜便开始喝酒。一会儿工夫便把一扎啤酒喝个精光，何紫琼摇摇晃晃地拉着范践民埋怨道："范践民，你忒不绅士，吃你一顿饭还得再三恳求，太不讲究！"

见何紫琼已经喝得差不多，范践民劝道："紫琼，不能喝了，再喝你就醉了！"

何紫琼醉眼蒙眬地反问道："你心疼我吗？看我现在这个样子你是不是特开心？林惠民不在意我，你也不在意我，你俩一对混蛋！"

"紫琼，咱不闹好吗？走！我送你回家！"

"回家？我不回，我要你陪我喝酒！说！陪不陪？"

见她情绪低落，范践民只好坐下来继续陪她喝酒。何紫琼见他把替许惠茹买的那套西装往身边拉了拉，立刻满脸醋意地问道："你怎么突然想起给她买衣服？"

老范说："我周末去她那儿，顺便替她买套衣服。"

何紫琼一惊一乍地说："什么？你刚才说什么？你要去看她？"

"没错！我周末去看她。怎么？何支书，有什么不对吗？"

"不行！坚决不行！我告诉你范践民，我不许你去！这衣服没收了！"说着，抢过那套衣服轻蔑地扔在椅子上。

见何紫琼作践自己给许惠茹精心挑选的衣服，范践民有些生气，对她嚷嚷道："何紫琼，你这是干什么？你又不是不知道，她现在是我女朋友！"

何紫琼把脸凑到范践民近前神秘兮兮地说："范践民，我跟你说不行！许惠茹当不了你女朋友，她不配！你过来，我告诉你，我告诉你呀，她……唉！反正你不能去！你若不听我的，你就是天字号的大傻瓜！这么大个的大傻瓜！"

何紫琼一边硬着舌头说话，一边摊开双手夸张地比画着。

范践民不解地问："何紫琼，到底怎么回事？你上次就用话儿点拨我，这次你别光点拨，干脆告诉我行不？"

"不行！你想，许惠茹是我亲同学，我不能背后说她坏话！"

"我也是你亲同学，你就不能对我说句真话？"

然而，无论范践民怎么追问，何紫琼就是不说。气得范践民端起一杯啤酒一饮而尽，何紫琼连忙替他斟满。两个人又你一杯、我一杯地喝起来，喝着喝着便开始说起了醉话。

何紫琼拍着老范肩头道："诶，老范！你说咱俩是不是哥们儿？"

"这还用说？你是林惠民的女友，我是林惠民的哥们儿，咱俩当然是哥们儿！"

何紫琼立刻嚷嚷道："范践民！不许提他！我问咱俩是不是哥们儿？"

范践民故意停顿一下，眨眨眼睛狡黠地对何紫琼说："按说咱俩也是哥们儿，不过吗，是你忒不够哥们儿意思！"

何紫琼不依不饶地问老范："你喝多了是吧？你摸着良心说话，自打咱俩认识，我何紫琼什么时候没把你当哥们儿？"

见何紫琼被激怒，老范故意给她设套儿，说道："何紫琼！你当我二呢？你现在就没把我当哥们儿！不然为啥不告诉我许惠茹的事？"

何紫琼见他又把话题扯到许惠茹身上，也装作喝多的样子含糊不清地说："范践民，你少跟我来这套！你当我喝多了，想套我话儿是不？才不上你当！我就不告诉你！"

老范见被她识破，也装作满不在乎的样子说："得！何紫琼，不说拉倒，改天我自己去问她！"

"你不能去！"

"我为什么不能去？给我个理由？"

"要理由吗？很简单。我告诉你，在我和林惠民没结婚之前，你不许和任何女孩儿谈恋爱！这理由充分不？"

"啊？何紫琼！你也忒损了吧，敢情还拿我当备胎？不讲究，忒不讲究！"

何紫琼说："我就这么损、就这么不讲究！"

"你认为我会听你的？明天我就去找她！"

"不怕挨打你就去！可别怪我事先没告诉你。你个傻蛋，我还是告诉你吧，省得你整天惦记你那'饭票'！许惠茹上大学前就已经……"

"啊？"

何紫琼如此这般的一番话，把个范践民惊得目瞪口呆！

自从遇到何紫琼，范践民一直打不起精神。许惠茹那张忧郁的面孔总在眼前晃来晃去，搅得他心神不宁。他相信何紫琼绝对不会凭空编造出这样的谎话欺骗他，而自己则肯定弄错了，许惠茹不但早已经被人捷足先登，而且还撒下种子结出果实。

下班后，范践民无精打采地回到宿舍，倒在床上心烦意乱地看许惠茹那张照片。这是临别时许惠茹送给他的一张彩照，照片上原本两只好看的大眼睛，此时却变得深不可测，就连脸上的笑容都显得十分僵硬，像戴上一副面具，笑得一点儿都不真实。范践民胸口像堵了块棉花，吐不出，咽不下，何紫琼那轻蔑的目光令他如芒在背，尤其酒后那番尖酸刻薄的话语，总在他耳边回荡："快去吧！你可真能捡便宜，连娘带崽儿一块拾掇回来吧！""真贱！堂堂一个大学生，工作又那么好，找什么样的没有，非得拣个破烂货！"一气之下，范践民把许惠茹那张照片撕了个粉碎！

范践民失眠了，脑子里乱成一团麻，剪不断，理还乱，像躺在煎饼灶上，翻来覆去怎么都睡不着。想到和许惠茹分手，心像猫抓似的难受，禁不住拷问自己：

"范践民，你真能放弃这份情感吗？"

"不能！"

"你能接受她已经不是纯情少女，而且还和别人生过孩子这样的现实吗？"

"也不能！"

"既然如此，为什么不快刀斩乱麻及早做个了断？"

"这……"

范践民长长叹口气，从地上拾起那张被他撕碎的照片重新拼起来。突然，他发现许惠茹的微笑中仿佛蕴含着众多的苦涩，不由得想起毕业前的那次约会，许惠茹几次欲语又止，估计是想把她的过去对自己和盘托出，是自己没让她说出来。由此看来，她并不想欺骗自己。退一步说，上大学时许惠茹才二十岁，按时间上推算，当时她还是个十八九岁的少女。想必即便不是受骗上当，也定有别的什么原因。这样的打击已经令她陷入极度自卑状态，倘若自己因此提出分手，说不定真能把她毁了！不行！绝不能再伤害她！不能朝那颗满是伤痕的心灵再戳上一刀！可是，不忍心伤害她，那么受伤的肯定是自己。想我一个纯小伙儿，没娶个黄花大姑娘已经够亏了，还得给人家当后爹！唉，这样的决心可真难下！

经过几天的痛苦挣扎，范践民毅然决定面对现实，继续保持和许惠茹的关系。决心已定，心情反倒平静下来。周末，范践民向车间主任请天事假，如约去看许惠茹。

班车进站，范践民见许惠茹正往这边张望，于是赶紧挤下车，快步走到许惠茹近前心疼地责怪道："惠茹，不是告诉你不用来接吗！看把你晒的，等半天了吧？"

许惠茹亲昵地对老范说："人家不是担心你第一次来找不到吗，我也刚来一小会儿。"

"哎呀，我又不是三岁孩子，这么大个人，哪儿找不到？看你热得一脸汗！"

"还说我呢，你衣服都湿透了！赶紧回去冲个凉儿吧！"

回到宿舍，许惠茹打来一盆水放在老范面前道："践民，赶快洗洗，然后换上我给你新买的内衣。"她把内衣放在床上，转身走了出去。

范践民痛快淋漓地一通洗漱，顿感神清气爽。一扫连日来堆积在心头上的阴霾，粗声大气地对许惠茹嚷嚷道："许惠茹！赶快弄些吃的来，快把我饿死了！"

许惠茹笑吟吟地端来饭菜，范践民抓起碗筷狼吞虎咽地往嘴里填。见他那副吃相，许惠茹禁不住笑出声来。

"你笑什么？"老范问。

"笑你像饿死鬼托生的，亏你还念过四年大学，就不能吃得文明点儿。"

"没办法，谁让老婆做的饭这么可口，吃得不香怕对不起你！"老范一边往嘴里扒拉饭，一边道。

"皮厚！谁是你老婆！"许惠茹羞涩地嗔怪道。

"你！就是你许惠茹，今生今世，你就是我范践民的老婆。怎么，不愿意？"

许惠茹眼泪唰地流下来，借替范践民盛饭之机悄悄擦去，双手托腮坐在范践民面前，深情地凝视眼前这位高大魁梧的男人。老范疑惑不解地问："你怎么不吃饭啊？"

许惠茹故意气他道："不是怕你不够吃吗，我可没做八碗米饭！"

"许惠茹！说话别揭短行不？我那点儿破事儿你能不能不提？"

"提又怎么样？吃都吃了，还不许人家说？"许惠茹一边说，一边咯咯笑。

吃完饭，俩人一块洗碗。

范践民问道："惠茹，家里都好吧？"

许惠茹立刻警觉地看了他一眼，胆怯问道："怎么突然问起这个？"

见她多心，老范连忙掩饰道："没什么，随便问问。"

许惠茹似乎感觉到了什么，变颜变色地看他一眼，转身回到屋里一头躺倒在床上。

范践民一愣，站在厨房点支烟，暗自思忖："看来必须得直面眼前这道坎儿，不清除这道屏障，两颗心永远也靠到不到一块！"于是，老范掐灭烟蒂扔到脚下用鞋跟踩灭。

范践民重新回到屋里，斜靠在许惠茹身旁。许惠茹猛地坐起，推开他歇斯底里地吼道："别碰我！我不干净！"

范践民从没见过她发脾气，一时窘迫得竟然不知说什么好。见范践民不作声，许惠茹委屈地号啕大哭起来。她哭得十分伤感，仿佛把多年积聚在心中的苦水一股脑全倒了出来。范践民将她揽在怀里劝慰道："惠茹，过去的就让它过去吧，既然命运让我们走到一起，打今儿起，咱只面对未来，开始属于我们生活！"

许惠茹凄惨地点点头，问："你都知道了？"

范践民重重地点点头。

"还娶我吗？"

范践民又重重地点点头。

许惠茹挣脱开老范，死死盯着他问："你就不想知道原委？"

范践民摇摇头，依然不语。

许惠茹有些失望，她特想把自己的过去毫无保留地对他和盘托出，给自己，也给所爱的人一个交代。于是，她拉过老范的手，说道："践民，无论你想听不想听，今天我必须和你说清楚！否则我会一辈子不得安宁！"

范践民用手堵住她的嘴，说道："惠茹，我不是不想听，是不想让你去揭那块已经痊愈的疤！还是那句话，过去的就让它过去，从今以后，咱谁也不再提及此事。请你相信，我一定做一个疼你一生、爱你一世的好丈夫，竭尽所能让你生活的幸福美满！"

许惠茹激动地紧紧搂住老范，嘴里不住地重复："丈夫！丈夫！我终于有了丈夫！"

许惠茹的脸上顿时荡漾起幸福的微笑，俩人终于冲破那道屏障心无旁骛地依偎在一起相互倾诉。他们仿佛有说不完的话，有道不尽的情。不知不觉天黑了下来，老范问："我睡在哪儿啊？"

许惠茹羞涩地反问道："你想睡在哪儿？"

范践民在她耳边悄悄说："我想睡你这儿。"

"讨厌！"

许惠茹推开老范，起身整理床铺。

二人重新上床，许惠茹枕在范践民的胳膊上，面颊紧紧贴在他那宽厚的胸膛上，问："践民，你真的娶我吗？会不会后悔？"

老范说："现在我就要你！后悔是这个！"说着，用手比画个乌龟的样子。

许惠茹打了他一拳，装作生气的样子，转身不去理他。

老范伸手去搂她，却被她用力推开。看着许惠茹白嫩的皮肤，老范禁不住心猿意马。他猛地把只大手伸进她的内衣！

许惠茹霍地一下坐起来，瞪着一双惊恐的眼睛，双手紧紧护在胸前，胆怯地问："你想做什么？"

老范并不回答，只见他两眼通红，喘着粗气，粗暴地扒掉许惠茹的内衣！

月光照在许惠茹赤裸的胸脯上，一道深深的乳沟衬托出一双挺拔的乳峰。两个红樱桃般的乳头随着她的重重喘息而上下起伏，皎洁如脂的皮肤、富有动感的曲线，交织成一幅美妙绝伦的画卷。范践民再也抑制不住内心的冲动，粗暴地扯掉许惠茹身上最后一点遮掩，猛然跃起骑在她身上！

许惠茹极力挣扎，梦呓般地重复着那句话："范践民！你一定要娶我！"

这是范践民生命中唯一一次灵与肉的交流。当两个人的目光再次交织在一起，范践民坚定地说："惠茹！从今儿起你就是我的女人，我的妻子！无论将来发生什么，让我们共同面对，一起承担！"

许惠茹紧紧地搂着范践民，一生一世都不准备放开。此时，范践民早已把何紫琼的那些尖酸刁刻话语丢在脑后，心中只存一个愿望——执子之手，与子偕老。

# 16

范践民走后，许惠茹一扫过去那种忧郁的神情，目光中充满自信，就连走路都把胸脯挺得高高的带着一阵风。

科委人不多，文化程度普遍不高，刚刚毕业的大学生，人又长得漂亮，领导自然高看一筹。更何况人家工作上没说的，勤奋、努力、爱学习；为人真诚、谦逊、不说假话。刚刚参加工作就被列为后备干部，前途一片光明。

这天，科委召开全县科技工作表彰大会。许惠茹在填写与会人员名单时，"吕二军"三个字跃然映入眼帘，着实令她大吃一惊。她极力掩饰心中的不安，佯装不知问科委主任："主任，吕二军是哪个单位的？"主任说："刚刚上任的林业局局长。"

晚上，许惠茹饭也没吃便一头倒在床上。吕二军那张面孔总是在眼前晃来晃去，搅得她心烦意乱，在切齿痛恨这个薄情寡义的吕二军的同时，似乎还有那么一丝挥之不去的情感交织在里面，脑子乱成一锅粥，躺在床上翻来覆去怎么也睡不着。

整整一个晚上，许惠茹一直处在极度惶恐之中，唯恐这个吕二军给自己带来意想不到的麻烦，一直折腾到午夜，突然发起高烧，后来竟烧得不省人事。

开会的时间马上到了，却不见许惠茹到场。科委主任急得团团转，会议材料全在她手上，一向准时正点的许惠茹却玩起了人间蒸发。情急之下，科委主任赶紧派人去找，派去的人回来报告说：许惠茹病了，已经昏迷不醒。主任闻讯顾不上开会，立刻带人将她送进医院。

前来参加表彰大会的各部办委局领导均已到齐，却不见有人主持开会。正当大家等得不耐烦之际，科委主任满头大汗地走了进来。他一边朝大家拱手致歉，一边解释："诸位！实在对不起！分管这方面工作的许惠茹同志突然病倒，刚刚送去医院，耽误大家的宝贵时间，实在不好意思，请大家见谅！"

别人倒无所谓，一个表彰会，晚就晚点呗。可有个人在意了。谁？吕二军！

无独有偶，"许惠茹"三个字同样也令吕二军大吃一惊。闻听会议因为许惠茹突然病倒而耽搁，吕二军瞪着一对母狗眼儿望着科委主任半天没缓过神儿来。他强迫自己镇定下来，顾不上众人惊诧的目光，走到科委主任近前焦急地询问："许惠茹怎么了？她得了什么病？送到哪家医院去了？"他打听清楚，便匆匆离开会场径直去了医院。

许惠茹被送进医院时已经昏迷不醒，大夫替她打针、输液，直到中午时分方才苏醒过来。正当她躺在床上极力回忆自己怎么住进医院时，吕二军那张令她生厌的面孔却意外地出现在眼前。真应了那句话：越怕鬼越来。让她烦心的是这个吕二军，偏偏看到的还是这个吕二军！吕二军呀吕二军，你咋不嘎嘣一下子瘟死！许惠茹愤怒地对吕二军吼道："你走！我不想见到你！"

吕二军已经在病床前守候了几个小时，见许惠茹终于醒来，他如释重负般长出一口气道："谢天谢地，你总算醒了，口渴不？来，喝点儿水！"说着，殷勤地把水递到许惠茹面前。许惠茹不知哪儿来的一股蛮劲，抬手打翻那只水杯怒吼道："你走！永远不想见到你！"见吕二军赖着不走，许惠茹大声喊道："护士！护士！让这个人赶紧走开！"值班护士闻声赶来，见许惠茹激动得浑身颤抖，便对吕二军说："病人刚刚苏醒，情绪不能过于激动，您还是出去吧。"说着，硬是把吕二军推出病房。

这是吕二军与许惠茹分别五年后的第一次重逢，想不到竟然如此尴尬。吕二军被护士推出病房，沮丧地站在急救室门口，心情骤然坏到了极点。他看了一眼躺在床上的许惠茹，愤然转身离去。

"现场直播"之后，吕二军去市委党校学习二年，毕业后又在机关坐了几年冷板凳。背着党内严重警告处分，夹着尾巴蛰伏了好几年。由于有前科，吕二军不得不处处小心谨慎，说话办事从不敢越大格。在张书记的提携下，他好不容易又混到县委办副主任的职位，对张书记简直敬若神明，比孝敬亲爹还周到。随着县里其他几位领导相继调离，张书记决定派他去林业局接替退休的原局长。

林业局是个小局，虽然比不上乡长权力大，好歹也是个正科级单位。吕二军上任不但大权独揽，连小权也不分散。几位副手虽然有意见，但畏惧他与张书记之间的关系敢怒不敢言。这样一来，吕二军便如鱼得水，上任伊始，上至省、市主管部门，下至所辖各站、所，在他的一手协调之下工作面貌焕然一新。其间，多次受到省、市主管部门表彰。张书记也对他的工作十分欣赏，甚至打算将其列入县（处）级后备干部人选。

吕二军终于迎来事业上的梅开二度，终于又可以在亲朋好友面前扬眉吐气了。然而，随着仕途上的春风得意，与许惠茹的那段恋情又时不时在吕二军心中泛起。之前，他曾打探过许惠茹的情况，知道她已经考上大学插翅高飞，只得望洋兴叹。谁知山不转水转，水不转人转，许惠茹转了一圈儿竟然又转了回来。

从医院回来，吕二军坐卧不宁，整整一个下午心烦意乱什么也干不下去。尽管遭到许惠茹的冷遇，被人像撵狗似的赶出来，吕二军还是抑制不住心中的那份渴望。

于是，他又来到医院。不料许惠茹的那张病床上却躺着一个婴儿。吕二军找遍整个急救室，连许惠茹的影儿都没找到。他以为许惠茹被转到其他病房，厚着脸皮一通打听，才知道她已经出院了，只得无可奈何地悻悻离去。

回到家，吕二军一脸不悦地坐在沙发上，一声不吭。季彩凤吓得大气不敢出，赶紧蹲下身替他脱掉鞋袜，端盆水替他洗脚。或许洗脚水稍微热了点，吕二军刚把脚放在盆里立刻"嗷"的一声跳起来，他一脚踢翻水盆子，抬手"啪啪"给他老婆两个大耳光。顿时打得季彩凤鼻孔窜血，四脚朝天倒在地上。吕二军还觉得不解气，又朝季彩凤肉乎乎的大屁股上狠狠踹了几脚，直踹得季彩凤鬼哭狼嚎，瞪着一双豆角儿眼窥视着余怒未消的吕二军，见他还要踢，立马爬起来抹了一把流出来的鼻血，抓起拖布收拾地上的水。吕二军看着季彩凤那张花里胡哨的脸，是越看越来气，越想越懊恼，禁不住仰天长叹："唉！想我吕二军大小也是个人物，岂能与此等龌龊之辈共度一生！"

自从邂逅许惠茹，吕二军想方设法寻找接近她的机会。怎奈今非昔比，当年那个懵懂天真的乡下丫头，如今已经是位堂堂正正的国家干部。公开场合，许惠茹不卑不亢一副公事公办的模样，私下里连说句话的机会都不给他。吕二军屡屡碰壁却又无计可施，心里不痛快便回家拿他老婆出气。

这天，吕二军和朋友喝完酒，回到家和衣倒在床上。季彩凤想替他脱下鞋袜，却遭到他一通呵斥，担心他口渴想喝水，便一直坐他身旁守候。

吕二军嫌老婆有腋臭，除非他要过性生活，不然季彩凤轻易不敢沾他边儿。见他睡得很沉，季彩凤不知不觉也跟着睡了过去。

吕二军迷迷糊糊做了个梦，梦中自己和一群玩伴掏狐狸洞，一股难闻的腥臊味熏得他直恶心。醒来见季彩凤睡在自己身旁，从她腋下散发出的那股子狐臭味充斥整个房间。吕二军一脚把老婆踹到地上，吆喝狗似的吼道："滚出去！谁让你睡在这儿的！"季彩凤睡得正香，突然被踹到地上，吓得一声没敢吭，连忙爬起来滚回自己房间。

季彩凤离开后，吕二军也没了睡意，仰卧在床上陷入深深遐想之中。许惠茹那职业女性的气质，温柔聪慧的目光，透着青春气息的丰胸、翘臀，与季彩凤猥琐的体形、呆滞的眼神、一身松弛的赘肉形成鲜明对比。吕二军长叹一口气自语道："什么叫癞蛤蟆想吃天鹅肉，我现在就是那只癞蛤蟆！"说来也怪，越睡不着越能嗅到屋子里弥漫着的那股狐臭味。吕二军索性起身走出家门，一个人在街上闲逛。不知不觉来到季彩霞门前，看下表还不到十点，估计季彩霞应该没睡，心想：不如去她那儿待会儿。

平心而论，吕二军和季彩霞虽然是"契约婚姻"，但毕竟一起生活好几年。最终分手实出无奈，况且离婚后季彩霞一直没再婚。平素吕二军也常关照她，遇事总爱过来和她唠叨唠叨。起初，季彩凤对他俩藕断丝连大为不满，可经不住吕二军的大巴掌，挨过几次大巴掌季彩凤再不敢说三道四。吕二军先帮季彩霞由临时代课转为正式教师，然后又帮她调到档案馆。

档案馆和科委在一个楼办公。吕二军追许惠茹，季彩霞早有耳闻。妒火中烧的同时，她突然想出个一箭双雕的妙计。她要狠狠报复一下堂妹，同时，也让那个美得不知道姓啥的许惠茹哭上一阵子！见吕二军一副垂头丧气的样子，季彩霞替他沏了杯茶，问道："怎么了？深更半夜不在家睡觉，是不是有啥烦心事儿？"

"没怎么，睡不着，过来和你说说话儿。"

季彩霞故意装作不经意的样子对吕二军道："得了吧，别装了！知道你在为科委那个女大学生闹心！"

吕二军一愣，惊讶地问道："你咋知道？"

季彩霞轻蔑地说："就你那点儿心思谁看不出来，有事没事整天往科委跑，当我们全是聋子、瞎子不成？"

吕二军极力否认道："净扯淡，没事跟着瞎起哄，你们知道个啥！"

季彩霞朝他撇撇嘴道："你还别小瞧人，实话对你说，连你不知道的我都知道！"

吕二军用疑惑的目光看着季彩霞，一时弄不明白这个女人想说什么。

见他不言语，季彩霞继续道："我知道许惠茹一个秘密，说不定对你有用。"

吕二军不屑一顾地说："净扯犊子，她能有什么秘密！"

季彩霞说："不信拉倒，还不想告诉你呢。"

吕二军忙问："啥事啊？神神叨叨的！"

季彩霞见吊足了吕二军的胃口，便收敛起脸上的笑容神秘兮兮地说："许惠茹有个女儿！按时间推算，应该是你俩生的！"

"啊？"吕二军惊得张大嘴巴眼珠子差点掉出来！他几步窜到季彩霞面前，伸手摸摸她脑门子，说道："你没发烧吧？怎么说起胡话？我俩就有过那么一次，她就能把孩子生出来？"

季彩霞说："爱信不信，反正我信。那小丫头长得像你！尤其是鼻子、嘴，跟你长得一模一样！"

吕二军用力掐把大腿，确信自己不是在梦中，瞪着一对儿母狗眼儿盯着季彩霞足有一分钟，感觉不像在逗他，却仍把脑袋摇得拨浪鼓似的连声说道："不可能，不可能，根本不可能！我们就有过那么一次！"

季彩霞一脸醋意地说："一次和一百次有啥区别？那孩子肯定是你的，不信你去看。"

见吕二军震惊的样子，季彩霞不由得暗自窃喜，心想：复仇的子弹首发命中，等着吧，好戏就要出场啦。

季彩霞的确让吕二军十分意外，倘若那孩子真是自己所生，何愁许惠茹不乖乖就范？转念一想，不行，不能光听季彩霞一面之词。把握起见，必须亲自去看看那孩子。于是，吕二军当即决定去许惠茹家一看究竟。

吕二军走后，季彩霞也失眠了。见吕二军兴奋的样子，季彩霞知道他肯定不会轻易放弃这张牌。接下来是如何怂恿季彩凤去找许惠茹，这样这出戏才有看头儿。思忖再三，季彩霞决定亲自去找季彩凤把火点起来。

第二天，季彩霞到单位打个转儿便径直去了吕二军家。

见表姐突然上门，季彩凤立刻紧张起来，一双永远睁不大的豆角眼儿里面充满敌意。尽管事情过去许多年，姐俩儿之间的仇恨却丝毫不减。平素二人从不来往，逢年过节，或者家族有大事小情总是相互避开。往往有季彩霞出现的场合，季彩凤便主动回避。

季彩霞为实施她精心设计好的复仇计划来了个单刀直入，见面就把吕二军和许惠茹的事和盘托出。季彩凤闻听，犹如晴天打了个大霹雳被惊得瞠目结舌，像具报废的人体模型傻在那儿一动不动。见她这副怂样，季彩霞又气又怜，对堂妹吼道："怎么傻了呢？你不是挺能耐吗？当初整治我那套本事哪儿去了？人家都骑在你脖子上了，你倒连个屁都不敢放。"

季彩凤一边哭，一边哀求季彩霞："姐，看在咱都姓季的份上，求你帮帮我。我不能没有这个家。孩子还那么小，万一他不要我，俺娘儿俩可怎么活啊！"

见堂妹哭天抹泪地哀求自己，季彩霞心理上得到某种平衡，暗想：哼！也让你尝尝滋味，当初，你跟我抢老公，想过我怎么活吗？老天长眼，终于轮到你了。于是，她幸灾乐祸地说："你求我顶什么用，有本事管住你男人，去科委整老实那个骚女人。"

经季彩霞一通挑唆，季彩凤立刻冲出家门，直奔科委找许惠茹。

望着堂妹远去的身影，季彩霞长出一口气。替季彩凤关好房门，脸上露出一丝得意的冷笑，咬牙切齿地诅咒道："许惠茹，该轮到你了。"

# 17

吕二军一路打听来到许惠茹家，他要亲眼看看季彩霞所说是真是假。倘若果如其言，他更想看看许惠茹生的女儿到底像不像自己。刚好娟娟在院子里玩，见吕二军从车上下来，好奇地问："叔叔，你找谁呀？"

吕二军弯下腰问道："小姑娘，这里是许惠茹家吗？"

小姑娘立刻跑回屋嚷嚷道："妈妈，有位叔叔来找姐姐！"

惠茹妈从屋里出来，仔细打量下吕二军，十分客气地问："同志，您是？"

吕二军忙说："婶子，我是许惠茹的同事，打这路过，她托我来家看看。"

惠茹妈见是女儿同事，连声道："快进来，进来坐，这是咋说的，让您费心了不是！"

吕二军坐在炕沿上打量着娟娟，取出一包奶糖递到孩子手上，问道："叫什么名字呀？"

"娟娟！"

"几岁了？"

"六岁！"

"上幼儿园了吧？"

娟娟先是摇摇头，随后又歪着小脑瓜地问："叔叔，啥叫幼儿园啊？"

吕二军暗自思忖，眼前这个小女孩肯定是季彩霞说的那孩子。小姑娘长得十分秀气，两只大眼睛又黑又亮，小嘴巴说出话来童声童气的，一看就是个聪明伶俐、惹人喜爱的孩子。不由得联想起季彩凤给自己生的那个儿子，长相好歹且不说，呆头呆脑的没一点灵性，和许惠茹的娟娟简直没法比。他禁不住暗自感叹："唉！光'种儿'好不行，还得种在好地上！"

娟娟长得很像许惠茹，季彩霞说得没错，孩子的鼻子、嘴角的确像自己！

惠茹妈张罗着留吕二军吃午饭，吕二军推说要赶路，坐一会儿便匆匆告辞。

吕二军满怀心事地返回县城，刚到单位，许惠茹便怒气冲冲地前来找他兴师问罪。

上班后，许惠茹正与科委主任接待省里的科技兴县工作组。突然，走廊传来一阵喧闹声。有上级领导在场，主任觉得很没面子，连忙起身出去制止。推开房门，见季彩凤正站在走廊双手卡腰指名道姓地骂："许惠茹！你个不要脸的臭婊子，你给我出来！"

上班时间，楼内十分安静。听到有人叫骂，大家纷纷出来看热闹。季彩凤见有人围观更来劲了，蹦高跳脚地辱骂许惠茹，出言那个下流，令人浑身直起鸡皮疙瘩。

许惠茹不知道发生了什么事，忽听有人指名道姓地骂自己，先是一怔，刚想出去问个究竟，却被同事拦下死活不让她出去。

科委主任走到季彩凤面前问道："这位同志，你是哪个单位的？有话好好说，这里是办公场所，不许撒野！"

季彩凤瞪着一双豆角眼儿厉声问道："你是谁？不关你的事！让许惠茹那个骚狐狸精出来，今天老娘和她拼了！"

"许惠茹怎么惹着你了？"

"她是个狐狸精！勾引我男人！"

"你说她勾引你男人，请你告诉我，你男人是谁？"

季彩凤刚想说吕二军，立刻感觉不妥，暗想：吕二军的名字可不能说，说出来肯定没自己好果子吃。于是，她支支吾吾地说："不关我男人的事，都是许惠茹这个骚狐狸精……"

主任见她不肯说出自己男人，越发追问起来。他越是追问，季彩凤越心虚。见主任一再追问自己男人，季彩凤突然有所醒悟，意识到上了表姐的当，暗想：坏了，这下可闯了大祸！这一闹肯定坏了吕二军的名声，被吕二军知道挨巴掌事小，弄不好他不得和我离婚啊！她见围观的人越来越多，唯恐被人认出，立马分开人群逃之夭夭。

许惠茹莫名其妙挨顿骂，心里别提多窝囊。虽然不敢肯定那妇人是吕二军的老婆，可不是她，还会是谁呢？许惠茹的猜测很快便得到证实，她不顾主任再三劝阻，径直去林业局找吕二军理论。

吕二军刚从许惠茹家回来，正准备出去吃午饭。见许惠茹突然破门而入，禁不住大吃一惊，暗想：谁嘴这么快？老子前脚刚去她家，后脚她便找上门来。尽管心里犯嘀咕，脸上却丝毫没表现出来，忙沏茶倒水的一通招待。怎奈许惠茹根本不买账，她一把推开吕二军递过来的茶杯，声嘶力竭地质问道：

"吕二军，你到底想干什么？你把我害得还不够惨吗？"

吕二军一愣，不知道许惠茹因何发这么大的火，心想：我这还没怎么样呢，干吗发这么大的火啊？

他连忙问："惠茹，出了什么事？怎么突然想起到我这儿来了？"

许惠茹十分恼怒地说："你以为我稀罕来？若不是你老婆去我办公室闹，你请我都不来。"

"什么？你说我老婆去找你闹？什么时候？"

"刚才。"许惠茹道。

吕二军气急败坏地说："这个臭娘们儿，还反了她，看我回去不打断她的腿。"

许惠茹讥讽道："得了吧！还不知道你，除了吹牛撒谎说大话，剩下的就是一肚子花花肠子。"

听许惠茹这样说自己，吕二军急了，问道："许惠茹，你就这么看我？"

许惠茹说："吕二军，你说我该怎么看你？当初你不是信誓旦旦娶我吗，我盼星星、盼月亮，可你呢？别说娶我，你连一封信都没给过我。你个没良心的东西，你知道那段日子我是怎么熬过来的吗？"

见许惠茹重提旧事，吕二军自觉理亏。连忙打断许惠茹的话，对她解释道："惠茹，你听我解释，当时我也是泥菩萨过河——自身难保。"

见吕二军还在为自己辩解，许惠茹气得浑身直哆嗦。可转念一想，还是算了吧。翻腾这些陈年旧事与自己非但没半点益处，反倒徒生许多烦恼。于是，她强压心头怒火，对吕二军道："吕局长，我不想和你吵，也不想和你讨说法。既然事情已经过去这么多年，我也不想再和你纠缠。你有老婆、有孩子，我也有男朋友，过去的事咱谁也别再提起，只求你别再涉足我的生活行不？"

吕二军点燃一支烟深深吸了一口，用乞求的口吻对许惠茹道："惠茹，过去是我对不起你，不过看在孩子的分上，让我们重新开始好吗？孩子不能没有亲爹亲妈，我们应该给她一个完整的家才是。"

见他提到娟娟，许惠茹立刻像只弹簧似的跳起来，厉声驳斥道："吕二军，你给我听好，娟娟和你没任何关系。你最好别打她的主意，不然我和你拼命！"

吕二军被她吓得倒退两步，一屁股坐在椅子上，瞪着一对母狗眼惊恐地望着发了疯似的许惠茹，想不到这个平时温文尔雅的小女子竟然也会发狂。沉默片刻，吕二军不由得暗自窃喜，许惠茹反应如此强烈，可见季彩霞说得肯定没错！娟娟肯定是自己的孩子。吕二军顿时心中有了底气，故意装作十分平静的样子对许惠茹道："实话对你说，今天我去了你家，也见到了娟娟。她是我的骨肉。我不能让她过那种连幼儿园都不知道的生活。惠茹，为了孩子的将来，我们必须重新开始。"

许惠茹像头被激怒的母狮冲到吕二军面前怒吼道：

"吕二军！你太无耻了！你若敢打娟娟的主意，我就和你拼命！"

见许惠茹气得浑身颤抖，吕二军越发高兴起来，知道娟娟这把利剑已经牢牢握在自己手里。

　　许惠茹走后，吕二军风风火火地跑回家，进门不由分说抓住季彩凤的头发便是一通暴打，直打得季彩凤鬼哭狼嚎跪地求饶。吕二军一边打，一边逼问季彩凤是谁告诉她的。季彩凤被逼无奈，只好供出季彩霞。吕二军立刻明白了季彩霞的恶毒用心，破口大骂道："你们姐俩儿没一个好东西！都给我滚！"一痛拳打脚踢，把季彩凤撵回了娘家。

　　赶走季彩凤后，吕二军去科委找许惠茹，意在向人们公开俩人之间的关系，却被告知许惠茹请假没上班。吕二军干脆来个一不做，二不休，从科委出来，径直来到许惠茹宿舍。

　　许惠茹正准备去接老范，忽听有人敲门，掀开窗帘见是吕二军，满心不想让他进来，怎奈吕二军非进不可，不开门他就一个劲儿地敲。许惠茹担心左邻右舍看见不好，只好打开房门。

　　吕二军进来便哭天抹泪地和许惠茹纠缠，一会儿说和他老婆离婚，一会儿又拿娟娟说事儿，装出一副可怜相让许惠茹着实看不起。

　　许惠茹惦记着去接老范，没心思听他编故事，便语气强硬地对他说："吕二军，你的事与我无关，我也没工夫听你胡嘞嘞。我男朋友来了，我得去接他。你走吧！"说着，起身要走。

　　吕二军死皮赖脸地拉住她，非要再说几句不可。气得许惠茹威胁他道："你走不走？我可告诉你，我男友可是个急脾气！"

　　见许惠茹执意要走，吕二军只好满心不情愿地走出房门，刚好与范践民碰了个正着。

　　范践民他们干的是管道输送工程。整个工程自中蒙边境零公里处向中国境内延伸一千三百余公里。十几个单位分段施工，他们分担的区段是个半山区，施工条件异常艰苦。由于交通闭塞，平时连电话、信件都很难收到。工期紧，任务重，开工以来，老范与韩工、林子三人只能轮流休息。好不容易盼到轮休，范践民先去单位领取四个月工资，然后借财务处电话给许惠茹打了个长途，说明天去她那儿。打完电话，老范隐约觉得有些不对劲，许惠茹显得很勉强，支支吾吾半天没说个所以然，甚至问自己能不能换个时间来，禁不住心头升起一团疑云。

　　第二天，老范心急火燎地登上长途汽车，恨不得插双翅膀飞到许惠茹身边，下车却不见她前来接站，只好拎着提包独自来到宿舍。

　　许惠茹的宿舍是处普通平房，一间半房带个小院儿。老范走进院子，隐约听屋子里有人争吵，尽管听不十分清楚，却能分得清是一男一女。范践民的心猛地一动，站在门前犹豫片刻。忽听许惠茹大声吼道："你赶快走！我男友马上就到！他可是个急脾气！"随后，见一个中年男人从屋里出来和自己碰了个正着。二人相互打量一眼擦肩而过。老范心又猛的一动，他有意在院子里停留片刻才不动声色地走进房门。

许惠茹正在床边换衣服，听见有开门声，以为吕二军又回来了，立刻怒气冲冲地嚷道："你这人怎么这样，赶紧走！"一抬头，见是范践民站在面前，下意识地说了句，"原来是你，怎么来得这么快？"随后，扑到老范怀里，激动得眼泪扑簌簌地流了下来。

久别重逢，二人一番亲热之后，老范迫不及待要吃第一道菜。许惠茹愧疚地说身体亮红灯，老范只好作罢。许惠茹一面生火做饭，一面问老范：

"这次回来能多住几天不？"

"不行，最多三天。"

"你是怎么打算的？"

"如果有空的话，想陪你回老家看看老人、孩子。"

"今天是周六，我请假了，我们明天去好吗？"

"听你的吧，怎么都行。听老婆话，跟党走，准没错。"

"呦！啥时候学得这么乖？嘴巴像抹了蜜似的。"

"怎么？听老婆话不对？"

"去！谁是你老婆！难听死了。"

说完，看了一眼老范，感觉有些不对劲儿，问道："怎么了？感觉怪怪的，是不是累了？"

范践民淡淡地回了句："没什么，别瞎猜。"

吃完饭，俩人上街买些东西。老范特意给娟娟买了个"莎米达"——一个会眨眼的布娃娃。许惠茹见他花十多块钱有些心疼，劝他别买那么贵的。老范笑呵呵地说："给咱闺女花钱不心疼，将来还得靠她养老哩！"许惠茹推了他一把道："去你的！再没正形不理你了。"但她心里却受用得不行。

许惠茹携范践民回到家中，两位老人高兴得合不拢嘴。惠茹妈看着女儿高大魁梧的男友，一张老脸笑成一朵老菊花儿。许老大拉着范践民的手，笨嘴拙腮嘟囔半天，大家才听明白，原来他嗔怪女儿事先没通知一声，家里没来得及准备。娟娟拉着许惠茹一个劲儿地问："姐，他是谁啊？"许惠茹红着脸故意逗她："你猜他是谁？"娟娟摇晃着小脑袋说："不知道。"老范趁机取出"莎米达"，问她是否喜欢。娟娟长这么大别说玩，连见都没见过这么漂亮的布娃娃，她一把夺过去喜欢得不得了。

惠茹老爹张罗着去打酒，却被老范拦下，说："叔，不用去了，我们都带回来了，还特意给您老买了瓶二锅头。"

惠茹妈张罗去做饭，也被女儿拦下来。

许惠茹对母亲道："妈，天儿还早呢，咱坐下来说会儿话，一会儿我和您一块儿做。"

许惠茹一家正其乐融融地体味久违的亲情。突然，院外传来了一阵引擎声。娟娟正在院子里和小伙伴儿们炫耀她的"莎米达"，见吕二军从车上下来，赶紧跑回来报信儿："妈妈，那位叔叔又来了！"

自打遇上老范，吕二军心里别提多难受。想到许惠茹和别的男人在一起，吕二军像头发情的骆驼，胸中充满了愤怒、无奈与绝望。他恨不能立刻手刃情敌，夺回自己心爱的女人。可是，他比谁都清楚，自己肯定不是许惠茹那个人高马大的男友对手，那双大手恐怕能把他给拆了！他思来想去也想不出个所以然来，只好又去找前妻讨主意。

吕二军神情沮丧地来到档案馆，见只有季彩霞一个人，便坐在椅子上嘴里不干不净地骂季彩霞成事不足败事有余，生生搅了他的好事。季彩霞虽然心里不悦，却从不正面反驳他。况且这些天她一直处在高度亢奋之中，得知堂妹被吕二军一通炮脚踢回娘家，季彩霞高兴得真想放挂鞭庆贺一番。还有那个大美人许惠茹，被季彩凤一通辱骂，一时间又成为人们茶余饭后的谈资，众口铄金，生把只骄傲的白天鹅贬成一只褪了毛的小损鸡儿。无论她走到哪儿，都会有人指指点点地说：

"诶，快来看啊，她就是许惠茹，吕二军的小情人儿！"

"看不出，这么年轻漂亮的大学生竟然也干那龌龊事！"

"听说她还给吕局长生个孩子，一直在乡下养着呢！"

尽管如此，季彩霞还觉得不过瘾。她知道，这些流言蜚语无论对许惠茹还是季彩凤都不会产生致命影响。人们太善于忘却了，当年自己"借肚皮"的事也曾被传得沸沸扬扬，过后还不是被淡忘。因此，绝不能就此收手，一定要她们付出更加惨重的代价！见吕二军畏惧许惠茹男友想就此收手，季彩霞别有用心地怂恿道："瞧你那副怂样，人家男友一来你就蔫了！亏你还是个局长，动真格的连个小地痞都不如！"

吕二军朝她横愣横愣眼睛骂道："都是你瞎支招儿！有能耐你去试试！"

季彩霞道："你自己惹的骚关我什么事儿！况且你手里不是还有张牌吗？怎么不敢出啊？"

吕二军不解地问："你什么意思？我手里哪还有什么牌？"

"那个娟娟不是张牌吗，到这个时候咋还不使出来？"

"娟娟？我怎么越听越糊涂？"

"哎呀，你都笨死了。你想，许惠茹男友知道她生过孩子，还能要她吗！"

吕二军猛一拍大腿，说："对呀！我怎么就没想到这儿呢！豁出去，就出这张牌！"

季彩霞一语点醒梦中人，吕二军终于找到了突破口，猜许惠茹肯定带老范回老家，便故意跑来凑热闹。

吕二军的意外造访的确让许惠茹十分狼狈。见他理直气壮往屋里闯，许惠茹阻拦道："吕二军！你来干什么？"

吕二军早有准备，他根本不把许惠茹的愤怒当回事，一边继续往屋里走，一边理直气壮地说："我来看女儿！不行吗？以前来，现在来，以后老子还要来！"

硬邦邦的几句话，差点儿没把许惠茹给噎死。

她疯狂地吼道："吕二军！你给我出去，这里没有你女儿！"

吕二军不急不恼地说："许惠茹，你不能太绝情，好歹我是孩子她爹，来看看闺女你至于发这么大的火吗？"

"你无耻！给我滚出去！"

"我是无耻，可我好汉做事好汉当！不像某些人，连自己生的孩子都不敢承认，硬说妹妹！"

许惠茹被他羞辱得简直无地自容，却找不出任何话语反驳。她心里明白，不管怎么说，人家真是娟娟的爹，自己无论怎么辩解，终究改变不了这样一个事实。无奈之下，许惠茹强忍一腔怒火，扑通一下跪倒在吕二军面前，苦苦哀求道："吕二军，求你放过我行不？你把我害得还不够惨吗？你但凡还是个男人，就请别再干扰我的生活，给我留条活路行不行？"许惠茹双膝跪地，号啕大哭起来。

范践民正坐在炕上和惠茹爹抽烟，他一眼就认出来，这位就是昨天在许惠茹宿舍门口遇到的男人，暗自思忖："怎么，追到这儿来了！还真被何紫琼说着，看来今天注定将要发生一场男人的战争。也好，老子先看看他们之间到底怎么回事。"于是，范践民不动声色继续坐在炕上观察。直到许惠茹给吕二军跪下求他放过自己，老范终于明白，原来此人就是许惠茹心中那个魔鬼。于是，他从炕上跳下来，拉起吕二军道："哥们儿，你跟我出来一下！"

吕二军立刻警觉地问："你要干什么？不关你的事，这是我俩之间的历史遗留问题，我不希望外人插手！我告诉你，我可是有身份的人！"

老范轻蔑地朝他看一眼，说道："我知道你是有身份的人，所以才想与你找个僻静地方谈谈！"说完，不由分说拉起吕二军就走。

吕二军本不想走，怎奈范践民的那只大手像把钢钳硬把他给拽了出去。吕二军尽管煮熟的鸭子——嘴硬，可两条腿却不听使唤，身不由己被老范拽到一片空地上，一把搡在地摔得"嗷"一声。

吕二军捂着屁股心惊胆战环顾一下四周，见连兔子那么大个的人都没有，不由浑身哆嗦成一团，裤子还湿了一片。

范践民从地上拣起一截树干，阴着一张大驴脸对吕二军道："小子，你给我听好，不管你们之前发生过什么，今天我必须明确告诉你：许惠茹是我的女人！"

吕二军瞪着一对母狗眼儿装傻充愣。

老范把根碗口粗的树干猛地砸在地上，只听"咔嚓"一声断为两截。他厉声吼道："我说的话你听明白了吗？"

吕二军被吓得一哆嗦，立刻来了个"好汉不吃眼前亏"，连声应道："听、听明白了，听明白了！"

范践民得意地冷笑一声，掏支烟点燃叼在嘴上，说道："这就对了，请问阁下尊姓大名？"

吕二军连忙回答："在下吕二军。"

"噢。何处高就呀？"

"县林业局。"

"噢。娟娟是你的女儿？"

"是！"

老范把脸一沉，吼道："什么？你再说一遍！"

吕二军连忙改口道："不不，不是！"

老范说："这就对了，以后别再胡思乱想，打今儿起娟娟是我女儿！知道了吗？"

吕二军唯唯诺诺地回答："知道，知道了，以后绝不敢再胡思乱想！"

"这就对了嘛！不过，我还是得提醒你，千万把你今天的话记牢，万一不小心忘了，那后果可就严重了！要不要我再提醒你一遍？"

"我记好了，肯定忘不了！"

范践民把烟蒂抛在地上，凶巴巴地对吕二军道："小子！你给我听好了，如果你再敢纠缠许惠茹，这根棒子就送你当拐杖！"

吕二军赶紧应道："听好了，我以后绝不纠缠她就是了。"

老范说："这就对了！你走吧！直接走！不许经过许家门前！"

吕二军为难地对老范说："可我的车还在她家门前停着呢。"

范践民见吕二军已经被彻底制服，说道："这样吧，你把车钥匙给我，我替你开回去。不过，好像得明天才能还给你，算我借用，怎么样？"

吕二军尽管满心不情愿，却又实在打怵眼前这位铁塔般的汉子，只好口不对心地说："不过分！不过分！我坐公交车回去！"说着，掏出车钥匙交给范践民，耷拉着脑袋转身离去。

许惠茹忐忑不安地站在窗前，生怕范践民一时冲动酿成大祸。大约过了一刻钟，终于见老范走进院子，把手里拎的两截树干扔到柴堆上，拍拍打打手回到屋里。

许惠茹惶恐不安地盯着老范，希望在那张脸上找到些什么。不过，她很快便失望了。老范那张脸平静得像汪水，她什么也没看出来，于是小心翼翼地问：

"他人呢？"

"走了！"

"去哪儿了？"

"应该回县城了吧！"

"他车还在这儿呢？"

"噢，他说自己走回去，死活非把车留给咱不可。我是再三推辞，可他就是不肯！不过这样也好，省得咱挤长途汽车了不是？"

"你怎么可以这样！"

老范诙谐地说："你总得给人家个立功赎罪的机会嘛！或许这样他心里会安生些！"

"你还有心思笑，都快把人家急死了！他怎么乖乖走了？"

范践民神秘兮兮地凑到许惠茹耳边说："我告诉他：你是我女人，娟娟是我女儿，让他以后千万别再胡思乱想。"

许惠茹听罢，扑到老范怀里眼泪像断了线的珍珠似的噼里啪啦往下掉。范践民一边替她擦眼泪，一边安慰她道："放心吧，他绝对不敢再骚扰你！"

许惠茹担心地问："你没把他怎么样吧？"

老范信誓旦旦地说："没有！没有！对天发誓，我连一手指头都没动他。不过嘛……"老范故意拉个长音，然后继续道，"他裤子好像湿了一片。这不能怪我，是他自己尿的。"

"你呀，什么时候都没个正形。"许惠茹娇嗔地责怪道。

许惠茹那颗悬着的心总算落了地，有生以来第一次真切地体会到男人对于女人的重要。她望着眼前这个高大魁梧的男人，露出了舒心的笑容。

晚上，一家人热热闹闹地团聚在一起，许老大和范践民都喝高了，爷俩儿拉拉扯扯说起了醉话。惠茹妈更是高兴得不行，恨不得女儿立刻成亲，也好了却自己一桩心愿。她问老范："践民啊，你俩都老大不小，准备什么时候结婚啊？也让我们有个准备不是？"

范践民喝得高兴，也不和许惠茹商量，便大大咧咧地做起主来，粗声大气地对惠茹妈说："妈！我这段时间一直在野外施工，回来的机会不多，年底工程结束我们立马结婚！"

一声"妈"把老太太叫得这个舒服，激动得老泪纵横。惠茹妈长叹一声道："唉！我苦命的闺女总算有了个归宿。"

老范总共有三天假期，在惠茹家逗留一天半，第二天下午回到县城。为争取时间，老范决定直接返回施工现场。晚上十二点的车，临行前，许惠茹一边帮他整理行装，一边悄悄流泪。

短暂相聚之后，又是长长的离别。范践民取出一沓钱递给许惠茹道："这是我这几个月工资，除去这几天花的，我留一百，其余的都在这儿呢。"

许惠茹推开他手中的钱，说："我不要你的钱，我要你天天守着我，永远不分开。"

见她如此伤感，老范故意调侃道："小傻瓜，钱可是个好东西。你若不要，可别怪我送给别的女人。"

许惠茹道："你敢！"说着扑到老范怀里，用拳头使劲捶打他的胸膛放声大哭。

"人生若只如初见，何事秋风悲画扇。"午夜一声汽笛，带走了他们今生今世的离恨情愁，从此天各一方。

# 18

林惠民肯定是个"杂种儿"，几乎所有看他第一眼的人都会有这种感觉。他一米七五的个头，瘦瘦的身材，皮肤是那种高加索人的纯白。一双淡蓝色的眼睛，透着睿智，鼻梁上架着一副眼镜，凭空为其增添了几分儒雅。总之，纯粹的亚洲人无论如何制造不出这样的后代。

林惠民的确是个混血儿，而且不是通常意义上的混血儿。一个中国北方男人与一位来自北高加索的女人生了他的父亲；而另一位中国男人和一位从日本北海道来的女人生了他的母亲。

20世纪30年代，日本关东军武装占领东北全境后，扶持末代皇帝傅义建立了伪满洲国。为达到长期占领目的，日本政府从国内向中国东北大量移民。当时，由这些日本移民组成的"开拓团"遍布中国北方，林惠民的姥姥川岛惠子就是那个时候来到中国的。

发源于小兴安岭西麓的乌裕尔河经年累月地流淌，经过无数丘陵沟壑，一头扎进松嫩平原后漫散形成无数沼泽。水中生长着茂密的芦苇和种类繁多的鱼虾，丰富的食物让这里成为丹顶鹤、白鹳、野鸭、大雁等近千种水禽的栖息天堂。清晨，铺天盖地的水鸟凌空飞舞，引吭高歌，俨然一个鸟的王国。川岛惠子所在的开拓团就驻扎在这富饶美丽的乌裕尔河畔。

川岛惠子在开拓团当报务员。一天，她突然接过一封电报，那是一份日本宣布战败投降的电报。对于从小接受军国主义教育的川岛惠子而言，她当然知道这意味着什么。尽管之前曾无数次宣誓为天皇玉碎，但当死亡真正来临时，她还是选择了逃生。川岛惠子把那封电报丢在发报机旁，一个人沿着乌裕尔河畔一路狂奔！直到身后响起密集的枪声才戛然停住脚步，望着营地升起的浓烟和隐约传来的哭喊声，知道自己的同胞正在以另一种方式魂归故里。她绝望地跪在地上，捶胸顿足地哭喊，直到昏死过去。

川岛惠子是这群人中唯一的幸存者。为了活命，她逃到一户人家跪倒在地上用生硬的中国话乞求道："行行好，给条生路！为妻也行，为妾也行，当女儿也行。"说罢，伏在地上不停地以头触地，声泪俱下地苦苦哀求。

房主人姓韩，是位四十多岁的中年人，在此间开车马店，见突然闯进个日本女子跪在地上恳求给条生路，便动了恻隐之心。他人到中年，膝下无子嗣，和夫人商量后将她纳为侧室。转年，川岛惠子生下一个女儿。

韩老板不惑之年得女高兴得不得了，送何大先生两块大洋，请他给孩子赐个名讳。何大先生说："时逢腊月，喜得一女，就叫冬梅吧。"韩老板连声道谢。

林惠民的爷爷是位军火贩子。这位林五爷除了有一手百步穿杨的好枪法外，还能说一口流利的日语、俄语。别人做生意都想方设法尽可能避开打仗，而这位林五爷正相反，他是哪儿有热闹往哪儿凑，仗打得越激烈，他那根赚钱的神经就绷得越紧，像条贪心的孤狼，游荡在战场周围随时准备获取猎物。起初，他只是从逃兵手里弄几条枪、几发子弹转手卖给地主老财看家护院。后来竟然勾结苏联军官联手倒卖起了军火。

日俄诺门坎战役爆发后，林五爷自始至终在战场四围转悠。其间，他不断从蒙古人手中收购战场上拣来的枪支弹药偷运到内地，或卖给地主老财，或者干脆卖给土匪。随着战事不断扩大，遗弃在战场上的武器弹药随处可见，林五爷着实发了笔大财。

诺门坎战役结束后，交战双方分别撤回自己的军队，边境又恢复平静。林五爷便打起了苏联边防军伊丽沙娜·卡芭团长的主意。有道是功夫不负有心人，经过几番周折，林五爷终于和卡芭接上头，二人开始联手倒卖被苏军缴获的日军枪支弹药。起初，几笔生意做得十分顺手，卡芭团长尝到甜头，正准备大干一番，却被事先埋伏下的苏联秘密警察抓了个正着。

卡芭团长利用职务之便倒卖军火犯的是杀头之罪，苏军就地成立临时军事法庭，将二人押赴刑场执行枪决。若不是行刑车被一发日军打来的冷炮掀翻，二人恐怕早已成了执法队的枪下之鬼。之后，卡芭随林五爷逃到中国。

1945年，刚刚战胜德国法西斯的苏联红军根据《雅尔塔协议》，在中俄一千多公里边境线上同时发起攻势，日军苦心经营十几年的防御工事迅速被摧毁，战线很快向中国腹地推进。苏联军队的大举进攻，勾起了卡芭的思乡之情，她一狠心抛下刚刚出生不久的婴儿，扮作侨民跑回苏联，从此杳无音信。

卡芭跑了，林五爷没法哺育这个襁褓中的婴儿，只好包上几根金条和一笔数目不菲的银元，把未满周岁的儿子林洪亮交给一位远房寡嫂抚养。从此，这位小有名气的军火贩子便人间蒸发了，有人说他南下投了国军，也有人说他加入土匪青山绺子被解放军打死。


川岛惠子总算保住一条命，韩老板家境虽算不上富裕，却总能让她活下来。新中国成立后，韩老板夫妇相继去世，女儿韩冬梅也一天天长大，川岛惠子心中充满希望。

韩冬梅一向是品学兼优的好学生。初中毕业，她以优异的成绩考入北方工业学校，也就是北方工学院的前身。巧的是林洪亮也考取了这所学校，并且两人分在一个班。毕业后，两人又被分配到同一家钢铁厂，林洪亮在车间当技术员，韩冬梅在化验室当化验员。在校期间，二人并没感觉特别。自打一起分配到工厂，两人之间的距离迅速拉近，一年后终于走到了一起。

结婚当年，韩冬梅生下长子林惠民，转年又生了个女儿。韩冬梅又要带孩子，又要上班，实在不堪重负。不得已，只好把刚满周岁的儿子送到妈妈家寄养。

婚后，小两口的日子过得还算舒心。与其他所有家庭出身不好的人一样，两人在厂里处处小心谨慎，生怕言语不慎给自己惹上麻烦。每天，一辆自行车载着一家人，早八晚五重复着单调而平静的生活。尽管工资收入不多，扶养一双儿女略显拮据，可夫妻相濡以沫，也让这平淡的日子过得有滋有味。

然而，一场突如其来的变故彻底打破了他们的平静，二人相继被勒令接受监督改造。起初只是干些脏活累活，后来情况一天比一天严重。终于有一天林洪亮被隔离审查，专案组仅凭他的一双蓝眼睛，便给他定为"苏修"特务，大会批判，小会斗争。韩冬梅的情况也好不了多少，每天接受劳动改造，还要给被关押的丈夫送牢饭。

这天，韩冬梅背着女儿给丈夫送饭，看守把他递过去的饭盒往外一推，冷冰冰地说："现在不能送饭，马上开批斗会。"韩冬梅只好收起饭盒，背着女儿站在一旁暗自垂泪。

批斗会正式开始，韩冬梅望着被折磨得痛不欲生的丈夫心如刀割，背着女儿躲在人群后悄悄流泪。

正当众人如痴如狂地享受肆虐他人所带来的快乐时，林洪亮突然像头冲出牢笼的野兽，一头扎进轧钢机旁边的硫酸池。只听"噗"的一声，一条鲜活的生命瞬间化做一缕青烟，硫酸池只留下一团蓬乱的黑发。

韩冬梅被眼前的情景惊呆了，站在那儿半晌一动不动，仿佛眼前发生的一切与她没有一点关系。望着那团袅袅升起的烟雾，她脸上竟然露出些许木讷的微笑。她艰难转回身，背着女儿步履蹒跚地朝着那条日夜流淌的大江走去。

夕阳的余晖映照在她的脸上，韩冬梅的面颊上现出淡淡的红晕，高高挽起的发髻衬托着她秀丽的脸庞，走到生命尽头的韩冬梅越发显得楚楚动人。

大江像一面平静的镜子，倒映着天空中几朵飘浮的白云。韩冬梅仿佛看到林洪亮站在云端朝她招手，那神情像他们第一次约会，韩冬梅迎着林洪亮那灼热的目光一步一步走进那条大江。

江水漫过韩冬梅的胸膛，背上的小女儿紧紧搂着母亲发出一阵阵撕心裂肺般的哭喊。韩冬梅梦魇般地安慰女儿道："宝贝，不哭！不哭！妈妈带你去找爸爸！"

大江敞开它那博大的胸怀，悄无声息地载着这对母女流向远方。


# 19


川岛惠子接连几个月收不到女儿寄来的生活费，预感到出事了。她实在放心不下，便带着小惠民进城去女儿家一看究竟。

祖孙俩走到村口，迎面遇上一群戴红袖章的半大小子。何半拉子的儿子何二狗蛋儿见川岛惠子拎着包袱像要出门，便举起扎枪唬道："你这个日本特务，想往哪里跑？"川岛惠子和颜悦色地说："狗蛋儿，我进城去看闺女。""不对！你这个狗日本儿，一定是出去送情报！"说着，朝身后一群半大小子一挥手，说道，"战友们！给我搜！"

让狗蛋儿没想到的是，他竟然真在川岛惠子身上搜出了"情报"。几张纸片上印着一串串歪七扭八的符号，中间还夹杂着一些繁体字。狗蛋儿几个半大小子看不明白，见川岛惠子严严实实地藏在身上，估计即使不是"情报"，也是"密电码"。于是，他命令一群半大小子："把这个日本狗特务给我抓起来，实行无产阶级专政！"说着，一把抓住川岛惠子的头发连拖带拽地将祖孙俩押到造反团司令部。

其实，何二狗蛋儿在川岛惠子身上搜出的是张移民证和两张"军票"。说实话，川岛惠子之所以把这些东西带在身上的确有伺机返回日本的打算。自从逃出开拓团，川岛惠子一直在此间生活。关于她的身份方圆百里无人不知，无人不晓，是摆在明面上的阶级敌人。女儿一连几个月没音讯，川岛惠子已经预感到凶多吉少。为此，她特意把当年日本政府颁发的移民证和两张"军票"带在身上，天真地认为一旦能回到日本，凭借这张移民证可以证明她的身份，而两张"军票"则可以作为她寻亲的盘缠。

何二狗蛋哪知道这些，立刻把这些当作"情报"报告给他爹何半拉子。

何半拉子打小游手好闲，是那种"吃嘛嘛香、干嘛嘛不中"的泼皮无赖。自打开始"走社会"，他从没拿过一天整劳力工分，因此得了"何半拉子"的绰号。

何半拉子也看不懂从川岛惠子身上搜出的"情报"，装腔作势拍案唬道："这个不知死的日本娘儿们，竟敢在我何司令眼皮子底下潜伏这么多年。如今看到革命形势不可阻挡，竟然想一跑了之。这还了得，敌人不投降，就叫他灭亡。"于是，他立刻召开批斗会，给川岛惠子胸前挂块纸壳子，上边写着"日本特务川岛惠子"，五花大绑押到批斗会场。

村头儿，已经"靠边儿站"的老支书急得如同热锅上的蚂蚁，眼看何半拉子一伙闹得不可开交，他却无力制止。

正当老支书无计可施之际，老马倌赶着几十匹马急匆匆返回。老支书问："今天怎么回来得这么早？"老马倌说："我看河水涨得忒快，怕隔在对岸回不来，所以早早把马群赶了回来。"老书记一怔，脑子里立刻想出个救人的办法。于是他三步并作两步跑到队部，抄起那面大铜锣一边敲，一边喊："上边儿下来水啦！各家各户赶紧带上口粮往高处转移，再晚就来不及了！"

住在沼泽边儿上的人们最怕来水，被他这一喊，整个村子立刻骚动起来，人们惊慌失措地牵着羊、赶着猪，一窝蜂似的往村外跑。

何半拉子正白话得满嘴直冒沫子，忽见村民们争先恐后地往村头儿涌来，以为是来支持他的革命行动。不料，脖子上冷不丁挨了一巴掌。他刚想发作，见原来是他家的"母夜叉"气势汹汹地站在身后。何半拉子立刻变成个烂柿子软了下来。他老婆一把夺下他手里的喇叭扔在地上吼道："别在这儿作孽了！洪水眼看来了，你还有心在这儿穷咋呼！赶快给我滚回去收拾东西！"没等何司令缓过神儿，身旁一帮小子闻听发洪水，谁也没心思跟他"闹革命"，扔下他们的司令和川岛惠子撒腿往家跑。

见何半拉子一伙儿人散去，老支书赶紧来到川岛惠子祖孙近前，对川岛惠子说："老姐姐，赶快带着孩子逃命去吧！千万别再回来！"

不幸的是，老支书为救川岛惠子祖孙制造的一句谎言竟成了谶语。当天晚上，百年不遇的大洪水一泻千里，十里之外便能听到隆隆水声。咆哮的洪水一夜之间便把周围几十个村庄变成泽国，数以万计的村民背井离乡、流离失所。川岛惠子带着小外孙，跟着逃难的人群一路奔波，像群无头苍蝇似的到处乱扎、乱撞，饥寒交迫地流浪在城市街头。

小惠民连惊带饿，接连几天高烧不退，已经病得不省人事。此时的川岛惠子真是叫天天不应，喊地地不灵。百般无奈，只好抱着孩子来到医院，跪在上海医生林大眼镜脚下"咣咣"叩头，苦苦哀求她救孩子一命。林大夫两口子心地善良，不但自掏腰包给小惠民买药治病，还腾出自家一间房供祖孙二人临时安身。

川岛惠子是个既勤快，又干净的老妇人。虽然不怎么健谈，行为举止却透着一股子令人难以琢磨的气质。林大夫爱人和两个女儿特别爱吃她做的饭，也很喜欢这个白白净净、长着一对蓝眼睛的小惠民。就这样,川岛惠子便给林家当起了保姆。起初，每月林大夫总是塞给川岛惠子几块钱，但每次都被她谢绝。老太太感激涕零地对林大夫说："你们两口子的救命之恩，我当牛做马都报答不完，怎么好意思收你们的钱呢。"实在推辞不过，川岛惠子就把林大夫给的钱用在一家人的伙食上。久而久之，林大夫干脆把生活费直接交到川岛惠子手上，由她执掌家里的日常开销。

林大夫的两个女儿都比惠民大，川岛惠子就把姐俩儿穿过的衣服改改给小惠民穿。因此，林惠民打小总是穿女孩子的衣服，尽管无数次遭到小伙伴们嘲笑，但为了不给林大夫一家增加负担，川岛惠子还是坚持让他拣姐姐们穿剩的衣服穿。为此，林大夫曾多次和她发脾气，川岛惠子总是说："小孩子只要不光着露着已经蛮好了。"就这样，林惠民从小学一直到上大学，所有的学习费用都是林大夫两口子提供的。祖孙俩在林大夫家一住就是十几年。林大夫一家搬回上海后，川岛惠子仍然住在她家的三间土坯房里直到离开人世。

# 20

林惠民天生是个投机分子，平静的外表掩饰不住他内心的激荡。聪明的头脑，加之血液中流淌着的冒险精神，注定他不会甘于平庸。对此，不但范践民没看透，就连那位爱他爱得发狂的何紫琼也没看透。

从范践民那儿出来，林惠民连件换洗的衣服都没带，径直去火车站只身前往武汉。

火车上人多得连个站脚的地方都没有，林惠民只好扶着座席靠背站在车厢过道处。这是一趟快车，上车的多，下车的少。林惠民一站就是七八个小时，直到列车开进天津站，车上的旅客一下子下了一大半儿，林惠民才拣处靠窗的位子坐下来吃点儿东西。

列车一路向南飞驰，经过三天两夜的漫长旅程，终于到达目的地——武汉，林惠民来到中日合资天和办公自动化设备总厂。

这是一家日资控股公司，主要生产复印机、传真机等办公设备。望着偌大一片厂区，林惠民不知道去哪儿能找他的那位表舅河内一男，只好向门卫打听。门卫抬手指指马路对过儿那幢灰色大楼道："河内总监在办公区，你去那儿找吧。"

走进总厂办公大楼，林惠民对传达室说明来意，那人立刻替他打个电话，之后，十分客气地告诉他："先生，对不起，河内总监不在，他回国述职下周才能回来。"

林惠民顿时没辙了，在这儿他举目无亲，除了这个日本舅舅，他不认识任何人。掂量身上这点钱，估计很难撑到河内一男回来。为此，他感到十分懊恼。正当林惠民为难之际，楼内突然响起一阵铃声，人们纷纷走出办公区去食堂就餐。林惠民也觉得肚子有些饿，他转回身坐在长椅上，掏出最后一个面包。这时，从电梯间走出一位三十多岁的中年人，用余光朝他瞥了一眼，有些生气地走过来问："喂！你是干什么的？怎么在这儿吃东西？"

林惠民连忙站起身诚惶诚恐地说："对不起，不知道您这儿的规矩，我马上走！马上！"说着，拎起挎包准备离开。

那人用嘲讽的口吻对几位同行者道："看到没？这就是中国人，到处吃东西，随地大小便！"

林惠民感受到一种侮辱，嘴里嚼着的那口面包无论如何咽不下去。见那人一副轻视中国人的神情，好像他已经不是中国人。林惠民心里暗暗骂道："什么东西！难怪鲁迅先生憎恶假洋鬼子，可恶！过去可恶，现在更可恶！”正想着，传达室那位对他摆手示意他离开。林惠民顿时上来一股倔劲，嘴里不干不净地骂道：“妈的，狗眼看人低！不就是个合资企业吗，有什么了不起，今天我就不走，看你们能把我怎么样！”于是，他把那块面包放回挎包里，重新端坐回长椅上。传达室那位朝他无可奈何地摇摇头，重重关上窗不再理他。

经过连续几天的旅途劳顿，林惠民已经筋疲力尽，不知不觉坐在长椅上睡了过去。他睡得很香很沉，竟然还做起了梦。梦见自己被一群调皮的猴子围着，那群猴子竟然像齐天大圣一般用木棍打他。他百般躲闪，怎奈猴子太多，怎么也躲闪不过。情急之下，林惠民大声喊道：“老范，快来救我！”随即从梦中惊醒。睁眼一看，原来有人推搡自己，忙站起身揉揉眼睛，见又是刚才那个假洋鬼子！他赌气又坐回长椅上，瞪着一对狼狗眼儿等待对方发问。那人用脚踢他一下道：“我说你这人怎么回事，拿这当候车室了是不？我跟你说，这里是日本控股的合资公司！别在这儿丢人现眼行不？”

林惠民赌气地翘起二郎腿反问道：“请问，您这儿放椅子不就是供人坐的吗？当了几天外企员工有什么了不起，一群狗眼看人低的狗奴才！”

几个人见他出言不逊，没等他那句“狗眼看人低”话音落地，几只大巴掌立刻劈头盖脸朝他拍了下来，一顿拳脚相加生把个林惠民打趴在地上。

正当几个人大打出手之际，忽听一声：“ばか！”（混蛋！）林惠民一惊，见不知什么时候来了位秃头老鬼子，看他骂人的口气感觉应该是个大头目。林惠民顿时来了精神，抬手抹了一把脸上的血，用日语嘲讽道：

“貴社の接客マナーは独特で、武功は一流なことと称する資格があります！ 私はお教えを受けました。”（贵公司待客之道独特，武功堪称一流！在下领教了！）

秃头老鬼子听他讲日语，先是一惊，一边喝退几个人，一边郑重其事地向林惠民弯腰致歉。他歪着大秃脑袋侧耳细听林惠民艰涩的日本方言后问道：

“もとは北海道に住んでいるのではありませんか？”（老家北海道？）

“あれは私の母方の祖母の出生地です”（那儿是我外婆的出生地。）

“あなたはどこの中で生まれますか？”（你在哪儿出生？）

“中国の東北。”（中国东北。）

“あなたの日本語をこのように言うのはあなたの祖母が教えたのですか？”（这么说你的日语是跟外婆学的？）

“私は小さいときから母方の祖母と生活して、彼女は日本人です。”（我打小和她一起生活，她是日本人。）

"ここまで（へ）どんな公務がありますか？"（来这里有何公干？）

"私の叔父を探して、ハノイの総監督。"（找我舅舅，河内总监。）

"あ！もとはこのようなです。"（噢！原来是这样。）

秃头老鬼子转身对那个假洋鬼子说：

"高課長、ハノイの総監督の甥の泊まることに少し手配して、よく面倒をみます。"（高科长，安排河内总监的外甥住下，好生照料。）

假洋鬼子立刻毕恭毕敬地回答："はい！"（是！）

说完，秃头老鬼子又转回头对林惠民道：

"あなたの叔父は明後日国内からようやく帰って来ることができて、こうしましょう、あなたは先に高課長に従って泊まって、後ほど私はあなたに従姉を教えて、彼女にあなたを見舞わせます。"（你舅舅后天才能从日本回来，这样吧，你随高科长先住下，回头我通知你表姐，让她来见你。）

林惠民点点头，暗自思忖："哪儿又冒出来个表姐？该不会是河内一男的女儿吧？嗨！管她呢，暂且住下再说。"

林惠民随高科长住进友谊宾馆，得知他是河内总监的外甥，假洋鬼子立刻换了一副嘴脸，那股子趾高气扬的牛哄劲儿早已飞到九霄云外，为林惠民安排好下榻宾馆，又带他美美地大吃一顿。

晚上，河内一男的女儿市原英子来宾馆看望林惠民。英子三十岁左右的样子，一副白皙的脸庞，大眼睛，单眼皮，娇小身材，披一头卷发，给人一种温柔典雅的感觉。然而，就在市原英子出现的一刹那，却着实把个林惠民吓了一跳！他直勾勾地望着眼前这位日本女人，简直不敢相信自己的眼睛，张了几下嘴竟然什么都说不出来。市原英子被他看得有些尴尬，上前礼节性地问候道：

"こんにちは！市原英子です。"（你好！我是市原英子。）

林惠民含糊不清地回了句什么，从身上掏出个皮夹子，从中取出母亲的照片递到市原英子面前。市原英子疑惑不解地接过那张照片，禁不住也大吃一惊，原来照片上的那个女人长得几乎与她一模一样。于是，她惊骇地问：

"彼女は誰ですか？"（她是谁？）

"私の母！"（我母亲！）

# 21

林惠民走后，何紫琼像丢了魂似的寝食难安，人也憔悴了许多。得不到林惠民的消息，她便没完没了地给老范打电话。可是，那个该死的东西不是支支吾吾地应付她，就是躲躲闪闪不接她的电话。这天，何紫琼又给老范打电话，拿着话筒等了足有五分钟后被告知不在。她怀疑范践民故意不接她电话，于是，便怒气冲冲地跑来找他兴师问罪。

来到范践民宿舍，见老范果然不在。林子说他去许惠茹那儿还没回来。何紫琼心中顿时燃起一团无名之火，心情骤然坏到极点。

从设计院出来，何紫琼神情黯然地走在街上，心里空荡荡的。见天色已晚，便走进一家酒吧，一口气喝下三杯红酒，从包里取出镜子，看着自己红润的面颊，不由得心情豁然开朗。她劝慰自己道："就凭本姑娘，说不上花容月貌雨后梨花，也称得起粉面生辉楚楚动人，犯不着为那两个混蛋自寻烦恼！"于是，她对着镜子整理下仪容，信心十足地步入舞厅疯狂地跳起迪斯科。

舞厅变幻莫测的灯光下，一群男女伴随着激烈的迪斯科舞曲尽情地扭动身躯，释放过剩的精力和无处发泄的激情。一曲过后，何紫琼通身大汗淋漓，尽情地享受释放后的愉悦。这时，身旁一位男士主动上前搭讪："小姐！可以请您喝杯酒吗？"

何紫琼见那人举止猥琐，一脸色相，便打心眼儿里瞧不起，她变颜变色地骂道："滚！你妈才是小姐！"

那人莫明其妙地挨句骂，立刻收敛起斯文，恶声恶气地回敬道："给脸不要脸的烂货！和老子装呢！"

何紫琼哪儿受过这个，只见她柳眉倒竖，杏眼圆睁，抬手给了那人一记耳光。那人没提防被打了个正着，顿时恼羞成怒，抄起一个啤酒瓶子朝她砸过来。就在这时，一个年轻人突然飞起一脚将那人踹倒，用军勾皮鞋在那人的头上脸上一顿猛踹。那人被踹得满脸鲜血，躺倒在地上直翻白眼儿。

舞厅顿时乱作一团，人们发出一阵尖叫。混乱中，小伙子拉起何紫琼逃出舞厅，沿着空荡荡的街道一路狂奔。二人跑了好长一段路才气喘吁吁地停下脚步，何紫琼跑得上气不接下气，刚想蹲在路旁歇会儿，突然发现自己的包落在舞厅了。她惊慌失措地大叫一声："不好！我的包还在那儿！里面有我的工作证！"年轻人闻听一怔，对何紫琼说："你赶紧回家，我去替你找回，改天给你送去。"说完，转身消失在夜色中。

何紫琼掐指计算，林惠民已经走了整整十三天。她每天望眼欲穿地盼着林惠民的消息，可是，这个该死的东西居然连一个电话都不给她打，何紫琼简直都快急疯了。

这天，何紫琼正坐在办公桌前发呆，传达室打来电话，说有两位民警找她了解情况。何紫琼放下电话来到保卫科，见民警手里拿着自己的包，立刻明白两位民警的来意，没等人家发问，便把当晚发生的情况如此这般地讲述一遍。民警听罢，问道："帮你打架的那个年轻人是谁？他人在哪里？"何紫琼说："我不认识，不知道他在哪儿。"民警对她的回答极为不满，追问道："你没说实话，这对你没什么好处。如果你们不认识，他为什么要出手帮你？"见警察怀疑自己是那人同伙，何紫琼大为不快，对两位说道："我说警察大哥，您这话说得可不占理！古人还讲究个路见不平拔刀相助，难道我被人欺负就不兴有人站出来主持正义？"两位民警被她噎得直翻白眼儿，神情严肃地训导她道："请你端正态度！作为一名国家干部，应该时刻遵守国家法律才是！公共场所聚众斗殴，这是严重的违法行为！我们完全可以依法拘留你！"一听这话，何紫琼立刻急了，她把一肚子怨气一股脑发泄在两位民警身上，尖酸刻薄地怒吼道："你少跟我来这套！这件事我是受害者，作为人民警察，你们不去惩治那些流氓无赖，反倒腆着脸跑这儿跟我吹胡子瞪眼，你们不嫌砢碜啊！"两位民警被骂得满脸通红，见她不是省油的灯，扔下坤包骂了一声"泼妇！简直不可理喻"，便起身离去。

骂跑了两位民警，何紫琼自己也气得够呛，回到办公室收拾起桌上的东西与科长说了声有事，便带着一脸官司来找范践民。

范践民正在睡午觉，何紫琼进屋不由分说轮起坤包把他打醒。老范睡眼惺忪地从床上爬起来，拿起茶杯替她倒杯水，问道："怎么了，何支书？你这是抽的哪门子风，进门就开练！"

何紫琼抹了把眼泪一脸不悦地问："你是不是去看许惠茹了？"

"没错，去了！"

"我不是告诉过你不许去吗！"

"我为什么要听你的？"

"你混蛋！你答应过等我的！是你自己说的！"

"何紫琼，别闹行不？你现在是林惠民的女朋友！"

"不是！他不要我了！你们俩没一个好东西！"说完，趴在老范的行李上呜呜咽咽地哭了起来。

见何紫琼痛哭流涕的样子，老范心生几分怜悯，好言劝慰道："紫琼，咱都老大不小了，不能总耍小孩子脾气。林惠民不是一个不讲情谊的人，不会扔下你不管。"

何紫琼一头扎进老范怀里又哭又闹，弄得范践民脸涨得通红，挖挲着手不知如何是好。

何紫琼哭了一阵，起身洗把脸，情绪平静了一些，靠在床头边问老范："你准备和她结婚？"

"嗯，我娶她当老婆。"老范笑呵呵地说。

"那她女儿呢？"

老范仍笑嘻嘻地说："那还用说，我给她当爹呗。"

何紫琼轻蔑地朝他一瞥讥讽道："你倒是省事儿，连娘带仔儿一块儿拾掇过来。"

老范非但不介意何紫琼的讥讽，反倒劝慰她道："紫琼，咱们是好同学、好朋友。坦白地说，你聪明、漂亮，非一般女子可比。可是，你这脾气真得改改，别说林惠民，换成谁也受不了。"

何紫琼一听就火了，横眉怒目地凑到老范面前，贴着他的鼻尖咬牙切齿地说："我不如她温柔！我刁蛮任性！可我没跟人生孩子！哼！拣块别人用过的破抹布还当成宝了！"

范践民被她骂得一张脸青一阵，红一阵，两片厚嘴唇子气得直哆嗦。见何紫琼歪在床上那一副刁蛮相，他恨不得一把将她扔出去。转念一想，她毕竟是女生，有道是好男不和女斗，犯不上和她一般见识。于是，强压一肚子怒火，装出一副可怜兮兮的样子央求道："姑奶奶，求你嘴上积德，别再窝囊我了行不？"

何紫琼见老范那副难堪相，不由得心生几分得意，朝他嫣然一笑道：

"可以啊，不过嘛，你得答应我个条件。不然，保不准我还说。"

"得！何支书，只要你不用这些话埋汰我，什么条件都答应。"

何紫琼立刻来了精神，凑到老范近前说："这可是你说的，不许反悔！告诉我，林惠民到底去哪儿了，给没给你打过电话？"

老范皱着眉头想了想，觉得不如赶快把这尊瘟神推给林惠民算了，免得她整天纠缠自己。于是，便把林惠民在武汉的地址、电话告诉了何紫琼。何紫琼一一记下后拾起挎包起身离去，当晚便登上南下的列车去武汉找林惠民。

# 22

河内一男终于回来了。见到这位日本舅舅，林惠民多少有些拘谨。晚上，河内一男请林惠民共进晚餐，女儿市原英子作陪。其间，河内总监简单打听几句姑母川岛惠子的情况之后，便把话题转到林惠民身上。详细询问他的学历、所学专业以及现在的工作情况。当问及此行的目的时，林惠民回答得既简单又直接。他对河内一男说："我这次来武汉，一是想见见您，毕竟我们是血脉至亲，作为晚辈，理应前来对您尽份孝心；二来我不想去分配的工作单位上班，打算自己做点事，在不给您增加太多麻烦的前提下，希望能得到您的一些帮助。"

河内一男微微笑了笑，语气舒缓地对他说："这次回国述职，家父也提及此事。他已经收到你外婆的信，大致知道一些你的想法。老爷子有意从他那儿划出一笔资金助你一臂之力。"

林惠民感到十分意外，尽管之前曾经和姥姥谈过自己的想法，却没料到她会写信。见河内总监有意帮自己，林惠民显得有些激动。从河内一男的目光中，林惠民觉察这位日本舅舅似乎对自己颇有好感。因此，心情相对轻松许多。不过，对这位话语不多的长者，林惠民总是觉得有股说不出来的味道。河内总监放下杯筷，牙好像被什么东西塞住，林惠民连忙取过一枚牙签递过去。河内一边抠牙，一边继续道："从长远发展考虑，公司有意进一步拓展中国北方市场。这样吧，回头我和有关人员商量一下，看看以什么方式促成这件事。你既然来了，不妨多停留几天，顺便了解一下公司情况。明天我安排人带你去各处走走，你若有兴趣，最好能深入车间实习一段时间。"林惠民连连点头称是。

市原英子是位典型的职业女性。席间，多次起身替表弟斟酒布菜，对这位生着一双蓝眼睛的表弟，她除却那份模模糊糊的亲情之外，似乎另有一番别的味道。听父亲说派人带表弟参观工厂，便对河内总监道："父亲，我这几天不忙，不如让我陪表弟吧。"河内一男点头应允。

中日合资天和办公自动化设备总厂共有四个生产厂、十几条生产线，和上百道测试工序。林惠民在表姐市原英子的陪同下转了整整一天，高度集成化的生产过程看得他眼花缭乱。参观完工厂，林惠民显得有些沮丧。晚饭后，市原英子见表弟情绪不佳，提议找个地方放松一下。于是，姐弟俩来到一家歌厅开间包房。

歌厅装修得十分奢华，包房内的灯光音响十分考究。市原英子拿起麦克风唱了一首日本民歌，林惠民尽管听不太懂，却能感觉到表姐唱得很动情。市原英子唱完，林惠民一边为她鼓掌，一边接过麦克风，用日语唱了首《黄手帕》。浑厚的男中音令市原英子大为震惊，瞬间便缩短了两个人之间的距离感。同时，也对这个从未谋面的表弟产生了另外一番情感。俩人不由自主地靠在一起，像一对久别重逢的情侣般如醉如痴地唱了起来。一曲如泣如诉的《黄手帕》勾起市原英子的思乡之情，她只能在昏暗的灯光下，用歌声来倾诉心中的惆怅。突然，市原英子的电话响起来，林惠民关掉音响站在一旁静静地等候。他望着表姐的表情，感觉应该是个男人打来的。市原英子接完电话，林惠民好奇地要过那部手提电话，流露出一副不可思议的神情。市原英子见他喜欢，便决定送给他。林惠民也不推托，爱不释手地拿在手里，兴奋得像个孩子，对于这个刚刚问世的新玩意表现出极大的兴趣。

　　他见时间尚早，估计老范应该在宿舍，便用手机拨了过去。听老范接起电话，林惠民迫不及待地对他说："哥们儿，我现在是用手机给你打的，你记下我的号，以后你随时可以打给我。"当老范问起事情办得怎么样时，林惠民立刻对着话筒滔滔不绝地讲起来，尤其谈到天和公司有意在北方设立营销机构时，林惠民眉飞色舞地和老范一通白话，直到听不到对方的声音时，才愣眉愣眼地问表姐："どうして音がなくなったか？"（怎么没声了？）市原英子说："恐らく話の費用は終わります。"（可能话费用完了）林惠民这才恍然大悟，敢情这东西还得缴费，估计话费一定很贵，于是，他决定还是把这个新玩意还给市原英子。说："それをあなたに返すことがでしょう、私は起きないで。"（还是把它还给你吧，我用不起）市原英子说："かまわないです、私はあなたのために出させて通話料に足ります。"（没关系，我替你缴足话费）

　　这些天，林惠民一直处在高度兴奋状态。白天去总装厂实习，晚上和表姐逛酒吧、泡歌厅。展现在眼前的是一个令他眼花缭乱的缤纷世界，禁不住由衷感叹人与人之间的生存差别。他联想自己所经历过的磨难，遭遇到的歧视，好不容易读完大学，却被分去洗车，感慨万端。

　　周日休息，市原英子带表弟郊游。金秋时节，景色宜人。姐弟俩换上泳装，畅快淋漓地在水中游了好一阵子。上岸后，俩人坐在松软的沙滩上小憩。市原英子取出防晒露替林惠民涂在身上，含情脉脉地望着眼前这位帅气十足的表弟，目光中蕴含着几分温情。橘黄色的泳装紧紧包裹着市原英子的丰胸翘臀，凸显一个成熟女人的韵味。一缕长发散落在林惠民裸露的身上，痒得他有些躁动不安。于是，他从市原英子手中接过那瓶防晒露，学着表姐的样子一面替市原英子涂在身体上，一面轻轻地替她揉搓。市原英子舒展着身体，尽情地享受异性带给自己的抚慰。时间一分一秒地流逝，远处不时传来几声沉闷的雷声。一阵江风吹过，带来几丝凉意。姐弟俩急忙穿好衣服，驱车返回市原英子的住所。

河内一男没在家，女厨早已准备好晚餐。二人洗漱完毕，市原英子吩咐女厨离去。

市原英子取出一瓶"人头马"，替林惠民斟满酒杯，姐弟二人相对而坐，开怀畅饮，一会儿工夫便把一瓶洋酒喝了个精光。

晚餐后，市原英子换上一件宽松的睡衣，催促林惠民："私はあなたのために入浴する水を準備しました、すぐに洗うようにしましょう！"（我已经替你准备好了洗澡水，快去洗吧！）林惠民心神不宁地看一眼表姐，他知道接下来将要发生什么，尽管有悖伦理，最终还是难以抵御体内不断激增的荷尔蒙和肾上腺素，草草冲了个热水澡便急不可待地冲出浴室，一头扎在表姐那张舒适的大床上。

市原英子挽起一头秀发，撑着半边脸笑盈盈地侧卧在床上。见林惠民赤裸着身体扑过来，夸张地发出一声惊呼将被子蒙在头上。林惠民粗暴地掀开被子疯狂地亲吻表姐，市原英子扭动着身体热切地回应，不时发出一阵阵畅快的呻吟。

正当姐弟二人床上大戏即将进入高潮之际，林惠民的手机突然响了，他看了一眼身下的表姐，感觉电话应该是打给她的，便把手机递到表姐手上。市原英子接过电话立刻觉得不对，电话里传出的声音，她除了林惠民的名字之外，其他一句也听不懂，于是，又把手机交到林惠民手里。

电话是何紫琼打来的，说自己已经到了武汉，让林惠民去车站接她。

接完电话，林惠民立刻像只泄了气的皮球，插在表姐体内的那个阳物也随之像个霜打的茄子——蔫了。


# 23


人无外财不富，马无夜草不肥。林惠民这趟武汉之行收获颇丰。日本舅爷资助他五十万日元，舅舅河内一男借给他五十万日元，表姐市原英子替他垫付了二十万日元的保证金，这样算来，他总计获得一百二十万日元的资金支持。在那个"万元户"都是凤毛麟角的年代，林惠民绝对称得上是"大款"。同时，他还获得了天和公司的省级代理权。至此，林惠民终于找到一条自我发展之路，满怀信心地站在事业起跑线上。

列车风驰电掣般一路向北疾驰。何紫琼悠闲地靠在卧铺上翻阅一本杂志，林惠民站在车厢过道上，望着窗外不断掠过的高山大川，禁不住心潮澎湃热血沸腾。大丈夫立于天地之间，即使不能成就一番经天纬地的大事业，也绝不碌碌无为地度过一生！出于对成功的渴望，林惠民毅然告别早八晚五的上班一族，走上一条与同时代人迥然不同的人生之路，踌躇满志地步入创业伊始的"疯狗期"。

经过三天两夜的漫长旅途，林惠民终于西装革履、手持大哥大、第一次自我感觉良好地走进何紫琼家。紫琼老爸正坐在沙发上看文件，看到自己的宝贝女儿站在面前，那悬着的心终于落地。他极力克制住好奇，用余光朝俩人瞥了一眼，故意装作不在意的样子继续看手中那几页稿纸。

林惠民打心底惧怕自己这位丈人，立刻收敛起穷汉乍富、挺胸迭肚的浅薄相，毕恭毕敬地叫了一声："爸爸，我们回来了。"紫琼老爸用鼻子哼了一声，头不抬、眼不睁地继续看他手中那几页稿纸，那神情仿佛准备列席中央政治局扩大会议。

何紫琼径直回到自己房间换身衣服，取出一双牛筋底皮鞋来到老爸近前，夺下他手上那几页稿纸扔在桌子上，把新鞋穿在老爸脚上，用命令的口吻道："站起来走几步，看看合适不。"

紫琼老爸顺从地站起身，在客厅里走了几步，脸上露出满意的笑容，用讨好的口吻夸赞女儿道："还是我闺女孝顺，这鞋穿着可真舒服。"何紫琼朝他撇撇嘴道："老爸，千万别搞错，这双鞋是惠民孝敬您的。"紫琼老爸看了林惠民一眼，含糊其辞地说了句："也好，也好。"

何紫琼把老爸哄得高兴，取出为老妈买的外套，比比画画地对她讲服装的款式、风格。紫琼老妈根本不买账，对她的那些话丝毫不感兴趣，反倒拉过林惠民急切地询问他们二人风风火火跑去武汉做什么。林惠民一向对这位丈母娘十分敬重，便把去武汉的前后简要对她述说一遍。何紫琼父母立刻被惊得目瞪口呆。尤其是紫琼老爸，听说林惠民给一家日本公司当代理商，脸都吓白了，心想：这还了得，给日本人当代理，万一政策有变，不得被无产阶级专政的铁拳砸得粉身碎骨啊！

沉默了片刻，紫琼妈用商量的口吻道：

"惠民，你刚刚步入社会，应该走正路，不能只图眼前挣几个钱儿。你爸正四处托人帮你调工作，你再耐心等些天。咱是大学生，是天之骄子，找个单位稳稳当当上班多好。切可不和社会上那些不三不四的人一块瞎折腾。"

林惠民执拗地低头不语。何紫琼从卫生间出来，一边擦脸，一边对她母亲嚷嚷道："妈，我们的事您就别跟着瞎操心，这都什么年代了，你还搬弄那些老理儿旧说。

再者说，惠民已经与天和公司签了合同，他舅爷、舅舅、表姐资助的一百二十万日元已经打到天河公司账户了，现在反悔要赔偿人家损失的。"

紫琼老爸被吓得一哆嗦，尽管他不知道一百二十万日元是个什么概念，也不清楚日元对人民币的汇率是多少，不过，他猜测那肯定是一笔数目不菲的钱。老爷子急得立刻血压升高双手冰凉，想不到两个不知天高地厚的孩子竟然惹出这么大的祸来。在他的意识中，林惠民与当年那些投靠日本人的汉奸走狗没什么区别。见老伴说服不了林惠民，估计自己也制止不住，赌气扔下一句"碟子里扎猛子——不知深浅"，便气呼呼地回到书房，索性不再听他们的事。


# 24

林惠民在街面上转悠一天，终于选中一处地段不错、房价也适当的门面租了下来。接下来的一段日子，他一边起早贪黑忙着装修店面、订制柜台、招聘员工、组织培训，一边焦急等待武汉发出的货物。每天早出晚归，忙得不亦乐乎。

人说万事开头难，难就难在一切必须从零开始。看似十分简单的事，做起来却没那么容易。光装电话何紫琼就"哥、姐、姨、叔"地叫了好几天。好不容易批下装机单，何紫琼满心喜悦地向林惠民邀功请赏，不料一晃一周过去，却始终不见有人前来装电话。何紫琼三番五次前去催促，人家不是说忙，就是说没线位，推三托四就是不给装机。眼见公司即将开业，却连部电话都装不上，林惠民急得团团转，实在没办法，只好忍痛掏出一百元好处费，总算装上一部电话。

这还是小事一桩，接下来的几件事却几乎让这个初涉江湖的小老板陷入绝境。

这天，林惠民终于盼到铁路货物处通知提货，赶紧租辆货车去站台。第一次提货摸不着路，小老板晕头转向径直闯入货场，一群装卸工正从零担车厢往下卸货，什么轻拿轻放，摆放成方，简直是弥天大谎。映入他眼帘的是出了格的野蛮装卸，一群人手脚并用，把货物连蹬带踹往下扔，直看得林惠民心惊肉跳，心想：我的天老爷呀，这么个装卸法，我那些精密电子设备可就全玩儿完了。他心神不宁地办完提货手续。货管员指着一堆被摔破的木头箱子道："你的货全在这儿呢，自己装吧。"

林惠民一看，立刻傻眼了。望着一堆被摔得破烂不堪的包装箱，林惠民眼前一阵眩晕，气急败坏地跑到货物处找人理论，可人家说："我们只管把东西给你运来，破损那是产品包装的事，与我们运输单位一毛钱的关系都没有。"差点儿没把小老板气死。铁老大时代,小小个体户根本无力与人家抗争。林惠民只好打掉牙往肚子里咽,忍气吞声把摔得七零八落的木箱子运回公司,拆开查看,几乎所有货物均有不同程度破损。五台复印机摔坏三台,十台传真机只有三台尚且完好。看着十几万元的货物变成一堆破铜烂铁废塑料,林惠民真的是欲哭无泪,欲告无门。

何紫琼下班直接来到公司。一进门,见运回的货物摔成这样,禁不住心里翻了个个儿,暗想:完了!这下可全完了!她急得哇哇大哭起来。林惠民愣愣地望着何紫琼,一张脸抽搐得变了形。都说男儿有泪不轻弹,那是没到伤心处。金钱儿女动人心,十几万的商品变成一堆废品搁谁身上也够受。二人守着一堆破烂哭了好一阵,想想哭也没用,只好擦干眼泪,一一查看设备的受损情况,报给公司总部,请求派人协助修复。

林惠民的天和办公设备销售分公司第一天的业绩为零。从早到晚,这位小老板像患上"进出症",出去的是他,进来的还是他。整整一天水米未进,望眼欲穿地盼着能有顾客走进他的小店,哪怕什么都不买,光顾一下也好。可是,实在令他失望,人们甚至连他经销的商品是干什么用的都不知道。把林老板急的,恨不得跑到街上拉几个人进来,向人们展示一下自己的高科技产品。

晚上回到何紫琼家,林惠民一头倒在床上,眉头紧锁,一筹莫展。

第二天依然如故,还是没生意。何紫琼急得满嘴水泡,到单位点个卯,便跑出去替林惠民四处招揽生意。紫琼老爸见俩人急成这样,也跟着不安起来,厚着一张老脸给老同事、老朋友打电话,愁人的是:打电话的说不清楚,接电话的听不明白,生意没联系成,凭空给自己增添了几分烦恼。不由得暗自叹息:"唉!老了,真的老了,已经跟不上时代的步伐了。"

开业三天,林惠民一笔生意没做成。倒不是他不会做生意,也不是经销的产品不好,问题是人们普遍没有办公自动化的概念。不知道通过电话线可以传递文字,更不清楚除了印刷机、油印机之外还有什么复印机。林惠民觉得不能再这样耗下去,与其等客上门,还不如主动出击,走出去找关系、找市场。何紫琼提议通过老范找找白洋老师,看她能不能帮忙。奈何老范在山沟里施工,林惠民自打从武汉回来连他的面都没见过。于是,二人决定直接去找白洋,师生一场,即使她不帮忙,想必也不至于让自己难堪。

人不求人一般高,求人的滋味肯定不好受。来到白洋办公室门口,林惠民有种上门乞讨的感觉。见他犹豫,何紫琼主动上前敲门。刚好白洋在,见他俩到来感到十分意外,问道:"你俩怎么有空来我这儿?是不是有事儿?"林惠民看了一眼何紫琼窘迫得满脸通红，抬手抹了一把脸上浸出的汗，吞吞吐吐地说明来意。白洋听罢十分爽快地说："来得早不如来得巧，算你们来对了。院里刚批下购置两台复印机、五部传真机的指标，我正琢磨去哪儿买呢。"林惠民听后，激动得两片嘴唇直哆嗦，连忙拿出产品样本凑到白洋近前，殷勤地向她介绍自己的产品。

白洋看看产品样本对林惠民说："说实话，对这些高科技产品我不懂，既然你们来了，那就从你们那儿进吧。不过咱有言在先，一定要保证质量、保证服务，别让我这个当老师的从中为难。"

天那！没想到白洋答应得这么痛快。何紫琼高兴得差点儿跳起来，拉着白洋的手信誓旦旦地说：

"白老师，您就放一百个心。我们经销的产品全部是日本进口，质量包你没问题。至于服务，保证您随叫随到，终身服务。"

白洋说："既然你们对自己的商品这么有信心，那就把品牌、价格等相关资料拿过来，这件事就这么定吧。不过，价格不能高于同类产品的市场价，而且一定得耐用。"

两台复印机、五台传真机，一张订单小10万！何紫琼兴奋地搂着白洋的大胖脸一通狂吻。白洋说："你个疯丫头，快放开。我这把老骨头可经不住你这么揉搓。"

谁是最可爱的人？此时白洋才是最可爱的人！那张肥胖的大脸盘子瞬间变得那般慈祥，就连那个硕大的屁股，此时仿佛也充满了魅力。

接下白洋的订单，林惠民起早贪黑地忙碌，经过几天辛勤努力，终于将全部设备安装调试完毕。设计院对他提供的服务十分满意，验收合格后，白洋带他去财务处结算货款。并且告诉他：这只是设计院办公自动化的开始，近期还将采购几十台电脑以及相关设备。林惠民悄悄给何紫琼递了个眼神儿。何紫琼立刻心领神会，从包里拿出2000块钱，对白洋说：

"白老师，您帮我们这么大个大忙，我俩十分感激，这是我们的一点心意，请您一定收下。"

白洋立刻拉下脸，声色俱厉地说：

"你们这是干什么？也忒小瞧我白洋了！告诉你们，我参加工作几十年，无论走到哪儿，从未占公家一分钱便宜！今天我可以不计较，如果再有下次，你们就永远别来找我！"

二人被训斥得哑口无言，何紫琼捏着一沓钱羞得差点儿没找个地缝钻进去。林惠民更惨，躲在何紫琼身后大气儿不敢出。眼前的白老师仿佛又变成北工的那个"白洋腔"。何紫琼像犯了错的小学生似的走到白洋近前，拉着白老师的手低声下气地说：

"白老师，学生给您道歉还不行吗！是我俩一时糊涂，您就别跟我们计较了好不好？"于是乎，施展出浑身解数哄劝白洋，直到白洋脸上重新露出笑容。

何紫琼小心翼翼地把支票装进包里，兴高采烈地拉着林惠民离开设计院。一路上，林惠民把自行车骑得飞快，何紫琼挽着他的腰坐在车后架上，快活得像只小鸟。第一桶金带给他们的不仅是渴望已久的财富，更是对美好未来的无限憧憬。


# 25


入冬第一场雪纷纷扬扬地下了一夜。清晨，人们走出家门，仿佛走进了童话世界。街道屋宇一片洁白，天地之间，浩然一色，好一派瑞雪丰年的北国风光。

许惠茹走出家门，走进一家早餐店胡乱吃口东西便匆忙来到县委组织部。

组织部长是位军转干部，举手投足间仍保持一股军人气质，见许惠茹进来热情地招呼道："小许，来来，快坐下。下雪了，冷不？"说着，把一杯热水递到她手上。许惠茹受宠若惊，站起身接过水杯，说道："谢谢李部长，您太客气了。"

二人重新坐定，李部长沉吟片刻对许惠茹说："惠茹同志，今天我是代表县委找你谈话。你也看到了，目前，县内多家企业停产放假，职工生活遇到前所未有的困难。为此，县委、县政府正承受着巨大的压力。前些天，县里专门召开一次常委扩大会议，决定由县里牵头组织一批下岗职工赴韩国劳务输出。根据韩方要求，这次去的女工偏多。为了便于管理，县委决定增派一名政治素质好、文化程度高的女同志带队。一是加强对出国劳务人员管理；二来学习借鉴国外的先进经验，为以后加入世界经济大循环做好人才准备。县委对全县女干部进行一次筛选，最终觉得你是最佳人选。今天叫你来，是想征求一下你的意见。如果你本人有困难，可以向组织上提出来。"

由于事前没有思想准备，许惠茹被这突如其来的变故惊得目瞪口呆。她愣愣地看着李部长，半响没缓过神儿来。李部长点燃一支烟，望着惶恐不安的许惠茹继续道："小许，我要和你谈的就是这些，想听听你的个人意见。不过，我个人认为这对你是件好事，有利于以后发展，希望你千万不要错过这次机会。"

许惠茹终于领悟到李部长这番话的含意，想了一下问道："李部长，我想知道为什么选中我？"李部长说："县委原打算选派一名现职科级干部带队。可是，把全县副科级以上女干部逐个考察一遍，结果不是年龄偏大，就是文化程度偏低，实在找不出适当人选。为此，张书记提议从后备干部中选拔一名年轻、文化程度高的女同志提为副科，而你是全县女干部中唯一一位既是本科生，又是科级后备干部的，因此选中你。惠茹同志，你可千万别拿错了主意。"许惠茹十分感激地点点头，说道："李部长，感谢组织的信任，我服从组织的决定。但是，我想知道去多长时间。"李部长说："你能接这项任务很好，张书记果然没看错。出国时间暂定为一年，中间有无变化我也说不清楚。不过你要有思想准备，或许还有第二批、第三批下岗职工陆续走出去，到时候只能视具体情况而定。"

"只派我一个人去吗？"

"不，你和吕二军同志一起去。"

"吕二军？"

"对。"

许惠茹禁不住心头一震，暗想：我的天老爷！跟谁去不好，怎么偏偏跟他去。刚刚摆脱这个恶鬼的纠缠，这下可倒好，还搭伴跑去国外。尽管许惠茹心中十分懊恼，却又不便在李部长面前表现出来。


自打在许惠茹家被老范一通收拾，吕二军是王八钻灶坑——连憋气带窝火。佳人近在咫尺，他却只能望洋兴叹。无奈之下，他只好借酒消愁，喝醉了就变着法地折磨他老婆，没出一个月就把季彩凤打得告饶，拿着一纸离婚协议带着自己生的傻儿子回了娘家。

打跑了季彩凤，吕二军便挖空心思寻找机会接近许惠茹，结果不是遭人家冷言冷语一通讥讽，便是劈头盖脸一顿斥责。自讨没趣不说，无端给自己增添许多烦恼。

有道是命不济天照应。这天，吕二军与几位铁哥们儿小聚，组织部干部组小滕姗姗来迟，一边向大家拱手道歉，一边解释道："实在不好意思，去科委考核干部，找人谈一下午话，口燥舌干不说，还耽误了几位哥们儿雅兴。抱歉，实在抱歉。"说者无心，听者有意。听说去科委，吕二军立刻联想到许惠茹。于是，他连忙凑小滕身旁问个仔细。当他得知县委急着提拔许惠茹是为派她带队出国时，立刻警觉地问小滕："我说哥们儿，县里这么多人出国，就派她一个女的带队？"小滕说："好像不是，她是副领队，领队是政府办黄主任，听说老黄还不太愿意去。"

真乃踏破铁鞋无觅处，得来全不费工夫。吕二军母狗眼儿一转立刻来了主意，草草与众人应付几句，便径直来到县委张书记家。

张书记正在泡脚，见吕二军进来也没吭声，用手指指椅子示意让他坐下。倒是张书记老伴儿，见了吕二军显得异常兴奋。一边沏茶倒水，一边亲昵地说："二军啊，你送的那些木头可真叫人称心，十四根檩子清一色的落叶松，正经的山里货。尤其那两根柁，溜直儿溜直儿的，看着真叫人欢喜……"

见老伴絮叨起来没完，张书记赌气地把两只脚从脚盆里移出来，老伴忙递给他一块擦脚布。吕二军立刻端起那盆洗脚水倒掉，抄起拖布擦干地上的水迹。

张书记洗了手，穿上拖鞋，在沙发上坐定。吕二军忙取一支烟递到张书记手上，擦着火柴，双手递到张书记面前。这一连串动作吕二军做得十分娴熟到位。

张书记深吸一口烟，残烟迅速从两个鼻孔中散出。他用余光瞥了吕二军一眼，问道："来家有事吧？"吕二军刚想说没事，却立刻反悔。他跟随张书记多年，深知这个倔老头子的脾气，知道不把话说在当面等于自讨没趣，于是，便把想和许惠茹一同去韩国的想法说给张书记听。

张书记听罢脸沉得像汪水似的。凭经验，吕二军知道老头子要发火，于是，他扑通一下跪在张书记面前声泪俱下地哀求道："张书记，您是我的大恩人。当初若不是您拉属下一把，指不定我吕二军会落魄到什么地步。我吕二军是个知恩图报的人，为了报答您的恩情，我兢兢业业工作，老老实实做人。您指到哪儿，我二话不说打到哪儿。可是，您老有所不知，我吕二军苦啊！别的且不说，但说我和许惠茹生的那孩子，都长到六七岁了，却连件像样的衣服都没穿过。我枉为人父，愧对孩子啊！张书记，看在我这些年鞍前马后伺候您的份上，您就给我这次机会吧！倘若我俩能重新修好，再续前缘，您就是我的再生父母，重生爹娘！"

张书记厉声要他起来说话，吕二军执意跪在那儿不肯起来，正在这当口政府办黄主任推门进来，见吕二军哭天抹泪地跪在地上，先是一惊，随后赶紧退出门外。见黄主任突然杀来，吕二军只好抹一把脸上的眼泪匆匆离去。

吕二军走后，黄主任把自己不想出国的理由如此这般与张书记述说。客观地说，黄主任提出的理由十分正当，甚至无懈可击。

一个死活不去，一个拼命要去。张书记权衡再三，觉得还是成全吕二军的好。就这样，吕二军替代县委办黄主任当上这伙出国劳务输出人员的正领队。

许惠茹心里别提多窝火，她尽管十分不情愿，但既然县委已经做出决定，估计也没有多少选择余地，总不能把自己和吕二军的情感纠葛当作理由说出来，她还没傻到那个份上。转念又一想，有什么啊！又不是就他们两个人出国，不是几百号人一起出去吗！脚正不怕鞋歪，就不信你吕二军能把我许惠茹怎么样。于是，许惠茹当即对李部长说："李部长，既然是组织决定，我坚决服从。"

李部长满意地站起身，拍拍许惠茹的肩膀意味深长地说："惠茹同志，这就对了。

张书记一向十分器重你。你年轻，又有文化，好好干，前途不可估量。"

从组织部出来，许惠茹想给范践民打个电话。自己这一走，与老范年底结婚的打算恐怕要落空。回到单位，许惠茹约好长途坐在电话机旁等候，一直等到临近下班电话才接通。由于线路不好，声音断断续续总听不大清楚。许惠茹对着电话喊了大半天，对方总算听明白她要找范践民，于是，对她说："范践民所在的施工现场离这里还有三十华里，你若有事只能代为转告。"许惠茹无奈，只好说："那麻烦您转告他，说他女朋友要出国，请他务必回来一趟。"想不到调度长把"要出国"听成了"出车祸"，当时一惊，问道："是不是很重？"而许惠茹这边光听见"很重"，便对着话筒喊道："很重要，请他务必回来一趟！"这下坏了，调度长放下电话便在值班记录上写道："范践民女朋友出车祸，很重！请他务必回去一趟！"

# 26

施工临近尾声，范践民所在施工区段大部分人员、机械陆续撤离。林子、韩工已经先期返回，只留老范处理善后。昔日热火朝天的施工场地变得冷冷清清。天空中阴云密布，纷纷扬扬地飘着雪花，凭空令人多了几分落寞。没日没夜在外奔波一年，大家都已经是"王八肚子插鸡毛——归（龟）心似箭"。

晚饭后，十几个人凑到工程指挥部互相斗嘴寻开心。祝工是山西长治人，大家都叫他祝老西子；张工是河北唐山人，都叫他张老坦儿，两人到一起就掐。晚饭后闲着没事，祝工一面剔牙，一面不怀好意地看着张工。见他又要挑衅，大家都等着看热闹。祝工清清公鸭嗓挤眉弄眼窝囊张工道：说一个河北瞎子和一个山西的瘸子结伴讨饭。这天，俩人打算去河对岸，可河上没桥没船，瞎子只好背着瘸子过河。走到河中间，瘸子在瞎子背上说："前边有人洗澡。"瞎子马上说："都是女人。"祝工问大家："瞎子咋知道洗澡的是女人？"技术员小成说："一定是听到说话的声音了。""不对，肯定听不到声音。"祝老西儿当即摇头晃脑予以否认。袁工是山东临淄人，平时大家都叫他袁山东子，他看了一眼身旁眯缝着眼睛吸烟的张老坦儿笑道："娘那个 ×的，肯定是那瘸子见了光身子女人，胯下的'老二'支起来顶到瞎子屁股上。哈哈……"大家听了，望着张工哄堂大笑。

张工坐在那儿既不恼，也不笑。待大家笑过，他吐出一口残烟斯斯文文地也说出一段。他说："一个河北人、一个山东人和一个山西人住店，闲来无事都夸自己家乡好。山东人说：

山东山东又山东，又有煎饼又有葱。若是你到山东来，吃块煎饼卷大葱。"

袁工平时爱吃煎饼卷大葱，听祝工编派他，抬腿踹他一脚。祝工骂道："喔操，别乱抬蹄子。"随后继续道，"河北人听了，也来了一段，说：河北河北又河北，雾灵山、滦河水。如果不到河北来，枉来人间走一回。"

山西人见二位出口成章，也想说几句，却一时想不出山西有什么值得夸的，于是说道：

"山西山西又山西，又有'兔子'又有'鸡'。如果你到山西来，先打'兔子'后玩'鸡'。"

哈哈，大家把目光转向祝工，又是一阵大笑。直笑得祝工有些挂不住面子，指着张工对大家说："你们不知道，张工他老婆孝顺，天天用尿壶给老公公泡茶，还放几根草。"

没等大伙儿弄明白祝工的意思，张工立刻反唇相讥："你们不知道，祝工他们家炕大。他二大爷骑毛驴扛掏耙，在里边转三天愣没出来。"

二人越说越离谱，言语中渐渐带点儿鸡粪味。老范跟着凑一会儿热闹觉得没意思，便起身离开。

范践民一个人站在帐篷外边，望着被白雪覆盖的山峦，思乡之情油然而生。屈指算来，已经与许惠茹分别整整三个月。期间，虽然通过几次电话，但由于线路不好，断断续续什么也说不清楚。原定年底结婚，也不知道她准备得怎么样了。还有林惠民，自打去武汉连个信儿都没有，不知道这趟武汉之行能否让他有所收获。一阵山风掀起地上的雪，抽在脸上火辣辣地疼，老范赶紧翻起大衣领捂在头上，匆忙跑回帐篷。

帐篷里一团漆黑，老范用手电筒看了一眼林子、韩工的两张空床，心头泛起一阵孤独感。他百无聊赖，只好脱衣上床睡觉。

正当老范半梦半醒时分，突然，他觉得眼前仿佛升起一轮皓月，把整个帐篷照得如同白昼，正当范践民惊奇不已时，原本银白色的月光渐渐变成淡黄色，继而又变成绿色。不断变幻的奇异光芒，像怪兽眼中闪烁的光，令人毛骨悚然。范践民被吓得蒙了头，光着脚底板一会儿往母亲家跑，一会儿又转向奶奶家。跑着跑着，突然看见父亲站在坡上朝他招手，嘴里骂骂咧咧催他赶快过去。雪好深啊，每迈动一步都十分费力。范践民跑啊跑，可是，无论他怎么努力却总是跑不到父亲跟前。父亲似乎等得不耐烦了，从地上拣起一块石头凶巴巴地朝他撇了过来。那石头飞得好快，眼见落到自己头上，吓得老范大叫一声从梦中惊醒。

范践民用力揉揉眼睛，强迫自己从梦魇中走出来。可是，当他真正清醒过来，立刻被眼前的情景吓得魂飞魄散。呈现在他眼前的景象几乎与梦中分毫不差：在不断变幻着的白、黄、绿三色的奇异光芒中，竟然隐约站着一个人，像死去的父亲突然从停尸板上站了起来，佝偻着身体，头向一侧倾斜，两只眼睛成三十度夹角，发出令人毛骨悚然的绿光，还有那颗光秃秃的头颅，像坟场上的骷髅发出可怖的磷光。范践民被吓得赶紧把头蒙在被子里。过一会儿见没动静，忍不住把头伸出来朝外看。发现那奇异的光芒全部变成橘黄色，而那对歪斜的眼睛和发出磷光的骷髅头竟然不见了。吓得范践民立马从被窝里窜出来，不顾一切地往外跑。然而，就在他把脚伸进鞋里的一刹那，那奇异的光芒戛然消失，帐篷里又变得漆黑一片。范践民站在地上稳了稳神儿，伸手摸出手电筒，见帐篷里一切如初，没有任何异常之处。他特意看了一眼刚才站人的地方，见原来是自己的棉大衣和安全帽。两枚大衣扣子被自己看成一对歪斜的眼睛，而放在大衣上的安全帽则被他看成了骷髅头。范践民心有余悸地擦了把额头上的冷汗，自言自语道："唉！一场虚惊！净他妈的自己吓唬自己。"于是，关掉手电筒，重新钻进被窝继续睡觉。

一场虚惊过后，范践民躺在床上翻来覆去地睡不着。想起死去的父亲、爷爷、奶奶，想起改嫁的母亲和凶狠的继父，当然，想得最多的还是许惠茹。

范践民的父亲是退伍老兵。十六岁那年，为了能吃上一口饭，背着爹娘参加了东北民主联军。跟随部队从黑龙江一直打到海南岛。打小生活在穷乡僻壤，除了放猪、放羊什么也没见过。部队开进长春，他见城里的酒楼茶肆彻夜灯火通明，暗想：诶？怪了！没见点灯，怎么这么亮啊？他禁不住联想到说书先生讲的夜明珠，顿时恍然大悟，暗自思忖：我的天老爷！原来这世上真有夜明珠啊！而且城里边到处都是。于是，他趁人不备，偷人家个电灯泡子藏在身上，从东北一直背到海南岛。复员后，一进家便迫不及待地对他爹说："爹，我得了个宝贝。"他爹一惊，忙问："儿子，你得了个什么宝贝？"老范他爹神神秘秘地说："我得了一颗夜明珠。"把他老爹吓得一哆嗦，心想：我的天老爷呀，竟然得了一颗夜明珠，这得值多少钱！遂赶紧催促儿子把宝贝拿出来。范践民他爹从背包里取出个锃明瓦亮的玻璃球子小心翼翼地递给他爹。他老爹如获至宝似的捧在手里上下左右看了个够。晚上，爷俩儿将门窗紧闭，把个玻璃球子摆在桌子上盯着看，从掌灯一直看到三星西下，也没见发出一丁点儿光。范践民他爹好生纳闷，心想：怎么在人家那儿亮得让人睁不开眼睛，到了自己家却一点儿亮光都没有呢？不得已，只好弄张羊皮把颗"夜明珠"严严实实地包好，挖坑埋了起来。直到电线杆架到家门口，爷俩儿这才恍然大悟，敢情是个电灯泡子。

范践民十岁那年老爹因病去世。迫于生计，他娘改嫁一位姓朱的阴阳先生。继父家有个比他大几个月的儿子，两个半大小子像两只小山羊，到一块就顶架。一次，范践民把继父的儿子打得头破血流，继父恼羞成怒，把他娘俩儿一顿拳打脚踢，怒气冲冲地对他妈吼道："赶紧把你这个'带犊子'给我弄走！不然连你一块滚蛋！"范践民他娘怀里抱着刚刚出生的女儿，看着被后爹打得青一块紫一块的儿子，心如刀割。实在没法子，只好含泪打发范践民去了奶奶家。

寒冬腊月，滴水成冰。范践民光着脚底板在雪地里跑了大半夜才到奶奶家。奶奶一把将冻得发紫的孙子搂在怀里，一声心肝，一声肉，哭得肝肠寸断。爷爷赶紧收来一盆雪，把孙子一双脚放在雪里整整搓了半个时辰，总算保住了他的一双脚。奶奶脱下他的棉袄、棉裤，见上面满是黑压压的虱子、白花花的虮子，大大小小好几撮儿。实在没法捉，只好拿到外边冻。被冻死的虱子噼里啪啦掉在地上，把两只芦花鸡撑得大嗉子歪歪着，再给什么都不肯吃。

范践民算不上聪明，但记忆力特强。念了六年小学从没缴过学费、书费，甚至没交过作业。老师催急了，他两只小眼睛一瞪理直气壮地说："我没钱！"知道他家穷，老师也拿他没办法。要说这穷也不全是坏事，由于买不起书本，他练就了一套心算本事。别人在纸上算，他在心里算，往往没等同桌用笔算完，他就说出结果来。上初中后，开设的课程多了起来，对付小学老师的办法渐渐行不通。况且家庭生活困难的学生多得是，学校也照顾不过来，好在他已经长成个一米八高的大小伙子，暑假打羊草、采药；寒假割苇子、打鱼，他总能想办法弄些书本钱。但学费还是不缴，老师催急了，他还是那句话："没钱！"

高中毕业后，范践民和所有农村青年一样回乡务农。呈现在他眼前的人生之路由"方程"变成了"几何"，又由"几何"变成了一条简单的直线。每天挂在木桩上那只破钢圈一响，他便和所有青壮劳力一起下地干活儿，过着"日出而作，日落而息"的生活。转眼三年过去，范践民由一个毛头小子长成魁梧的男子汉。手掌上打起厚厚的老茧，身子骨壮得像头牛。农村孩子结婚早，二十出头已经到了谈婚论嫁的年龄。可是，每当有人介绍对象，他总是把头摇得像只拨浪鼓似的一口气说出八个"不找"。其实，哪是不找，还不是因为家里太穷。

恢复高考后，范践民心中燃起一丝希望，他背起行囊拎着课本，一个人在草甸子的窝棚里一蹲就是三个月。高考结束后，觉得自己没啥希望，胡乱填个报考志愿，便与一群青壮劳力下苇塘割苇子去了。

这天，范践民突然收到北方工学院的录取通知书，真像天上掉下个大馅饼，砸得他两眼发直，要知道这可是凭本事考上的大学。乡亲们闻讯纷纷上门祝贺，都夸他有出息，念完大学肯定留在城市，过城里人的生活。乡亲们走后，范践民看着年逾古稀的爷爷、奶奶开始犯难。自己这一走就是四年，谁来照看他们呢？姑姑看出他的心思，语重心长地对他说："大民啊，咱乡下孩子能考上大学不容易，你就放心去吧，爷爷奶奶由我来照看，有姑姑在，怎么也不能让他们冻着、饿着。"范践民看着鬓发花白的姑姑，百感交集地说："姑！您也是年过半百的人，实在不忍心再给您增加负担。"姑姑长叹一声道："唉！傻孩子，你爷爷、奶奶也是我爹妈，尽点孝道是应当的。你就放心去吧，咱老范家就你这么一个继承香火的，好歹出去奔个前程。再者，抽空去看看你妈，告诉那个苦命人一声，让她也高兴高兴。"说着，从兜里掏出二十块钱塞给范践民。

范践民打心里不愿登继父家的门，碍着姑姑有话，也想临行之前看看母亲，便硬着头皮来到继父家。

孱弱的母亲比几年前更显苍老，四十几岁头发已经花白。见儿子来，她先胆怯地看一眼丈夫，然后低声问儿子："大民，你怎么来了？"范践民说："娘，我考上大学了。过几天就走，临行前过来看看您。"说着，掏出录取通知书递给母亲。母亲不识字，她甚至连录取通知书是什么都未必知道。接过儿子递过的那张纸，她无论如何也掂量不出其中的分量。

范践民同母异父的妹妹跑过来，眨巴着一双充满童真的眼睛问道："大民哥，上大学是不是要走很远啊？"坐在一旁的继父听说范践民考上大学，第一反应是该不会来要钱吧，嫉妒之余，不由得联想到自己那个蹲大牢的儿子。他阴着一张脸指桑骂槐地呵斥闺女道："你个小孩子跟着瞎掺和什么！都他妈给我滚远点儿，尽惹老子心烦！"一声吆喝，把母亲吓得浑身一哆嗦，紧忙拉起儿子走出家门，撩起脏兮兮的衣襟擦把眼泪对儿子道："大民，你走吧，以后也别再来，就当娘已经死了！"说完，她一把推开儿子，捂着脸哭着跑回屋里。


## 27

北风卷起漫天大雪，将临时工棚掩埋殆尽。老范蜷缩在被子里冻得瑟瑟发抖，尽管把所有能御寒的衣物全盖在了身上，可仍旧难以入睡。

人说白天思念一个女人是因为友情，晚上思念则是因为欲望，只有时时刻刻思念着的才是爱情。与许惠茹分别小半年，期间，尽管收到过几封信、打过几次电话，毕竟只闻其声不见其人。自打有过肌肤之亲，范践民已经把她当成自己的一部分。此时，他恨不能插上一双翅膀立刻飞到许惠茹身旁。

帐篷外，北风还在死命地刮。范践民把头蒙在被子里，极力用美好的回忆排解眼前的寂寥。别说，这法子果然奏效，想到许惠茹，他心中顿时充满甜蜜，仿佛她就在跟前，甚至能感受到她的抚慰，嗅到她的体香。与此同时，体内长期被压抑的欲望也骤然升起，禁不住浑身一阵燥热。老范抓起水壶咕嘟咕嘟灌了一通凉水，强迫自己不去再想。

常言道："日有所思，夜有所梦。"范践民刚刚入睡便做了一个十分难堪的梦。梦中，像是在许惠茹的宿舍，自己急着赶制一份工程预算，手中的笔不停地在纸上画些连自己都看不懂的符号。许惠茹穿件淡粉色的睡衣侧身躺在床上，一只手捂着半边脸，神情怪异地看着自己，似乎在嗔怪他不解风情。见自己一副冷漠的表情，许惠茹赌气地用被子蒙在头上转过身子不再理他。接下来的情景又像他们分手的那天晚上，俩人躺在床上相拥在一起，许惠茹把面颊紧紧贴在范践民胸上，噘着小嘴嗔怪他好不容易回来还正赶上自己亮红灯。突然，范践民玩起霸王硬上弓。一阵剧烈的痉挛之后，一股积蓄已久的液体突然喷薄而出——他梦遗了。

范践民从梦中醒来，来不及回味梦中佳境，赶紧脱掉弄脏的内裤下床清洗。然而，就在他重新钻进被窝的一刹那，帐篷里突然出现一团白光，犹如一轮满月冲出云层，瞬间将银白色的月光洒满整个帐篷。范践民惊悚地朝外看了一眼，发现外面依然是漆黑一片。吓得他顾不得还光着身子，跳下床就往外跑。奇怪的是，他刚把脚伸进鞋子里，那束奇异的白光便立刻消失了。范践民好生纳闷儿，真是活见鬼了。他使劲拍拍自己的大脑袋，确信肯定没在梦中。于是，他瞪起一双眼睛仔细观瞧，却看不出有任何异常。正当他万分诧异之际，突然发现自己脚下踩着一团绿光，吓得他"哎呀"一声，连忙甩掉脚下的鞋跳到床上。谁知，那团奇异的光竟然随着那只鞋子落到地上，又把整个帐篷照得亮如白昼。范践民好生惊奇，他鼓足勇气抓过那只鞋子。"我的天老爷！"原来奇异的光芒竟然是由一颗镶嵌在鞋底上的小石子发出的。范践民用手去抠，那颗石子嵌在鞋底裂开的缝隙里抠不出来。老范抄起筷子用力一剜，那颗小石子带着一团炫目的光芒滚落在地上。范践民连忙捡起仔细观瞧，乖乖，只见那是颗直径约一厘米的米黄色石子，看上去和普通石子没什么区别。但迎着手电光转动，里面竟然有无数小晶体闪烁着美丽的光泽。奇怪的是，只要关上手电，它便立刻发出白、黄、绿三色磷光。范践民如获至宝，心想：这肯定不是普通的石子，别看其貌不扬，但说不定是颗宝石。

想到这儿，范践民激动得心快跳到嗓子眼儿了，拿着那颗石子反复端详，爱不释手地将它锁进装图纸的密码箱。

范践民被石头子儿折腾得几乎一夜没睡，见天已放亮，躺在床上准备睡上一会儿。想不到刚刚入睡，技术员小付便破门而入，急急慌慌地对他喊道："范践民，快起来！刚才送给养的小周捎来话儿，说你女朋友出了车祸，伤得很重，要你马上回去。"

范践民闻听，一个鲤鱼打挺从床上坐起来，一把拉住小付问道："谁说的，什么时候的事？"

小付说："是调度长捎来的话儿，给养车刚到，正在卸车，你赶紧收拾一下跟车下山吧。"

范践民顿时慌了手脚，胡乱穿上衣服，连随身用品也顾不上带，便心急火燎地冲出帐篷跳上给养车。

三十华里的车程，倘若路好也就十几分钟的事儿。可范践民他们的施工地段根本没有路。赶上这几天下雪，四处白茫茫一片，很难分清哪是沟、哪是坡。司机小周沿着来时的车辙小心翼翼地前行，几近报废的130客货像上了年纪的老人，开了大半天才走出不到十华里。范践民坐在副驾上急得猴儿似的，一个劲儿催促小周开快点！再开快点！小周是个新手，原本走这样的路心就发慌，一脚急加油，那辆车立马横在山坡上进退不得。真他妈的越急越来事，范践民跳下车，前后察看一番，感觉陷得不深，便在后边用力推。谁知缺乏经验的司机小周只顾一个劲儿地猛踩油门，两个后轮把地上的积雪扬起老高。突然，后轮抓到地面，车子猛地蹿了出去。范践民始料不及被闪个狗吃屎，"扑通"一声摔倒在地，顺着山坡叽里咕噜滚下去十几米，一头撞在一块石头上昏了过去。

范践民被送进医院，经过一天一夜的抢救终于醒了过来。他睁开模糊的双眼打量四周，一时想不出自己在什么地方。见身边挂着点滴瓶，输液针头插在静脉血管上，知道自己住进了医院。护士见他醒来，忙去报告医生。范践民觉得身子很累，想翻下身，突然感觉腰部以下全都不听使唤。尤其两条腿，无论怎么用力都挪不动。范践民惊出一身冷汗，心想：坏了，准是摔瘫了。这下子可毁了，这不成了残废吗？没容他细想，一阵剧烈的头痛使他又昏了过去。

昏迷三天后，范践民总算清醒过来。医生替他检查后告诉他："你脑震荡引起的头痛、呕吐等症状已经基本消失，身上的多处擦伤也无大碍，恢复几天就会好的。只是腰部扭伤较重，需要住院治疗一段时间。"他一听便急了，央求大夫："大夫，我不能住院，我有急事，必须回去！"

大夫惊讶地说："你疯了！伤得这么重，你出的哪门子院啊？再者说，你连床都下不了，你怎么出院啊？"

范践民一时语塞，可怜兮兮地望着大夫，知道人家说得没错，自己这副样子别说出院，恐怕连走路都困难。但一想到许惠茹躺在病床上望眼欲穿地盼他回去又急得不行。于是，他挣扎着试图从床上坐起来，怎奈每动一下浑身钻心般的疼痛，只好又无可奈何地躺回到病床上。

打针、吃药、针灸、理疗，经过医生的细心治疗，范践民的腰伤缓解许多，总算可以下床走动几步。见大夫来查房，他又要求出院。

大夫耐心地对他说："你还是住段时间再说吧，这么重的伤，急着出院没什么好处。"

范践民恳求道："大夫，我家有急事，必须得赶回去。"

"小伙子，不是我吓唬你，你的腰伤如果得不到彻底治疗，会给你留下终生痛苦。"

"大夫，我谢谢您的好意，可我必须出院。我女朋友出了车祸，至今生死未卜，你说我能待得住吗？"

大夫见他执意出院，只好同意他的请求。


范践民一瘸一拐地来到火车站，买张车票坐在长椅上候车。列车是晚点运行，一等就是三个小时。好不容易盼到火车进站，他忍痛挤上火车。

这是趟慢车，车厢里人多得连个下脚的地方都没有。范践民见这么多人，自己又站不住，只好求座席上的旅客抬抬腿，钻到座席底下熬了整整一宿，总算到了许惠茹所在的县城。下车他连口饭都没顾上吃便来到县科委，找人打听许惠茹住进哪家医院。许惠茹的同事被他问得一头雾水，心想：这都哪儿跟哪儿呀，许惠茹好端端的住哪门子院啊？见他一副焦急的样子，便对他说："同志，你肯定弄错了。许惠茹没出车祸，她出国了。"

"啊？出国？什么时候的事？"

"三天前走的，带队去韩国劳务输出。"

范践民一听便傻眼了，他怎么也想不明白"出国"和"车祸"两件风马牛不相及的事为何能联系到一起，不由得在心中暗自叫苦不迭：许惠茹呀许惠茹，你可把老子坑苦了！出国就出国呗，难道怕我不回编瞎话诳我不成？这下可好，害得老子差点搭上一条命。转念一想：不对呀，在自己的印象中，许惠茹从不说谎话。该不会调度长听错，把'出国'听成'出车祸'了吧，如果这样，那自己可就惨透了。

谢过对方，范践民转身离去，走出几步，又回身问："同志，许惠茹有没有留下通讯地址和联系电话？"许惠茹的那位同事尽管不认识范践民，但已经猜出他是许惠茹的男友。于是，十分友善地对他说："她刚走没几天，还没和单位联系呢。要不您把联系方式留下，一旦有她的消息，我马上转告您？"范践民想想觉得没必要，知道许惠茹肯定会和自己联系。再次谢过对方，他神情黯然地搭车返回设计院。

得知范践民受伤住院，设计院立即派七室刘主任前去探望。刘主任风风火火赶到医院却扑了空，正为找不到人着急，范践民却自己跑了回来。刘主任责怪他不该急着出院，建议他继续住院治疗一段时间。范践民惦记着许惠茹，担心她来电话找不到自己，便对主任说："头儿，谢谢你的好意，我身体没啥大事，休息几天就会好的。"刘主任见他执意不肯住院只好作罢。

回到宿舍，范践民赶紧给何紫琼打电话，问她有没有许惠茹的消息。林惠民听说范践民回来，一定要请他吃饭。范践民说累了，想好好睡一觉。林惠民感觉不太对劲儿，问道："怎么了？从来没听你喊过累，是不是身体不舒服？"他搪塞道："你别咒我成？我好着呢，只是有点乏了，你让我好生睡一觉。"林惠民只好作罢。

连日奔波，连个囫囵觉都没睡过，范践民倒在床上便睡得昏天黑地。醒来时已是华灯初上，感觉肚子有点饿，起来泡碗方便面，吃完准备继续"煳猪头"，忽听传达室李师傅叫他："范践民，电话！"范践民以为是许惠茹的电话，急忙来到传达室，抄起电话便听到林惠民嚷嚷："老范！赶紧过来，猪头和他对象来了。""什么？猪头对象？在哪儿呢？""俩人都在我这儿，你快过来吧。和你说，猪头对象是个维吾尔族姑娘，漂亮极了。""真的吗？死猪头，艳福不浅啊。对了，你公司在哪儿啊？告诉我地址。""算了，你还是等我电话，一会儿咱直接去饭店。""好吧，我等你电话。"

放下电话，范践民心里有种说不出来的滋味。他无奈地看一眼那部电话，突然萌生想骂人的欲望，报怨道："说好年底结婚的，怎么突然跑去韩国？这倒好，婚结不成不说，连个电话都没有。许惠茹呀许惠茹，你这是跟老子玩的哪一出？"

尽管不是许惠茹的电话，但猪头到来也是件值得高兴的事。且不说一年多没见面，仅凭他带着对象来也得去会会。于是，范践民也顾不上腰疼，回宿舍洗把脸、刮几下胡子，换件衣服便下楼坐在电话机旁等候林惠民的电话。

# 28

林惠民真可谓春风得意，项目选得正合时宜，生意火得不得了，不断招兵买马，扩充店面，小老板当得津津有味。为减少野蛮装卸造成的破损，发货一律改由空运。虽然运输成本增加了，却加快了资金周转，利润仍十分可观。随着事业的一帆风顺，骨子里与生俱来的天性，决定他必然向更高的目标挺进。

自打公司开张，林惠民便很少去何紫琼家住，整天神出鬼没，不是外出谈生意，就是去武汉与表姐市原英子幽会。何紫琼似乎觉察到其中有猫腻，却抓不到任何把柄。

腰包鼓起来的林惠民特想在老同学面前显摆显摆，借猪头到来之际，特意找处上档次的饭店，叫上范践民、刘刚等几位在本市的同学陪猪头和他女朋友小聚。

客人全部到齐，除了猪头对象，大家都是同学，无需介绍，相互打闹一番，都把目光集中在猪头对象身上。猪头女友是位维吾尔族姑娘，长得粉面如玉，楚楚动人。一双毛茸茸的大眼睛，顾盼中带着一股异族风情。娇嫩的脸庞像只水分充足的大鸭梨，嫩得都能掐出水来。把何紫琼羡慕得甚至带有几分嫉妒，愤愤地对猪头嚷嚷道："死猪头！说！用什么手段把这么个美人骗到手的！瞧你长得那副疴碜样，这么漂亮的妹妹跟你都白瞎了！"猪头立刻反驳道："诶？我说何紫琼，说话可得凭良心，就凭我猪头，论个头儿、论相貌，哪点比不上林惠民？大学四年你何支书愣没拿正眼看过咱。"何紫琼立刻接过话茬儿道："就为这，你才找位天仙似的妹妹带来气我是不？"猪头摇头晃脑连声道："不敢不敢，咱穷人家孩子，找个对象为的是安分守己过日子，就是借俺八个胆儿也不敢和您林太太较劲儿。"他俩斗嘴，猪头女朋友似乎听不太懂，若无其事地看着几位聊得热火朝天，坐在一旁显得格格不入。

谈笑中，酒菜上齐。林惠民以主人的身份来段热情洋溢的开场白。话音刚落，何紫琼起身为大家斟酒布菜。见俩人配合得珠联璧合，范践民一脸坏笑地打趣："我说林大老板，你俩准备什么时候结为正式夫妻啊？"何紫琼听出他话里有话，意在取笑他俩非法同居，立刻反唇相讥道："说啥呢？你看我们哪儿不正式？睁开你那对小眯缝眼儿看清楚，他是我老公，我是他老婆。"大家又是一阵哄笑。被何紫琼一通数落，范践民嬉皮笑脸地为自己辩解道："我说何支书，我只不过问一句你们什么时候结婚，你干吗急成这样，心虚什么啊？"见大家跟着起哄，何紫琼一时语塞。林惠民见状立刻阴阳怪气地反驳道："诸位，听说我走后，有人竟跑到许惠茹那儿一住好几天。怎么样？到一块了吧？"老范被林惠民弄了个关公脸，刚想狡辩几句，刘刚突然插话道："大家听我说，有没有那事用不着交代，咱得讲证据。每个人的鼻子尖儿上都有块软骨，没那事儿之前，是整块的，一旦有过，便分成两瓣。"听罢，大家不约而同去摸自己的鼻子。猪头对象刚把手指按到鼻尖上，刘刚便大声问道："怎么样？是不是两瓣的？"大家这才恍然大悟，知道中了他的诡计。几人不约而同地把目光齐刷刷转向那女孩儿，直看得猪头对象满面通红躲在猪头身后，想不到她这一举动竟把隐私暴露在光天化日之下。

刘刚见几位中了自己设下的圈套，高兴得手舞足蹈。他借着酒劲儿走到猪头对象近前，把那张酒气醺醺的臭嘴凑到那女孩儿脸旁色相十足地说："弟妹，别不好意思，既然鼻子尖已经分成两瓣，说明你已经是俺弟媳，按照我们汉人风俗，大伯子第一次见弟媳妇必须喝杯交杯酒。"说着，抓起酒瓶子给猪头对象倒了满满一杯。

猪头连忙起身劝阻道："老刘，她一个女孩子喝不了白酒。这样吧，我替她陪你一杯。"刘刚说啥不干，死乞白赖非让猪头对象陪他喝一杯。范践民觉得刘刚有点过分，毕竟初次见面，总得给猪头留点面子，便起身打个圆场。谁知没等老范说话，那女孩儿却从容镇定地喊道："服务生！再拿四只酒杯来！"

酒店里客人不是很多，浓重的异域口音显得特别响亮。服务生应声送来四只酒杯。几位一时没明白她要那么多酒杯的用意，那女孩儿神情自若地接过酒杯全部斟满酒，起身离座给大家行了个维吾尔族礼。接下来，亮起歌喉豪迈地唱起了新疆"花儿"。她唱道："您是尊贵的客人／您从远方来／敬上三杯美酒／为您洗去一路尘埃……"唱罢，走到刘刚近前，端起三杯酒一饮而尽，笑盈盈地抬起右手示意刘刚喝酒。

刘刚立刻傻眼了，那可是三大杯白酒啊，没一斤，也足有九两，心想：这下子可坏了。喝下这三大杯，自己准得玩儿完。刘刚正在那思谋如何推脱，范践民、林惠民、猪头仨小子一齐起哄。范践民说道："老刘，这三杯酒你说啥都得喝。咱弟妹都干了，你一个大老爷们耍赖忒丢份。"林惠民更损，抱着肩膀儿不怀好意地说："老刘，别说三杯酒，就是三杯'敌敌畏'你也得喝。"刘刚被逼无奈，只好捏着鼻子连干三杯。

刘刚三杯酒下肚，立刻变形了。他左手拉着林惠民，右手扯着猪头痛心疾首地说："兄弟呀，我好羡慕你们。看看你们活得多滋润，想我老刘人到中年竟落个妻离子散、无家可归的下场。"

大家正在兴头儿上，一时被他弄得面面相觑。范践民不安地问："老刘，怎么了？难不成家里出事儿了？"

林惠民也关切地问："老刘，到底怎么了，你倒是说呀。"

刘刚逗疯似的大喊："倒酒！都把酒杯倒满！今天哥儿几个喝个一醉方休！"

何紫琼见他已经喝高，夺下他手中的杯子不许他再喝。在范践民等人的一再追问下，刘刚哭诉道："兄弟呀，我可惨透了。去年春节，我像头驴似的驮回去那么多年货，满心想和家人高高兴兴过个年。没想到我两年没回家，我老婆却挺着个大肚子要生产。"没等刘刚说完，在场的几位立即笑得前仰后合。何紫琼把眼泪都笑出来了，一边笑，一边追问："那后来呢？"刘刚说："傻妹子，还有啥后来，你哥我当王八了。"大家又是一阵狂笑。猪头对象愣愣地看着大家，见几个人笑的笑，哭的哭，好生奇怪，刚想拉何紫琼去洗手间，突然见刘刚把头摔在桌子上，痛苦地摇晃着，吓得她赶紧躲在猪头身后。

范践民递给刘刚一支烟，一边替他点燃，一边挤眉弄眼地对大家使眼色，饶有兴趣地继续追问："我说老刘，你没问问嫂子肚子里的孩子是谁的吗？"

刘刚把身子仰在椅背上，吐出一口残烟，伤感地说："我大连襟的！"

"那你大姨子呢？"

"死了。"

"嫂子咋说？"

"她让我走！最好永远别再回来。"

"你同意了？"

"不同意又如何？我要带走山杏，她不给。"

"噢！她凭什么不许你带走孩子？那是你的骨肉啊？"

"她说山杏也是跟她姐夫生的，与我无关。"

说完，刘刚"咣当"一声趴在桌上睡着了。

林惠民看了一眼范践民，问："他说的是真的吗？"

范践民说："别听他扯犊子。他老婆咱又不是没见过，一个本本分分的山里人。准是他想甩人家怕咱说他是陈世美，编个故事跑来骗咱们。看着吧，用不了多久，准能见到他的新夫人。"


整整一个晚上，灯火通明的大酒店里，林惠民几位十分引人注目。尤其是猪头对象，几乎所有来客都有意无意地朝她瞥上几眼。其中，有位穿花衣服的男青年，自打进来便一直朝这边看，后来竟毫无缘由地走到几人跟前近距离察看一番。起初大家都没在意。就在那人转身离去的一瞬间，何紫琼的心猛地一颤，暗想：这人好眼熟，好像在哪儿见过。她不由得心底一阵恐慌，见时间已晚，大家的酒也喝得差不多了，便对林惠民说:"惠民,不早了,咱们散了吧。"林惠民应声附和道:"也好,今天就到这儿,改天哥儿几个再聚。"众人纷纷起身离座,范践民扶起喝高了的刘刚走在最后。

林惠民刚走出餐厅,便与那位穿花衣服的男青年撞个正着。看样子那人已经等他多时,林惠民一露头那人不由分说挥拳就打。林惠民猝不及防被打得"哎哟"一声。那人一把抓住他的领带,对其他几个同伙儿喊道:"就是这小子,给我往死里打。"话音未落,几个歹徒蜂拥而上,一通拳打脚踢,打得林惠民抱头鼠窜。何紫琼声嘶力竭地喊道:"老范,快来!"随后,像一头被激怒的母狮子般奋不顾身地冲上去与歹徒撕打。

范践民搀扶着醉鬼刘刚刚走到门口,忽听何紫琼像遇着鬼似的一声号叫,不由得心头一震,立马推开刘刚冲了过去,见林惠民像只被狗撵急了的兔子似的捂着脑袋四处逃窜,何紫琼则像只老母鸡似的拃挲着膀子拼命护着他。范践民厉声吼道:"住手!不许打人!"

几个歹徒闻声一怔,举在半空的拳头立刻停了下来。林惠民趁机跑到老范身后,惊恐万状地拉着范践民的后衣襟,总算找到点儿安全感。

歹徒们望着眼前这位铁塔般的大块头儿有些发怵,双方僵持片刻,那个穿花衣服的男人凶巴巴地对老范吼道:"哥们儿,不关你的事!冤有头、债有主,今天我就找这孙子算账!知趣的赶紧让开!"

范践民伸出铁钳般的大手将他拽到近前,厉声问道:"你给我说清楚,他怎么得罪了你?找他算什么账?"

那小子极力挣脱老范那只大手,嚷嚷道:"上次在酒吧,他帮那个女的打我,差点儿没把我踹死!今天老子非把他废了不可!"

老范觉得蹊跷——林惠民帮别人打架,简直是天方夜谭,于是,打断那人说道:"你纯属扯淡!我这位兄弟从小到大从没动过别人一手指头!你倒是说说,他帮哪个女的打过你?"

那人指着何紫琼道:"就是她!"

何紫琼这才恍然大悟,猛然想起来眼前这个人就是那天在酒吧喊她"小姐",后来被一个男青年差点儿没踹死的那个坏蛋,想必他认错人,错把林惠民当成踹他的那个男青年。于是,她连忙辩解道:"你胡说!踹你的人不是他!"

那人抬手给了何紫琼一记耳光,嘴里不干不净地骂道:"都是因为你这个骚娘们儿,老子差点儿没被他踹死。"何紫琼没提防,被他一巴掌打个趔趄,捂着半边脸疯了似的扑上去与其厮打。

范践民见他如此蛮横，顿时火往上撞，厉声骂道："你小子也忒不是东西！居然连女人都打！"说罢，运足气力，一把将他推了出去。这下可坏了，这位去掉骨头浑身剩不下二两肉的家伙，被范践民足足推出十几步，踉踉跄跄一头撞在停在那儿的一辆车轮上，只听"呃"的一声口吐鲜血脑袋一耷拉没气了。

歹徒的几个同伙见出了大事，撒腿跑了个精光。范践民也慌了神儿，赶紧拦出租车，与猪头、林惠民一起把那人塞进车里，即刻送往医院。忙乱之中，醉鬼刘刚趁机拍拍屁股溜之大吉。

范践民心急如焚赶往医院，叮嘱林惠民打电话报警。几个人前脚刚到医院，警车随后跟了上来。出警的两位民警见伤者已经送进急救室，便开始履行办案程序。简单询问一下情况后，把范践民等人带回分局。

打架的起因很简单，最知情的莫过何紫琼。她把事情的原委与办案民警详细讲述一遍，警察见她和林惠民也受了伤，让他们留下联系电话先去医院包扎。猪头和他女朋友作为目击证人，写完证言材料也被允许离开。只把范践民留了下来。

出事第二天，林惠民与何紫琼来到设计院。见到白洋，把昨晚发生的事对她一五一十地述说了一遍。白洋感到事态严重，当即带他俩来到院长办公室。老院长听罢，立即抄起电话指示保卫处长和公安机关联络。大约过了半小时，保卫处长打来电话说："案子已经向分局打听清楚，尽管事情的起因不在范践民，可人是他打伤的，已经被分局拘留。目前，伤者仍在抢救中，万一抢救不过来，范践民可能要负刑事责任。"老院长放下电话，感到事情有些棘手，便对白洋说："我看这样吧，你们先去医院了解一下情况，万一不像分局说得那么严重，我们再想办法请他们放人。"

从院长办公室出来，白洋立刻带领林惠民、何紫琼来到医院。找到主治大夫一打听，三个人立刻傻了。大夫说："就目前的情况，性命基本上能保住，但伤者颈椎受到严重损伤，即使治愈，也将落下终生残疾。"听罢医生介绍病情，林惠民立马去找伤者家属沟通，却被白洋拦了下来，对他们说："你俩千万不要着急，既然事情已经出了，就得耐着性子处理。还是抓紧把被褥给范践民送去，别让他在拘留所里冷着、冻着。至于下步如何办，你俩等我电话。"

林惠民已经没了主意，与何紫琼准备好衣物、被褥来到拘留所，把东西交给看守，提出见见范践民。狱警一面检查物品，一面挖苦道："你想得倒美，别说人还没过来，即使送过来，也不是你想见就见的。"说完，"咣当"一声关上那扇黑漆漆的大铁门。两人碰了一鼻子灰尘，只好无可奈何地转身离去。

范践民别提多后悔，悔恨自己一时冲动竟然导致这样的后果。好在两位办案民警看他不像坏人，没太为难他，做完笔录便起身离去。范践民独自待在审讯室，心里像十五个吊桶打水，七上八下乱成一团。满脑子只想一件事儿："那小子会不会死？倘若死了，恐怕自己这辈子就算交代了。"

下午，范践民被送进拘留所。走进监舍，他像一截被放倒的树桩子，一头栽倒在铺上，眼前一片漆黑。狱警走后，牢头儿对几个囚徒使个眼色，哼哼唧唧地说道："新来的，让他懂点儿规矩。"一帮子闲得手痒的囚徒一拥而上，一通拳打脚踢差点儿没把范践民屎打出来。范践民像具死尸似的躺在铺上，任凭拳头雨点般地落在身上却一动不动，心想：打吧，使劲儿打！该打！

突然，不知是谁一脚踹到范践民腰上，他疼得"哎呀"一声昏了过去。

# 29

范践民被拘留，林惠民与何紫琼心急如焚。林惠民也顾不上做生意了，何紫琼也没心思上班。俩人像无头苍蝇似的一通乱撞，跑了整整一天也没跑出一点儿头绪。晚上，二人垂头丧气地回到公司，林惠民沮丧地看了一眼何紫琼，想抱怨她几句却又咽了回去。何紫琼似乎看出他的心思，问道："你在怪我？"林惠民低头不语，扭头避开她的目光，佯装若无其事的样子朝窗外看。何紫琼感到一阵委屈，后悔当初意气用事埋下祸殃，害得林惠民无端挨打、老范被拘留。望着林惠民一脸鄙夷的神态，何紫琼委屈得哭了起来。林惠民叹口气敷衍道："哭顶什么用，事已至此，先别说怪谁不怪谁，当务之急是想办法把他弄出来。"正说着，白洋打来电话，让他俩马上去她那儿，越快越好。

二人风风火火来到白洋办公室，见有位高个子的中年男人坐在那儿。见他俩进来，白洋道："我来介绍一下，这两位是我的学生林惠民、何紫琼；这位是我的老乡，也是我中学同学，著名律师李正刚，李律师。"二人异口同声地问候："李律师好！"那人欠下身朝他俩点点头说："既然都是自己人就别客气了，咱还是抓紧时间谈正事。这样吧，把你俩知道的情况尽可能详细地说给我听。"

林惠民看了一眼何紫琼，何紫琼立刻领会他的意思，径直坐到李律师身旁，把事情的前因后果从头至尾讲述一遍。李律师听完，认真想想说："如果事实果真如你所言，那么这个案子首先考虑做无罪辩护。问题是必须提供有力的证据，证明当事人始终在劝架，并不是参与者。如果这样的辩解得到司法机关的认可，对于他的责任认定会有很大益处。退一步说，即使得不到司法机关的完全认可，也可为下步做防卫过当辩护提供支持。但我必须提醒你们的是：无论如何，当事人都必须承担一定的责任，毕竟是他出手伤人。当然，以上所说的都是就法律层面而言，现在还不到这步。我的意见是，你们先摸一下情况，及时掌握伤者的治疗情况，看准时机，最好能让伤者提出免诉申请，我方一次性支付他们一些经济赔付。"

听了李律师一番话，林惠民与何紫琼感觉心里宽敞了许多。二人执意请李律师吃饭，却被婉言谢绝。李律师说："既然你们白老师出面，就不必弄那些场面上的事。你们按我说的，抓紧把伤者的情况调查清楚，重点了解一下他的家庭情况、社会背景，并及时掌握治疗情况。对我们来说，他家实在出不起医疗费时，就是我们出手的最好时机。"

林惠民马不停蹄地跑了好几天，终于把伤者的情况基本摸清楚了。那人叫马成龙，外号马二哨子，没有正当职业，平时干些偷鸡摸狗的勾当；普通工人家庭，家庭条件一般；身上有个哥哥，身下还有两个妹妹；经医院全力抢救，目前伤者已经脱离生命危险，正在医院观察治疗。同时还了解到，马二哨子一家人正四处筹措医疗费，多次去设计院要钱均被拒绝。看来事情正朝着李律师预料的方向发展。

十几天后，马二哨子一家把能求的都求到了，能借的也借了个遍，再也拿不出一分钱医疗费，只好出院回家养伤。林惠民觉得时机已经成熟，约李律师一起来到马二哨子家。李律师一张铁嘴儿把事情的利弊得失对马家一通游说。起初，马二哨子情绪十分激动，不仅要求赔付全部医疗费、伤残费，还坚决不同意提请免诉。李律师见状，对其家人道："如果你们坚持这个态度，那也没啥好谈的。不过我实话对你们说：当事人无亲无故，单身一人，单位也没义务替他支付任何费用。如果你们执意不肯提请免诉，大不了判他蹲几年大牢。到时候他去服刑，没有任何经济来源，且不说你们得不到任何赔偿，恐怕连医疗费都得由你们自己承担。"马二哨子一家迫于欠下的大笔债务，眼下又急等用钱，只好同意李律师的意见。双方经讨价还价，最终以一次性补偿两万元人民币达成协议，马二哨子家同意向司法机关提请免诉。

既然钱能解决的也就算不上难事儿。不过，两万块钱也的确不是个小数目，差不多相当于二十个人的一年工资！林惠民当天凑齐两万块钱，会同李律师及马二哨子家人来到分局请求对范践民免予起诉。不料却被告知："日前接到上级指示，全国范围内开始第二次'严打'，一切案件必须'从重从速办理'。范践民的案子已经转到检察院。"李律师闻听，急得汗都下来了。他知道"严打"不比平常，赶在这当口恐怕事情要难办。

"严打"期间一切案件从重、从速办理，"杀头"核准由最高院下放到省高院。抢劫两块七毛钱的枪毙、强奸痴呆少女的"走铜"，反正都是些沾腥带味的社会渣滓，活着是祸害，死了也没人可怜。雷厉风行地一通收拾，社会治安明显好了许多。

范践民因重伤害罪被判七年徒刑，大有吉星高照的感觉。押赴劳改农场前一天，林惠民、何紫琼、白洋、林子等人前去探视。范践民故意装作不屑的样子，和几个人东扯西拉地说些不着边际的话，嬉皮笑脸地问林子："你咋跑回来了，咱那工程进行得怎么样了？这下好了，参加不着你的婚礼，当然也就不用随份子了。"见林子难过地转过头，范践民又转向白洋，亲昵地说，"白老师，您又胖了，起码胖五斤肉。"

惹得白洋哭笑不得，哽咽着叮嘱道："践民，别灰心，你还年轻，老师希望你好好地回来。"范践民用力点点头。何紫琼抹把眼泪，想把新买的几件内衣交给老范，却被看守人员拒绝。范践民对她说："我说何支书，你咋花这冤枉钱？咱现在是'官家的人'，到那儿统一着装。"

他越这样，大家心里越难受，尤其是林惠民，陷入深深的自责之中，范践民的每一句话都像把刀子剜他的心。范践民见他痛楚的表情，心里也不是滋味，擦把眼泪说道："惠民，你也别太难过，或许我命中当有此劫，难逃这场牢狱之灾。我的事你俩先别告诉许惠茹，免得她在国外分心。抽空去我宿舍把那只密码箱取回来交给她，密码是她生日。告诉她不要等我，也不要去监狱看我，找个好人嫁了吧。"林惠民点头应允，知道范践民这是不想让许惠茹跟他一起倒霉。

年关将至，天空中阴云密布，纷纷扬扬地飘起鹅毛大雪。一队荷枪实弹的士兵押解着范践民等一干人犯消失在暴风雪中。


# 30


下午四时许，许惠茹随全体出国劳务人员一起乘韩国大仁号在大连港起航，于次日九时在仁川港靠岸。上岸后，一行人乘坐大巴车驶向市区。沿途二十多公里车程，许惠茹的心灵受到极大震撼。这座五十年代几乎被战火夷为平地的城市，在短短几十年间竟然建设得如此恢宏，俨然一副十足的国际化大都市派头。

（韩国首都）首尔跻身世界十大金融城市，在亚洲排名第二，仅次于日本东京。相比之下，自己的国家却依然贫穷，甚至不得不出来给人家打工，靠输出劳务赚取点儿外汇。

当时，号称"亚洲四小龙"的韩国，虽然只有四千多万人口，但人均 GDP 却高达一万五千美元。无论汽车制造业、电子产品，还是劳动力密集型的服装行业，发展都十分迅猛。相形之下，工人的劳动强度也大得惊人。尤其是吸纳了国外劳工的企业，工作时间大都在十二小时以上。

许惠茹带来的两百名女工同在一家制衣企业工作。而吕二军带来的一百名男工则分散在几个不同类型的工厂。

吕二军在宾馆租了房间作为办事处。按照规定，许惠茹只负责这些女工们的日常管理，每天可以和吕二军待在办事处。许惠茹为和大家保持密切联系，以便及时掌握情况，同时也为避开吕二军，坚持和女工们同吃同住同劳动。要知道，给韩国人打工可不是件轻松事儿，劳动强度大不说，稍有不慎，轻则罚款，重则殴打、辱骂。唉！谁让咱穷了，撤家舍业出国打工，还不是为了挣人家点儿钱。当时，国内企业员工年平均工资约一千元人民币，去韩国务工却可以拿到一万元，比国内高出近十倍。扣除个人消费，一年下来每个人都能净挣七八千。为了多赚些钱，女工们拼命劳作，每天除了吃饭睡觉几乎就是干活。

许惠茹天天和大家在车间干活，没人看得出她是这群女工的领导者。一次，韩方监工公然猥亵一名中国女工。许惠茹出面与公司主管交涉，要求公司撤换两名韩国监工。公司主管轻蔑地说："你只是个打工的，没资格与我对话。"许惠茹说："你错了，我不仅是个打工者，而且还是她们的领队，维护自身尊严是我的责任！你必须撤换掉那两名监工，否则我们拒绝工作！"那个主管一怔，满腹狐疑地说："你们既然来这儿干活，我们就有权监督你们，发生点肢体接触算不上什么，赶快回去干活吧。"见韩方无视中方劳务人员的人身权利，许惠茹回到车间一声令下，全体中方员工立即撤出工作岗位。事情闹到总部，公司高层唯恐事情闹大被媒体宣扬出去影响形象，只得开除那两名侮辱中国女工的韩国监工，并当众向中国工人道歉。

相对许惠茹，吕二军这趟韩国行可谓不虚此行。初来乍到，虽然发了几天懵，可他很快熟悉情况并且迅速进入角色。当他看到韩国熟练技术工人奇缺，企业之间争夺十分激烈时，立刻觉察到自己带来的这一百名中国技工是张牌。尽管出国前已经与韩方企业签订用工合同，但在履行过程中，韩方多处未能履约。头脑灵活的吕二军借此大做文章，一再声称：如果不能履约，中方员工将另谋高就。在吕二军的要挟下，不但工人工资待遇提高两成，他本人也从中弄到一笔数目可观的灰色收入。这不，出国才几天，人家一身名牌，手持"大哥大"，俨然一位高级 CEO。

吕二军见许惠茹和女工们一起干活，劝她说："你是领导者，和她们原本不在一个层次。作为一名国家干部，咱是管理者，而她们是出来打工的，没必要和她们一样去干活。"对此，许惠茹总是置之一笑，依然我行我素和大家一起顶班劳动，她觉得这样心里坦然，同时，让自己忙碌起来，也可以减少些对范践民的思念。

由于过度劳累，许惠茹病倒了，连续几天高烧不退，同寝的姐妹没了主意，只好打电话通知吕二军。吕二军赶到，见许惠茹发高烧已经不省人事，立刻把她送进医院。出门在外一怕没钱，二怕生病。韩国的医疗费又高得惊人。别说，还多亏吕二军手里那点儿不义之财解了燃眉之急。不然，指不定许惠茹这条小命儿就得扔在异国他乡。住院、输液、服药，吕二军衣不解带地守护在许惠茹病床前。经过三天治疗，许惠茹终于好了起来。见吕二军一脸倦容地靠在床边睡着，许惠茹不由得心生几分歉疚，把衣服轻轻盖在他身上。不经意间，看见他腰里别着的"大哥大"，突然萌生给范践民打个电话的愿望，想想又觉得不合适，毕竟和吕二军有过那层关系，当着老情人的面和另一个男人说话总觉得有些别扭。吕二军醒来，见许惠茹盯着自己的手机看，立刻明白了她的心思，于是问道："是不是想给他打个电话？"许惠茹先是点点头，随后又摇摇头。吕二军是什么人？那是人精！最善于揣测别人的心思。于是，他用命令的口吻对许惠茹说："告诉我电话号码，我替你拨。"许惠茹犹豫片刻，还是把范践民的电话告诉给吕二军，她太想知道老范的近况、太想听到他的声音了。

吕二军很快拨通老范宿舍传达室的电话，并一再强调自己是国际长途，请他务必叫一下范践民。传达室老头儿心不在焉地说："我已经好长时间没看见他了，你让我上哪儿去给你找？"吕二军请他提供一个知道范践民情况的电话。对方支吾好一会儿也没告诉他，急得吕二军抓耳挠腮，再三催促道："我这是国际长途，你能不能快一点！"那人说："你就是从月亮上打电话，我也得找到算。"磨叽半天，总算给出个电话号码。吕二军再次拨通电话，接电话的是七室主任刘头儿。吕二军把手机递给许惠茹，许惠茹接过电话对刘头儿说："领导，我是范践民的女朋友，现在在韩国，我联系不上他，请您告诉我怎么能找到他？"

刘头儿听说是老范女友，略微思索一下对她说："范践民听说你要出国急着往回赶，路上出了点儿意外，目前还在医院治疗。不过问题不大，恐怕再过几天就能出院，请你留下电话，等他回来我一定转告。"

刘头儿没敢把范践民被拘留的事告诉许惠茹，他担心坏了范践民这份姻缘。听说老范出车祸住进医院，许惠茹立刻紧张得说不出话来，只好把电话交给吕二军，一旁惴惴不安地望着他，生怕再有什么不好消息传来。

# 31

许惠茹最终还是知道了老范入狱的消息，她恨不得肋插双翅飞到老范身边，和他共同承受命运带给他们的这场劫难。

在韩国的三百六十五个日日夜夜，许惠茹终于一天一天地熬了过来。当双脚踏上自己的国土那一刻，她禁不住热泪盈眶，深吸一口祖国的空气，周身荡漾着自由的快感。子不嫌母丑，狗不嫌家贫。尽管贫穷，可毕竟是自己的国，自己的家。

几辆满载劳务输出人员的客车驶离码头，许惠茹那颗悬了一年的心总算落了地。她恨不得立刻飞到那个令她牵肠挂肚的范践民身边。于是，对吕二军说："你先回吧，我去看看他。工作的事儿我回去再向组织交代。"吕二军不肯，执意与她一同前往。

自打知道范践民获罪入狱，吕二军那根神经便开始异常活跃，他坚持陪许惠茹探监，是想亲眼看看这只被关在笼子的老虎，看他还敢不敢和自己凶。除此之外，他更想让自己的这位情敌看看什么叫风水轮流转，许惠茹如今和我吕二军在一起。见吕二军非去不可，许惠茹拗他不过，只好勉强答应。

范践民入狱后，许惠茹接连写了几十封信全都石沉大海。许惠茹伤心之余，无形中多了几分怨恨。她恨何紫琼惹是生非，害得范践民去蹲大狱；恨林惠民少情寡义，明知范践民在受苦却不伸手相救。然而，她最恨的还是范践民，监狱管得再严也不至于连封信都收不到，一定是那个该死的东西有意冷落自己。她心想：范践民呀范践民，你也忒小觑我许惠茹，既然命运把我们联系在一起，就不是想放弃便能放弃的。

开往劳改农场的那辆破旧的老式客车四下透风，颠得人五脏六腑直打官司。见许惠茹冻得瑟瑟发抖，吕二军脱下大衣给她披上。许惠茹不忍心让他挨冻，俩人推来挡去，不得已只好披着大衣挤在一起。客车好不容易抵达范践民所在的劳改大队，探视的人特别多，二人只好耐着性子等候。

"01250。"

"报告！"

"有人探视！"

"是！"

范践民听说有人探视，首先想到的是林惠民。自从入狱，林惠民、何紫琼每月必来。范践民来到接见厅，见是许惠茹和吕二军，先是一惊，暗想：怎么和那个姓吕的一块来的？难道许惠茹与他重归于好了？果然这样也好，毕竟俩人还有个孩子，若许惠茹嫁给他，自己也少了一份牵挂。想到这儿，范践民的脸上马上恢复了往常的平静，嬉皮笑脸地说：

"是你们俩呀，什么时候回来的？"

"刚刚回国。"许惠茹强忍眼中的泪水答道。

"你还好吧？"

"还好，你呢？"

"我也很好，这里除了不能自由出入，别的都很好。"

"出事为什么不告诉我？我写的那些信，你一封都没收到？"

"告诉你有什么用，让你跟着着急。信都收到了，是我不想回。"

"你怎么不替我想想，得不到你的消息，我有多着急！"

"急不也过来了吗？今天你既然来了，我就当面和你说明白吧，咱俩有缘无分，别等我，找个好人嫁了吧。"

"你闭嘴！不许胡说八道！你就是在这儿蹲到地老天荒我也等你！"

"许惠茹，这没有意义。你想过没有，我是劳改犯，即便出去也没了工作。况且当完劳改还得接着当'二劳改'，连做人的起码尊严都没有，你跟着我会幸福吗？"

"别和我说这些，我不想听。"许惠茹擦了一把脸上的泪水倔强地说。

范践民见说不动许惠茹，看了一眼吕二军，见那家伙正用异样的目光注视自己，心想：唉，算了吧，今天我老范就成全你们吧。于是，他立马换了一副口吻道：

"许惠茹，蹲这一年大牢让我想了很多。其中，想得最多的是我为什么会落到今天这个地步。"

"为什么？"许惠茹问。

"我想来想去，全都是因为你。"

"因为我？"许惠茹惊诧地问。

"对！就是因为你！你就是我的灾星！所有这一切，都是因为你那个倒霉的电话！"

"电话？你胡说什么呀？"

范践民故意装出满腔愤怒的样子对许惠茹道：

"许惠茹，你可把老子害惨了！"

"你？"许惠茹被老范噎得面红耳赤，一时间竟说不出话来。

老范双手抱在胸前继续道：

"你说你啊，出国就出国呗，干吗编造谎言说你出了车祸？"

"车祸？我什么时候说过出车祸？"

"不是你出国前怕我不回来，打电话给工程调度室说你出车祸的吗？"

"你？我什么时候打过那种电话？范践民！自从我们相识，你见我许惠茹说谎吗？"

范践民不理她的话茬儿，继续道："如果不是你那个该死的电话，我就不会急着往回赶，就不会出车祸，就没机会吃林惠民那顿倒霉的饭，也就不会蹲这七年的大狱。所有这一切，都是因为你的一句谎话！"

这番令许惠茹瞠目结舌的推理，气得她浑身颤抖哆嗦成一团。范践民见她信了，便黑着脸继续说道：

"许惠茹，我现在认命了。我们之间不会有结果，你趁早找个人嫁了吧。记住，别来看我，也别给我写信，咱俩结束了！"

范践民的一番话，可把许惠茹气晕了。吕二军急忙上前扶住她，对范践民吼道："你小子也太过分了！她天天记挂着你，回国便火急火燎跑来看你，你小子没句像样的话也罢，竟然用这样的话伤她的心！"

"姓吕的，你少跟我来这套。你如果还是个爷们儿，就给她们母女一个完整的家，我范践民感激你一辈子。"

说完，他深情地看了一眼许惠茹，转身离开接见大厅。


探监归来，许惠茹对吕二军说要去看同学，让他先回去。吕二军知道她放心不下范践民，只好先一步返回县城。

许惠茹没费多大周折便找到何紫琼，刚好林惠民也在，几个人寒暄几句后，何紫琼满脸歉疚地说："惠茹，对不起，都是我惹的祸，让你跟着受罪。"

许惠茹叹口气道："你也别太自责了，或许他命中该有此劫，当务之急还是想办法让他早点儿出来。"

林惠民双手擎着下巴愁眉苦脸地说："能找的关系都找了，眼下没能帮上忙的。"说完，起身从里间拿出老范那只密码箱递给许惠茹，说道："这是他入狱前叮嘱交给你的，密码是你生日。"

许惠茹打开箱子，见里面除了几张磨破边的图纸外，还有一个小盒，里面装着一块小石子。除此之外，什么也没有。她不明白，范践民把这么个破箱子如此郑重地托付给她是什么用意。

第二天，许惠茹辞别林惠民、何紫琼，谎称回家，到街上买了一大堆东西又乘车赶往劳改农场。班车开到劳改农场已经是下午时分，紧赶慢赶来到接见大厅，结果不是接见日，狱警冷冷地对她说："今天不接见，明天再来吧。"

　　冬季的落日懒洋洋地挂在西天上，即将接近地平线时神奇般地压成个扁圆，从背后放射出神秘的蓝灰色暗弧，随后，便像晚归的牛，一头扎进灰蒙蒙的苍穹。大地被蒙上一层灰色的云帐，一个漫长的冬夜开始了。

　　许惠茹失魂落魄地走在旷野上，她已经没有了时间概念，脚步随着缥缈的思绪机械地向前迈动。当夜色把周围染成一片漆黑时，她才蓦然意识到黑暗的可怖，禁不住打了个寒战，心想：我这是在哪儿呀？周围怎么这么静？她强迫自己冷静下来，发现竟然独处在荒郊野外。恐惧立刻像无数条毒蛇迅速吞噬身体的每一根神经。她紧张地四处张望，希望能看到一点亮光，哪怕只有一点点也好。然而，她失望了，她已经深深陷入黑暗之中。大地像铺上一层棉絮，脚踩在上边，心却悬着。她抬起头仰望夜空，满天星辰仿佛得到了上苍的指令，全都隐匿得无影无踪。突然，她觉得自己撞到了什么东西上，软软的，发出"沙沙"的声音，伸手去摸，原来是一堆麦秸。于是，她决定坐下来歇息片刻，想想该怎么度过这寒冷的夜晚。

　　初冬的夜晚，寒气逼人。刚刚坐下，许惠茹浑身便冻得有些僵硬，她似乎嗅到了死亡的气息。她毅然站起身，命令自己："走！必须离开这里！只有走出去才有希望！"她朝着自己认定的方向疾步快走。不知道走了多远，也不知道走了多长时间，当她的双脚再次踩上那堆软绵绵的麦秸时，一个不祥的念头在脑海中闪现："怎么又回到了这儿？该不会遇到鬼打墙吧？"想到这里，她激灵一下打了个冷战，不顾一切地往前跑，拼命往前跑，一直跑到再也没有一点儿力气，像架耗尽燃料的发动机，带着重重的喘息停下来，却发现又回到那堆松软的麦秸垛前，她彻底绝望了。

　　出于求生本能，许惠茹尽可能把身体深深钻进麦秸垛中，惊恐、劳累，身体和精神上的巨大透支令其很快便昏睡过去。

　　北方初冬的太阳喜欢早起，东方刚刚现出鱼肚白，一轮红日便迫不及待地喷薄而出。当晨曦中的一缕阳光透过草间的缝隙照在许惠茹脸上时，她眼前呈现出无数条色彩斑斓的七色彩虹。这是她有生以来最浪漫的一个清晨，她第一次如此深切地感到阳光的美丽、温暖和力量。许惠茹为之一振，拨开身上的麦秸，抚去脸上的尘埃，迈开坚定的步伐毅然向老范所在的监狱走去。

　　范践民自入狱后，吃得香睡得着。监狱就是个没有自由的小社会，三教九流、五行八作，各色人等一应俱全。范践民平时在维修队干活，他秉性憨厚，爱说爱闹又有文化，狱友们都挺拿他为重，没多久，他便又有了那种当"领袖"的感觉。然而，今晚他却失眠了，躺在铺上辗转反侧。许惠茹那张痛苦的面孔总在他眼前浮现，他知道自己那番话对她伤得有多深，她的心一定在流血。唉！自己又何尝不在流血。疼！像五脏六腑被一件件地撕扯，令他撕心裂肺地疼。睡在旁边的狗肺子见他唉声叹气难以入眠，问：

"范哥，怎么了？身体不舒服？"

"没有，就是睡不着。你睡吧，我没事。"

"范哥，你那对象啥样，特漂亮吧？"

"现在不是我对象了，我把她给辞了。"

"为什么呀，范哥？"

"我不想让她跟我受苦，披上这身'劳改'皮，这辈子就算完了。当完'劳改'还得当那份'二劳改'，一生一世遭人白眼，当二等公民。"

狗肺子听老范这么说，也叹了口气道：

"唉！我还有一年刑满，出去干点什么呢？听说现在外边到处都是下岗职工，像咱这身份想找份工作都难。"

"工作的事儿你就甭发愁了，出狱后，你去找我哥们儿林惠民，他现在生意做得很大，你就去他那儿吧。"

"范哥，我想跟着你，你顶爷们了。"

"兄弟，先别想这些事儿，车到山前必有路，船到桥头自然直。睡觉！"

范践民用这话宽慰狗肺子，同时也说给自己听。


"01250！"

"报告！"

"准备探视。"

"是！"

范践民听说又有人探视，暗想：该不会是许惠茹没走吧？便问道："报告！可以告诉我谁来探视吗？"

"许惠茹，你的未婚妻。"

范践民低头想了想，一狠心、一跺脚，长痛不如短痛，男子汉大丈夫自己倒霉自己扛，犯不着牵连女人跟着受罪。

于是，他干脆利落地对狱警说："报告！ 01250 请政府转告探视人，被探视人拒绝会见。让她走吧！"说完，他梗着脖子迈开大步朝维修大队走去。

# 32

许惠茹跌跌撞撞地来到何紫琼的工作单位，进门便一头栽倒在地，口吐白沫昏了过去。何紫琼吓得不知如何是好，赶紧给林惠民打电话，二人急忙将她送进医院。医生马上进行检查，发现她呼吸微弱，高烧高热，浑身起了一层黄澄澄的水泡，建议他们立即转院。

许惠茹被转入省立第一专科医院。这是一家专门收治传染病的医院。入院后，许惠茹立刻被送入隔离病房。林惠民替她缴纳住院押金后便再也无法见到她。由于心力交瘁，加之在荒郊野外冻了一宿，许惠茹从精神到肉体彻底崩溃了。医生初步诊断她得的是急性黄疸型肝炎，正值传染期，需要隔离治疗。

入院后，许惠茹先是持续高烧不退，接着出现巩膜黄染，一周后全身皆黄。肝脏明显肿大，全身浮水，皮肤奇痒难忍，恶心呕吐，淋巴细胞、胆红素一路飙升，甚至出现间歇呼吸急促、昏迷。连日来，主治医生想尽办法，几次组织专家会诊、调整治疗方案，均不见她有任何好转。无奈之下，只得给病患家属下达病危通知。

林惠民接到病危通知先是一怔，接着就是一阵撕心裂肺的痛。连他自己也不明白怎么会有这种感觉，通常只有亲人之间才会有如此强烈的心灵感应。他连忙放下手头工作，叫上何紫琼一起来到医院。主治大夫向他俩介绍完许惠茹的病情，言语中流露出几许无奈与惋惜。应林惠民二人请求，主治医生带他俩来到病房。躺在病床上的许惠茹全身泛黄，呼吸微弱，已经陷入深度昏迷之中。倘若不是医生提示，他们甚至认不出这是许惠茹。病房里弥漫着难闻的尸臭，何紫琼忍不住干呕起来。林惠民走到许惠茹近前，轻轻呼唤道："许惠茹！许惠茹！你能听见吗？我是林惠民。"许惠茹艰难地睁开眼睛，久久凝视着林惠民，示意身旁的护士扶她起来，却被林惠民阻止。

林惠民问："感觉好些了吗？"

许惠茹艰难地摇摇头，眼泪扑簌簌流下来，目不转睛地望着林惠民，目光中充满期待。林惠民明白她还在惦记着范践民，便对她说：

"许惠茹，你安心养病，我正想办法托人找路子，再过些天就能有些眉目了。"

许惠茹朝他用力点点头，目光中充满感激。

回到医生办公室，林惠民含泪问主治医生：

"大夫，难道就没有办法了吗？我求您救救她！她还那么年轻，刚刚大学毕业，不能眼睁睁看着她死啊！"

医生沉吟片刻说："据文献报道，最近 CN PhamaceuticaIs 研制出一种叫作利巴韦林的药，治疗急性黄疸性肝炎效果非常好。只是目前我们国家没有大量进口，国内很难买到。"

林惠民听罢，立刻取出手机打给表姐市原英子，请她务必帮忙买到这种药并抓紧寄过来。

那位医生用惊诧的目光看着林惠民，一时弄不清眼前这位讲着一口流利日语的年轻人是何许人也。

三天后，林惠民果然收到了市原英子寄来的一箱利巴韦林，他马不停蹄地来到医院，把药交给许惠茹的主治医生。用上利巴伟林，许惠茹的病情立刻出现缓解。身上的黄水泡明显消退，呼吸和脉搏也渐渐恢复正常，林惠民的心终于放了下来。

经过近一个月的住院治疗，许惠茹终于摆脱了死神的魔爪，在丁香花怒放的季节，在林惠民、何紫琼的搀扶下，她终于走出那间让她游离于生死两界的病房。主治医生再三叮嘱她注意保养，许惠茹只是木讷地点点头。经历过这场浩劫，无论情感还是肉体，对她而言都是一次浴火重生的涅槃。都说哀莫大于心死，许惠茹的那颗心真的死过了一次。

在国外与许惠茹相处的一年中，让吕二军有机会近距离接触这个他曾经承诺要娶的女人。尽管此时的许惠茹已经不是当初那个天真烂漫的黄毛丫头，日臻成熟的美丽与气质、聪颖贤淑的女性魅力更令他垂涎三尺。怎奈中间横着一个山一般的男人，想替代他在许惠茹心中的位置简直比登天还难。正所谓："山重水复疑无路，柳暗花明又一村。"陪同许惠茹探监，吕二军意外获得一个偌大惊喜。从范践民的言语间，吕二军听出他不想拖累许惠茹，并且主动提出分手。吕二军按捺不住心中的狂喜，在返回的路上，他便给自己制定了一个行动计划：先从孩子和老人身上下手，大张旗鼓地制造一个既成事实。至于许惠茹本人，只好走一步看一步，一步一步逼着她就范。

吕二军交代完工作便去了许惠茹家，或许是上天的安排，进村第一个遇到的就是女儿娟娟。看着女儿一张脏兮兮的小脸，一双长满黑皴的小手，吕二军掉下几滴眼泪。又一次见到吕二军，娟娟少了许多陌生，主动走到吕二军近前，用小手替他抹去眼泪，童声童气地问："叔叔，你怎么哭了？"吕二军一把搂过娟娟，抱在怀里哽咽着说："娟娟，我的好女儿，是爸爸不好，让你受苦了。"

娟娟疑惑不解地瞪着一双大眼睛惊异地问：

"你是我的爸爸？"

"是！我就是你的爸爸。"

"净瞎说，才不是呢。我爹去河边打鱼了。"

"娟娟，我没有骗你，打鱼的是姥爷，我才是你的爹，许惠茹是你娘。"

"你骗人！你骗人，许惠茹是姐姐，不是娘！"

娟娟一边往家里跑，一边喊："娘，那个人又来了，他说是我爹，还说姐姐是我娘。"

惠茹妈见吕二军拎着大包小包来到家里，一时不知如何是好，心里好生纳闷，暗想：不是已经和范践民订婚，说好年底结婚的吗，怎么又跟了吕二军？难不成出国一年女儿变心了？那可太不应该，范践民是个多好的人啊。老人正犯嘀咕，吕二军大步流星走进堂屋，不请自坐，掏出香烟点燃。

惠茹妈胆怯地望着吕二军，张了张嘴问道："我家惠茹咋没回来？"

"婶子，她留在省城看几位同学，过几天就回来。您老放心，我俩都挺好的。"

吕二军趁机打开两只大旅行袋，五颜六色的包装袋堆了一炕。衣服、玩具、日用品，足够开间杂货铺。娟娟翻弄着属于她的东西，兴奋得小脸涨得通红。屋里的气氛顿时活跃起来，吕二军趁机对惠茹妈说：

"婶子，这次我们在国外挣了些钱，回国前，我俩已经商量好把二老和孩子接到城里住。娟娟也到了上学的年龄，城里学校比农村好，我们想让她有个好的学习环境。房子我已经看了几处，都很不错。你们准备一下，过几天我派车来接你们。东西不用带得太多，没用的就送人吧。"

惠茹妈不知道如何回答，有道是：儿大不由爷，女大不由娘。既然是女儿的选择，想必也没什么可商量的。仔细想想，夫妻俩已是风烛残年，况且身体每况愈下，真到靠儿女赡养的时候了。再者说，娟娟也该上学，既然女儿这样安排也只好照办。

吕二军以最快的速度买了三间平房，赶在许惠茹归来之前把许老大、惠茹妈和女儿娟娟接进城里的新居。


# 33


许惠茹在阎王殿前转一圈儿又回来了。一场大病把她折磨得只剩一把骨头。这一个月可忙坏了何紫琼、林惠民，看着他俩日渐消瘦的面庞，许惠茹心中十分歉疚，刚能下床便急着出院。何紫琼百般阻拦也无济于事，只好替她办理好出院手续扶她出院。

许惠茹不顾何紫琼的苦苦挽留，执意要回家。无奈之下，何紫琼只好把她送到车上。

班车进站，乘客鱼贯走出车厢，乘务员发现许惠茹蜷缩在座位上，双唇紧闭，面色铁青，立刻将她送往医院。

吕二军闻讯赶往医院时，许惠茹已经苏醒。听医生说她是因身体虚弱而出现的一时昏厥，稍事休息即可恢复，便直接将许惠茹接回城里的新家。

许惠茹昏昏沉沉地回到家中，看了一眼娟娟和妈妈，便如释重负般昏睡过去。这一觉整整睡了一天一夜。许惠茹醒来后，发现女儿娟娟依偎在身旁，妈妈正给自己擦脸，爸爸坐在一旁抽旱烟，只是多了一个吕二军。她心想：他来干什么呢？

看看四周，许惠茹觉得很陌生，一时想不明白自己在哪里，便问女儿道："娟娟，我们这是在哪儿呀？"

"我们的新家呀。爸爸新买的房子多好啊。"女儿自豪地说。

"爸爸？谁是爸爸？"

娟娟拉着吕二军的手对许惠茹说："这不是爸爸吗？房子是爸爸买的，我们都搬这儿好些天了。爸爸说，过几天就带我去上学。"

听到这儿许惠茹全明白了，她是哑巴吃黄连——有苦难分诉，看了一眼吕二军，有气无力地转过身子，脸朝墙一句话不说。许惠茹明白吕二军的险恶用心，知道他想制造既成事实逼自己就范。第二天，许惠茹去县里交代完工作便径直回到自己住的宿舍。

然而，事情并没那么简单。接下来便是一连串让许惠茹难堪的事。上班，同事就问："惠茹，啥时和吕局长办喜事儿呀？"上街，朋友问："惠茹，结婚别忘了告诉我们一声，未来的局长夫人。"下班，娟娟站在宿舍门口可怜巴巴地拉着她的手说："妈妈，回家吃饭吧，爸爸、爷爷、奶奶还有娟娟都在等你。"

结婚、局长夫人、娟娟的爸爸……还有那些置人于死地而后快的风言风语，简直要把许惠茹逼疯了。她恨死这个吕二军了，知道所有这些全是他在捣鬼，多方施压，逼自己就范。

这天，许惠茹正在翻江倒海地闹心，突然接到县委办秘书小黄打来的电话，让她马上到张书记办公室来一下。

许惠茹忐忑不安地来到张书记办公室。相较一年前，张书记衰老了许多。秘书小黄给她倒杯茶，许惠茹连忙起身接到手里。见小黄退出房间，张书记摘下老花眼镜，用慈祥的目光望着有些局促的许惠茹，语气平和地说：

"惠茹同志，出国这一年来，在远离组织、领导的情况下，你能密切联系群众，和人民群众同呼吸、共患难，充分体现了一个共产党员的坚强党性和领导能力。对此，县委几位主要领导都对你的工作给予充分肯定。尤其你把在国外赚的劳务费全额上缴县财政的举动，不仅体现出你的政治觉悟，更能体现你为组织分忧、为人民解难的高度组织观念。在这里，我代表县委、县政府向你表示深深的敬意！惠茹同志，谢谢！谢谢你所做的一切！"

张书记的一番话，把许惠茹激动得热泪盈眶。她忙起身道："张书记，如此高的评价，惠茹受之有愧，我只是做了我分内的事，而且还做得不够好……"

张书记朝她摆摆手，示意她坐下。许惠茹退后几步重新坐定，怀着激动的心情继续聆听张书记的教诲。

张书记走到窗前，点燃一支烟，继续对许惠茹说道：

"惠茹同志，你是一个不可多得的人才。无论文化程度、政治觉悟，还是对待工作的责任心都让人无可挑剔。以我多年从政的经验，坚信你一定大有前途。"

听到这里，许惠茹如同坠入五里云端，她不知道眼前这位倍受景仰，甚至被自己敬若神灵的县委书记究竟想对自己说些什么。

接下来，张书记话锋一转，饱含深情地对许惠茹道："惠茹啊，人生关键就几步，机遇既不对每个人均等，也不会等待任何人，一旦错过只能追悔莫及。"

许惠茹隐约感觉到张书记想说的话肯定与吕二军有关，她那颗心立刻紧张得怦怦乱跳。她倒不是害怕，只是实在不想在老书记面前袒露那段难堪的隐私。

许惠茹面色绯红，连忙站起身道："张书记，你千万别听那些人乱说，我在任何……"

张书记走近许惠茹，双手搭在她肩头将其重新摁在沙发上，循循善诱地说："惠茹同志，按说，我不应该过问你的感情生活。但是，就目前这个时候，对你而言实在太关键了。作为长者，我有责任提醒你切不可因小失大，留下终生遗憾啊。"

听张书记这么说，许惠茹似乎有所领悟。她结结巴巴地对张书记说："您的意思是让我……"

张书记把大手一挥果断地说："尽快和二军结婚，堵住那些人的嘴。"

"啊？让我和他结婚？"

接下来张书记说的那些话许惠茹连一句都没听见，倒不是真听不见，是她不想听，也不想嫁。她打心里迈不过这道坎。张书记晓之以理、动之以情的一番布道直说得口干舌燥，见许惠茹仍是那副木讷的表情，知道话也只能说到这儿。他在心里暗自对吕二军道："吕二军，老夫也只能帮到你这儿了。"于是，对许惠茹道："惠茹同志，这件事的利弊得失我已经说得十分清楚，希望你静下心认真考虑一下，这绝不单纯是你个人的婚姻问题，它连着党的事业、人民的利益。同时，也是对一个共产党员党性的考量。"

我的天老爷，张书记的语气简直太重了，许惠茹的心理防线简直不堪一击。经过张书记的一番劝说，许惠茹在爱情与事业之间，毅然选择了后者。

# 34

吕二军和许惠茹的婚礼简单而隆重。说简单，是指没有太大的举动，参加婚礼的人被限定在很小的范围内；说隆重，是因为婚礼由县委张书记亲自主持，来宾大多是各部、办、委、局的显赫人物。婚礼上，张书记高度赞扬二人为县域经济发展所做出的贡献，甚至把他们的结合说成是改革开放、加入世界经济大循环的又一丰硕成果。在一片赞扬声中，吕二军如愿以偿地第三次当上新郎，许惠茹成为他第三任妻子。

作为人生一大幸事的"洞房花烛夜"，并没有给两位新人带来期望中的快乐。做足了场面上的事儿，到了新婚燕尔的关键时刻，局面却显得十分尴尬。上床后，许惠茹拉床被子把自己紧紧裹住，脸朝墙一声不吭。吕二军见状，知趣地在一边躺下。也是喝了些酒的缘故，躺在床上便睡着了。听着吕二军均匀的鼾声，许惠茹那颗提到嗓子眼的心总算放了下来。尽管忙碌了一天，却没一丝睡意，身处装饰一新的卧房，她感觉不到一丝温馨，所有这一切似乎与她毫无关系。许惠茹不禁问自己："这就是我期盼已久的家吗？与自己同床共枕的为什么不是范践民？如果他知道自己睡在别人床上，成了别人老婆，会怎么样呢？他出来也会有个家吗？也会有一个女人像自己这样爱他吗？"许惠茹躺在床上不停地胡思乱想，不知不觉也睡了过去。不知道过了多久，许惠茹突然感觉有只手在抚弄她的胸，令她感到十分惬意。仿佛范践民躺在身旁，一脸调皮的样子，用那双大手放肆地抚摸她的身体。在他的爱抚下，许惠茹周身每一个细胞都被激活，她忘情地拥抱老范，亲吻他那健壮的身体，热切地期待自己男人所给予的幸福。接着，又好像躺在自己宿舍那张小床上，俩人毫无遮掩地袒露在对方面前，许惠茹羞怯地躲避老范的目光，偷眼窥视自己男人的裸体。突然，许惠茹感觉周身的血液在沸腾，身体像团燃烧的烈火，恨不得立刻把自己和范践民融为一体。突然，一种恍如隔世的奇妙感觉令她骤然飘浮起来，她忍不住忘情地大声呻吟，身体微微战栗，痛并快乐着的感觉，让她第一次体会到做女人的幸福。

正当许惠茹畅快淋漓她享受着性爱，范践民的那张面孔突然开始扭曲、变形，平素那对儿含着坏笑的小眼睛，转瞬之间竟变成一双充满邪恶的三角眼，并且发出令人毛骨悚然的凶光。许惠茹惊得"妈呀"一声醒来，睁开眼睛一看，原来趴在自己身上的竟然是吕二军。她愤怒地将他一把推开，委屈地哭了起来。

吕二军家祖宗八代也没出个吃官饭的，因此，他成了整个家族的骄傲。逢年过节回农村老家，乡里乡亲看着他大包小包往家倒腾东西，羡慕的眼珠子都快掉出来。

听说吕二军从国外归来，坊间疯传马上要提拔当县长，还娶了一位漂亮的大学生，家人乐得不知道怎么好了。他老爹跑到他爷爷坟上咣咣磕响头，告诉他爷爷："爹，咱家可出了个大官儿，相当于过去的七品县令！您在九泉之下可保佑咱家二军平步青云，步步高升啊！"

自打知道吕二军新娶了媳妇，家里便一个劲儿催促他带回来让大家过把眼福。吕二军被催得没办法，况且他自己也想在亲友面前显摆显摆，只得和许惠茹好言相商。许惠茹想了想，既然已经是他吕家人，见见公婆、亲友也是应该的，于是，便答应和吕二军回趟老家。

听说新媳妇上门，吕二军的七大姑、八大姨提前几天便来他家坐堂等候，特意备下"装烟钱""上茶钱"。人多嘴杂，吕二军他大姑叼着烟袋对他妈说："我说咱二军娶了个啥女人啊？听说还带着个孩子，如果是寡妇、活人妻什么的，可别让她给咱吕家带来晦气。"老亲少友们听她这么一说，纷纷七嘴八舌议论开，并且很快便形成一个统一说法，为了保住吕家的官运，必须驱除新媳妇身上的晦气。

吕二军带着许惠茹刚进村口，便有半大小子跑回去报信儿。吕家老少亲朋纷纷出门相迎，一个个抱着肩膀、拎着裤腰带，争相目睹新媳妇的容貌。俩人刚走到家门口，许惠茹一眼看见门中间放着一盆炭火，心里"咯噔"一下。按照当地风俗，只有接寡妇进门才"蹚火盆"。许惠茹感受到莫大的侮辱，全然不顾一个职业女性的矜持，抬手"啪"地给吕二军一记耳光，转身跑回车里声色俱厉地命令司机："开车，回去！"

吕二军本打算玩儿个衣锦还乡，在亲朋好友面前显摆显摆，结果被许惠茹一巴掌打了个威风扫地，心里别提多郁闷了。担心许惠茹继续与他闹，从乡下回来便直接叫上几个哥们儿出去喝酒解闷。酒过三巡，菜过五味，几个人见大哥心情不佳，一个劲儿说恭维话为他宽心。要说这人该倒霉干啥都别扭，酒喝得差不多时，小兄弟吆喝一声："服务员，上茶！"服务员一不小心把滚烫的热茶洒在吕二军脚上，烫得他"嗷"的一声跳了起来。吕二军一把掀翻桌子，残羹剩菜稀里哗啦散了一地。几个为虎作伥的哥们儿将小店叮叮当当一顿砸。饭店老板抄起电话报警，几个人刚走到门口便被警察挡了回来。吕二军的一个小哥们儿借着酒劲儿，一把攥住那个警察的衣领，用手指着吕二军道：

"你知道他是谁吗？"

"我不管他是谁，谁违反治安条例我就处治谁！"

"他是吕二军！你们齐局长的哥们儿！即将就任副县长，说不定正管着你们政法口！"

那位警察被他揪着脖领子勒得直咳嗽，顿时上来一股子蛮劲，掏出手铐便要铐人。吕二军赶紧过来打圆场，兄弟长、兄弟短地说通好话。怎奈那位警察不吃他这套，坚持带他们回派出所。不得已，吕二军只好给公安局的齐局长打个电话。有局长的口谕，这位警察才不得不放他们走。

吕二军虽然没被带到警局，可事情并没了结。第二天，全县各部、办、委、局都知道吕二军酒后砸饭店的事了。人嘴两扇皮，说什么的都有，而且越传越离谱。最后竟传成吕二军调戏服务员不成，一怒之下砸了人家饭店。人言可畏、三人成虎，一时间吕二军被搞得十分狼狈。

张书记正和几位县委常委研究上报副县（处）级干部人选，以及各部、办、委、局行政一把手人事安排，闻听此事，他略带惋惜地摇摇头，提笔把吕二军的名字从副县（处）级干部呈报名单上划去。大家知道张书记十分赏识吕二军，有人提议调查一下。张书记说："算了吧，这件事本身并不重要，关键是这个人政治上不成熟，提起来也是麻烦事儿。"吕二军做梦也没想到，就这么一个小小的细节竟然断送了他梦寐以求的大好前程，差点儿没把肠子悔青了。

许惠茹归国后，把在韩国赚的一万块钱全额上缴县财政，理由是："组织上已经给我发了工资，我不能拿双份。"此事一经传开，有人说她傻，自己挣的钱干吗上缴县里；有人说她聪明，懂得吃小亏占大便宜。无论别人怎么议论，许惠茹认为就该这么做。这件事得到县领导，尤其是县委张书记、组织部李部长的交口称赞。这次县里人事调整，在张书记的极力推荐下，作为全县最年轻的女干部，许惠茹被提拔为县民政局局长。

# 35

林惠民的天和办公设备销售公司顺风顺水生意越做越大。公司不断扩充店面、招募员工、租赁库房。短短几年，林惠民经销的产品迅速占据省内半壁江山。辉煌的销售业绩连他的日本舅舅、表姐也为之瞠目，不得不对这个混血儿刮目相看。然而，林惠民并不满足于已经取得的成绩，正踌躇满志地瞄准国际市场伺机向外埠发展。

这天，林惠民刚送走一位代理商，"大花卷儿"便满面春风地走了进来。随着公司业务的不断拓展，作为公司开创伊始的元老级员工，"大花卷儿"已经是部门经理了，手下管着七八个人和一摊子业务。林惠民坐在老板台前翘着二郎腿，摆弄着一部刚买来的诺基亚手机。"大花卷儿"拿着一封国外发过来的函件走进来，说道："林总，国外来的信。"林惠民撕开信封，抽出信函。"大花卷儿"好奇地伸过头去看，林惠民用信纸朝她头上拍了一下说："越来越没规矩，这是你该看的吗？""大花卷儿"回头瞥了一眼半敞开的门，用手指指自己的胸娇嗔地说："这儿也是你该看的吗？"林惠民被她吓得一哆嗦，忙抬起头向外张望，见没人注意，便在她肥胖细嫩的屁股上用力掐了一把。"大花卷儿"疼得"哎哟"一声，趁势从林惠民手中抢过那封信函，见上面全是外文，自己一个字也看不懂，便又扔给林惠民。

这是一封用英俄两种文字写的邀请函。发出邀请的是白俄罗斯明斯克州对外联络处，邀请人是柳金娜。看到柳金娜的签名，林惠民脑海中立刻浮现出一年前那个用刀叉换海军衫的白俄罗斯女人。从信函上看，她应该是这个部门的负责人。林惠民脸上露出一丝得意的微笑，回味与柳金娜的意外邂逅，感觉还真有点儿戏剧性。

那是一年前的一个傍晚，何紫琼提议去逛市场。尽管林惠民不太情愿，却拗不过何紫琼，只好心不在焉地陪她出来逛逛。市场里人头攒动，小商贩们争相在这里摆摊设点儿。卖小吃的生起炭火、支起蒸笼，烧、烤、蒸、煮、涮一应俱全；卖服装的竖起衣架，新颖时尚的服装物美价廉；卖日用品的假货真卖，贪图小便宜的大有人在，今天你上当，明天他还买；看相算命的口若悬河，无所不晓、无所不知。市场内人声鼎沸，热闹非凡。忙碌一天的人们携妻挈子来这儿消费、娱乐，尽情享受冬日夜晚的这段快乐时光。

林惠民二人手里拿着新疆肉串一边吃，一边四处闲逛。突然传来一阵哭喊声，俩人驻足观望，见一位吉尔吉斯斯坦妇女捧着一条被人剪掉尾巴的蓝狐领哭得那个伤心。毛皮围领全靠那条长尾巴吸引人，不知被哪个坏小子给剪掉了。看她哭得那么伤心，人们大都投给她以同情的目光。可是，一个小青年非但不同情，还当众嘲弄她道："还他妈哭呢，叶利钦都不要你们了，哭死也没人可怜你们。"林惠民怒视那个年轻人一眼，为着有着五千年文明的礼仪之邦竟然出了这样的败类而感到几分羞耻。

二人转到一处卖衣服的小摊前，见有位独联体中年妇女在选衣服，她看中一件带蓝道儿的海军衫，正与小商贩讨价还价，比比划划最后讲到三块钱。小贩儿说："三块就三块吧，你们这帮老毛子穷嗖嗖的也没有钱，老子今天认赔了。"说着，把海军衫扔给那个女人，伸手等她付钱。不料，那女人却拿出几把刀叉要换那件衣服。卖衣服的小贩一把夺回那件海军衫，像撵狗似的嚷嚷道："滚！快滚！净他妈瞎耽误工夫。"那女人被他骂得愣眉愣眼，摊开双手、耸耸肩，一脸无奈的样子。

林惠民站在何紫琼身旁，望着那位金发碧眼的外国女人被小贩辱骂的尴尬相有些同情。于是，他便动了恻隐之心，上前对那小商贩道："这件衣服我要了。"

林惠民付完钱，把衣服推到那女人面前，说："归你了。"

那女人一时没弄明白怎么回事，用诧异的目光打量着眼前这位酷似自己同胞的男人，摇头摆手不肯接受。何紫琼上前与她一通比划，那女人才将手中的刀叉塞给何紫琼作为交换。其间，林惠民仔细观察那位白俄罗斯女人，感觉她不像是个普通女人，应该是那种受过良好教育的职业女性，便试着用英语和她对话。这办法果然奏效，此人叫安娜·柳金娜，是一名公务员。这次因公来中国想给弟弟带回一件礼物，就是那件海军衫，因为手上没钱才发生刚才那尴尬的一幕。柳金娜拿出一张名片递给林惠民，并邀请二位去她的国家游玩。林惠民也回赠她一张印有中英两国文字的名片。

# 36

自从收到柳金娜的邀请函，林惠民便用上心思，办公室的墙上多了几张苏联加盟共和国地图。他像一位战役指挥官，看着墙上的地图筹划着一场商战。

明斯克是白俄罗斯首都，也是独联体总部所在地，是白俄罗斯的政治、经济和文化中心。它位于第聂伯河上游的一条支流、斯维斯洛奇河河畔，城市的名字意为

"交易之镇"，也是苏联的工业重镇。从地理位置上看，该市辐射范围广，是理想的外埠设局的好地方。既然柳金娜发出邀请，想必能在经营上助自己一臂之力。林惠民决定给柳金娜回信，询问一下当地政府对华资企业政策以及对现代化办公设备的需求情况。信发出两周后便收到柳金娜的回信，对他所关心的问题一一给予明确解答，并再次向他发出邀请。林惠民敏锐地察觉到这是个绝好的商机，抢占这块市场宜早不宜迟。于是，当下决定与公司市场部主管和一名学俄语的大四学生前往独联体，重点是到柳金娜所在的明斯克实地考察。一行三个人办理好出国护照、签证，只等择日起身成行。

十九次列车风驰电掣般向北疾驶。这是一趟由北京始发，经满洲里，直至莫斯科的国际列车；全程九千多公里，运行六天六夜，每周对开一次，是一趟联结中俄十分重要的车次。列车抵达边境时，全体乘客下车接受边检。火车换上宽轨车轮，开始在银装素裹的俄罗斯大地上不紧不慢地行驶。途经大大小小几十个车站，均已年久失修、破败不堪，与气派、现代、生机勃勃的中国一侧相比，显得日薄西山、死气沉沉。

经过六个昼夜的漫长旅行，林惠民一行终于抵达明斯克。柳金娜夫妇顶着漫天大雪前来迎接。列车上，林惠民看见伫立在风雪中的柳金娜夫妇，心中十分感动。宾主简单寒暄几句便驱车来到下榻的宾馆。林惠民送给柳金娜几件新潮女装，送她老公几瓶中国名酒。柳金娜稍作推辞，便接过衣服放在自己身上一通比划。然后，搂过林惠民，在他那张小白脸上"叭叭"亲个不停。林惠民尽管知道这是俄罗斯民族的礼节，但在大庭广众、众目睽睽之下被异性亲吻还是觉得有些不自然。柳金娜老公举起几瓶茅台酒高兴得手舞足蹈，嘴里呜哩哇啦好一通"欧其哈拉勺"（俄语意为"很好"）。晚上，柳金娜夫妻宴请林惠民一行。饭桌上的酒菜寒酸得可怜，几个人吃不惯半生不熟的牛肉，而那些涂着奶油的酸面包更是令人难以下咽。但主人的热情豪放却给他们留下了深刻印象。

第二天，柳金娜陪同林惠民一行参观游览明斯克。让他们感触颇深的是，虽然物资十分匮乏，但人们的文明程度却普遍很高。行驶在街道上的车辆遇到老人小孩过马路，都会自觉停下来礼让，与中国司机的蛮横霸道形成鲜明对比；其次是物价便宜得就像白送，从莫斯科到北京的火车票折合人民币还不到40元。相对低廉的物价使得来这里的中国人个个都成了"款爷"。当时流行这样一句略带调侃的话："中国人走遍全世界，只有到了独联体才能活得像个人样。"林惠民戏弄柳金娜道："你们这儿的东西的确便宜，不知道女人便宜不？"小翻译费了好大劲儿，柳金娜还是没弄明白他的意思。以为林惠民要女人，便笑着骂了句："全世界的男人都一样坏。"然后对他讲，"独联体好多国家不禁娼，通常付一百卢布便可以。"林惠民换算了一下，惊呼道："一百卢布？折合人民币才十三块钱？"几个人本来已经逛得挺累，一听这话立时来了精神，都跃跃欲试想泡把洋妞。

晚上，林惠民在当地一家饭店举行答谢晚餐，宴请柳金娜夫妻及二人的几位朋友。为了交谈方便，柳金娜特意带来三位学汉语的女大学生。晚宴按酒店的最高规格准备，奢华的宴席令每位莅临的客人为之咋舌。除了柳金娜，在座的几位谁都不曾想到，这只是几位普通的中国人。

林惠民神气实足地当了把"款爷"。席间，宾主频频举杯，忙坏了那个初出茅庐的小翻译。好在有柳金娜带来的三位学汉语的女学生，一场宴席中、英、俄三种语言并用，好不热闹。一会儿工夫，柳金娜丈夫便喝得酩酊大醉，搂着林惠民的肩膀说："林，快快来明斯克，我的朋友们帮助你。"

聚会在热烈友好的气氛中结束，林惠民等拥着三位异国少女回到下榻宾馆。

陪林惠民的那个女学生叫丽莎·多尔戈鲁斯卡娅。这个名字她反复说了好几次，林惠民总是叫不明白。一会儿叫人家丽莎，一会儿叫卡娅。女孩儿把自己的名字写在纸上，告诉他，丽莎是她的名字，多尔戈鲁基是她的父姓，卡娅是指女孩。"你不是姓多尔戈鲁斯吗，怎么又读成多尔戈鲁基？"林惠民问。丽莎说因为她是父亲的女孩儿。林惠民又问她："多尔戈鲁基是什么意思？"丽莎一时想不出汉语中"胳膊"怎么说，便把自己的胳膊放到林惠民的胳膊上，指着长出来的一段，用汉语夹带着俄语给他一通解释。林惠民这才弄明白，原来多尔戈鲁基的意思是"长臂的人"。

# 37

"商人重利轻别离"，说的是商人为了赚钱从来不会顾及女人的感受。

何紫琼下班回到家，妈妈还没回来，爸爸也不在。对于林惠民远赴俄罗斯，何紫琼打心眼儿里不赞成，可是拗不过林惠民。好端端在国内做生意多好，非要跑到国外去，这个该死的"蓝眼儿狗儿"，就是不让人省点儿心。已经是晚上六点，家里还是她一个人，何紫琼感到有些孤寂，林惠民走后这段时间，她光长途话费就已经花了一千多，只好强迫自己放弃打电话的念头，独自走出家门在街上闲逛。突然，迎面跑过来一个年轻人和她撞个满怀。她刚想发怒，定睛一看，此人似乎很面熟，一时却又想不起来。

那个人慌慌张张地叫道："姐，是我，酒吧里帮你打架的那个，后边有人追我，你把围巾借我用用。"说着，把一包东西塞进何紫琼包里，挽起她往前走。这时，后边跑过来两名警察，在他俩身边迟疑了一下问道："看见一个小年轻的往哪儿跑没？"那年轻人说："刚过去，往西跑了。"两个警察听罢，立刻朝西边追去。

年轻人叫季平，是个社会上的小混混儿。何紫琼问他警察为啥追他，季平支支吾吾地说，是因为在歌厅卖摇头丸。随后向何紫琼要回那包东西，转身打算溜走。何紫琼闻听大吃一惊，大喊一声："你给我站住！"季平回头看她一眼道："姐，你有事？"何紫琼说："你先别走。我问你，那天你为什么要帮我打马二哨子？"季平一脸不屑地说："你问这个呀，我以为你要问什么呢。"季平看了周围一眼，感觉没什么危险，便对何紫琼说："其实那天我就想收拾他，与你俩吵架无关。那小子抢我地盘，我必须狠狠教训教训他。"说完，把围巾还给何紫琼，转身溜之大吉。

何紫琼愣愣地站在路旁，回味着刚才的所见所闻。这个世界让她觉得越来越陌生、越来越可怕。如果刚才警察把她作为嫌犯带回警局，并且从她身上搜出毒品，自己浑身是嘴恐怕也难说清。她越想越后怕，越怕越担心林惠民，心想：家门口尚且危机四伏，远赴别国他乡……

何紫琼不敢继续往下想，拿出手机打给林惠民。打通好几遍他都不接，急得何紫琼如同热锅上的蚂蚁惶惑不安。

林惠民的确遇到了麻烦，而且是大麻烦。抵达明斯克后，他大致了解一下情况，便开始着手筹备明斯克分公司的各项事宜。看了几处门面，地段好、价格低廉，便宜得如同白用。市场情况也十分看好，整个独联体，在办公自动化方面如同空白，政府及各大院校、科研机构需求量非常大。难就难在两国之间不能用货币结算，只能易货。这样一来，换些什么东西运回国内，既好销售，利润空间还大，让林惠民很伤脑筋。这个问题不解决，一切努力等于白费工夫。

晚饭后，林惠民几个正议论换些什么货物运回国内，宾馆服务台打来电话，说有位叫安德烈的客人来访，林惠民赶紧派翻译将客人请进来。安德烈简单自我介绍之后便直入主题，说他朋友有大量废钢铁想运往中国，问林惠民是否感兴趣。真是踏破铁鞋无觅处，得来全不费工夫。林惠民正愁着没有合适的商品往回运，听说安德烈能提供大量废钢铁，立即打探这边的行情，并与国内钢铁企业的收购价格进行比较。大致算了一下，扣除铁路、短途装运等项费用，按照安德烈提供的价格，每吨废钢运抵国内至少有百分之三百的利润空间。于是，林惠民当即决定购买安德烈的废钢铁运回国内。

至此,林惠民首次独联体之行算得上功德圆满。一切都比预想好出许多。眼见签证的日期临近,该办的事也基本办完,大家心情也放松了。小翻译和市场部主管分头出去采购一些特色商品准备带回国内。林惠民觉得应该请安德烈吃顿饭,于是,临时决定请安德烈和几位初次相识的朋友举行告别晚宴。

晚上六时许,客人们如约而至。宾主热情拥抱、握手,互致问候。正是翻译忙碌的时候,却不见了小翻译的踪影。客人到了,林惠民却把"嘴"丢了。急得他恨不得挖地三尺把小翻译掏出来,遗憾的是直到晚宴结束仍不见小翻译回来。林惠民可真有些害怕了,市场部经理对他嘟囔:"晚饭前我好像看到那天陪他过夜的女学生来过,能不能……"林惠民闻听此言脑袋轰地大了一圈儿,暗想:坏了,肯定出事了。

小翻译一夜未归。第二天林惠民、柳金娜、安德烈分头找了一天全都无功而返。林惠民彻底崩溃了,只好在柳金娜、安德烈等陪同下去警局报案。眼看签证的日期到了,林惠民只好忐忑不安地踏上归途。

林惠民第一次跨出国门,就把年仅二十五岁的小翻译给弄丢了。


上个世纪末中国流行这样一句口号:"机遇与风险并存。"说的是风险越大,获得高额回报的机会就越多。林惠民就是无数冒着倾家荡产,甚至掉脑袋的风险拼搏在独联体的中国商人之一。

出了人命关天的大事,一时间林惠民的心情坏到了极点。何紫琼也顾不上抱怨,俩人赶紧找到小翻译的家人通报情况。小翻译的老父亲听说儿子在国外失踪当时就懵了,心想:倘若在国内还能出去找,丢在'老毛子'地界,找都不知道怎么找。

老人家急得跪在地上苦苦哀求林惠民,无论如何替他把儿子找回来。林惠民只得好言安慰,对他说:"老人家,你放心吧,我已经办好签证,马上去给您找儿子。"人命关天,林惠民不敢怠慢,他几乎每天都给柳金娜打电话,请她催促警方寻找小翻译。

过了大约一个月,林惠民突然收到安德烈的一封电报,说他的一个朋友知道些情况,要林惠民赶紧去核实一下是不是他要找的人。林惠民办好签证就要只身前往,何紫琼死活不让他一个人去。林惠民无奈,只好向警方寻求帮助。通过关系,警方派一名精通俄语的警员以私人身份随他前往。

小翻译找到了,他死在一所无人居住的空房子里。警方发现时,他已经在浴盆里泡了一个多月,像头吹足气、褪光毛的死猪,从体貌特征上根本无法做出判断,唯一能证明他身份的只有现场遗留下来的衣物和那本护照。

出了命案，林惠民只好自认倒霉。忍痛赔死者家属人民币十二万，那张阴了好几个月的小白脸终于开始转晴了。

与独联体的第一次易货贸易，林惠民用一百二十台复印机和两百台拼装电脑，换回了整整一列车废钢铁。扣除垫付资金、费用及赔偿小翻译家属的抚恤金，净赚五十万。从此，林惠民一发而不可收，瞄准独联体市场，无论办公设备、轻纺产品、服装、鞋帽、食品，总之，凡是独联体那边需要的商品他统统收购，全部拿去换成废钢烂铁。一时间，林惠民成了北方著名的"钢铁破烂王"，大大小小的炼钢厂纷纷上门求购。起初，林惠民运回来的大多是废钢轨、旧机器，后来竟然开回几艘苏联海军报废的军舰。这期间，林惠民也变得越来越精明，他在驶离独联体的旧船上装满国内紧俏的柴油、液化气，这样，仅销售运回来的这些国内紧俏商品所获得的利润，购买这条旧船的成本便可收回一大半。船开回来之后，把拆下来的导航仪卖给渔船，把贵金属卖给飞机制造厂，把旧钢板卖给金属公司，然后再把边角废料卖给炼钢厂。通过拆解销售，一条报废的旧军舰包赚一百万。面对巨额回报，林惠民早把风险丢在九霄云外。小翻译那充满青春活力的身影，很快便被与日俱增的一串串阿拉伯数字淹没得无影无踪。

# 38

林惠民是位真正的商人，他不但能审时度势抓住商机，而且能十分恰当地加以把握。与一般商人不同，他不太在意眼下赚多少钱，更注重的是产品的市场潜力和发展前景。除此之外，他还有一个常人不及之处，就是面对滚滚涌来的财富始终保持一颗平常心。即便拥有上千万资本，换别人早开奔驰坐宝马，他却仍旧骑着那辆自行车，不知底细的人根本看不出这是位身价千万的大富商。

何紫琼看好一处房子，位置和楼层都十分满意，便买下来做两人结婚用的新房。从买房到装修全都是何紫琼亲力亲为，林惠民只偶尔看上一眼，根本没把这事放在心上。

为此，何紫琼一直耿耿于怀，站在柜台前对"大花卷儿"抱怨道：

"看见没？买房子、装修、买家具，这么多事儿都是我一个人张罗，这哪儿是他娶我呀，分明是我招他入赘。"

"大花卷儿"说："您就知足吧，如果我有位林总这样大把大把捞钱的男人，别说买房子、置家具，天天给他洗脚丫子都成。"

"瞧你那贱样！就是法律不允许，不然非让他收你当随房丫头不可。"

"行啊，俺不计较名分。房间里多放张床，俺这辈子就给你当使唤丫头了。"

几位营业员听她俩斗嘴，都跟着抿嘴笑。刚好林惠民走进来，随口问道："说什么呢？聊得这么开心！"

"笑你要当新郎官了。""大花卷儿"朝他撇撇嘴，一脸醋意地说。

"当不当新郎不是照样搂老婆睡。"林惠民看着何紫琼，故意气她道。

"谁知道你天天搂谁睡，现在的有钱人都是皇上，虽没三宫六院，有个随房丫头总还可以吧！"何紫琼似乎察觉"大花卷儿"与林惠民之间的暧昧，阴阳怪气地反唇相讥。

"大花卷儿"听何紫琼话里话外敲打自己，趁她不注意将手里的冰激凌塞进她的嘴里道："让你胡说八道！"

"林总，车来了，咱们走吧，别让郑处长等咱。"李强提醒林惠民道。

"你干什么去？哪儿来的郑处长？"何紫琼不解地问。

"省劳改局的郑处长。"林惠民一边说，一边正正领带和李强匆匆离去。

林惠民为了笼络这郑处长可谓煞费苦心。一年来，他不放过任何可以利用的关系，千方百计接近这位手握劳改服刑人员生杀大权的官吏。今天好不容易得到郑处长的应允，林惠民在全市最高档的饭店——大中华酒楼预订一处带餐厅、卧房、浴室的包间，和一桌一万两千元的酒席。此外，他还特意派李强去歌厅物色一位貌似清纯的小姐，让她戴上北方工学院的校徽，承诺事情办得漂亮付她两千块钱酬金。林惠民见一切准备停当，便与李强粉墨登场。

郑处如约而至。宾主简单寒暄几句便共同步入餐厅。李强奴颜婢膝地在前方引路，林惠民故意装出一副阔佬的德行，挥洒自如地与郑处长并肩前行。

宾主落座，服务小姐沏茶倒水。随即，一桌丰盛的佳肴相继摆上。龙船形托盘里盛着条一尺多长的红烧龙虾，前出头，后出尾；鲍鱼、熊掌、鲨鱼翅，飞龙、蟹黄、燕窝汤。满满一大桌子色、香、味、形俱全的极品大菜，令这位久经酒场的郑处长也为之咋舌。他看了一眼年纪轻轻的林惠民，矜持地说道："林老板，如此破费在下实不敢当。"林惠民说："郑处，您这说的哪里话，承蒙不弃，大驾光临，我林某已经是三生有幸。"说着，接过服务小姐手中的"人头马"亲自给郑处长斟满，继续道，"惠民仰慕处长已久，今日得以相会倍感荣幸，薄酒素菜，不成敬意，略表小弟敬仰之情。"郑处长听罢，客气道："哪里哪里，林老板太客气了。郑某只是个末名小吏，承蒙如此抬爱，实在过意不去。"二人客套一番，举杯共饮。酒过三巡，菜过五味。郑处长直言不讳地问："林老板，今天花这么大的代价宴请郑某，不会仅仅因为'敬仰'吧？趁还没喝高，说说有什么事要在下代劳。"林惠民见被点了穴，微微怔了一下，立马满脸堆笑地说："郑处，看你想到哪儿去了。我是无事先拜佛，有事求照应。今天这炷香就烧到您头上了！郑处千万别介意，林某只想和您交个朋友而已。"郑处长闻听十分得意，说道："林老板真会说话，那我就恭敬不如从命喽。来！林老板，干！"

酒桌上的气氛越来越融洽，一会儿工夫，一瓶"人头马"便成了"骚尿泡"。林惠民觉得该上第二道"菜"了，便对李强使了个眼色。李强立刻心领神会走出餐厅，知会门外候着的那位"清纯女"进来。

林惠民见好戏已经开场，借口接电话离开餐厅。刚走出房门，突然想起送给郑处长的一万块钱还在包里。于是，返身回到餐厅，对郑处长道："郑处，这是我的一点儿心意，请您务必笑纳。""林老板，你这是干什么？"郑处长嘴上推辞，那只手却毫不客气地把那沓钱揣进包里。林惠民双手抱拳道："郑处，实在不好意思，兄弟有事先行一步，失陪失陪。媛媛，照顾好郑处！"此时，郑处长恨不得林惠民立刻消失，连忙说："林老板，忙你的去吧，有事电话联系！"

林惠民回到家已是晚上十一点多。何紫琼一边看电视，一边等他，见他喝得满脸通红，起身拿热毛巾替他擦脸，抱怨道：

"又和谁喝的？就不能少喝点儿！"

"瞧你这臭记性，走时不是告诉你请劳改局的郑处长嘛。"

"是为老范的事儿？"

"嗯！"

"谈得怎么样，能捞出来吗？"

"刚接触上，能不能办成还难说。不过,他既然肯收钱就有门儿,这事不能太急了,必须一步一步慢慢来。"

这几年，范践民一直是俩人的一块心病。林惠民事业蒸蒸日上，结婚用的新房、家具也都准备停当，就差老范还在狱中受苦。他俩也因此迟迟不肯结婚。范践民是因为他俩才进的监狱，二人心里迈不过这道坎。听说接触上解救老范的关键人物，何紫琼很想听个详细。怎奈林惠民没心情和她说，躺在床上有一句没一句地应付她，急得何紫琼火直往脑门子上撞。倘若换成从前她早急了，可现在不同，当初那个任她摆布的小帅哥儿，如今已经是腰缠万贯的大老板。何紫琼只得强迫自己耐着性子取悦林惠民。


# 39


范践民因立功获得减刑一年奖励，减刑决定当众宣布，把那些"老犯儿"羡慕得眼珠子都蓝了。

自打来劳改农场，范践民立过两次功。

第一次是他刚进来不久，盛装车间一套国外进口的机械臂出故障，流水线上的产品像开闸洪水般涌出，十几个青壮劳改犯轮番上阵，终究抵不过强大的机械力。成品稀里哗啦地洒落一地，不但受到污染，质量也无法保证。不得已，只好求助国外生产商。对方提出的条件是：维修人员从登机开始每小时五美元工资，无论能否修好，两万美元维修费必须先行到账。无奈之下，劳改农场只好请来搞自动化的技师维修，指派范践民打下手。几位技师查了两天无功而返，范践民却意外发现一块残损的弹簧片。他捡起半截弹簧片，反复查找脱落位置，终于在机械臂行程开关上找到弹簧片的另一截。于是，他主动请缨维修机械臂。

大队长半信半疑地问："你能行吗？这可是个洋玩意！"

"能行！我已经找到问题所在，请您给我一次机会，让我试试！"

大队长略微思索一下说："那好吧，给你这次机会。不过，你小子给我听好，修好我给你记一功，如果弄坏了小心我给你加刑。"

"是！请政府放心！"

其实故障很简单，机械臂失灵就是因为弹簧片断裂，只要弄个弹簧片换上即可。不过，这个弹簧片的材质挺特殊，老范先后试了十几种材料都无法满足要求。见他整天拿着两块弹簧片出神，狗肺子无意间问了句："弹片的有效工作长度多少？""天呐！有了！"狗肺子的一句话提醒了老范，他立刻把两截弹簧片用铆钉固定好，一分钱没花，问题解决了。

第二件事是维修发电机组，汽轮机主轴上的大皮带轮怎么也拆不下来。请来各方专家，费尽九牛二虎之力就是拆不开。最后专家断言："由于部件加工精度高，并且长时间在高温状态下运行，已经达到摩擦焊的程度，根本拆不下来。唯一的办法是切割，重新加工一根主轴。"老范跟着干了几天，感觉事情并没他们说的那么严重。

于是，他又一次主动请缨，与狗肺子俩制作一套卡具，仅用两个小时便轻松地把个庞然大物"请"了下来。

通过这两件事，范践民的声望迅速提升。在大队长的亲自关照下，他从大监舍搬到维修大队资料室单独居住。这次又获得减刑一年的奖励。

这天，大队长把老范单独叫到办公室，破例请他坐在自己对面，并且给他倒杯茶。老范受宠若惊，忙不迭地说："感谢政府，感谢领导。"大队长说："得得得，少来这套。今天我想以私人身份和你说几句话。"范践民惊诧地望着大队长，张大的嘴巴半天没合上。大队长说："自打你来，我就觉得你和其他犯人不同。前几天我调阅你的卷宗，觉得你的案件审理过程中有很多疑点。首先，你与伤者素昧平生，没有伤人动机；其次，在整个事件发生过程中，你始终在阻止，并非蓄意制造事端；再次，你致伤他人的过程，完全可以视为正当防卫，最多算是防卫过当，完全可以免诉，或者只承担民事责任。我的意思你可以提请申诉，申请法院重新审理。"范践民闻听，沉吟良久，觉得大队长的确是一番好心，于是说道："大队长，您的心意我明白。只是已经形成的事实，想翻过来不容易啊。""是不容易，现在申诉等于告原审法院。不过你想，即使你服刑期满重新获得自由，但工职没了，我觉得你还是应该上诉。"老范鼓足勇气对大队长说："大队长，您能帮我吗？"大队长点点头，轻声道："好吧，我来试试吧。"

这天，林惠民来探视。范践民本想趁机把上诉的事和他说说。林惠民却全然不听，一个劲儿地说些让范践民似懂非懂的话，并莫名其妙地说："林子出来了，是找人办的保外就医。昨天我去看他，他说想来看你。"范践民眨巴着眼睛，心想：什么乱七八糟的！林子不是在单位上班吗？尽管没全明白林惠民的意思，却又似乎听懂些什么。林惠民见他似乎没听明白，又接着说："林子家找的是劳改局的人，事情办得很顺利，没用多长时间人就出来了。"这回范践民听懂了，明白林惠民是在给他办保外就医。他用惊异的目光望着林惠民，竟把自己想说的给忘了。探视结束后，范践民满腹狐疑地走出探视大厅，知道林惠民肯定有了十分把握，不然他绝对不会说这番话来。范践民不由得心生几分寂寥，心想：这叫什么事儿呢，说进就进来，说出去就出去了。大队长帮助上诉的事还没有回音，我这一走肯定泡汤。再说，披着这身劳改犯的皮设计院还能要我吗？况且许惠茹已经结婚，出去连个扑奔都没有。

一连串的疑虑，使得老范丝毫没感觉到即将获得自由的那份愉悦。

郑处长果然没让林惠民失望，不到一个月范践民保外就医的事就办妥了。林惠民拿着批文来到劳改农场办好手续，与何紫琼一起接老范出狱。

范践民是提前一天得到的通知，他把所有的物品都给了狗肺子等几个狱友。狗肺子还差几个月出狱，见老范先出去心中十分难过，问道：

"范哥，我出狱后去哪儿找你？"

"兄弟，说实话，我也不知道出去后去哪儿。不过，你可以到林惠民那儿打听我的去向。我把他的地址、电话留给你，只要找到他，你就能找到我。"

"范哥，我不想回老家，不想让家人再为我这个'二劳改'操心，你出去千万替我找份工作！"

"放心吧，这事儿我一定给你办到。"

临行前，范践民来向大队长辞行。站在大队长办公室门口喊声：

"报告！01250前来辞行。"

"进来！"

"你小子真能装，这么大的事儿竟然对我也滴水不漏。"

"大队长，别误会。这事儿我真的一点都不知道。"

大队长调出林惠民的探视录音给他听，嘴角上流露出一丝嘲讽，说道："你这位朋友手眼通天，连声招呼都不打，一纸文书我们就得放人。"

范践民窘迫地说："大队长，这……"

"好了，别说了。上头让放，咱就放，出去后到当地公安派出所报个到，别再招惹是非。"

范践民心存感激地应了一声，禁不住流下两行热泪。

早晨八点整，范践民终于走出了囚禁他三年零二十一天的监狱大门。临别时，狱友们一再叮嘱："一直往前走，千万别回头看，否则不吉利。"来到监狱最后一道警戒，当狱警敞开那扇黑漆漆大铁门时，范践民还是忍不住向后看了一眼。

林惠民、何紫琼站监狱大门口等候。见他出来，何紫琼立即流着眼泪跑过来，扒掉他身上的劳改服撇在地上，为他换上一套崭新的西装。林惠民拉着范践民的手泣不成声地说："哥，咱回家吧！"一句话，把范践民感动得热泪夺眶而出，终于自由了！终于可以回家了！可家在哪儿呢？

林惠民带范践民简单吃点儿饭后，走进一家洗浴中心，又是洗又是蒸地好一通收拾。何紫琼再三叮嘱把监狱的东西全部扔掉，一个布丝儿也不许留。走出洗浴中心，二人又带范践民去理发。中午时分，何紫琼看着焕然一新的范践民，终于露出满意的笑容。

三个人来到预定的酒店，白洋、林子、刘刚等已经等候在那里。见到白洋老师，范践民上前和她紧紧地拥抱，像个受了委屈的孩子似的哽咽道："白老师，我出来了！"

白洋拍拍他的肩膀，眼角儿浸着泪花，轻声说："出来就好！出来就好！你还年轻，咱从头再来！"

老范一手拉着林子，一手拉着刘刚问道：

"大家都好吧？林子当爹没有？老刘肯定娶了位新夫人！"

大家一阵欢笑，一切似乎又回到从前，久违的欢笑重新荡漾在人们脸上。

范践民坐在白洋和林子之间，不住地打听单位情况。白洋明白范践民的心思，对他说：

"工作的事我会替你想着，但不能太急。你抽空去院里一趟，当面和老院长谈谈，他是个好人，我想他肯定能帮你。"

"好的，我听您的，明天就去。"

林惠民说："白老师，别费心了。上班有什么意思！被人管个臭够还挣不了几个钱。我们两个一起干，不去上班了。"何紫琼接过话茬道："是呀，白老师，让他们俩一起干吧，说不定能成就一番大事业。"

林子和刘刚也附和着，范践民低着头沉吟不语。见他心事重重的样子，况且又是中午，大家便草草散去，约好晚上林子和刘刚继续给范践民接风洗尘。

回到林惠民处，何紫琼取出一部手机放到范践民手上说："话费我已经交了，你就放心用吧。"范践民说："我现在什么也不做，带手机干什么。"何紫琼说："带着吧，找你方便。"范践民推辞不过只好接受。

第二天清晨，林惠民、何紫琼叫范践民一块出去吃饭，谁知他手机关机，人也没影儿了。

# 40

范践民惦记着许惠茹，怕被何紫琼嘲笑，便悄悄起了大早前去看望。来到许惠茹的工作单位，范践民突然感到一阵惶恐，一个人在街口徘徊，期盼着许惠茹赶快出现，却又担心自己承受不住。正在那儿自相矛盾，忽见许惠茹和吕二军带着娟娟朝这边走过来，范践民急忙闪身躲到树后。

许惠茹一家三口有说有笑地从他身旁走过，来到民政局门口，娟娟从许惠茹手里抽出小手摇晃着对她说："妈妈，再见！""再见，宝贝，上课注意听讲！"

吕二军似乎看到躲在树后的范践民，原本已经走过又转过头朝这边看了一眼。

目睹许惠茹一家人其乐融融的情景，范践民禁不住一阵酸楚。他清楚地意识到，曾经的美好已经成为过往。眼前这位已经不是过去的许惠茹，而自己与她的那段刻骨铭心的爱，只能化作一段美好的记忆。望着许惠茹神态自若地走进那扇门，范践民失魂落魄地转身离去。

白洋把范践民保外就医的情况向老院长做了一番汇报。老院长十分同情他的遭遇，对白洋说："范践民是个好青年，我们应该帮他一把。既然已经出狱，就让他先回原来的科室当临时工吧，等他刑满再想办法给他转正。"白洋说："那我替他谢谢院长，我想他一辈子也忘不了您的大恩大德。"老院长听罢脸上流露出几分不悦，语气温和地批评白洋道："你也是个老党员了，怎么能说出这样的话来。我们是共产党人，干的是党和人民的事业！千万别把封建主义那些东西用在自己身上！"白洋一张大胖脸"唰"地红到脖子根儿，心存歉疚地说："院长，对不起，是我用词不当，下次一定注意。"说完，转身离开院长办公室。

白洋回到办公室，见已经是下午四点，连忙给林惠民打电话，告诉他范践民的工作有着落了，请他通知范践民尽快来院里一趟。林惠民为难地说："白老师，范践民不见了。一早我就没抓到他的影，手机也不开，人也找不到，我们俩正急着呢。"白洋说："他能去哪儿去呢？该不会回家了吧？"

"不可能，他家已经没什么人，我猜他很可能去看许惠茹了。"

正说着，老范耷拉着脑袋走进来。林惠民赶紧对白洋说："白老师，他回来了。"说着，把手中的电话递给老范。

白洋用命令的口吻道：

"范践民，你马上到我这来一下，工作的事老院长答应了。"

"真的？太好了！谢谢你，白老师。"

"谢我干什么？你还是当面谢谢老院长吧。"

"好的，我马上去。"


范践民又回到设计七室，刘头儿满面春风地欢迎他归队，当着全体同事的面大声道："伙计们，先放放手里的活儿，让我们以热烈的掌声欢迎范践民归队！"

"啪啪……"

范践民双手抱拳对大家道："谢谢！谢谢！戴罪之身，还请诸位多多关照！"

范践民一边道谢，一边环顾阔别三年的工作室。工作条件比以前好了许多，几位同事除了林子、韩工，其他都是生面孔，不由得心生几分落寞。刘头儿拉着范践民走到几位新同事近前一一介绍，指着坐在韩工旁边的一位女士夸耀道："这位叫林琴，去年分来的武汉大学毕业生。"

林琴瞥了范践民一眼，朝他微微点点头便继续手里的工作。

刘头儿又指着林琴后座一位漂亮姑娘道："这是郑苹苹，今年新分来的。"

那女孩儿瞪着一双惊骇的大眼睛，手足无措地把三角板掉到地上。

范践民敏感地察觉到，人们用另类的目光注视着自己——一个保外就医的劳改犯，一股莫名的屈辱感涌上心头。唉，认命吧！英雄落难，不得不为二斗米折腰！

范践民每天埋头工作，一句多余的话不说，一件越格的事不做。每月到驻地派出所汇报一次行踪，继续接受监督改造。日子就这样一天一天过去，平淡而又清静。

一天，白洋老师找到范践民，语重心长地叫了声："践民呀，我想和你说点事儿。"

"白老师，有事您说。现在您就是我的亲人，如果您不介意，我真想叫您一声妈。"范践民嬉皮笑脸地说。

"你少贫嘴，听我把话说完。"

"好的，您说吧，我听着就是。"

"践民呀，你也老大不小了，一个人形单影只的，长此下去也不是办法，还是成个家吧。"

"白老师，您忘了？我还是个保外就医的劳改犯。谁肯嫁给一个罪犯啊，您快别拿我开心了。"

"是这样，三分厂有个女的，男人前些年和别的女人私奔了，她现在一个人带着女儿过。我的意思你好歹成个家，俩人搭伴过日子怎么样？"

见范践民低头不语，白洋继续道："我知道这事儿对你不公平，她结过婚，还有个孩子，可事情不是赶到这儿了嘛！老师也是为你好，如果你觉得行，哪天你俩见见面儿？"

"白老师，我现在是个穷光蛋，连份正式工作都没有，再成个家，您让我这日子怎么过啊？"

"这倒不是问题，她有住房、有工作，你只要搬到她那儿就行了。如果不是为这，我也不会动心思。"

范践民想想，觉得白洋说得也挺实际，便道："白老师，您对我有恩，什么事都替我想在前头，这件事儿您就看着办吧，我听您的！"

"这就对了，你等我消息。抽空我找她谈谈，如果她没意见你俩见见面。"

白洋说的这个女人叫赵丽华，在三分厂当材料员。人长得一般，矮胖身材、嘴唇向外噘噘着，黄黑色的皮肤，看上去像有非洲血统。男人做生意赚了点钱，三年前和别的女人私奔了，有个六岁的女儿。

既然是白洋老师介绍，范践民也没太多想法。一个保外就医的劳改犯，有人跟已经不错了。


# 41


林惠民与何紫琼的婚礼定在国庆节。眼见婚期将至，何紫琼向单位请了婚假，张罗着布置新房、订婚纱、礼服、司仪、发请柬，忙得不亦乐乎。林惠民却像没事人似的根本没当回事，反道责怪何紫琼发神经，把婚礼弄得那么复杂。拍婚纱照是林惠民非去不可的事儿，何紫琼已经与影楼约了三次，结果不是他人在外地回不来，就是谈生意脱不开身。推三推四直到婚期将至，才不得不捏着鼻子跟何紫琼来到影楼，刚刚拍了几幅、换两次服装就烦了，扔下何紫琼拍拍屁股溜之大吉。气得何紫琼恨不得咬他几口，一气之下，花了整整一天时间把影楼所有的项目统统拍一遍。

婚礼定在十月二日举行。范践民提前三天便放下所有事，协助林惠民接待安置国内外来宾，筹备婚礼所需各项事宜。林惠民姥姥前年已经故去，身边再没别的亲人，范践民俨然成了操持这场婚事的家长，事无巨细，亲力亲为，忙得顾不上吃饭、睡觉。谁能想到，一个平头百姓的婚礼却有来自中、日、俄三个国家的嘉宾前来道贺。一时间林惠民名声大噪，成了万众瞩目的新闻人物。日本舅舅河内一男、表姐市原英子以亲属身份前来参加婚礼；秃头老鬼子、假洋鬼子高科长代表中日合资天和办公自动化设备总厂，作为合作方代表前来祝贺；独联体方面，安德烈代表合作伙伴前来恭喜；柳金娜夫妇以朋友身份随同林惠民的天和公司驻白俄罗斯销售处一同前来祝贺；省内各分销商、供货商、几家著名钢铁企业都派出代表前来祝贺。社会各界朋友及同学等纷纷前来，猪头、林子、乌鸦嘴等几个要好的同学也都携妻挈子举家前来。许惠茹和苦丫提前一天赶到。真应了那句老话，"穷倒路旁无人问，富在深山有远亲。"范践民带领全体接待人员整日忙碌在大中华宾馆，包下全部客房还是显得不十分宽裕，为防万一，又在附近订了几间备用客房。

婚礼前一天晚上，林惠民、何紫琼举行小规模晚宴，招待先期到达的亲属、朋友、同学。老范一直忙着接待各方宾客，直到宴会开始才匆匆赶过来。他一眼看到许惠茹和苦丫并肩坐在一起，心"咯噔"一下，随即立刻恢复常态，咧着大嘴热情地和大家寒暄、握手、拥抱。苦丫跑过来，用带有几分张扬的口吻嗲声嗲气地喊声："老范大叔！抱我一下！"

老范兴奋得不行，还想像从前那样把苦丫高高举过头顶，可试了两下没举动，腰伤已经把他折磨得没有了那样的气力。他自我解嘲道："才几年的工夫，胖成个小富婆儿，你范大叔抱不动啦。"

许惠茹看着老范吃力的样子心中隐隐作痛，当年那个铁骨铮铮的硬汉，如今连瘦小的苦丫都抱不动，禁不住眼眶一热，强忍着没让泪水流出来。范践民见状急忙走到她近前，问道：

"你还好吧？"

"还好。"

"娟娟上学了吧？"

"是的。"

"叔、婶身体还好？"

"还行。你还好吧？"

"我还行。"

"怎么不见她来？"

"她？"

范践民疑惑地看着许惠茹，一时没明白许惠茹说的"她"指谁。苦丫接过话茬儿道："又装傻充愣不是？娶老婆也不告诉我们一声，有你这样的吗！"

范践民转过身对苦丫道："妹子，净说傻话，你范大叔现在什么身份你又不是不知道，娶啥老婆呀，只不过找个人搭伴过日子。"范践民苦着脸说道。

"那也得让我们见见！"苦丫不依不饶地说道。

"对！必须让我们见见！"猪头、乌鸦嘴几个一块响应道。

"免了免了，有碍观瞻，有碍观瞻，实在不忍影响诸位的好心情。"老范挥舞着两只大手真假参半地应付道。

正说着，林惠民、何紫琼走了进来。猪头道：

"林惠民，我们千里迢迢前来，除了参加你们的婚礼，还想看看老范对象，大家说是不是？"

"是！"众人一起响应。

何紫琼对林惠民说："既然这样，就让李强开车把她接来吧。"

"不行，她算什么东西。"林惠民凶巴巴地反驳。

"你怎么这样呢，老范已经和人家住在一块儿了，你还较什么劲？"

"我说不行就不行，你少废话。"

"你这人怎么这么蛮横呢。"

何紫琼有点急了，说话的声音比平时高出好几倍。林惠民当着这么多同学的面要横，让她觉得很没面子。范践民怕他俩吵起来，忙笑着出来打圆场道：

"你俩为这点破事儿吵个什么劲儿，明天我把她带来就是，让你们看了全都闹眼睛。"

猪头说："这就对了，大老远来的一趟，说啥也得见见范大嫂。"

林惠民气哼哼地转身走出去，弄得大家一头雾水，想不明白林惠民为何会生这么大的气。

范践民干笑两声，从许惠茹身边站起来，抱起猪头小女儿。

那位新疆妹子对孩子说："叫大大。"

孩子怯生生地喊道："大大好！"

"好，宝贝真乖。"

范践民夸赞着猪头的小女儿，心头不由得又是一阵酸楚。把孩子交给妈妈，走到乌鸦嘴夫妇近前明知故问道：

"这位漂亮的女士怎么和你坐得这么近？我怎么感觉有些不舒服呢？"

乌鸦嘴立刻反驳道："介（这）你就不舒服了？晚上俺俩还睡一个被窝呢。"

惹得众人一阵大笑。乌鸦嘴老婆狠狠给他一拳，骂道："西（死）鬼！也不分个场合，满嘴跑协（舌）头。"

大家正说笑着，刘刚带着他的新夫人推门进来，大家的注意力立刻转移到他俩身上。刘刚双手抱拳做了个圈儿揖道："兄弟公务缠身，迟来一步，迟来一步，请诸位海涵！海涵！"

猪头道："老刘，真有你的，还不给我们介绍一下新嫂子！"

林子说："这么大的事儿背着哥们儿，你小子也忒不够意思。"

乌鸦嘴拉过刘刚新夫人说："来！嫂子，咱俩近乎近乎。"

大家你一言，我一语，弄得刘刚的小媳妇一张小脸涨得通红，手足无措不知该如何应对乌鸦嘴的寻衅。

许惠茹见她那副尴尬的样子，推开乌鸦嘴把那女子拉到自己身旁低声交谈起来。

这时，林惠民、何紫琼一人搂着白老师的一只胳膊走进大厅。林惠民拍拍手掌喊道：

"伙计们，看谁来了！"

"白老师？"

大家惊喜地异口同声喊道，纷纷围拢过来。

白洋激动地和大家握手、拥抱。

乌鸦嘴拉着老婆分开众人挤到白洋面前，真假掺半地行个九十度鞠躬礼，说道：

"白老师（西），您当年那个不懂事儿的学生已经娶妻生子了，您看，我老婆漂亮不？"

"漂亮！真漂亮！"

"白老师（西）好。"乌鸦嘴老婆彬彬有礼地也给白洋鞠一躬。

本性难移的乌鸦嘴继续道："白老（西）师，您给评评，我和林惠民谁的老婆漂亮？"

没等他说完，便遭到自己老婆与何紫琼的一通夹攻。师生重逢的热烈氛围把聚会推到一个高潮。白洋感慨地说：

"时间过得真快，当年你们这些风华正茂的大姑娘、小伙子，转眼间已经人到中年，有了自己的事业、家庭。看见你们，我是既高兴又伤感，想想我们在一起的时光，就像昨天一样。"

听了白洋老师的一番感慨，大家顿时没了笑容。人们感叹逝去的年华与不得不直面的蹉跎人生。范践民心里在流血，许惠茹脸上在流泪。命运啊，你为什么如此不公！


何紫琼的婚礼办得如此隆重，把她老爸都吓傻了。活了一把年纪，这样的场面别说看，他连听都没听说过。老人家急得团团转，嘴里不住地唠叨："这还得了，局长家办喜事也没这么奢华。一个做生意的小老板把婚礼搞得这么隆重，简直不知道天高地厚！早晚准捅大娄子！"

然而，他的这些话除了紫琼妈谁也不会在意。一连好几天，他连宝贝女儿的面都见不着，只好在家里给亲朋好友打电话、发请柬，邀请亲友前来参加女儿的婚礼。

婚礼在大中华宴会大厅举行。届时，容纳几百人的大厅座无虚席。林惠民没有至亲，婚礼由何紫琼父亲主婚，河内一男以林惠民长辈身份证婚。与众不同的是，为了让来自日本和独联体的客人听懂婚礼内容，林惠民特意请来两位同步翻译。何紫琼老爸即席发表了一番情深意切的新婚寄语。他说：

"我心爱的女儿，今天是你的好日子，这么多来自国内外的至爱亲朋前来道贺，作为父亲我倍感荣幸。同时，也衷心感谢大家百忙之中前来参加我女儿的婚礼。

"我心爱的女儿，当你对我说：'爸爸，我想有个家'时，我猛然意识到女儿长大了，已经到了结婚生子的年龄。今天，你终于步入婚姻殿堂，像初飞的雏燕翱翔在属于你的那片蓝天上！

"我心爱的女儿，结婚了，为人妻，将来还要为人母，希望你永远保持东方女性的温柔细腻、聪慧圆润，对爱人充满激情，对家人充满温情，对朋友充满友情，用你的聪明和智慧诠释幸福的真谛，做一个一生主宰幸福的女人！"

接着，老人话锋转向女婿道：

"我为之骄傲的女婿，你今天成了我女儿的丈夫。希望你承担起作为男人的责任。而立之年，时时记住，世事艰难，人生多舛。你要不断地完善自己，对妻子、对家人、对朋友、对社会承担起应有的责任。无论贫困还是富有、无论顺境还是逆境，你们都要一生一世、矢志不渝、心心相印、白头偕老……"

紫琼老爸的祝词赢得全体嘉宾的热烈掌声。

河内一男以长辈身份，用笨拙的汉语致答谢词。

"尊敬的各位来宾，首先，我对大家光临我外甥林惠民的婚礼十分感激之至（九十度鞠躬，嘉宾报以热烈掌声），为他能迎娶美丽贤淑的何紫琼小姐表示衷心的祝贺！同时祝前来参加婚礼的各位挚爱亲朋，生意兴隆通四海，财源滚滚达三江，春风得意人长寿，阖家欢乐、身体健康！"

短短几句祝词，把老人家憋出一身白毛汗。大家同样报以长时间掌声，河内一男不停地鞠躬致谢。

婚礼结束后，林惠民举行盛大的答谢宴会。各方宾朋频频举杯，丰盛的美酒佳肴以及婚礼热烈的气氛，令全体中、外来宾久久不愿散去。

晚上，林惠民夫妇到柳金娜夫妇、安德烈、舅舅河内一男、表姐市原英子下榻的房间一一拜访。最后来到猪头、乌鸦嘴等几个同学的房间，见大家正兴高采烈地神侃，唯独不见老范和许惠茹。何紫琼问苦丫：

"老范和惠茹呢？"

"在房间里说话呢。"苦丫道。

婚礼结束后，范践民以为许惠茹明天就要回去，特意来到她的房间。

苦丫正和惠茹聊家事，见范践民来，知道他们想单独说话，便借故离开。

范践民坐在许惠茹对面，仿佛有千言万语，却又不知从何说起。他尴尬地搓着两只大手，词不达意地说些无关紧要的话。

相比之下，许惠茹则比以前沉稳老练许多，起身递给范践民一瓶矿泉水，关切地问：

"腰还经常痛吗？看你好像挺吃力的。"

"还行，没啥大事儿。"

"单位怎么样，工作还挺顺心的吗？"

"还是干老本行，只是身份不同了，现在是临时工待遇。刑期还有三年，以后怎样也不敢想，混一天算一天，混到哪儿算到哪儿。你还好吧，听说当局长了？"

"算什么呀，一个小局长。官儿不大，事不少。组织部管'三种人'，我们管着盲聋哑、痴呆傻、老弱残、鳏孤寡'十二种人'！"

"家里还好吧？"

"还行吧，说不上好不好，就那么回事吧。说说你吧，她怎么样？"

"她是个不幸的女人，一个普通工人，有个闺女，和娟娟一般大。人还算老实本分，没什么文化。丈夫三年前带别的女人跑了，她带着孩子孤儿寡母日子过得挺难，是白老师介绍我俩认识的。"

# 42

从范践民那儿回来，白洋立即给三分厂打电话找赵丽华，约她下班后谈话。见到赵丽华，白洋把范践民获刑入狱的前因后果对她述说一遍。白洋威信很高，赵丽华也很信任她。加之这几年没有男人的日子过得实在艰难。因此，她没多想便同意见面。

刚好，第二天是星期天，白洋一早带范践民来到赵丽华家。和普通工人家庭一样，赵丽华家一间半砖平房，门前有个小院子。屋里虽然没什么摆设，但收拾得干净利落。二人走进房门，赵丽华羞怯地红着脸，连忙递烟上茶。范践民手足无措地坐在炕沿边上，赵丽华的小女儿怯生生地望着家里来的这位人高马大的叔叔。范践民喜欢孩子，仔细端详着小姑娘，感觉孩子长得一点不像妈妈。妈妈皮肤黑，孩子却生得粉白；妈妈噘噘嘴，孩子的小嘴巴长得十分好看。

白洋介绍他俩认识后，便对小姑娘说："宝贝，我们出去玩儿好吗？让妈妈和叔叔说说话。"小姑娘看了一眼妈妈，便和白洋一起去外边玩儿了。

屋里只剩下他们两个人，范践民猛地吸了一口烟开口道：

"我的情况白老师已经和你说过，现在还在服刑，属于保外就医，也没有正式工作。"

"这些我都知道，你家里还有什么人？"

"父亲早年去世，母亲在我很小的时候就改嫁了。我和爷爷奶奶一起生活，前些年他们也都相继谢世，现在只有我一个人。"

"我结过婚，还有孩子，你不嫌弃吗？"

"我现在这样有什么资格嫌弃你，只要你不嫌弃我就行。"

"可是，我现在还不能和你结婚，因为找不到他，所以一直没办离婚手续。"

"你可以登报声明。"

赵丽华沉吟片刻说："这也不是着急的事儿，我们先接触一下，况且还有孩子，我怕她一时接受不了。"

"这没问题，你说了算。"

二人聊了一会儿，见孩子从外边跑了回来，白洋也随后跟进来，范践民起身说了句："白老师，我还有点儿事，先走一步。"

白洋说："这样也好，你先去忙吧！"

范践民离开后，白洋问赵丽华："你俩谈得怎么样？感觉如何？"

赵丽华说："他长得也太丑，比我孩子他爸可差远了。"

白洋听罢有些不高兴，觉得她有些矫情，于是抢白她道：

"长得好顶什么用，大不了扔下你领着别人跑。男人什么丑俊的，有责任心、顾家就是好样的。你一个活人妻，还带着个孩子，当自己黄花大姑娘呢！怎么说人家也是大学生，虽然眼下落魄些，可人生的路长着呢，指不定那天人家咸鱼翻身，到时候你后悔都来不及！"

被白洋一通抢白，赵丽华低头不语。白洋有些不耐烦，直截了当地问："情况都和你说了，人你也见了，行还是不行，你给个痛快话儿，省得我惦记。"

白洋几句话说得赵丽华像被人扒光了衣服显得十分窘迫。仔细想想，白洋说的都是实情，只好点点头表示同意，两个人的事就这样定了下来。

自打范践民出狱，何紫琼便经常过来关照他的生活，两个人之间关系发生了本质变化，像亲人，像兄妹，更像一对情人。何紫琼一直愧疚范践民因为她去蹲大牢，三年来，她已经把他当成亲人，就某种意义上来说，何紫琼对范践民的那份依恋甚至超过林惠民。

这天，何紫琼带着几套新买来的衣服和一些生活用品来到范践民宿舍。进门便不停手地替他拾掇床铺、衣物，嘴里唠叨着："眼看都三十好几，人家许惠茹也结婚当妈了，你还不抓紧找个女人。这单身汉的日子什么时候是个头儿啊？你到底怎么想的，能不能和我说说？"

以往，每当何紫琼说这话的时候，范践民总是心不在焉地和她打哈哈，既不表态，也不反驳。今天他却一副若有所思的样子沉默不语。何紫琼似乎有所察觉，停下手里的活儿盯着他，见范践民欲语又止的样，好奇地问道："怎么？还真有情况啦？"

范践民不想把这件事告诉林惠民，知道他肯定反对。可是，憋在心里又实在难受，便把白老师给他介绍对象的事说给何紫琼，并再三叮嘱她不要告诉林惠民。

晚上，何紫琼还是把白洋给范践民介绍对象的事儿对林惠民说了。没等她说完，林惠民立刻拨通范践民的电话劈头盖脸地数落道：

"我说你是不是有病，非得找个二婚女人不可是不？和许惠茹因为有感情，我不说什么。怎么又找了个二婚的？难道这世上的黄花闺女都死绝了不成，还是你天生就有替人家养儿育女的瘾？！我告诉你，这事儿不行！我不许你作践自己！不然我和你没完！"

林惠民的话说得十分难听，身旁的何紫琼都觉得十分难堪。见他气哼哼地挂断电话坐在床上生气，何紫琼担心范践民接受不了，嗔怪林惠民道："看你说的那些话多难听，比下水道还臭。"于是，拿起林惠民的手机又打给范践民，和颜悦色地说："我说哥们儿，刚才惠民说的都是些气话，语气虽然重了些，但话糙理不糙。惠民的意思是让你把眼光放长远点儿，别只看眼前。结婚是人生大事，不能过于草率，不然会遗憾终生的。"

范践民沉默片刻对紫琼说："你俩的心意我懂，谁不往好处想？可是你们无法理解我现在的处境。一个保外就医的劳改犯在人们眼里是另类，是阶级敌人，有什么资格去选择生活？！这件事儿你俩就别跟着操心了，我会处理好的。另外，你们别总觉得欠我的，我是命中注定该有此劫。既然是劫数，想必在劫难逃。听我的，好好做你们的事、过你们的日子，别再为我分心。"说完，挂断电话。

何紫琼知道范践民这些话是说给林惠民听的，弦外之音他已经决定跟那女人，觉得过分劝阻反倒不好。第二天，何紫琼背着林惠民买些女人用的给范践民送去，让他送给赵丽华。

与赵丽华接触几次后，范践民感觉还可以，征得赵丽华同意后，便扛着行李住进赵丽华家。房子很小，只有半间厨房和一间卧室，大人孩子挤在一铺炕上。半夜，范践民起身出去方便，见赵丽华正抱着女儿靠墙坐着。那孩子瞪着一双惊恐的眼睛看着自己，双手紧紧地搂着妈妈。

他疑惑不解地问："你们怎么不睡觉？"

"你那呼噜惊天动地，孩子都快被你吓死了！"赵丽华抱怨道。

"那咋办？"

"不知道。"

范践民看母女俩可怜兮兮的样子，心中十分不忍，起身穿上衣服对赵丽华说："我出去走走，你们娘俩睡吧。"

"深更半夜你去哪儿？"

"我已经睡了一会儿，出去透透气。"范践民说着，穿上衣服走出房门。

北方的深秋昼夜温差大，白天太阳火辣辣的热得人不行，到了晚上却变得冷风习习，即使上穿棉衣也不会觉得热。

范践民像个游魂似的闲逛，不知不觉来到江边。江水拍打着堤岸发出潺潺声，谧静的夜空中偶尔落下几滴雨滴。一阵江风吹来，范践民禁不住打了个寒战。突然，从脚下传来一阵剧烈的搏击声。范践民紧走几步弯腰一看，哇！原来是一条鱼正在拼命挣脱钓钩。乖乖！竟然有人下暗钩。范践民顿时来了兴致。他迅速收起那根鱼线，见咬钩的是条足有半斤重的大鲫鱼。可把范践民乐坏了，他折根柳枝将那条活蹦乱跳的大鱼串上提在手中，继续用树枝搜寻水下的暗钩。一会儿工夫，竟被他发现二十几处。于是，老范兴致勃勃地沿着江边跑来跑去，巡视鱼漂儿，东方刚刚泛白，范践民手里提着的柳枝上已经串了七八条大大小小的鲫鱼、鲤鱼、胖头鱼。觉得下暗钩的人差不多该来了，便提着一串鲜鱼回到家中，轻手轻脚推开房门，取出盆子、剪子一通收拾。当赵丽华娘俩起床时，一锅鲜美诱人的大米饭炖江鱼已经摆上餐桌。

赵丽华惊讶地问："哪儿来的鱼啊？"

"问什么，吃你的吧！"

"不对！这里从来没人卖鱼，你是哪儿弄来的？"

"我说你这人咋一根筋？没卖鱼的还没打鱼的吗？"

"你没网没钩怎么打的鱼？"

"我说你怎么这么多话呢？"

赵丽华拿起筷子夹了一口鱼放进嘴里。

范践民问："鲜不？"

"嗯！真鲜，像刚出水的！"

"啥味？"老范诡谲地问。

"鱼味呗，还能吃出鸡味咋地！"赵丽华笑着答道。

"就没吃出贼性味？"

"啊？你偷人家的？"

"瞧你说得多难听，怎么是偷呢？！我只不过替他捞出来，省得他费事不是。"

一家人围坐在饭桌前吃早饭，久违的欢乐气氛让赵丽华的小女儿也想亲近一下这位陌生的叔叔。见小姑娘歪着小脑袋想和他说什么，范践民问道：

"妞妞，叔叔做的鱼好吃不？"

小姑娘咬着筷子答非所问地说："叔叔，你怎么在我家吃饭啊？"

"叔叔以后天天在这吃饭，行吗？"

"你为什么不回自己家呢？"

"这里就是叔叔的家呀，以后让叔叔给你当爸爸好不？"

"不好！我有爸爸。"

小姑娘小脑袋瓜儿摇得像拨浪鼓似的极力反对，并且用小手指着范践民说："你长得真砢碜，我才不要你当爸爸呢。"

"叔叔天天给你做好吃的，给你买花裙子、布娃娃，还带你去游乐园玩碰碰车，这样总可以了吧？"

"真的？"

"真的！"

"拉钩？"

"好，拉钩。"

"拉钩上吊，一百年不许变，谁要变是坏蛋！"

拉完钩儿，小姑娘有些后悔，说道：

"要是我爸爸回来，你就不当爸爸行吗？"

"啊？"

范践民惊讶地张大嘴巴，想不到孩子竟然提出这个问题，只好随口说道："好，我答应你。"

范践民折腾了一晚上，上班后困得不行。好不容易熬到午休时间，便靠在椅子上睡着了。

林子捅捅韩工轻声说："这娘儿们真够狠的，看把老范给累的。"

韩工回头看了一眼范践民酣睡的样子，禁不住抿嘴笑笑。

林子不怀好意地走到范践民跟前，随手拾起一支鸭嘴笔夹块棉花沾点墨，轻轻地在范践民额头上写个"累"字，然后故意走到远处吆喝道："老范！食堂开饭啦！"

林琴、郑苹苹几个未婚女子，看着他的恶作剧都捂嘴笑着跑出去。

范践民毫无察觉，起身跟林子来到食堂。刚刚走进大厅，众人目光"唰"的一下集中在他的脸上，接着便是一阵哄堂大笑。

范践民见大家对他笑，察觉到有些不对，却不知道毛病出在哪儿。他暗想：一定是笑我去赵丽华家，有什么呀，笑就笑呗。便也随众人干笑几声。

老院长端着饭菜走过来，他已经听白洋说过范践民和赵丽华的事，觉得也挺好。看到范践民脸上的"累"字儿，立刻明白有人取笑他。于是，他叫了声："范践民，净出洋相！赶快去卫生间洗把脸！"

赵丽华与范践民的同居迅速成了三分厂茶余饭后的谈资，人们戴着各种有色眼镜评论此事。甲说："赵丽华命不错，老公跑了又找个大学生。"乙说："什么大学生，一个保外就医的劳改犯而已，野蛮得很，听说他一拳就能把人给废了。瞧好吧，有赵丽华哭的那天！"

保管员李静和赵丽华关系不错，听大家说三道四，禁不住跑来打听。她问赵丽华：

"怎么样呀？丽华，你的新老公。"

"什么怎么样，傻乎乎一个男人呗。"

"你自己单身过了好几年，他三十多岁没碰过女人。干柴烈火没把被窝烧着了吧？"

"去你的，狗嘴里吐不出象牙，拿我当你呢！"

赵丽华笑着打了她一下。

"哟，还不好意思呢，当自己黄花大姑娘呢？"

"越说越离谱，小心我撕你的嘴。"

"瞧你这德行，和你说几句悄悄话，像谁把你咋地似的，说说他人怎么样？"

"唉，怎么说呢。人长得比我那位差远了，看样子心肠还挺好，知疼知热的。"

"这男人嘛，不能惯。你们刚在一起，不能事事都依着他。打下什么底儿，以后就什么样，现在就得把他调教好。"

俩人正聊得起劲儿，车间主任喊了声："李静，出五公斤焊条。"李静应了一声匆忙离去。

出完焊条，李静赶紧跑到另一群娘们儿堆里眉飞色舞地说：

"赵丽华可真有损招儿，嫌老范那东西太大，办那事时给他垫垫儿。"

这些话越传越离谱，最后竟然把老范传成能"力拨车轮"的当代嫪毒，一时，成了设计院上下几千口子茶余饭后的笑料。

晚上下班，范践民从总务处借张折叠床扛回赵丽华家。吃过晚饭，见赵丽华把厨房收拾停当，便展开折叠床铺上自己的被褥。赵丽华问：

"你这是干什么？"

"晚上我在这儿睡，省得打呼噜你们娘俩睡不好觉。"

"这多不好，怎么能让你睡厨房呢！被人知道像我虐待你似的！"

"一家人哪那么多说道儿。你不说别人怎么会知道？再者说，即便睡在厨房里，也比蹲大牢不知强多少。"

"别了，还是屋里睡吧，习惯就好了。"

"你去睡吧，以后再说。"

见老范执意睡厨房，赵丽华也没再劝阻。


许惠茹参加完婚礼，又在省里开两天会。临回前惦记老范，她想亲眼看看范践民过得到底怎么样。犹豫许久，觉得去他家似乎不妥，弄不好会引起怀疑，打搅老范来之不易的平静生活。于是，她强迫自己打消念头，提着包儿心事重重地往车站走。不知道为什么，许惠茹突然觉得心一下子被掏空了，有种说不出的痛。忽然，她看到有位高高大大的男人肩头上扛着个小姑娘，身旁跟着一位三十多岁的矮胖女人。许惠茹以为是老范一家，下意识躲进一家商铺，从橱窗里向外张望，发现原来是个错觉。望着渐渐远去的一家人，许惠茹流出两行苦涩的泪水，在心中默默祝福老范："从此分两路，各自保平安吧！"毅然转回身，挥泪告别所有的曾经，她把全部身心都投入到事业之中。


## 43

十六号工程总体及分体设计全部通过，刘头儿因组织领导有功提半格，由正科升为副处，主管设计院全部十一个技术科室。林琴全院提名表扬，拿头等奖金，并正式任命为设计七室主任。刘头儿兴奋地说："今儿个下饭店，老地方。"听说刘头儿犒劳，众人齐声欢呼。

刘头儿带大家来到小老乡大地瓜开的饭店。一进门，一位乡村毛头小子大声吆喝：

"二丫，咱二舅来喽！"

几个身穿大花衣裳的女孩儿齐声应道：

"二舅！屋里请，凳上坐！"

充满浓郁亲情的一声招呼，令客人顿感耳目一新。

众人落座，服务员上茶。一位拧着麻花辫的姑娘站在刘头儿面前，毕恭毕敬地叫了声："二舅！请您点菜！"

刘头儿斜靠在椅背上，双手交叉抱在胸前，皱着眉头问：

"刚才一进门你们喊的什么？我没听清，你再给我说一遍！"

那丫头清清嗓子，像小学生回答老师提问似的高声说道：

"二舅，奴（屋）里请，丹儿（凳）上坐，吃熊（什）么？喝熊（什）么？来个干炸你（里）脊吧？"

那丫头有点儿秃舌，吐字不十分清楚。话从她嘴里说出来全变味了。别的还稍好些，尤其那句"干炸里脊吧"，在座的人都听成："干炸驴xx。"刘头儿一愣，心想：这他妈什么呀，进门就叫嚷炸xx。刚想发作，见眼前站着的是个小姑娘，话到舌尖又咽了回去。

刘头儿一脸愠怒地斥道："有你们这样说话的吗！把大地瓜给我叫来！"

那丫头赶紧对后厨喊道："老板！客人叫'大爹妈'。"

众人禁不住哄堂大笑，把刘头儿气得脸儿青了，指着那丫头骂道：

"你这狗娘养的东西，会不会说句人话！"

那丫头憨厚地笑道："二舅，你真行，俺妈比俺大两句，俺还真属狗。"惹得众人又是一阵狂笑。

老板大地瓜从后厨跑过来，一边用毛巾揩手，一边对刘头儿道："刘哥，您叫我？"

刘头儿真假参半地对大地瓜道："你他妈能不能找几个像样儿的服务员？挺好一句话，竟然被她说成了黄段子。"

大地瓜赶紧赔笑道："刘哥，小门儿小店儿，上哪儿去找那么称心的服务员，只好让自家亲戚帮着干点儿。都是乡里乡亲的，不是您外甥女，就是您侄女，您就多担待着吧。回头我给您多上一道菜。"

见老板这么说，刘头儿只好作罢。


年纪轻轻、业务平平的林琴走马上任，坐到刘头儿的位置上，着实令韩工、林子几位不屑。明眼人一眼就能看出，他俩远远超出了领导与下属之间的关系，大家只是心照不宣而已。

刘处知道林琴难服众望，为方便她开展工作，特意在这里举行一次"臣服酒会"，借机笼络一下感情。

席间，刘头儿穷尽溢美之词，极力赞赏这位由他一手"硬拔"起来的接班人，什么年轻有为、人才难得、前途无量等，尽乎到了令人作呕的程度。继而，要求大家支持林琴工作，服从她的领导，希望设计七室在林琴的领导下，百尺竿头更进一步云云。一来生米已煮成熟饭，院里已经做出决定；二来大家还得继续在这儿混，在人屋檐下，不得不低头。因此，众人只能顺情说好话，哄他二人开心。只有韩工、林子、范践民三人不卑不亢地冷眼旁观，一句恭维话不肯说。刘处看在眼里，记在心上。

第二天，刘处把范践民、林子、韩工叫到办公室，和颜悦色地说："韩工、林工，施工方要求设计院派人指导现场施工，考虑你们二位的业务能力强，又参与了整个工程设计。因此，决定派你们代表院方协助施工单位去现场工作一年。这是组织决定，你们安排一下，明天出发。"

打发走林子、韩工，刘处满脸堆笑地对范践民道："老范，实在不好意思开这个口，设计院决定精简机构，要求清退全部临时工。我们是老同事了，说实话，我也不想这么做。可是，我也是上指下派，实在无能为力，只好请你谅解了。"

这回轮到范践民傻眼了，明知刘头儿在为林琴主持工作扫清障碍，把三个不肯臣服的人尽数发落，可这事儿有谁能说得清呢？


# 44


范践民只为少说了几句违心话丢了饭碗，被刘处像踢块烂石头似的扫地出门。回到家中，他一头扎到炕上。赵丽华正忙着做饭，以为他累了也没多想，做好饭菜端上桌，叫他起来吃饭。老范勉强吃了几口便放下饭碗。

"怎么了？不舒服？"赵丽华问道。

"没有。"

"你好像不高兴？"

"我被解雇了。"

"不是干得好好的吗？怎么说不用就不用了？"

"院里减编，临时工全部辞退。"

"不是答应刑满之后给你转正的吗？"

"那是老院长的意思，他已经退休了，谁还拿他的话当回事。"

老范沮丧地倒在枕头上，两眼直勾勾地望着天花板出神。见他失魂落魄的样子，赵丽华安慰他道：

"没事儿，我不没下岗吗？怎么也能挣口饭吃。不用拉倒，咱慢慢想办法。要不你去找找林惠民，让他替你安排点事儿？"

"不行！不许提这茬儿！"

"那有什么，咱又不白拿他钱，给谁干不是干呢。"

"不行！不行！告诉你别提，你怎么还说！"

见范践民说话口气生硬，赵丽华不敢继续说下去。陪他坐一会儿便脱衣睡下。

范践民心烦意乱，一支接一支吸烟，浑身像长刺似的坐卧不宁，一直折腾到后半夜才稀里糊涂睡着。醒来时已经快到晌午，看一眼桌子上赵丽华留的饭，没有一点儿胃口，索性空着肚子走出家门。

今年少雨，原本宽阔的江面只剩下一窄条儿，裸露出大片江底，有人心存侥幸地种上庄稼，绿油油的秧苗长势喜人，指不定真能有个好收成。

看着生机盎然的青山绿水，范践民的心情好了许多。沿着江沿信步一直往前走，直到被江岔拦住去路才停了下来。

走了好长一段路，范践民感觉有些累，拣干爽的地方坐下来休息。见有位老人用块橡胶剪成倒刺绑在罐头瓶口，在上边涂些饵料扔进水中，不一会儿便有贪吃的小鱼钻进来。老人水桶里已经装了几十条小拇指头大小的鱼。范践民觉得这个捉鱼的方法挺特别，一边和老人攀谈，一边拿起罐头瓶子察看。直到老人开始收拾渔具准备回家，才起身和老人一起往回走。突然，范践民觉得不对劲儿，两手滑溜溜的，瞬间竟然结晶出一层白色粉末。咦？怪了，没碰什么呀！他返身回到老人近前拣起那些罐头瓶子，发现上边全沾有一层白色的膏状物质。这个意外发现引起范践民的极大兴趣，于是，他沿着江岔每隔一定距离用树枝插一下，结果越往前走，树枝上的白色物质越多、沉淀层越厚。直到眼前出现一座淀粉厂，范践民这才恍然大悟，原来这些白色物质是工厂流失的淀粉。

工厂的排水口位于江岔下游，是一条一百多米长的排水沟。范践民用树枝试了下，感觉沟里的沉淀物起码有七八十公分厚。淀粉厂只在秋天马铃薯收获季节才开机生产，现在正是枯水期，只要把水沟堵上，再把沟里的水抽干，就能把沉淀的淀粉挖出来。范跋民沿着排水沟来回走了十多趟，大致估算，仅这条百余米长的排水沟里的沉淀物就有五十至一百立方米。为了验证自己的判断，他找来两个破瓶子，从沟里取出一块沉淀物放在里面用水溶解后倒在石头上，晒干后果然留下一层淀粉。范跋民认定，从这些沉淀物中完全可以提取出淀粉。他为自己的发现而欢喜若狂，盘算着挖掘成本、如何去除沉淀物中的杂质，以及最终能获得多少淀粉。一直忙到太阳落山，才兴冲冲地回到家中。一天没吃东西，真饿急了，催促赵丽华赶快端饭来，抄起饭碗狼吞虎咽吃了个肠满肚圆，把碗一推倒头就睡。第二天一早便带上工具开始实施他的"淘金"计划。

自从被解雇，范跋民对工作一词有了新的理解。摒弃了"早八晚五、点卯上班"才是工作的传统观念，取而代之的是"工作，即有工可做"。从这个意义上说，范跋民现在的工作就是挖淀粉。

早晨，太阳刚一冒红，范跋民便急不可待地爬起来，赵丽华睡眼蒙眬地问："你又不上班，起这么早干吗？""睡你的吧，我不但上班，还要加班呢！对了，我中午不回来吃饭，晚上也早不了。"范跋民一边说，一边穿好衣服，抓几个凉馒头、灌一壶水，扛把铁锹、拎只水桶走出家门。

老天爷似乎格外垂怜这个倒霉蛋，响晴的天空飘着几朵白云。晨曦中，迎面吹来的阵阵江风令人神清气爽。趁凉爽，范跋民开始掘土筑堤。好在排水沟不宽，取土也方便，一条七八米长、一米多宽的土堰一上午便筑了起来。范跋民抹了一把脸上的汗，点燃一支烟，一边吸，一边用两只大脚来回踩实。感觉还不太放心，担心下雨泥土被冲走，他又拣些废旧袋子覆盖上。看看表已是中午时分，便从挎包里掏出馒头胡乱填饱肚子，坐在树荫下稍事休息便开始站在沟里往外淘水。起初，见水沟里没多少水，可淘了一百多桶，累得老范两眼直冒金星，沟里的水却一点儿不见少。范跋民有些泄气，甚至怀疑没堵严、淘出去的水又渗回来了。于是，他用一根树枝里外量了一下，土堤两边的水位相差还不到半厘米。天哟，照这样干下去光排水就得个十天八天的。看来人工淘水肯定不行，必须弄台柴油机和水泵。

第二天，范跋民通过韩工借来一套抽水机，忙碌一上午，终于安装就位。开启柴油机，沟里的水迅速减少，沟底的沉淀物也渐渐裸露出来。范跋民兴奋地在淤泥中反复测量，沉淀物最厚处竟有八十厘米，薄处也有三十厘米。范跋民忘记连日来超强度的体力透支，高兴得咧着大嘴像找到了一座金矿。

晚上八点多钟，范跋民一身泥水夹着汗、疲惫不堪地回到家中。赵丽华赶紧打来水、拿过毛巾，让他站在院子里从头到脚一通洗，替他擦干身上的水，端上热在锅里的饭菜，心疼地问：

"你这几天起早贪黑干什么去了？"

"上班！"

"在哪儿上班？一天干十五六个小时？"

"给范老板'打工'。"

"哪来的范老板，也忒黑了，给多少工钱，你这么玩儿命地给他干？"

"这个不好说。估计一天的工钱差不多顶你一个月吧。"

"啊？能挣那么多钱？"

"嗯！"范践民一边不停地往嘴里填饭，一边神神道道地逗赵丽华。

第二天，范践民来到一家日杂商店，与老板计较好一会儿，买了一大包编织袋，骑着自行车神采飞扬地来到沟边。脱去外衣，只穿条裤头儿站在泥水里继续他的淘金梦。

太阳火辣辣地照在他脊背上，把范践民的皮肤晒得一块一块暴皮、一层一层脱落。对此，他已经全然不顾，强烈的欲望支撑他不顾一切地投身于简单的劳作之中。

连续数日超强度的体力劳动，累得范践民躺在炕上直哼哼。赵丽华见问不出个所以然来，只好暗自调理伙食，尽可能让他多吃些、吃好些。

周日，赵丽华休息，本想在家睡个懒觉，见范践民五点钟不到就起床，便好奇地问：

"你那位范老板星期天也不让休息？"

"老板黑着呢，想休息也行，工钱可就没了。你说咱还休息不？"

"你干一天真能顶我一个月？"

"也许还不止。"范践民神经兮兮地说。

赵丽华十分好奇，心想：干什么活儿能挣那么多钱？不会是蒙我吧？于是，范践民前脚出门，她就尾随其后跟着来到水沟边。范践民先查看一番前几天挖出来的淀粉，不时用铁锹往上敛敛，接着便脱下衣服跳到泥里继续挖。赵丽华弄不明白，心想：这是干的什么活儿呀？给人家清理排水沟？不对呀，清沟也挣不到那么多钱呀。于是，她蹑手蹑脚地走到范践民跟前，故意提高嗓门儿喊声："范老板！""啊！"范践民正全神贯注干活，被她吓得一哆嗦，见是赵丽华，骂道："败家娘儿们，学驴叫呢！吓老子一跳。"说罢，问道，"你咋来了？"

"想知道你整天神神道道到底干什么呢！"

"看到了吧？就干这个！"

"给人家清沟？"

"也是，也不是。清沟是尽义务，白干活儿，人家一分钱不给。"

"那你这是干啥？"

"老婆子，咱发财了。"

说着，伸手从泥里抓起一把淀粉，兴致勃勃地举到赵丽华面前道：

"你看，这是啥东西？"赵丽华一手捂着鼻子，疑惑不解地问：

"啥破玩意，又酸又臭的。"

"这是土豆淀粉。"

"啊？你可真能糟践人。从臭水沟里把这么脏的东西捞出来给人吃，你还想蹲大牢不成？"

"傻老娘们儿，这你就不懂了。土豆淀粉不光能做粉条、粉丝供人吃，它还有工业用途。涂料、造纸、化工产品都需要工业淀粉。"

"你尽骗人，这么埋汰的东西谁要啊？"

"你别看现在不干净，等我把它过滤、提纯，重新晒干后和新生产出来的一样。"

赵丽华看着范践民从沟里挖出的几大堆沉淀物，惊奇地问：

"这些都是你挖出来的？"

"废话！不是我还能有谁？"

"我的天哟！怪不得累得直哼哼，我能帮你干点什么？"

"这不是女人能干的活儿，你伸不上手，知道怎么回事就行了，赶快回去吧。"

范践民拿起水壶喝几口水，又跳到沟里继续干活儿。赵丽华见他站在淤泥里一身泥水、一头汗地劳作有些于心不忍，便拿起铁锨帮着攒堆。一直干到晌午，惦记妞妞吃午饭才匆忙回去。

范践民起早贪黑一连挖了十几天，却连五分之一都没挖完，心里急得不行，唯恐老天下雨沟里积水，只好给自己加码。天刚放亮就开工，中午蹲在沟边啃口馒头一直干到天黑。连累带晒，人黑得像刚出模的铸铁坯子，两臂青筋暴露、腹股肌硬得像牛筋。即便这样，恐怕没个十天半月还是挖不完。"唉！进度太慢了！"范践民叹息道。天已经黑了下来，范践民抓起衣服走到江边，见四下无人，索性脱个精光跳入水中畅快淋漓地洗去满身的污秽，浑身湿漉漉地爬上岸，靠在树下一边津津有味地吸烟，一边让江风吹干身上的水渍。

一只大脚黑嘴蚊子不失时机冲上来，在他的肩膀狠狠地叮了一口。范践民疼得一哆嗦，侧目看它一眼，见那只蚊子正把毒针嵌入肩头，贪婪地吮吸自己的血。原本干瘪的肚子迅速变红、变圆，甚至快要胀破，可它还是不停地吸吮。范践民骂了句："贪婪的东西！"随即用力收紧肌肉，将那根毒针牢牢嵌住。那只蚊子似乎感到了威胁，拼命地扇动翅膀企图逃脱。怎奈毒针被夹得紧紧的，它越是死命挣扎，范践民越用力收紧肌肉。这场人蚊大战，从一开始就决定了输赢，那只大脚蚊子终于耗尽最后一点力气停止了挣扎。范践民轻蔑地笑了笑，松弛肌肉，那只蚊子带着一肚子血跌落在地上悄然死去。

范践民病倒了，烧得直说胡话，上吐下泻折腾一夜。清晨，连口饭都没吃便扛着铁锹出去干活儿。赵丽华拦他不住，只好带着哭腔给林惠民打电话：

"他高烧一夜，早上连一口饭都没吃，又去江边干活儿，我怎么拦也拦不住，你能不能去把他弄回来，不然非出人命不可。"

赵丽华火急火燎的一番话着实把林惠民吓了一跳，他忙放下手头上的一摊子事儿，叫上何紫琼，和赵丽华一起来到范践民"淘宝"的地方。

范践民正站在泥水里劳作。一身污泥，一身脏水，被烈日晒得像个来自刚果的黑人。林惠民心疼地对他吼道："老范！你给我上来！"

范践民正专心干活儿，被林惠民吓了一跳，见是他来禁不住吃了一惊，暗想：他怎么来了？一定是那个该死的婆娘给他打的电话！于是，连忙从泥水中爬了上来，笑呵呵地问林惠民："你咋来了？"

见他上来了，林惠民一脸不屑地用鼻子哼一声，尖酸刻薄地讽刺道：

"堂堂一个大学生却找不到自己的位置，不知是脑袋里进水，还是有意装傻充愣。"说完，他气哼哼地看了一眼满身污泥的老范，从他手里夺过铁锹，走到那堆沉淀物前，一边拨拉，一边仔细察看。看罢，他掏出手帕擦擦手，沿着沟边来回走两趟，用心估算一番后掏出手机指派李强道：

"你先把手里的事儿放放，马上到桥下找些'站大岗'的，让他们带上铁锹，雇台车拉到江岔子这儿来，我在这儿等你。"

布置完，林惠民背着手、踱着步回到老范身边，从范践民衣袋里掏出香烟，递给范践民一支，自己也点上嘬一口。然后，他继续嘲讽道："看不出，眼睛挺毒啊！能从这臭水沟里挖出宝来，不简单！真的不简单！不过吗，就是缺少点儿商品意识。这样吧，今天本老板给你上堂示范课，教教你如何用金钱购买其他社会成员的体力、智慧，甚至创造力，用来实现自己的目的。"

范践民漫不经心地吸烟，压根儿没把他的话当回事。

何紫琼看他这副惨样，心疼得泪水直在眼圈儿里转。站在范践民身旁，用手抠他身上已经干涸，且与汗毛粘在一起的泥巴。

范践民嬉皮笑脸地说："我说何支书，你这是给我活摘毛啊！"

何紫琼破涕为笑，说："就给你活摘毛，谁让你作践自己。"

林惠民说："你别给他抠了，赶快到江边洗洗去吧。"

于是，几个人来到江边。老范不用换衣服，直接跳进江里，故意做出轻松自在的样子，变换着各种泳姿。林惠民看得眼热，也脱掉衣服跳进了水中。何紫琼最喜欢游泳了，见他俩玩得那么轻松惬意急得她抓耳挠腮，眼巴巴看着他俩在水中尽情玩耍，自己却没带泳衣。

赵丽华自始至终一声不响地跟他们后面，对于他们之间如此的深厚情谊感到十分不解。见何紫琼望着大江出神，她实在抑制不住心中的好奇，问道：

"紫琼，问你句话，你别生气好不？"

"看你说的，我有那么爱生气吗！想问什么，你问吧。"

"我觉得你们之间不像普通同学关系。"

"你的感觉非常正确。老范不仅是我俩同学，就在这条江里，他还救过我俩的命。"

"原来是这样，我说呢。"

正说着，李强带着十几个"站大岗"的赶到。二人赶紧上岸换好衣服。林惠民挺胸迭肚地站在民工面前比比划划地说：

"看到没有，就这活儿，从沟里往外挖这种白色的东西。一天二十，肯出力的给三十，偷懒耍滑的立马滚蛋！工钱一天一结，用谁不用谁，给三十还是给二十，全由这位范老板说了算！大家听明白了吗？"

二三十块钱啊！差不多相当于普通工人半月工资。众人听罢，异口同声道：

"明白了！说吧，让我们怎么干？"

"怎么干听范老板的！"

林惠民布置完，对站在身边的老范低声道：

"你也给我听好，打今儿起，不准你动一锹一铲。你只管监督他们干活儿！听清没！"

范践民朝他点点头，也跟着含糊不清地说了声："听清了。"

林惠民继续道："我请你记住，商品社会，出力挣钱永远抵不上用钱生钱！"说完，朝何紫琼摆摆手，把五千块钱塞到范践民手里，上车离去。

有了十几个壮劳力，挖掘速度一下子提高了许多倍，仅三天工夫就差不多全部挖完。范践民指挥民工在江边支起三口大锅，开始清洗、过滤、晾晒、分装。前后一个月，范践民从排水沟的沉淀物中共提取近五十吨淀粉。按市场价打五折计算，可获利五万余元。这对于范践民可算得上是一笔巨款，足够他在设计院干上十年临时工。

把淀粉运回临时仓库，范践民马不停蹄地出去寻找买主，期盼着赶快把这堆淀粉变成一沓厚厚的人民币。

这天，来了个姓祖的老板，见产品外观、质量不错，价格又十分诱人，便把五十吨淀粉全部买了下来。把范践民乐得恨不得脖子后伸出两只巴掌，正与祖老板盘点数目一手交钱，一手交货时，该死的林惠民来了。

林惠民把祖老板叫到近前，俨然以主人的身份问道：

"你能告诉我购买这些淀粉的用途吗？"

祖老板见他这副派头儿，一脸不耐烦地回了句："我花钱买东西关你屁事？我干什么用，你管得着吗？"

林惠民盯着祖老板上下打量一番，说道："废话少说！如果你不能说明用途我不卖。"

"你不卖拉倒，谁又不是非买不可。"祖老板气得一跺脚走了。

见谈成的生意被林惠民给搅了，气得老范两眼直冒火。

见范践民心烦意乱蹲在地上吸烟，林惠民故意一步三摇地走到他近前，嘴里念念有词地说道：

"老子曰：'福兮祸所伏，祸兮福所倚。'做生意得长好前后眼，不可为一时利益祸及自身。你想，倘若他把你这些从臭水沟里捞出来的淀粉当作食用淀粉转手出售，一旦吃死人你可就摊大事了。听我的，把所有的包装袋全部换下，重新订制一批印有'工业淀粉'字样的包装袋。记住，没换包装之前一斤都不能卖！"

经林惠民这么一说，老范立刻明白了其中的利害。按照林惠民的意见，把所有的淀粉全部换上印有"工业淀粉"字样的包装袋。

范践民的"淘金"之旅接近尾声，何紫琼为他欣喜之余，更为他的将来担忧，趁林惠民在家，再次提出让范践民来公司的建议。林惠民听罢苦笑着摇摇头说：

"如果他来那是再好不过，且不说他聪明、有能力，仅凭他对朋友的那股子真诚劲儿，把事业放在他手上我俩都放心。可是，你想他会来吗？"

何紫琼说："此一时，彼一时，当初他不来是因为有白老师帮他回设计院。现在设计院不用他了，我看他能来。"

"那是你不了解他，只看到他表面上一副什么都不在乎的样子。其实，他骨子里傲得很。你看到没，他宁可站在泥里水里出苦力都不肯朝我们开口。"

窗外淅淅沥沥下起雨来，林惠民看着溅在窗台上的水花，自言自语地说："要想让他来，除非……"

何紫琼望着他欲语又止的样子，焦急地问："除非什么？你倒是说呀！"

林惠民转过头对她诡谲地一笑说："除非你出面请他！"

"我？"

"对，只有你能让他来。"林惠民坚定地说。

"你们哥儿俩的关系不比我铁吗，你都请不来他，我哪有那么大的面子。"

"这不是面子大小的事儿，你想呀，老范为什么不到我们这儿来？"

"为什么？"

"他是怕欠我们的情。所以，这件事只能这么办。"

"怎么办？"

"过些天我不在家的时候，你找个理由请他过来帮忙。他这个人重情义，咱就利用他这个特点，不断找他帮忙。时间一长，他自然就留了下来。"

"那工资待遇呢？"

"记住！你千万别提工资的事，待时机成熟再说不迟。当务之急是先帮他把那些淀粉处理掉。"

在林惠民的帮助下，范践民的五十多吨淀粉以低于市场百分之四十的价格，卖给了一家涂料厂。范践民接过厚厚一沓人民币，高兴得手直发抖，找家银行存个整数，余下部分，除去偿还林惠民垫付的本金，他打算给赵丽华和妞妞添置些衣物、两家人一块吃顿饭。

这是范践民有生以来见到的最大一笔钱，他盘算用这笔钱做点儿生意。从银行出来，正准备去商场为赵丽华母女买些东西，突然接到何紫琼电话，说林惠民去了白俄罗斯，站台上到了一大批货，请他无论如何过来帮帮忙。


## 45


接到何紫琼电话，范践民打车来到货场，见果然只有何紫琼一个人忙碌。他二话不说，赶紧组织人员提货、装车、入库、查验，一直忙到晚上八点才算安置停当。第二天，何紫琼又来电话，说保管员家里有事，请他再帮几天忙。于是，范践民又尽职尽责地替她守了一个月仓库。没等保管员上班，何紫琼又说经理有事，还得让他替几天。一来二去范践民几乎把林惠民公司所有岗位干个遍。眼看到年底，公司业务忙得不可开交，林惠民接连几个月不照面，整个公司业务全推给范践民一个人。分销商找范践民要货；大客户找范践民谈折扣；工商、税务找范践民检查，范践民俨然成了全体员工心目中的总经理，把公司管理得井井有条，销售业绩与日俱增。

这天，走了几个月的林惠民终于回到公司。

范践民总算可以松口气，对林惠民说："你可回来了，我总算可以交差啦！"

"交什么差，这不干得好好的吗？你也没有别的事儿，就这么干着吧。公司放你手上，我也好腾出身子开拓独联体业务。"

"你的意思是让我一直干下去？"

"如果你没其他打算的话，我是这样想的。"

"我不想总在你这儿干。这样吧，我还是临时替你管着，你抓紧物色人，一旦有适当的人选，我还是想自己干点什么。"

"随便你吧，反正一时半会儿我找不到适当的人。"

范践民明白林惠民不想他走，碍着情面也不好意思一走了之。林惠民心中暗自窃喜，不无得意地对何紫琼道："军中得一良将，胜过十万精兵。"

赵丽华最近添了一个毛病，经常翻范践民的衣兜。起初是趁洗衣服时翻一遍，后来竟然发展到经常翻，翻到钱就拿走，翻不到还生气。一次，范践民请朋友吃饭。明知身上带着钱，付款时却一分掏不出来，只得厚着脸皮请朋友垫付，弄得十分狼狈。范践民回到家便和赵丽华急了，俩人第一次因为钱吵架。过后，赵丽华仍恶习不改，照翻不误，后来竟发展到一天不翻范践民口袋就难受得不行。范践民知道她在惦记自己存折上那几万块钱。自打范践民有了这笔钱，赵丽华一直想用来改变一下居住条件，她想买套楼房。按说这要求不算过分，谁不想住得舒服些。可是，范践民想用这笔钱做生意，让自己有个安身立命之所。为此，俩人还发生几次口角。赵丽华言来语去指责老范藏心眼儿，不真心和她过日子。范践民尽管心里不快，但也觉得理亏，自己毕竟没为这个家庭做什么。见林惠民成心不想让他离开，也渐渐打消了自己做生意的念头。说到用这笔钱买套楼房，他多少还有些心存疑虑，毕竟不是原配夫妻，况且俩人还没正式登记结婚。

这天，仓库主管递来一张假条，附带一张诊断书。范践民准假后，拿着那张诊断书出神。他突然想玩个恶作剧，于是，找来涂字灵把诊断书上的姓名涂掉，换上自己的名字，在诊断结果一栏写上"淋巴细胞癌，建议转院治疗"字样。写完，见上面有涂改过的痕迹，便在桌子上蹭了蹭，弄得皱皱巴巴的揣在衣兜里。正赶上忙，一连几天没回家，竟把这事给忘了。

晚上，范践民陪客户吃饭多喝了几杯，李强开车送他回家，到了家门口却怎么也叫不醒他，只好与赵丽华连拉带拽地把他弄到炕上。李强走后，赵丽华替他脱掉衣服，顺便又掏他口袋。钱没掏出多少，却从内衣口袋里掏出一张纸来，打开一看，立刻被吓傻了。"淋巴细胞癌"一行字像子弹一般直接命中她的心窝。赵丽华顿时感觉天旋地转，叹惜自己的命咋就这么不济，老公跟人家跑了，刚跟老范过了几天安定的日子，他又得了不治之症。老天爷呀，你也太不公平，为啥这么折磨我呀！天啊！这可叫我怎么活啊！于是乎，守着炕上鼾声大作的范践民整整哭了一夜。早晨醒来，范践民见赵丽华两眼哭得像烂杏似的，莫名其妙地问："怎么了？什么事把你哭成这样？"赵丽华哭丧着脸道："还说呢，这么大的事儿你还瞒着我。"范践民疑惑不解地问："啥事瞒着你？""你就别装了。"赵丽华一边抹眼泪，一边把那张诊断书拿了出来。范践民这才恍然大悟，故意耷拉下脑袋装成一副无可奈何的样子道：

"事已至此，拗不过命。认了吧！"

"不行！咱去治！"赵丽华态度十分坚决地说。

范践民苦着脸说："算了，这种病哪儿也治不了，咱还是别花冤枉钱了。反正也是个死，与其落个人财两空，还不如给你们娘儿俩留下点活命钱。"

听范践民这么一说，赵丽华立刻由低泣转成号啕大哭。见妈妈哭，女儿妞妞也跟着哭，一时间，弄得一家人如同生离死别似的。赵丽华一边哭，一连拿出存折、房产证对范践民说：

"存折上有两万块钱，房子能卖一万多，加上你存折上那些钱，咱去北京、去上海找大医院治。我们娘儿俩不能没有你，就是流落街头、挨门乞讨也要把你的病治好。"

不知是被赵丽华的言行感动了，还是觉得恶作剧不能再演下去了，范践民一个鲤鱼打挺从炕上蹦下来，扛起妞妞在地上转着圈道："妞妞，我们要住高楼喽！"

赵丽华不解地问："住啥楼啊，你不去治病啦？"

范践民把孩子放到炕上，嬉皮笑脸地说：

"你真笨，连我的字你都看不出？逗你玩的，我的傻老娘们儿。"

"你这个该死的东西，开什么玩笑不好，非开这吓人的玩笑，弄得人家一宿没合眼。罚你做饭去！"赵丽华破涕为笑道。

"得令耶！夫人！"范践民道着京白、系上赵丽华的花围裙去准备一家人的早餐。

范践民倾其所有买了一处三居室。二人精打细算简单装修后，重新购置家具、家电及床上用品。喜迁新居那天，赵丽华一帮工友、姐妹前来祝贺。看着赵丽华装修一新的三居室，里外三新的床上用品，以及新购置的家用电器，一个个羡慕得眼珠子都快掉出来。

"丽华，你可算跳出苦海，找了个能干的老公。我们这辈子恐怕也住不上这么好的房子。你说，你的命咋就那么好呢。"李静酸溜溜地说。

赵丽华的虚荣心得到极大满足，里外忙活着招待客人，高兴得差点儿忘了东西南北。

客人散去后，赵丽华蹲在地板上把整个房间擦得比狗舔的还干净，心里边别提多美。

妞妞有了自己的房间和一张小床，把一堆心爱的玩具摆在床边，蹦蹦跳跳地享受着属于自己的小天地。

范践民坐在书房里，一边吸烟，一边笑眯眯地逗她道：

"妞妞，咱们有新家了，这回你该叫我爸爸了吧？"

妞妞听罢，原本兴高采烈的一张小脸立马沉了下来。这孩子人不大，心挺重。自从范践民来，她一直拒绝叫爸爸，也随着妈妈喊他"老范"。为此，赵丽华多次训斥也无济于事。听到范践民又提起这事，刚才还笑得花儿似的一张小脸立刻黯然下来，低头喃喃自语："要是爸爸他也在，那该多好。"声音虽小，却把两个大人惊得目瞪口呆。

范践民磕磕绊绊活了三十多岁，总算有份体面的工作、安定的家。生活充满了阳光，脸上也多了些笑，大有苦尽甘来、脱离苦海的味道。幸福之余，思亲之情油然而生。屈指算来，已经有些年没见过母亲，也不知道她现在过得怎么样。快过年了，他想回趟老家探望已是风烛残年的老娘。把这想法和赵丽华说，那妇人尽管心里不情愿，嘴上还是答应了。

农历腊月二十三，范践民向何紫琼告假，说回乡下看老娘。何紫琼当即指派李强开公司车送他。老范说："别了，公司年底本来事情就多，我把车开走就更忙不开了。"无奈何紫琼执意不肯，非要他带车回去不可。范践民明白何紫琼的良苦用心，她是想让自己在亲戚朋友面前有点儿成就感，也就不再推辞。他与赵丽华一起买了一堆年货，大包小包地装了大半车。第二天一大早，便带着家人起程，前去探望阔别多年的老母亲。

一冬无雪。崎岖不平的乡间公路虽然颠簸，却丝毫不影响老范的情绪，坐在副驾驶座位上，望着窗外似曾熟悉的故乡，脑海中禁不住浮现出一桩桩旧事。车子开进村口，几条讨厌的土狗跟在车后"汪汪"叫个不停。母亲居住的村庄没什么改变，清一色瘪瘪嘟嘟的土坯房，分不清哪儿是人住的房舍，哪儿是牛栏马厩。除了几户村干部家的房子还看得过去外，大多数人家窗上都没玻璃，有的蒙块塑料布，有的干脆用谷草打成草帘遮风挡雨。

范践民没费什么劲便找到母亲家，站在门前仔细打量一番，感觉日子过得一定很艰难：三间东倒西歪的土坯房，屋顶上长着几蓬蒿草，葵花杆儿圈起的杖子被猪狗钻了几处窟窿。走进半敞着的柴门，一条黑狗见生人"汪汪"叫了几声，便夹起尾巴贴着墙根朝范践民他们身后走去。突然，那条狗"呜"的一下扑向妞妞。范践民走在前边，赵丽华没防备，那狗在孩子腿上狠狠咬了一口。妞妞被吓得大声哭喊，情急之下，范践民飞起一脚踢在狗耳朵上，那狗"嗷"的一声跑了出去。闻听院子里人喊狗叫，范践民继父、母亲、继父的儿子、儿媳相继跑了出来。范践民赶紧把孩子抱进屋里，脱下棉裤见腿上被狗咬了两个小洞，还在往外渗血水，孩子连惊带吓不停地哭闹。范践民只好抱起妞妞，调转车头朝镇上的卫生院驶去。医生给孩子清洗、消毒、包扎好伤口后，叮嘱连续打十四天的狂犬疫苗。乡镇医院没有狂犬疫苗，范践民只好让李强先把她们娘儿俩送回城去，自己扛着一堆年货徒步返回母亲家。

母亲衰老了许多，一头稀疏的白发已经遮不住头皮，还不到六十岁就已经弯腰驼背。长年累月劳作，两只粗糙的手青筋暴起，十只手指已经不能伸直。看着年迈的老母，老范心头涌上一阵酸楚，双膝一软跪倒在母亲面前失声痛哭。母亲抚摸儿子的头连声叫道："我的儿，你可回来了，昨天娘还梦到你。"说罢老泪纵横地扶起儿子。朱先生也没了昔日那股子霸气，原本瘦小的身材只剩下一张皮包着一副骨头架子，显得十分猥琐。范践民那两个不搭边的哥嫂，对那些大包小包年货的热情远远超过他本人，欢天喜地地把东西搬到自己屋里。

母亲家的日子过得十分窘迫。同母异父的妹妹前些年已经出嫁，继父的儿子蹲了几年大牢，出来后仍然不务正业。十几亩承包地因无力耕种已经转包他人，一家人还得靠朱先生给人家看风水骗几个钱儿过活。范践民的意外到来，除给一家人带来莫大惊喜之外，无形中让他们萌生了诸多想象，希望这位在省城干大事的人能满足他们更多的欲望。

# 46

大兴安岭一场罕见的森林大火烧了二十五六天。中国境内几乎相当一个苏格兰国土面积的森林燃烧着大火。五万官兵日夜奋战总算把山火扑灭，为此，林业部长被撤职，林业局长被判刑。这场大火导致山地植被严重缺失，雨季到来，原本可由山上植物吸收的水分，却变成了一泻千里的山洪。

许惠茹的家乡是处一望无际的原始沉降平原，地势东高西低。发源于小兴安岭西麓的那条乌裕尔河流经至此便失去河床，河水漫散形成无数大大小小泡泽，和一片广袤无垠的沼泽地。

这年秋天，在当地生活了一辈子的老人都没见过这样的情景——天上艳阳高照，地下洪水滔滔。夏秋之季虽然下了几场大雨，可断不至于形成如此浩大的洪水。人们望着滚滚波涛，谁也说不清楚这洪水是从哪儿来的。老百姓纷纷传言，此乃是地宫涨水。

即将成熟的庄稼泡在齐腰深的洪水里，为泄洪甚至还炸开几处国防公路。五六个乡（镇）颗粒无收，几万人畜的口粮、饲草统统被洪水冲走；几十个村屯的房屋全部倒塌，大面积受灾已成定局。突如其来的灾害，使这个经济原本捉襟见肘的贫困县陷入严重窘境。为此，县委、县政府号召社会各界"少吃一口饭、少穿一件衣，把能穿的棉衣、能盖的被褥捐助给受灾农民"。

许惠茹身为民政局长，首当其冲成了这几万灾民的"花子头"。她四处奔走呼号，深入附近几个市县机关、厂矿、学校、居民区，募集粮食、棉衣、棉被等凡是灾民能吃、能穿、能用的物品。经过一番努力，总算可以保证灾民能够安全过冬。

转眼到了春天，被洪水浸渍过的土坯房冬天还勉强能住，到春天化冻后，墙皮便一层层剥落，几天工夫全部成了残垣断壁。几千口老弱妇孺蜷缩在临时搭建的简易窝棚里，忍受着料峭春寒的折磨。

许惠茹随同县委张书记来到灾情最重、倒塌房屋最多的几个村屯。眼前的情景令每个到场的人心情都十分沉重，灾情远远超出人们的想象。除了几处建在高岗上的房子没倒，其余房屋几乎全部倒塌，即便暂时没倒的也不能居住；由于去年秋粮颗粒无收，绝大多数人家缺粮，有的甚至已经断粮，只能靠挖野菜充饥；几万亩耕地泡在冰水里无法播种。灾情的严重程度，远非县级财政可以解决。

张书记神情忧郁地对许惠茹说：

"惠茹同志，目前的情形你都看到了，去趟省厅吧。把县里的情况向上级反映一下，争取得到上级一些支持。事关重大，时间紧迫，不能再拖延了，再拖恐怕要出人命。你无论如何从省里弄回些粮食、帐篷来。"

说到这儿，老书记禁不住心中一阵酸楚，眼中充满泪水，声音哽咽地继续道：

"惠茹同志，我知道抬脸乞求的滋味不好受，可谁让咱穷了。为了这几千灾民能吃上口饭、有个栖身之处，我代表县委、县政府拜托你了！"

许惠茹拉住老书记的手，替他擦去两行热泪，语气坚定地说：

"张书记，请你放心！就是千难万难，我也要为灾民弄些粮食、帐篷来！"

"好！我相信你！时间紧迫，灾情不等人。我马上召开全县职工干部大会，动员大家再从牙缝里挤出点儿粮食应急。你到省里抓紧做工作，千万不能饿死人啊！"

"好！张书记，您就放心吧！我现在就出发！"

许惠茹肩负着"要饭"的重任风尘仆仆来到省城，顾不上吃口饭便直接来到省民政厅。不来不知道，一来吓一跳，来省厅"要饭"的远不止她一个。全省各地前来报灾、报贫、申请救助的大小官员站满省民政厅走廊。别说和人家详谈，连递份材料都难。那时风气还比较正，来省里办事顶多带些地方特产偷偷摸摸送到人家里沟通一下感情。许惠茹手里除了一份灾情报告什么也没带，在走廊里眼巴巴站一天，连句说话的机会都没有。

第二天一早，许惠茹不等人家上班便提前站在门口等候。张处长似乎早已经习惯被人等候，他看了一眼站在门口的许惠茹，神情木然地朝她点点头算打个招呼。许惠茹连忙紧随其后，忙不迭地汇报情况，再三强调："张处长，我们县的灾情十分严重，再不下拨救济粮恐怕要饿死人了。"张处长每天听到的都是这些话，许惠茹的汇报唤不起他的一丝同情，只冷冷地回了句："你那儿才要饿死人，我这儿已经饿死人的何止一处。这样吧，你先把材料放这儿，有消息我及时通知你。"许惠茹还想说点什么，张处长却已经被各地来的人围了起来，连多说一句话的机会也不给她。许惠茹又在走廊站了一上午，依然一无所获。中午，她胡乱吃点东西又回到省厅，一直等到下班也没找到说话机会。

晚上，许惠茹回到旅店，两条腿又酸又麻像两根木头，她一头趴在床上委屈得放声大哭。想想这是何苦，又不是自己吃不上饭，真想立刻返回，免得在这儿遭白眼受冷落。可一想到那些在寒风中忍饥挨饿的灾民，想到张书记那期待的目光，觉得自己无论如何不能退缩。

第二天，许惠茹又来到民政厅。由于没到上班时间，只有公务员在打扫办公室。她也不拿自己当外人，伸手帮着干起活儿来。不但把桌子、地面擦得干干净净，就连每个人的水杯都被她擦拭得铮明透亮，端端正正地摆在办公桌上。直到省厅工作人员陆续上班，许惠茹还在那儿忙碌着。张处长见她忙碌得满脸通红，自嘲道：

"看来咱们的身价提高喽，沏茶扫地的都是科级干部。"

许惠茹笑吟吟地说："为领导做好服务，也好让领导多点时间为人民服务。"

"你可真会说话，怎么不直接说'为你服务'呢？"

许惠茹刚想趁机进言，一位男青年一脚门里、一脚门外对张处长喊道：

"张处长，厅长要你马上把昨天的综合材料拿给他看，特意强调要你亲自写的。"

"刘秘书，我昨晚没整理完，麻烦你告诉厅长，我一会儿送过去。"

张处长一边说，一边从文件袋中取出一沓稿纸，摊在桌上开始整理。

许惠茹知趣地把到了舌尖的话又咽了回去，见张处长勾勾画画已经整理完一部分，便试探着问：

"处长，我帮你抄写一遍吧？"

"不行，厅长挑剔得很，还是我自己弄吧。"

"噢！那我先替你誊一遍，一会儿你抄写时也能省点儿劲。"一边说，也不管人家同意不同意，拿起笔、纸便埋头誊写起来。

许惠茹一手端庄秀气的字迹疏密均匀、跃然纸上，张处长这边刚整理完，她随后便抄写完毕递了过去。二人配合默契、珠联璧合。张处长接过稿件搭眼一看，禁不住连声夸赞："好字！真漂亮。"几页稿纸不但字迹工整秀气，行文更是无可挑剔。

张处长正准备重新抄一遍给厅长送去，刘秘书又急急慌慌地返回来，神情紧张地对张处长道：

"快点吧，老头子已经骂你好几遍了。"

情急之下，张处长只好把许惠茹誊写过的文件递给刘秘书，并叮嘱道："先让厅长过目，回头我再重抄一遍。"刘秘书接过文件出去，张处长总算松了口气。

许惠茹赶紧抓住时机道：

"处长，我们是贫困县，遭了这么大灾县本级财政已经十分困难。家里十万火急地等待着省里的消息，您看我们的上报材料能不能快点批复？"

"不是我不给你批复！你也看到了，我这儿每天都是要救助的，给谁不给谁，给多少、什么时间给，不是我一个人能决定的，你还是耐心等几天吧。"

"处长，可是我们已经等不得了，眼下已经有好多人家断粮……"

二人刚谈到主题，刘秘书又来了，对张处长道："厅长让你过去一下。小心点儿，老头子有点不高兴。"

张处长连忙随刘秘书往外走，走到门口又折回身悄声对许惠茹说："要想快些批复，最好直接面见厅长。你敢去不？"

"敢！"许惠茹坚定地说。

"那你随我来，看我的眼色行事。记住！老头子虽然嘴黑，但心眼儿好。无论他说什么，你都要沉住气！"

"好的，我知道了。"

刘厅长是位六十来岁的胖老头儿，许惠茹随张处长走进来时，他正一手拿着刚才许惠茹抄的那份文件，一只手抠着脚丫子。地板上已经落下许多被他抠下的皮屑。

张处长叫声："厅长！您叫我？"

"嗯！"

"材料您看完了？哪儿不妥我马上改！"

"看了，字儿写得不错，内容却越看越糊涂。这儿也要紧，那儿也重要。到底哪儿真正需要救助、哪儿是打着受灾的幌子要钱的，你们深入调查过没有？"

张处长唯唯诺诺地答道：

"厅长，我们人手少，每天接待各地来人已经忙得不可开交，所以一直没能深入下去……"

"没有调查哪儿来的发言权！还有，我不是布置你亲自写这个材料吗，为什么又是别人代劳？我看你这个处长的身子骨越来越金贵了，写个材料也要别人代劳。"

许惠茹心里"咯噔"一下，想不到自己竟帮了张处长个倒忙，于是连忙上前解释道：

"厅长，材料的确是张处长亲自写的，见他忙，是我帮抄了一下，您千万别误会。"

胖老头子摘下老花镜，认真打量许惠茹，发觉不是厅里人，连忙放下脚丫子，问张处长：

"这位是怎么回事，怎么替你抄上文件了？"

张处长连忙解释说："这位是许局长，也是来呈报灾情的。"

"噢！"

刘厅长站起身招呼许惠茹坐下，示意秘书倒茶，十分谦和地对许惠茹说：

"你来得正好，快和我说说你们那里的情况。"

正所谓"阎王好见，小鬼难搪"，老厅长几句温馨的话语感动得许惠茹热泪盈眶，连日来笼罩在心头的委屈、无助顷刻间烟消云散。她像个历经艰难跋涉、终于见到亲人的孩子似的，擦去挂在眼角上的眼泪，条理清晰地把去冬今春县里发生的灾情对老厅长娓娓道来。

老厅长听得十分认真，不时在墙上的地图上标出受灾村落的位置。当许惠茹讲到"开春以来，已有一千多所房屋倒塌，近六千灾民住在简易窝棚里"时，老厅长的脸色难看得吓人。他下意识取出拳头大小的烟斗，手颤抖着几次都没能将烟丝装进去。张处长连忙上前帮他装上烟斗，取过火柴替他点燃。胖老头儿深吸了一口烟，立刻呛得大声咳嗽起来。许惠茹赶紧走到近前，想替他捶几下背，却被老厅长挥手拒绝，示意她继续讲下去。许惠茹继续道："目前，最急需的是口粮和帐篷，我来的时候有些人家已经断粮，相当数量的灾民靠挖野菜度命。"说到这儿，许惠茹抑制不住心头的激动，声音有些哽咽。刘厅长的情绪更加激动，起身走到大办公桌前，用力磕去烟斗里的灰烬语气凝重地问：

"县里都采取了哪些措施？总不能坐等上级支援吧？"

许惠茹说："入冬，县委、县政府号召全县每个职工捐出二十斤玉米面和一些棉衣、棉被，加上邻近市、县支援的一些物资，勉强维持灾民越冬。可春天化冻，倒塌了那么多房子，县里已经没有能力组织有效救助。目前，县本级财政十分困难，职工干部已经连续七个月发不出工资了……"

老厅长听到这儿，摆手打断许惠茹的汇报，吩咐秘书："备车！"又对张处长道，"你也放下手里的工作，随我一起深入基层，去实地看看。"


汽车下了国道，行驶在坑坑洼洼的乡间公路上。虽然已是春回大地、万物复苏的季节，可从车窗向外望去，原本绿草茵茵的大平原上却满是斑斑驳驳的"秃疮"。随着春季的到来，土壤里富含的钠离子随地下水气返到地表细化土壤颗粒，使之形成"碱疤垃"。由于土壤严重盐碱化，导致可耕土地逐年锐减。

老厅长收回目光，轻轻叹息一声，问坐在身后的许惠茹：

"准备先到哪里？"

"厅长，是不是先到县里，请张书记陪同您一起下去？"

"不不！不要惊动他！我们自己去，回头再与他交换意见。"

"那好吧，我们直接下乡。"

进村，老厅长让车停在一处倒塌的房前，走进这户人家临时居住的简易窝棚。低矮的窝棚里用杨树干架起一张简易床，床上躺着一位七十多岁的老妇人。见有人进来，她挣扎着坐起来，有气无力地问了句：

"谁呀？"

"老人家，家里人呢？"老厅长问。

"儿子出去找活儿干，媳妇上山挖野菜去了。"

"老人家，家里还有多少粮食？"

"就剩下晒着的那点儿苞米，还能对付吃几天。等我儿子挣回钱来就好了。"

正说着，老人家的小孙子跑回来。见家里来了许多陌生人，那孩子腼腆地站在

167

窝棚外，瞪着一双怯生生的大眼睛看了一会儿，然后掀开支在院子里的锅盖，抓起一把生野菜放到嘴里大口大口地吃起来。

老厅长惊愕地望着那孩子，见他吃得是那样自然，就像一匹小马在啃食青草！可他毕竟是人啊，而且还是个尚未长成的孩子。老厅长禁不住心头一热，泪水夺眶而出。唉！野菜自己没少吃，说实话，那东西不好吃！若不是饿到一定程度，别说孩子，就是大人也难以下咽。刘厅长实在不忍看下去，数出一百块钱递到老太太手里，说道："老姐姐，孩子正是长身体的时候，别让他光吃野菜，用这钱去买些粮食吧。"

老人家懵懵懂懂地接过十张"大团结"，一时竟不知如何是好。她感激涕零地连声道："好人啊！好人！今天我老婆子可遇着贵人啦！"

刘厅长抹了把脸上的泪水从窝棚里走出来，声音颤抖地说："惠茹同志，解放几十年，改革开放十几年，老百姓却连温饱都解决不了，我们这些共产党人有愧啊！"

张处长等随行人员也都默默低下头。

刘厅长一行人马不停蹄地跑了一大圈儿，直到晚上才回到县招待所。张书记等几位主要领导已恭候多时，大家寒暄一番，张书记宴请刘厅长一行。许惠茹趁机上街买些白矾，跑回家让母亲放在锅里备成粉末。估计晚宴差不多结束，匆忙赶到刘厅长下榻的招待所。胖老头儿走访一天，脚气痒得难受，许惠茹端来一盆热水请刘厅长泡脚。

胖老头儿顺从地把脚放到水盆里，关切地说：

"惠茹同志，你也累了几天，抓紧回去休息吧。"

"看您说的，您这么大年纪都不辞辛苦深入基层搞调查研究，我们年纪轻轻的累点儿算什么。"她一边说，一边伸手搬过刘厅长的脚，把备好的白矾均匀撒在上边。

胖老头儿连声道："使不得！使不得！让我自己来！"

许惠茹说："有什么使不得的，在家里我经常用这法给我爸治脚气，您就当我是您闺女，让我给您敷上，保你安安稳稳睡一宿好觉。"

胖老头儿听许惠茹这么说，只得乖乖伸出双脚任凭她整治。

刘厅长的到来，给全县的救灾工作带来转机。省民政厅下拨的大批救灾款物犹如雪中送炭，不但几千口灾民的安置有了保障，同时也大大减轻了县委、县政府的压力。第二天，张书记等几位县领导为刘厅长送行，人们穷尽溢美之词，赞扬老厅长体恤民情、深入实际的优良工作作风。刘厅长感慨之余，悄悄对张书记耳语道：

"张书记，我看中许惠茹这个人才，如果你们没意见的话，我想把她调到省厅，民政工作需要她这样心里装着人民群众的好干部。"

张书记显得十分为难，斟酌片刻说："刘厅长，我替惠茹同志谢谢您。不过，她也是我们重点培养的县级后备干部。省、市组织部门多次要求县级领导班子配备一位女干部。目前，我们县副科级以上女干部就她一个本科生。您看这事儿……"

"噢，原来是这样，那我就不夺人所爱了。"刘厅长说罢，与前来送行的县五大班子以及各部门领导一一握手话别。轮到许惠茹时，胖老头儿语重心长地说："惠茹同志，国家需要你这样有文化、忠诚党的事业的年轻干部。好好干，有什么困难尽管来省厅找我，我一定鼎力相助！"

"谢谢老厅长高看晚辈，惠茹一定不辜负您的期望。这些白矾是我昨晚为您准备好的，您带上经常擦擦，免得脚痒得睡不好觉。"

刘厅长示意秘书接过那包白矾，向大家挥手告别，驱车离去。

# 47

自从喝酒闹事儿之后，吕二军清醒地认识到升迁无望。于是，便把目光投向自己的事业。利用手中控制的林木采伐审批权，以丈人许老大的名义开了一家木材加工厂。起初，他只是把采伐的林木加工成方儿运到河北。后来，看到河北人把木方加工成细木工板，吕二军灵机一动，把单纯卖木方改成带料加工细木工板。再后来，觉得把木材运到河北，再把细木工板运回来，往返费用太高，于是，他干脆请来几位河北师傅开家细木工板厂。就这样"五马倒六羊"，生意越做越大。手中有权、腰里有钱，一边当着官儿，一边发着财，日子过得别提多滋润。

许惠茹从来不过问家事。什么前妻、大前妻、婆家、娘家，连女儿她都很少过问，把全部精力都投入到工作中。夫妻二人"道不同不相为谋，各从其志"，每天各忙各的，有时甚至几天不见面，日子过得倒也相安无事。

吕二军一连几天不见许惠茹，却风言风语听到不少闲话。有的说："县里穷得实在没办法，张书记只好施'美人计'，派许惠茹去省里钓来个厅长，大笔一挥拨下几百万的救灾款。"还有的说："为了得到这笔钱，许惠茹给那位厅长按摩、洗脚丫子……"总之，一时间关于许惠茹的流言蜚语铺天盖地。吕二军明知是那帮子嫉贤妒能的人乱嚼舌头根子，心里却仍不是滋味。估计晚上许惠茹还不能回家，便约几个朋友出去喝酒。

开江鱼、下蛋鸡，正是春季吃鲜儿的时节。几个臭味相投的哥们儿凑到一起，喝几口小酒打哈凑趣儿图个热闹。几个人一通神侃,话题总离不开脐下三寸那点事儿。酒菜上桌,吕二军夹块鸡肉一边啃,一边说:"来,先吃点儿东西垫垫底。"李科长道:"还是先吃口开江鱼吧,鲜亮。"说着,夹条鲫鱼放在吕二军面前。"自己来,自己来,都是哥们儿,不用这般客气。"吕二军道。张经理吃口菜,放下筷子,拿起酒瓶子说道:"今天都整白的,谁他妈也不许耍赖!"吕二军道:"这话等于说你自己,哪回不是都因为你打酒官司。来!哥儿几个,先干一个!""干!"大家齐声应道。三杯酒下肚,话也随之多了起来。李科长点燃一支烟,把一包大中华推到吕二军面前道:

"军哥,俺那小嫂子真了不起,生把个厅长给拿下,一下子就给县里拨来几百万。唉,这年头女人就得靠两蛋——脸蛋儿加屁股蛋儿。"

吕二军大为不悦,放下手里的酒杯反驳道:

"你他妈怎么说话呢?!什么叫拿下?你老婆才被人家拿下了呢!"

俗话说:"说话别揭短,打人别打脸。"吕二军最烦别人拿许惠茹说事儿,李科长阴阳怪气的几句话让他有些挂不住面子,语气中多少带点儿鸡粪味。

吃饱喝足后,几个人推开残羹剩菜,带着一身酒气走进夜巴黎,连洗带蒸再按摩,一直折腾到午夜时分才意犹未尽地散去。

晚上,许惠茹疲惫不堪地回到家中。女儿娟娟一直跟姥姥、姥爷住平房,见吕二军也不在家,痛痛快快地洗个热水澡,换上睡衣倒头便睡。

吕二军回家,见许惠茹睡得正香,一缕黑发湿漉漉地垂在枕边,双目紧闭,半裸酥胸,在朦胧的灯光下显得娇艳无比,楚楚动人。多日未曾缠绵,他禁不住有些心猿意马,立刻脱衣上床,挥刀弄枪必欲大战三百合。许惠茹连日车马劳顿,此时睡得正香,突然被吕二军弄醒,气得她粉面生怒,恨由心生,一把推开吕二军,抓过被把自己严严实实地包裹起来。

遭到许惠茹的冷遇,吕二军的那份激情大打折扣,在心里忿忿地骂道:"有什么了不起,不就是女人吗?跟老子玩矜持,有你好瞧的!"


## 48


晚上十一时许,林惠民一行三人登上了十九次国际列车。这是趟俄列,刚要登车,列车员便指指行李用生硬的中国话说:"超重,不能上车!"经常往返独联体的都明白他玩的小把戏,老毛子爱占小便宜,这是他们勒索旅客的惯用手段。于是,李强把特意为他准备的"狗食"——几斤红肠递到他手上,列车员像玩儿变脸魔术似的,立刻换上一副笑脸,毕恭毕敬地请他们上车。

包厢里除了少数几个俄国人、朝鲜人外,大部分都是中国人。林惠民之所以选择乘火车,是因为在家门口即可上车,而乘飞机则要先到北京,再飞莫斯科,然后,再由莫斯科乘火车返回边境。

悄然兴起的中俄易货贸易日趋火爆,火车变得人满为患,每节包厢都被林惠民这帮子国际倒爷占据。他们几乎都是买下整个包厢,除了留个睡觉的地方,全部空间都塞满货物,从地板一直码到顶棚,连车窗都被挡得严严实实。列车进入独联体境内,每到一站,倒爷们便带着货物蜂拥而下,站台上早已挤满拿货的人。交易双方利用停车的这一二十分钟,一手交钱,一手交货。其中不乏以次充好、以假乱真的大、小骗子,他们把国内滞销的劣质商品带到这里转手换成大把钞票。那些俄国佬儿更坏,有的用假钞骗中国人,有的干脆上来就抢,反正你也不敢追。尽管交易处于严重的无序状态,可生意却火爆得不行,往往火车还没开到莫斯科,倒爷们的货已经卖光了。精明的中国商人返程也不空手,他们把老毛子当作废物扔掉的羚羊角、牛黄等以极其低廉的价格收购回来,再以高出几十倍的价格卖给国内药厂,从中狠狠地赚上一笔。

林惠民三人买了个四人包厢。之所以这样做主要从安全角度考虑。当时,赴独联体淘金的中国人有句经典语录:"别与中国人说话!"因为国内的匪徒看准这趟列车俄方管理松散,而中方又鞭长莫及,所以专等列车进入独联体境内成帮结伙地武装抢劫中国人。车上的乘警视若无睹,根本不加理会。反正都是你们中国人,谁爱抢谁抢。土匪知道俄国人没钱,于是,专对自己同胞下手。

林惠民这次来是与安德烈的老大亚历山大·加里诺夫交易苏联海军退役的一艘七千吨级巡洋舰。这是他在独联体购买的第五艘退役军舰。由于两国间不能银行结算,他只好把成捆的美金装在一只特制密码箱夹层里冒险入境。俄国边检人员的态度较过去有所改善,一般不搜身,对行李物品检查得也不那么严格,但必须把人民币兑换成卢布。入境时按1∶3.5、出境时按3.8∶1兑换。一出一入中国人无形中损失0.3。为此,大多数中国商人都绞尽脑汁想方设法夹带货币出入境,抓不着算侥幸,抓到就得被全部没收。

林惠民等人刚一入境,等候在那里的安德烈一伙立即把这位"财神"带到一辆防弹车里。四个保镖手持猎枪,枪口对着两侧车窗,如临大敌一般把林惠民夹在中间,一路狂奔把车开到密林深处。亚历山大·加里诺夫是个四十岁左右的吉尔吉斯斯坦人。一脸浓密的络腮胡子,一副凶巴巴的面孔,两米多高的大块头儿像座移动着的铁塔。

他见到林惠民，高兴地把他举过头顶，从林惠民手中接过那只装美金的密码箱，数数成捆的美金，便把箱子往手下怀里一扔，一边喊着："林，乌拉！"一边与林惠民热烈拥抱。这时的林惠民像个倍受主人喜欢的小宠物，他只得任凭加里诺夫尽情地戏耍。

亚历山大·加里诺夫是个豪爽的亡命徒，在独联体有很大势力。每次从林惠民手里接到钱，他总是手舞足蹈地叫喊："林老板送钱来了，换新车！"然后，对准大树猛踏一脚油门把车撞烂！随后，带着林惠民及其手下花天酒地地一通挥霍。但这次却有些例外，加里诺夫不但没撞车，反倒神秘兮兮地对林惠民说："要做笔大生意，一笔特别刺激的大生意。"林惠民暗自思忖："有什么生意能让他感觉刺激？贩毒？独联体市场不是很大。走私军火？依他目前的实力还办不到。"他实在想不出这位黑帮老大能做什么特别刺激的生意。

亚历山大·加里诺夫似乎察觉到林惠民的怀疑，脸色立刻变得十分恐怖。这位是个极要面子的主儿，他绝对不允许他的朋友、手下对他产生一丝怀疑。于是，加里诺夫扯起林惠民，像抓只小鸡似的将他扔到自己车上，命令手下："开车！"

加里诺夫将林惠民带到密林深处，一处苏军遗弃的营房前。吩咐手下照看好李强和另一个随员，便开上五台越野吉普车，带上四部摄影机和十条德国狼犬向西伯利亚密林更深处进发。经过两昼夜行进，加里诺夫一干人等来到一处度假村。这时，林惠民才如梦初醒，他早耳闻独联体有狩猎活人一说，禁不住心头一阵惊悸，心想：难不成他要狩猎活人？不对呀，狩猎活人是独联体新贵一项特别昂贵的消费，怎么能成为一桩生意呢？又一想：狩猎活人带狼犬可以理解，可是带那么多摄影机干什么呢？林惠民仍百思不得其解，只好跟着加里诺夫走进度假村。

人类似乎与生俱来有种对嗜血和杀戮的快感，这种野蛮的天性似乎永远无法被现代文明所消除。林惠民无意间卷入一场惊天命案，办完接船手续，他并没有像前几次那样去寻找价廉物美的商品装船启运，而是像逃避瘟疫似的急急慌慌登车回国。李强莫名其妙地问："林总，咱不带货物了？""不带！什么也不带，赶快回国！"李强心想：这是怎么了，每次往回开船，不是装满一船柴油，便是装一船国内紧俏的液化气；这次开回这么大一艘船竟然什么不装，到底为什么啊？他心里犯嘀咕，见老板一脸官司又不敢问，只好一路小心伺候着林老板登上返程列车。

火车抵达边境，全体乘客下车接受边检。凡是中国人必须抽血化验，其实，这是中国海关的一项变相收费。抽血连名字都不记，火车一开动，边检站立即提着两桶人血拿去浇花。轮到林惠民抽血时，突然警笛大作。海关上的警察及边防军人喊马叫地朝列车围拢过来。平时沉着冷静的林惠民，此时被吓得面如土灰，他惊慌失措地拉过李强，语无伦次地说：

"强子，如果我出事儿，你回去转告何紫琼：公司由老范接手，告诉她千万别去温州接收这条船！"

林惠民一边交代，一边瞪着一对狼狗眼儿寻找逃脱机会。直到边防军从列车底部拉出一名非法越境者，林惠民这才擦了擦脑门子上的冷汗，神情沮丧地重新登上列车。

经过这场虚惊，林惠民上车后倒在铺上一言不语，不吃不喝。无论李强怎么问，他一概不答，后来又发起了高烧，蜷缩在铺上像抽羊痫风似的浑身颤抖。李强不知如何是好，只好打电话给何紫琼。何紫琼闻听也没了主意，赶紧找老范商量。范践民立即请林子老婆帮忙叫辆救护车，通过朋友开进站台。火车刚一进站，便把林惠民抬上救护车直接送往医院。经医生详细检查，林惠民的心肝脾肺、从肠到胃一切正常。医生给他打针镇静剂让他睡觉。醒来后，林惠民像中了魔似的，两眼直勾勾的仍旧一句话不说。何紫琼急得如同热锅上的蚂蚁团团乱转。范践民也放下了所有的事儿，一直陪在这位半疯不傻的林总左右。直到第三天晚上，林惠民才勉强吃点东西，打发走所有前来探视的至爱亲朋，把这次去独联体所发生的事情详细对范践民、何紫琼述说一遍。二人听罢，也都没了主意。

林惠民断定加里诺夫肯定出事了，而且肯定会牵连到自己。常言道："人心似铁，王法如炉。"再硬的汉子也抗不住刑法折磨。一旦被加里诺夫供出自己提供的那十万美金，仅这一项罪名就够自己受的。再者说，这个该死的加里诺夫也实在太疯狂，即使这次不出事，保不定也得在别的事情上败露。"上帝让你灭亡，首先让你疯狂。"这么疯狂胡闹的人，上帝必然让他灭亡。为了安全起见，林惠民不得不考虑退路。首先决定撤销驻明斯克代表处，立刻断绝与独联体方面的一切业务联系。这样做尽管会带来巨大损失，但生命是1，而利益是0。没了生命这个1，多少0都没用。其次，压缩国内经营范围。从现在开始，各种商品只出不进。尽可能减少库存，争取在最短时间内，把所有商品全部转换成货币。最后，林惠民决定去国外暂时避风头。听罢林惠民一番话，范践民与何紫琼的心头笼罩上一层阴云，都感到势态的确有些不妙，可事到如今也只能这样。最后，林惠民再三强调："你们对外就说我得了怪病，去外地治病，千万不要对任何人透露我的行踪。"

范践民走后，何紫琼无助地趴在林惠民身上失声痛哭。她一边哭，一边捶打着林惠民道：

"你这个没良心的，扔下我一个人跑到国外享清福。当初我就不让你去那个鬼地方，你中了魔似的非去不可。结果先把人家二十多岁的小翻译扔到那儿，现在又轮到自己。你赚那么多钱有什么用，咱平平安安地过日子多好，你就是听不进我的话。如今你一走了之，我可怎么办啊？！"

林惠民无可奈何地低声抽泣，后悔当初不该不听老婆的话，可事到如今后悔有什么用，只好安慰何紫琼道：

"你也别怪我了。留得青山在，不怕没柴烧。我走后，你抓紧办理护照，等我安顿下来，咱一起去国外发展。"

"那老范怎么办？"何紫琼担心地问。

"老范先在国内，这一摊子事儿必须由他来处理。况且他那性格你又不是不知道，未必肯和我们一起走。"林惠民道。

林惠民果断地中止国内外的一切业务往来，同时办好了赴澳大利亚的签证。临上飞机前，他对前来送行的何紫琼、范践民再三叮嘱：

"千万不要去温州接那艘独联体开回来的巡洋舰！无论谁通知，就说不知道。切记，那堆废铁咱不要了！谁爱要谁拿去！只要咱不去接船，他们就拿不到咱与加里诺夫往来的证据！"


果不其然，正如林惠民所料，亚历山大·加里诺夫这个恶魔到底暴露了。他高薪聘请的一位后期制作人担心拿不到报酬，偷偷在自己电脑里保存一份《围猎人兽》备份。不料电脑被黑客无意中侵入，看到这部血腥之作后十分震惊。尤其片中讲的竟是俄语，感到事态严重。于是，报告给了警方。警方顺藤摸瓜，很快抓到始作俑者亚历山大·加里诺夫，而且没费多大事便撬开了这个貌似强大的黑帮头子的嘴巴。加里诺夫不但供出所有党羽，甚至连度假村老板伊凡·梅斯柯夫，以及当地警察也都供了出来。起初，这伙人不知道天机已经暴露，全都矢口否认。但当《围猎人兽》录像及加里诺夫的供词放在他们面前时，这伙人间恶魔再也无法抵赖。当然，这个该死的加里诺夫也没忘记交代林惠民提供的那十万美金，以及走私的那艘巡洋舰。于是，独联体方面立刻与中国警方联系捉拿林惠民，并且派出密探追寻那艘进入中国的报废巡洋舰，单等林惠民接船来个人赃俱获。

当二十几位来自独联体的水手驾驶那条破巡洋舰行驶在东太平洋上时，它的主人已经顺利抵达澳大利亚首都堪培拉。这个原本是大英帝国流放囚犯的地方，自从

19 世纪中叶在南威尔士和维多利亚发现金矿，大批淘金者便蜂拥而至。大量的移民从世界各个角落接踵踏来，人口迅速增长。

堪培拉是一座位于悉尼与墨尔本之间的新兴城市。让林惠民感觉新奇的是，这里流通的澳大利亚塑料钞票——澳元，除防伪程度极高之外，即使用火烧也只变形而不损坏。

林惠民之所以选择来澳大利亚，主要是考虑到澳大利亚讲英语。尽管交流会有些不便，但起码文字表达不成问题。安顿下来后，他便寻找与中国大陆有货币往来的几家银行，开设账号，把国内的资金转移出来。

澳大利亚是个移民政策相对宽松的国家，只要持有有效签证、有相应的资金保障，一般可在十个月内获得移民局批准。为从长计议，林惠民也在积极寻找门路，争取及早拿到绿卡。


林惠民走后，何紫琼像丢了魂似的茶饭不思。她不知从什么时候起学会了吸烟，整天把自己关在屋子里闭门谢客，除老范，她谁也不见、谁的电话也不接，把自己严严实实地封闭起来。

遵照林惠民临行前的安排，范践民一方面抓紧销售库存商品，一方面不露声色地压缩公司业务、裁减雇员。不到一个月的工夫，一个原本生意兴隆、顾客盈门的公司就门可罗雀，店门紧锁。公司员工、商界同行都觉得莫名其妙，却谁也猜不出其中的原委。

这天，范践民带着从黑市上换来的一大笔美金、澳元来林惠民家，把清理库存商品明细及兑换的现钞交给何紫琼，对她说：

"紫琼，库存商品基本清理完毕，所有滞销商品已经全部低价处理掉，员工也全部遣散。只剩下门市和库房租期还没到，正在寻找下家，近几天也能有着落。这是兑换的美元和澳元，你收好，没什么事我先走了。"

何紫琼愣愣地看着老范手里的钱，方才范践民说的那些话她连一句都没听进去。听到范践民说"我走了"，何紫琼立刻抓起那堆钞票摔在地上，一头扎进范践民怀里放声大哭，一边哭，一边说："都是为这钱！钱就那么好吗？整天拼命去赚，到头来落了个有国难投、有家难归，孤身一人漂泊海外。"

范践民手足无措地看着伤心欲绝的何紫琼，搜肠刮肚寻找几句能够安抚她的话，劝她道："紫琼，你别把事情想得那么严重。惠民只是以防万一，或许什么事情都不发生呢。即使出点意外也在意料之中，咱不是已经做了周密安排，你大不了和他一走了事。"

"你是不了解那个蓝眼儿狗,表面上文文弱弱胆小如鼠,其实他什么事都敢干。我这辈子算看走了眼,要是当初和……"

见何紫琼又把话题扯到自己这儿,范践民赶紧打断她道:

"今天温州港打来电话,说那艘军舰已经到港,让去提货。"

何紫琼立刻紧张起来,惊恐不安地问:"你咋回的,是不是又要出事儿了?"

"我说不知道,电话打错了。"

"噢,吓死我了。"何紫琼如释重负般松了口气。


林惠民花巨资买回来的那艘报废巡洋舰,经过二十天航行终于抵达温州港。十几个老毛子本想上岸花天酒地放纵一番,想不到闹了个狗咬尿泡——空欢喜。靠岸好几天,别说花天酒地,连顿饭都没人管。加里诺夫的手机关机,水手们要吃没吃,要喝没喝,没人管,没人问,连回国恐怕都成问题。无奈之下,水手们只得拆船换吃喝。先拆导航仪,再拆贵金属、发动机、绞盘、绳索。总之,凡是能卖钱的统统拆下。一艘七千吨级的庞然大物,不到一个月便只剩下一只空壳。


# 49


范践民的命运随着林惠民这条破船的倾覆又回到了原点。潇潇洒洒当了几年总经理,顷刻间公司倒闭,让他一时找不到位置。没有了那些处理不完的纷繁事务,范践民反倒觉得空落落的。不知道今后的路该如何走,整天郁郁寡欢地无所适从。

常言道:"福无双至,祸不单行。"正当范践民失业在家一筹莫展之际,同母异父的妹妹带着他老母亲来了。母亲病得很重,在妹妹的搀扶下来到家中。

赵丽华十分惊骇,忙问:

"这是怎么了?过年的时候还好好的,几个月工夫咋就病成这样?"

范践民妹妹说:"就这十来天,吃啥吐啥,乡里、县里都看过了,大夫说得到大医院确诊。俺爹也是一把年纪,只好来找你们。"

赵丽华听罢大为不悦,没好气地说:"老太太给你们老朱家当牛做马一辈子,有病了推给我们,你们办的这叫啥事儿?"

范践民见母亲病成这样本来心里就犯堵,听赵丽华这么说立刻急了,对赵丽华吼道："你给我闭嘴，没你说话的份！"

老太太叹口气道："唉，都是我这老不中用的给你们添麻烦。儿呀，你别跟媳妇吵，是娘亏欠你们，别怪你媳妇不高兴。"

"娘，您老放心，说一千，道一万，我是您身上掉下的肉。别人说啥都没用，儿子一定把您的病治好，让您老健健康康地活着。"

没等范践民把话说完，赵丽华立刻炸了，指着范践民的鼻子吼道："姓范的，你给我把话说清楚！谁是别人？若不是当初你说就一个人，我赵丽华说啥也不会收留你这个劳改犯！如今刚过几天消停日子，不知道从哪儿冒出来的亲娘后爹跑来搅和，这日子没法过了！"

范践民顿时火冒三丈，抬手给她一巴掌。赵丽华趁势鬼哭狼嚎地发起泼来，像头母狼似的扑上来和他拼命。女儿妞妞抱着范践民的腿哭喊道："不许打我妈妈！你是坏人！你是坏人！"一时间，范践民家里像掏狼窝似的。老太太本来已经十分虚弱，见儿子家里打乱了套，脑袋一歪昏了过去。范践民连忙打车把老娘送进医院。

第二天，医生指着 X 光片对老范说："老太太患的是结肠癌，建议立刻手术。"

赵丽华打心里不愿为这个已经改嫁多年的婆婆花钱，见范践民回家取钱，拿出一张五千元的存折气哼哼地说："就这些钱，多一分没有！"

五千块钱对一个癌症病人来说简直杯水车薪，没等上手术台呢，钱已经花得差不多了。范践民简直快急疯了，几次想朝何紫琼开口，却总是觉得不妥。人家正在难处，自己不能分忧解愁也就罢了，怎么好意思再去添麻烦。思前想后，只好打电话给许惠茹求助，说老娘手术急等用钱，请她务必帮忙筹措些钱寄来。

这个世界上恐怕再没有第二个人比许惠茹更了解老范，深知这个表面像泼皮无赖似的家伙，骨子里却有着强烈的自尊，若不是被逼到一定程度，他绝对不会朝自己开口。许惠茹二话不说，放下电话便开始清点自己的存款。平心而论，自打和吕二军结婚，家里边的事全部由吕二军一手打理。一切开销，包括买房子、开工厂、办商店，娟娟学费等全由吕二军一手操持。许惠茹的工资除给自己添置些衣服及日常用品外，余下的便全都存了起来。听说老范用钱给老娘治病，许惠茹立刻去银行取出全部存款，数数差一千就两万，又向同事借了一千，连夜赶过来探望。

许惠茹来医院时，范践民母亲刚下手术台，正处于深度昏睡状态。许惠茹放下带来的营养品，与范践民一起守护在老人家床前。此时，两个人的心情都很平静。人到中年，虽然少了许多激情，却多了几分厚重。沉默许久，许惠茹问："怎么不见她来？"

老范摇了摇头，无奈地长叹一声道："唉！一言难尽。"

见老范不肯说，许惠茹已经猜出个八九不离十，也就没再往下问。

许惠茹前脚离开医院，何紫琼后脚便来到病房，询问一下病情，便到收款处替老范缴了两万住院押金。

范践民送走许惠茹，拿着两万块钱来交押金，收款员随口问了句："不是刚交两万吗，怎么还交？"范践民一愣，一时想不出是谁交的钱，回到病房，见何紫琼正和妹妹说话，立刻猜出肯定是何紫琼，问道："刚才是你交的住院押金？"

何紫琼说："听李强说你朝他借钱给老太太看病，我就把钱带来了。放在身上不方便，直接替你交了。缺钱怎么不和我说一声，你又不是不知道我手上有钱。"

"唉，你们不是摊事儿了嘛，不然真得朝你开口。"

范践民一边说话，一边把许惠茹送来的两万块钱递到何紫琼手上，说："刚才许惠茹送来两万块钱，本想去交住院押金，既然你已经替我交了，这些钱就还给你吧。"

何紫琼闻听是许惠茹送来的钱，立刻变了脸。她气哼哼地抓过两沓钱扔在包里，满脸通红地说："你倒是不忘旧情，什么事都能先想到她。"说完，用肩头撞开范践民愤然离去。


# 50

老太太手术后身体恢复得很快，四十多天就出院了。医生叮嘱每年复查一次，并且开了一堆药。范践民打辆出租车把母亲和妹妹送回家中。

老娘走后，老范那颗悬着的心又回到了原处。静下心想想这段时间发生的事，越想心里越不是滋味。老娘住院期间，赵丽华也来过几趟，态度不冷不热，根本没把自己老娘当回事儿。对此，范践民一直耿耿于怀，尽管恨得牙根儿痒却又无可奈何。

赵丽华也憋了一肚子气，开始因为怕花钱，被范践民打后心里又觉得憋屈。得知范践民旧情人慷慨解囊，何紫琼没日没夜跟着忙碌，无形中她又多了几分嫉妒，甚至怀疑他们之间的关系不可告人。尤其是何紫琼，自打那天气哼哼地离开医院，突然一反常态，且不说每天必到，而且无论求医问药，还是起居琐事，总是想在前头儿、做到点儿上，更让赵丽华妒火中烧、恨由心生。老太太病愈出院，范践民和赵丽华的冷战非但没结束，反而日趋加剧。每当看到范践民，赵丽华那张红里透黑的大脸盘子立刻变得冷若冰霜。范践民也打心里不愿意见赵丽华，有事没事整天在外边闲逛，食不还家、夜不归宿成了常态，两人的情感处于严重的危机状态。

范践民母亲出院后，何紫琼也随之闲下来，情绪又陷入了焦灼状态。这一个多月，她已经看出范践民与赵丽华之间出现的裂痕。先是对赵丽华的自私狭隘表现出极大的愤懑，之后，又渐渐地演变成另外一种情结。

这天，范践民和几个朋友一块喝酒，刚好何紫琼也来喝酒。酒店人挺多，起初，俩人都没注意到对方。后来，何紫琼喝高了，一边往洗手间跑，一边呕吐，惹得在场的人十分恶心。范践民见状赶紧上前问道："紫琼，怎么又一个人出来喝酒？"

何紫琼醉眼蒙眬地看是范践民，所答非所问地说："你咋才来，我都等你大半天了。"

范践民见她喝醉，便和朋友打声招呼打辆车送她回家。

一路上，何紫琼醉得吐了好几次，吐范践民一身不说，还弄得出租车上几处污秽。害得范践民不停地向司机道歉。回到何紫琼家，范践民把她从车里扶出来送上楼，照料她躺在床上。何紫琼醉得一会儿哭，一会儿笑；一会儿要水喝，一会儿又要吐，一直折腾到大半夜才算安静下来。范践民担心她出事，便在客厅的沙发上和衣而卧。起初，他只是想在沙发上躺一会儿，后来竟然睡了过去。

室内的电子钟节奏均匀地响着。范践民觉得这声音好像许惠茹床边那只闹钟。许惠茹穿件粉红色的睡裙半躺在那张小床上，一手托腮，一手摆弄着睡裙带儿。蓬松的长发飘洒在半裸的酥胸上，眸中流露出一股火辣辣的激情；一会儿，又仿佛和许惠茹躺在一片绿茵茵的草地上，晴空万里，艳阳高照，远处不时传来牛羊欢快的叫声。他亲吻着许惠茹的秀发，努力分辨着草香和发香。许惠茹忘情地回应自己，柔韧的双唇和坚挺的舌尖给予的强烈刺激，令范践民禁不住一阵亢奋，身体像火炉里烧得通红的铁块般喷洒着灼热的火花。

何紫琼终于醒了过来，她极力回忆昨晚发生的事，却怎么也想不起自己是怎么回的家、上的床。起身去卫生间，突然感觉有些不对，下意识朝客厅看了一眼，把自己吓了一跳，一时想不明白沙发上怎么躺着一位呼呼大睡的男人。于是，她连忙打开灯，见原来是范践民。勃起的下体把裤裆顶得老高，而且还在微微抖动着。何紫琼羞得面红耳赤，望着沉浸在梦中的范践民，猜不出是哪位佳人入梦令他如此亢奋，禁不住自己身体的某些部位也随之剧烈地震颤起来。

自从林惠民出逃国外，她已经有小半年没有过性生活。正值女人性欲高峰期，说不想那是骗人，可想又当奈何？唉，女人呀，真的好悲哀。忽然，范践民一翻身，似乎忘记自己睡在沙发上，高大的身躯"咕咚"一声摔到地上。吓得何紫琼一声惊叫，连忙将他拉起来。

范践民见何紫琼已经醒酒了，慌忙站起身准备离去，对她说："紫琼，以后千万别再一个人出去喝酒。时候不早，我得回去了。"说着站起身往外走。

何紫琼突然抱着老范道："不许走！我不让你走！你们两个没良心的东西，谁都不管我，让我一个人独守空房。"说着，肝肠寸断地搂着老范哭起来。

范践民手足无措地抱着何紫琼，一时找不出适当的话安慰她，只得不停地用大手替她抹去泪水。突然，何紫琼停止哭泣，倒在范践民怀里轻声道："践民，我们结婚吧！"

何紫琼的一句喃喃絮语惊醒了范践民，他立马推开何紫琼，神情凝重地对她说："紫琼，对不起！真的不行！惠民是我兄弟，我做不出乘人之危、夺人所爱之事！"

何紫琼一把推开范践民愤愤地说："我早就看出来了，你们俩没一个好东西！事到临头全都是缩头乌龟！"

见何紫琼又上来那股蛮劲儿，范践民知道和她说什么都没用，便拾起衣服起身离去。

何紫琼见状，立刻吼道："站住！范践民！你给我听好，你现在就去和那个赵丽华说清楚！我登报与林惠民离婚！今天你敢不娶我，我就死给你看！"

范践民神情沮丧地走在街上，东方已经现出鱼肚白，折腾了一夜，身体觉得十分疲惫，真想回家躺床上美美睡上一觉。他不由自主地朝着家的方向走去，走进熟悉的小区，熟悉的单元楼，心中升起一种莫名其妙的眷恋。然而，就在他掏出单元门钥匙插进锁孔的那一瞬，眼前立刻浮现出赵丽华那张冷若冰霜的脸，不由得心灰意冷，转身步履蹒跚地离去。


# 51


东方的太阳冉冉升起，把大地从灰蒙蒙的夜色中拉了出来，新的一天开始，范践民心事重重地朝江边走去。

今年水大，浩渺的江水把江槽装得满满的。水位高出地面足有一米多。十几米宽的江堤与宽阔的江面相比，像根细绳围起一汪水，一旦这根脆弱的"绳"崩裂，大地上的生灵将面临灭顶之灾。

范践民沿着江边转悠一早上，觉得肚子有点饿，找家早餐店准备胡乱吃口东西。

刚坐下，发现邻桌那人的背影特别眼熟。谁呢？一时想不起来。正犯疑惑，突然那人喊了一声："服务员，再来两张饼！"

范践民拍案而起，大声喊道："天啊，狗肺子！"

那人见是老范立刻大叫道："范哥？怎么是你？"

范践民说："我看背影就感觉是你，结果真的是你。啥时出来的，怎么没来找我？"

"唉，别提了？我出来就去找你那位同学，可他不在公司，说是出国了，只好先回趟老家。"

"家里怎么样，都挺好的吧？"范践民关切地问。

"好什么呀，我出事的第二年老婆就走了，老父亲又身患重病，我只好在家照料他。这不，我老爹刚去世，我便出来找你。想不到你同学的那家公司已经倒闭，我只好在桥下'站大岗'，想不到竟然在这儿遇到你。"

老范问："你现在在哪干活儿？"

狗肺子说："昨天桥下来俩人，说是招人修路。管吃管住，每天给二十块钱。范哥，你说我去还是不去，我想和你在一起。"

范践民低头沉吟许久，觉得与其无所事事，还不如干脆和狗肺子一块出去干活儿。起码不必看赵丽华那张脸，还可以躲避何紫琼纠缠。

于是，范践民站起身对狗肺子说："走，我和你一起去！"

"真的呀？范哥。"

"真的！"

"太好了，又能和你在一起了。"

狗肺子高兴得像个孩子似的跳了起来，拉起范践民便朝桥下民工聚集处走去。

招募民工的卡车已经上去了十几个人。两个招募者正在劝说几位犹豫不决的民工："你们还犹豫个啥，管吃、管住、一天二十块钱，上哪找这么好的活儿。"

又有几个民工经不住诱惑，见范践民二人上车，也跟着跳上车来。招募者见已经上来二十几号人，对大家吼道："扶住车把手，注意安全。"说罢，跳上车开走了。

范践民和狗肺子来到一处筑路工地。几百名民工分段拓宽通往飞机场的道路。每天工作十四个小时，吃四顿饭，早晚两餐在工棚吃，中间两顿在工地吃。

工地管理者谙熟用人之道。凡是刚招来的民工一般都分配些浇水、跟压路机等轻活儿。让你觉得工作时间虽然长些，但活儿还不累。比较那些干体力活儿的感觉自己还挺幸运，先用这种办法把人留住。等到你干上十天、二十天，再分配你去干力气活儿。如果不干，那么前些天的工钱可就没了。因此，人们只好咬牙干下去，幻想干到一个月拿钱走人。

范践民和狗肺子刚来时也跟着压路机浇水，扛着水准仪测量。后来被派去给路基上土、打夯。工地每隔两百米设一个监工，整天骂骂咧咧地催促民工干活儿。早晨还可以，天气不冷不热，干点力气活儿还不觉得怎么样。可是，到了中午，站在毒日头下一动不动还出汗呢，更何况挥锹轮镐地出力干活儿。

范践民和狗肺子咬牙坚持，盼着干满一个月立刻拿钱走人，离开这个不是人待的鬼地方。想不到干了两个月连一分钱都没拿到。两人几次找工地管理人员讨要，可人家说："干工程的是市政协常委、知名企业家，能差你们这几个工钱吗？你们安心干活，过些天一准儿发给你们。"问几次都是这套话，弄得这些民工左右为难。不干吧，工钱拿不到；干吧，担心干到最后工钱照样拿不到。大家一边在工地上消极怠工，一边聚在一起商量对策。最后在范践民的倡导下，全体民工决定罢工，就地讨要工钱。

罢工第一天还有饭吃，工地管理人员好言好语劝大家复工。可是到了第二天，别说四顿饭，连一碗汤都没人给。民工们只好各讨方便，出去胡乱吃点东西继续留在工地讨要工钱。

第三天一早，工棚前突然来了一伙手持猎枪、木棍，牵着狮子、藏獒的凶徒，连人带兽从车上跳下来，不问青红皂白见人就打。其中一个歪歪着脖子的小头目指名道姓地嚷嚷道："抓住那个姓范的，给我往死里打！"

范践民和狗肺子正在工棚里睡觉，忽听外边人喊狗吠乱作一团，赶紧穿上衣服冲出工棚，谁知刚一露头，便与手持双筒猎枪、牵着一条藏獒的马二哨子遇个正着。范践民一怔，暗想：真他妈的冤家路窄，怎么在这儿遇上他了。他连忙四下扫视，发现马二哨子带来不少人，手里都拿着家伙。范践民意识到这是一场有预谋的械斗，意在赶走这些罢工的民工，然后再重新招募一批。范践民心里这个气呀，咬牙切齿地痛恨这些有钱人心怎么就这么黑，为了民工们的一点血汗钱竟然这般下流无耻。见马二哨子一伙人多势众，感觉动硬的肯定吃亏，于是二人也跟着大伙撒腿开跑。

范践民刚跑出几步，马二哨子突然感觉到不对。刚才与范践民打照面时他没反应过来，这会儿他突然发觉：原来佛爷要抓的姓范的，就是当年一拳打残自己的那个死对头。心想：好小子，不是不报，时辰未到，今天遇着小爷我，明年的今天就是你的周年。

于是，马二哨子号叫道："兄弟们！他就是那个姓范的！给我往死里打！"他松开那条藏獒，指着范践民逃走的方向猛推一把。那畜生立刻撒开四蹄追了上来，一口咬住狗肺子的大腿死命往回拽。狗肺子惨叫一声跌倒，鬼哭狼嚎地喊道："范哥，快来救我！"见狗肺子一条腿被那畜生死死咬住，范践民随手抄起一根钢筋，对准那条藏獒的眼睛用力戳去，硬是把一根十六毫米粗的钢筋从那畜生的左眼戳入、穿透头骨露出一尺多长。那条藏獒被伤及大脑"嗷"的一声倒地死去。范践民拉起狗肺子说道："快跑。"不料，俩人刚跑了几步，马二哨子端起猎枪"咣咣"就是两枪。老范不由得一愣，停下脚步，晃晃脑袋感觉似乎没中弹，只见附近的一堆猫爪石上冒起一缕蓝烟。狗肺子吓得瘫倒在地上，两眼直勾勾地动弹不得。马二哨子对一群打手嚷道："还愣什么，抓住这俩小子，给我往死里打！"歹徒立刻冲了上来把他二人团团围住。

　　这时，范践民突然变得十分冷静，从衣袋中掏出烟，点燃后深吸了一口，轻蔑地看一眼围拢过来的众打手，神情显得十分悠闲。马二哨子被他的轻蔑激怒，声嘶力竭地对手下吼道："还等什么，给我打！往死里打！"正当打手们挥刀舞棒即将大打出手之际，范践民突然腾空跃起，几步窜到马二哨子近前，飞起一脚正中那小子下体。马二哨子被踢得"妈呀"一声捂着裤裆倒在地上，老范趁机夺过那支猎枪，对准百米开外坐在4500大吉普上指挥这群歹徒的大佛爷吼道："你给我听好，让你的人立刻滚蛋！不然我就朝你开枪！"真应了那句话："软的怕硬的，硬的怕横的，横的怕不要命的。"范践民这一举动真把一群歹徒给镇住了。大家你看看我，我看看你，谁也不敢轻易动手。坐在车里的大佛爷见势不妙，不足百米的距离，完全在那只猎枪的有效射程之内。不得已，只好朝打手们摆摆手示意散去。

　　见歹徒们走远，范践民这才松了一口气。他掂掂手中的猎枪，拉开枪膛，才发现是支空枪。


# 52


　　范践民连声招呼都不打一走就是两个多月。其间，赵丽华四处打听，却没一个人知道他的下落。于是，她开始怀疑范践民的失踪与何紫琼有关。几次上门查访，除了挨何紫琼几句尖酸刁刻的冷嘲热讽之外一无所获。

　　范践民突然失踪，也让何紫琼伤透了心，在切齿痛恨这两个薄情寡义的男人的同时，也为自己的沦落而伤心不已。她仍旧把自己关在屋子里，烦闷地喝酒、吸烟。

　　范践民白白出了六十多天苦力，两手空空地返回城里。百般无奈，他只得拖着疲惫的身躯回到家中，掏出钥匙打开房门，见客厅沙发上端坐着一位中年男子，身穿淡绿色睡衣，手中端着茶杯，俨然一副主人的姿态一边悠闲地喝茶，一边心不在焉地看电视。见范践民突然进来，那人立刻像只弹簧似的跳起来，对着厨房里做饭的赵丽华喊道："丽华，你快出来！"

赵丽华一手拿着铲子，一手拎个酱油瓶子，闻声探出头见是范践民，手一松"咣当"一声把酱油瓶子摔得粉碎。那女人一阵慌乱过后，指着身旁的男人直截了当地说："这是我男人，他回来了。你看怎么办吧！"

其实，范践民已经猜出他是赵丽华的前夫。见赵丽华从容摊牌，范践民也没再问下去。坐在沙发上点燃一支烟，逼视着赵丽华反问道："你打算怎么办？"

"我们本来就是一家人，还能怎么办。"赵丽华躲闪着范践民的目光低声答道。

听赵丽华这么说，范践民知道她已经铁心与前夫重归于好，于是说："我承认你说得对，你们的确是一家人。但你们只能回到原来的地方，这是我的家。你们走吧，我绝不阻拦！"

赵丽华立马反驳道："凭什么说是你的家？这也是我的家，买房子置家具也有我的钱。"

老范道："这我知道，是用你几万块钱。这样吧，我如数还你就是。"

见范践民赶她们走，赵丽华立刻发起疯来，声嘶力竭地嚷嚷道：

"房子是你买的不假，可这些多年我床上床下地伺候你，难道还换不来你一处破房子吗？'站大岗'的一次还给五十块，你霸了我五六年，要你处破房子还多吗？"

见她胡搅蛮缠，硬拿不是当理说，范践民气得浑身发抖，从沙发上"腾"地站起来，吓得那男人赶紧躲到赵丽华身后。

赵丽华面无惧色，昂首挺胸迎着范践民厉声问道：

"你要干什么？今天你敢动他一手指头，老娘我和你拼命！"

突然，女儿妞妞从厨房里抄把菜刀冲了出来，横眉怒目地站在范践民面前喊道："不许欺负我爸！你是坏人！是劳改犯！你走！你出去！"

范践民见整天骑在自己脖颈上撒娇耍赖、被自己视为掌上明珠的妞妞竟然做出这样的举动，大吃一惊，尤其那几句稚嫩的话语，竟然像把利刃深深刺痛他的心，望着这一家三口眼中喷出的怒火，和紧紧攥起的六只拳头时，范践民知道他们将要誓死捍卫这个原本属于他们的家。范践民彻底崩溃了，再也无力做出任何反击。他拖着沉重的双腿一步步后退，神情黯然地退出这个他曾经为之付出辛劳的家。

没等范践民走完一层楼梯，赵丽华便推开房门，把两个装着范践民行李的编织袋顺着楼梯扔了下来，刚好砸在范践民头上。范践民弯腰拾起，一前一后地搭在肩上。从此，开始他流浪汉的艰辛岁月。

# 53

经历这么多苦难，一般人会变得激愤、偏执，甚至自暴自弃。范践民则不然，被赵丽华赶出来，范践民便与狗肺子来到立交桥下"站大岗"。正值国有企业调整转型，大量工人下岗，城市剩余劳动力与农村进城谋生的农民工汇合形成一个庞大的自由劳动力群体。其中，有老实巴交的农民、本本分分的下岗工人，也不乏偷鸡摸狗的不法之徒，以及类似于范践民、狗肺子等刑满释放人员。无论哪种人，来到这儿的唯一目的就是挣点钱，好让自己活下去。

范践民和狗肺子站了大半天也没干上一份活儿，不免有些沮丧。桥下已经聚集了三四十个等待顾主的民工，大家三五成堆地聚在一起，搭眼便能看出哪些是下岗工人，哪些是进城务工的农民，哪些是社会闲散人员。闲来无事，范践民便与人聊天。正聊着，一辆切诺基威风凛凛地驶来，伴随着刺耳的刹车声停在人们近前。司机摇下车窗喊声："上来四个人，跟我走！"话音没落，"忽啦"一下挤上去七八个民工。那人像撵狗似的吼道："都给我滚下去！谁让你们上来这么多人！"可是，无论他怎么撵，谁都不肯下去。那位只好发动车，对几个人扔下狠话："你们给我听好了，不管你们去几个，我只给二十块钱，干完活儿立马走人。"

范践民天生爱管事儿，见大家抢活儿自己砸自己饭碗，便上前对几个人说："还是下来几个吧，不然大家都挣不到钱。"见没人肯听，便指着上身挤进车里、两条腿还露在外边的一个十五六岁的半大小子说："小土豆，你就别跟着挤了，快下来。"哪承想小土豆的一句话差点把范践民说哭了。那半大孩子带着哭腔央求道：

"范叔，我都两天没吃饭了。今儿早去饭店拣剩饭根儿，老板娘不让，说留着喂她家猪。从昨儿晌午到现在，我一直饿着肚子，你就让我去吧！"

范践民心头一热，唉！都是为了活下去啊！于是，从衣兜里掏出一块钱递给小土豆说："小兄弟，还是下来吧，先去买点吃的，不吃饭怎么有力气干活儿呢？"随后对其他几个人说，"你们先下来两个，我保证再来活儿一定先让你们去，别人谁都不许争！"

那两个人倒挺听话，乖乖下车站到范践民身旁。

领袖是自然形成的。大至帝王将相，小至村叟顽童，大凡有人的地方，总会有位领头人物。几天下来，范践民俨然成了这里的民工头儿，竟然又找到了当"经理"

的感觉。

为了避免争活竞相压低工价，范践民只让几个人站在桥下等活，其他人躲在附近，给顾主的感觉似乎这里就这么几个人。都是临时用工，多花个块八角谁也不太在意。这样一来，无形中大家就能多收入一些。白天范践民和大伙儿一块乐呵呵地干活，晚上找个小吃部吃点喝点；然后，和众人去家电商场橱窗前看《陈真传》，夜晚回桥洞子存个宿，日子过得倒挺惬意。知足者，常乐也。范践民觉得，能活下去就已经不错了。

范践民和狗肺子栖身的立交桥是座未竣工工程，不知什么原因停了下来，十几孔桥洞便成了范践民这些流浪人口的临时住所。范践民和狗肺子拣来些包装箱堵在桥洞子两端，里面搭起两张床便安下"家"。虽然没水没电，苍蝇、蚊子肆虐，但毕竟有了个遮风挡雨的栖身之处。范践民将其戏称为"杨家岭别墅"，咧着大嘴对大伙儿白话："就咱住这地方，比毛主席在延安时住的窑洞气派多了。当年他老人家若能住上咱这样的窑洞，胡宗南就是派多少架飞机也炸不着。"苦中作乐，大家也都跟着他笑了起来。

天公不作美，大雨连着小雨淅淅沥沥下起来没完。范践民他们赚的那几个钱儿勉强能维持吃饱肚子。老天爷若是再不开晴，恐怕大家就得"扎脖"了。闲来无事，民工们聚拢在范践民周围听他讲《三国演义》。范践民绘声绘色地讲得非常生动，随着故事情节的跌宕起伏，听得大家的心也不由得跟着悬上悬下。听故事虽然可以消遣解闷，却不能当饭吃。有道是："天老爷饿不死瞎家雀。"正当范践民他们无奈之际，祖老板带着他的一位朋友顶雨找上门来了。

原来，祖老板这位朋友的几百吨水泥眼见被淹，正愁得不行，祖老板却跑来找他喝酒。见朋友没心情，祖老板拍着胸脯大包大揽道："这事好办，我有个哥们儿，手下有好几十号民工，只要我说句话，他立马帮你搞定。"说完，便带着朋友来找范践民，请他带人把水泥搬进临时库房，并再三表示肯出双倍工钱。

范践民听罢，眯缝着一对小眼睛问：

"需要多少人？搬多远？"

"越多越好，也就百十多米远。"

"工钱怎么算？"

"三块钱一吨。"

范践民听罢暗自窃喜，心想：正愁揭不开锅呢，有人送米来了。他脸上却装出一副为难的样子，指指外边说，"你看这大雨滔天，泥里水里干活儿多不容易，能不能多给点儿？"

祖老板那位朋友面带难色地说："哥们儿，已经不少了，平常也就两块钱。"

老范见来人是个老油条，估计也要不到更多钱，于是说："这样吧，既然是祖老板的朋友，这个忙我帮定了。先带我去看看，然后咱们再谈价。""行！那咱赶快走，我的车在外边。"

这份活儿的确不好干，搬运距离也远不止一百米。那处临时租用的库房，要想装下两百吨水泥，必须堆放至三米高。要命的是顶雨干活儿，还不能把水泥淋湿。经过一番讨价还价，最后商定每吨三块五毛钱，干完活儿立马给钱。

天空阴云密布，一阵滂沱大雨之后，接着便是绵延不断的牛毛细雨。范践民带着几十个民工只穿个裤头儿，用塑料布覆盖在水泥袋子上奔跑在细雨里。汗水和雨水掺在一起，一个个造得简直没个人样。

为调动积极性，范践民把人分成四组。扛多少袋，分多少钱。为多挣钱，大家泥里水里玩命地跑。小土豆身上除了一件破烂褂子，连个裤头儿也没有，只得光着屁股干活儿。常言道：十七十八力不全，二十八九正当年。一个身子骨还没长成的半大孩子，二十五千克重的水泥扛几袋就累劲了。大骡子一个劲儿地催他快干，那孩子一步没走稳摔个屁股蹲儿，连人带水泥一块儿摔倒在泥水里。货主声嘶力竭地骂道："你个小兔崽子，摔死你不要紧，我那水泥可是用钱买来的。"范践民见他人小没力气，便对大骡子说："别催他了，一个半大孩子，干一会儿就没劲儿了。"大骡子说："扛不动就别干，不然让他去别的组，我这儿不养半拉子。"范践民无奈，只好关照小土豆悠着点儿，别累坏了。

最后一袋水泥落到垛顶，老天像突然裂开似的下起了瓢泼大雨。民工们扒掉最后一点遮盖布，站在大雨里冲洗掉满身的污泥，赤身裸体在雨中追逐嬉戏，尽情地抒发心中的喜悦。

范践民捏着一沓钱回到"杨家岭别墅"，民工们紧随其后。范践民擦了一把脸上的雨水，高声喊道："老吴过来！把各组的工作量核算一下。""哎！"贪污犯老吴应声盘腿坐在范践民身旁，闭目合眼地听各组报数。四个组刚报出数目，老吴的汇总结果立即脱口而出，掐着指头加减乘除全用心算。看着他"袖里吞金"的速算表演，大家羡慕得直咋舌。范践民见四个组的工作量相差无几，便对大家说："各组基本差不多，这些钱平分了吧。""噢！"大家一阵欢呼。范践民对老吴说："你再给算算每人应该分多少。"没等范践民话音落地，老吴立刻回答："每人一十五块二毛。""噢！"大家又是一阵欢呼。范践民把钱递到老吴手上调侃道："这可是大家的血汗钱，你可别玩'袖里吞金'啊。"老吴没理他，举着手里的钱对大家说："伙计们，今天能挣这么多钱多亏咱老范，做人得讲良心，我的意思老范拿双份，大家看行不行？""行，别说双份，五份都行。"大家纷纷表示赞同。唯独大骡子不满意，他说："老范多拿我没意见，可小土豆根本不顶个。他不能和大家一样分，只能分一半，另一半分给我们组的人。"范践民想想，觉得大骡子说的也有几分道理，于是说："这样吧，我那份贴补小土豆，大家也别都分了，每人先分10块，余下的放在老吴这儿。一来晚上大家聚餐喝几口；二来呢，我的意思是咱买些粮食自己开伙，也好省点儿钱。""同意。"范践民的提议得到大家的一致赞成。

"今朝有酒今朝醉，明天没酒再惦兑。"一桶劣质散装白酒，几盆大炖菜，范践民和大家喝得兴高采烈，一会儿工夫便喝得东躺西歪醉倒一地。

# 54

第二天，老天爷依旧下雨。范践民带人顶雨买来锅碗瓢盆和几麻袋"民工粮"，开始生火做饭。一大锅略带霉味的米饭、几盆咸菜条子，不消一刻钟便被吃得盆干碗净。大家打着饱嗝四下散去，唯独不见小土豆。范践民用筷子敲敲手里的碗，问道："谁看见小土豆了？怎么不见小哥俩儿过来吃饭呢？"人们相互看看，谁都没作声。范践民觉得不对劲儿，心想：往常小哥俩儿总是一早儿就跑到自己这儿，今天咋还连饭都不吃了呢？于是，他叫上狗肺子、老吴，挨个桥洞子去找。

立交桥涵洞越往下越低矮。范践民弯腰钻进最后一个桥洞，见小土豆哥俩儿正躺在一张破纸壳子上，由于地势低，那块纸壳已经渗进了雨水。范践民喊了声："小土豆！快起来！这地方不能睡觉！"小土豆的弟弟被范践民叫醒，哥哥却一点儿反应没有。范践民伸手摸摸那孩子的头，天呀！孩子正发着高烧，嘴唇干得发白，面颊烧得通红。范践民急切地呼唤："小土豆！小土豆！快醒醒，醒醒！"那孩子微微睁开双眼，见是范践民，脸上立刻露出几分欣喜，伸出脏兮兮的小手在范践民眼前晃了晃无比自豪地说："范叔，我有十块钱！"说完，一头栽倒在范践民怀里昏了过去。

见小土豆病成这样，范践民立刻把孩子送到医院。

大夫问："患者最近是否得过上呼吸道感染、胃肠感染，或者被蚊虫叮咬过？"

一句话问得范践民无言以对。且不说桥洞子蚊虫肆虐，仅凭小哥俩天天靠拣剩菜剩饭充饥能不染病吗！小土豆一阵抽搐，大夫确诊得了病毒性脑炎，必须住院治疗。

不用问，又是差钱。范践民把自己、老吴、狗肺子身上所有的钱全凑起来，还是凑不够小土豆的住院押金。没办法，只好在门诊走廊抢救。

现在范践民可谓纯粹的"无钱者"，除了何紫琼给的那部手机，他真的是一无所有。情急之下，范践民只好跑到二手市场卖掉那部手机。

收手机的那位看了看他的手机，问："想卖多少钱？"范践民说："这部手机买时五千多，现在你给两千就行。"那人摇摇头把手机还给范践民。

老范心急火燎地问："你能给多少钱？"

"最多值一千。"

"能不能再多给点儿？"

那人又摇摇头。

范践民心一横，说道："一千就一千吧，快点把钱给我。"

那人犹豫一下，用怀疑的目光看他一眼，问道："这手机是你的吗？"

范践民立刻被他激怒，抓过手机，嘴里不干不净地骂道："妈的，狗眼看人低！不是我的还是你的！"一边说，一边转身离开。

那人见他要走，赶紧拉住他连声道："大哥大哥，别急嘛，都怪兄弟不会说话。我马上就给你钱，马上！"

范践民脸红脖子粗地回道："我不卖了。"

"给你一千一百元。"

"不行，少一千二不卖。"

那人犹豫一下，见身旁的同行跃跃欲试，便说："一千二就一千二吧！等着，我给你拿钱。"

范践民接过钱，数都没数便匆匆跑回医院。


小土豆死了，手里还攥着那十块钱。他死得很安详，眉宇间浮现着微笑，稚嫩的脸庞尚残存着一丝生命的气息。范践民把他紧紧抱在怀里不停地呼唤："小土豆！小土豆！你醒醒！你快醒来呀！"然而，小土豆再也不能回应他的呼唤，他真真切切地死了。没人知道他姓什么，今年几岁，家在哪里，还有什么亲人。这个相识十几天，时刻惦记着填饱肚子的小土豆，从此成为范践民永恒的记忆。他恨自己无能，没能及时挽救这条幼小的生命；他恨老天不长眼，为什么总是把灾难降临给这些穷苦人。小土豆的体温渐渐散去，他像一颗转瞬即逝的流星，还没来得及体会全部的人生苦辣酸甜便匆匆离去。

哥哥死后，小土豆八岁的弟弟便像个小尾巴似的整天跟在范践民身后。一天，狗肺子对那孩子说："你认他当干爹吧！"那孩子果然叫了范践民一声爹。小哥俩姓黎，哥哥叫黎聪，弟弟叫黎明。父亲病逝，母亲迫于生计决定改嫁。怎奈对方只娶她，坚决不肯收养她的两个孩子。接人那天，小哥俩紧紧抱着母亲的大腿哭喊着："妈别走，妈妈你别走啊！你走了我们可怎么办！"然而，一双幼子的哭喊没能留下铁心改嫁的母亲。妈妈哄骗两个孩子说："妈妈不走，妈去供销社给你俩买糖去。"两个孩子信以为真，糖没吃到，母亲却从此消失得无影无踪。无奈之下，小哥俩只好沿街乞讨，四处流浪。

积雨云渐渐地散去，天空终于露出久违的阳光。范践民他们多亏自己起火开灶，才勉强度过这道难关。

常言道："物以类聚，人以群分。"范践民在桥下生火做饭之举不胫而走，许多不在桥下找活儿干的民工纷纷跑来吃白食。原本二三十个人吃饭，突然猛增一倍，几天工夫便把几麻袋"民工粮"吃了个一干二净。为此，范践民真的很为难。一大锅热腾腾的饭，咋忍心不让那些饥肠辘辘的人们吃上一碗。于是，范践民决定："今后无论谁在这儿干活儿，必须提取两成伙食费。"指定专人为大家做饭。从此，桥下自发形成一个带有很大随意性的劳务组织，范践民则顺理成章地当起了这伙人的老大，整天忙忙碌碌活得又挺滋润。

这天，老邢头刚做好一锅饭，小黎明便领着三个小伙伴儿来到范践民面前对他说："爹，他们也想管你叫爹。"随后，几个孩子齐刷刷地跪在范践民面前，童声童气儿地喊："爹！"范践民打量面前几个喊他爹的孩子，一双双黑黝黝的小眼睛无一例外地盯着那锅饭，恨不得立刻吃到嘴里。

范践民一阵心酸，知道这些孩子都是些流浪儿。于是，他半开玩笑地对老邢头儿喊道："老邢头，给我闺女儿子们每人盛碗饭！"

老邢头说："你小子这是'和尚无儿子孙多'，就不怕这些小兔崽子们把你吃断粮啊？"

范践民大大咧咧地说："不怕，有老子吃的，就有我闺女儿子吃的。就当喂几只小猫儿小狗儿，大伙儿少吃几口，让孩子们也能填饱肚子。"

# 55

范践民把一根柳条剥光，给孩子们做了五双筷子，骗他们说是象牙筷子，在古代只有达官贵人才用得起。几个孩子信以为真，用那筷子往嘴里扒拉饭，结果苦得直掉眼泪。几个孩子挥舞小拳头把他们的"爹"一顿痛打。范践民说："别打别打，改天爹再给你们做一双不苦的。"

短短几个月，聚集在范践民旗下的民工已达一百多人。与此同时，他也有了几个固定用人的大主顾。木材储运场几千立方原木需要人工归垛，发电厂储煤场扩建需要人工挖土方，加上为数众多的临时用工，弄得范践民有点应接不暇了。他现在是韩信点兵——多多益善，倘若再来百八十人恐怕也不够用的。然而，人上一百，形形色色，林子大了什么鸟都有。其中，以大骡子为首的一伙儿人便开始扬脖子吹喇叭起高调。先是瞒报收入，少缴提成；后来干脆不缴了。老吴几次向范践民反映，起初范践民没大在意。后来这小子越来越过火，非但提成不缴，竟然连伙食费也不掏了，还在民工中散布一些不利于范践民的言论。气得范践民一连三天不给大骡子派活儿。

第四天吃完早饭，范践民开始派活儿。这儿去三十，那儿去五十。大骡子一直等到最后，见仍不给派活儿，气得把范践民爹娘祖宗八代骂个遍。范践民坐在一堆河流石上，一边听他骂，一边撇石子儿。撇出去的石子儿带着一股怒气打在钢筋上直冒火星子。大骡子骂得越来越难听。范践民按捺不住心头怒火，厉声道："大骡子，你再骂一句我听听！""骂你！骂你！就骂你怎么着吧！""你敢再骂我一句，我立刻让你哭着走！""吹吧，当你是谁？骂你，就骂你这个王八蛋！"范践民随手抛出一个石子，不偏不倚正打在大骡子脸上，鲜血立刻从大骡子手指缝汩汩往外流。大骡子从地上一跃而起过来和他拼命，凶神恶煞般要与范践民一决高低。然而，没等大骡子冲到近前，范践民的第二颗石子准确无误地打在他脚踝上，大骡子"扑腾"一声跪倒在地，脸撞在桥墩子磕了个五眼儿青。刚想爬起来，范践民第三颗石子又打在他肘关节，大骡子又"扑腾"一下趴在地上，弄了个嘴啃泥。范践民从小放猪、放羊全靠这功夫，说不上指哪儿打哪儿，百发百中，却也八九不离十。这下大骡子可吃够了苦头，疼得他趴在地上呜呜直哭。这时候，狗肺子回来了，见他一脸血、满嘴泥，趴在地上哭，于是调侃道："咋的了哥们儿，来例假了？"大骡子连羞带臊，想打，打不过，想骂，还怕再挨打。只好无可奈何地爬起来转身离去，从此再也不敢照面。

几个月下来，范践民靠"利益"和"大棒"两件利器，把这百十号民工管理得井井有条。虽然操点儿心，却从中获取了一笔可观的收入。在大鱼吃小鱼，小鱼吃虾米的生存竞争中，他竟然成了一条能吃虾米的鱼。范践民见已经凑足两万元，便去邮局汇给了许惠茹。

还清了为老娘治病欠下的债，范践民觉得轻松许多。眼见天气一天天冷下来，桥洞子无法越冬。准备再积蓄些钱，租处大点儿的地方安排民工住宿，他打算利用眼下充足的劳动力资源正正经经地开家劳务公司。

范践民一不小心成了位不大不小的人物。民工们叫他"老板"，客户称他"范总"。"杨家岭别墅"里也多了张用包装箱改成的写字台和几把破椅子。隔三岔五，或者遇上急事，他还叫一下出租车，人前人后吆五喝六的说不上八面威风，可也算得上扬眉吐气。然而，山外有山，楼外有楼。民工堆里竟然蹦出个"范总"来，作为黑道势力头子的大、小佛爷岂能容他自立山头。

这天，范践民分派完活计，正教孩子们二十以内加减法。几个孩子平时野惯了，总不注意听讲。范践民拎根柳树条子，命令孩子们朝着太阳撅起屁股，照着每个孩子的屁股上抽三下。轮到小丫头李明霞时，那孩子胆怯地说："爹，你别打我，以后我注意听讲。"范践民点头说："你是好孩子，相信你能做到。"于是，命令孩子们重新回到座位上继续上课。这时，负责在桥下"站岗"的民工领着两位顾主来到范践民跟前。范践民搭眼一看，不由得心翻了个个，暗自骂道："妈的，冤家上门，准没好事儿。"

来人是上次把范践民、狗肺子骗去白干两个月活儿，还差点搭上性命的大佛爷的两个手下。俩小子站到老范面前慢条斯理地点上烟，态度傲慢地说："听说你是这里的头儿？"范践民冷冷地回了句："有事儿您说话。""给我派五十个人，要快，现在就要。""别说五十，五个也没有，你去别处找吧。""呦呵，还真拿自己当个人物了。来这儿是看得起你，别不识抬举。""我们是出力干活儿的民工，从来不用谁抬举。别在这瞎耽误工夫，我这儿没人，你们走吧。"那人把刚抽了几口的烟狠狠摔在地上，凶相毕露地说："知道你在这儿占块地盘儿，我们老板这段时间忙，没工夫搭理你。知趣的赶紧给我派五十个人，不然的话……"范践民顿时火冒三丈，指着两个小地痞的鼻子吼道："你们也不搬块豆饼照照自己算什么东西！竟敢跑到我这儿来撒野！废话少说，立马给我滚蛋！"两个小痞子自打出来跟佛爷混从没遇过这么横的主儿，一边往后退，一边嘴硬，指着范践民道："好小子，算你有种。不出三天，让你跪着求我。"范践民声色俱厉地怒斥道："老子跪天、跪地、跪祖宗，砸碎脑袋也不会跪在你们这群乌龟王八蛋脚下。""好小子，你等着！你等着！"二人被范践民骂得灰溜溜地滚开，一路小跑回去向大小佛爷报告。

两个小喽啰在范践民这儿碰了一鼻子灰，觉得连个臭民工都摆不平实在没面子，回去便把范践民这儿的情况添油加醋地向大佛爷叙说一通。大佛爷闻听地盘上竟然冒出一伙儿不买自己账的臭民工，这还了得！也是好久没逞威风闲得手痒，立刻召集手下，准备亲自前去剿灭这伙儿公然蔑视自己的民工。不料却被小佛爷拦了下来。小佛爷说："你怎么就改不掉这打打杀杀的毛病。我们现在有这么多企业、上亿的资产，犯得上和那些身无分文的臭民工过招吗？你别去，让手下去干。"于是，大佛爷手下的得力干将马二哨子，立刻歪着脖子主动请缨。

# 56

马二哨子做梦也没想到，又遇到了自己的死对头，他以为还像驱赶工地那些民工一样，一顿棒子众人便望风而逃。这回马二哨子非但没过上打人的瘾，还差点把小命葬送在这些民工的砖石瓦块之下。

马二哨子一行开着五台车，带着二十几个人浩浩荡荡来到"杨家岭别墅"，却连一个人影都不见。桥洞子里除了几床破棉被、几件烂衣服，还值几个钱的就是那几麻袋"民工粮"，和几口做饭的大锅。马二哨子指挥打手们把几麻袋"民工粮"浇上汽油点着，一股带着焦煳气味的浓烟立刻弥漫了整个立交桥。随后，这些人搬起石头把几口大锅连同锅里的米饭"咣咣"一通砸。马二哨子还觉得不够劲，又让人淘来脏水泼到民工们栖身的桥洞子里。隐蔽在立交桥上的一百多号民工个个恨得咬牙切齿，都把手中的砖石瓦块握得紧紧的，只听范践民一声怒吼："给我狠狠砸这些乌龟王八蛋。"刹那间，民工们居高临下，将手中的砖石雨点儿般投向马二哨子一伙流氓，直打得一群狗东西鬼哭狼嚎、抱头鼠窜，只恨爹娘少生两条腿，纷纷钻进汽车夺路而逃。民工们站在立交桥上，一边奋力将石块投向汽车，一边鼓噪呐喊道："有能耐别跑呀，咋学会穿兔子鞋啦！"

原来范践民骂走了大佛爷的两个手下，预感大佛爷肯定会来报复，便派出几个精明的民工担任警戒。没想到他们来得这么快，刚刚做好饭还没来得及吃，担任警戒的民工便跑来报信说:"他们来了!"范践民闻讯,让大家赶快撤到立交桥上隐蔽,看这伙人到底要干什么。当看到这些强盗烧掉粮食、砸碎饭锅,还往洞子里浇水时,范践民明白大小佛爷是想把他们从这里赶走。看来一味躲避怕是不行了,要保住这个立足之地,只有拼死一搏和他们大干一场。于是,这才导演了刚才的那场"伏击战"。

马二哨子一伙儿被打得头破血流,狼狈不堪地逃回老巢,在大佛爷面前如此这般地述说一遍。大佛爷气得当众踹了马二哨子一脚,骂道:"你们二三十个人制服不了几个臭民工,还被人家打成这副德行,以后我们还怎么在这块地盘上混!"大佛爷一边痛骂马二哨子,一边招集所有打手,声色俱厉地吼道:"你们都给我听好了,立刻抄家伙!今天不把那个姓范的废了,我把你们全阉了!"说话间,几十个歹徒抄起枪械、砍刀、警棍,杀气腾腾地冲了出去。刚走出院门,又与小佛爷撞了个正着。小佛爷一愣,拦住大佛爷问道:"怎么回事?我告诉你多少次,大的行动必须事先和我商量,你怎么记不住呢!和你说,咱现在不是打打杀杀的时候,我们有那么多资产,你明白吗?!都给我回去!"说实话,在这方面,小佛爷的确比他哥哥精明。大佛爷虽然是哥哥,可他是个莽汉,只知道舞刀弄枪,在谋略上比弟弟逊色多了。劝回来大佛爷,小佛爷煞有介事地对他哥说:"不就是那几个臭民工嘛,你看着,我一个电话立刻让他们滚蛋!"说着,掏出手机打给市政法委书记,那架势如同市委书记布置工作。他装腔作势地说:"最近立交桥下有一股黑恶势力垄断劳务市场,今天还把我的人给打了,你们政法委得出头管管。"政法委书记是这哥俩的常客,更是大小佛爷的头号保护伞。佛爷开的洗浴宫里有供他常年使用的专设房间,是个吃喝嫖赌抽五毒俱全的腐败分子。没等小佛爷把话说完,电话那端立刻打断他道:"什么人吃了熊心豹胆,敢在阎王鼻子上舔烟灰。你放心,我通知公安局立刻行动,坚决打掉这股黑恶势力。"大佛爷余怒未消地说:"无论如何不能便宜那个姓范的,上次我那条藏獒就是被他整死的。这笔账还一直没和他算呢。"小佛爷想了想,又给刑警大队长打个电话。不用说,人家又是一伙的。

范践民正带人收拾被马二哨子一伙儿弄得乱七八糟的"杨家岭"。突然,一阵刺耳的警笛声由远而近,十几辆警车分别从不同方向开到立交桥下。从车上跳下来一百多名全副武装的警察,迅速把范践民一伙人包围起来。一个手持扩音器的警官反复下达命令:"请你们听好,我们是警察!命令你们靠边儿站好,双手举过头顶,接受我们的检查。"民工们见来了这么多警察,一个个吓得面面相觑,赶紧双手抱头,老老实实地站在原地接受检查。带队的警官轻松控制住所有民工,逐一检查身上是否藏有凶器后全部押上卡车，带回分局审查。紧随其后开来几辆消防车，打开高压水龙头挨排把每个桥洞子浇了个透湿。

审查进行了整整一个晚上，除了个别人挨了几巴掌、被踹几脚外，其他民工说明情况后都被当场释放。但无一例外被告之："以后不许到立交桥下集聚、住宿，否则将被视为盲目流动人口强制管理！"唯独范践民以聚众斗殴、滋扰社会治安为由被刑事拘留。

刑警大队长亲自审讯范践民，熟悉的询问程序完毕后，大队长虎视眈眈地厉声问道："你知道犯了什么事儿吗？""不知道。""前几个月你是不是在一处工地捅死了一只藏獒？""是！那是因为它……""我没问你'因为'，你只需回答'是'与'不是'。""是！"坐在一边的另一位警官"唰唰唰"做好笔录。大队长继续审讯，问："昨天下午你是不是参与了那场斗殴？"范践民心想，咱也别多嘴了，人家肯定要求回答是与不是，于是便回答："是！""这场斗殴是不是你组织的？"范践民心里明白，参与与组织有很大的区别，因此，他回了句："不是！"大队长"啪"地一拍桌子，厉声道："再说一句！你敢说你不是组织者！""不是！"范践民坚决否认。"我看你是不见棺材不落泪，来人，让他明白明白。"话音未落，应声上来一位穿便衣的警察，拿支电棍照着范践民的屁股捅了一下。老范"啊"的一声惨叫，一头歪在铁椅子上。大队长脸上露出一丝鄙视的狞笑，望着范践民痛苦的表情，继续道："你最好别在我这儿充好汉，放聪明点少吃苦头！""我再问你一遍：昨天下午，是不是你在立交桥上组织民工用石头往下砸的？"范践民大口喘着粗气，争辩道："那是他们烧我们的粮食，砸我们的锅……""我没问你那些！你只需回答'是'与'不是'！"听到这儿，范践民心里彻底明白了，这人肯定和大小佛爷是一伙儿的，落到他们手里，自己说什么也没用。想到这儿，他回答："是！"负责记录的警察"唰唰唰"又记录下来。

案件卷宗转到检察院，证言、证据充分，办案程序清晰合理。范践民以组织团伙聚众斗殴、滋扰社会治安、暴力侵犯他人财物三项罪名被提起公诉。经法庭审理，认定所犯罪行成立。数罪并罚，判处有期徒刑三年，并附带民事责任，赔偿大佛爷名贵藏獒折合人民币两万两千元整。

法院合议庭宣判后，依照新修订的法律程序，允许当事人做最后陈诉。范践民瞥了一眼那位正在打瞌睡的、法院指派给自己的辩护律师，目视法庭上方悬挂着的共和国国徽语气沉重地说：

"首先，感谢法庭给我发言的机会。在这里，我只想问主审法官：你奉行的法律是保护人的还是保护狗的？恶徒纵狗伤人，打狗反被视为侵犯他人财物，难道我们这些穷人的命连条狗都不如吗？"

审判庭内一阵喧哗，法警急忙上前制止老范发言。却被主审法官挥手拒绝，对法警道："让他说下去！"

于是，老范继续道：

"凡事都有个因果，法律讲的是公平。可是你肩上扛的那架天平却总是向一方倾斜！为什么那些寻衅滋事，持刀、持枪伤人的地痞流氓安然无事，而我们这些手无寸铁的民工却要被判入狱，这世间还有公理吗？你们这些代表人民、以人民的名义审判我的法官还有没有一点良知！"

由于激动，范践民的声音有些颤抖，他努力克制住自己的情绪继续道：

"试问，到底是谁在滋扰社会治安？是我们这些一无所有的平头百姓吗？这一点，恐怕连你们自己都不相信。真正滋扰社会治安的是大小佛爷，是他们在鱼肉乡里，祸害百姓。身为执法者，你们不去维持正义，反倒助纣为虐，为虎作伥，与黑恶势力沆瀣一气欺压百姓。总有一天，你们将站在我现在的位置上接受人民的审判。"

审判庭内鸦雀无声，沉默良久，突然爆发出一阵雷鸣般的掌声。

大小佛爷借助警方力量，不费吹灰之力剿灭了范践民一伙胆敢与其对抗的民工。为答谢各方的鼎力相助，大小佛爷在宴宾楼举行盛大宴会，市政法委书记、刑警大队长被推到上座。宴席开始，小佛爷见身旁空着一个座位，立刻沉下脸问道："是谁这么不给我面子？"手下说："是法院的李法官。"小佛爷大为不悦，吩咐那个手下："去！问问他，为啥不给我面子？"不一会儿，那人回来说："李法官手机关机，张哥说他昨天已经向院里提出辞呈，人已经走了。"政法委书记听罢，一种不祥的预感油然而生，心神不宁地举起手里的酒杯说："干！"

范践民第二次被投进监狱。与此同时，这伙为非作歹、不可一世的大尾巴鹰也终于走到了罪恶的尽头。

# 57

在堪培拉居住了一段时间后，林惠民移居澳大利亚另一座城市——悉尼。在这个移民众多的国度，到处都是来自世界各地、不同肤色的移民。为了适应新环境，当务之急是尽快适应语言环境。澳大利亚以英语为官方语言，不懂英语几乎等于半个聋哑人。林惠民安顿下来，便找间补习学校学习英语。

给林惠民上口语课的教师詹姆斯·琼是加拿大籍混血儿。不知是她父母，还是祖父母哪一代出现的黑白混血，呈现在林惠民眼前的詹姆斯·琼，无疑是区别于他本人的另类"杂种儿"——碧眼卷发、齿白唇黑、褐色的皮肤、瘦小的身材，十五瓦白炽灯下绝对看不清她长什么样。不过，人虽然长得其貌不扬，可她那匀畅的语速、灵活的教学却给林惠民留下了深刻的印象，觉得这个"杂种儿"非同寻常。她身上有股子特殊的劲儿，究竟怎么个特殊他却说不清楚。

成人补习学校注重实用性。一个教学班十几个学员，没有教材、教学进度之说。教学因人而异，全凭教师和学员之间的互动完成。根本不讲什么语法、修辞，一切以实用为主。

林惠民平时没有别的事，每天按时前来听课，久而久之竟成了詹姆斯·琼最忠实的学员。因此，俩人的交流也相对多些。短短几个月下来，林惠民的英文水平提高很快，尤其是听说能力，经过几个月的勤学苦练，完全可以应付一般社交场合。至于英文阅读，他原本功底就不错，一般文章他都能看懂，只是用英文撰写还稍有些力不从心。细细想来，从中学到大学，学了十几年的中国式英语，而真正让他能用英语交流的还是这个其貌不扬的詹姆斯·琼。

西方人的观念与东方人不同，他们习惯于工作就是工作，你给我钱，我给你做工，与情感无关。与詹姆斯·琼相识几个月，二人除了教学之外，没有任何情感方面的交流。直到两人同时出现在证券交易所，并且关心的还是同一只股票，两个人之间的交流才摆脱了原有模式，转入股票投资人之间的交流范畴。

来澳大利亚后，林惠民考察了许多项目。之所以犹豫不决，一是移民申请尚没得到批准，二是项目投资额度偏大，手头上的资金不很充足。闲来无事，便把目光投放在股票上，但一直没敢盲目投资。股票涨涨落落与各地的政治、经济形势息息相关，而自己所能得到的信息量又极其有限，为此，他一直没敢出手。见詹姆斯·琼也做股票生意，二人顿时有了许多话题。在讨论股票时，林惠民发现詹姆斯·琼对二人共同关注的两只股票所处的政治、经济以及人文环境了如指掌，见她近期的几笔投资回报都相当可观，禁不住动了投资的念头。

第一次玩股票，林惠民不敢冒进，投资十万澳元，做下来没多大收益。第二次还是十万澳元，结果还赔了点。正他当准备放手时，詹姆斯·琼突然兴奋地告诉他，根据她的判断，近期这两只股票经过剧烈振荡之后必然会有大的突破。对此，林惠民似乎也有同感。看到詹姆斯·琼把手头所有资金全部投了进去，林惠民也按捺不住冲动，一下子买了一百万澳元。也许该他发财，买入没几天，两只股票便一路狂涨，出手时竟给他带来近二十万澳元的进账。像天上突然掉下个大馅饼，砸得林惠民不知道该感谢谁。兴奋之余，林惠民提议找个酒吧庆贺一下，琼点头赞同，伸出两个指头表示"AA"制，林惠民也不反对。

詹姆斯·琼把车驶入附近一处加油站，加完油竟获赠了一张夜总会的打折卡。二人有些莫明其妙，一时弄不明白其中的原委，心想：卖汽油怎么与夜总会捆绑销售？想不明白就不想，反正打算消费，既然能省钱又何乐而不为。于是，二人便驱车来到这家夜总会。

不知道悉尼人出于何种心态，他们把夜总会叫"墓地"。或许借此形容来这里的人们群魔乱舞，或许另有别的寓意，两人不得而知。

琼是个特别爱动的女人，一杯威士忌入口，立刻兴奋地拉起林惠民步入舞池。穿行在光怪陆离的灯光下，伴随着震耳欲聋的音响，"墓地"里的男男女女疯狂扭动着身躯，尽情释放体内的能量。一曲终了，林惠民通身大汗淋漓，气喘吁吁地退出场外，要了杯冰水坐下来休息。琼则恰恰相反，这位身形瘦小的女人浑身似乎有着用不完的精力。除了观看表演，她几乎是曲曲不落，兴致益然地享受夜晚的快乐时光。

林惠民索然无味地陪詹姆斯·琼一直玩到深夜。直到上车，琼还余兴未艾地一边开车，一边随着车载音响继续扭动着身躯。车子开出闹市区，琼一手握着方向盘，另一只手突然直捣林惠民的下处，搔首弄姿地道："林，爱爱？"林惠民从没听说过，世上竟有这样的示爱方式，一时窘迫得不知如何是好。他望着琼极度兴奋的样子，担心她把车撞到树上，只好随口应付道："爱爱，OK。"詹姆斯·琼在林惠民脸上吻了一下，便加大油门飞快地把车开到自己的住处。


天下的风流韵事可不单是俊男靓女的专利。正如拿破仑所言："床上没有伟人美人，只有男人和女人。"昏暗的灯光下，两个陌生人的感觉同样美妙绝伦。从此，林惠民与詹姆斯·琼的关系迅速转换成情侣，出双入对，同枕共眠。自己不奇怪，更没有人见怪。同居一个月后，琼拿着一沓账单对他说："林，这个月的房租、水电费你应该负担一半。"林惠民惊讶地张张嘴，说道："亲爱的，不必一半，全由我负担好了。""不！我们应该遵守规则，全部由你负担是对我的不尊重。"林惠民瞪着一对狼狗眼儿，禁不住心里骂道："这些外国娘儿们真他妈的怪，替她花钱，她还说你不尊重她。"表面上他还是频频点头，表示赞同。从此，二人无论在生意上、社交上都保持相对独立，成为纯粹意义上的生意伙伴、性伙伴。

一天，林惠民感冒了，发着高烧，口渴难耐。晚上，琼回来后，林惠民请她为自己烧点开水。琼立刻声嘶力竭地对他吼道："林，你们中国人很不道德！生病应该住进医院，不可以把病菌传染给别人！"琼一边怒不可遏地发脾气，一边连推带搡，立逼林惠民马上去医院。甚至没等林惠民走出房间，琼竟然拿起喷雾器开始消毒。无奈之下，林惠民只好拖着高烧的病体住进医院，气得他一路大骂不止。

林惠民一个人孤零零地躺在病床上，尽管享受着十分周到细致的医疗服务，心里却空落落的。如果在国内，如果有何紫琼在身旁，别说喝口水，就是呻吟一声，她便会立刻体贴入微地询问自己哪儿不舒服、要不要去医院。记得一次自己不小心弄伤了脚，整整十几天都是何紫琼亲自扶他如厕，自己还时不时地对她发脾气。唉！亲情啊，当失去的时候才知道那是多么的难能可贵。

输一晚上液，林惠民感觉好了许多。躺在病床上看着东方冉冉升起的太阳，思乡之情油然而生。何紫琼在干什么？老范、李强他们怎么样了？屈指算来，快两个月没给何紫琼打电话了，她一定急得不行。自打来到澳大利亚，林惠民一直没用手机。他怕被追踪，所以一直用公用电话，何紫琼就是有天大的事情也无法找到他。

清晨，林惠民觉得稍好一些，便起床到医院附近的公用电话亭打给何紫琼。何紫琼的手机振了十几次铃却一直没人接，林惠民心头闪过一丝不祥的念头。他知道，自己不在时何紫琼手机从不离身，只要拨通，她会立刻接起。今天这是怎么了？会不会出什么事了？

林惠民的担心一点都不多余，何紫琼果真出事了。而且出的是大事，一件毁掉她一生的大事。

# 58

林惠民出逃国外后，按事先商定，何紫琼迅速把公司的资金分期转移到林惠民在堪培拉设立的账户上，并辞去省外贸公司的工作，向出入境管理局申请出国护照。何紫琼满以为过不了多久便可以与林惠民再度重逢，获取移民身份后在国外开辟一片新天地。谁知计划没有变化快，独联体的事儿来得太突然。没等她把护照办下来，公安机关便无限期地封堵了她出国的这条路，去澳大利亚与林惠民重逢的希望彻底化为泡影。丈夫走了，工作辞了，公司倒闭了，接连不断的变故让何紫琼陷入极度恐慌之中。然而，令她最最难以接受的是，随着时间的推移，林惠民的电话变得越来越少。她不相信林惠民不用手机，甚至开始怀疑林惠民在有意冷落自己。想到这个蓝眼儿狗肯定在国外已经另有新欢，而自己却在国内傻乎乎地苦苦等待。这段时间，每当何紫琼一个人寂寞难耐时，她总在一遍遍地反省自己这桩婚姻，越来越清醒地意识到，与林惠民的结合从一开始就是她一厢情愿，林惠民似乎从来也没真正地爱过她。基于这种猜测，何紫琼断然停止继续向外国转移资金，开始为自己的将来做些打算。

自从范践民母亲住院，何紫琼就敏锐地感觉到，老范和赵丽华的"非法婚姻"出现了危机。借此联想到林惠民归期渺茫，而自己又出不去，便萌生与老范重新开始的想法。于是，她借老范母亲住院之机，千方百计表现自己，一厢情愿地认为与老范的结合只是时间问题，一切尽在自己的掌控之中。想不到这个该死的东西满脑子装的全是那些"宁穿朋友衣，不占朋友妻"的旧观念，非但不接受，反倒躲了起来，一连几个月连个人影都让她抓不到。何紫琼恨得牙根直痒，大骂范践民不知好歹：我何紫琼再不济也比你那个赵丽华强上一百倍！转念一想，范践民不肯接纳自己或许不全是因为林惠民，恐怕还有许惠茹的原因。不然为什么，他缺钱不向自己开口，非朝许惠茹借呢？想到这儿，何紫琼更是气不打一处来。然而，想也罢，恨也罢，全都于事无补，反倒凭空给自己增添许多烦恼。于是，她索性不再闭门谢客待在家里折磨自己，而是天天出去喝酒、跳舞，通宵达旦地沉溺在夜总会。

这天晚上，与何紫琼一起来夜总会消费的朋友临时有事先行一步，剩下她一个人百无聊赖地喝起闷酒。不知不觉两杯红酒下肚，何紫琼忽忽悠悠地听着狂飙的摇滚乐，醉眼蒙眬地看着一群男女扭动着身躯疯狂跳迪斯科，突然感觉心里烦得不行。她伸手抓起桌上的香烟，却摸不到火机。记不清是自己没带，还是掉到了什么地方。这时，一个男人凑过来替她点燃香烟。何紫琼警觉地瞅了他一眼，感觉有些面熟。出于礼貌，何紫琼说了声谢谢。那人收起打火机关切地说："姐，你咋又一个人来这儿？"何紫琼一惊，警觉地问："怎么是你？"

替何紫琼点烟的是季平，就是当年那个帮她打马二哨子的年轻人。自打上次卖摇头丸被警察追捕遇到何紫琼帮他逃脱，俩人再没见过面，今天在这儿实属巧遇。几年前发生在这里的那场惊心动魄的打斗，何紫琼至今记忆犹新，同一地点邂逅同一个人，不能不让她浮想联翩。感慨之余，禁不住叹息老天爷真能捉弄人。季平示意服务生送来两杯红酒，端起一杯送到何紫琼面前道："姐，看来我们真的有缘，今天你没事吧？""没事。本来和朋友一起来的，她有事先走了。""噢，那我陪你喝几杯。""也好。"于是，俩人便对饮起来。

何紫琼呷了一口红酒问季平："我们遇到过两次，却一直没机会问你的名字。""我姓季，叫季平。""能告诉我你的职业吗？""以前在社会上瞎混，这几年做点家电生意。""噢。""怎么称呼你？""我叫何紫琼，如果你不介意的话，还叫我姐吧。""好的。"

也许因为有过两次特殊的相逢，俩人之间似乎没有太大的距离感。季平很健谈，人长得也挺帅气。虽然说话没什么层次，但妙语连珠也不时逗得何紫琼捧腹大笑。正当二人饮酒闲聊之际，一位歌手登台献艺。一口四川腔调的开场白，弄得大家一头雾水。尽管遭到一片嘘声，甚至有人呐喊："臭狗屎！滚下去！"那位歌手依旧浑然不觉地在那儿唱，一副傻乎乎的样子，逗得大家哄堂大笑。季平借机对何紫琼说："骂他臭狗屎他听不懂，他们四川人管'屎'叫'污'。"季平给她讲了个笑话，说："有位四川老乡病了，医生让他化验大便。第二天早起，他找了张油纸，蹲上边厕个臭屎橛子。看看自己的作品感觉还不错，仔细包好后小心翼翼地揣在怀里。想不到被贼盯上了，那贼见他小心翼翼地护着怀里的东西，以为一定是个重要物件，于是便偷了去。四川老乡发现自己的臭屎橛子不见了，立刻捶胸顿足地号啕大哭起来。人家问他怎么了，那人痛心疾首说：'俺那污丢了。'那个贼刚想下车逃走，听说自己偷了一泡屎，气得随手给他丢了过去。四川老乡接到手立刻转悲为喜，高兴地喊道：'咦？俺的污又回来了！'"何紫琼被他逗得眼泪都出来了。多日以来，她第一次笑得这么开心。

二人像久别重逢的老朋友似的谈天说地，一直聊到深夜。从几年前的两次邂逅，一直聊到各自的近况。其间，季平不时把香烟递到何紫琼手上，何紫琼毫无戒备地坦然受之。俩人越聊越兴奋，何紫琼越抽越精神。不知不觉已经聊到下半夜，酒吧里的人已经走得差不多，季平提议送她回去。

回到家，何紫琼才发现手机上有个未接电话，知道是林惠民打来的国际长途，不免懊悔不迭。

第二天清晨，何紫琼感觉头特别的沉。反正没事做，赖在床上不想起来。可是，她越躺越觉得浑身说不出来的难受。可是，究竟哪儿不舒服却说不清楚。随着那股难受劲儿的不断增强，她渐渐意识到是在想季平，确切地说是想他那烟。好不容易熬到晚上，何紫琼迫不及待地走出家门，去酒吧找季平。

季平好像知道她一准会来似的，何紫琼刚到酒吧门口，他立刻迎了上去。二人心照不宣地走进酒吧，依旧坐在昨晚那张座位上喝酒聊天。一落座，何紫琼便两眼直勾勾地盯着季平，渴望他能给自己一支烟。季平似乎什么都明白，忙掏出烟，取出一支递给何紫琼，随即帮她点燃。何紫琼贪婪地深吸上一口，当一缕残烟从鼻孔中喷出那一瞬间,她立刻感到精神为之一振,仿佛身体的每个器官同时接到一道指令,立刻活跃起来。之后,她与季平伴着强劲的乐曲步入舞池,疯狂地扭动身躯尽情宣泄后,浑身大汗淋漓,神清气爽,好不快活。

季平要了两杯饮料,又给何紫琼点上一支烟,俩人东扯西拉一直聊到深夜。就这样一来二去,几天工夫何紫琼便染上毒瘾。每天醒来的第一件事就是盼着晚上与季平约会。见到季平,也顾及不上女人的那点矜持,迫不及待地朝他要烟抽。见她已经上瘾,季平开始和她摊牌,说:"姐,不是我小气,那东西挺贵的,如果你特想,我可以帮你搞到。""说吧,多少钱,我给你。""好!你等着,我现在就去给你取。"不一会儿,季平拿回来一条烟,从何紫琼手里接过一千块钱,立刻鬼鬼祟祟地消失在黑暗之中。从此,何紫琼便成了季平的固定客户,俩人之间的关系也随之发生改变。

何紫琼怀孕了,剧烈的妊娠反应,把她折磨得差点没把五脏六腑都吐出来。与林惠民婚前婚后这么多年,一直没采取措施却始终没怀孕。为此,她还特意去医院检查过一次,医生告诉她没什么问题。何紫琼心里着急,几次要求林惠民也去医院检查一下,可一提及此事林惠民就跟她急。也是忙于事业,久而久之,也就把这件事给淡化了。想不到没给林惠民生出个一男半女,却怀上了季平的孩子,这可如何是好!思前想后,何紫琼越想心里越烦,如果这孩子是林惠民的,哪怕他今生今世不回来也算对自己有个交代。可是,偏偏是这个季平,一个毒贩子。于是,何紫琼跑到医院要求堕胎。医生为她检查后,告诉她胎儿太小,还要等些时日才能做,并建议她谨慎行事,说第一胎做掉会影响生育。何紫琼哪儿还顾得上这些,她恨不得立刻把这个孽种做掉。既然大夫说不能做,只好再熬上几日。本来烦心的事一件接着一件,无形中又多了这么个孽障,把何紫琼烦得不行。整天闷在家里不住地吸烟,越吸毒瘾越大,从季平那儿买的一条烟几天就被她吸光了,而那个该死的东西却玩起了人间蒸发,一连好些天抓不着他人影,急得何紫琼恨不得把他从地缝里掏出来当作毒品吸掉。

屋漏偏赶连阴雨,正当何紫琼万分烦恼之际,又传来老范第二次被捕入狱的消息。


# 59


许惠茹埋在案头一堆优抚、救助人员卷宗里逐个审核,生怕弄错一个,直看得眼睛发酸,刚停下来喝口水,公务员小张推门进来。两人私交甚好,私下里小张从不叫她局长，小张拿着一张汇款单神秘兮兮地对许惠茹道："惠茹姐，谁给你寄来这么多钱，不会是老情人吧？""你给我闭嘴，没大没小的！扔下三十奔四十的黄脸婆哪还有什么情人？"许惠茹接过那张汇款单漫不经心地说。小张似乎对这件事情特别感兴趣，凑上前一手搭在许惠茹肩上故意拉着长音道："不会吧，看这留言，'惠茹珍重，容当后报'写得多亲切。再者说，你们之间有这么大数额的金钱往来，肯定不是一般关系。"许惠茹见是老范的汇款单，便对她说："你就省点心吧，是我大学同学。前些天，他老娘生病从我这儿借的钱，一时凑不够，不是还从你那儿拿了一千吗？正好，麻烦你帮我取回来，顺便把钱还给你。"许惠茹说着，从抽屉里取出自己的名章递给小张。小张将信将疑地看她一眼，接过名章转身出去替她取款。

小张走后，许惠茹捧着水杯愣了半天神，心里总觉得不对劲儿，暗想：才几个月工夫，这家伙哪弄来这么多钱啊？该不会从别人手里借来还自己吧？想到这儿，许惠茹给范践民打了个电话，拨了几次对方总是关机，只好轻轻叹息一声，"唉，随他去吧。"许惠茹知道老范是个精细人，既然他要这么办，自然有他的道理，也就没再多想。

这天，许惠茹去市里开会。返回时，司机小吴照例把车开到小商品批发市场。二人采购一堆价廉物美、耐穿耐用的鞋袜、线衣线裤、帽子、手套、文具等用品，像小商贩似的背着两只大编织袋走出市场。

自从当上这个民政局长，许惠茹便养成一个习惯，无论走到哪儿，也不管在县里开会，还是下乡深入村屯，她身边总带着一个大兜子，里边装些生活用品，遇到生计窘迫、缺穿少戴的，便自掏腰包送上几件。时间长了，周围的同事、朋友都知道她的这一习惯，经常把自己不用，或者过时的衣物送过来，虽然嘴上取笑她是"花子局长"，心里却为她的行为而深深感动。唉！什么叫心里想着人民，不是光凭嘴上说说，也不是单纯修几条路、盖几所学校，领导者的一句话、一个不经意的微笑，传递的或许是人间最质朴的真情。

二人装好了东西，准备返回县城。许惠茹突然想起这些天老爹生病，想买点儿东西给老人家带回去。司机小吴说站前有家烧鸡特好吃，俩人便开车来到那家烧鸡店。下车后，许惠茹见那家烧鸡店的窗上挂着一块"共产党员窗口"的牌子，心里觉得很好奇，暗想：卖烧鸡与共产党员有什么关系？于是，她怀着强烈的好奇走了进去。

走进店门，许惠茹禁不住愣住了，简直不敢相信自己的眼睛。只见张书记穿着一件满是油渍的白罩衣，胸前戴着一枚"共产党员"标签，正笑容可掬地替客人选烧鸡。站在柜台前那位胖女人，一会儿嫌太大，一会儿嫌太瘦，一会儿又嫌火候不够好，挑三拣四换了好几只，仍磨磨唧唧的觉得不满意。张书记不厌其烦地替她拿上拿下，总算选中了一只放在秤上。那女人现从包里掏出老花镜，盯着张书记拨动秤杆的手，生怕他在秤上做手脚。好不容易打发走那位客人，张书记赶紧又来招呼许惠茹："这位同志，买只烧鸡吧，我这儿的烧鸡用的都是直接从养殖户那儿抓来的好鸡，包您吃着放心——惠茹？怎么是你！"

"张书记，您不是去南方疗养了吗，怎么卖起烧鸡来了？"

"唉，疗什么养呀。惠茹，你是不知道，我一共六个子女。三个女儿都出嫁了，三个儿子只有一个成了家。这不，前阵子两口子还双双下岗，平时我那点工资养一大家子人，也没什么积蓄。现在孩子们都大了，成家的成家，上学的上学，到处都用钱。我反正退下来没事，就把家人组织起来开了这家烧鸡店，赚点钱，帮孩子们一把。"

看着老书记一头灰发，许惠茹心里有股说不出来的滋味。人家在位时恨不得把儿子、孙子，乃至孙子的孙子都安置停当，老书记花甲之年还得舍脸剥皮混迹在小商贩中，靠自己的一双手帮孩子们打点生计。刚与张书记聊几句，又进来两伙买烧鸡的，张书记赶紧上前打理生意。送走顾客，张书记随手挑出两只烧鸡包起来，递到惠茹手上乐呵呵地说："惠茹，带两只回去让二军尝尝我的手艺。""张书记，这可使不得，您这也是小本生意，我拿走两只恐怕您这一天就白忙碌了。""哈哈，看你说的，没听人说吗，'摆个小摊，抵个县官儿，挂个酒幌，强似省长。'别小瞧我这小店，一天的流水你一个月都挣不来。"

许惠茹推辞不过，趁张书记不注意，给司机小吴递个眼色。那小机灵鬼立刻掏出五十块钱悄悄放在柜台上。张书记见许惠茹要走，赶紧出来送，顺便在她耳边低声嘱咐道："惠茹，我离开前已经把你作为副县长的推荐人选报了上去，估计最近可能批下来。好好干，趁年轻多为人民做点事。记着，我们是共产党人，为人民服务的宗旨永远不能变。执政考验每一个共产党人，希望你能经得住考验，做个人民拥戴的好官、清官。这样即使退休后和我一样卖烧鸡，心里也坦然。因为我们曾经做过的一切无愧于党、无愧于人民。"许惠茹擦了一把眼角的泪花，激动地说："张书记，您放心吧，惠茹一定以您为榜样，尽心竭力为党、为人民好好工作，绝不让您失望。"

不知道是因为与老领导的意外邂逅，还是刚才老书记的一番心灵告白震撼了许惠茹，她忍不住擦了一把眼中涌出的苦涩中夹杂着敬仰的泪水，告别了老书记。走出几步，禁不住又回头望，见老书记双手抄在袖筒里，高大的身躯显得有些佝偻，昔日那双深邃睿智的眼神已经尽失往昔的风采。见许惠茹回头，老书记机械地挥挥手，站在门前久久不愿进去。

许惠茹回到县城时已经是晚上七点多了，惦记着老爹的身体，知道此时娟娟肯定也在那儿，便直接来到父母家。一进家门，女儿娟娟便迎出来，尖酸刻薄地嚷嚷道："哟，许大局长回来了。"说着，从许惠茹手里接过包，继续说道，"让小女检查一下，看许局长给苦难深重的劳苦大众带些什么福利来。"打开见是两只香喷喷的烧鸡，立刻故意声张道，"姥姥、姥爷，今天太阳从东边落的吗？我妈知道给家买东西了。"娟娟一边不着边际地嚷嚷，一边给妈妈端来洗脸水，捧着毛巾、香皂，夸张地摆出姿势道，"局长大人请！"

许惠茹嗔怪女儿道："越大越没样，整天拿妈妈寻开心。"洗完脸，走到老爹跟前问："爸，今天感觉好些了吗？"许老大开心地笑了笑，说道："人老了，哪儿都不中用喽。"惠茹妈赶紧问女儿吃饭没有，听她说还没吃，赶紧系上围裙去给她做饭。

吃罢晚饭，已经是晚上九点，许惠茹与女儿一起回家。一路上，娟娟亲昵地拉着妈妈，像只欢快的小鸟似的叽叽喳喳说个不停。许惠茹漫不经心地听着，不经意间，女儿说爸爸单位有个叫小荷的打字员要自己叫她姑姑。

娟娟愤愤地说："凭什么要我叫她姑姑，她也没比我大几岁，真可恶。"起初许惠茹没怎么在意，以为是孩子之间的事，便随口道："叫就叫呗，毕竟大你几岁。况且人家已经工作了，又是你爸爸同事。"娟娟听罢非但不认可，反倒说出一句令许惠茹十分震惊的话来。娟娟说："才不是呢，我就烦她，爸爸出差总带她。""别胡说，大人的事儿小孩儿少跟着掺和。""我才没胡说呢，她的那些衣服都是爸爸买的，比给我的好看多了。哼！当我不知道呢。""这些事你听谁说的？"许惠茹看着娟娟气愤的小脸儿，留心问了一句。"是那个姓季的女人告诉我的。""哪个姓季的女人？""就是档案局的那个。"听到这儿，许惠茹心里一沉。她知道，娟娟说的那个姓季的女人一定是季彩霞。

她暗想：她为啥和孩子说这些呢？难道另有什么别的企图？转念一想：唉，随她去吧。又不是我从你手里抢老公，实在懒得理你们之间那些破烂事儿。于是，她对女儿说："小孩子别跟着议论大人的事，好好上学，考上重点高中才是正经事。听到了吗？"娟娟愤愤地哼了声，算是对她的回答。

这几年吕二军过得挺没劲的，在外人眼里他活得挺滋润，当个权力不小的局长，凡是找他帮忙办事都得点头哈腰，局长长、局长短地恭维着；生意上，两家小工厂一直挺红火，银行里的存款已经超出六位数；新换的老婆，年轻貌美不说，风闻还要提升副县长。然而，鞋子好不好，只有脚知道。自从娶了许惠茹，吕二军的日子过得并不怎么舒心，他总是有种说不出来的压抑感。无论家里家外，只要有许惠茹在，吕二军身上的那股牛哄劲儿便立刻飞到九霄云外。他卑躬屈膝地哄着人家，许惠茹心情好时给他个笑脸，心不顺时根本不拿他当回事。每当这时，吕二军总是暗自咬牙切齿地骂："什么东西，敢和老子装。等着瞧，有你哭那天。"可是，光发狠顶屁用，在人家面前，他还得换上一副讨好的面孔，活得别提多窝囊了。好在许惠茹整天忙于工作，平时不是开会就是下乡。女儿娟娟打小就和姥姥一起生活，也用不着特别照管。吕二军下班不是找朋友喝酒，就是请客户洗桑拿、泡歌厅。家里得不到的，在外边加倍补上就是。

这天，铁哥们儿张经理说自己外甥女中专毕业不想去工厂，求他给安置份工作。吕二军当即满口答应下来，把孩子安置到林业防疫站。自始至终，吕二军只知道替张经理安置个亲戚，至于人怎么样、工作称不称职他一概不知。直到吕局长带着人下乡检查森防，其间，有位亭亭玉立的小丫头叫他"舅舅"，吕二军才猛然想起这丫头应该是张经理的外甥女，禁不住打量一番。见那女孩儿二十出头的样子，一双不大不小的黑眸镶嵌在长长的睫毛之间。白皙的瓜子脸上落着几个雀斑，言语间带着几分浅笑。虽然说不上漂亮，给人的感觉却很舒服。见女孩叫自己舅舅，吕二军拍拍脑袋瓜子说："想起来了，你是张经理的外甥女，叫……"那女孩儿连忙说："我叫陶小荷。您就叫我小荷吧。""噢，小荷。这名字真好听。"说话间，陶小荷递给吕二军一瓶矿泉水，殷勤地替他拧开瓶盖，恭恭敬敬送到吕二军手上说："舅，天儿热，喝点儿水吧。"吕二军接过矿泉水，喝一口拎在手里，随口说了句："小荷，我和你舅舅是好哥们儿，有什么事儿你直接来找我。都是家里人，不必客气。""舅，我知道，要不是您帮忙我也来不了这儿，以后也少不了给您添麻烦。"

别看陶小荷人小，鬼精灵着呢。打那儿起，陶小荷有事没事找机会接近吕二军。一来二去不但与吕二军混熟，还与娟娟成了好友。娟娟只要来爸爸单位，陶小荷便放下手里的事儿，拉着她一起聊天。久而久之，娟娟也常来找她玩儿。

随着办公自动化不断普及，林业局也买回来一套微机。在人员配备上，吕局长思虑再三，决定让陶小荷当微机员。陶小荷不知道微机是个什么物件，既然局长舅舅想到自己，想必一定是好事。于是，去市里培训几天，便堂而皇之地来局里当微机员。

一天，吕二军让陶小荷打一篇发言稿。陶小荷本来就不熟练，局长坐在旁边，更显得手忙脚乱。忙活好一阵，总算把发言稿打了出来。吕二军拿着讲稿反复推敲，勾抹几次，让陶小荷改过来。陶小荷一时找不到要改的地方，吕二军走过来指给她看。正当吕局长猫腰之际，无意间陶小荷圆领下两个白白的嫩乳映入眼帘。吕局长如同触电一般，两眼直勾勾地愣在那儿窥视，一时竟忘了要干什么。陶小荷见他没了动静，刚想问，发现局长舅舅正贪婪地偷窥自己，顿时羞得满面通红。她下意识地掩下衣服，瞟了吕二军一眼娇嗔地说："舅舅，你好坏呀！"吕二军意识到失态，尴尬地转身出去。

回到自己办公室，吕二军那颗心还在怦怦乱跳，直跳得他口干舌燥。他端起水杯想喝几口水，不巧水杯是空的。吕二军刚想起身倒水，随后跟进来的陶小荷急忙接过他手里的杯，仔细清洗一番，泡上茶叶后双手捧到吕二军面前。吕二军接过水杯说："谢谢。"陶小荷调皮地反问："怎么谢？"吕二军见陶小荷没有怪罪自己的意思，那颗悬着的心终于放了下来。他接过陶小荷的话茬平静地问："你想让我怎么谢？"陶小荷双手擎着下巴趴在吕二军那张大写字台上歪着头想想说："想让你像抱娟娟那样抱我一下。"吕二军立刻把目光从陶小荷的脸上收回，装出一副正人君子的样子说："胡闹！赶快干你的活儿去，那篇稿子我还等着用呢！"陶小荷悻悻地站起身，哼了一声转身出去。

见陶小荷一脸不悦地出去，吕二军有种意犹未尽的感觉，后悔一口回绝了那丫头的美意，送到嘴边的美食竟然不敢尝上一口。吕二军无可奈何地长叹一声："唉，人哪，有时候还真的不如一条狗。"正胡思乱想着，陶小荷又返回问他稿子怎么改。吕二军烦躁地挥挥手道："不改了！直接打出两份。"见他的脸色难看，吓得陶小荷赶紧退了出去。

# 60

自从"偷窥"事件之后，吕二军与陶小荷的关系发生了微妙的变化。先是吕二军极力避开单独与陶小荷接触，工作上的事尽可能由其他人布置给她。陶小荷觉察到局长舅舅有意回避自己，这个涉世不深的小女生竟然觉得十分失落，沮丧于自己连打动个老男人的魅力都没有。为此，她整天郁郁寡欢打不起精神。

一晃到了年底，按惯例单位组织聚餐。开餐前，吕二军即席发表了一通热情洋溢的新年祝词。吕二军原本健谈，加之今天情绪特好，讲话不时被报以热烈掌声。陶小荷静坐在角落陶醉其中。吕二军讲些什么她全然没听见，只顾目光呆滞地望着这位激情四射的局长舅舅，倾慕程度已经到了极致。最后，吕二军提议为辞旧迎新共同干杯，全体起立响应，唯独陶小荷仍坐那儿发呆。众人的目光齐刷刷地投向她，陶小荷却浑然不觉，直到身旁那位阿姐推她一把，陶小荷才如梦方醒般站起身举起酒杯。接下来，这丫头突然一反常态地活跃起来。有人敬酒她跟着喝，没人敬她自己喝。一杯接一杯地往肚子里灌，宴会刚进行一半，她已经醉得开始胡言乱语。众目睽睽之下，她竟然大呼小叫地喊起来："吕二军，我爱你！你为什么不理我，我好痛苦！"真可谓语惊四座，大家面面相觑地看着吕二军，不明白他们之间究竟发生过什么。吕二军也被弄得十分狼狈，赶紧吩咐司机把陶小荷送回家中。

陶小荷的事儿传到许惠茹耳里，起初她没怎么在意，听完后一笑了之。回到家，见吕二军腰间系着自己的花围裙正忙着准备饭菜。见她进屋，吕二军把右手放在胸前行了个滑稽的外国礼，故意油腔滑调地拉着长音道："饭菜已经准备完毕，请许局长入席！"许惠茹刚想笑，猛然想起陶小荷的事。于是，她故意沉下脸，学着吕二军的腔调道："吕二！你从实招来！"吕二军一愣，自打两个人相识，许惠茹从来没这么叫过自己。他瞪着一对母狗眼儿看着许惠茹，感觉她不像生气的样子，便随口应道："小的在！许局长有何见教？"许惠茹双手交叉在胸前拿腔拿调地说："吕局长艳遇不浅呀，说说吧，你和那个陶小荷是怎么回事。"吕二军早有准备，知道县城小，当时又有那么多人在场，事情肯定会传到许惠茹耳朵里。他见许惠茹用这种口吻问起，故意装出为难的样子长叹一声道："唉！没办法，你老公魅力所在，让夫人您操心了不是。""呸！不要脸！四十多岁的人了，还整天招惹人家小姑娘。""夫人，冤枉啊！想我吕二军自打以身相许你许局长，从无半点越轨之处。赤胆忠心，苍天可见。""得了吧，就你那德行当谁不知道，跟我过心里早就腻得不行了吧？惦记着娶四房了是不？今天咱俩把话撂这儿，如果你看上那个陶小荷就说一声，我立马给你腾地方。倘若你敢背着我干那些偷鸡摸狗的勾当，可别怪我要你好瞧！""说什么呢，一个小屁孩儿酒后胡言乱语你还当真呀？""我倒没当真，只怕你当真。""好了，菜都凉了，娟娟！赶紧过来吃饭。"吕二军见许惠茹认真起来，连忙把话题岔了过去。

吕二军着实得意了一回。自从娶了许惠茹，这位从来没说过一句在意他的话。今天竟然酸溜溜地吃起醋来，虽然说出的话很令自己难堪，他心里却觉得美滋滋的，暗想：女人就是女人，无论有多大学问、多高地位，终究是男人的附属品；看我吕二军，人过中年，风采依旧，二十多岁的小丫头照样哭着喊着爱得死去活来。

陶小荷酒后吐真言一时间成了小城茶余饭后的谈资，人们不厌其烦地讲述这位勇敢追求爱情的当代女性。经过口头文学工作者的不断加工、渲染，陶小荷酒后说的几句醉话，竟然演化成誓死必嫁吕二军的铮铮誓言。事情传到季彩霞那儿，这个寂寞多年的大夫人突然怦然心动起来。县城真的太小了，说起来都沾亲带故，季彩霞不知怎么成了陶小荷的姨。知道这件事后，季彩霞一面假惺惺地跑来关心陶小荷，一面心怀叵测地把吕二军与许惠茹的婚姻说成许惠茹第三者插足，是许惠茹逼迫吕二军拆散家庭，鼓动陶小荷"勇敢追求幸福，敢于为爱情赴汤蹈火踩地雷阵"。陶小荷的小脑袋瓜儿里早已经被琼瑶的小说"摇"得晕头转向，季彩霞一番别有用心的鼓动，终于令陶小荷抽刀拔剑向许惠茹宣战。

这天，陶小荷鼓足勇气走进许惠茹办公室。许惠茹全然不知她是何许人也，见有人进来，忙礼节性客气几句，一再请她坐下。陶小荷固执地站在她面前不肯坐，许惠茹好生奇怪，问她找自己有什么事。陶小荷愣愣地看许惠茹，用力清下嗓子，像小学生背诵课文似的对许惠茹道：

"许局长，你爱吕二军吗？其实你一点儿都不爱他。你们的事我都听说了，我为你悲哀，更为吕局长悲哀。作为一个女人，和一个自己不爱的人生活在一起，不单是这个女人的不幸，也是那个男人的不幸。与其让两个人痛苦地生活在一起，为什么不及早结束这种痛苦，为自己，也为对方……"

许惠茹被她一番突如其来的说教弄糊涂了。不过她很快便意识到眼前的这个疯丫头肯定是那个暗恋吕二军的陶小荷。于是，许惠茹态度谦和地问道：

"你叫陶小荷吧？"

陶小荷也不回答，依旧站在那儿继续她的爱情说教。

许惠茹实在无法忍受她的无知，强行打断她的话，态度严厉地说：

"陶小荷！我无意责备你的无耻，因为你不知道什么叫羞耻。我只是想问你，中华人民共和国有部叫《婚姻法》的法律你知道不？你年纪轻轻，不去寻找该找的人，整天缠着人家有妇之夫。说你有病，是给你借口；说你卑鄙，怕你听不懂。你真把我难住了，让我说你什么好呢。"

陶小荷根本不听许惠茹在说些什么，见许惠茹稍有停顿，便又继续"背诵课文"。许惠茹哭笑不得，只好抓起电话叫来吕二军，让他自己过来处理这桩破事。

季彩霞这几天可忙坏了。经过一番攻心战，陶小荷终于向许惠茹宣战。且不论战果如何，总算替她刺出一剑。季彩霞高兴之余，仍没忘记给娟娟再加上几把火，最好能让他们一家三口咬成一团，全都咬得遍体鳞伤流脓冒血方能解她心头之恨。听说吕二军、陶小荷被许惠茹骂个狗血喷头，差点没双双跳楼寻了短见，季彩霞心里别提多痛快。

季彩霞扇起的阴风不但把陶小荷吹到"生命可不要，爱情必得到"的疯狂地步，也把许惠茹的心情搅了个乱七八糟。当然，最倒霉的还属吕二军。舆论且不说，就连他多年的铁哥们儿、陶小荷的亲娘舅张经理也跟他翻了脸，找上门指着吕二军鼻子骂道：

"姓吕的，你他妈还是人不？一个不懂事的孩子你也下得去手！你简直是个畜生！"

可怜吕局长，浑身是嘴也说不清楚。回到家，许惠茹一张脸冷若冰霜；来单位，上上下下几十口子指指点点三人成虎；几位铁哥们儿全和张经理站在一起骂他不仁不义；更要命的是，新到任的县委书记竟然放出风要给他党纪处分。一时间，吕二军千夫所指、四面楚歌，心里别提多窝囊。

许惠茹与吕二军的冷战持续了半年多，吕二军突然一反常态地强硬起来。平时家里的柴米油盐酱醋茶全由他一手包揽，现在全都倒过来。吕二军十有八九夜不归宿，即使回家也冷着一张脸，绝口不问家里的事。俩人见面就吵，时间长了，也吵累了，由相互漠视对方的存在，逐渐演变成无休止的冷战，二人的婚姻终于走到崩溃的边缘。

经过半年多的冷战，俩人都已厌倦。人到中年，什么事都能看透了。当许惠茹向吕二军提出离婚时，吕二军表现得十分平淡。许惠茹起草的《离婚协议书》上对财产、孩子没提出任何要求，等于净身出户。吕二军看罢觉得有些过意不去，毕竟一起生活了八年，遂取出一张十万块钱的存折递给许惠茹，在《离婚协议书》上签字走人。他临走时扔下句话："什么时候办手续，提前一天通知我。"说完，满不在乎地扬长而去。

许惠茹愣愣地看着手里的存折，心中一阵翻江倒海般难受。八年了，八年的苦涩，八年的耻辱，八年的无奈，八年的牵挂。女人一生中最最辉煌的时光，就换来这么一张窄窄的纸条。她恨吕二军混蛋，恨自己瞎眼。同时，更恨那个让自己一生牵肠挂肚的范践民。如果不是他惹是生非去蹲大狱，自己怎么会落到今天这一步。范践民呀范践民，我许惠茹这辈子倒霉就倒在你身上。

许惠茹手里的"红本"被婚姻登记机关收回，转而发给她个"绿本"。吕二军自始至终没说一句挽回的话。看着吕二军那副无所谓的神情，许惠茹的自尊像被剥下皮的死猫般赤裸着、滴着血。

# 61

秋风不经意间把树叶染黄，在高大的白杨树下积了厚厚一层，踩在上边软软的，发出沙沙的声响，转眼又到了金秋时节。

许惠茹走出市委组织部，独自漫步在偌大的院落里，心中略有几分惆怅。徜徉在秋风里，思绪像匹脱缰的野马在广袤的大地上驰骋。仿佛此刻她已经身在那遥远的边陲，置身于那个从未领略过的陌生世界。

根据统一安排，许惠茹这批新提拔的县处级干部全部去边疆省份支边五年。许惠茹的选择余地不大，只有云南和西藏两地，她选择了去西藏。

对于许惠茹来说，尽管工作上的变动远远超出想象，她却觉得十分理想。和吕二军离婚后，许惠茹非常渴望离开那个地方，离开那里的人和事，去一个完全陌生的环境从头开始。或许是老天垂怜，让她遂了这份心愿。感激之余，唯独让她放心不下的就是年迈的二老和正念高中的女儿。唉，既然命运这样安排，只能听天由命。官身不由己，自古忠孝难两全。可怜亲娘幼女，从此相距万里，惠茹恐怕管不了你们了。

即将离开家乡，许惠茹心里还有一个牵挂，就是那个让她今生今世无法割舍的范践民。这个可恶的家伙，自打把钱寄给自己便杳无音讯，也不知道他过得怎么样，腰伤好没好。临行前，许惠茹很想见见他，哪怕和他说上几句话也好。只要他过得舒心，自己也就能心无所羁地坦然离去了。看看时间尚早，许惠茹便给何紫琼打了个电话，问她怎么能找到老范，也想从她那儿了解一些老范的近况。

何紫琼还没起床，躺在床上懒洋洋地问了声：

"谁呀？"

"紫琼，是我，惠茹。"

"惠茹？你在哪儿？怎么想起给我打电话了，我的大官人。"

"我在市里，怎么样，有时间不？见面聊聊？"

"见面？我……"

听说许惠茹要见自己，何紫琼赶紧翻身下床，穿套肥大的睡衣从卧室走到客厅。她习惯性地照照镜子，看到镜子里自己挺个大肚子半人半鬼的样子顿时心凉半截，不由得轻轻叹口气："唉！这尊容有何颜面见故人啊。"于是，她便支吾推诿。

许惠茹听出何紫琼不想见自己，心也凉了半截。她不知道这位老同学究竟为何拒绝见自己，听何紫琼语无伦次地搪塞，连忙岔开话题，向她打听老范的情况。她问何紫琼：

"你最近看到老范了吗？我怎么打不通他手机呢？"

何紫琼半天没作答，她在想该不该把老范又去蹲大狱的事儿告诉她。见何紫琼吞吞吐吐，半天说不出一句囫囵话，许惠茹开始生起疑惑，一种不祥的念头涌上心头。于是，她急切追问：

"紫琼，他是不是又出事了？别瞒我，到底怎么回事儿！"

在许惠茹的一再追问下，何紫琼只好把老范二次入狱的原委与她述说一遍。并告诉她范践民现在服刑的监狱，以及与探视相关的一些信息。

如果说何紫琼拒绝见面让她心凉半截，那么现在许惠茹的心可是一凉到底。她实在想不明白这个该死的老范到底怎么了，为什么总是摆脱不了笼罩在头上的厄运，仿佛这世界上所有倒霉的事都能落在他的头上。不行！无论如何得去看看他。许惠茹对司机小吴说："我想去监狱看个人，路途挺远的。今天可能回不去，你家里有事吗？"小吴说："没事，去监狱的路我知道，不是很远，咱什么时候去？""既然这样，咱就赶早不赶晚，现在就走。随便买点东西路上吃，争取天黑前赶到。""好的，我去买。"趁小吴去买吃的，许惠茹在路边给老范买了些水果。

范践民这次入狱和上次大不相同。车祸摔伤的腰被几番酷刑折磨，身体彻底垮了下来；他勉强撑着从事繁重的体力劳动，人已经熬得不成样子，一米八几的大个子瘦得只剩下一把骨头，精神也几乎到了崩溃的边缘；由于完不成劳动任务，他经常被体罚，抵触情绪日益严重，一反过去那种乐观向上的开朗性格，变得沮丧、颓废甚至仇恨这个世界；入狱不到半年，因抗拒改造被当作反面典型受到加刑六个月的处罚。接连不断的打击，让他看不到希望，情绪愈加低落，甚至产生轻生念头。

许惠茹驱车来到监狱时天色已晚，知道监狱不是宾馆，到这儿得遵守人家的规矩。于是，找个地方住下来。第二天，正好是接见日，等候一个多小时，范践民终于出现在接见大厅。

范践民走进接见大厅那一瞬间，着实让许惠茹大吃一惊，她甚至怀疑自己的眼睛。范践民高大的身躯向一侧弯曲，每移动一步都显得十分吃力；两眼目光呆滞、神情黯然；见到许惠茹只木讷地笑了笑，一屁股坐在椅子上，动作迟缓地拿起对讲机。许惠茹不由得一阵心酸，她不相信眼前这个人就是自己心目中那个铁骨铮铮的汉子，禁不住两行热泪夺眶而出。她一边擦着眼泪，一边拿起对讲机，问道："你还好吗？"范践民似乎没听见她说什么，盯着许惠茹看了好一会儿，仿佛突然想起来眼前这个女人是许惠茹似的，忙问：

"你怎么来了？寄给你的钱收到了没有？"

"早收到了，出事为什么不告诉我？我今天才从何紫琼嘴里知道。"

"告诉你有什么用，只能让你徒增烦恼。你们都好吧？娟娟上中学了吧？"

"嗯，好什么好，我和他离婚了。"

范践民心头一震，急切地问许惠茹："为什么啊，不是过得挺好的吗？"

"别问了，反正是离了。你们怎么样？她常来看你吧？"

"她原来的老公回来了，我俩早散伙啦。"

"怎么会这样？"

"我就这命，也怪不得人家。可你怎么也散了？"

"现在说这些还有什么用，我是来向你辞行的。"

"辞行？你又要到哪儿去？"

"支边，去西藏。"

"西藏？要去几年？"

"五年！"

"那么久啊？"

"是！"

范践民惊讶地看着许惠茹，一时不知道说什么好。两人沉默好一会儿，都觉得心头像堵着一团棉花，憋得喘不上气来。

许惠茹把带来的东西交给狱警，对老范说：

"你给我听好了，这次你一定要给我回信，答应我！"

范践民愣愣地看着神情庄重的许惠茹，若有所思地点点头。突然，范践民仿佛想起了什么似的，精神为之一振，对许惠茹说："惠茹，有件事情托付你，我入狱前曾收养了五个孩子，都是些流浪儿。我现在没办法照看他们，你看能不能把几个孩子妥善安置一下，最好能让他们上学。"

许惠茹对范践民深深地点点头，两行热泪奔涌流出，哽咽着说："这事你就放心吧，告诉我怎么找到他们，我一定替你安置好。"

"02250，探视时间到！"

范践民刚想放下手中的对讲机，又突然改变了主意。他目光游离在许惠茹脸上，迟疑一下，对许惠茹说："那只密码箱还在你手上吧？"

许惠茹仍沉浸在痛苦之中不能自拔，听他这一问，竟然一时懵住。缓了一下神才想起那只密码箱子仍在吕二军那儿，便随口道："一直放在家里，没给你丢。""噢！那你自己保重吧。别惦记我，我挺好的。"范践民说完，放下手中的对讲机，撑着窗沿艰难地站起身离开会见大厅。

探监回来，许惠茹按照范践民提供的地址找到几个流浪儿。许惠茹多年从事民政工作，又有熟悉的人脉，黎明、李明霞等几个流浪儿很快得到妥善安置。临行前，许惠茹给每个孩子换身新衣服，并告诉他们，这是他们的"爹"嘱托自己办的，勉励几个孩子相互关心，安心学习，争取学业有成。

回到县城，许惠茹直接去了曾经的家，习惯性地掏出钥匙准备开门，突然觉得有些唐突，毕竟这里已经不是自己的家了。于是，她抬手敲敲房门，听里边没有动静，知道吕二军没在，这才打开房门走了进去。

屋里的一切都和她离开时一模一样，没有一丝变动。许惠茹站在客厅门口，看着眼前熟悉的一切，一阵难以名状的酸楚涌上心头。她知道，尽管在这儿发生过数不清的恩怨，但毕竟是自己的家，一个可以自由休憩的地方。今朝一别，以后无论奔波得多么疲惫、多么艰辛，再也不会有这样一个温馨的港湾供自己小憩。许惠茹突然觉得自己像只飘浮在空中的断线风筝，没有了牵挂，找不到任何归属感。一时间愁肠百结，潸然泪下。找出老范的那只密码箱，拨出自己的生日打开箱子，见里面仍旧是那几张破图纸，和那块不起眼的小石头。她实在想不明白，范践民把这些破玩意如此郑重地托付给自己到底为什么；但转念一想，毕竟是老范的东西，而且是他留下的唯一物件，自己有义务代他保管好，日后也好对他有个交代。想到这儿，许惠茹收拾好箱子拎在手里，环顾一眼这个曾经的家，转身离去。

# 62

今年冬天特别冷。入冬以来的几场暴风雪，把个世界包裹成一个冰封天地。监狱内外白茫茫一片，望一眼能让人冷到心底。

范践民蜷缩在床铺上瑟瑟发抖，他把所有能盖的东西都压在身上，却还是觉得冷得要命。近来，范践民一病不起。先是患上肺感染，咳嗽不止，高烧不退，加之腰椎间盘突出症反复发作，每变换一次体位都疼得浑身是汗，不仅丧失了劳动能力，而且还失去了生活自理能力。终日躺在铺上看着日出日落，心里空落落的看不到一点希望。监狱只派人给他送水送饭，根本没人照看他。数日连续高烧，又不能及时喝到水，身体长时间脱水，最后竟然昏迷不醒。送到监狱医院后，狱医给他大量输液，使得细胞外液向细胞内转移造成细胞水肿，最终导致水中毒，一时间生命垂危，眼见这条贱得不能再贱的小命即将就此玩儿完。

医院把病危通知转给监狱，鉴于范践民已经刑满，狱医建议通知家属将其转至其他医院治疗。可是，从范践民的卷宗上却找不到他有任何亲属，无形中给狱方出了个大难题。这下可好，想推手都找不到接着的。正在这个当口，赵丽华带着女儿妞妞来监狱探视。

赶走范践民，赵丽华和前夫过不到一年，便又成了个没人理的女光棍。她老公当了一段"家庭妇男"，便商量赵丽华还想做生意。按说一个大老爷们儿整天待在家里也不是个事。不过，赵丽华有了上次教训不敢轻易放手。为此，两口子整天吵闹。赵丽华经不住丈夫软磨硬泡，只好同意他再出去做生意。拿出范践民留下的几万块钱，她老公嫌少，逼着赵丽华用房子作抵押借了七万高利贷。她老公凑齐十万块钱出去进货，结果又是有去无回，跑个无影无踪。

老公一去不回，赵丽华知道又上当了，气得把她老公的祖宗八代骂了个遍。有道是：偷鸡的满嘴流油，丢鸡的满口喷粪。她老公带着一沓钱和小情人重叙旧情，她却待在家整日大骂不已。转眼三个月放款期限到了，债主立逼她还钱，连本带息得还人家小十万，而且晚还一天都不行。逼得赵丽华趴在地上给人磕头，债主总算发慈悲宽限她十天。常言道："福无双至，祸不单行。"高利贷已经把赵丽华逼得走投无路，偏偏设计院又连续两年没项目，几个附属工厂全都没活儿干，工人集体放假下岗。

赵丽华思前想后，觉得除了范践民没人能帮得了她。虽然范践民在蹲监狱，只要他和朋友说一声肯定能筹到钱。此时，赵丽华也顾不上面子，顾不上当初赶走范践民结下的仇怨，知道范践民是个重情谊的人，自己当面给他认个错，以后死心塌地和他过日子，说不定他真能帮自己渡过这一关。于是，她便带着女儿妞妞来到监狱找范践民。来之前，赵丽华反复告诫女儿："千万别再叫他老范，一定要管他叫爸爸。"

赵丽华来到监狱，在填报与探视人关系一栏写上："夫妻。"狱方听说范践民老婆来了，顿时来了精神。鉴于范践民尚处在深度昏迷状态，无法探视。狱方便把她母女请进接待处，把范践民目前的病情告诉给赵丽华，请她尽快把人接出去治疗。

赵丽华一听就傻眼了。本想乞求老范帮自己渡过难关，想不到弄巧成拙，画虎不成反类犬。自己已经到了山穷水尽的地步，别说带他出去求医问药，他死了自己恐怕连这笔丧葬费都拿不出。赵丽华耷拉个猪肚脸一口拒绝狱方，站起身对狱方说："你们能把他抓进来就得给他治，至于他死他活我可管不了。"说完，她不顾狱方的婉言苦劝，扯起妞妞离开监狱。


范践民二次入狱，何紫琼仍然每个月必来探视。除了带些吃的、用的之外，总是尽可能给他一些精神上安慰，何紫琼成了范践民的唯一企盼。他知道，目前这个世界上，恐怕也只有何紫琼能来看自己。可是，不知因何，何紫琼突然不来了。范践民心里好生纳闷，掐指推算，何紫琼已经四个月没来。为此，范践民做出各种推测，可他无论如何都猜不出何紫琼不来的真正原因。

清晨醒来，何紫琼站在阳台上托腮帮子想心事。首先想到的自然是林惠民，一周前林惠民打来电话，声音效果非常差。何紫琼费了好大劲儿才听明白，敢情这家伙去了南非，做红木生意，言语间洋溢着几分得意。何紫琼一连几天无法平静，越想越恨这个蓝眼儿狗。似乎林惠民在国外发展得越好她越生气、心理越别扭。可是，无论她怎么想都没用，怎么生气也没辙。隔着千山万水，即使她有天大的不快也只能放在心里。因此，情绪低落到不能再低的程度。接着又想起大牢里的范践民，感觉这次老范蹲大狱变得让人担心。且不说身体弄得一团糟，精神也几乎到了崩溃边缘。何紫琼有种预感，即使这个倒霉鬼不病死在大牢里，迟早他也得自己了断，不由得一声长叹："唉，看起来这两个男人，没一个能指望上的。"还有那个该死的季平，这个缺了八辈子大德的狗东西，把自己拉进火坑不算，还留下个孽种，连声招呼都不打，一溜烟儿跑了个无影无踪。自打染上毒瘾，何紫琼全靠毒品产生的幻觉过活。越烦越想吸，越吸毒瘾越大。实在找不到季平，就冒险从别的毒贩子手里买毒品。

何紫琼草草吃点儿东西急着去医院，她已经和大夫约好今天去做人流。尽管心里十分恐惧，可"病"长在身上，怕也没用。她一直犹豫告不告诉母亲，思前想后，觉得还是不让她知道的好。

走出家门，从警车上下来两位警察。起初何紫琼丝毫没在意，急匆匆去自家车库取车。两位警察快步走到她面前问："你是何紫琼吧？"何紫琼一愣神儿，还没来得及回答就被强行拽到警车上。警察核对完身份，从她身上翻出房门钥匙打开房门搜查。何紫琼以为是追查林惠民的事，心里虽然紧张，但知道家里已经没有什么与林惠民有关的物件，也就不那么害怕。她装出一副无所谓的样子轻蔑地看着两个警察四处翻腾。突然，有位警察在她的卧室里大声喊道："找到了！"

何紫琼为之一震，心想：坏了！肯定把自己那些"烟"给翻出来了。她不由得惊出一身冷汗。

警察拿着那条刚吸了两盒的"烟"问："这是你吸的吧？"

何紫琼摇头否认："不是！"

警察一把抓住她的头发，声色俱厉地说："东西摆在这儿，你还想抵赖！"

何紫琼歇斯底里地吼道："你凭什么打人！说不是我的就不是我的，那烟是我老公的！"

两位警察对视一下，一时判断不出真假。打何紫琼的那个警察凶巴巴地吼道："你少卖弄小聪明，既然敢抓你，就一定有证据。你说没吸，做个尿检就什么都清楚了。对不起，跟我们走一趟吧。"

何紫琼被带到市局缉毒处，尿检结果呈阳性，当即被收押候审。

听说女儿吸毒被抓，原本已经病入膏肓的紫琼老爸一气之下归了西。紫琼妈一边悲痛欲绝地料理老伴后事，一边一趟趟跑市局打探女儿如何发落。

经过几番审讯，警方认定何紫琼只是吸毒，并没参与贩卖。于是，把她押送到戒毒所强行戒毒。

何紫琼吸食毒品时间虽然不长，毒瘾却很大。戒毒第一阶段是身体脱毒，主要靠服用美沙酮药物控制毒瘾，一般需要四个月。送进戒毒所实际上已经失去人身自由，起初，何紫琼并没有认识到这一点，以为在这里待上几天，顶多一两周便可回家。同时，她也想趁机戒掉这口毒瘾，尽管身体承受着难以忍受的折磨，行动上却还是积极地配合治疗。一个月下来，毒瘾倒是被控制住了，可肚子里的孩子却一天天长大。一晃怀孕已经快三个月，再这么待下去可就难办了。于是，她向戒毒所提出申请，要求出去做人流手术。

戒毒所只负责戒毒，没有抓人、放人的权力。对于何紫琼的请求，只能转呈上级。至于允不允许离开、什么时间离开，全凭上级决定。

递上申请后，何紫琼望眼欲穿地等待着消息。一晃又是几个月过去，肚子里的孩子一天天长大，可缉毒处仍是没有回复。急得何紫琼抓心挠肝，火直往脑门子上撞。无奈之下，竟然不要命地玩起了大动作，疯狂地蹿上跳下、跌倒爬起一通折腾，幻想人为制造流产。可无论她怎么折腾，肚子里的小东西却依旧安然无恙，整天躲在她腹中伸胳膊蹬腿地练武功。看着日渐隆起的大肚皮，何紫琼恨得抡起拳头一通猛擂。同室的几位见要出人命，赶紧上前阻拦，并且报告给医生。医生给她注射大量的镇静剂，何紫琼痛苦地倒在床上号啕大哭直至昏睡过去。

何紫琼是真不想生下这个孽障，且不说孩子是那个坑害自己的恶人季平种下的，关键是林惠民，万一把孩子生下来，将来可怎么向他交代啊。眼看再有两个月就到预产期，自己还蹲在戒毒所出不去，这不是活要人命吗？！

何紫琼终于被允许离开戒毒所。紫琼妈一早就等候在大门口，一直等到十点钟女儿才挺着个大肚子走出来。老太太心疼地一把搂住女儿，鼻涕一把、泪一把哭得那个伤心。她一边哭，一边捶打着何紫琼，咬牙切齿地说："你呀你，妈知道你心里苦，多苦咱也不能沾那东西啊。"何紫琼趴在母亲肩上哭诉道："妈！都是女儿不好，以后决不再吸了。"娘俩相互擦去脸上的泪水，打辆出租车回到母亲家中。

紫琼妈是医生，前几次探视已经知道女儿怀孕。老太太心里比谁都明白，林惠民在国外，孩子无疑是别人的。这么大月份，做人工流产似乎已经不可能，禁不住替女儿发起愁来。

何紫琼安安稳稳地睡了一宿，觉得心情平静了许多。第二天，刚起床就急着要母亲陪她去医院。

母亲看她心急火燎的样子，试探着说："孩子月份太大，恐怕做不了人流了。"

何紫琼满不在乎地说："能做也得做，不能做也得做，反正这孩子不能生下来。"

紫琼妈说："妈理解你的心情，可这样太危险，医院也不会承担这个风险。依我看，还是把孩子生下来再说吧。"

"说什么也不能生下这孩子，这事没商量。"何紫琼固执地说。

母女俩来到妇产医院，正如紫琼妈说的那样，医生说孩子月份太大，根本做不了人流。在何紫琼一再恳求下，才勉强同意为她做晚期引产。但要求她作几项化验，待结果出来后再安排她手术。


何紫琼失魂落魄地回到家中，心情骤然坏到了极点。不想要的赶不走，想要的却又得不到。此时，她多么希望能接到林惠民的一个电话，哪怕一声问候，报一声平安也好。然而，这一切似乎已经成为不可能。被关押到戒毒所时，何紫琼的手机等随身物品全部被收缴。案子没结，收缴的物品肯定不能返还。也不知道这段时间林惠民给自己打过几次电话，即使打了，想必手机也处在关机状态。找不到自己，他会不会着急？会不会急得从国外跑回来？想着想着，何紫琼禁不住"扑哧"一声笑出声来，觉得自己简直太天真了。突然，何紫琼脑海闪过一个念头，"诶？何不再买部手机，把原来的卡挂失，重新补办一张呢？"想到这儿，她立即去电信局办理此事。

要说这人倒霉喝口凉水都塞牙。何紫琼递上去的补办申请单当即被退回，营业员委婉地告诉她："不能办理此项业务。"

"为什么？"何紫琼问。

营业员一脸诡秘地说："那只能问你自己了。"

何紫琼一惊，看来自己的手机早已被监听，说不定这次被抓也与此有关。同时也暗自庆幸，幸亏林惠民一直用公用电话，不然指不定早被引渡回国。还是这个蓝眼狗儿机灵，估计他在国外说不定换了多少次手机号，而自己却连一个都不知道。原来的手机号没了，意味着以后将再也无法和林惠民取得联系。想到这儿何紫琼心里一个劲儿地犯堵，心烦意乱地看什么都不顺眼。禁不住又想吸几口"烟"，犹豫再三，还是努力克制住自己。看时间尚早，今天又正是接见日，便买点东西开车跑去看范践民。

来到监狱，何紫琼把车停在接见大厅前，突然，她看到赵丽华母女从接见大厅走出来。何紫琼下意识关上车门，心想：她来干什么呢，来看老范？不可能啊，俩人已经散了好几年。或许她别的什么亲属也关押在这儿？望着赵丽华走远，何紫琼下车朝接见大厅走去。

何紫琼履行完探视手续，坐在一旁静静等候，却始终不见范践民出来。见时间已经是下午四点，北方冬季天黑得早，再过个把小时天就彻底黑了，不免有些着急。

正当何紫琼焦急等待的时候，一位年轻的狱警径直走到她面前，十分客气地问："您是范践民的亲友吧？"

何紫琼疑惑地点点头。

那人继续说："我们领导请你去一下。"

何紫琼有些莫名其妙，来过这么多次监狱，还从来没享受过这般待遇，心想：姑奶奶又没犯到你这儿，去就去。

何紫琼随那狱警走进一间办公室，里边坐着一位老警察。看样子也不是个什么大官，不过给人的感觉挺友善的。见何紫琼进来，那人欠欠身示意何紫琼坐下。

何紫琼坐在椅子，伸手理了下流海，问："请问您找我有事？"

那位老警察沉吟一下，先问了问她与范践民之间的关系。随后，便把范践民的情况和监狱的想法对她讲了一遍，并一再重申"监狱出于人道主义考虑"，问她或者别的什么人是否能把范践民接出去就医。

何紫琼听完老警察的一番话丝毫没感到震惊，一切都在预料中，她知道范践民迟早会有这一天，只是没想到来得这么快。因此，她当即同意接范践民出去。

监狱很快办理好手续。第二天，何紫琼在狱警的带领下把车开到监狱医院。等了一个多小时，范践民才被两个犯人抬着担架送出来。

正值数九天，范践民穿着一身单薄的囚衣，盖条旧毛毯。瘦长的躯体躺在担架上，头和脚垂落在担架两端，像具死尸一般被抬了出来。何紫琼虽然有思想准备，但看到范践民这般光景还是被惊得目瞪口呆。连忙走上前扶起范践民的头，轻轻叫声："践民！"范践民处在深度昏迷之中，没有一丝反应。除了尚有呼吸之外，几乎就是一具死尸。见此情景，何紫琼连忙打开车门，让两个因犯把老范塞进车里，扯过安全带将他固定好，开车直奔医院。

# 63

灰蒙蒙的天像怪妇的脸变幻莫测。何紫琼刚把车开上那条狭窄的公路就下起了大雪。西北风卷起纷纷扬扬的大雪，须臾之间填满公路两侧，让人分辨不清哪儿是公路，哪儿是沟壑。

何紫琼驾车小心翼翼地行驶在风雪里，紧张地盯着路旁的参照物，生怕一不留神把车开进沟里。担心老范那身单薄的囚衣难以御寒，何紫琼把空调开到最大。落到挡风玻璃上的雪花立刻融化成雪水，她不得不打开雨刷器不停地扫落雪水。雨刷器胶条上结了一层薄冰，在玻璃上留下一道道水痕，让人更加难以看清外边的景物。大风雪，视线又不好，何紫琼异常紧张，尽管心里急得不行，恨不得立马把老范送进医院，怎奈天公不作美，只得耐着性子小心谨慎地行驶在风雪中。

好不容易把车开上国道，来往车辆把路上的积雪碾出两道明显的辙痕，路况变得好了许多。何紫琼看了一眼副驾驶座位上的老范，或许因为车里太热，老范那张挂着死灰的脸上竟然沁出几滴汗珠。何紫琼把车停下替他擦了擦，不知出于什么原因，老范微微抽动了一下。这个细微动作，让何紫琼的心情顿时舒缓许多，觉得这个可怜的家伙一时半会儿还死不了。于是，她长出一口气，准备继续赶路。突然，何紫琼嗅到一股难闻的骚味，伸手掀开老范身上的毯子，嚯！原来这家伙正在那儿悠然自得地放水。水流一会儿大，一会儿小，断断续续尿起来没完。狭小的空间顿时弥漫着一股难闻的气味。老范体内排出的氨分子像群讨厌的无赖直逼何紫琼的嗅觉。车外寒风凛冽，车内臊气熏天。何紫琼不敢打开车窗，只好强忍令人窒息的气味继续赶路。

来到医院，一时找不到帮手，何紫琼只好雇医院的抬尸工把老范背到诊室。抬尸工嫌他太脏，背死人十块钱，背他要十五元。何紫琼看了一眼浑身湿漉漉的老范，只好点头同意。

抬尸工把老范弄到急诊室，室内立刻弥漫起一股难闻的骚味。这个该死的家伙足足尿了一路，不但尿湿了裤子，连同身上的那条破毯子也尿得透湿。接诊大夫看了一眼身穿囚服、浑身腥臭的老范，捏着鼻子为他做检查。发现患者除了深度昏迷之外，全身已经大面积溃烂，各项生命指标均显示濒临死亡，便对何紫琼说："抬出去办理后事吧，已经没有抢救的必要了。"何紫琼闻听怔了一下，立即和那位医生发起飙来。

她一把扯住那位大夫的衣领破口大骂道：

"你他妈还算个医生不？！口口声声'救死扶伤''实行革命的人道主义'，结果病人摆到面前你都不救。不念积德行善，也不怕作损去阴间被阎王爷拿你下油锅？"

那位大夫被她骂得恼羞成怒，反击道："我救活人，不救死人，你赶紧把这具'死尸'给我弄走。"见何紫琼仍胡搅蛮缠，医生抄起电话通知医院保卫处。

何紫琼正吵着，事先接到电话的紫琼妈赶了过来。老太太推开女儿，走到那位医生面前心平气和地劝慰道："好了，别生气了，好歹你是医生，别和她一般见识。"随后，从那位大夫手里要过听诊器仔细为老范检查一番。

那位医生见紫琼妈是同行，从年龄上看应该是位资深前辈，态度立刻改变了许多。见老太太紧锁双眉，便上前劝道：

"前辈，尽管我不知道他是你什么人，但这人已经不行了，还是抓紧处理后事吧。"

紫琼妈微微摇摇头，问道："你们吴院长在不？我想请他会诊！"

那位大夫打量一下紫琼妈，心存疑虑地说："吴院长倒是在，可他很忙，恐怕不会来吧？"

紫琼妈说："这个你放心，我们是老同事，麻烦你带我去他那儿一趟。"

那位大夫点点头，起身与紫琼妈一起离开急诊室。

母亲走后，何紫琼见老范脏得实在不成样子，扔掉那条被他尿湿的毛毯，解开腰带，打算脱下那条被他尿湿的裤子。可那个"死人"虽然瘦得只剩一把骨头，挪动起来还是十分费劲儿。好不容易扒下裤子，"我的妈呀！"差点没把何紫琼吓死：只见老范全身水肿，臀部和下体的溃烂处还蠕动着白蛆；腐肉和囚衣粘在一起，根本脱不下来。见此情景，何紫琼㧟攮着两只手无助地号啕大哭。她一边哭，一边脱下自己的外衣盖在老范身上。看着奄奄一息的范践民，无论如何也不敢相信这就是她心目中那个顶天立地的男子汉。

吴院长陪同紫琼妈疾步来到急诊室。老院长俯身翻看老范的眼睑，接过听诊器听听心音。然后果断地命令那位医生："既然人还活着，就必须全力抢救。"

那位大夫疑惑不解地看着老院长，心想：人已经到这份上，还怎么救啊？

老院长没去理会他的疑虑，转身对紫琼妈说："从患者眼下情形分析，可以初步诊断为水中毒。虽然患者表相十分危重，但从他开始排尿这点看，应该已经度过危重期。我的意见是先抑制住离子紊乱，再适当补充些钠盐。"

紫琼妈连忙点点头儿，对吴院长说："事已至此，全听您的吧。"

吴院长安慰紫琼妈道："放心吧，老姐姐，我们会尽力救治的。"

站在一旁的何紫琼没等老院长把话说完，便一把拉住他，语无伦次地"叔、舅、姥爷、祖宗"一通乱叫，一把鼻涕、一把眼泪地哀求吴院长："求您无论如何救救他。"

老院长一边安慰何紫琼"放心吧，我们会尽力抢救"，一边莫明其妙地看了一眼紫琼妈，暗想：这都哪儿跟哪儿呀，这母女俩弄来个什么人？记得当初参加婚礼时不是他呀。

此时，不但吴院长想不明白，就连紫琼妈也心存疑惑。尽管她不知道女儿从哪儿弄回这个死人来，但看一眼何紫琼挺起的大肚子，立刻联想道：肯定是眼前这个"死人"做的孽！

在吴院长的亲自过问下，医院迅速组织对范践民的抢救。何紫琼缴纳五万元住院押金后，老范被转入重症监护病房。护士剪开老范的囚衣扔进垃圾桶，把这个满身流脓冒血的家伙固定在清创车上，像收拾一头褪毛猪似的反复为他冲洗、消毒，然后抬进重症监护室。吴院长亲自下医嘱，护士先给他点针、注射，提取血样、尿样拿去化验。何紫琼母女彻夜守候在病房外等待奇迹发生。

第二天中午，何紫琼透过玻璃窗发现老范微微动了一下，赶紧问值班医生："大夫，他是不是醒过来了？"值班医生检查后惊异地告诉她说："患者虽然没有完全苏醒，但情况的确缓解许多，已经开始恢复知觉。"何紫琼感激地连声道："谢谢，谢谢大夫。"值班医生犹豫一下，说："眼下病人的情况虽然有些缓解，不过，如果不及时处理他身上的溃烂，一旦合并感染导致败血症，之前所做的一切努力将前功尽弃。"他建议她们尽快找吴院长商量下一步治疗。

紫琼妈舍着一张老脸又一次找到吴院长，把老范的情况和自己想法与他交换一番。吴院长推开手头上的一堆事陪同紫琼妈再次来到老范病房，感觉患者身上的大面积溃烂的确到了刻不容缓的程度。随即会同普外、感染科医生为其制定一套清除溃烂的手术方案，冒险在病人处在深度昏迷状态下进行清溃手术。手术一直做了五个多小时，当老范再次被推进重症病房时，全身已经被包裹上一层厚厚的纱布，像具准备下葬的穆斯林信徒，直挺挺地放在病床上。

又是两天两夜的昏迷，范践民的各项生命指标在不断回升。清除溃烂组织后的第三天，当清晨的第一缕霞光射进病房时，老范的眼睑微微动了几下。随后，他慢慢睁开眼睛，打量着周围陌生的一切，努力梳理零乱的思绪，却怎么都想不出自己在什么地方。不过，有一点可以肯定——不是监狱！因为病房门窗上没有粗壮的铁栏杆。看一眼盖在身上的被子，上面隐约印着几个大字。老范极力想辨认出来，但字迹太模糊，只能看清"医院"二字。于是，他想伸手把被子拉近点儿。可是，他刚想抬手，立刻疼得"哎哟"一声昏了过去。值班护士闻声赶来，发现病人已经苏醒，立刻报告给值班医生。恰巧吴院长带人查房，听说这位危重患者已经苏醒，径直来到老范身旁。

吴院长来到病房时，范践民的意识已经完全清醒。他躺在床上看着眼前这位气度不凡的老者，感觉绝非等闲之辈。他想欠起身表达一下敬意，哪知身体像躺在无数根钢针上，稍微一动，便如同万箭穿身，疼得他龇牙咧嘴嗷嗷直叫。吴院长连忙弯下腰制止道："小伙子，不要乱动。虽然危险期已过，但眼下还是得好好配合治疗。别着急，用不了多久你就会康复的。"范践民傻傻地望着老院长，被他一番真挚的话语感动得热泪盈眶，哽咽着连声道："谢谢，谢谢政府。"吴院长一怔，随即一行人齐声大笑起来。

范践民手术五天后，何紫琼第一次被允许进入病房探视。护士为她披件白大褂，走进病房时范践民正在昏睡。何紫琼坐在床前的小凳上，范践民似乎察觉到身旁有人，强迫自己睁开眼睛，见是何紫琼，立刻又痛苦地闭上双眼，眼角扑簌簌流出一行热泪。

紫琼轻声问："感觉好些了吗？"

范践民微微点点头，久久凝视着何紫琼，情绪显得十分激动。

何紫琼连忙安慰道："放心吧，这里是全市医疗条件最好的医院，你很快会好起来的。"

范践民沉默许久，断断续续地说："干吗要救我，活到这份上还不如死了的好。"

何紫琼用手堵住他的嘴，强忍着眼中的泪嗔怪道："不许胡说，我要你好好活着。"说完，俩人都禁不住低声抽泣起来。

平静一会儿，老范问："紫琼，我怎么到这来了？记得是在监狱医院啊？"

何紫琼淡淡地说："你病得很重，是我接你出来的。"

"噢，原来是这样。紫琼，又给你添麻烦，我欠你的太多了。"

"说什么呢，我这条命不也是你救回来的吗？你这次大难不死，咱俩扯平了。"

"不！紫琼，我欠你的恐怕这辈子也扯不平。"

"扯不平咱就不扯，你安心养病就是。"

四目相视，内心都在痛苦中挣扎。范践民问："惠民有消息吗？"

"别提那个蓝眼儿狗，我们已经半年多没联系了。"何紫琼气恼地说。

"为什么？怎么会失去联系呢？"老范焦急问道。

"怎么说呢？反正就是这样。"

见范践民一再追问，何紫琼又实在羞于说出实情，只好搪塞道："你好好养病吧，这事恐怕一时半会儿也说不清楚。等你病好，我再慢慢告诉你。"

见紫琼不肯说，范践民也不好再问。

突然，范践民发现何紫琼竟然挺着个大肚子，不由得心里一惊，暗想：这是怎么回事？难道林惠民已经回来了不成？

想到这儿，范践民瞪起一双眼睛，不住地打量何紫琼。竭力想从她那张憔悴的脸上找出答案。然而，他失望了。在何紫琼那张日臻成熟的脸上，他什么也没找到。

范践民渐渐感到有些力不从心，便不再说话。何紫琼拿起一条毛巾蘸点儿水，替他轻轻擦拭面颊。范践民顺从地接受着，心底有种说不清、道不明的滋味。

时间在静静地流逝，范践民终因过度虚弱昏睡过去，沉睡的脸庞上露出一丝久违的笑意。

医生要查房，护士催促何紫琼快些离开。何紫琼十分费力地站起身准备离去，见范践民一只手露在外边，便伸手替他拉下被子，一不留神睬在替老范擦脸时弄洒的水上，脚底一滑，一头撞到范践民床上。何紫琼"哎哟"一声，笨拙的身体重重摔在凳子腿上。范践民突然被一声惨叫惊醒，见何紫琼摔倒在地，不顾一切地用力爬起，哪知周身一阵剧痛，立刻失去知觉。何紫琼挣扎着从地上爬起来，抹一把脸上的血，好似掏吃人心的黑发魔女。凳子腿刚好磕在肚子上，疼得她喘不上气来。一口气憋在胸口，直憋得她一身冷汗。何紫琼挣扎着站起来，下身涌出的污血立刻沿着裤管流到脚面。值班护士吓得一声尖叫，忙问："你是不是流产了？"何紫琼苦笑道："如果是，那可太好了，总算可以解脱了。"护士莫名其妙地扶起一脸怪笑的何紫琼，一时想不明白她发的什么神经。何紫琼指指自己的手机对护士说："麻烦你给我妈打个电话，让她快点儿过来。"说完，一步一步挪到走廊的长椅上，须臾之间，脚下便流出一摊污血。

紫琼妈接到电话时刚好到医院。听说女儿出现意外,急得老太太破天荒地练起"百米跨栏"。见女儿头上脚下一齐冒血，老太太眼前金花乱转，赶紧把女儿送到妇产科急诊室，接诊医生见患者情况危急，立刻进行抢救。一阵忙乱后，何紫琼被推进手术室。止血处理无效，医生判断子宫已经破裂。果断打开腹腔剖腹探查，证明判断是正确的，何紫琼的子宫下段被撕开一条五公分长的口子。由于裂口边缘不规则，缝合起来十分困难。征求紫琼妈意见，建议把子宫全部切除。老太太突然想起那个孩子，连忙问："婴儿怎么样？能存活吗？"大夫告诉她："孩子尚有心音，能否存活还不好说。"紫琼妈听这种情况，一时也难下决心。犹豫片刻，还是要求医生尽可能保住女儿的子宫。

医生只好继续为何紫琼做子宫缝合术。手术进行一个多小时，何紫琼的血压突然急剧下降，心率变化异常。情急之下，医生只好放弃缝合，断然去除掉何紫琼的子宫。

# 64

何紫琼到阎王殿前转了一圈儿，正赶上阎王爷打瞌睡，她摸了一把阎王鼻子，惹得老儿打个喷嚏又把她送回阳间。

当她从一阵剧痛中醒来时，发现自己高高隆起的大肚子不见了。一时间顾不上疼痛，先暗自庆幸一番："唉！总算摆脱了这个孽障！"

一直陪伴在身旁的母亲见女儿醒了，长长出了口气。抚摸着女儿零乱的长发，一行老泪夺眶而出，轻声问道：

"疼吗？"

"疼！"

"唉，能不疼吗，那么大的创口。"

母亲说着，擦了一下眼角的泪。

何紫琼抬眼望望四周，问母亲："他怎么样了？"

母亲微微怔了下，知道女儿问的是范践民，反问道："孩子是他的？"

何紫琼吃力地摇摇头。母亲立刻警觉起来，追问道："那孩子到底是谁的？"

"妈，您就别问了，反正不是他的。他已经在大牢里蹲了三年多，怎么可能呢。"

母亲惊愕地看着女儿，半晌没说出话来。又是一阵剧烈的疼痛，何紫琼忍不住大声喊叫起来。一边叫，一边问母亲："妈，不就是流产吗，怎么这么疼啊？"

母亲神情凝重地看着女儿，一板一眼地说："琼儿，你再也不能生孩子了。子宫被摔破，无法缝合，已经被摘除掉了。"

何紫琼仿佛被打了一记闷棍，脑子里立刻乱成了一锅粥。直到这时她才发现，自己肚子上被缠绕一层厚厚的绷带，创口火辣辣地疼。不过，此时她已经顾不上身体的疼痛，三十多岁的女人，当然知道失去子宫意味着什么。何紫琼目光呆滞地注视着母亲，心中一阵难以名状的痛，拉起被子蒙在脸上失声痛哭起来。她哭自己，哭那个天涯漂泊的丈夫，也哭那个躺在床上、忍受着病痛折磨的老范。命运啊，你怎么就如此多舛。老天啊，你什么时候也能开开眼，也让我们得到您的一点眷顾，不再这么痛苦地活着啊！何紫琼越哭越伤心，从小声低泣直到号啕大恸，直哭得昏了过去。

当何紫琼再次醒来时，已是华灯初上。病房昏暗的灯光下，何紫琼睁开一双红肿的眼睛，朦胧中看到母亲怀里抱着一个婴儿。她先是一愣，一时没弄明白怎么回事。当意识到母亲怀里抱着的是自己身上那个小冤家时，她顿时变得疯狂起来，一把夺过孩子，歇斯底里地质问母亲："为什么要留下这个孽障，为什么不把他给我丢掉！"一边说着，一边就把孩子往地上摔。紫琼妈一把夺过孩子，伤心且愤怒地骂道："你疯了！我怎么生了你这么个糊涂虫！你这辈子就只能有这么点儿骨血了，你还真下得去手！"

老人家紧紧护着孩子，颤抖着双肩失声痛哭起来。

被母亲一顿申斥后，何紫琼终于冷静下来。披散着一头长发靠在母亲身边，看着那个不足四斤重的小毛头儿，复杂的心境如同嚼了黄连，苦得她心直打颤。

经过母亲一番劝说，何紫琼不得不违心地接受这样一个无情的现实。作为已经丧失生育能力的女人，无论再怎么憎恨孩子的父亲，也不能迁怒于这个无辜的孩子。孩子毕竟是自己的骨肉。何紫琼怯生生地从母亲手里接过孩子，那小东西张着小嘴直往她怀里拱，颤巍巍地探着小脑袋，东一下、西一下寻找母亲的乳头。何紫琼茫然不知所措，母亲赶紧帮她解开衣扣，托起孩子的小脑袋挨在女儿胸前，那小东西一口衔住何紫琼的乳头死命地吸吮。何紫琼疼得针扎般大叫，立马推开那孩子，说什么也不让他吃奶。孩子没奶吃饿得哇哇直叫，紫琼妈只好抱出去找别人代喂一口。

自从被小毛头吮吸，何紫琼突然有种异样的感觉。两只乳房迅速胀起来，令她十分难受。直到被小毛头一通痛快淋漓地吮吸才顿感释放后的愉悦，当母亲的自豪感随之油然而生。沉积在心底的仇恨仿佛一夜之间被抛到九霄云外，心中升腾起一股从未有过的寄托。生命之火重新引燃了希望之光——做母亲的感觉真好！

知道何紫琼出了意外，范践民急得不行，几次尝试着起来均被护士制止住。范践民像只泡在水里的蚂蚁，东抓西爬，怎么也平静不下来。躺在床上百爪挠心般难受，焦急地等待何紫琼的哪怕一点点消息。然而，紫琼妈一连数日未照面，范践民猜测何紫琼肯定遇到了大麻烦。于是，在何紫琼出事后的第三天，他趁值班护士换班的空当，忍着周身创口剧痛，扶着墙一步一挪地摸到何紫琼的病房。总计不到二百米的距离，范践民足足挪了一小时。他推开何紫琼病房那一刹那，着实把何紫琼吓了一跳。范践民浑身缠着绷带，如同一截被风吹干了的枯木，进门便重重地摔倒在地上。何紫琼一急，挣扎着去拉他，结果没拉起来范践民，自己反倒也摔倒在地上。两个伤痛的躯体、两颗流血的心灵碰撞在一起，各自苍白的脸上现出苦涩的微笑，一切尽在不言中。

生命面对死亡总是显得那般的脆弱，而面对新生时却又是那样的坚强。范践民这具行将就木的"尸体"，在吴院长的精心诊治下竟然奇迹般地活了下来。身上的创口渐渐愈合，心灵的创伤也得到了极大的安慰。每天除了积极配合治疗，其余时间全用在与何紫琼互发短信上。二人躺在各自的病榻上，从过去谈到现在，从现在聊到将来，把所有发生在自己身上的一切尽数向对方倾诉。其中包括何紫琼如何染上毒瘾，如何与季平有了孩子，如何与林惠民失去联系；也包括范践民如何二进宫，如何在狱中遭受非人的折磨，如何身心交瘁进而丧失活下去的勇气。两颗受伤的心灵越聊挨得越近，越聊彼此之间的理解愈深，都为有位落难知己而庆幸不已。

转眼到了农历腊月二十三，东北有过小年的习俗。街上到处洋溢着节日的气氛。商家挂起迎春促销的大红横幅，门前摆放着各式各样的节日商品。街道两侧摆满小商贩的货摊，人们穿行在琳琅满目的商品中，任意挑选着自己中意的年货。

快过年了，住院的患者也少了许多。除一些危重患者外，大都赶在年前出院与家人团聚。

何紫琼、范践民也准备出院。见老范一时没有落脚地方，何紫琼邀他来自己家过年。起初范践民百般推托，觉得去她家多有不便。可转念一想，自己一时还真没别处可去。无奈之下，只好同意去何紫琼家暂住几日。办理完出院手续，俩人打辆出租车径直去了紫琼老妈家。

路上，范践民见有处卖鞭炮的货摊，便让司机停车，朝何紫琼要十块钱，买了挂一千响的鞭炮。车开到家门口，何紫琼和妈妈抱着孩子刚进屋，范践民便在外边点燃了那挂鞭。随着一阵噼里啪啦地炸响，范践民顶着一身纸屑跑了进来，一边拍打身上的纸屑，一边自语道："放挂鞭，崩崩身上的晦气！"何紫琼瞥了他一眼，笑道："看不出，你还挺迷信的。"老范说："不是迷信，只想讨个吉利。"

何紫琼安顿好孩子，点燃三支香插到老爸遗像前，跪在地上磕了三个头，眼圈儿一红哽咽道：

"爸，女儿不孝，临终也没能送您一程。过年了，家里没您好冷清。女儿给您上炷香，愿您在天之灵保佑女儿、外孙平平安安……"

何紫琼跪在地上虔诚地祷告，泪流满面地失声痛哭。

范践民见何紫琼跪地给他老爸上香，便也随她跪下来，接着何紫琼的话儿道：

"叔，咱爷俩儿缘分浅，虽然见过几次面，却一直没能聆听您的教诲。今天俺也给你磕个头，请您保佑俺老范从今以后不再倒霉，也过上几天安生日子。"

范践民的一番祷告，惹得何紫琼破涕为笑。她推了一把范践民，嗔怪道："你这人怎么啥光都借呢，凭什么让我爸保佑你啊！"

范践民摊开一双大手道："凭什么？就凭咱俩的生死之交呗！"

何紫琼深情地看他一眼，没再多说什么，起身出去帮妈妈准备午饭。

母女俩一通忙碌，一会儿工夫热腾腾的饭菜摆上桌。三个人围坐在饭桌前，一种久违了的感觉令每个人的心头都掀起一阵波澜。范践民强忍住眼中的泪水，接过紫琼妈递过来的米饭狼吞虎咽地大吃大嚼起来，发出咔吱咔吱的声音。他像一匹饿急了的战马，贪婪地咀嚼草料。须臾之间，三碗米饭进肚。范践民抬手抹了把嘴边的饭粒，说道："婶儿，您做的饭真好吃，好几年没吃过这么可口的饭菜了。"紫琼妈手里的饭刚刚吃了几口，范践民竟然一口气吃了三大碗，那副吃相着实把老太太看得目瞪口呆，忙张罗着让何紫琼再去给他盛。范践民连忙推辞道："婶儿，我真的饱了！在您这儿俺不装假。"说着，抬腿走到屋外，抄起扫帚清理院内的积雪。

紫琼妈看着范践民离去的背影，禁不住摇摇头，长叹一口气道："唉！看得出，这孩子可受了不少苦。"说完，放下饭碗去收拾紫琼老爸的书房。

何紫琼见状，赶紧过来帮助整理床铺。

紫琼妈趁机对女儿说："琼儿，不是你妈封建，你俩刚动过大手术，尤其是你，恐怕要好一段时间才能恢复，妈这是为你好。"

"妈，看您想到哪儿去了！我们不是那种关系，你就别跟着瞎操心了！"

见女儿抢白自己，紫琼妈脸上有些挂不住，沉下脸斥责女儿："嫌我瞎操心？若是好好听妈的，你至于受这么大的罪嘛！"

何紫琼被老娘揭到短处，尽管满心不悦却又不便发泄。

范践民躺在何紫琼家的大床上眨巴着一对小眼睛，望着天花板出神。何紫琼给儿子喂过奶，安顿孩子睡下来到书房，见范践民躺在那儿出神，问：

"想什么？"

"没想什么。"

"不对！你骗不了我。说！到底想什么呢？"

范践民若有所思地随口说了句："快过年了，也不知道她过得怎么样。"

何紫琼的脸腾下红了，一双丹凤眼逼视着老范。问道："她是谁？"

范践民赶紧搪塞道："我是说我妹妹……不，是说我老娘……"

何紫琼轻蔑地朝他撇撇嘴，酸溜溜地挖苦道："别编了，就你那点小心思骗得了别人，骗不了我。说！是不是惦记你那'饭票'呢？"

范践民被她揭穿了内心的秘密，也就不再辩解。何紫琼见他缄口不语，只好悻悻地退回自己房间。


# 65

时间进入20世纪90年代最后几年。经过二十年改革开放，国力日渐强盛，民间资本基本上完成原始积累，各行各业呈现出一派日新月异的大好景象。在"时间就是金钱，效率决定成败"的口号激励下，神州大地上，一幢幢高楼如雨后春笋般拔地而起，一处处工厂在昔日的荒滩上突兀呈现。共和国终于摆脱困境，迈着轻盈的脚步转入高速发展的快车道。

范践民审时度势，及时调整自己的目标，把聚集在自己周围靠出苦力活命的百十号兄弟组织起来，成立一家建筑安装企业。范践民租了一个废弃的养猪场，改造成食堂、宿舍，把饲料仓库改成办公室，修理好大门、围墙，到旧物市场买回几张破桌子、烂椅子、旧沙发，放阵鞭炮，公司就算开张了。

大门两侧，范践民别出心裁地写了副驴唇不对马嘴的对联。上联是："全世界无产者联合起来也不怕。"下联为："满大道玻璃碴子不扎光脚丫。"横批是："巴黎公社建筑安装大队。"

建筑安装大队下设吊装、铆焊、力工三个中队，每个中队又分成若干小队。整个机构完全按照劳改农场形式设置，全体员工一律身穿仿劳改服，只是把"某某监狱"字样改成"巴黎公社建筑安装大队"。别说，这套令人生厌的工服竟然成了范践民的活广告。无论走到哪儿，人们都用惊诧的目光审视一番，禁不住问："这些人是干啥的？怎么都穿劳改服呢？"没多久巴黎公社建筑安装大队就成了本市的一家"知名企业"。

范践民自封总经理，聘请林子为总工程师，贪污犯老吴为总会计师，李强为吊装中队长，狗肺子为铆焊中队长，重新入伙的大骡子为力工中队长。

安置停当，老吴到车场租了辆破捷达，让司机摘掉出租帽子，在车门上喷上"巴黎公社建筑安装大队"字样，当作老范的专车；又到电脑城花二百块钱拣台破电脑，买部二手电话，顺便装上宽带。总计投入不到两万块钱，范践民便神气活现地当上了总经理。

范践民的这家破烂公司，人员构成基本上仍是桥下站大岗的那群散兵游勇。即使不成立什么大队也照样干活。然而，谁也不曾想到，这群乌合之众竟然在短短几年内发展成为全市首屈一指的建筑安装企业。人们遇到脏活、累活、难干的活，总会想到："找老范那帮子劳改犯干。"

这天，总工林子将一张图纸扔到范践民那张破写字台上说："范总，看来咱要发笔大财了，只是这个活儿挺难干，你看接还是不接？"林子是个精细人，大学毕业后一直从事技术工作。前些年设计院工程量不足，大部分科室都没活儿干，工资也发不出。迫于生活，林子不得不在外边打点儿"野食"。随着接触的工程越来越多，收入也随之水涨船高。往往在外边干个把月，比在单位干一年收入还多。后来设计院精简机构，他便主动要求停薪留职。范践民成立公司，极力邀请他过来帮忙。林子了解老范的为人，知道跟他干一准亏不着，便来这儿当起了"总工"。

自打林子到来，范践民很少过问技术上的事。林子一般也不找他商量。今天这份活儿却实在让他有些犯难，不得已，才过来和范践民商量接还是不接。

范践民摊开图纸看了好一会儿，原来是吊装八个直径十二米、高度十五米的储油罐。平心而论，组装这样的罐体应该是件很容易干的活儿。但要命的是，施工地点处在一片沼泽之中，大型吊车无法进入。正因为如此，施工单位才找到他们头上。在没有大型吊车的情况下，要把这样的构件吊装就位，可不是容易的事。而且安装过程中必须随时调整位置，以利焊接。范践民思索了好一会儿，感觉问题的关键是如何吊装和准确就位，只要解决这两点，其他问题也就迎刃而解了。

范践民捧着施工图纸，把两只大脚擎在桌子上，一边翻看，一边一支接一支吸烟。脑子里不时涌现出各种设想，随之又一一否定。抱着大脑袋想了整整一上午，也没想出切实可行的办法。甲方三番五次打电话询问能不能干，林子忍不住问："领导，干还是不干赶紧给个痛快话，别让人家老催。"范践民心里也着急，眼看着是块肉，吃不到嘴多难受。活儿虽然难干，但总得想办法干成才是。于是，他对林子说："告诉他们，明早八点之前肯定给他们答复。"林子出去后，范践民继续捧着脑袋冥思苦想。想着想着，不知不觉睡着了，一直睡到中午时分。狗肺子见老范没来吃午饭，便盛了些饭菜给他送过来。一进门，嚯！只见范践民窝着脖子、耷拉着头，流着长长的口水睡得正香。狗肺子叫了声："范总，吃饭了！"范践民激灵一下醒来，拍着大脑袋瓜子竭力回忆方才睡梦中的构思，随后推开狗肺子端来的饭，说道："去，叫林工、李强、大骡子来！"

吊装合同签订后，大骡子带着手下的一伙儿人，手搬肩扛硬是把四台大型鼓风机运抵施工现场。狗肺子按照林工设计的图纸，焊了一顶直径十二米的"铁帽子"，用钢索将其与吊装部件连在一起。李强带人安装调试鼓风机。一切准备就绪，范践民开始指挥吊装。现场的甲方人员，连同范践民的几十号人都在疑惑不解地等待着。没人相信几吨重的构件能被风吹起来。范践民仔细检查各项准备工作后，示意李强开启风机。第一台风机开启，一股强劲的气流吹得施工现场飞沙走石，庞大的构件纹丝没动；范践民命令开启第二台风机，果然把狗肺子焊的那顶"铁帽子"吹了起来，但连接"铁帽子"下边的构件只是微微动了一下；接着，老范命令开启第三台风机，在三台大马力风机的推动下，连接在"铁帽子"下的钢构件果然飘飘悠悠地浮了起来。现场顿时发出一片欢呼声，大家把老范抬起来抛到空中。一时间，施工现场一片欢腾。范践民拍拍手说："大家先别闹了，大骡子，赶紧让你的人把第二节构件推过来。狗肺子抓紧组织焊接。"大骡子带领着十几个工人喊着号子把第二节构件推到预定位置。范践民示意李强降低风速，飘浮在空中的构件稳稳移到第二节上。狗肺子的四台焊机同时作业，很快便焊接完毕。当构件加载到第三节时，三台风机所产生的推力明显不足。大家的心又悬了起来，担心这个已经长到十米高的庞然大物能否像前两节那样飘起来。老范仔细观察一番后，命令李强开启第四台风机。此时，工地上马达轰鸣，人们屏住呼吸，生怕出现什么意外。随着风速节节加大，那个庞然大物先是微微晃动一下，随即便稳稳当当地悬在距地面两米高的半空中。"哇！成功了！"范践民高兴得手舞足蹈，像个孩子似的狂呼乱叫。

　　工程仅用十天全部搞定，施工方对范践民他们的工作效率非常满意。甲方经理紧紧握着范践民的手道："范总，感谢你们的鼎力协作，希望我们以后能经常合作。你手下这帮人手真顶硬，可谓强将手下无弱兵。"范践民客气道："承蒙夸奖，咱们来日方长。还请你老兄多多关照我的小生意。"二人客气一番后，甲方经理问："发票带来没有？我们得要正式发票，而且必须通过银行结算。"范践民闻听，立刻老毛子看戏——傻眼了。

　　范践民这伙儿散兵游勇以往都是小打小闹干点零活，清一色现金结算，从没开过发票、转过账。这份活儿是以单位形式与甲方签的合同，人家当然要求开具正式发票，而且国企单位必须通过银行结算。这时的范总，别说开发票，他连张营业执照都没有，上哪儿弄发票去。没办法，只好找别人代开，给人家提10%的税金、管理费。这样一来，干五万块钱的活儿，就得让人家拿走五千块。范践民疼得心直哆嗦，五千块呀！得干多少活儿才能挣来！怎么办？心疼也得给人家，不然结不回款。看来必须办个营业执照，虽然得缴税，但可以名正言顺地从事经营。

　　第二天，范践民来到工商分局，客客气气地向人家打听："同志，办营业执照需要什么手续？"窗口工作人员随手递给他一张纸，说："需要的东西都在上边写着呢，自己看吧。"范践民说声："谢谢。"拿着那张纸，仔细看了一遍。那位办事员见他看完，问道："都看明白了？"

范践民赶紧说："看明白了。"

"你要办什么类型的企业？办公司还是办个体？"

"建筑安装企业，办公司。"

那位办事员又递给他一张表，告诉先去核准企业名称，提醒他："办公司注册资金不得低于五十万元，而且必须出具验资证明、经营场所证明、本人身份证明，以及行业管理前置手续。"

范践民心想：嚯！可够麻烦的了。麻烦也得办，于是乎范践民一通神跑。经营场所好办，手里有份与养猪场签的租赁合同；行业许可证找朋友帮忙，吃顿饭，送点钱，也搞定了；难办的是验资证明，上哪儿弄那五十万存单呀，何紫琼手里那点钱，想必让她连吸毒带罚款，加上住院、治病用得也所剩无几了。没办法，只好弄个假的。找家复印店印几张身份证复印件，全部资料就算全了。递上去后，办事员告诉他："七个工作日内审查完毕，回去等着吧。"范践民心生几分得意，暗想：看来还挺好糊弄，既然如此，那咱就等七天吧。

七天后，范践民又来到工商分局，还是那位办事员，告诉他企业名称已经核准，请他到辖区工商所找所长签个字，经局长审批后就可以发给他营业执照了。

范践民兴冲冲地跑到辖区工商所，敲门进屋，问声："你好，所长。"那位所长大人头不抬，眼不睁地哼一声，继续滑动着手里的鼠标玩游戏。见人家不爱搭理，范践民凑到近前殷勤地敬支烟，说："所长，麻烦您给签个字。"那位所长放下手中的鼠标，一脸不耐烦地接过申请表，随意翻动几下，见经营场所证明竟然是与养猪场签的合同，把材料扔给范践民说："对不起，不能签！"范践民小心翼翼地问："领导，为啥不能签？"

那所长说："你的经营场所不具备办公司条件，只能办个体。"

"按规定，办公司需要什么样的场所？"

"需要适当的经营场所。"

"什么样的经营场所才算适当？"

"这你就不用问了，反正养猪场不行。"

范践民说："如果我租养猪场开美容院固然不妥，一个建筑安装企业，只要有个宽敞地方就行呗，凭什么说我的经营场所不适当？"

所长见他认死理，实在懒得搭理，于是态度生硬地说：

"你这人怎么尽钻牛角尖！告诉你经营场所不适当，听不懂呀？要办只能办个体，办公司不行。"

范践民觉得这位所长有意刁难自己，心中腾地燃起一股怒火。他一屁股歪坐在沙发上，摘下那顶灰布帽子往所长桌子上一摔，说道："所长，不是我和你抬杠，我只想请教什么样的场所办建筑安装企业才算适当。"

所长见他竟敢用这样的口吻对自己说话也火了，心想：你他妈的找我办事还这么横，老子当这么多年的所长，还从没见过你这样的主。于是，也和他发起飙来，说道："你少跟我玩横的！实话告诉你，办公司我收不到管理费。我就是不给你批，你爱咋咋地。"

范践民见话说到这份上，再说什么都多余，一气之下起身离去。

回到"猪场"，范践民气哼哼地倒在床上。老吴见他阴着一张脸，知道准在外边碰了钉子，给他倒杯茶和颜悦色地问："怎么了？事情办得不顺利？"范践民喝口水，把辖区工商所不给签字，非让办个体的过程叙说一遍。老吴听罢说："现在政府号召大力发展个体经济，听说每个工商所都有任务。他这样做或许也是为了完成任务。再者说，也没你这样办事的，怎么也不能和人家吵啊。实在不行，咱就办个个体吧！"

"不行。个体户不能申请一般纳税人，还是开不了增值税发票。"

"要不咱给他送点钱，请他抬抬手，帮咱个忙儿？俗话说：'仕途坎坷钱做马。'找人办事还是送钱最好使。"

范践民倒在床上生闷气，越想心里越不是滋味。他腾地站起，一溜烟跑到工商分局，径直闯进局长办公室。

工商分局局长姓赵，是位三十几岁的年轻干部。办公室不大，收拾得很简洁，桌上摆放着一块省工商系统劳动模范的奖牌。见范践民进来，赵局长十分客气地请他坐下，拿纸杯替他倒杯水。范践民受宠若惊地说："谢谢！"随后，赵局长态度十分和蔼地问："同志，找我有事？""嗯。""说说吧，什么事？""局长，事情是这样的。"

范践民便把办理营业执照的整个过程叙说了一遍，最后问："局长，到底应该具备什么条件的场所，才算适合开建筑安装公司？"

赵局长仔细听完范践民的述说，见他情绪有些激动，接过范践民手里的申请材料，说："你先别急，我想知道你为什么非要开办公司？办个体不行吗？"

"局长，知道你们在大力发展个体经济。但我干的活儿大多是国企单位的，必须具备一般纳税人资质才能开具增值税发票，所以必须申请公司执照。""噢，是这样啊。"赵局长听罢范践民的理由，又仔细看看他填写的材料，对他说："从你填写的材料看，申请公司执照确实有些勉强。你看这样好不好，我给你办一个《个人独资企业执照》，一来你可以向税务机关申请一般纳税人，二来也适合你现在的条件。"

见赵局长这样说，范践民当即表示同意，并一再感谢赵局长的热情接待，心悦诚服地接受赵局长的建议。

赵局长说："既然你同意办个人独资企业，那就重新填写表格，到辖区工商所签个字，回头我就可以发给你执照了。"

范践民重新填好表格，马不停蹄地跑回工商所。那位所长见他又来了，而且还带来一份个人独资企业的申请表，不由得满心不高兴，看了半天说："不行，还得办个体。"范践民说："是赵局让办的。"所长说："谁让办的也不行。还是那句话，要办只能办个体。个人独资企业我收不到管理费。"老范心想：妈的，连局长说话都不管用，看来你是真和俺老范过不去呀。

见那位所长准备离开，范践民突然心生一计，对那位所长道："所长，俺为这事儿已经跑好几趟，您看这样好不好，如果行，你给我签个'同意'，如果不行，你给我签个不同意，总不能让我总来回跑吧。"

所长说："你这人怎么回事，我不是已经告诉你不行了吗！"

"所长，既然不行，我也不为难你，你给我签个'不同意'总可以吧？"见那位所长有些犹豫，故意激了他一句，"有什么啊，你既然不同意赵局长的意见，还有啥不敢签的。"

那位所长被他这么一激，抄起笔"唰唰唰"签上："经营场所不适合，不同意办理个人独资企业。"并在辖区所长签字一栏愤愤落下自己的大名："马成。"

范践民拿着马所长签着"不同意"的申请表再次来到赵局长办公室，把表格往桌子上一放，装出一副十分委屈的样子对赵局长说："局长，因为我说是您让办个人独资企业，马所长十分生气。您看，他签了个'不同意'。"

赵局长接过表，马成的那行带着一股霸气的批语差点没把他鼻子气歪了，一张白白净净的小脸立时变得铁青。他似乎感觉到马成在蔑视自己的权威，有意和与自己对着干，于是抄起电话打给马成，语气低沉地说："你到我这儿来一下。"

范践民前脚离开工商所，马所长便感觉到这件事办得有些莽撞，隐约感到上了那小子的当，心想：这小子准得到赵局那儿告我的刁状。

接到赵局长电话，马成来到分局。一听局长的口气不对，知道范践民肯定已经捷足先登了。没等赵局长发问，马成便指责范践民态度蛮横，言词无礼，根本没把工商局当回事，言辞激烈地把范践民一通责备。赵局长一眼看穿马成的鬼把戏，态度十分强硬地问："马成！没用的话先放一边，你就说这事办不办吧！"

马成见自己的一番狡辩没能奏效，赵局长冷冰冰的一张脸像挂霜的马粪蛋子，只好无可奈何地说："您是局长，您说办就办呗，年底完不成缴费任务您可别怪我。"

赵局长本不想在范践民面前和马成发火，马成的不知趣却深深地刺伤了他的自尊心。于是，没等马成说完，赵局长便声色俱厉地说道："你敢再说一遍！别以为我不知道你干的那些破烂事，你养了多少免费商户？跟我玩横的是不？完不成任务打报告，我立即换人。"

官大一级压死人，马所长见局长急了，立刻像霜打的茄子——蔫了。

赵局长见马成不再坚持，赌气对老范说："麻烦你再重新填张表，今天无论如何也让你拿到营业执照。"

范践民连声应允，看了一眼被局长损得蔫头耷脑的马成，幸灾乐祸地说："那就麻烦马所长稍等片刻，我重填一份申请表。"说完，起身下楼。

马所长瞟了一眼范践民，在心里咬牙切齿地骂道："你小子别臭美，等着，看老子怎么整治你！"


# 66

几个月下来，范践民的建筑安装大队顺顺当当，财源滚滚，生意兴旺。接连承接的几份大活儿干得十分漂亮。范践民全身心投入到自己的事业中，和百十号工人一块儿起早贪黑地忙碌。企业效益好，员工收入成倍增长，大家的工作积极性空前高涨。随着知名度的不断提高，人们提起范践民都带着几分嫉妒说："那小子发透了，钱可让他挣海了。"常言道："人怕出名猪怕壮。"这不，工商局没来找事儿，税务局却找上门来。

自从企业成为一般纳税人，可把总会计师老吴愁坏了。开业以来，销项税发票开出去不少，可进项税发票只有寥寥几张。租用的吊车及其他工程设备都是个人的，根本提供不了可以抵扣的增值税发票。没有进项抵扣，全部收入扣除工人工资都得体现为利润，缴纳17%的增值税。为了少纳税，老吴只好东拼西凑花钱买票。可是，无论他怎么划拉也抵不上进项。实在没办法便买了本假发票，哪成想刚用两张便被人家查了出来。

这天，范践民正在工地上忙活，突然接到老吴打来的电话。老吴说："范总，不好了！税务局来查账，你赶紧回来吧。"范践民说："查就查吧，咱不是没啥毛病吗？我这儿忙，你先顶着，有事儿告诉我。"

总共就那么几本破账，往来单据也不多。几位税务官一会儿工夫就翻了个遍。贪污犯老吴是位财务老手，他做的账表面上看不出一丝纰漏。老吴见没查出什么问题，紧张的心情稍微放松了些，满脸堆笑地对几位税务官说："几位劳累了半天，也快中午了，咱们出去吃点便饭？"一直坐在一旁玩手机的稽查局朱局长站起身，两臂朝天伸了个懒腰，问："查到什么没有？"几位手下摇摇头，表示没什么问题。朱局长说："没问题好啊，咱也别吃人家的饭了。把银行账带回去，回去仔细对对。"老吴一听，心里咯噔一下，禁不住暗自叫苦，心想：坏了，刚进账的那笔十二万准得被查出来。于是，赶紧给范践民打电话，要他快点回来。

范践民风风火火赶回来时，税务局的人早已经走得无影无踪。老吴担心事情闹大不好收拾，便对范践民说："咱还是给朱局长送点钱吧。我打听过，这个姓朱的可黑了。沙场祝老板开业没送礼，这小子张口就罚十万。后来祝老板送去五千块钱，这才象征性地罚几千块钱了事。俗话说'不打勤，不打懒，专打不长眼。'咱开业也没给人家送礼，找你点麻烦再正常不过。"范践民闭目合眼想了一会儿，对老吴说："现在咱们就好比被朝廷招安的张献忠，就咱们这二劳改身份，送多少礼人家也不会拿正眼看你，反倒认为咱好欺负。一旦被这些臭虫叮上，吸干你的血还得嫌你瘦。稍不恭敬，照样还找你麻烦。不用怕，咱房子是租的，设备是赁的。一个人吃饱全家不饿的一帮子光棍汉有什么可怕的。听我的，抓紧去银行把账户清空，想办法再找家银行开个户头。光脚的不怕穿鞋的，大狱都蹲了，还怕他税务局几个虾米精。"老吴见他执意顶着干，只好去银行提走账上的现金，到另一家银行重新开个户头。

没几天，税务局果然送来一张罚款通知单。认定范践民的建筑安装大队偷漏税款2.4万元，加上5倍罚款，总计罚款人民币12.5万元，限5日内上缴国库。范践民瞪着布满血丝的小眼睛漫不经心地看了一眼，对来人说："回去告诉你们局长，就说俺老范知道了。"来人拿出回执，要他签字。范践民装傻充愣道："对不起，我不会写字，只会摁手印。"来人见他一脸无赖相只好作罢。

朱局长接连给范践民下了两次催缴单不见动静，当即派人去银行查封他账户。派去的人回来报告说："安装大队的账户上只有两块钱。"一气之下，朱局长亲自带人前来查封资产。七八个人耀武扬威径直来到范践民的"猪圈"，对范践民宣布："你处因偷漏税款，根据《中华人民共和国税法》有关规定，从即日起，对巴黎公社建筑安装大队予以查封。"然后拿着几张封条，上边盖着象征国家权力的鲜红大印，煞有介事地开始查封。

范践民笑眯眯地叼支烟，蹲在墙边儿也不争辩，心想：封吧，反正我他妈的啥也没有。朱局长第一次与范践民正面接触，一副公事公办的模样问道："你是这儿的负责人吧？"

范践民眨巴眨巴眼儿淡淡地说："算是吧，阁下有何见教？"

"因违反《中华人民共和国税法》现将对你处依法予以查封。请你积极给予配合。"

范践民说："封就封呗，配合个屁。房子是租的你拿不走，几张破桌子、烂椅子，你不嫌碍事爱拿啥拿啥。"

正当这时，狗肺子和大骡子回来取工具。那辆车门上喷着"巴黎公社建筑安装大队"的捷达刚停下，朱局长立刻带人围了上去，拽出里边的司机就要开走。出租车司机见要没收他的车，一把扯住朱局长道："凭什么抢我的车？车是我出租给他们拉包年的，你们税务局想钱想疯了！不问青红皂白逮谁抢谁咋的！"当即出示行车执照、出租车营运证给朱局长看。朱局长自觉理亏，只好点头哈腰地给司机道歉，又去查封停在一边的一台八吨吊车。范践民见了，抱肩膀笑嘻嘻走上前阴阳怪气地说："这个您也不能封，是我前天才租来的，车主在后边睡觉呢。不信我把人给你叫过来问问？他也有行车执照、营运证。"

朱局长横楞横楞眼睛问："这也不是你的，那也是租的，你注册那五十万资产哪儿去了？"范践民装出无可奈何的样子说："赔了，都赔光了。我现在是要钱没有，要命一条。您就看着办吧。"

朱局长实在懒得看他这副无赖相，便带人去查封办公室、仓库、食堂、宿舍。一行人挨排走了一遍，办公室除了几张破桌子、烂沙发、几个掉了漆的破铁柜，最值钱就算那台花两百块钱买来的旧电脑；仓库里放着一堆废铁管子；食堂里几袋子"民工粮"、几筐烂白菜；宿舍更没个看，在原来的猪圈上边铺层木板、蒲草垫子上堆着一排油渍麻花的破被褥。

朱局长领人走了一圈，觉得实在没啥值得查扣的。尤其见范践民一副满不在乎的神态，压根就没把他这个稽查局长当回事，便指着范践民道："你别得意得太早，以为查扣不到你的财物就治不了你？偷漏税款是要负刑事责任的，你就等着去蹲大牢吧。"

范践民大大咧咧地往地上吐口唾沫，故意气他说："我说局长大人，您千万别拿蹲大牢和我说事儿。实不相瞒，哥们儿已经是二进宫，再进几次都没关系。不过，话又说回来，送我进大牢，您也得付出相应代价，不然我岂不是太亏了！"范践民说话的声音虽然不大，还是把朱局长吓一哆嗦。见范践民是真不惯着他，当众让他下不来台，只好带人离去。谁知，并排停放在院里的两辆车的八只轮胎瘪两对，一左一右歪在那儿动弹不得。老范知道准是狗肺子之流干的缺德事，便假装没看见，一个劲儿地对朱局长道：

"各位慢走，小心开车，没事常过来啊。"

朱局长见车胎瘪了，范践民还一个劲儿地说风凉话，气得脸都青了，立刻掏出手机报警。

辖区民警接到报案，立即开着警车风驰电掣般赶到建筑安装大队。随着一声尖利的刹车声，从车上下来的两位警官，不由分说，当即控制住老范等人。范践民、狗肺子、老吴被勒令双手抱头蹲在地上。三个人全蹲过大牢，这阵势不知道演练过多少回。像重温玩过的游戏似的嬉皮笑脸蹲在地上等待询问。

见警察到了，朱局长顿时有了底气。上前与两位警察握手、寒暄。两位警察大致了解下情况，一看范践民几个人的举止做派便知道蹲过大牢。于是，把范践民等人带上警车押回派出所询问。

范践民等人刚被带走，李强、大骡子两个中队收工回队。一见出事了，大家都围上来问个究竟。朱局长本来就够窝心的，哪有心情答兑他们。无奈车胎瘪了，只好在这儿等着修理。见这伙不识趣的人问个没完，朱局长双手叉腰，出言不逊地吼道："问什么问？看看你们这些人，哪有一个像样的，一群人渣！"大骡子等人平时在桥下站大岗受够了白眼儿，好不容易在范践民带领下办起个安装队，好歹不用在桥底下讨生计给人当牛做马，竟然还骂他们人渣。大骡子气得伸出铁钳一般的大手，抓住朱局长的脖子骂道："你他妈的骂谁人渣，今天不给老子说清楚，我他妈的撕了你。"

朱局长被他捏得喘不上气，憋得直翻白眼儿，干蹬腿，却怎么也挣脱不开大骡子那双大手。

李强怕大骡子出手忒重弄出人命来，赶紧过来推开他。

大骡子趁势将朱局长搡在地上，愤愤地骂道："什么东西，还他妈的国家干部呢，简直是堆臭狗屎！"

朱局长哪受过这气呀，当着这么多下属的面被人连打带骂，倘若再不弄出点动静，以后还咋混。于是，他坐在地上指着大骡子道："还反了你的，竟敢殴打执法人员。你等着，老子非让你去蹲大牢不可。"说着，又掏出手机打 110 报警。

大骡子刚被李强拉开，听他这一骂，随手抄起一根铁杠子非削他不可。这可真应了那句话，软的怕硬的，硬的怕横的，横的怕不要命的。可把朱大局长吓坏了，没等大骡子手中那根铁杠子砸到，就已经被吓得差点屙裤兜子里。

方才出警的两位民警刚把范践民几个带回所里，还没来得及喘口气又接到出警指令，只好把范践民几个铐在暖气管子上，赶紧返回来。这时，范践民的一百多号员工已经全部回来，大家手持钩杆铁齿，把朱局长等人团团围在中间。见警察来了，众人七嘴八舌地指责朱局长蛮横无理，出口伤人，一时间是群情激奋，义愤填膺。

被大骡子一顿收拾，朱局长也没了刚才那股威风，像个喝醉了酒的醉汉，被几个手下扶着勉强站起来。警察问："伤到哪儿了没？"朱局长如梦初醒般上下左右看看自己，晕头转向地摇了摇头。警察为尽快平息事态，见没出现械斗，朱局长也没受伤，便对大家说："都散了吧，别都在这儿围着，都散开。"随后对朱局长说，"既然没受伤，还是赶紧离开这儿吧。"朱局长闻听，也顾不上面子了。连忙钻进警车，一溜烟儿离开这个让他倒八辈子大霉的巴黎公社建筑安装大队。

人说两种人能干大事，一是上过战场的，二是蹲过大牢的，或许这话有几分道理。

范践民三个在派出所暖气管子上被铐了整整一宿。第二天，警察开始询问。三个小子不用商量就知道如何应对。异口同声说自己一直跟在朱局长身后，从来没离开过半步。警察见一时找不到突破口，况且只不过在轮胎上扎了几个眼儿，也算不上刑事案件，依旧铐了一晚上，训斥一顿便让仨小子滚蛋了。

"山中无老虎，猴子称大王。"范践民被抓，大骡子便成了羊群里的骆驼，不但不主动稳定人心、积极安排生产，反倒推波助澜鼓动大家散伙。

早饭后，百十号人聚集在一起等待分活儿。李强见大骡子不说话，便主动站出来对大家说："大家都别这么耗着了，抓紧时间带上工具，昨天没完活儿的继续干，手里没活儿的等候分配。"话音刚落，蹲在门口剔牙的大骡子阴阳怪气地说："干什么干，老板都让人抓走了，谁给发钱啊！"

李强说："范总什么时候差过大伙的钱？再者说，你不也是合伙人吗？范总不在就散摊子了？"

大骡子说："散不散是早晚的事儿，就他这干法，早晚还得去蹲笆篱子。趁早散了，省得跟他吃官司。"

"大骡子！你小子说这话忒没良心。当初你入伙大家不同意，要不是范总替你说话，你现在还在桥底下站大岗呢。如今范总遇到点儿麻烦，你就……"

见李强提起入伙的事儿大骡子立刻急了，几步蹿到李强面前吼道："站大岗怎么了？老子有力气，照样能挣钱。不像你小子，整天跟在老范屁股后溜须拍马。"

"你说谁溜须拍马？你敢再说一遍！"

"说你了，怎么着吧！"

二人越吵声越大，竟然当众你一拳，我一脚地打了起来。

范践民一脚门里，一脚门外，见俩人打到一块儿，厉声吼道："都给我住手！"

李强和大骡子一愣，见范践民黑着脸站在门口，吓得赶紧停下。李强走到范践民面前，上下打量着问："范总，你没事儿吧？"范践民气哼哼地说："能有什么事？倒是你们，两个大男人也不嫌丢人，竟然动起手来。"李强和大骡子低头不语。

大家见老范回来了，纷纷围拢上来。范践民挥着两只大手，装出一副无所谓的样子对大家道：

"傻看什么！这世界上就没有我范某摆不平的事儿。大伙儿放心，有我老范在，谁也挡不住咱发财。都干活儿去吧，晚上让伙房多弄几个菜，大家伙儿好好喝一顿。"

众人听范践民一通白话陆续走出饭厅。只有李强和大骡子还站在那儿。范践民问："怎么了？咋还动起手来了？"

李强当着大骡子的面，把刚才发生的事一五一十讲述一遍。大骡子也不争辩，低着头蹲在地上一个劲儿吸烟。

大骡子因致人伤害在劳教所待了两年，别的没见长进，却养成一身臭毛病。尤其是那张臭嘴，张口就没一句中听的话。因此，大家都十分厌恶他。自从上次被范践民打跑，他好长一段时间没敢再来桥下混。直到范践民进了大狱他才又回到桥下讨生计。范践民出来后，召集原班人马东山再起，大骡子见范践民没有撵他走的意思就一直跟着干。范践民组建安装大队，大骡子也要入伙。老吴几个合伙人说他是魏延，头上有反骨，都不同意他入伙。范践民见他年轻，干活肯出力气，虽然斗大的字不识一升，但干活爱动脑筋，便力排众议，让大骡子成为合伙人之一。常言道："一物降一物，卤水点豆腐。"大骡子在范践民面前那是百依百顺，从来不说半个不字。但只要离开范践民的眼睛，他可就成了老大，皇帝老儿也不惯着。这不，范践民才离开一个晚上他就开始起刺儿。

听完李强的叙述，范践民看了一眼蹲在地上的大骡子，问道："李强没冤枉你吧？"大骡子低着头不吭声。

范践民又问："你说，该怎么处罚你？"

大骡子胆怯地斜睨范践民一眼道："范总，只要不撵我走，咋处罚都行。"

"好啊，这可是你说的，那你这个月的分红可就没了？"

大骡子一听，腾地站起来，满面通红地对范践民说："范哥，忒狠了点儿吧，我就说那么几句话，几千块钱就没了？"

见大骡子急成那样，范践民故意逗他："怎么？你说的话全都带把儿，想收就收回去啊？"

大骡子苦着脸哀求道："范哥，抬抬手，少扣点儿。我给李哥赔罪还不行吗？"一边说，一边给李强作揖道："李哥，看在同是兄弟的份上，替我说句话吧。"

李强脸一热，心想：杀人不过头点地，既然人家已经赔礼，自己也就别得理不让人。他看了范践民一眼，刚想替大骡子求情，一直站在一旁沉默不语的老吴说：

"这样吧，范总，念在大骡子平时没少出力的份上，这个月的红利让他照分。不过，今晚这顿饭就由他出吧。"

"啊？"

大骡子一声惊呼，说道："范总，一百多人会餐，钱让我一个人出？"


# 67


时间如白驹过隙，转眼间小毛头已经三岁。这天，何紫琼请范践民来家给孩子过生日。下午，范践民一头扎进商场买了一堆玩具，把车里塞得满满的。一进门，何紫琼抱着小毛头迎上来，范践民接过孩子，大呼小叫道："小毛头，来！让干爹抱抱！看看又沉了没有！"小毛头楞眉楞眼地看着老范，呆头呆脑的没一点儿反应。范践民逗孩子："小毛头，叫干爹。"那孩子抓着范践民的脸咿咿呀呀地乱叫一通。范践民兴奋地说："瞧我干儿子，绝顶聪明，三岁就会说外语。"何紫琼推了他一把，笑道："去你的，和孩子也没个正形。"紫琼妈在一旁长叹一声道："唉！别说外语，能说句囫囵话就谢天谢地了。"何紫琼大为不快，立马反驳道："我儿子才多大呀，姥姥就这么说我们。"

范践民见紫琼妈一脸不悦，赶紧把孩子还给何紫琼，跑回车里取来一条刚从俄罗斯人手里买的蓝狐围领送到老太太面前，粗声大气地说："干娘，天儿快凉了，给您买个大围领，出门戴上既暖和又华贵。"紫琼妈接过围领，高兴地围在脖子上，嘴里一个劲儿念叨："践民呀，看你这孩子，给我买这么贵重的东西。你也是刚翻身，扔下三十奔四十的人连个家都没有，挣点儿钱不容易，不能乱花。"范践民说："干娘，孝敬您怎么是乱花钱呢。要不是您拣回我这条命，说不定我早就变成一堆肥料了。您的大恩大德我一生一世都报答不完，何况为您花点儿钱呢。"一番话，把老太太感动得眼圈一红差点没哭出来，感慨万分地说："唉，难得你有这个心，自己生的女儿，倒不如半路捡来的儿。"

何紫琼是个急性子，喜怒哀乐全写在脸上。刚才妈妈言语中说孩子弱智她就有几分不快，又听妈妈当着范践民的面点拨自己不孝，不由得脸上有些挂不住。

她嗔怪母亲道："哎呀！整天唠唠叨叨你烦不烦啊！我千不好，万不好，也是你生的，就算我儿子傻实心了也是你外孙，你就认命吧。"说着，把小毛头往母亲怀里一推，对范践民说，"走！陪我去看房子。"范践民问："看什么房子？怎么没听你说起过？"何紫琼看了一眼母亲，气哼哼地报怨："这不正为这个和我生气吗！前几天我看好一处房子，打算租下来开家美容院，老太太说啥不同意。林惠民也没个音信，我总不能坐吃山空吧。再者说，整天在家闲着我实在受不了。"范践民看了一眼紫琼妈，刚才老太太脸上的乐模样已经消失得无影无踪，像慈禧老佛爷闻听奏报又要割地赔款似的，立刻变得冷若冰霜。于是，他赶紧打圆场道："干娘，紫琼想干点事您应该支持她才是，为什么要反对呢？"老太太轻轻叹口气，对范践民说："践民呀，不是我不支持她。你也不是外人，说出来也不怕你笑话。我的闺女我知道，她是个不着调的人，撒手说不定又要惹出什么乱子来。这些年，我跟她操碎了心，实在不想再看她出什么意外。再者说，她手里就剩下那么点钱，一旦赔光了，以后她娘俩儿可怎么活呀。"

范践民知道老太太的担心并非多余，何紫琼的确不是个省油灯。但转念一想，何紫琼的想法也不无道理，整天窝在家里终究不是长久之计。于是，范践民对紫琼妈说：

"干娘，紫琼想干点事儿是对的，您不用担心。我们都过了而立之年，不会像年轻时那么莽撞了。如果您实在不放心，我替您看着她。"

何紫琼打了他一拳，嗔怪道："你当我是无知少女呢，再者说，你看得住吗？这事儿你们谁也别拦着，就是把老本全都赔光了我也要干。"

紫琼妈见实在拦不住，只好无可奈何地叹口气道："不听老人言，吃亏在眼前。有你们娘儿俩喝西北风那天。"

范践民连忙劝道："干娘，看您说的，不是还有您干儿子吗，怎么也不会让她娘儿俩吃不上饭，您就放一百个心吧。"

他边说边随何紫琼走出门，开车去看那处房子。

何紫琼看中的那处房子位于二环路，虽然不是闹市区，但的确是开美容院的绝佳位置。上下两层总计三百平米，年租金八万。范践民看后，觉得何紫琼眼光不错，当即表示赞同。得到范践民首肯，何紫琼立刻打电话给房主商量租赁事宜。

房主是位四十多岁的中年人，一副商场老手的奸猾相。见他们诚心想租，咬定八万不松口。何紫琼急于求成，当即表示同意。

范践民觉得过于草率，连忙插话问："这房子最长可以签几年合同？"

房主说："一年一签。"

范践民说："我们租您的房子准备开家美容院。您知道装修美容院是很费钱的，只签一年，不等收回投资您就不租了，我们不是干赔吗？"

"那你们想签几年？"房主问。

范践民用询问的目光看了一眼何紫琼，何紫琼立刻明白他的用意。立刻说："十年。"

房主犹豫一下说："租十年也行，但房租必须一次性付清。"

何紫琼盘算一下，觉得压力太大，坚持合同签十年合同，房租一年一付。

房主说："要么一年一签，要么签几年付几年，只能在这二者之间做出选择。"

范践民见房主咬得太死，何紫琼又非租不可，便与何紫琼商量道："要不咱先租五年，这样压力小些。"

何紫琼见房主没有活动余地，只好表示同意。当即与房主签订五年租赁合同，一次性付给对方四十万现金，合同开始生效。

二人上车，何紫琼突然让范践民把车开到郊外。

落日余晖中，何紫琼挽着范践民走在林间小道上。脚下的枯枝落叶发出嚓嚓声，俩人默默想着心事，谁也不想率先打破沉默。

两人不知不觉走到树林深处，见前方停着一台车，车身正有节奏地上下颤动，不时传出女人畅快淋漓的尖叫和男人重重的喘息。何紫琼猛然意识到眼前发生着什么，禁不住"啊"了一声，不料惊扰了一对正在野合的鸳鸯。范践民拉起她赶紧往回走，一对偷情的男女没怎么样，他二人倒像偷窥者似的吓得落荒而逃。

回到车上，何紫琼倚在座位上沉默不语。过了许久，何紫琼轻声问范践民："你说……他们……好吗？"


# 68


大骡子带着他的力工中队把何紫琼租来的房子从里到外拆了个稀巴烂。屋里屋外到处散放着拆下来的建筑垃圾以及各种废弃物。大骡子光着膀子，一口气喝光一瓶矿泉水，呶喝十几个手下："大家都紧紧手，赶快把拆下来的东西装车运走。争取天黑前把现场整理干净，明天装修队就要进场施工啦。"

小猴子拿把铁锹，一边往车上装垃圾，一边和大骡子闲逗道："队长，刚才给咱送矿泉水那女的是谁呀？长得可真漂亮。"

大骡子说："猴崽子，你才多大个人，就知道看漂亮女人了，长大也是个骚货。"

小猴子不甘示弱地说："您也没比我强多少。看您刚才那样，生怕那女的走路崴脚似的，就差没弯腰背起人家啦。"

大家一阵哄笑，大骡子擦了一把脸上的汗，不急不恼地说道："就怕她不让，不然我能一口气把她背到北京去，顺便摸几下她那粉白细嫩的屁股蛋子。"

小猴子说："看来咱队长看上人家了，我说咋这么出力，催命似的让我们快干，连个放屁的工夫都不给。"

"猴崽子，这回你可说错喽。那娘们儿是咱范总的，动不得。"

"范总的女人？怎么从来没见她到咱那儿去过呀？"

小猴子半信半疑地看着大骡子，不知道他说的是真是假。

大骡子说："你当人家是'鸡'呢，逮哪儿往哪儿钻。人家是有身份的人。不过，这娘们儿没子宫，范总想啥时候干，就啥时候干。"

"那是为什么呀？"小猴子不解地问。

"这你就不懂了吧？留着以后问你老婆去吧。"

为赶在装修队进场前把垃圾清运干净，大骡子一伙人一直干到晚上八点。收工后，何紫琼请大家吃饭，把老范、老吴、李强、狗肺子也叫了过来。其间，何紫琼给在座的每位斟酒、布菜，对大家付出的辛苦一再表示感谢。她尤其对大骡子，更是倍加赞许，接连敬他三杯酒。

大骡子见何紫琼如此抬爱，受宠若惊地道：

"何姐，今后有啥活儿不用找我范哥，您只要和我大骡子说一声，我立马带人给您搞定。"

何紫琼眉飞色舞地说："好呀，既然老弟这么慷慨，姐可就当真了。有你这么个高大帅气的弟弟帮衬，何姐开心死啦。"

于是，二人姐长弟短地黏糊在一起，你一杯，我一杯，一直喝到舌头捋不直为止。

晚上十点多，其他客人早已散去。范践民见何紫琼像八辈子没喝过酒似的，仍和大骡子翻来覆去地说那些车轱辘话，便命令李强发动车，送她回家。

何紫琼的天娇美容院装修得可谓富丽堂皇。她不惜血本，重金从北京、广州请的美容师，从上海、香港购进的设备，自诩"全市顶级美容会所"。越装越想往好装，越往好装花钱越多，各项支出全部超出预算。没装完，手里的钱就花了个一干二净，只好朝范践民求援。范践民赶紧打发老吴送过来二十万，对何紫琼道："你放手干，钱不够吱声，要多少给多少。"何紫琼在电话里就能想象出他那副德行，故意沉吟一下说："嗯，这个嘛……估计还得缺一百万，你准备好吧！""啊？"

范践民听说何紫琼还要一百万，顿时吓得屁都凉了。

开业前一天，范践民带人过来帮何紫琼准备开业庆典。一切准备工作完成后，何紫琼邀请他们参观自己的美容院。说："这是允许男士进入的最后时刻，过了今晚，任何男人不可以走进半步。"随后，带领他们欣赏自己耗资百万精心打造的芙蓉国。

几个粗人走进美容院，立刻被眼前的景物弄得晕头转向。一进门，映入人们眼帘的是一幅十七世纪荷兰著名画家维米尔画的《戴珍珠耳环的少女》，画中少女的惊鸿一瞥，犹如黑暗中的一盏明灯，扣动着人们爱美的心弦。选择这样一幅作品放在门厅，范践民不得不佩服何紫琼独具匠心。走进工作间，温馨的气息扑面而来。清一色的欧式装饰风格，让人感觉就像到了凡尔赛宫。室内的灯光、背景全都经过专业人士的精心设计。地上铺着一层厚厚的毛毯，几个粗人竟然不知道脚该往哪儿放。范践民禁不住发出一声感慨："我的乖乖，这些娘们儿可真会享受。"大骡子、狗肺子之流长这么大所享受到的最好服务就是去理发店剃个头，这样的场面别说见，他们连听都没听说过。

大骡子小心翼翼地问："何姐，这么高贵的地方啥人能来得起啊？"

何紫琼说："古今中外，女人为了美从来不吝啬金钱。只要她们觉得值，不但有钱的来，即使没钱，她们也得想办法找钱到我这儿来。"

大骡子又问："何姐，一次多少钱啊？"

何紫琼叫人拿来几张卡，对他说："这是包年卡，金卡一万！银卡八千，贵宾卡五千。"

"啊？"大骡子吓了一跳，掐着指头一算，自语道，"我的天老爷，一亩地赶上好年景才挣二百块钱，五十亩地的收成刚够洗脸。"

范践民说："人比人得活着，货比货得留着，同样是人，差距那可大了去啦。大地主刘文彩五十多岁还得七八个奶妈子喂奶呢。"

狗肺子说："那是万恶的旧社会。"

"啥社会都分三六九等，有钱的开奔驰坐宝马，没钱的只得'11路'，怎么样，长见识不？"范践民阴阳怪气地把狗肺子一通埋汰。

第二天上午九点五十八分，随着一阵礼炮轰鸣，鞭炮炸响，何紫琼的"天娇美容院"正式开业。她花了整整一夜，做了个极其时尚的发型，身穿一套咖啡色短裙，打扮得雍容华贵。电视台和广告公司的摄像师们扛着摄像机、端着相机不停地为她拍摄。何紫琼满面春风地迎来送往，一直忙碌到中午。

庆典结束后，何紫琼在聚宾楼设宴招待各方朋友，见范践民拿着计算器统计礼金，她一屁股坐他身边，众目睽睽之下把双脚放在范践民腿上撒娇装嫩地说："人家站了一天，脚都快疼死了，快给我揉揉。"范践民一愣神儿，对站在身旁的大骡子道："你小子就他妈知道吃，赶快过来给你何姐揉揉脚。"大家一阵哄笑，弄得大骡子面红耳赤。

天娇美容院开业第一天卖了四张金卡、七张银卡、二十张贵宾卡。加上范践民收的礼金，合计进账小十万。范践民、大骡子之流羡慕得眼珠子差点掉出来。十万啊，得干多少活儿啊，人家却连腰都不用猫便唾手可得。


何紫琼的天娇美容院生意火得不行，来她这儿消费的大多是些中年富婆。人们怀揣着永葆青春的梦想，把钞票大把大把地送进何紫琼的腰包。短短几个月，何紫琼存单上的数字一路飙升至七位数。有钱了，何紫琼整天从商场往回倒腾高档服装、进口化妆品；心血来潮时买来喜欢得不得了，穿几天，或者干脆一次不穿又随手送人。她不单给自己买，只要看到适合范践民穿的、用的，无论多大的牌子，只要看中便信手拈来。范践民邋遢惯了，从没穿过什么品牌，无论多贵的衣服，到他身上穿不了几天统统变成工作服。为此，何紫琼气得不行。

何紫琼的一夜暴富强烈地刺激了范践民等人。几个五尺高的大老爷们儿，风里雨里没日没夜地干，却不及个女人轻松惬意地随便玩玩，于是范践民他们不得不重新审视自己的选择。人心不足蛇吞象，得了西川想东吴。要说这人就没有满足的时候，穷得衣不遮体，食不果腹时，觉得能有个温饱就知足了；如今吃饱穿好，看到别人大把大把赚钱心里反倒不平衡起来。

这天，几个合伙人专门坐下来商讨如何发展、如何赚更多的钱。总会计师老吴拿出一本账，把企业的各项支出一一列出并加以说明，得出的结论是："利润之所以偏低，主要是因为没有自己的施工机械。租赁机械设备花费太高，利润都被别人拿走了。"对于老吴的意见大家也有同感。林工接着老吴的话说："还有，租用别人的设备不及时，影响工程进度。经常出现坐等吊车的情况，不仅造成人工浪费，工作效率低下，而且还影响企业的总体效益。"最后，大家一致倾向于自己购置施工机械设备。

范践民想的却是另一个问题。自打建筑安装大队成立就一直没正常纳税，虽然税务机关查过几次，但见他们只是一帮子靠几把铁锹、几根撬杠出苦力的，也就不了了之。倘若购置施工机械就等于有了固定资产，一旦出事可就不能抬腿走人了。因此，他明明知道大家的意见正确，却始终闷头不语。大家议论了几次，见范践民始终不表态也就不再议论。一时谁也猜不透他们的范总心里是怎么想的。

范践民反复思考多日，从企业当前所面临的形势，想到以后的发展，最终在他脑海中形成了一套完整的发展思路。这天是个阴雨天，大家都在"猪圈"里闲着没事，范践民趁机把几个人召集到一起说出了自己的想法。

范践民说："首先，我们选择建筑安装这条路是对的，大家提出购置施工机械的意见也是对的。企业要发展，没有过硬的实力早晚被淘汰。现在的问题是如何趋利避害，既要拥有自己的施工机械，又要避免一旦被查鸡飞蛋打一场空。"

听他这么一说，大家都没了主意，一时谁也猜不出他葫芦里卖的什么药。

大骡子是个急性子，见他有意卖关子，便说："范哥，这么多年兄弟们跟着你，还不是你说咋干就咋干。你就别卖关子了，说吧，让我们怎么干都行。"

范践民说："我的想法是设备要买，但必须以个人身份买。比如，大骡子买推土机、李强买吊车、老吴买铲车。无论你们谁买、买什么，我都出一半的钱。资产落到你们名下，日常维护由你们负责，公司按市场价格租用，赚的利润咱对半分，我这叫反向投资。这样做的好处是：一来大家能尽心管护设备；二来咱是个人独资企业，一旦遭查封，只能查封我的资产，与你们无关，可以有效避免损失。"

大家张大嘴巴听完范践民一番话，一时反倒不知如何是好。按说这几年大家手里的确积攒了一些血汗钱，不过都有自己的打算。老吴打算买处房子把老婆孩子接来过几天像样日子；李强想给爹妈盖三间砖房改善一下居住条件；狗肺子想再讨个老婆成个家；大骡子正与何紫琼那儿的一个小女孩谈对象，一旦谈成，用钱的地方可就多了。总之，大家都想用手里的这点钱改善生活，压根没往范践民这条道儿上想。

林子见大家都不作声，清清嗓子说道："我觉得范总说得没错，想得也周全，无论对企业还是个人都有好处。如果大家没意见的话，我买一台八吨吊车。"

现在的人都很现实，平时你好我好大家好，一旦涉及利益，每个人都不由得先考虑自己。大家心里明白，安装大队雇吊车这可是笔数额不小的开销，这样一来可就全归老范、林工两个人，每月少说也得个三五万。于是，大家都沉默不语，谁也不愿表这个态。范践民心里明白，大家既不想掏钱买设备，也不想别人买设备比自己多分钱。见没人表态，范践民把脸一沉，狠狠吸口烟对林子说："这事不用商量，买吊车是咱俩的事儿，没必要非取得大家同意。这样吧，车由你来买，告诉我出多少钱就行。大家各忙各的去吧，谁想好了单独找我商量，散会！"

林子托朋友花五万块钱买台八吨旧吊车，弄到修理厂一通大修，主要部件通通换上新的，从里到外装饰一新，重新喷上漆，俨然新车一般。连买车带修理费一共用了七万，范践民和林子各出一半。正赶上忙，用吊车的活儿多，两个月不到便全部赚了回来。这样一来大家可都红了眼，争先恐后找范践民商量出资买设备。范践民是来者不拒，谁买都行，无论新旧，只要本人同意买，他就肯出一半钱。林子尝到甜头又买台十六吨吊车，老吴和大骡子各买一台铲车，李强买一台推土机，狗肺子一下子买回四台焊机外带一辆野外作业车。一时间范践民把何紫琼还的二十万花个精光，又从她那儿借了十万。

巴黎公社建筑安装大队可谓鸟枪换炮，进出"猪圈"的不再是一伙扛着铁锹、撬杠的苦力，而是一台台大大小小的吊车、铲车、工程作业车。巴黎公社建筑安装大队一跃成为全市最具实力的建筑安装队伍之一。

企业实力的大幅提升，促使工作效率成倍提高。大家开着自己的车出去干活，心里别提多自豪。范践民鼓着腮帮子说："这叫反向投资，是劳动工具与劳动者相结合的新式的生产关系。"反正他也说不明白，大家也没兴趣听明白。只要天天有活儿干，管它什么生产力生产关系，能赚到钱就是最好的生产关系。


随着企业的名声越来越大，寻求合作的也越来越多。企业逐渐从零散安装转向承揽整体工程，在"猪圈"里谈生意多少影响些企业形象。为此，范践民决定把"猪圈"作为基地，另租处写字楼办公。

新租的写字楼大小七个房间，范践民自己占用一个套间作为总经理办公室。外间办公，里间放张床当他的起居室。何紫琼像个管家婆似的，自作主张给范践民买了张双人床、一床大被、两个枕头，全套高档洗漱用品。她布置完后，用不容置疑的口吻对范践民道："你给我听好，就这样布置，一丝一毫不准改变。"

狗肺子一脸坏笑凑到何紫琼跟前道："何总，范总单身，你给他弄张双人床干吗？还放两个枕头，这不是浪费吗？"

何紫琼一把拧住狗肺子的耳朵道："你操的哪门子心，两枕头他一个我一个，你管得着吗？"

狗肺子疼得大叫："何姐，何姐，快松手，我管不着，不管还不行吗！"

何紫琼松开手，笑着对狗肺子说："听说你要当新郎官了？结婚别忘了告诉我一声，我好对新娘子说说你在桥洞里的那些事儿。"

"别介，何姐，你可千万不能和她说。怎么说俺大小也是个副总，被她知道，有失俺'狗种'（苟总）尊严。"

大家看着狗肺子那副滑稽相，又是一阵哄堂大笑。

众人正说笑着，范践民的一群"儿女"们拎着抹布、端着盒子奔过来。当年为吃口饭管老范叫爹的一群流浪儿，如今已经出落成一群少男少女。在许惠茹的精心安排下，黎明、李明霞等流浪儿相继走进课堂接受义务教育。范践民按月给孩子们发去活费，学习好的发奖学金，学习不好的照例打屁股。几年下来，这些昔日漂泊在街头的流浪儿，个个都成了品学兼优的好学生。见孩子们忙碌得小脸通红，范践民命人买来一堆饮品，孩子们聚拢过来争抢自己喜欢的品牌。

范践民问："最近去看李奶奶了吗？"

孩子们争着说："去了！我们每个周末都去帮李奶奶做事。"

"李奶奶说，有我们就不用你去了，也不用再给她送米送钱了。她说她有好多钱，还请我们吃咸鸭蛋了呢。"

听着孩子们叽叽喳喳的话语，一种从未体验过的幸福感在范践民心中油然而生，生活真的变得很美好。

自打搬进写字楼，范践民终于脱掉那身仿劳改服，衣冠楚楚地出入各种场合，俨然一位私营企业主。

何紫琼换了台凯迪拉克，把淘汰下来的旧车送给范践民当坐骑。

晚上，范践民睡在宽敞的大床上，与在"猪圈"里感觉可是截然不同。只不过身边还是少了那么个人，屈指算来，许惠茹去西藏已经是第五个年头，也不知道她在那边过得怎么样。

# 69

飞机缓缓降落在拉萨机场。范践民提着旅行袋，随着一百多位同机旅客离开机场。

许惠茹工作的地方距离拉萨还有两天车程，范践民看看表，不知道这个时间还有没有去她那儿的班车。于是，他决定先去长途汽车站打听一下。

走在海拔三千多米的西藏街头，范践民并没感觉到不适。他来到长途车站，刚好有辆发往许惠茹那儿的班车，便上车继续赶路。

许惠茹的所在地位于怒江上游，全县平均海拔高度在四千五百米以上。连同下辖的四个乡，全县人口不足三万人。常住人口90%是藏族，只有少数汉人在此做生意。除此之外，还有当地驻军的一个机械化步兵旅。

位于大山中的县城占地面积不大，县政府是整个县城的最好建筑。范践民没费多大劲儿便找到许惠茹的办公室，他想给许惠茹一个惊喜。

办公室门开着，几个人正围着许惠茹核对数字。范践民径直走进去，见没被察觉，便悄悄坐在沙发上等候。也许是车马劳顿，他不一会儿便睡了过去。

核对完下拨救灾款物，许惠茹想给自己倒杯水。刚拿起水杯，发现沙发上坐个人，定睛一看，我的天呀！竟然是自己日夜思念的老范！惊得许惠茹张大嘴巴半天没缓过神来，她不敢相信这是真的，以为自己在做梦。

自从来到西藏，许惠茹无数次与范践民梦中重逢。然而，这样的重逢她却连做梦都没梦到过。许惠茹激动地跑到他跟前，拉着他的手忘情地喊道："践民，你怎么来了？快醒醒！"可无论她怎么喊，怎么叫，范践民就是不醒。急得许惠茹带着几分哭腔，恨不能张嘴咬他一口。可那个该死的东西歪着脖子、打着重重的鼾声睡得是那样的沉。许惠茹心疼地看着老范，知道他一定急着赶路，遥遥万里，马不停蹄地跑来看自己。于是，她不再急于叫醒老范，而是蹲下身伏在老范腿上久久地凝视着这个沉睡中的男人。她不知道老范何时出的监狱，也不知道他所经历过的生死磨难，更不知道他创业伊始的艰辛，同样不知道他为何如此突兀地出现在自己面前。她只知道这是自己深爱着的男人，是这个世界上唯一可以托付的男人。许惠茹心疼得两行热泪夺眶而出，哽咽地呼唤睡梦中的范践民："醒醒吧，睁开眼睛看我一眼，我是许惠茹。"

范践民隐约听到一个声音，许惠茹仿佛站在高耸入云的雪山之巅，穿一件橘红色的鸭绒服，脖子上围条洁白的哈达。山风吹拂着她的长发，许惠茹像皮影戏里跳动的仕女，高高扬起手臂呼唤他快点上去。可是，雪太深了，每走一步都得付出极大努力。他走啊走，脚下的路实在太难走，他好像永远也走不到那位令他魂牵梦萦的女人身边。忽然，许惠茹身后的雪山突兀升起，顷刻间崩裂开一条缝隙，与许惠茹一起倒下来。老范眼前一片白光，胸口憋着一口气，身体仿佛快要爆炸了。他奋不顾身地冲向许惠茹，谁知脚下一步蹬空，身体立刻变成自由落体坠入万丈深渊。可是,他坠落的速度简直太慢了，如同飘浮在空气中。范践民想：或许是因为处在高原，物体下落加速度小的缘故？他索性闭上双眼，但耳边却总有个声音在呼唤；他强迫自己睁开眼睛，见原来是许惠茹在叫自己。他仿佛又来到她的那间宿舍，一切是那般熟悉、亲切，虽然简陋得甚至有些寒酸，却让他有种归属感——许惠茹穿着粉红色的睡裙，含情脉脉地坐在那张小床上羞怯地望着他。

"许县长，扎布、其塔发生大面积雪崩！按照预案，驻军已经开始行动，扎西书记已经随部队去了其塔，告诉你立即去扎布！"

随着全球气候变暖，青藏高原的冰雪融化速度也随之加快。喜马拉雅山、念青唐古拉山相对高度都在三四千米，甚至五六千米之上。受印度洋季风影响，这里全年都有丰富的降水。今年，高山上部冬、春降雪和积雪较往年多，非常容易发生雪崩。为此，县委、县政府会同当地驻军已经做出周密预案，一旦灾情发生，政府和军队立即紧急出动、抢救灾民。

人命关天。接到通知，许惠茹不敢有丝毫怠慢，赶紧收起那份儿女情长，抓起一条毛毯盖在老范身上。她转身走出房间，随即又匆匆返回，拿起笔给老范写下留言："践民，公务紧急，对不起。等我回来！许惠茹。"

范践民从温柔乡里醒来时，四周静悄悄的。许惠茹不知什么时候已经离去。他发现自己手里拿一张纸条，一看那娟秀的字迹便知道是许惠茹留给自己的。老范懊悔地用拳头猛砸自己脑袋，但一切为时已晚。冷静后，他试图找人打听一下许惠茹去了哪里。可是，他很快便失望了。县政府几乎空无一人，寥寥几位进出的藏民，谁也听不懂他说什么。没办法，只好去政府招待所住下，一来等许惠茹，二来自己也实在需要好好睡上一觉。

许惠茹匆忙跑出办公室，张团长已经等了她好一会儿。按照军地双方制定的预案，张团长和许惠茹是雪崩区域责任人。二人已经有过几次共事，配合十分默契。张团长见许惠茹一路小跑赶过来，连忙打开车门请她坐在自己身边，随即命令部队向受灾区域进发。

美丽的雪景背后蕴藏着人类无法抵抗的自然力量。近期，暴风雪在扎布、其塔乡所处的山区肆虐了几个星期，环绕在陡峭山崖上的积雪岌岌可危。昨日傍晚时分，摇摇欲坠的积雪终于失去平衡，从五千米高山上突然下落，沿着山崖犹如万马奔腾顺坡扫荡。顷刻间，一面白茫茫的雪墙排山倒海而来，所经之处整片的草地、树林统统被淹没，毡房牛舍瞬间化为乌有。

灾害发生前，县政府已通知这一地区的牧民撤离。但直至灾害发生时，仍有人员、牲畜没能及时离去。当许惠茹随同张团长带领一个营的官兵抵达灾区时，大范围的雪崩已经过去十几个小时。人们看到的只是一片漫无边际的雪海，既不知道里面埋了多少人畜，也不知道从何处着手展开施救。而且四周的高山上仍然随时可能再次发生雪崩。

为了避免发生意外，张团长命令部队在崖口集结，他独自去查看情况；同时命令许惠茹下车，去其他车上等消息。许惠茹固执地坐车上不动，执意和他一起前往。

张团长说："惠茹同志，很危险，一旦出事，多一个人就多一份牺牲。"

"团长同志，多一个人也多一双眼睛、多个头脑，可以看得更仔细、想得更周全！"

"不行！赶紧下车！这是命令！"

"你的命令只能对你的士兵下达，我是地方官员，你无权对我下达命令！"

"惠茹，别犯倔，赶快下车！"

"少废话！开车！"

张团长见她铁了心与自己同去，只好帮她系好安全带，发动车进入山口。二人简单分工，张团长负责观察左边，许惠茹负责观察右边，小心谨慎地试探着前行。突然，二人眼前出现一道白墙，一百多米高的雪墙铺天盖地地朝他们迎面扑来。刹那间，一股强大的推力掀翻他们乘坐的那辆军用大吉普，连车带人夹杂在奔涌而来的冰雪中急速向坡底滚落。几吨重的大吉普如同巨人手掌中的车模，任其上下左右随意翻动。情急之下，张团长一把将许惠茹抱在怀里，用身体紧紧护住她的头。车不知翻了多少跟头，也不知道什么时候停了下来。等候在崖口的一营官兵被眼前的一幕惊呆了，他们眼看着自己的团长连人带车被那只白色魔兽吞噬掉。战士们等不及上级下达命令，拼命地朝那辆车滚落的方向跑去；当战士们跑到近前时，崩落的积雪已经停止滚动。望着偌大一片皑皑白雪，战士们不知道他们的团长被埋在哪里，怎么才能救他出来。小个子营长一边向上级汇报情况，寻求技术支持，一面命令战士们展开搜寻。战士们大声哭喊道："团长！团长！你在哪儿！"挥动着手里的雪铲拼命地挖掘，最后，终于在卫星定位系统的帮助下找到那车的准确位置，硬是从两米深的雪下把两个人挖了出来。战士们撬弄开车门，见张团长和许惠茹流出的血已经凝固。张团长紧紧护着许惠茹竟然还都活着。

一小时后，一架军用直升机降落在步兵旅驻地。救援人员装载上身受重伤的张团长和许惠茹之后，径直飞往西藏军区总医院。

# 70

范践民一觉醒来已是日上三竿，推开窗子发现寂静的小城突然沸腾起来。街道上车水马龙，县政府院内停满大大小小各式车辆，范践民不知道发生什么情况，凭直觉，他猜测肯定发生什么突发情况。于是，他顾不上吃东西，便跑出去打听消息。

果不出所料，范践民的判断是正确的。特大雪崩已经造成县内两条公路阻塞，人员及牲畜损失尚不清楚。上级政府及驻军正积极组织援救，各路救援队伍、车辆相继抵达，正在集结待命。

令范践民纠结的是始终打听不到许惠茹的消息，风闻先期救援的部队遭遇二次雪崩，并且有人员伤亡。他担心许惠茹，知道她肯定去了救灾前线。他不知道，此时许惠茹已经住进西藏军区总医院。

张团长伤得很重：全身多处骨折，尤其是颅骨摔成粉碎性骨折，内脏也受到损伤，医生摘除了他的脾。许惠茹伤得相对轻些。由于出事时被张团长紧紧抱住，她只摔伤了两根肋骨，其他都是皮外伤，到拉萨后便清醒过来。而张团长则先后做了七次手术才脱离生命危险。

张团长出身于军人世家。二十岁参军，在部队一干就是几十年。从一个普通战士，一步步成长为边防军的一名团长。其间，多次立功受奖，是军区出名的"扎根边疆模范"。令许惠茹不解的是，张团长受这么重的伤，几次颅骨手术随时都危及生命，却没有一位家人到场。张团长脱离危险后，许惠茹带伤陪护。她之所以这样，一是报答张团长舍身相救，同时，她也想用女性的温柔让张团长减少一些痛苦。几天下来，二人从工作谈到生活，从过去谈到将来，渐渐成了无话不谈的知心朋友。一天，许惠茹抑制不住好奇，问："张团长，你住院这么多天，怎么不见你家人来呢？"听许惠茹问到这儿，张团长的神情立刻黯淡下来，他把目光转向窗外，淡淡地说："为什么一定要家人，对于军人而言，所有的战友，包括你，都是我的家人。"见他不愿谈起，许惠茹也不好追问。直到有一天，张团长似乎吃错了药，主动说出尘封在心底的苦衷。许惠茹听罢惊得目瞪口呆。她不相信世间竟然有这样的父亲，而且是她心目中的英雄、自己救命恩人的生身之父。

张团长他老娘一辈子除了守活寡就是挨丈夫的拳头，好不容易盼到儿子长大成人，她自作主张给儿子娶了一房媳妇。说来张团长的媳妇也够窝囊的，洞房花烛夜丈夫连碰都没碰一下，哭丧着脸勉强待三天，拍拍屁股一走就是三年，期间，连封信都不曾给过她。尽管失落、孤单、寂寞，她还是盼望丈夫能回心转意接纳自己。然而，随着时间的推移，她越来越感到希望渺茫，不由得恨由心生。心想：既然你不待见我，也就别怪我要你好看。出于报复心理，她开始与公公乱伦，起初还忌讳婆婆，后来见婆婆根本管不了公公，便放心大胆明铺明盖与公公睡在一条炕上。

张团长他老娘一辈子就给儿子作这么一回主，还落个猪八戒照镜子——里外不是人。眼见老畜生明里暗里当"掏耙"，她只能睁一只眼，闭一只眼。尽管对不起儿子，却也实在无能为力。然而，事情到此还远没结束，年逾六十的老东西竟然让儿媳妇怀了孕。更要命的是，儿媳妇还非把孩子生下来不可。这样一来，纸里就包不住火。老太太无颜面对儿子，又左右不了老畜生，一气之下喝了敌敌畏伸腿归西了。

张团长接到舅舅发来的电报"母亡故，速归"，急得眼睛都蓝了。从西藏到东北，一路舟车，辗转万里，等他到家老娘早已入土为安。令他大惑不解的是，自己三年没回家，老婆却躺在炕上坐起了月子。

听说他回来，舅舅纠集家人兴师问罪，言辞激烈的声讨老东西犯下的滔天罪行，非要给他老娘讨个说法不可。一边是老爹脖子一梗来个死猪不怕开水烫；另一边是亲娘舅不依不饶讨说法。张团长夹在中间左右不是，只得一走了之。这一走又是十年，期间，张团长无数次提出离婚，可他老婆，不！应该说他老爹就是不给他出手续。他知道，离了婚儿媳妇肯定得改嫁，到那时他恐怕连"掏耙"都做不成了。


# 71


有个民间典故，叫："刘二爷剥蒜——两耽误。"说有户人家，下房住个老光棍刘二爷。两家处得不错，上房做好吃的总不忘给刘二爷送一份。这天，刘二爷见上房包饺子，心想又不用做饭了，一会准送饺子来。于是，一边等，一边剥蒜。上房煮好饺子，母亲对女儿说："去给你刘二爷送一盘。"女儿说："不用了吧？刚才我看见二爷在剥蒜，估计他也包饺子了吧？"刘二爷剥好蒜左等不来，右等不送，出门看看，上房已经吃完了。

范践民现在就是那位刘二爷。他费尽周折终于打听到许惠茹受伤住进医院，便心急火燎地赶往拉萨。来到西藏军区总医院，范践民急不可待地前往住院部寻找许惠茹，恨不得立刻见到她，把她紧紧抱在怀里，一生一世不准备放开。可是，来到许惠茹病房却不见她人在。被褥整整齐齐摆放在病床上，不见有一丝躺过的痕迹。正在这时，回来一位病友，范践民赶紧向她打听："请问，您知道许惠茹去哪儿了吗？"

那位病友打量一眼他道："你问的是那位地方来的女同志？三十八九岁，长发，大眼睛，人长得挺漂亮的？"

范践民连忙说："是是，我就找她。"

"噢，她平时在脑外科病房护理她爱人，俩人一起出的车祸，她爱人伤得比她重。具体住哪间病房我不知道，你去脑外科病房找找吧。"

"爱人？"

范践民惊讶地张大嘴巴，脑袋像被重重地敲了一下，一时弄不明白怎么回事。监狱一别小五年，想必许惠茹已经再婚？已经找到自己的另一半，并且重新组织了家庭？果真这样的话，自己突兀出现在人家丈夫面前将是件多么尴尬的事。想到这儿，范践民禁不住为难起来，想想自己披肝沥胆、不远万里前来相会，难道只为当面说一声言不由衷的祝福？而即使这样的祝福会不会让她老公感到唐突，进而给人家带来麻烦呢？范践民的两条腿像灌满铅，正站在那儿犹豫不决。突然，他看到窗外许惠茹扶着张团长朝停在路边的一辆救护走去，不知出于什么原因，范践民的心一阵撕心裂肺般的痛。许惠茹果然穿件橘红色的鸭绒服，围条白围巾，瑟瑟寒风吹拂着她的长发。她小心翼翼地扶着一个羸弱的男人，对方高大的身躯却被冷风吹得直打寒战。许惠茹连忙让他停下来，替他整理好衣帽，重新系好扣子，像位贤惠的妻子用心照料着自己的丈夫。那位男人的目光中流淌着感激，在许惠茹搀扶下，步履蹒跚地朝救护车走去。范践民猛然意识到他们这是要转院。于是，他赶紧冲出病房朝那辆救护车奔去。当范践民跑出病房时，那辆救护车扬起路上的残雪，已经朝着机场方向飞奔而去。

范践民恍若梦中，望着渐渐远去的救护车，一股强烈的愤懑涌上心头。都说男儿有泪不轻弹，那是没到伤心处。范践民极力克制自己，可那不争气的眼泪还是喷涌而出。他仿佛看到许惠茹正把那位男人拥在怀里，尽其所能给那位倍受伤痛折磨的人以亲人般的慰藉。范践民突然觉得自己没有理由闯进许惠茹的生活，只能把对她的那份爱当作美好的记忆深深埋在心底。

范践民神情黯然地登上返程飞机，当喷气发动机产生的巨大推力把他带离地面那一刻，觉得自己像一粒被飓风吹到空中的蒲公英，不知道还能不能找到一块能让自己落地生根的土地。

飞机在云层上方转入平飞。舷窗外晴空万里，飘浮着一朵朵白云。广袤的天空，令每个进入其中的人顿感自己的渺小，渺小得如同一粒尘埃。是啊，与它以光年为计算单位相比较，人生活在世上的一瞬的确微不足道。那些看上去比天高、比海深的恩怨情仇真的算不了什么。范践民的心情豁然开朗起来，不由得扪心自问：既然爱她，为什么要把她一次次推开？答案是：希望她幸福！又问：她现在已经找到了属于她的幸福，而你却为什么会痛苦呢？难道只有你给她的是幸福，别人给她的就不是幸福吗？

人往往是这样，理智是一回事，情感是另一回事。尽管范践民极力说服自己，心里却空落落的，仿佛只剩下一个躯壳。

# 72

范践民回来了，沮丧得像尊瘟神，看什么都不顺眼。何紫琼见他情绪低落，知道一定是为许惠茹闹心。试着问他几次，范践民总是缄口不说。见他整天郁郁寡欢打不起精神，便在宴宾楼订了一桌酒席，晚上约几个朋友一块喝酒、聊天、放松一下。

今天是农历八月初三，是范践民父母的共同祭日。说来有点怪，两位老人是在相距三十年的同一天离开人世。晚上，范践民买些黄纸、祭品，打算先找个地儿给爹妈化些纸钱，然后再去何紫琼那儿吃晚饭。按北方习俗，如果不能去亲人坟头上烧纸，则必须找处十字路口，在黄纸上写明寄给丰都城银行某某，这样过世的亲人就能收到。

范践民开车来到郊外，选处僻静的十字路口把车停下，捡根树枝在地上画个圈儿，摆上供品，点燃黄纸，跪在地上磕几个头。他一边烧纸，一边在心里默默祷告。

突然，凭空刮来一阵风，把一堆尚未化尽的纸灰吹得四处飞扬。就在火堆熄灭那一瞬间，范践民发觉天突然黑了下来，四周灰蒙蒙的透着一股阴森森的寒气。他好生纳闷，自语道："乖乖，人说烧香引来鬼,怎么烧点纸鬼也来呀。"正打算起身离去，却发现车不见了。"诶？这不是活见鬼了！屁大的工夫悄无声息的车没了！"老范正纳闷，天空中突然亮起一道闪电。范践民被晃得一阵目眩。他强迫自己镇定下来，揉揉被晃花的双眼，隐约看见了自己的车似乎停在远处。咦？怪呀！明明把车停在身边的，怎么突然间跑那儿去了呢？范践民禁不住打了个寒战，头皮有些发麻，浑身一阵阵发紧。看了一眼天,黑得像锅底似的。仿佛整个世界突然被谁用块布幔蒙上,四周黑漆漆的什么也看不清。范践民摸索着朝车的方向走去，可是，他走了好长一段路却始终找不到车。老范心想，不能再走了，肯定是越走离车越远。可是两条腿却不听支配，还是一个劲儿地往前走，而且越走脚步越快。

范践民是出了名的"傻大胆"，在他的记忆中从来没怕过什么。但现在他害怕了，想不明白眼前究竟发生了什么。迷路？恐怕连他自己也不相信；遇着鬼了？哪有什么鬼，全是自己吓唬自己。正在这时，腰间的手机响了，是何紫琼打来的。

何紫琼问道："你在哪儿呢，什么时候来？大家都到了，就等你了。"

范践民想了想，觉得还是不告诉她为好。这么大个人还迷路，传出去多丢人。于是，他对何紫琼说："今天是我老爹老妈的祭日，我在郊外给他们烧点儿纸。你们先喝着，我十分钟准到。"

"那好吧，我们边吃边等你，不过你可快点儿啊。"何紫琼说完挂断电话。

菜上齐了，几个人刚端起酒杯，那位会看风水的祖老板便笑嘻嘻不请自到。大家都知道他有个爱"蹭"的毛病。尽管打心眼儿里瞧不起他，但念及是老范的朋友，总得给他点面子。于是乎，真假掺半地装出几分热情请他入座。

祖老板是那种"你烦我，我不烦你"的赖皮缠，与其说是范践民的朋友，倒不如说是贴甩不掉的狗皮膏药。何紫琼打心眼儿里瞧不起这位，见他大大咧咧地坐在范践民的位置上便朝他瞪了一眼。祖老板却丝毫不以为然，端起酒杯道："兄弟迟来一步，先自罚一杯。"说完，一仰脖"吱溜"一声一饮而尽。何紫琼鄙视地朝他撇撇嘴，说道："祖老板红光满面一定是发大财了吧！"祖老板才不理会何紫琼的挖苦，一面给自己斟酒，一面说："我能发什么财，这年头医学这么发达，十天八天也不死个人，眼看快喝西北风啦！还别说，我倒给范总找笔大生意，诶？范总呢？"

经他一问，何紫琼抬手看看表，见时间已经过去半个小时，心想：说好十分钟到，怎么还没来！她不由得有些担心起来，便又给老范打电话，问："你在哪儿呢？怎么还没到啊？"

范践民在电话里支吾道："我好像迷路了，四周黑漆漆的什么也看不见。"何紫琼手机声音挺大，听说范践民迷路，众人立刻哄堂大笑起来。李科长从何紫琼手里要过手机，对他说："范总，真有你的，逗哥们儿玩呢？扯点儿什么不行，非说迷路。说吧，和谁泡呢？"说完，把电话举给饭桌中间让大家都来听听。电话里立刻传来老范惊慌失措的声音："我不是开玩笑，我真走不出去了！你们赶快过来帮帮我！"李科长知道老范好玩恶作剧，半信半疑地问："老范，说说你周围有什么？"范践民说："四周尽是些杂草、小树，还有些小土包，好像是坟！"李科长歪头想想说："你摇摇树让我听听。"电话里果然传来范践民摇晃树枝的声音。大家听罢,觉得他可能真遇到麻烦了。何紫琼忙夺过手机,问:"践民,你在什么地方,我去接你。"范践民焦急地说"紫琼,我真不知道!从来没来过这地方!""天啊!这可咋办,怎么会不知道在哪儿呢?!"何紫琼顿时急得乱了方寸。

祖老板本打算替范践民拉份活儿从中弄几个钱儿,去公司找他不见,听狗肺子说何紫琼在宴宾楼请客,便赶紧跑了过来,一来和范践民说说这份活儿;二来顺便蹭顿酒喝。没想到范践民竟然迷了路,这么晚还在荒郊野外转悠。于是,他从何紫琼手里接过电话问:

"范总,别着急。告诉我,你手机还有多少电?能挺多久?"

范践民说:"手机电不多了,估计能用个十分八分的。"

"范总,马上挂断电话。在我没打给你之前,你千万待在原地,哪儿也不要去。"祖老板说完,把手机还给何紫琼对大家道,"诸位,咱这酒先别喝了,有事的先行一步,没事的跟我来。"

几个人一时都没了主意,只好凭他摆布。何紫琼匆忙结账,也跟着来到祖老板家。

大家都知道祖老板神神道道的,家里常年供奉狐黄二仙、观音菩萨、元始天尊、太上老君、耶稣基督。总之,佛、道、仙,中国的、外国的他统统供奉。范践民曾打趣他:"这么多神仙聚在一块儿,该不会打起来吧?"祖老板一本正经地说:"不会,他们从不打架。"逗得大家一阵大笑。

祖老板披挂整齐,端碗净水四处弹了弹,请出"堂子",摆上香案,点起蜡烛,插上三炷香。昏暗的烛光下,屋里显得阴森恐怖,还多少带点神秘感。祖老板跪在地上,嘴里念叨些让人听不懂的咒语,用毛笔蘸朱砂画了一道符,写上范践民的名字,在蜡烛上点燃随手抛到空中,喊了声"急急如律",便口吐白沫仰面朝天倒在地上"过阴"去了。

何紫琼吓得面色苍白,浑身哆嗦着站在李科长身旁大气不敢出。

见祖半仙儿倒地,他老婆忙将众人带到客厅,又敬烟,又倒茶地好一通招待。那妇人目光游离,不时用余光扫视神龛旁的那条印着奇形怪状图案的布帘,见它隐约动了一下,知道祖半仙儿已经放好"替身儿"。

范践民在荒郊野外转悠了好一会儿,又惊又冷,冻得瑟瑟发抖。四周死一样沉寂,冷飕飕的夜风直往骨头缝里钻。他想找个地方坐下歇会儿,不料一脚踩空闹了个趔趄,低头见是一个圆圆的洞穴。觉得奇怪,便折根树枝朝里边捅,听声音好像捅在一块木板上,范践民心里明白应该是堆坟。这时,他腰间的手机响了,急促的铃声吓了他一跳。电话里祖老板煞有介事地说："范总，我已经派人去接你，你就放心大胆地往前走吧。"范践民突然觉得眼前一亮，借着东方早现的一缕鱼肚白，发现自己正站在一片低矮的灌木丛中。树木杂草在夜风中婆婆摇曳，发出一阵阵声响。范践民急忙分开枝条往前走，发现不远处一个土坡上果然坐着两个人。他赶紧走过去，见是一对鬓发如霜的老夫妻，忙问："老伯，我迷路了，您能告诉我怎么走出去吗？"老人看他一眼，抬手指指前方道："小伙子，往前走一百步有棵老榆树，到那儿你就看到路啦。"范践民连声道谢，朝着老人指的方向走去，果然有棵老榆树。他心怀感激地回头看了一眼，发现一双老人已经不见。惊得他浑身一阵发麻，暗想：不对呀，这么黑的天，两位偌大一把年纪，半夜三更坐在荒郊野外干什么？难道这世界上真有……范践民不敢再想，急忙加快脚步往前走。走到那棵老榆树下，果然看到自己的车，范践民心情顿时开朗起来。

祖老板倒在地上"过阴"，一去就溜达起来没完。说来这位祖老板还真有些本事，别的且不说，仅凭他躺在地上一动不动、一口气不喘，足见功夫十分了得。李科长想知道他回来没，于是，他站起身走进内室，刚要伸手试试他有没有气儿，祖老板老婆连忙制止道："别动！带上阳气他就回不来了。"吓得李科长赶紧把手缩回来，回到客厅候着。大约过了半个小时，祖老板终于"嘎"一声醒了，一骨碌从地上爬起来，要过何紫琼手机打给范践民道："范总，我已经去那边儿替你安排好了，有人接你，你就放心大胆往前走吧。"

别管真假，总之打完电话不到十分钟，范践民就回来了。何紫琼惊喜交集，拿出一千块钱对祖老板说："让你折腾一宿，这点钱就当给你道个辛苦吧。"祖老板连忙接过钱，喜笑颜开地说："按说不该要您的钱，可您这是敬神灵的，我只好代收。"何紫琼刚想撇嘴，立刻收敛起来，觉得这位祖半仙儿似乎真的小觑不得。

第二天，何紫琼又请客，一来给范践民压惊，二来专门答谢祖半仙儿。还是昨晚几位朋友，但在人们眼中，今天的祖老板与以往不可同日而语。饭桌上，祖老板神采飞扬地把自己吹得上天入地无所不能，只字不提他半夜三更把年逾古稀的丈人丈母娘弄到郊野外足足坐了半宿。

话题很快被祖半仙儿转到他给范践民联系的那份活儿上。

范践民疑惑不解地问道："这么个实权人物怎么成了你的朋友？"

祖老板拍拍胸脯、小脖儿一扬说道："你当我是谁呀，今后在外人面前你得称我先生！"

范践民笑道："是是，祖先生，祖先生！怎么叫起来这么别扭呢。"

大家又是一阵大笑。

祖老板抿了一口酒，把脑袋伸到饭桌中间神经兮兮地说："不瞒你们说，赵处长他老婆得了那种病，除了我谁也治不了。"

"噢！"大家不约而同地发出一声惊呼，心照不宣地明白了祖半仙儿的隐喻。

范践民当即应允事成之后给他一成酬金，祖老板高兴得两眼直放光。

祖老板办事还真有效率，第二天便给范践民打电话说："范总，赵处长我替你约好了。今晚他们来三个人，加上你、我一共五人，你安排好，档次一定得高。别心疼花钱，舍不得孩子套不到狼啊！"

范践民说："你说怎么安排、到哪儿去，回头告诉我就行。"

"那好，你等我电话。"祖老板说完挂断电话。

晚上，范践民吩咐老吴带上两万块钱，二人提前来到宴宾楼恭候。赵处长和他的两个哥们儿在祖老板的引领下准时到达。简单寒暄一番后，几个人便开始天马行空、推杯换盏地一通神喝。老吴拎个钱兜子在外边候着，见赵处长几人打着酒嗝走出来，赶紧去吧台结账。一顿饭花了整一万，老吴心疼得心直哆嗦。接着，祖老板又带大家去洗浴中心洗脚、按摩，老吴又付了一千多。

老吴悄声问范践民："范总，花了一万多块，人家连牙口缝可都没开，咱别被人当猴耍了。"

范践民低头沉吟片刻，趁赵处长出去方便之机问祖老板："赵处怎么连提都不提那事儿？"

祖老板说："一看你就是个土鳖，哪有刚见面就谈事儿的！得先沟通感情，感情到位才能谈事儿。你就听我的吧，包你赚大钱。"

"下步怎么安排？"

"去歌厅。我让尹胖子小老婆关门，今晚咱把她那歌厅包了，洗完澡就去她那儿'一条龙'。只要赵处玩得高兴，大笔一挥计划就给批了。"

几人来到尹胖子小老婆开的歌厅，那女人立刻让十几个小姐站成一排，嗲声嗲气叫道："祖哥，人都给你叫齐了，请各位选吧！"

祖老板挺胸叠肚、神气十足地走到那排小姐面前，摸摸脸蛋、拍拍屁股，品头论足挨排摸索个遍，最后选中五位，然后指着老吴对没被选中的小姐们说：

"你们也不白来，每人到他那领两百块钱，该干吗干吗去吧。"

一帮子小姐像苍蝇似的围住老吴，生怕他不给钱似的。老吴拎个钱兜子挨个发钱，每发一份，心就哆嗦一下。他暗自诅咒祖老板："你个王八蛋，这些都是兄弟们的血汗钱，被你用来装大屁眼子。你等着，事情办不成，看我不活剥了你。"他心里骂，脸上却装出一副毫不在意的样子。

范践民第一次来这种地方，紧张得像个小偷。祖老板分配给他的那位小姐殷勤地拉下他的手，他像触电似的脸一直红到耳朵根子，连声道："别，别，别这样，让人看见不好。"

那位小姐朝他撇撇嘴，妖里妖气地说："呦！大哥，看不出你还挺那个的，该不会还是个老处男吧？""你自重点，我有老婆。""看你说的，到这儿来的哪个没老婆？要都像你这样，我们就得去喝西北风了。来！小妹陪你跳一曲。""我，我不会跳舞，真的不会。""嗨！什么会不会的，三步四步不会，两步总会吧？""什么叫两步？没听说过。""两步就是俩人抱在一块'蹭'，就这样……"她说着，把身子紧贴在范践民身上，没"蹭"几步，就把老范"蹭"得一身大汗，活脱脱像一只刚从水里捞出来的大蛤蟆。

赵处长痛快淋漓地跳了曲快四，稍事休息又拥着舞伴跳起了贴面舞。范践民则像只被煮的螃蟹，抓耳挠腮地坐卧不宁。他偷眼看了下老吴，见那伙计抱着钱兜子傻呵呵的，看得眼睛都直了。范践民收回目光，侧脸瞧瞧身边这位小姐，见她正兴致盎然地伴随着舞曲扭动腰肢，全然陶醉其中。大屏幕上龙飘飘如泣如诉地唱着《舞女泪》：

多少人为了生活，
历尽了悲欢离合。
多少人为了生活，
流尽血泪辛酸向谁诉。
啊，有谁能够了解，
做舞女的悲哀，
暗暗流着眼泪，
也要对人笑嘻嘻。
啊，来来来跳舞，
脚步开始摇动，
就不管他人是谁，
人生是一场梦。

……

范践民正听得入神，那位小姐拉他一下说："大哥，咱也去跳一会儿呗，看人家玩得多开心。"范践民推开她的手，没头没脑地问了句："你不觉得这样活着挺悲哀的吗？"那女子把嘴撇得像个瓢似的说："呦！大哥，您可真会开玩笑，您看我们哪儿悲哀了？吃好的，穿好的，天天睡到自然醒。晚上陪客人跳跳舞、聊聊天就能挣钱。比起当工人那会儿被人使唤不知强多少。"范践民惊讶地看着她那张涂了一层厚厚脂粉的脸，暗想：不是此人没长心，就是那个龙飘飘在扯淡。

范践民正胡乱揣度身旁这位吃青春饭的女人，不知不觉音乐声没了。偌大的舞厅除了他和身边这位小姐，还有就是搂着钱兜子打瞌睡的老吴。他问那位小姐："怎么不见他们跳舞了？"那位小姐朝楼上努努嘴道："谁像你，就这么干耗着，人家都去'打炮'了。"范践民不解地问："啥叫'打炮'啊？"那小姐说："怎么？没打过？打一炮不就知道了。"范践民连忙摆手道："不打，不打，我没炮。"那小姐咯咯笑着道："我说你怎么这么老实，原来是个废品。""啊？"范践民为自己成为"废品"惊得合不上嘴。

午夜时分，尹胖子小老婆准备好夜宵，十几个男女围成一圈，又是一通饕餮大吃。随后，祖老板朝老吴摆摆手道："老吴，过来。给几位小姐开付小费，每人五百块。"几位小姐闻听高兴地称赞道："祖哥真敞亮！下次出来玩儿千万别忘了我们呀！"祖老板得意扬扬地说："放心吧，你们只要招待好我哥们儿，钱在哪儿花不是花。"说着又吩咐老吴付尹胖子小老婆的包场费。老吴带的鼓鼓囊囊一兜子钱，一晚上就花个精光。他赌气对尹胖子小老婆唠叨："今晚你可发大了，恐怕洞里的耗子都得发几片'江中牌健胃消食片'。"祖老板不以为然地笑了笑，装腔作势地道："老吴，是不是所有人的钱都付了？"老吴被他问一愣，环顾一下说："好像都付了，只有那个放音响的小姑娘没给。"祖老板说："赶紧给。咱们是什么人啊，别让她小瞧了。去，给她两百块。"老吴看了看范践民，意思是钱已经花光了。范践民连忙掏出两百块钱，对那位小女孩说："一点小意思，谢谢你陪伴一个晚上。"不料，那女孩轻轻推开范践民递过去的钱说："我不要您的钱，为您提供服务是我的工作。"范践民说："今晚每位小姐我们都付了钱，你就别客气了。"那女孩淡淡地笑了笑，声音很低，但语气却十分庄重地说："我不是小姐。"

# 73

祖老板说得没错，只要感情投资到位，一切事情都好办。请赵处长吃饭没几天，祖半仙儿便兴冲冲打来电话："范总，事情搞定了，你赶紧带上文件去赵处长那里签合同。快点去，别让人家等你。"又叮嘱老范，"别忘了给赵处送点钱。""送多少？"范践民问。祖老板不假思索地说："那还用问，怎么也得送个三万、五万的。"范践民略一沉吟道："好吧，我知道了。"

范践民把一包钱放到桌上。赵处长立马收到抽屉里，问："印章带来了吗？""嗯！"范践民连忙把印章递给他，赵处长接过印章，在合同纸上"咣咣"一通神盖，随后，扔给范践民两份合同，说道："范总，活儿我给你了，能不能挣到钱就看你了。你最好打点下预算处、材料处、质检处、财务处、核算中心，当然还有高总，话不用我说你也明白。就这样吧，我还有事，就不多和你说了。"

范践民揣起那份合同，高兴得差点找不到北，回到单位一面积极组织施工，一面按赵处长的指点与相关部门协调关系。首当其冲的是预算处，这帮小子专玩小数点。往前移一位让你赚得沟满壕平，往后移一位让你赔得啥也不像。还是对付赵处长那套，请人吃大餐、洗桑拿、泡歌厅，然后，大大方方送上一笔钱。预算处搞定，再搞材料处、质检处、财务处、核算中心。至于高总，光凭这套恐怕行不通，只好另想办法。就这样，范践民成了尹胖子小老婆的常客，每次来老板娘都像接财神似的，恨不得把他恭敬到天上，替他把一切安排得妥妥当当，范践民落得省心。

范践民光顾尹胖子小老婆歌厅，除了生意上应酬外，应该说另有隐情，就是那个放音响的小女生。这位衣着简朴的小女生对范践民来说，简直是个谜。

小女孩叫李丽，二十一二岁的样子，中上等身材，人长得挺清秀。白皙的脸庞上嵌着两只丹凤眼，小鼻子、小嘴儿长得恰到好处。自打相识，她就始终穿件淡蓝色的碎花小袄。看上去虽然不是很旧，但也应该穿了好长时间。

李丽每天像根钉子似的守在那块不足三平米的音响室放音乐，从没见她离开半步。起初，小女孩儿戒备心很强，范践民问十句，她顶多回一句，或者干脆一句不回；接触几次后，见范践民尽管经常带朋友来玩儿，自己却从不找小姐，便对他产生些好感。

尹胖子小老婆见范践民来了就找李丽，以为他想泡她，便说："范哥，劝你死了那条心吧，这丫头死拧。当初我看她有几分姿色，花两千块从'驴贩子'手里买下她。当天沙场祝老板就出五千块钱给她开苞，这妮子死活不干。气得我三天没让她吃饭，饿得她前胸贴后胸。可她还是一个客人也不给我陪，整天闹着要走。实在拿她没办法，我只好让她先干活。那两千块钱不能白花，她得给我挣回来！"

范践民愣愣地看着眼前这个女人，想不到她的心肠竟然如此歹毒。

这天，范践民又陪客人来歌厅，和往常一样，客人泡小姐，他帮李丽放音响。期间，有位客人点了首怀旧老歌《红河谷》，李丽放后那人说不对，满嘴不干不净，骂得李丽不知如何是好。

范践民见状连忙替她解围道："哥们儿，有话好说，您别骂人。《红河谷》有两个版本，一首是美国民歌，还有一首是加拿大民歌。我们这儿只有美国民歌《红河谷》。如果不是您想唱的，请您换首别的歌吧。"

那人一脸不屑地说："你算哪根葱啊？少他妈的跟我卖弄。又是美国，又是加拿大的！"

李丽见俩人吵起来，连忙道："先生，对不起，我再给你放一首别的歌吧，来这儿玩图个开心，别为一首歌坏了您的好心情。"

那人闻听，立刻换副嘴脸，嬉皮笑脸地说：

"咦？小妹挺靓啊！今晚哥不唱了，想和你玩玩。"

"对不起，我是服务员，您还是找她们去玩吧。"

"怎么？不给我面子？我还就看上你了！不就是钱吗，哥有得是。"

男人说着，从包里掏出一沓没打捆的百元大钞摔在李丽面前道："看好，一万块，老子包你一宿。"

原本凑过来看热闹的一帮小姐，看着那沓厚厚的人民币眼珠子都快掉了出来，嫉妒得恨不得冲上去咬这位素面朝天的农家妹子几口。

范践民站一旁默默地看着李丽，只见她双目紧闭，右手不停地在胸前划着十字，嘴里念念有词：

"祈求万能的主，用您那万能的神力保佑您的孩子纯洁使然，让我圣洁的灵魂永驻您身边，拯救我于一切邪恶与危难之中。愿您的旨意在人间如同在天上。阿门。"

原本喧嚣的歌厅突然变得一片寂静，仿佛这位贫弱女子的身后站着一群天神，一个个手持天理之剑，怒视着人间的丑陋发出一阵阵无声的斥责。

那位大款见状，立刻收起那沓钱悄然离去。范践民心头为之一震，顷刻之间，这位衣着寒酸的山里姑娘突然在他心目中变得那么圣洁、那么神圣不可侵犯。

李丽出生在一个虔诚的天主教徒之家。父亲病逝，家里失去了顶梁柱。李丽与比她小一岁的妹妹同时面临高考，姐俩儿都是班里的学习尖子。为圆妹妹一个大学梦，李丽无比眷恋地放下背了十二年的书包，背着家人独自离开家乡。

起初，李丽只想出去打工挣钱供妹妹上大学，没想到被表哥骗到歌厅"卖"了两千块钱。发现当小姐，李丽死活不干。尹胖子小老婆凶巴巴地说："你走可以，但必须还我两千块钱，我不能人财两空。"别说两千块钱，二十块钱对她来说都是天文数字。无奈之下，她只好答应在歌厅打工偿还被表哥骗走的两千块钱。说好供吃供住，每月两百块钱工资用来抵账。安顿下后，老板娘仍不死心，千方百计逼她坐台。怎奈李丽我行我素，你有千条妙计，我有一定之规；无论你怎么威胁利诱，我就是不干。老板娘气得见面就骂："天生的犟驴，受穷的脑袋。放着大把钞票不赚，等着立贞节牌坊吧。"对于这些冷嘲热讽、污辱谩骂，李丽只当耳旁风，尽管天天和那些纸醉金迷的小姐们混在一起，却能出淤泥而不染。

# 74

终于盼到年底结算，范践民兴冲冲地把一张一百七十万的支票交到老吴手里。老吴接过那张支票感慨万分地说："真不容易呀，悬着几个月的心总算可以放下，这回咱可大赚一笔。"范践民说："算算，我估计怎么也能赚五十万。"老吴说："我大概算了一下，扣除工时费五十万、设备租赁费三十万、请客送礼三十万，以及其他各项支出，即使赚不到五十万，也扑边儿。看起来还是干公家的活儿赚钱。我还担心给打白条儿呢，这事还真多亏祖老板。对了，他的钱怎么办？"老范说："咱说到做到，当初答应分他一成，咱就给他五万。晚上叫上何紫琼、祖老板，一块吃顿饭庆贺庆贺。""好，我这就去安排。"说着，老吴转身离去。

晚上，范践民、林工、老吴、李强、狗肺子、大骡子，外加何紫琼、祖半仙儿八个人正好凑一桌，热热闹闹围坐在一块涮羊肉。正宗四川麻辣火锅又麻又辣，几个人吃得满头大汗。何紫琼一边嚷嚷辣，一边不停往嘴里添。范践民笑道："你这儿哪是怕辣呀，分明嫌辣得不够劲儿。"大家正吃得热火朝天，范践民手机响了，见是陌生号，便随口说了句："该不会又打错电话吧，是陌生号。"狗肺子取笑他道："整天泡歌厅，不会当'四大唬'吧？"何紫琼停下筷子问："啥叫'四大唬'啊？"狗肺子说："喝酒猛劲灌，麻将把把算，贷款替担保，歌厅留名片。这就是'四大唬'。"大家一阵大笑。

不幸被狗肺子言中，电话真是从歌厅打来的。李丽只对范践民说了一句"范哥，快来救救我"，电话就断了。范践民一惊，心想：坏了，李丽准是遇到麻烦。于是，他连忙对大家说："你们吃着，我有点急事，不用等我回来。"说罢，他匆匆离开饭店。

李丽的确遇到了麻烦。那天下午，两位警察来歌厅检查身份证，没身份证的要么缴两千元罚款，要么带回分局拘留。李丽没办身份证，农村孩子哪儿见过这阵势，吓得小姑娘一时没了主意。她虽然不知道拘留是怎么回事，却知道只有犯法才会被拘留。她不想去，也不敢去。不去就得交罚款，上哪儿去弄两千块钱？老板娘肯定指望不上，即便她肯帮忙，自己还得在这个鬼地方再熬上十个月。思来想去，觉得除了范总，恐怕连主都帮不了自己。无奈之下，只好给范践民打了求救电话。不料，电话刚接通，她便被警察强行带走。

范践民风风火火赶到尹胖子小老婆歌厅，见李丽已经被带走，责怪老板娘："你怎么让他们把人带走了！"小老板娘把脸一沉，满面不悦地说："呦，范哥，你也忒高看妹子了。人家警察执行公务，她没身份证，又交不出罚款，我能有什么办法。"

范践民懒得和她理论，得知李丽是被辖区民警带走的，转身开车去了派出所。有位警官正在询问几个没身份证的歌厅小姐，听说他是为李丽而来，问他与当事人的关系。范践民随口说是亲戚。警察问："既然你们是亲属，那你说说她家住哪里，家里还有什么人，什么时间来的本市，都从事过什么职业？"得！一连串的发问把范践民给问傻了。他知道编不得瞎话，警察只要把自己说的和李丽一对比立马露馅，只好搪塞说是远方亲戚，多年不曾来往，只见过一两次面，家里的情况还没来得及问。警察用狡黠的目光盯了他许久，突然猛拍桌子大声喝道："别编了！正要找你，你倒自己送上门来！她已经把你供了出来！你倒好，还有心思跑这儿捞人！说吧，总共嫖过几次？给过她多少钱？"

范践民明知他在敲山震虎，自己却说不清楚，况且他也不敢说清楚。噢，说带朋友去歌厅玩儿认识的，那警察一定要问："带谁去的？都怎么个玩儿法？"岂不把赵处长他们带出来了？人家都是些有头有脸的人，万一警察去抓，让人家丢人现眼不说，以后还咋和人家混。想到这些，范践民急得汗都下来了，抓耳挠腮想不出个辙来，心里这个懊悔，怪自己太鲁莽，把事情想得太简单了。这下可好，李丽没捞出来不说，还把自己陷了进来。

那位警察瞧他一副尴尬相显得十分得意，缓和一下口气道："说说吧，也没什么大事，只要你交代清楚，再交点罚款，立马放你走人，我们还替你保密。"

范践民觉得自己什么违法事没干，也就没在意警察说的那些话，掏出手机想打个电话。不料那位警察一把夺过手机，厉声吼道："不许打电话！赶快交代你的问题！惹急了别怪我让你吃苦头！"一句话，立刻把范践民惹急了。他面红耳赤地反驳："你他妈的吓唬谁呢？老子啥刑法没尝过！我倒要问问，你凭什么让我交代问题？我犯了哪条王法，你倒是说给我听听！"那位警察见他使横，抢起手铐劈头盖脸地砸了过来。范践民闪身一躲，刚好砸在左脸上，立马被砸得满脸桃花开。范践民见他不问青红皂白、抬手就打，顿时血往上撞，发疯似的与他厮打起来。他一只手牢牢卡住那人的喉咙，三拳两脚便将他踹到了桌子底下。想必那警察平素只知道打别人，从没想过自己会挨打，今天终遇到个吃生米的，竟敢在派出所里袭警。于是，他掏出手枪"砰"地开了一枪。范践民只觉得胸口一热，像有根针扎了自己一下，朝后踉跄几步口吐鲜血倒在地上。

## 75

许惠茹告别工作、生活了整整五年的西藏，怀揣一纸调令回到阔别以久的故乡。下飞机便直接去市委组织部报到，等待重新分配工作。从市委组织部出来，见时间尚早，尽管心里惦记着老爹老娘，可是，她最想见的还是那个范践民。监狱一别，许惠茹给他寄过无数封信全都石沉大海，她连一封回信都没收到过。伤心之余，她也多了几分愤怒。一气之下，她索性不再去想范践民的事，把全部心思都投入到工作之中。说句实话，倘若没有范践民这次不远万里前去探望，许惠茹真就当他已经人间蒸发。范践民突然从天而降，许惠茹那份沉寂多年的情感仿佛再次被他激活，思念之情一天比一天强烈起来，强烈的甚至连她自己都无法相信。

许惠茹知道何紫琼已经换了手机号，好在还记得何紫琼家的电话，试着打一下，还真通了。接电话的是紫琼妈，一听是许惠茹立刻大声道："惠茹呀，好多年没见你了，听说你去了西藏，什么时候回来的？""伯母，我刚刚才回来，您老身体还好吧？""唉，好什么呀，人老了，浑身哪儿都不听使唤。你还好吧？这次回来是不是就不走了吧？""伯母，我挺好的，回来就不走了。""你看我光顾说话了，你是不是找紫琼啊？"许惠茹说："是的，伯母，我没她手机号了，想问您怎么能联系上她。她在本市吧？""在在，在医院里。你还不知道吧，前几天践民被警察用枪打伤了。

紫琼在医院……"许惠茹心头猛然一震，连忙打断老太太的话，急切地问："伯母，践民被打伤了？他现在在哪里？伤在哪儿了？""在中心医院，听说打到肺子上了。"许惠茹顾不上再听下去，便对紫琼妈说："伯母，我先不和您说了，回头去看您。"她说完挂断电话，叫辆出租车径直去了市中心医院。

范践民被警察一枪撂倒，喷出的鲜血淌了一地。那位警察看着倒在自己枪下的范践民，两眼直勾勾地傻在那儿一动不动。所长、教导员听到枪声赶紧跑了过来，见地上倒着一个人，那位警察手里还端着枪，厉声叫道："你干什么，赶快把枪放下！"那位警察已经懵了，听到喊声，立刻把枪口指向所长。所长吓得一步跳到门外，大声喊道："你冷静点儿，把枪扔出来。"过了好一会儿，那位警察才把枪扔出门外。所长来不及询问因由，一步跨进屋里查看人死了没有、被击中哪个部位。见人还没死，胸部流出许多鲜血，立刻叫人把范践民抬上警车，拉响警笛一路狂奔送往医院。

范践民的左肺叶被打了个洞，子弹从前胸射入，从后肩胛出来，给他来了个透心凉。送到医院后马上开胸、止血、缝合，在手术室里折腾两个多小时后被送入监护病房。

所长、教导员一直守候到范践民情况稳定才离开医院。一边着手调查事情经过，一边联络范践民家人。经过了解，眼下唯一的知情者只有李丽。此时，谁也无心调查她的身份证，立刻派辆警车将其送到医院。

第二天清晨，范践民苏醒过来，见李丽面容憔悴地守在自己身边。两眼哭得像两颗烂核桃儿，一头零乱的长发半掩着苍白的脸庞，正目不转睛地看着自己。见范践民醒来，李丽转身跪在地上，虔诚地向她的主祷告："我万能的主，感谢您的宽厚和仁慈，用您那无边的法力拯救他那可怜的生命……"

范践民躺在床上静静地听她祷告，一番发自肺腑的话语透着一股清馨，像一股涓涓流淌的山泉滋润着他那颗干涸的心田。范践民顿时觉得身上的伤不再疼，整个身心如同荡漾在和煦的春风里，伴随着李丽的祈祷声徜徉在天国祥瑞的霞光之中。

上午，医生刚刚查完房，辖区派出所所长、教导员及分局一位领导便来到范践民的病房，简单询问几句伤情后，谈话立刻转入主题。教导员带着几分诚恳对他说："范总，情况我们基本调查清楚了，首先我们承认用枪不对，但你也有责任，毕竟是你把他打急了才酿成这样的后果。既然事情已经出了，想征求一下你的意见，看看能不能协商解决。"范践民眯缝着眼睛朝他看看，表情异常平静，人们一时琢磨不透他在想什么。过了一会儿，范践民开口道："请你们归还我的手机。""手机？"几个人相互看了看，教导员立刻吩咐身后一位干警："赶快回去，把范总的手机送来。"那位警察应声而去。他继续说:"几位领导,我现在枪伤在身,暂时很难回答你们的问题。这样吧,回头请我的律师和你们谈,是我的责任,我一定承担。至于对方是否有过失,就让法律来裁判吧。"听了范践民不软不硬的几句话,几位知道遇上个难缠的主。所长把脸一沉威胁道:"范总,我们刚刚调阅过你的卷宗,你已经是'二进宫'了。我想,你不会还想进去待上一阵子吧!"范践民轻蔑地笑笑说:"你说的一点没错,该受的我受了,不该受的我也受了。既然你们已经看过卷宗,相信你们不会看不出其中的原委。时代变了,已经不再是从前。是非曲直自有公论,我没什么好说的,诸位请便吧,我要休息。"

几位警官走后,警察送还了范践民的手机。他接过来,见有一长串未接电话。不用看就知道是何紫琼、老吴、林工等人打来的。范践民首先打给何紫琼,把昨天发生的事轻描淡写地说了一遍,顺便请她帮忙请位律师;随后打给老吴,告诉他准备些钱给何紫琼。范践民躺在病床上,心里憋着一股火,他要拿起法律武器和警方好好较量一番。

何紫琼心急火燎地跑到医院,想不到范践民竟然受的是枪伤,而且伤得这么重,简直快要急疯了。范践民把昨天在饭店接到电话之后发生的事,和她一五一十地诉说一遍。李丽瞪着一双清澈的大眼睛,一时弄不清俩人是什么关系,凭直觉,她感到绝非一般。于是,她殷勤地搬只小凳子,请何紫琼坐在范践民床边。何紫琼只顾着急,也顾不上问范践民身边怎么突然冒出位年轻女子来。

老吴也不知道出了什么事,听范践民说用钱,便赶紧去银行提了五万现金。来到医院,听说范践民被警察一枪撂倒,吓得手里拿着一包钱直哆嗦。范践民说:"你把钱给紫琼,让她替我请位好律师,我非得让那个狗东西去蹲大狱不可。"

正说着,那位用枪撂倒范践民的警察哭丧着脸走进来,提些水果来到范践民床前说:"范总,兄弟我给您赔礼来了。您大人大量,看在我年轻一时冲动的份上,抬抬手放我一马吧。"没等范践民说话,何紫琼像只母老虎似的扑上去,一把抓住那小子的脖领子吼道:"你说得倒轻巧,抬手放你一马,来!把枪给我,也让我打你一枪!你们这号人,平日里欺负人欺负惯了,今天就是说出大天来也得扒掉你这身警服,送你去蹲大牢!滚!咱法庭上见!"

老吴见何紫琼情绪过于激动,忙劝道:"何总,息怒,狗咬你一口,你总不能也咬狗一口。咱有话好好说。"

老吴连哄带劝,何紫琼总算松开手,把来人连同水果一股脑扔出病房。

撵走那位警察,何紫琼气得直喘粗气。李丽连忙倒杯水送到她手上说:"何总,别生气了，先喝口水吧！"

何紫琼接过水杯，抬眼打量下李丽，问范践民："这位是谁呀？我怎么没见过？"

老吴认识李丽，生怕何紫琼追究令范践民难堪，连忙打岔道："何总，范总不是让您去请律师吗，您还是抓紧时间去办正事吧。"

何紫琼见老吴鬼头鬼脑的样子顿时起了疑心。说道："诶？好你个老吴！看你鬼鬼祟祟的样子，好像有什么事儿瞒着我！说，到底怎么回事儿！"

范践民说："紫琼，别问了，还是我和你说吧。"于是，便把自己如何认识的李丽，李丽如何被骗到歌厅、如何在歌厅打工抵债，乃至如何为李丽挨这一枪的整个过程详细对她说了一遍。

何紫琼听罢，仔细打量一番李丽，带着几分醋意道："嫩得都能掐出水来，没看出来，你老范艳福不浅啊。"直说得李丽低下头，脸腾的一下红到耳根。


许惠茹来到中心医院，万分焦急地四处打听范践民住在哪间病房。好在中心医院不太大，她没费多大劲儿便找到老范的病房。不知出于什么原因，当她惴惴不安地来到老范病房门口时却犹豫了一下。停留片刻，许惠茹习惯性捋捋头发，准备推门进去。突然，她透过门上的玻璃，看到一位年轻女子正在给范践民擦脸。只见她用湿毛巾擦拭老范脸上每一细微之处。那专注的神态，一看就知道是发自内心的体贴入微。许惠茹不由得一惊，她下意识转身退回门旁，一种莫名的委屈顿时涌上心头。她极力想给眼前所见一个合理的解释，或许是医院的护士？不对，看她那身装束应该是位乡下妹子；是老范的侄男外女？更不可能，她知道老范没有什么亲人。正当许惠茹站那胡思乱想之际，又有两位男子前来探视。和许惠茹一样，二人看到里面的情景也退了回来。许惠茹连忙坐到对面的长椅上，装作若无其事的样子用心观察。

来人是狗肺子和大骡子，听说老范受伤住院，特意前来探视。二人对视了一下，大骡子悄声问："苟哥，那个女的是谁呀？怎么没见过？"

狗肺子故弄玄虚道："不知道吧？这妞儿是范总的马子。二十刚出头，真她妈水灵。"

大骡子又伸头儿朝里望望，啧啧嘴说道："嗯，真靓，比何总还靓。咱范总真有本事，看样子还挺铁。"

狗肺子道："听老吴说，这妞儿是尹胖子小老婆歌厅里的小姐，范总花了半年多才泡到手。"

许惠茹听到这儿，像吃进个苍蝇，恶心得直想吐。她实在不想再听下去，带着一腔愤怒转身离开医院。

太阳像张刚出锅的鸡蛋煎饼无精打采地挂在天上。西北风刀子似的刮在脸上，扎得人一直疼到心窝子里。东北的腊月天儿真叫个冷，冷得像嘴里含块冰，从里到外透心的凉。

许惠茹把头缩在大衣领子里，走在空旷的街道上。天冷，心更冷。愤懑、委屈、失望、无奈，各种复杂的心情同时涌上心头。仿佛孤身一人行走在漫无边际的黄沙中，找不到方向，更看不到希望。她看了下表，感觉应该有回家的班车，便拦下一辆出租车说："去长途汽车站。"

出租车载着许惠茹来到长途汽车站，刚好最后一班车驶出车站。或许乘客没坐满，大客车正缓慢徐行。乘务员扶着车门高声喊着："最后一班，上车有座！"许惠茹连忙让司机停下，一边付车费，一边朝大客车挥手喊道："等我一下。"司机轻轻踩下刹车，乘务员顺势将她拉进车内。

许惠茹上车，前边的座位已经坐满，便朝车尾走去。最后一排座有两个空座，她刚要坐下，一个女人突然喊她："许姐？怎么是你呀？"

许惠茹定睛一看，不由得一愣。原来是吕二军和陶小荷。

吕二军披着一件裘皮大衣斜靠在座椅上，陶小荷围条白狐狸皮围脖、穿件黑色貂皮大衣，正笑吟吟地和自己打招呼。见许惠茹站那儿发愣，陶小荷起身拉着许惠茹的手亲昵地说：

"许姐，真有缘。我俩出国一个多月，回来第一个遇见的就是你。"她边说边把许惠茹拉到自己身旁，像翻倒了核桃车似的说起来没完。

陶小荷是个非常单纯的女人，单纯得像没长大脑。大凡任何一个女人遇到丈夫的前妻都应该是件十分难堪的事。陶小荷则不然，她没有丝毫尴尬，全然不顾及对方的感受，只顾说他们如何去国外旅行，如何在欧洲购物，甚至打开旅行袋，把从国外带回来的东西倒腾出来让许惠茹看，这儿是俄罗斯的丝巾，那儿是哈萨克斯坦的真牛黄，喋喋不休地一通炫耀。吕二军见她缠着许惠茹说起来没完，板着脸对陶小荷吆喝道："你有完没完，闭上嘴一边待着去。"陶小荷像只被主人呵斥的宠物，立刻一声不响了。

离婚后，吕二军潇潇洒洒地过起了几年无拘无束的单身日子。老婆离婚、女儿上大学，自己一个人吃饱全家不饿，无牵无挂的倒也自在。至于和季彩凤生的那个傻儿子，他连看都不愿看一眼。然而，时间长了，对这种没收没管的日子反倒厌烦起来。也是陶小荷整天穷追不舍，一门心思嫁给他。吕二军便来了个顺水推舟，干脆娶她当了小四儿。俩人虽然年龄上差一大截，吕二军却一点都不惯着她。回到家里茶来伸手，饭来张口。陶小荷则心甘情愿地为他沏茶倒水、叠床铺被、洗衣做饭、洗脚搓背。吕二军高兴喊她几声宝贝，乐得她鼻涕泡吹得老高。吕二军心烦，陶小荷便像只猫儿似的，走路都得踮着脚尖。与和许惠茹那会儿真乃天壤之别。

吕二军见陶小荷老实了，问许惠茹："啥时候回来的？"

"这不是还没到家呢吗。"

"还去西藏吗？"

"不去了。"

"工作怎么安排的？回县城还是另谋高就？"

"暂时还不知道，由市里统一安排，反正让去哪儿去哪儿呗。"

"娟娟这几天也要回来，她告诉你了吗？"

"我知道，前几天她给我打电话了。"

"在国外给孩子买几件衣服，正好你带回去吧。"

"别呀，你买的，还是你送她吧。"

见他们俩说话，陶小荷不敢插嘴。也是旅途疲劳，不知不觉地趴在吕二军腿上睡着了。

许惠茹轻蔑地看了一眼陶小荷，把头转向车外。

吕二军犹豫许久，还是问了句："你还自己过呢？"

许惠茹反问道："你认为呢？"

"这么多年就没遇着个合适的？"

吕二军这句话问到了许惠茹的痛处，她不知道应该如何回答是好。说没遇到，怕被吕二军小觑。"怎么样？我吕二军能娶个比你年轻二十几岁的黄花姑娘，你却连个中意的男人都找不到。"说有吧，可又有谁呢？自己一盆火似的爱着老范，人家还不是照样找个能当自己女儿的小姑娘。许惠茹只得缄口不语。

正当许惠茹尴尬难堪之际，包里的手机响了起来。电话是张团长打来的，问她到家了没有。许惠茹灵机一动，立刻换上一副妩媚的神情，甜甜地道："亲爱的，我在回家的路上，再过一会儿就到家了。你在哪儿？噢，在旅部开会呢。注意身体我的大团长。想你，再见。"合上手机，许惠茹骄傲地朝吕二军笑了笑。

# 76

上午九时许，区人民法院正式开庭，公开审理范践民枪击案。依照诉讼程序，控方律师首先发言。他指控被告人非法使用枪械致人重伤，要求法庭依照相关法律追究当事人刑事责任，并附带赔偿控方医疗费、误工费总计人民币二十万元。

控方律师刚刚宣读完起诉书，辩方律师立刻申请发言，称：

控方律师所言纯属无稽之谈。在这里，我提醒审判长注意，我的当事人是在依法执行公务过程中受到人身攻击，使用枪械是被迫采取的正当防卫。作为执法者，我的当事人在自身生命受到威胁的情况下采取必要的手段保护自己，对由此而产生的后果不应负任何形式的刑事及民事责任。理由很简单，他是一名人民警察，其职责就是捍卫法律、惩罚犯罪……

辩方律师话音刚落，控方律师又申请发言：

审判长，辩方律师所言犯了一个常识性错误。那就是我的当事人并不是被告律师所称的"被询问人"，而是去公安机关办事的普通公民。试问，把去"公安机关办事"说成"被询问"，不难看出辩方律师在蓄意颠倒黑白、混淆视听，企图把水搅浑，以达到令被告逃避法律制裁之目的。同时，我还请审判长注意：事实上，引发双方争斗的真正原因，是本案被告采取极端手段率先殴打我的当事人，从而引发我的当事人与被告之间相互厮打，并非被告律师所言"在执行公务过程中无端受到人身攻击"。综上所述，案件的起因完全是被告一手造成的，他理应对其行为所产生的后果承担相应的法律责任。

辩方律师说：我想请问控方律师，你的当事人为什么要去派出所？他是去捞那个歌厅小姐。也就是我当事人正在审讯的嫌犯。试想，一个无亲无故、没有任何正常关联的人去捞一位歌厅小姐，作为任何一名审理此案的执法者都会就此而产生怀疑。因此，我的当事人对原告进行询问是正常的，也是必要的。然而，控方当事人却因其自身与那位歌厅小姐之间见不得人的关系而恼羞成怒，公然在公安机关内对身负执法使命的警察大打出手，进而导致我的当事人在生命受到威胁情况下开枪自卫。由此可见，引发这起枪击事件的关键所在，是我的当事人触及原告与那位歌厅小姐之间不光彩的皮肉关系。根据《中华人民共和国治安处罚条例》，在任何条件下被查获的卖淫嫖娼行为都应视为违法。而原告与歌厅小姐之间连其自身都无法说明的两性关系，足以证明我的当事人在正常履行法律赋予他的神圣职责。因此，我的当事人不应该、也绝不可能承担任何形式的刑事及民事责任。

法庭内控辩双方唇枪舌剑，各执一词，各不相让。旁听席上座无虚席，人们伸长脖子、瞪大眼睛，聚精会神地倾听两位资深律师的精彩辩护。

新任市政法委副书记的许惠茹坐在旁听席最后一排。她唯恐被人认出，特意戴副大口罩把张脸遮得严严实实。刚到任，许惠茹便从《政法简报》中了解到范践民枪击一案的审理情况。按照领导分工，许惠茹负责执法监督检查。得知今天公开审理范践民枪击案，她专门来到法庭旁听案件审理过程。与其说例行公事，倒不如说假公济私。许惠茹的确想借此机会看看范践民到底都干了些什么见不得人的勾当。其实，这么说也不十分确切，毕竟关系到老范，无论出于哪种考虑，许惠茹都想对本案了解得更详细、更具体一些。见辩方律师一番缜密的逻辑推理步步紧逼，形势对老范显得越来越不利，禁不住替范践民捏了一把汗，暗想：如果法庭采纳辩方律师意见，范践民不仅打不赢这场官司，而且还极有可能因暴力袭警而再次受到刑事处罚。她不禁为老范担心起来，心里不住地埋怨："该死的东西，就不能安安生生过几天消停日子。先是为何紫琼蹲大牢，之后又与大小佛爷争斗进监狱，刚刚人模狗样地干点正事，又无端卷入歌厅小姐的是是非非。吃一百个豆不知道豆腥气，四十多岁白活了！"

控辩双方各执一词，争论的焦点越来越清晰。控方认为枪击事件纯属双方因语言及肢体冲突所致，与范践民是否涉嫌嫖娼无关；而辩方则认为此事纯属因警方询问卖淫嫖娼所致，是执法过程中遭遇袭击所采取的正当防卫。

辩论进行了一个多小时，主审法官摇铃示意肃静，宣布法庭采纳辩方律师意见，法庭辩论进入第二阶段。

立时，法庭内一片哗然，被告一方家属全体起立，响起一片欢呼声。范践民的辩护律师气得差点晕过去，言词激烈地指责法庭显失公平。旁听席上的许惠茹也感到大势已去，看起来范践民真得再去蹲几年大牢。

正当这时，一直坐在旁听席上的李丽突然站起来举手示意发言。

审判长道："说明你的姓名、身份、与本案关系。"

李丽声音颤抖地说："我叫李丽，是本案中所涉及的那位歌厅服务员。"

众人的目光齐刷刷射向李丽。按说干这种行当见人躲还躲不及，她竟然跑到法庭上来丢人现眼，看来这出戏是越来越精彩，连歌厅小姐都上场了。人们用惊讶的目光看着这位衣着简朴的"歌厅小姐"，一时猜不出她为何要出现在法庭上，急切地想知道她到底想对法官说些什么。

许惠茹也为李丽这一举动大吃一惊。她认真打量一番李丽，见她仍穿着那天在范践民病房里看到的那件淡蓝色碎花小袄，两只好看的大眼睛里充满恐惧，像只受到惊吓的小动物站在那儿瑟瑟发抖。审判长示意她可以发言，李丽却紧张得嘴唇直哆嗦，张了几次嘴，可谁也听不清她说了什么。审判长只好再次提醒她：

"这里是人民法庭，你有自由发表言论的权利，但必须对所说的每一句话负责。有什么话你就说吧。"

李丽习惯性地把右手放在胸前，下意识向前走出几步，终于鼓足勇气对法官说："我是处女。"

# 77

李丽的一句"我是处女"语惊四座，法庭上的形势骤然出现逆转。倘若果如其言，那么，之前被法庭采纳的辩方律师意见无疑是个天大笑话。辩方律师见眼看就要大功告成，突然半路杀出个程咬金，气得他恨不得当众扒光李丽以辨真伪。他不相信一个歌厅小姐竟然会是处女，当庭要求主审法官对李丽所言予以鉴定。众目睽睽之下，主审法官也显得十分被动，无奈之下，只好宣布休庭。

许惠茹神情恍惚地走出审判大厅。法庭上的最后一幕，与其说让她出乎意料，倒不如说令她大梦初醒。一方面为自己对范践民的误解，并由此而产生的嫉恨、仇视惴惴不安；另一方面又为老范与李丽之间的清白凭空增添了许多烦恼。望着二人走出法庭，许惠茹心中有种说不出来的悲伤。仿佛原本属于自己的东西，由于自己一时疏忽，竟然被别人拿在手上。想夺回来，却没有勇气。对手那么年轻、漂亮，水灵灵一个黄花大姑娘；而自己则徐娘半老，人到中年。唯一胜对方一筹的只有那么一点名誉、地位。可在一个成功男人眼里，女人的名誉、地位又算得了什么？许惠茹越想越心酸，越想心里越犯堵。她恨自己，却不知道错在哪儿。

让许惠茹闹心的还不止这一桩。自从上次为了在吕二军面前争回点面子，叫了张团长一声"亲爱的"之后，张团长不知道其中的原委，满心以为许惠茹爱上了自己。于是乎，每天电话、短信不断，真把许惠茹当成了红颜知己。弄得许惠茹骑虎难下，左右为难。她知道张团长是位难得一遇的好男人，也多少知道一些他那桩尴尬的婚姻。可无论怎么说，他毕竟是有妇之夫，还没解除婚姻关系。和一个有妇之夫眉来眼去、勾勾搭搭算怎么回事呢？一旦传扬出去，自己又当如何解释。唉，随他去吧。车到山前必有路，船到桥头自然直。走到哪步算哪步，这么多年没男人不也过来了嘛。眼见午休时分，估计回食堂吃饭已经来不及，她便走进一家饭店，打算吃口中饭再回单位上班。

服务员刚把饭菜摆在许惠茹面前，范践民便带着法庭上一伙人也来到这家饭店。许惠茹打心眼儿里不想在这样的场合与老范相见。只好坐那儿一边吃饭，一边寻找机会悄悄离开。

法庭上首战告捷，尽管中间出现一点波折，结果却非常令人鼓舞。天将午时，范践民、何紫琼、李丽以及代理律师等一行十几个人来到饭店，准备好好畅饮几杯，庆贺法庭上来之不易的阶段性胜利。

范践民亲自点了十道菜，虽然没有生猛海鲜，但也算得上十分丰盛。他心里高兴，三杯酒下肚，话也随之多了起来。众人面前，尽拣自己那些过关斩将的英雄事迹说，只字不提如何走麦城。大家一边喝酒，一边津津有味地听他白话。期间，那位律师好奇地问："范总，你堂堂一个大学本科生，怎么混到今天连个家小都没有呢？"范践民闻听此言，立刻消停了。

何紫琼见范践民不言语，忙接过话茬道："这话说起来可就长了。我俩是大学同学，范总和我老公又是多个脑袋差个姓的铁哥们儿。毕业那年，我们班的头号美女，一个叫许惠茹的女生看上了范总。怎奈天公不作美，俩人没分到一块，许惠茹分配回县城老家。正当他俩准备结婚的时候，许惠茹带领一伙人出劳务去了韩国。就在那年，范总因帮我打架出手伤人进了监狱。"

说到这儿，何紫琼忍不住流下两行愧疚的眼泪。坐在一旁的李丽连忙递给她一张面巾纸，何紫琼接过擦了擦眼泪。李丽急着催问道："何总，那后来呢？"何紫琼破涕为笑调侃道："范总出来后，给一个姓赵的活寡妇拉几年套，人家老公回来，他被那女人一脚给蹬了出来。"大家哄堂大笑。李丽还是穷追不舍地问："何总，那后来呢？"何紫琼取笑她道："后来的事就让范总当悄悄话说给你一个人听吧。"大家又是一阵大笑，直笑得李丽面红耳赤，娇嗔地打了何紫琼一下说道："看您，总拿我一个小孩子寻开心。"何紫琼说："不是拿你寻开心，是羡慕你运气好。实话告诉你吧，若不是前一阵子范总知道他心目中那个美人嫁给一个姓张的团长，你就是条美女蛇也缠不住他。"李丽被大家笑得有些不好意思，借口去洗手间起身离座。

何紫琼的话，许惠茹听得一清二楚。自打他们落座，许惠茹便留心听他们说的每一句话，闻听何紫琼说"范总知道他心中那个美人嫁给一个姓张的团长"，不由得心中一怔。她暗想：奇怪，她是怎么知道张团长的？而且还一口咬定我嫁给了他？难道在为自己找借口？也不对，听何紫琼的话，他和李丽相处应该是去西藏看自己之后。

正当许惠茹坐在那儿胡思乱想之际，饭店里突然进来一老一少两个人。二人径直走到范践民面前双双跪下，老者声泪俱下地乞求道：

"范总，看在我一把年纪的份上，求您抬抬手，放我儿子一马吧！您提的那些条件我们都答应，这是五万块钱，这是我家的房照。只要不让我儿子去蹲大牢，您提什么要求我都答应。就是倾家荡产、沿街乞讨，只要我们一家老小能活在一块儿我们都认了。"

爷儿俩一边给范践民磕头，一边泪流满面地苦苦哀求。

这可真应了那句话："有笑的，就得有哭的。"这爷儿俩的一番举动让范践民等人十分意外。人们赶紧去扶那位老人，他却老泪纵横地跪在地上死活不肯起来。

李丽从洗手间回来，立刻被眼前的情景惊呆了。法庭上，这爷儿俩那得意忘形的神态仍清晰地印在她脑海里。仅仅过了几个小时，何至于此？难道是在演戏？还是出于别的什么目的？然而，让这位涉世不深的小姑娘匪夷所思的同时，爷儿俩的举动也深深触动她那颗天性善良的心。李丽怯生生地看着范践民，只见那张脸上没有一丝表情，看不出是同情还是愤怒。相持了好一会儿，李丽见他的脸色突然变得越来越难看，燃烧在胸中的怒火仿佛就要迸发出来。李丽突然与那对父子跪在一起，一边在胸前画十字，一边对范践民说："范哥，看在主的份上，咱撤诉吧！"

# 78

1043 次列车在华东大地上一路向北疾驰。乔治·克鲁尼斯靠在软卧包厢车窗旁，望着依次掠过的城市山川显得十分兴奋。白皙的脸庞上略带几丝不易察觉的皱纹，深度近视镜片后，一双淡蓝色的双眸让人感觉到睿智、深邃。或许是长途旅行缘故，他的内衣衬领微微带着一点污渍。不知出于什么原因，列车运行好几个小时，包厢里却仍然只有他一个人。克鲁尼斯感觉有些孤独，此时，他特别希望包厢里能有位旅伴，哪怕是那种令他不屑的下等市民。然而，他失望了，列车接连停靠几个大站，却没有任何一位旅客走进包厢。他后悔选择乘火车，原本可以乘飞机的。不知道自己哪根神经错乱，鬼迷心窍非乘火车不可。他百无聊赖，只好继续看那本在纽约候机楼买的新书，借此打发时间。看着看着，不知不觉睡了过去。

吕宁馨一气之下炒了刚刚任职一年的一家外企公司，带着一腔愤怒，恨不得立刻从这个城市消失。由于路上堵车，她错过了今天的航班，又不想在此多逗留一分钟，只好十二分不情愿地改乘火车；仓促间没能买到硬卧，又不愿意坐硬板儿，只好忍痛买了张软卧；走进包厢，见只有一位男旅客躺在铺上睡觉，心里觉得十分别扭。她简单安顿好行李物品，刚躺在铺上放松一下，包里的手机便滴滴响了两声，猜想肯定是妈妈发来的信息。她懒洋洋地拿起手机看了一眼，果然不出所料，又在问："什么时候回来！"宁馨赌气回了句"一百年之后"，便关掉手机。

　　列车风驰电掣，一路飞奔，车轮撞击着铁轨发出有节奏的声响。吕宁馨心烦意乱地靠在铺上，公司老板那副张牙舞爪、令人憎恶的形象总在眼前晃来晃去，索性闭上眼睛睡觉，却怎么也睡不着。无意中看到乔治扔在茶桌上那本 Who Moved My Cheese?（谁动了我的奶酪）见是英文版新书，便随手拿过来翻看。

　　书的作者是斯宾塞·约翰逊（Spencer Johnson），讲述四个可爱的小老鼠在迷宫里寻找奶酪的经历。书中所述似乎正是她眼下的心境，于是，很快便吸住她的注意力。故事中，几只小老鼠经过一番努力终于找到了自己想要的奶酪，每天都在幸福地享受着。突然有一天奶酪消失了，当它们采取不同的手段再去寻找奶酪时，由于观念、方式的不同，最终导致的结果也迥然不同。作者以此告诉人们，人生犹如"迷宫"，每个人都在这个"迷宫"中寻找各自的"奶酪"，即一份稳定的工作、身心的健康、和谐的人际关系、美满的爱情、幸福的家庭，以及所向往的财富。

　　吕宁馨正看得起劲，发现对面铺上书的主人已经醒来，正坐在那儿打量着自己。她出于礼貌，连忙说："对不起，先生，没经过您的允许，看了您的书。"

　　乔治·克鲁尼斯客气地朝她点点头道："没关系的，只要小姐喜欢，您可以继续看下去。"

　　"我似乎有点像书中那只贪图安逸的老鼠。"吕宁馨近乎自言自语道。

　　"噢，那你是只漂亮的老鼠。"克鲁尼斯不无恭维地说道。

　　"谢谢，你也很帅气。"吕宁馨礼貌地回应。

　　"谢谢，我们可以认识一下吗？"克鲁尼斯问。

　　"当然。"

　　"我叫吕宁馨，一只中国'老鼠'。"

　　"我叫乔治·克鲁尼斯，一只美国'猫'。"克鲁尼斯微笑着回答，随后幽默地补充道，"瞧，我们竟然成了'猫和老鼠'。"

　　短暂的交流之后，二人立刻少了许多陌生感。

吕宁馨调皮地说："认识您很高兴，尊敬的猫先生。"

"谢谢，认识你也很高兴，可爱的鼠小姐。你的英语讲得十分漂亮。"

"谢谢夸奖，我是专修商务英语的。"

"噢，原来是这样。"

"先生此次来中国是旅行还是度假？"

"都不是！是来寻找我的奶酪。"

"你们美国人的嘴可真大，都吃到中国来了。"

"你讲得不十分准确。不光是中国，美国人吃遍全世界。"

"一只贪心的猫，你要那么多财富干什么？"

"向上帝证明我足够聪明。"

"同时也证明我们足够愚笨？"

"那倒不是。中国人寻找奶酪的方式很传统。确切地说，属于那种习惯在家门口寻找奶酪的老鼠，只适应熟悉的环境，对陌生环境往往止步不前。美国人则不同，他们喜欢冒险，喜欢在变化中寻找机遇。传统的东西很少，利益永远是第一位的。"

"你说的是改革开放之前的中国人，现在中国人并不都像你说的那样。我们也在走出国门，也在世界许多经济领域彰显独到之处。比如我们的纺织、轻工产品。"

"这一点你说得没错，可是，不知你想过没有，中国产品一直处于产业链低端。请您算一下，你们出口多少双鞋袜才能换回一架波音747？"

……

一番交谈之后，吕宁馨觉得眼前这位美国人很了不起，和被自己炒的那个美国老板是截然不同的两种人。这个美国佬儿不但语言风趣幽默，而且特别了解中国。身上没有西方人那种盛气凌人，行为举止透着一股东方人所特有的友善与人情味。吕宁馨一扫丢掉工作的阴霾，兴致勃勃地与克鲁尼斯交谈起来。话题从世界经济走向，到各个国家、地区间的发展不平衡；从人文环境到地缘政治；从文学、艺术聊到宗教、哲学。眼前这个美国人犹如一部大英百科全书，无所不知，无所不晓，吕宁馨仰慕之情油然而生。

不知不觉到了用餐时间，二人一起到餐车间就餐。吕宁馨惊异地发现，这个美国佬儿点的竟然是自己喜欢的北方菜。她不由得暗自称奇。看着克鲁尼斯吃得那么香甜可口，手中的筷子用得又是那么娴熟，她甚至怀疑克鲁尼斯是位地道的中国人。可是，当她再一次认真打量克鲁尼斯的一双眼睛时，又断然否定了自己的猜测。显然，纯粹的中国血统绝对长不出这样一双眼睛。

回到包厢，二人继续交谈。

吕宁馨委婉地问克鲁尼斯："能知道您来中国打算在哪些方面发展吗？"

"这个问题我还没有决定，等见到我的中国朋友后再做商量。"

"你有中国朋友？"

"我有全世界的朋友。"

"我可不可以成为你的朋友之一？"

"当然可以。我将为有你这样一位年轻漂亮、才华横溢的中国朋友而十分荣幸。"

"一言为定！我们是朋友了。"

"一言为定。"

"这是我的名片，不过我已经不在这家公司供职，但联系方式没有改变。谢谢。"

"实在对不起，我还没有一张中国名片。不过请吕小姐放心，我会联络你的，我们是朋友。"

"谢谢。"

列车终于到达终点，两个在寂寞旅途中相识的人，相互道句幸会，恋恋不舍地挥手告别。

乔治·克鲁尼斯下榻在一家五星级宾馆。打开窗帘，一阵江风吹来，空气中透着熟悉的气息。十年了，十年没嗅到的气息，十年没领略过的亲情。他望着熟悉的屋宇、街道，禁不住心头一阵酸楚。明天，或者后天，就可以见到他们了。

克鲁尼斯美美地睡了一宿多年不曾有过的踏实觉。清晨醒来，正准备出去吃点风味早餐，突然传来几声轻轻的叩门声。克鲁尼斯打开房门，见吕宁馨正笑吟吟地站在门外，向克鲁尼斯道了声"早安"后问道：

"感觉有些意外？"

"嗯。"

"一起用早餐好吗？"

"非常高兴！如果宁馨小姐不介意的话，我想去吃点风味小吃。"

"很好，您怎么总能和我想到一起呢？"

"按照中国人的说法，或许我们有缘。"

"但愿我们真的有缘。"

# 79

自从有了李丽，范践民一改过去那种邋邋遢遢的生活习惯，西装穿得笔挺，皮鞋擦得锃亮，明眼人一看就知道家里有位贤内助。何紫琼在新区帮他们买处房子，从买房到装修全由她一手包办，那股热心劲儿，一点也不亚于给儿子娶媳妇。

范践民也习惯了早八晚五，准时正点上班、回家。在常人眼里，他是一个成功者、暴发户、款爷，就连他自己也沉溺于眼下的安定、舒适之中。直到一天，那个令他魂牵梦萦的人突然被一双无形的大手始料不及地送到他面前，眼前的一切也随之发生了连他自己都无法想象的改变。

这天，范践民正把两只大脚擎在宽大的写字台上看杂志，突然传来几声叩门声。他扯着脖子喊声："敲什么敲！门没锁，进来吧！"一男一女应声走进来。范践民头不抬、眼不睁地问："啥事，说！"那女人迈着轻盈的脚步走到他面前，彬彬有礼地问道："请问您是范总吧？有位美国朋友见你。"范践民一怔，问道："什么美国朋友，你没搞错吧？我从来没有过什么美国朋友。"说话间，乔治·克鲁尼斯神态自若地走到他面前。吕宁馨忙替他引见："范总，这位是来自美利坚合众国的乔治·克鲁尼斯先生。"又伸手示意乔治·克鲁尼斯，"This is the person you're looking for General Manager Fan, Fan Jianmin."（这位就是您要找的范践民，范总经理。）范践民连忙把两只大脚放在地上，站起身二目圆睁看着眼前这位美国人。克鲁尼斯连忙走上前来，握住范践民的手道："My dear friend, I miss you so much, and I'm very happy to see you again."（我亲爱的朋友，十分想念你，见到你非常高兴。）

范践民疑惑地望着克鲁尼斯，擦了擦眼睛，不相信世界上竟会有如此相像的人。他用力掐了下自己的大腿，觉得不是在做梦，眼前的一切似乎都是真实的。直到他发现克鲁尼斯眼中也含着泪时，才如梦初醒般恍然大悟，粗鲁地对吕宁馨道："对不起，请你出去一下！"吕宁馨不知所措地看看克鲁尼斯，用目光征询他是否同意。克鲁尼斯对她说："I'm sorry, Miss Ningxin, Could you give us a minute, please?"（对不起宁馨小姐，就请你回避一下吧。）吕宁馨满腹狐疑地走出房门，实在弄不明白这两个怪人在玩什么鬼把戏。

吕宁馨离开后，克鲁尼斯继续对范践民说："Mr. Fan, how are you? You look like the same as before."（范先生，一向可好？看上去你还是原来的样子。）

范践民见他依旧和自己装洋鬼子，从脚上脱下只鞋拎在手里，扯过克鲁尼斯抡起来一边打，一边说："我让你学鸟叫！让你学鸟叫！我就不信你不说人话！"

直打得林惠民捂着屁股满屋跑，一边跑一边求饶道："哥们儿，别打了。我说，我说人话还不行吗。"

见林惠民终于开口说中国话，范践民扔下鞋，光着一只脚把他紧紧抱在怀里，两个大老爷们泣不成声地哭作一团。一别十年，猛然相见，情感像那破堤洪水，顷刻间席卷着十年沉积下来的思念奔涌而出。

范践民取过一条毛巾，让林惠民擦擦脸，扶他在沙发上坐定后，问："说说吧，这些年都跑哪儿去了，怎么变成了美国鬼子？"

林惠民稳定一下情绪，说道："出国后，先在澳大利亚生活两年。随后去了非洲、中东，最终还是去了美国。三年前正式获得移民身份。在国外炒过期货、倒过红木，还贩过军火。你呢？什么时候开始办公司的？"

"你走之后我又进了一次监狱，差点没死到里面。是何紫琼把我救出来，之后，就一直干现在的行当。算来也有六七年了。"

说到何紫琼，范践民猛然问道："见到紫琼了吗？"

林惠民淡淡地回了句："还没呢。"

范践民闻听，立刻拿起电话说："我现在就打电话，叫她过来。"

林惠民摆摆手平静地说："不急，我会联系她的。"

范践民惊异地看着他，问："分别这么多年，你一点都不想知道她的情况？"

林惠民已经完全恢复平静，轻描淡写地说："该知道的，我都知道了。回来后，我请宁馨小姐做过一番调查。"

说着，他拿出一沓用英文书写的卡片，用范践民极其谙熟的语调说道："知道你英文不行，还是我说给你听吧：范践民，巴黎公社建筑安装大队老板。旗下三支安装队伍，预计资产在三百至五百万人民币之间。现有员工两百人左右，机械设备数目不详。"停顿一下，取笑范践民道，"风风火火地干了六七年，全部收入折合美元不足五十万。唉！仅仅相当于一个美国普通技工水平。这样的评价你不会介意吧？"

范践民尴尬地咧咧嘴，说道："挺翔实，你还知道些什么？"

林惠民重新拿起卡片，阴阳怪气地说道："此人至今未婚，与一个叫李丽的小姐同居，当然也就没有生孩子喽。"

"哈哈，一派胡言。"范践民窘迫地干笑了几声，继续问道，"还有吗？"

"何紫琼，天骄美容院老板。估计资产在一百万左右，日子过得挺殷实。吸过毒，现已戒掉。单身生活，育有一子，智障，由其母亲代管。"

听到这儿，范践民那张脸沉得像盆水，两只眼睛由于愤怒都能喷出火来。他用低沉的语调对林惠民说："你说这话忒没良心。你一走就是十年，期间，且不说她吃过多少苦，受过多少罪，一个青春少妇孤苦伶仃一等就是十年啊！你知道十年里她承受多少煎熬？望眼欲穿地盼、度日如年地等，就期待着能和你团聚。可你竟然用刀子往她心窝子上戳。这样做你可是缺了大德！"

林惠民轻轻叹息一声："唉，夫妻本是同林鸟，大难临头各自飞。对于她的所作所为其实也无可厚非，毕竟已经分开十年了。原来的林惠民已经从这个世界上消失，我现在是乔治·克鲁尼斯，一个美国公民。"

"你打算怎么办？"老范怒目而视。

林惠民耸耸肩膀，摊开一双手，做出一副无可奈何的样子说："能怎么办？现实就这么无情，以前的林惠民已经消失了，这是一个不能改变的事实。倘若仅凭感情用事，其后果不言而喻，对此，你应该比我更清楚。"

范践民腾地站起来，一把抓住林惠民的衣领怒吼道："你不能这样！她会死的，你知道吗！"

林惠民无可奈何地低下头，喃喃自语："不这样又能怎么样，倘若和她一起生活，我的身份就暴露了，我可不想去蹲大牢。"

"你可以带她走啊，走得越远越好。"

林惠民像只野狼似的窜到范践民面前，挥舞着两只拳头张牙舞爪地怒吼道："我不想走！我已经走腻了！也走不动了！我要在生我养我的这块土地上落叶归根！"

"你……"

# 80

吕宁馨今晚落了单。林惠民只顾和范践民说话，竟然把翻译忘在了一旁。直到傍晚，"克鲁尼斯"才想起来告诉吕宁馨不必等候，晚上请她自讨方便。吕宁馨疑惑不解地看着克鲁尼斯，她不知道没有翻译在场这个美国佬儿是怎么完成的语言交流。既然人家不用，自己也就别在这儿耗着了，想想已经回来几天，近在咫尺却一直没和妈妈联系。于是，决定给妈妈打个电话。

许惠茹见是女儿的电话，连忙接了起来。电话里，吕宁馨故意气她道："许副书记忙什么呢？能不能抽点时间陪小民吃顿饭啊？"

许惠茹已经习惯了女儿这种尖酸刻薄的说话方式，连忙问："宝贝，你在哪儿呢？是你来我这儿，还是我去找你？"言语中，不无巴结之嫌。

吕宁馨故意拉着长音道："还是我去你那儿吧！对了，忘了问，许副书记方便吗？"

许惠茹佯装生气的样子道："看把你给惯的，越来越不像话。没工夫和你磨牙，赶快给我滚过来。"

吕宁馨打车来到许惠茹的临时住所，一进门便撇着小嘴道："呦！许副书记，堂堂一个正处级干部竟然住在贫民窟里，你可真是一位我党清正廉洁的好干部，亲爱的党什么时候给你立块碑呀？"

许惠茹在女儿脸上掐一把，说道："少和我耍贫嘴？说！想吃什么？"

吕宁馨搂着妈妈的脖子撒娇要贱地说："世上还是妈妈好，让我想想怎么狠狠宰你一顿。要不咱去吃顿海鲜馅饺子？"

"好吧，那咱就去吃饺子。"

吕宁馨把头靠在许惠茹肩上，一路拉着妈妈的手喋喋不休地说起来没完，许惠茹仿佛又找到了从前的感觉。母女俩来到一家海鲜大排档，点两样菜和几两饺子，一边吃，一边天南地北地聊着。

宁馨问许惠茹："妈，你打算就这么一直独身下去？有没有考虑重新组织个家庭？"

许惠茹躲闪着女儿的问话，有意岔开道："你妈已经一把年纪，还组织什么家庭。倒是你，也到该谈婚论嫁的年龄，有没有人追求，和妈说说！"

"这个问题吗，如果说你女儿没人追，你这当妈的该多没面子，是吧？问题是我对那些小毛孩不感兴趣，不合你女儿的胃口。"

"那什么样的合你胃口？说给妈听听？"

"这个问题吗，应该说是一种感觉，只可意会，不可言传。什么样的男人会让我心动很难用语言来描述，譬如我现在的老板，他给我的感觉是那种一眼看去便会令人肃然起敬的男人。他待人温文尔雅，谈吐大方，知识渊博且不卖弄……"

许惠茹打断女儿的话道："我怎么越听越不对劲呢？你该不会是爱上他了吧？我可警告你，不许嫁给老男人。"

"看你说的，有感觉就一定要嫁吗？再说了，你女儿有那么弱智吗？哼！"

"难说，瞧你刚才那副神态，像恋爱中的女人。"

"咦？这可得请教一下许副书记，恋爱中的女人有什么特征吗？"

"有！想知道？"

"想！特想！不是一般地想！"

"犯傻！"

当林惠民回到阔别十年的家中时，已经被范践民灌得几乎不省人事。范践民与何紫琼连拖带拽地把他弄进房，像条死狗似的放到床上。见何紫琼为他宽衣解带，范践民怕她难为情便转身离去。

范践民走后，何紫琼像从前林惠民归来时一样，把他的内衣扒个精光扔进洗衣机里。从柜子里翻出他早年穿过的衣服摆放在床前，打盆温水蹲在床边替他洗干净脚，然后拉床被子盖好。收拾利落后，何紫琼也上床，侧身躺在林惠民身旁，望着熟睡中的男人，百感交集。十年了，就盼他能回到自己身边，像今天这样安安静静地躺在床上，自己替他洗脚，替他盖被，关照他换衣服，照料他吃饭，俩人相守在一起，你就是我，我就是你，朝朝暮暮，相惜相怜。可是，看今天这情形，倘若不是范践民苦苦相逼，不惜用酒把他灌醉，他根本不想走进这个家。想到这儿，何紫琼的心如刀割般难受。眼泪像关不紧的水龙头，滴答滴答淌个不停。

许惠茹陪女儿吃过晚饭，母女俩一起逛街。顺便给女儿，也给自己买了几样东西。不经意间，已经是晚上十一点。担心女儿自己打车出意外，也想看看女儿居住的地方，便一起来到宾馆。

走进女儿的房间，宽敞奢华的居住环境，令这个走南闯北的处级干部也为之咋舌。于是，许惠茹问道：

"住这样的房间太奢侈了，房费一定很贵吧？"

女儿道："不贵，每天人民币五千块。"

"啊？你老板是什么人啊，生活得这么奢侈？"

"一个美国人，有意来本市投资。今天陪他去了巴黎公社建筑安装大队，找什么范总谈了一下午。"

"你说什么？巴黎公社，范总？是那个叫范践民的？"

"对呀，就是他，你认识？"女儿惊讶地看着母亲道。

许惠茹心头掠过一片疑云，暗想：他怎么会有美国朋友，该不会林惠民回来了吧？

想到这儿，她问女儿："你说的那个美国人长什么样，我能见见吗？"

"咦？许副书记，记得你的好奇心没这么强啊，怎么突然对这个美国人'感冒'上了？"

"你少贫嘴，我只是想看一眼。"

"好吧，看在你是我老妈的份上，就让我老板接见你一下。"

说着，吕宁馨起身去敲门。可敲几下，门没开，吕宁馨回到房间，拿起电话拨通了"克鲁尼斯"手机。

林惠民醒来，喝口水又继续睡觉。何紫琼瞪着一双丹凤眼没有一丝睡意，擎着半边脸看着熟睡中的林惠民，想着心事。突然林惠民的手机响了，何紫琼暗想：半夜三更的怎么还有人打电话？犹豫一下，还是决定接起来。

电话传来一个女人的声音："George, are you there？if it's convenient, my mother wants to meet with you."（乔治，你在房间吗？如果方便的话我妈妈想见你。）

何紫琼的那点英语早被她当烟儿放了。虽然听不懂，可男人女人的声音还能分清。一听是个女人打来的，她留心看一眼来电显示，诶？竟然是本市座机电话！她立刻来了精神，问道："请问你是哪位？这么晚打电话有事吗？"

吕宁馨听不是"克鲁尼斯"的声音，以为自己拨错了电话，吓得赶紧挂断。林惠民被吵醒，发现何紫琼正拿着电话发呆，问："半夜三更你不睡觉打什么电话？"

何紫琼一脸不悦地回道："我才没那些闲工夫呢，倒是你，刚刚回来就招些野女人没黑没白的打电话。"

林惠民听她夹枪带棒地呵斥自己，内心十分不快，立即反驳道："你能不能消停一会儿！你这神经兮兮毛病就不能改改！"

何紫琼心底的火腾地窜了上来，高声道："我神经病？你倒给我说说，这电话是谁打来的，这么晚找你干什么？我说你怎么千方百计找借口不回家呢，原来外边早有人了，一会儿没回去便找了上来。你也是的，事先怎么不安排好，这么晚还让人家满世界找。你撒谎骗人的本事不是蛮高的吗？怎么连这点儿事都安排不明白？"

"你这人怎么这么不可理喻？我撒什么谎了，又骗谁了？"

"撒什么谎你清楚，骗谁，这还用问吗？你把我骗得还不够惨吗？我在家孤苦伶仃地一等就是十年，你可倒好，国外国内身边没一天少过女人。"

林惠民借着酒劲反唇相讥道："就算你说得对，可是你不也没闲着吗？千万别说为我守身如玉，不然你那个傻儿子可就没法解释了。"

"你？！"

"我怎么了？我再不是东西也没人叫我爹。你却给那个小王八崽子当了好几年的妈。"

"你……你……"何紫琼气得浑身直哆嗦，一脚把林惠民踹到床下，像只发狂的母狮似的吼道："你给我滚！滚得越远越好，我这辈子都不想见到你！"

"滚就滚，当我愿意看你这张泼妇脸。"

林惠民光着屁股找了一圈内衣没找着，到客厅抓起外衣套在身上，气哼哼推门而去。

随着一声重重的关门声，何紫琼坐在床上号啕大哭。哭了一会儿，抄起电话打给范践民，见手机关机，又发疯似的拨打他家座机。

李丽听见电话响，起身走进客厅，范践民的房门没关，从里面传出一阵阵沉睡的鼾声。她拿起电话问道："哪位？"电话里立刻传来何紫琼歇斯底里般的叫喊："给我叫老范！赶快把他给我叫起来！"吓得李丽连声道："何总，我这就去给您叫！就去！"


# 81


中美合资黑鹰建筑安装总公司，坐落在五环路北侧一处地理位置相对偏远的城郊。这里原来是废弃的车辆检测站。独立式庭院中，伫立着一幢灰色四层大楼，广场中央飘扬着中华人民共和国、美利坚合众国国旗，以及一面"克鲁尼斯"设计的带有一只黑鹰图案的企业旗帜。大楼正前方是"大书法家"林子书写的"中美合资黑鹰建筑安装总公司"几个鎏金大铜字。四周清一色铁护栏，门前是一排锃亮的电镀伸缩门。公司从里到外装饰一新，真可谓气派非凡。

"克鲁尼斯"一次性给范践民的巴黎公社建筑安装大队注入三千万美金，折合人民币两亿三千万。出手之大方令范践民等瞠目结舌，一时谁也弄不明白这个假美国佬为何向一个小小的安装队注入这么大一笔资金。

黑鹰公司从立项到正式挂牌，一直得到市政府的大力支持。作为市长招商引资项目，从购买场地到开业庆典，市领导亲自过问，频繁到黑鹰公司现场办公。以至于黑鹰人无论到哪儿办事，只要提及黑鹰公司统统被高看一眼。与范践民当年创办"巴黎公社建筑安装大队"相比，可谓天壤之别。在市长的亲自过问下，所有行政审批一路绿灯，畅通无阻。

"克鲁尼斯"在积极筹建公司的同时，指派林工、李强在全球范围内采购最先进的机械设备，要求务必达到世界级水平；要求范践民、狗肺子在最短的时间内招募一千名优秀技术工人，并立即着手培训，为走向国际市场做好人才准备。他则带着翻译兼私人秘书吕宁馨美国、俄国、新加坡、中国香港等地一通神跑。令人费解的是，这个假美国佬儿重金购置回来的机械设备却不让使用，招募来的工人也不让干活。整天除了培训，就是把机械设备擦拭得干干净净的供人欣赏。员工到月开支，从不拖欠。每天集体学习《条例》培养企业精神，什么"没有黑鹰飞不上去的山，没有黑鹰下不去的海""黑鹰上天能揽月，黑鹰下海能捉鳖"。员工出行必须二人成排、三人成行，挺胸抬头，英姿焕发。公司白领一律西装革履，衣冠整洁，举止规范。为保证上述举措得以实施，公司专门设立监察，凡违犯规定者一律罚款。一次，范践民听汇报时把一只脚擎在桌子上，被罚了两百元。当然，最难的要数会计老吴。一个财务处竟然聘用三十多人没黑没白地忙碌。"克鲁尼斯"总要些不着边际的财务数字，仅那本固定资产账就做了不下十次。账面上，场区从购买时的七百万陡增至七千万；三千元人民币买来的一台配电柜，做来做去竟然在账面上体现为十四万。堆积如山的假账吓得老吴睡觉直做噩梦，几次提出质疑，可那个假美国佬儿说："你能干就必须按我说的办，干不了立马滚蛋。"老吴实在舍不得那二十万年薪，只好硬着头皮往前拱。

"克鲁尼斯"满世界一通神跑后在香港注册了一家公司。然后，再以这家香港公司的名义收购自己的黑鹰公司。把自己左手上的东西卖给自己右手后，再以香港公司的名义借壳在新加坡申请上市。瞒天过海、指山卖磨，今天让范践民把人员、设备开进山沟里假施工，明天又告诉老范人不来了，统统返回，继续培训。每次来人视察，便在假工地上竖起广告牌、项目板、彩旗、横幅大造声势，所有人员、工程机械开工"干活"，"施工现场"立即呈现出一片忙碌景象。人一走便立刻偃旗息鼓，人员、机械或打道回府，或连夜赶往乙地故伎重演。直到视察人员离去，"演习"才算结束。

除此之外，"克鲁尼斯"不惜重金收买国内外媒体，连篇累牍刊登假报道，什么"黑鹰公司全面提升实力，在对手如林的行业竞争中脱颖而出，企业不断发展壮大"云云，接下来便是一长串的假数字，让人看得眼花缭乱。不管怎么说，由于黑鹰公司的名字频频出现在国内外各大报纸杂志上，企业的知名度迅速提高。经过一年多的折腾，黑鹰公司终于在新加坡顺利挂牌上市，融资人民币三个亿。根据政策，国家又相应配套三个亿。这样一来，黑鹰公司一蹶成为拥有资本近十亿元的大公司。至此，"克鲁尼斯"的资本运作计划宣布大功告成。

范践民看着账面上滚滚而来的财富惊得手足无措。哪见过这么多的钱啊，再者说，弄回来这么多钱干什么用呢？别说花，就是看着都觉得愁得慌。那可是十个亿啊！然而"克鲁尼斯"却毫不在意，他仍然是韩信点兵——多多益善。一方面继续逼老吴做假账，把从股市上弄回来的钱拿出一部分体现为利润返给股民，借此稳定黑鹰股票；另一方面则要求范践民着手组织生产，让资金、设备迅速投放市场，使企业尽快进入良性循环，进而形成实质意义上的生产能力。

范践民足足趴了一年，接到"克鲁尼斯"的指令，凭借雄厚的实力，很快在两个大型建筑安装项目上中标。每天起早贪黑组织人员、机械施工。平素小打小闹干惯了，乍一指挥这么庞大的生产系统，一时弄得他焦头烂额。这边刚刚按下个葫芦，那边又起来个瓢。原本觉得相当富裕的施工机械，同时干两个工程就显得捉襟见肘。反正有的是钱，买吧！第一批设备购进没几天，又购进第二批、第三批。好在那个"克鲁尼斯"有远见，一年前就培养了一大批技术工人。只要机械买回来，就不愁没人用。刚刚觉得人员、机械、施工管理等相对平稳些，范践民还没来得及松口气，那个胃口比天大的"克鲁尼斯"又在俄罗斯中标一项更大的工程。机械设备倒不用从国内抽调，熟练的技术工人却被李强带到国外一半。范践民整天捧个大脑袋瓜子核计，国内国外两条战线、三千多劳动力，每天都在他脑子里过几个来回，累得他吹胡子瞪眼直想骂娘，心里不住地叫苦：这个该死的林惠民，可他妈的把老子坑苦了，弄这么大个摊子，非得把我活活累死不可。老子原来那百十号人、几十条'枪'多好啊，一年轻松赚几十万块钱，不闪腰，不岔气。这可倒好，国内国外、风风火火倒挺气派，可挣那么多钱干什么啊？！我可不想向上帝证明有多聪明！"

范践民正烦着，见狗肺子领着大骡子两口子进来。一年前，范践民与几位合伙人商量接纳"克鲁尼斯"入伙、改组巴黎公社建筑安装大队，却遭到大骡子的坚决反对。大骡子认为自己那点股份与"克鲁尼斯"注入的资金不成比例，分钱的时候肯定吃亏。不听范践民苦苦相劝，执意撤股单干。结果一年下来，有活儿的时候找不到工人，有了工人又找不到活儿干。虽然也干几份活儿，扣出人工、费用后不但不挣，反倒赔钱。两口子思来想去，只好厚着脸皮来找范践民，请求重新入股。范践民踌躇许久，对大骡子说："兄弟，不是哥不帮你，现在和以前不同，公司不是我一个人说了算。况且公司上市以后，一切必须按规章办，这事我真的帮不了你。"大骡子媳妇说："范哥，看在你们兄弟一场，今天你就伸手拉我们一把吧。俺家这人是杆没星的秤，您就多担待点。从今以后我俩保证一心一意跟着你，他若再反悔，我就和他离婚，给苟哥当小老婆。"大骡子媳妇快人快语的几句话，逗得大家一阵大笑。范践民说："弟妹，这样吧，重新入伙是不可能了，如果你们执意要来，只能按录用员工办理，让你苟哥给他安排个适当的位置，一年挣三五万块钱还不成问题。"大骡子想想觉得也行，总比自己干赔钱强，当即表示同意，一边千恩万谢地感激范践民，一边胆怯地问："范哥，你帮人帮到底，送佛上西天。人你都收了，连我那几台设备也一快收了吧。"范践民苦笑道："一会儿让你苟哥带你看看咱现在用的都是什么设备，别的话我就不说了。"

大骡子两口子走后，范践民突然觉得心情开朗许多，意识到靠几个人单打独斗的时代已经过去，只有依托强大的集团力量才能在激烈的市场竞争中得以生存。看起来还是林惠民看得准、看得远，头脑清醒，不服气还真不行。


# 82

北京至莫斯科的 39 次特快带着欢快的节奏一路飞奔。范践民坐在包厢外边，望着窗外掠过的景物，不由得感慨万千。经过两年努力，黑鹰公司终于步入正轨。国内、国外两条战线并驾齐驱，企业效益一路猛增。员工干劲实足，机械设备高效运转，物资储备充足，资金周转流畅。在管理上，公司大胆任用了一批年轻人，企业上下呈现出一派勃勃生机。根据企业迅速膨胀后出现的多元化经营，"克鲁尼斯"决定把企业更名为"黑鹰集团建筑安装总公司"，并积极运作 B 股上市。

春节过后，一直经营独联体市场的林惠民、李强，知道范践民、狗肺子等人没出过国，邀请他们来独联体玩儿几天。范践民觉得这段时间相对轻松些，也想走出国门看看外面的世界。于是，爽快地答应下来。办理好护照、签证，带着李丽、何紫琼，及老吴、狗肺子夫妇，一行七人兴高采烈地出国旅行。

包厢里，何紫琼、李丽、老吴、狗肺子四人正热热闹闹地打扑克。老吴脸上已经贴了十几张纸条，可何紫琼与狗肺子还在联手玩儿鬼，气得老吴把牌一摔，赌气回自己包厢睡觉。李丽见玩散了，也拉起何紫琼回了包厢。狗肺子闲着无聊，独自跑到餐车上喝啤酒。一边喝，一边与坐在对面的老客儿聊天。谈话中，得知这位仁兄专门往独联体倒腾帽子，便轻蔑地说："大老远倒腾几顶破帽子能赚几个钱？"

对面那位仁兄发觉被他小觑，随口说："不值几个钱，一顶帽子也就卖个万八千的。"

"哥们儿，说啥呢？啥帽子卖一万，镶金还是戴玉啊？"

没等人家把话说完，狗肺子便借着酒劲，带有几分不屑嚷嚷道。

那人说："我的帽子既不镶金也不带玉，但无论风里、雨里、泥里、水里，哪怕是掉到滚烫的开水里，捞出来原来啥样还啥样，不变形、不走样。"

"咦？吹大了吧？我倒要见识见识，把你的帽子拿来让哥们儿瞧瞧！"

"不用瞧，你也没见过什么，看了也不知道好。"那人一脸轻蔑地损他。

狗肺子被他激怒，不依不饶地发起飙来。不但逼着人家拿帽子给他看，还非要放水里煮一把不可。

那人说："我的东西你不能说煮就煮吧？咱得有个说法！"

"行，你说吧，怎么个说法？"

"这样吧，我也不想和你赌，为了证明我没吹牛，咱现在就把帽子放到水里煮十分钟，拿出来变形我扔它；倘若不变形，你给我一万块钱，帽子归你，咱还做朋友，你看怎么样？"

狗肺子不假思索地答应道："行！不就一万块钱吗，就这么干。"

两个人为一顶帽子争吵，引来众人围观。听说要开水煮帽子，大家都来了精神。看热闹不怕事儿大，当下餐车大厨便搬来炉具、饭锅，把帽子放在锅里就开煮。随着大厨一声高喊："十分钟到。"那位老客儿掀开锅盖取帽子，抖抖上边的水珠，端端正正戴在头上，看不出一丝变形。看热闹的发出一阵惊呼，目光齐刷刷地盯在狗肺子脸上。

狗肺子故意装出若无其事的样子，伸手接过那顶帽子自嘲道："诶？别说，还真是个好东西。哥们儿愿赌服输，给！一万块，帽子归我了。"

众人哄堂大笑，狗肺子只好打掉牙往肚子里咽，心里暗自叫苦道："他妈的，一句话，够老子当年在桥下站两年'大岗'了。"

列车转入夜间行驶。包厢里，李丽翻来覆去睡不着。何紫琼去洗手间回来，见她正掀开窗帘朝外看，于是说："黑漆漆的有啥看的，快睡觉吧。明天下车后肯定闲不着，抓紧时间休息，好好补充一下体力。"

"何总，我不是不想睡，是睡不着。"

"怎么？没他在身边连觉都睡不着了？要不我和他换个位置？"

"何总，才不是呢，您总拿我开心。再说了，平时在家我们也是各睡各的。"

"不会吧？谁信啊？"

"真的，这么长时间一直这样。"李丽认真地说。

何紫琼闻听，顿时没了睡意，靠在铺上和李丽聊了起来。

她问李丽："一晃你们在一块儿有两年了吧，打算什么时候结婚？"

"结婚？跟谁结婚？"

"当然是跟老范结婚，别和我说你们没谈过。"

李丽瞪着一双大眼睛看着何紫琼,似乎对她提出的问题一无所知。何紫琼继续道:"女人总要嫁人。范总虽然年龄大了些,可他是个难得的好人。无论论人品、地位,还是经济条件都没得比。能嫁给这么优秀的男人算你修来的福。再者说,你们这样不明不白地住在一起终究不是个事儿,莫不如早点结婚名正言顺地在一起生活。"

李丽也把身子靠在铺上,拉条毛毯盖在身上怯生生地反问道:"为什么一定要结婚呢?你不也是一个人生活吗?"

"你和我不一样,我是过来人,一把年纪了。你还年轻,脚下的路长着呢,总不能形单影只地过一辈子吧?"

李丽有意避开何紫琼的话,若有所思道:"人来到世间,是为接受上帝的惩罚。至于活得好不好,是贫病困苦还是富贵一生都不重要,重要的是带着一个纯洁的灵魂回到上帝身边。人世间只是短暂的停留,只有回归到上帝身边才能得到永恒。"

何紫琼稀里糊涂地听李丽讲了一大套,她倒不关心"上地""下地",她只关心李丽到底嫁不嫁老范。听李丽这样说,何紫琼追问道:"这么说你不想和范总结婚啊?"

李丽说:"何总,我们之间根本就不是你想的那样。他对我好,我心里明白。我可以关心他、照料他,可以为他做除了那事之外的任何事,就是不能给他当老婆。我是上帝的女儿,只皈依我的主。我俩虽然素昧平生、萍水相逢,在我心中却一直把他当兄长、当主人。"

何紫琼惊讶地看着黑暗中的李丽,一时不知道该如何与这个诚笃的天主教徒沟通。她觉得眼前这个年轻人像活在几世纪前的修女,一个不食人间烟火的怪人。孤男寡女,在一个屋檐下生活一两年,却过着尼姑、和尚般的日子,谁听了会信?惊讶之余,不由怒从心生,她气李丽,更为老范不平。沉默了许久,何紫琼还是忍不住问李丽:"你不会真是个处女吧?"

李丽惊骇地扬起头,黑暗中,一双黑眸射出两道寒光,带着一股威严反问道:"我为什么不是处女?"

谈话无法继续下去,俩人各自躺回铺上,努力地克制各自内心的冲动。

车轮依旧传递着那永恒不变的节奏,窗外不时掠过一缕光亮。何紫琼侧目望着对面铺上的李丽,为李丽,更为老范感到悲哀,禁不住发出一声叹息:"唉!人啊,怎么会这样!"

列车终于带着重重的喘息停了下来。范践民刚把头伸出车门,站台上排列整齐的军乐队便立刻奏起迎宾曲。范践民以为这里正在举行欢迎哪个国家元首的到访仪式，歪着脖子正打算看会儿热闹，却见"克鲁尼斯"、李强带领黑鹰集团建筑安装总公司驻明斯克全体人员，以及已经升任明斯克对外联络处主任的柳金娜夫妇等几十人前来迎接。他不由得为之一怔，暗想：这个假美国佬儿搞的什么鬼名堂，说好出来玩几天，怎么弄出这么大的动静。虽然心里埋怨，但他的脸上却没流露出一丝不快，疾步走向人群和大家亲切地握手、拥抱。

狗肺子、老吴哪见过这阵势，紧张得浑身直筛糠，俩小子指不定都紧张得尿了裤子，跌跌撞撞都不知怎么下的车。要说还是何紫琼有风度，见"克鲁尼斯"煞费苦心地为范践民举行这般仪式，立即神态自若地挽着李丽，雍容大方地紧随其后，两片绿叶真就把老范陪衬得人模狗样。

首先，"克鲁尼斯"把范践民拉到柳金娜面前，热情地为他们引见道：

"这是明斯克对外联络处主任柳金娜夫妇；这位就是我们黑鹰集团老总范践民，范先生。"

柳金娜与范践民热情拥抱，并敬献一只花篮。范践民哪经历过这个，挓挲着两只手接受那个外国娘们儿的拥抱，窘迫得那张脸像秋后留种的茄子，红得发紫，紫里透着青。"克鲁尼斯"连忙从范践民手里接过那只花篮，递到其他人手上。李强把事先准备好的两瓶国窖1573递给范践民，作为回敬柳金娜夫妇的礼物。

接下来，"克鲁尼斯"为范践民依次介绍黑鹰集团驻明斯克分部的各位高管，指着一位矮胖男人道：

"这位是总工程师横路竞六先生，及夫人山口库代子，日本人。"

"这位是工程总监尼赫鲁兹先生，及夫人丽佳，印度人。"

"这位是人力资源部长契卡尔先生，及夫人嘟菲娅，刚果人。"

"这位是总机械师金明哲及夫人春子，韩国人。"

"这位……"

好家伙，这哪是中国公司，简直是个"小联合国"。

一行人众星捧月般簇拥着范践民走出站台，登车直奔下榻的宾馆。"克鲁尼斯"安排他和李丽住进总统套房。

众人简单洗漱一番后，相继步入宴会大厅。此时的范践民像个牵线木偶，只能任凭林惠民摆布。接过吕宁馨递给他的发言稿，范践民对着麦克风底气十足地一通白话。无非是感谢明斯克地方政府对黑鹰集团的大力支持,感谢全体同仁的辛勤工作,云云。随后，宴会正式开始。

范践民在主宾席上正襟危坐，左手边是李丽，右手边是"克鲁尼斯"，依次是何紫琼、柳金娜夫妇。宴会开始，众人的情绪渐渐由礼节性应酬转向情感交流。

一直默默无语的柳金娜老公首先提问："范总，按照我们俄罗斯礼节，我应该赞扬您的漂亮夫人。遗憾的是我不知二位美丽的女士，哪位才是您的夫人。"

范践民哪听得懂，以为柳金娜老公无非要与他喝酒，于是，没等翻译开口，他便稀里糊涂地回了句在火车上才学会的俄语 хорошо（好），弄得柳金娜老公一头雾水，端着酒杯晕头转向地说："就是说她们都是您的老婆？"惹得全场哄堂大笑。

第二天，范践民在"克鲁尼斯"等人的陪同下，视察黑鹰集团生产基地。正值数九寒冬，白俄罗斯地界异常寒冷。宽敞的预制构件厂内，来自十几个国家的几百名工人正在紧张劳作。他们才不在意什么人来视察，在意的只是中国人给的钞票。在这里，不同肤色、不同语言的工人们，动作协调地工作着。每天数千吨钢筋水泥经过他们的手制造出拱梁、涵管。范践民看着堆积如山的预制件，心中荡漾起一股从未有过的民族自豪感，旁若无人般自语道："乾坤终于转到这一天，也轮到这帮子外国人给中国人干活的时候了。"

横路竞六愣愣地望着范践民，他虽然不能完全听懂这位集团"最高执行总裁"说的话，但从那副洋洋得意的神态中，似乎隐隐感觉到某种耻辱。"克鲁尼斯"连忙拉拉范践民，告诫他说话注意分寸，切不可挫伤员工的民族自尊心，有损黑鹰集团作为跨国公司的企业形象。

范践民视察完生产基地准备登车离去，其他随行人员已经上车，唯独不见狗肺子。李强一直和狗肺子开车带路，此刻正焦急地等他。"克鲁尼斯"不知其中原委，几次催促开车，李强迫于无奈只好吞吞吐吐地说："苟哥还没回来，我在等他。"正说着，狗肺子从预制件堆里跑了出来，边跑边系裤腰带。范践民看他那副猥琐样脸都气青了，厉声责问："你在干什么！这是你随便屙屎尿尿的地方吗？！"狗肺子大大咧咧地说："啥地方也不能让尿憋死。"范践民照他屁股猛劲踹了一脚，骂道："憋死也不能尿。在这儿，中国人的脸面比你那条狗命重要一百倍。"狗肺子被他踹得连滚带爬钻进车里，直到离开独联体，他连个屁都再没敢放一个。

晚上，范践民以集团执行总裁身份宴请各方友人及公司高管，被"克鲁尼斯"一番抬举，美得差点儿找不着北，暗想：看起来荣誉对于男人的确比金钱美女更重要，怪不得林惠民有那么多钱还不满足，原来他早就懂得男人享受的不是财富，而是财富带来的荣誉。想到这儿，范践民美得频频举杯，别人没怎么样，倒把自己喝了个酩酊大醉。

"克鲁尼斯"把范践民送回宾馆，叮嘱李丽："范总喝高了，我把他交给你啦。"

李丽说："您放心，他喝酒从不闹事，顶多要几口水喝，您也累了一天，早些休息吧。""克鲁尼斯"见范践民睡得挺安静，便回房间安歇去了。

"克鲁尼斯"离开后，李丽准备好热水，想让范践民泡个澡，却怎么都叫不醒他。见他睡得那么沉，只好自己走进浴室，痛痛快快地洗了个热水澡。

李丽穿着一身松散的睡裙走出浴室，发现范践民坐在沙发上两只眼睛直勾勾地望着自己。李丽下意识掩了一下胸，快步走到范践民近前问道："口渴吗？是不是想喝水？"范践民愣愣地望着她一语不发，看得李丽直发毛，低头看看自己这身装束，感觉与在家时没什么区别，便问："范哥，你怎么了？样子怪吓人的！"没等李丽说完，范践民一把将她搂过来，三把两把撕掉睡裙丢在地毯上，然后抱起她粗暴地扔在床上。

李丽赤裸着身体躺在床上，紧闭双目，右手不断在胸上划着十字，虔诚地对她的上帝祈祷：

"我万能的主，请求您的宽恕。我无力抵御他对我身体的侵入，因为我知道，他对我的爱丝毫不亚于上帝您。我的主，即使得不到您的宽恕，为了他，我愿意接受您的惩罚。万能的主，请降罪于我吧！"

李丽的祷告似乎有一种神奇的力量，范践民体内积聚以久的荷尔蒙和肾上腺素瞬间便消失殆尽。他默默地拎起被子盖在李丽身上，转身走出卧室，蜷缩在会客厅宽大的沙发上睡了过去。

夜阑人静，总统套房里隐约传出李丽的嘤嘤哭泣声。


# 83


飞机缓缓降落在蒙古人民共和国首都乌兰巴托。这座位于蒙古高原中部、肯特山南端、图拉河畔的草原城市，自从被列入黑鹰集团的议事日程，便对企业今后的发展起着至关重要的作用。经过一年多的艰苦谈判，黑鹰集团与蒙古人民共和国DHN矿业集团公司就"以铁路换铁矿"的合作谈判终于取得重大进展。得到李强传回的消息，范践民与"克鲁尼斯"立刻带着李丽、吕宁馨动身飞抵乌兰巴托。

对于这一跨国合作项目，范践民一直持反对意见。合作的基本内容是：黑鹰集团无偿为DHN矿业集团公司修筑三十公里铁路，作为回报，DHN矿业集团公司准其对所辖的一座铁矿拥有十年的开采权。由于工程耗资巨大、周期长、不确定因素多，立项之初范践民就极力反对。为此，他曾多次与"克鲁尼斯"发生激烈争吵。

范践民坚持认为黑鹰已经步入正轨，没必要再度投放人力物力、承担风险开发其他项目；而"克鲁尼斯"则坚持企业必须不断寻求发展，无论眼下情况多好，企业总是处在逆水行舟的境地，不思进取则必然被淘汰。他说："不要相信什么价值规律，那东西纯属扯淡。市场供求关系永远决定企业命运。任何一个国家的发展都离不开资源，尤其是矿产资源，一旦用完就不会再生，我们现在花大力气抓些资源是绝对不会错的。"

范践民说："管他什么资源，我们是企业，只要能赚到钱，股民能分到红利不就行了吗？"

"克鲁尼斯"轻蔑地看了看范践民道："你纯粹是小本生意人，要做大生意就不能光把眼睛盯在钱上。现在国内一些厂商不惜耗费人力、物力拼命出口创汇，这是蠢得不能再蠢的事。美元是什么？是一张美国政府印的花花纸，只是象征某人拥有某种财富，却不是真正的拥有。真正的财富永远是以实物形式存在的各类物质资源。国家发展靠资源，不珍惜资源很难长治久安。美国是石油资源存量十分丰富的国家，他们却宁可花钱买别人的石油，而很少开采自己的石油资源。日本是资源相对匮乏国家，却把从中国弄去的稀土沉入海底存放起来。我们一直以地大物博沾沾自喜，其实人均资源占有量是个十分可怜的数字。就拿铁矿石来说，相当长一段时间还得依赖进口。国内经济发展越快，钢铁需求就越多。从这个意义上说，我们这个合作项目前景十分乐观。虽然眼下承受一些压力，但从长远看一定大有可为。因此说，这个合作项目的成败，关系到黑鹰集团的长远发展。"

"克鲁尼斯"振振有词的一番话，从理论到实践说得头头是道。范践民耷拉着脑袋无言以对，只好心不甘、情不愿地嘀咕："整天发展发展，发展到什么时候是个头儿啊？"

"克鲁尼斯"道："只要你搞企业就不会有你所说的那个'头儿'，市场是无限的，因此企业的发展也是无限的。美国大实业家洛克菲勒之所以被世界首富比尔·盖茨所崇拜，其原因并不在于他坐落在纽约第五大道上的洛克菲勒摩天大楼，而是洛克菲勒那种冷静、精明、富有远见和不怕挫折的顽强精神。他有句名言：'如果把我剥夺得一文不剩丢在沙漠中央，只要有一行驼队经过，我就可以重建整个王朝。'就是凭借这股勇气，标准石油公司从创立之初的五个人，发展到今天拥有三十万股东、五百多艘油轮，年收入几百亿，一举一动都牵动整个国际市场的庞大商业帝国。洛克菲勒的发展用了一百多年。期间，虽说遇到过几次绝好的发展机遇，同时也遭遇过重大挫折，但最终他成功了。如今，我们也遇到一个千载难逢的好机遇，同时也可能遭遇到挫折。但是，只要我们有勇气，不怕失败，不怕挫折，或许我们用不上几十年、十几年就可以建立起自己的商业帝国！"

"克鲁尼斯"的一番高谈阔论，差点儿没把范践民的鼻子气歪，他推了下沉醉于美好憧憬中的"克鲁尼斯"道："得得得，别发神经了。两个光棍汉，连个老婆孩子都没有，即便建立起'帝国'会有人继承吗？你有长生不老丹？能万古千秋、青春永驻？"

"你说话怎么像个农民呢，难道人活在世上就是为了传宗接代？所做的一切只能为妻儿老小？你能不能把眼界放宽点儿，去关心一下全人类，顺便为人民大众谋点福祉什么的？"

"你可得了吧。放着省心的日子不过，整天穷折腾。有能耐你折腾出个儿子来，跟你干还有点意思。"

"不就是儿子吗？那有什么难的。""克鲁尼斯"把吕宁馨拉到身旁，模仿电影《列宁在1918》里瓦西里的声音对范践民道："朋友，我们已经有了足够的面包，至于儿子嘛，因为有了他的母亲，相信也会有的！亲爱的，告诉他，我们准备生几个儿子？"

吕宁馨推了他一把，说道："没正形，谁给你生儿子？见过脸皮厚的，没见过像你这么厚的。"

范践民说："看到了吧？收收心，当务之急还是抓紧娶老婆，平平静静地过几天日子。别总惦记着满世界折腾，咱又不是活不下去。"

"克鲁尼斯"说："你这话说得不对，思想意识太狭隘。不是我要折腾，是市场经济原本就是这个样子，我只不过按其自身规律办事而已。"

范践民不解地看着眼前这个怪物，用商量的口吻道："惠民，为什么一定要做得那么大？就凭黑鹰现在的实力我不信撑不下去！"

"克鲁尼斯"斩钉截铁地说："眼下可以！但少则三五年，多则七八年肯定不行！"

"照你这么说，咱是手插磨眼里，想拔都拔不出来？"

"还是那句话，逆水行舟，不进则退。企业只能不断进取，在发展中求生存。"

"就算你说得对，可这么大一笔资金到哪儿去弄啊？这可不是十亿、八亿能办到的事啊！"

"克鲁尼斯"两手一摊，说道："哪弄？我不会生美元，你也不会下日元，只好到股市去弄喽。那儿可是一座取之不竭的金矿，待项目一敲定，立即着手运作黑鹰B股上市，最好能挤进伦敦板块。"

争吵归争吵，到头来还得按"克鲁尼斯"的意见办。几年来，黑鹰的迅速崛起已经充分证明，这个"克鲁尼斯"的确是不同寻常的企业精英，无论看问题的视角还是决策能力都没的说，虽然把范践民推到黑鹰集团执行总裁的位置，但黑鹰真正的决策者还是这个假美国鬼子。一来他是控股股东，二来的确有决策能力。而范践民投的那点钱，实在不可能让他有更多的发言权。

"克鲁尼斯"、范践民一行四人入境后，李强便迫不及待地开始汇报情况。来到下榻宾馆，"克鲁尼斯"立刻召集开会，研究签署正式文件的各项技术措施。会议一直开到深夜，吃完工作餐，吕宁馨晃着小脑袋对"克鲁尼斯"说：

"老板，小民有个小小的请求。"

"说！"

"我可不可以和李丽住在一起？"

"克鲁尼斯"疑惑地望着吕宁馨，不知道她又打什么鬼主意，于是问道："能否说明理由？"

吕宁馨娇嗔地推了他一下，噘着小嘴佯装生气的样子道："要什么理由！整天跟着你没黑没白地忙，连喘口气的工夫都没有。我们姐俩儿想在一起说说悄悄话，这理由还不够充分吗？"

"充分，十分充分。"

"一言为定，不许干扰。"

"绝不干扰，只是不知道人家二位怎么想的？！"

范践民说："没问题，就这么着吧。"

吕宁馨笑道："范总，那小女子就夺人所爱，今晚你家李丽可归我啦！"

"归你，归你，好生照料着。"

"呵呵。"两个年轻人开心地笑着，一溜烟儿跑进房间。

吕宁馨和李丽虽然相识了一阵子，却一直没机会在一起说话。这次好不容易有机会，俩人想好好聊聊。

洗漱完毕，李丽开始祷告。吕宁馨在一旁默默地望着这个虔诚的天主教徒，心中有股说不出的滋味，问她："天上真的有主吗？他知道你对他这么虔诚吗？"

李丽说："当然有主了，主是无所不知、无所不能的。他时刻洞察人世间的一切，主宰着世间万物。"

"我姥姥信佛，小时候跟她去庙里，她也说佛是万能的、无处不在。怎么所有的神灵都说自己万能呢？"

"你呀，总钻牛角尖。你可以不信佛、不信主，但我和你不一样，我没有选择，我降生就受过洗礼。因此，我必须忠实于我的主。"

吕宁馨拉着长声狡黠地说："我看不尽然吧，我虽然不信天主，但我知道天主教是不允许不经主的同意就以身相许的。呵呵。"

李丽红着脸道："你就坏吧。我才没像你说的那样呢。我和范哥是纯洁的，没有丝毫越轨之处，千万别把我当成你。"

"我怎么了？我和克鲁尼斯在一起是因为彼此相爱，不像某些人想的那么龌龊。"

"谁说你龌龊，说实话，我真挺羡慕你们的。看你们活得多自由。我俩不行，他不信主，也就没法举行天主教婚礼。得不到主认可的婚姻是私通，天主教徒是不可以私通的。"

吕宁馨说："你让范总也信天主不就行了吗？当年蒋介石娶宋美龄不也是结婚前才皈依天主的吗？"

李丽低下头，轻声叹口气道："可是他不肯啊。"

"他不信你们不也在一起了吗？难道你们之间就没那个过？"

"你就坏吧，我们之间真没有过那种关系。几年来，虽然生活在一起，但彼此之间没有任何越轨之处，是那种纯粹的友情、亲情。"

吕宁馨惊讶地张大嘴巴，把涌到舌尖的话又咽了回去。李丽望着她怪模怪样的表情，便故意把话引到她身上，问："你们打算怎么办？"

吕宁馨立刻来了兴头，滔滔不绝地打开话匣子，讲起她与"克鲁尼斯"之间的忘年之恋。

对吕宁馨而言，"克鲁尼斯"简直是尊神，一尊让她仰慕得五体投地的天神。当然，真正令她折服的绝对不是"克鲁尼斯"的财富，也不是作为跨国公司实际支配者的名誉、地位，而是"克鲁尼斯"那丰富的阅历、渊博的知识，和令常人望尘莫及的头脑。用吕宁馨的话说："今生能遇到他，是上天对我的恩赐。我不在意他老得可以当我爸爸，也不在他曾经有过多少女人。既然老天把这么优秀的男人赐予我，那么无论面对多大的压力，我都绝不会放弃上天给我的这份礼物。"

李丽问："既然你们真心相爱，又不涉及家庭、信仰，还有什么不能在一起的？"

"原因当然很多，阻力还是蛮大的。"吕宁馨说。

"首先，我妈妈坚决反对我嫁给老男人。因为我爸就是老男人，她有过嫁老男人的经历，所以她这关就很难通过；其次是我姥姥，从小是她把我养大的，老人家把我看得比命还重，倘若知道我嫁了个老男人非气死不可；再就是我爸，虽然他也要了个和我差不多大小的老婆，但如果知道他的心肝宝贝嫁给另一个老男人，估计也得气够呛。这样说吧，如果我嫁给克鲁尼斯，就意味着背叛我所有的亲人。你觉得这个阻力还小吗？"

李丽双手托着腮，陷入沉思中，她在想，人活在这世上，为什么会有这么多的无奈呢？

范践民和林惠民也正聊在兴头上。大学毕业后，俩人第一次这样躺在床上轻松自在地聊天，话题很快从合作项目谈判转向两个年轻女子。

范践民问道："你打算和吕宁馨结婚？"

"嗯，是这样打算的，而且应该就在最近。这次回国后，我们准备回趟她老家，确立我们的关系，年底前正式结婚。"

"那何紫琼怎么办？你总得对她有个交代吧？"

林惠民望着天花板，沉默许久道："我们那段婚姻应该说早已经结束了。无论从情感上，还是从事实上，都已经结束。你应该了解我的感觉，我们从一开始就没有男女之间的那种爱。年轻时不懂，以为在一起就是爱情。其实不然。这些年，我经历的女人真的不少。中国的、外国的、黄皮肤的、白皮肤的、黑皮肤的，究竟多少恐怕连我自己都记不清了。但有的只是性，没一个让我感觉到有情的。自从遇到吕宁馨，确切地说，在火车上见她第一眼，我就有种十分特殊的感觉。仔细想想，满世界寻觅几十年，只有她才是我真正要找的那个人。因此，我一定要对她有个交代，无论遇到多大的阻力，我必须给她一段婚姻。"

范践民静静地听他表白，感觉再劝也是徒劳，替何紫琼叹口气，一脸无奈地说："只是苦了何紫琼，她这辈子算被你坑透了。"

林惠民不太情愿地点点头，烦躁地抓起范践民的一支烟放在手里摆弄，漫不经心地问："我一直不想问，今天既然把话说到这儿，你能告诉我何紫琼的那个孩子是谁的吗，我倒觉得孩子和你挺亲的。"

范践民手一哆嗦，烟头上的火星掉在腿上，烫得他一下子蹦了起来，趁势掀开林惠民的被子，挥起大巴掌就打。直打得林惠民鬼哭狼嚎地嚷嚷道："哥们儿，哥们儿，我没说是你的。"范践民说："你嘴上没说，心里是那样想的，不打你打谁。"

二人重新躺在床上，一边喝着水，一边聊起了何紫琼那段令人心酸的往事……

林惠民静静地听完范践民的讲述，像与他没有丝毫关系似的。直到讲到最后，他才孩子气地追问："那个姓季的现在在哪儿？你见过这个人吗？"

范践民说："我只听何紫琼说起过，一直没见过他本人，也不知道他现在在哪儿。"

林惠民躺到枕头上，双手托着后脑勺子回味何紫琼的故事，那张平静的小白脸上竟然看不出一丝的自责和内疚。过了许久，林惠民突然问范践民："你不是也打算结婚吗？要不咱俩一块结，然后一起去欧洲旅行？"

范践民沮丧地说："拉倒吧，我可没那奢望。那丫头不可能嫁给我，来时，她刚参加完神学院考试，估计十有八九会被录取。等着吧，说不定能成就一个女牧师呢。"

林惠民惊诧得张着嘴半天没说出话来。


# 84


谈判进行得十分艰苦，甲方坚持追加两个车站的建设项目。同时，在建设工期上，要求提前两年交付使用。这样一来，之前所做的方案均被推翻。气得"克鲁尼斯"小脸铁青，大骂蒙古人出尔反尔、不讲信用，说好的事说变就变，简直是群王八蛋。可骂归骂，合同没正式签订之前人家有权提出更改。为尽快促成合作，避免夜长梦多，"克鲁尼斯"回到下榻处立刻召集开会研究应对措施。

会议一直开了两天，集思广益，最终制定出一虚一实两套方案。第一套方案是针锋相对，坚持原来条件不变，态度十分强硬，意思是只能这样，同意就签订正式文件，不同意立马走人，借此试探一下蒙古人的态度；第二套方案则做出较大让步，原则上同意甲方的追加条件，在工期上也做出相应的让步，态度显得温和许多，目的还是力求促成这项合作。经过反复分析、权衡，大家都觉得只能这样。于是，不约而同把目光集中在"克鲁尼斯"身上，由他最后拍板。"克鲁尼斯"沉思良久，对大家挥挥手，说："就到这儿吧，晚上找个地方好好放松一下。"大家莫名其妙地看着这个假洋鬼子，一时谁也摸不清他葫芦里卖的什么药。

第二天一大早，"克鲁尼斯"与吕宁馨提着一只装有五万美金的密码箱来到蒙古方面首席谈判代表包尔曾家中，大约过了十几分钟，二人驱车离开。

上午十时许，谈判继续进行。蒙古方面听完黑鹰集团修改过的第一套方案后，提出临时终止谈判一小时。当他们第二次坐到谈判桌前，形势突然发生变化。甲方不但撤销所有追加项目，而且还对几个悬而未决的事项做出较大让步。弄得"克鲁尼斯"也不知道是那五万美金起的作用，还是蒙古方面原本就不打算让这项合作流产。谈判结果令所有在场的黑鹰人欢欣鼓舞，这样的结果的确让人们大感意外，谁也搞不清楚蒙古人为何突然做出如此重大的让步。

一行人兴高采烈地回到宾馆，就等着明天合同正式签字便可以打道回府。范践民高兴得一路哼着小曲，差点儿没扭起东北大秧歌。吕宁馨和李丽开始打点行装，议论着买些什么土特产带回去。李强趁机试探着问"克鲁尼斯"自己是随团回国，还是返回明斯克。正当这时，宾馆保安突然带来一位陌生的中国人。那人歪着脖子，一步三晃地走到范践民面前，递给他一个信封。范践民莫名其妙地接在手里，抬眼打量一下来人，不由得心头一惊，暗想：这不是马二哨子吗？他怎么也跑到蒙古来了？于是，范践民并不急于打开信封，而是抱着膀儿走到马二哨子跟前，说道："如果我没记错的话，阁下应该姓马吧？"

马二哨子从口袋里掏出盒烟，麻利地抽出一支叼在嘴上，点燃后朝范践民吐出一口残烟道："好眼力，一点都没错，正是在下。"

范践民说："看起来这个世界真他妈的小，走到哪儿都能遇见你们这些乌龟王八蛋。"

马二哨子毫不介意范践民的辱骂，歪着脖子凑到范践民近前道："听说现在得叫你范总？不过在我看来，你还是桥下站'大岗'的那个臭苦力。"

范践民用力拍了拍马二哨子的肩头道："你也是，浑身一股子贼性气，估计还是恶习不改，跑到国外也没干什么好事。"

"话别说得这么难听好不？这儿是我家佛爷的地盘，凡是来乌兰巴托做生意的中国人都得靠我们罩着，知趣的赶快拜山头，不然的话……"

"咦？你那两个佛爷不是一个被'走铜'，另一个被判无期吗，哪儿又冒出个佛爷来？"

马二哨子朝他撇撇嘴道："中国的大牢连你都关不住，何况我家佛爷。告诉你吧，我家佛爷已经在这打了五年天下，不仅是乌兰巴托，甚至整个蒙古都是我们的地盘，来这儿做生意不经过我们这道槛儿，连门儿都没有！"

"听你的意思，我们也得求你家佛爷罩着喽？"

"这么说也行，算你守规矩。不然的话，遇着麻烦可别怪兄弟我没通知你。"

范践民把手里的信封甩到马二哨子脸上，怒气冲冲地吼道："回去告诉你家佛爷，就说老子知道了！我还不信了，就凭你们这几只秃尾巴乌鸦还能遮天蔽日！滚！老子实在懒得看你！"

马二哨子一愣，恶狠狠地说："好小子，咱骑毛驴看唱本——走着瞧！别以为有几个臭钱就了不起，把老子惹急了，明年的今天，就是你的周年！"

范践民朗声大笑道："你可别弄错了，变成你的周年。"

马二哨子走后，"克鲁尼斯"问范践民："这人什么来头？怎么找到这儿来了？"

范践民便把大小佛爷在国内为非作歹、鱼肉乡里，以及自己如何被他们算计二次入狱的事说了一遍。"克鲁尼斯"听罢，若有所思地说："君子报仇，十年不晚。既然这样，咱就收拾收拾这帮驴马烂子。一来替你报仇雪恨，二来清除掉这些坏种，免得以后麻烦。"

范践民不以为然地说："几个虾米能掀起多高的浪。现在正事还忙不过来呢，哪有闲心搭理他们。再说了，当年他们那么大的势力咱都不惧他，何况现在咱人多势众，干的又是这么大的工程。""克鲁尼斯"反驳道："倒不在他们人多少，问题是我们在明处，他们在暗处。明枪易躲，暗箭难防。咱犯不着整天提心吊胆提防几个毛贼。这事儿你别管了，让我来摆平。"于是，吩咐李强，"你想办法在咱离开之前与当地警署最高长官接洽上，争取能和他面谈一次。"李强答应一声，说："放心吧，这事很容易。"他又对范践民说："你尽可能摸清那伙人的底细，越详细越好。""好吧。"范践民应了一声。

第二天，李强陪"克鲁尼斯"来到当地警署最高长官敖其尔办公室，"克鲁尼斯"简单说明来意，便把小佛爷等几个中国人的资料和一张一万美金的支票放在敖其尔面前，说："我希望在贵国的任何地方都见不到这几个讨厌的中国人。"敖其尔弄明白这个"美国人"的来意后，态度十分傲慢，把张支票推回到"克鲁尼斯"面前，语气十分强硬地说："不不，我不要支票，请拿现钞！现钞！而且不是一万，是两万！交个朋友嘛。""克鲁尼斯"当即应允："两万就两万。不过，我希望这几个人尽快滚蛋。"敖其尔挥舞着两条短粗的臂膀，语气坚定地说："朋友，请放心，二十四小时之后，你绝对不会再见到这几个中国人。"

"穷不和富斗，富不和官斗"，过去说"有钱能使鬼推磨"，现在得说"有钱能让磨推鬼"。这不，给敖其尔送上两万美金，小佛爷一伙人当天就被驱逐出境。"克鲁尼斯"不费吹灰之力就把几个中国匪徒赶出蒙古。

经过历时一个月的反复磋商，黑鹰集团与蒙古人民共和国 DHN 矿业集团以铁路换矿山的合作项目正式敲定。签约仪式上，蒙古方面首席谈判代表包尔曾代表甲方签字；范践民以黑鹰集团首席执行总裁身份代表乙方签字。至此，"克鲁尼斯"和范践民为黑鹰集团未来十年发展奠定下坚实基础。

# 85

　　"克鲁尼斯"习惯住在酒店。以他的经济实力，买处豪宅应该是非常轻松的事。他却根本没这想法，在他的脑海中几乎没有家的概念。吕宁馨作为女人当然渴望有一处完全属于自己的居所，按照自己的心愿把它布置得富丽堂皇，然后称心如意地住在里面。豪宅、靓车、涉外婚姻，所有这些都是作为女人炫耀的资本。为此，她几次与"克鲁尼斯"提起，那个该死的假美国佬儿总是不置可否。吕宁馨尽管气得不行，可对于这个固执的假老外她是一点儿办法也没有，索性不再提起。

　　和范践民、李丽分手后，"克鲁尼斯"与吕宁馨径直回到宾馆。也是天气太热，俩人走进房间便争先恐后地扒光衣服急于冲澡。"克鲁尼斯"动作快，抢先占据了卫生间，正站在淋浴头下冲得起劲，吕宁馨光着屁股挤进来，撒娇耍赖立逼"克鲁尼斯"把位置让给她。"克鲁尼斯"悄悄把淋浴头调成冷水，趁其不备猛地朝她浇了过去。吕宁馨"噢"的一声，捂着脑袋四下躲闪，脚底一滑，差点摔倒。"克鲁尼斯"连忙将她抱在怀里，吕宁馨趁势勾住"克鲁尼斯"的脖子一阵狂吻。"克鲁尼斯"重新调好水温，"细雨"中一对鸳鸯情不自禁地干起"活儿"来。吕宁馨紧闭双眼，后背紧紧靠在"克鲁尼斯"胸前发出一阵阵畅快的呻吟。突然，她感到"克鲁尼斯"把一股灼热的液体送进她体内，禁不住大叫："克鲁尼斯，不要！不要啊！"

　　"克鲁尼斯"把嘴贴在吕宁馨耳旁发出重重的喘息，异常亢奋地问："亲爱的，为什么不？"

　　吕宁馨攥起两个小拳头，朝他重重打了几拳，把脸贴在他胸上羞答答地说："人家没服药，今天是最危险那一天，万一怀孕怎么办啊？"

　　"傻丫头，怀上咱就生呗。老范不整天说咱没儿子吗，咱生一个给他看看。"

　　吕宁馨噘着小嘴儿道："可这孩子是在卫生间里有的，像偷来的似的，感觉怪怪的。"

　　"克鲁尼斯"不以为然地说："那有什么，如果有了咱就叫他 Toilet（厕所），George Toilet（乔治·厕所）。"

　　"You bastard！"（你混蛋！）

　　吕宁馨抓起一瓶浴液朝他砸过去，"克鲁尼斯"像只被剥光皮的兔子窜回卧室，掀开被子钻了进去。吕宁馨趁势骑在他身上，抡起拳头一通猛打，两个人湿漉漉的弄得一床水迹。

闹了一阵，吕宁馨问："克鲁尼斯，你准备什么时候去我家？"

"克鲁尼斯"略想了一下说："今天是周末，明天去好不好？会不会太突然了？事先也没通知他们。"

"那有什么，现在通知也不晚呀。说好了，可不许再变！"

"嗯，一定不变，你打电话吧。"

吕宁馨骑在"克鲁尼斯"身上，拿起手机先打给妈妈。

大热天儿，"克鲁尼斯"捂在被子里，身上还骑着位"千金"，不一会儿便捂出一身白毛汗。于是，他对吕宁馨道："小姐，您是否可以从我身上移开一下？"

吕宁馨故意用屁股蹾他几下道："先生，这样的感觉是不是特爽啊，要不本小姐再给您来点特殊服务？"

"克鲁尼斯"赶紧讨饶："小祖宗，我惹不起你，赶快打你的电话吧。"

俩人正闹着，许惠茹的电话通了。吕宁馨装腔作势地问："是许检察长吗？电话响这么久不接什么意思，是不是不方便啊？"

许惠茹昨天才接到市人大的正式任命，代理检察长已经半年，这副担子把个小女人压得简直喘不过气。刚刚理出点头绪，张团长又不远万里跑来凑热闹。这几年两个人联络不断，随着感情的不断升温，已经到了谈婚论嫁的程度。为了方便以后一起生活，张团长打算转业到许惠茹这儿来。为此，许惠茹煞费苦心帮他在金融系统落实工作。这次张团长来，一来与未来的工作单位接触一下；二来也想和许惠茹正式确立关系。可是，张团长已经来了两天，两个人却一直见不上面。许惠茹不是开会，就是听汇报。今天，许惠茹好不容易挤出点时间，俩人约好晚上一起吃顿饭。

时钟刚刚指向六点，张团长便点好菜坐在餐桌前等候。一直等到晚上九点许惠茹才来。不等她落座，张团长便急不可待地催服务员上菜。饭店服务员见他足足等了一晚上，终于把个老佳人等来，一边端茶上饭，一边看着他捂嘴笑。

吃过晚饭，俩人手挽手漫步在街心公园，并肩坐在长椅上休息。许惠茹把头靠在张团长肩上道："太累了，真想这样靠着你歇上几天。"

张团长胆怯地把手放在许惠茹腰间，语无伦次地说："惠茹，我们结婚吧！"

许惠茹为之一震，紧紧搂着张团长情不自禁地抽泣起来。满世界漂泊了十几年，许惠茹早就渴望有个家。这几年，如果没有张团长这份情滋润她那颗干涸的心，许惠茹真不知道如何度过这段难挨的岁月。望着男人那张被雪域风霜捧打成古铜色、略显沧桑的脸，许惠茹梦魇般地重复着："亲爱的，娶我吧！我要做你的妻子！"

张团长活了大半辈子，从来不知道爱情是个啥滋味。许惠茹发自肺腑的表白，让这位老童子如同坐在桑拿房里，浑身大汗淋漓。怀中抱着的许惠茹则像块被烧得滚烫的石头，他不敢碰，也不敢摸，木雕泥塑般的一副标准军人坐姿，昂首挺胸地发出铮铮誓言："我娶你！我一定娶你！"许惠茹靠在他胸前矫情地说："老男人，你给我听好，我要堂堂正正地嫁给你，三媒六聘、婚庆财礼一样不许少。"

"好好好，只要你肯做我老婆，俺老张倾其所有，哪怕割肾卖血也一样不少你的。"

"去你的，不许胡说。你是我的，少一样都不行。"

正当二人海誓山盟之际，许惠茹的手机响了。包就放在身旁，清脆的铃声在寂寞的夜晚显得十分响亮、催人。许惠茹靠在张团长怀里，实在不想被人打扰。那首平时十分喜爱的铃声，此时却变得那么令人讨厌，甚至有些厌恶。手机已经响了三次，许惠茹这才十分不情愿地接起来。电话里立刻传来女儿吕宁馨阴阳怪气的声音："哟，许检察长，官升脾气长啊，小女一连打了三个电话都不接，啥意思呀？是不是想断绝鱼水关系呀！"

许惠茹装出一副威严的架势说："少废话，说，什么事？"

"咦？检察长同志，今天说话的语气怎么有点不对劲呢？千万别说你在工作，我已经听出来你在街上。说吧，干什么呢？该不会和我哪个叔叔、伯伯在一起吧？"

被女儿戳穿，许惠茹的脸立刻涨得通红，略带愠怒地道："小混蛋，再拿你妈寻开心小心我打你！"

"不敢，不敢，小女再也不敢了。求母亲大人高抬贵手，饶过您的宝贝女儿吧！"

见女儿服软了，许惠茹立刻换了种语气道："宝贝儿，你在哪儿呢？这么晚给妈妈打电话一定有事吧？"

"妈，我和克鲁尼斯在一起。明天我们打算回趟老家，想让你和我们一同回去。你最好别说没时间，克鲁尼斯特想见您，而且特崇拜您。他说，如果见不到您这位丈母娘将是他的八生不幸。怎么样？为了圆你未来女婿的心愿，委屈您和我们回去一趟吧？"

许惠茹为难地看了一眼张团长，一时不知道如何回答好。张团长已经听得十分清楚，知道许惠茹是因为自己才感到为难的。于是，他压低声音道："孩子的事大，不用顾及我，你去吧。"

"妈，你在和谁说话？还真有情况呀？我和你说，你千万别不够意思。你的事倘若得不到我的首肯，那是万万行不通的。"

"小无赖！凡事得讲个公平，你的事是不是也必须得到我的首肯？"

"这个嘛，当然可以。想知道为什么吗？因为您女儿底气特足，克鲁尼斯绝对棒，要不我现在就带他请您过目？"

"别！你千万别带他来！"

"为什么呀？许大检察长，你不是要替我把关吗？怎么连面都懒得见一下？"

许惠茹支支吾吾地说："因为，因为我还没有做好当丈母娘的心理准备。"

"不对吧，我亲爱的老妈，我今天怎么感觉你怪怪的呢，不会真有什么情况瞒着我吧？"

面对女儿的再三盘问，许惠茹突然语气一转，用简洁明快的语气对女儿道："我没时间听你穷侃，这样吧，明天你们先走，我随后就到，说不定也给你们一个惊喜。"

"真的呀？"

"真的！"

"那好，一言为定！明天见？"

"明天见！"


# 86

吕二军得知女儿找了个"老外"，而且是跨国公司的大老板，惊喜之余难免有几分忧虑。儿大不由爷，女大不由娘。既然女儿已经做出这样的选择，想必担心也是多余的。接到女儿的电话，吕二军躺在床上翻来覆去整夜未眠。第二天一早，便叫上几位哥们儿商量如何接待女儿的男友、黑鹰集团的大老板"克鲁尼斯"。

上午十点，吕宁馨新上牌的紫色3系新款宝马停在家门前，吕二军立即带领一群亲朋好友迎了出来。宁馨拉着吕二军的手对"克鲁尼斯"道："这是我父亲！""克鲁尼斯"赶紧上前握手，打招呼道："您好！"吕二军一愣，咦？敢情这个美国佬儿会说中国话，而且还是地道的北方话。看来自己突击研修的那几句鸟语派不上用场了。于是，他连忙寒暄道："你也好，克鲁尼斯先生。您的到来，使我们蓬荜生辉，能与您相识，实在是三生有幸。欢迎您。"吕宁馨推了一下父亲责怪道："瞧您说些什么呀？您是长辈，什么蓬荜生辉，三生有幸的。"吕二军并不在意女儿的嗔怪，照旧把前来欢迎"克鲁尼斯"的官员、朋友，什么张书记、李局长、赵经理等一通介绍，借此向这位未来的女婿显示自己这个老丈人并非等闲之辈。

众人客套一番后，走进宁馨姥姥的堂屋。老太太已经在窗前观望多时，见自己的心肝宝贝如此风光地衣锦还乡，乐得合不拢嘴。吕宁馨进屋便撒娇装嫩地抱着姥姥鸡啄米似的亲个不停，兴冲冲地把"克鲁尼斯"拉到姥姥跟前大声道："姥姥，这是我男朋友，您看配您外孙女中不中？"

老太太高兴得连声说："中中！多般配呀。"

"克鲁尼斯"拉起老太太的手亲热地问候："姥姥，身体这么硬朗，真是好福气。"

"好，好福气。"

老人家一边笑着说话，一边瞪大眼睛仔细打量眼前这位美国女婿。她看着看着，不由得心直往下沉，脸上现出一片疑云，目不转睛地望着"克鲁尼斯"出神。宁馨知道姥姥这是又犯病了，打小她便经常看到姥姥这样。因此，也没怎么在意，像只归巢的小鸟，拉起陶小荷跑回自己车里大包小包往下倒腾东西。

吕宁馨把特意为陶小荷买的一件时尚秋装放在她身上比画来，比画去。

陶小荷恨不得立刻穿在身上，屁颠屁颠地跟在宁馨身后，喋喋不休地夸赞：

"宁馨，你可真有眼力，那个什么尼斯真帅！特有男人味！不像你爸说的老男人，看上去也就四十刚出头儿！哎哟妈呀，跨国公司的大老板，那不得天上飞的、地下走的要啥有啥呀？唉，你爸爸那个土财主简直没法和人家比。宁馨，你说你的命咋这么好呢！"

刚开始听陶小荷夸奖"克鲁尼斯"，吕宁馨还满心欢喜，尤其看到她羡慕自己的那副酸溜溜样儿，心里得意得不行。可是，听陶小荷说自己老爸像个土财主，她可就立马不干了，小脸沉得像汪水似的呵斥陶小荷道："陶小荷！你别刚过几天好日子就烧得不知道姓啥了！嫁给我爸算你积了八辈大德。你敢得陇望蜀，有你好瞧的！"吓得陶小荷赶紧闭上嘴，再不敢多说一句。

吕二军等人围着"克鲁尼斯"又是敬烟，又是倒茶。接着便是满嘴跑舌头，恨不得把"克鲁尼斯"恭维到天上。一个个把自己装扮成满腹经纶、学富五车的模样与这个美国鬼子高谈阔论。话题从中国谈到世界，从黑鹰集团聊到县域经济。最后无一例外要求"克鲁尼斯"来县里投点资，为县域经济发展做些贡献。

"克鲁尼斯"静静地坐在沙发上，装出一副十分谦恭的样子频频点头称是，却不发表任何言论。

正当众人云里雾里一道神侃之际，一辆黑色奥迪 A6 戛然停在门口。透过玻璃窗，人们看到许惠茹与一位高大魁梧的军人一起下车，径直朝屋里走来。

许惠茹是目前这个小县城走出去的最大的官。县城稍有些人际交往的无不耳闻目睹过这位女官员，知道她自从和吕二军离婚后一直单身，看到她身旁突然出现一位高大魁梧的军人，立刻引发人们极大兴趣。没等许惠茹进屋，所有人，包括吕二军全都起身相迎。大家"许县长"、"许书记"、"许检察长"地叫着许惠茹的各种官称，争先上前与其握手、寒暄。

突然，许惠茹一眼看到愣在屋子中央的"克鲁尼斯"，惊喜交集地喊道：

"林惠民？怎么是你？你咋到我家来了？"

没等"克鲁尼斯"缓过神来，坐在炕上发呆的宁馨姥姥突然跳下地，拉着"克鲁尼斯"声嘶力竭地喊道："惠民？是惠民！是我的儿子！"拉过来许惠茹，激动地喊着，"惠茹，是你哥！他是你哥！"

众人惊愕的目光迅速转向许惠茹，纷纷猜测："或许老太太想儿子想疯了吧？眼前这位明明是长着一双蓝眼睛的外国人，老太太却硬说是自己的儿子，这不明摆着说疯话嘛！"

林惠民也跟着发起呆来，瞪着一对狼狗眼儿望着惠茹母女，他怎么也无法相信，这世界上竟有这般奇遇，而且恰恰发生在自己身上。他后悔和宁馨相处这么久，竟然只知道她妈妈的各种官称，却从来没问过姓名。倘若眼前这位白发老妪果真是自己的亲娘、许惠茹是自己的妹妹，那么吕宁馨岂不是自己亲外甥女？我的老天爷，这可叫我如何做人啊！

正当林惠民冥思苦想、百思不得其解之际，宁馨姥姥哆哆嗦嗦凑到他身旁，摸着他耳旁那块伤疤痛哭流涕地说："这块疤是在你姥姥家被火盆上的火筷子烫的，当时你疼得哭个不停，你姥爷顶着大雪跑了十多里路找来獾子油替你抹上，你才不哭。"

接着，老人弯腰去解林惠民的鞋带，林惠民赶紧扶起她，老太太却非要他脱下鞋来不可。林惠民只好脱掉皮鞋，老太太抱着他的脚，一边往下扒袜子，一边哭述道："你三岁时，你爸爸驮你回家，你把小脚丫伸进车轱辘里，脚指头被车辐条绞断一大截……"

林惠民听到这儿，没等老太太脱下自己的袜子，便"扑腾"一声跪倒在老人面前，抱着宁馨姥姥声泪俱下喊道："妈！妈妈！我是惠民，我是您的儿子！"

母子俩跪在地上抱头痛哭。老太太紧紧搂住儿子一声心肝、一声肉，哭得十分伤心，铁石心肠的人也得为之动容。


许惠茹的养父许老大是位残废军人。抗美援朝战争中，美军的一发炮弹削去他半个屁股，捎带炸飞了他的命根子。归国后，许老大拒绝留在城里，回乡当了农民。由于失去了男人那物件，性格变得十分孤僻。平时总喜欢一个人独处，很少与人交往。

生产队为照顾他身体，安排他看护队里的一片山林。

这天，许老大背杆破枪满山转了一圈，见没什么异常，便拎着几片挂网撒进江里，坐在沙滩上一边抽旱烟，一边等着拿鱼。突然，他听江面上传来一阵孩子的啼哭声。许老大一愣，心想：这茫茫大江上怎么会有孩子哭呢？该不会有人落水了吧？想到这儿，许老大立刻站起身，手搭凉棚仔细观瞧，发现一个女人背个孩子正朝大江里走，哭声是她背上的孩子发出的。江水已经漫过她的胸部，湍急的水流随时会吞没这母女俩。情况万分危急，容不得许老大多想，他立刻甩掉衣服一个猛子扎入江中奋力朝那母女俩游去。游到近前，许老大刚要伸手去抓，一个大浪披头盖脑地打了过来。当他再次露出水面时，那母女已经被江水冲出一丈多远。许老大不顾身边大大小小的旋涡随时可能将他卷入江底，拼着性命奋力朝那母女俩游去。

经过一场惊心动魄的搏斗，许老大终于把母女俩拖到岸上。在母亲背上的小惠茹呛了几口水，吓得哇哇大哭。许老大忙将她从妈妈背上解下，把惠茹妈大头朝下倒放在沙滩上。惠茹妈面色铁青，牙关紧闭，已经没有了呼吸。许老大在部队接受过溺水急救训练，立刻给惠茹妈做人工呼吸，终于将奄奄一息的惠茹妈救了过来。

许老大虽然救活了惠茹妈的命，却无论如何救不活她那颗濒临死亡的心。见四下没人能帮自己一把，许老大只好把母女俩背回自己的看山窝棚。脱掉惠茹妈身上的湿衣服，将她放在自己那张用树干扎成的破床上，用旧军毯替她盖好。脱掉小惠茹的湿衣裳，把自己的一件旧军装套在她身上。

小惠茹感觉暖和一些，停止了哭闹，瞪着一双惊恐的大眼睛蜷缩在妈妈身旁，一动不动地看着眼前这个粗陋的陌生人。许老大煮熟一锅热粥，细心地用嘴吹凉后一勺一勺送到许惠茹的小嘴里。刚刚受过惊吓的小惠茹，吃上几口热粥立刻消除了陌生感，伸出两只小手主动要许老大抱抱。许老大高兴得像得了宝贝似的，挖空心思，把身边所有孩子能吃的东西全都翻腾出来。

惠茹妈一直昏睡了三天三宿。醒来时，神情恍惚地看着周围这一切，不哭，也不闹。给吃就吃，给喝就喝，吃饱喝足便抱着孩子发呆。无论许老大怎么问，她就是一句话不说。

一晃几个月过去了，惠茹妈的病情有增无减，渐渐连饭也不吃了。急得许老大四处寻医问药，后来还是请位老中医为她扎一个月"火针"，惠茹妈才算知道点冷暖饥饱，只是从她嘴里许老大还是什么都问不出来。

这样的日子一晃过去小半年。直到有一天，小惠茹正在窝棚外边玩松塔，一条大蛇悄无声息地逼近这个一无所知的小女孩。突然，那东西弓起身形一跃而起，把孩子紧紧缠绕起来。孩子被吓得撕心裂肺地号叫，立刻把惠茹妈从梦魇中唤醒过来。出于本能，她声嘶力竭地喊："蛇！蛇！大哥，快来救命！"许老大正在准备过冬用的劈柴，听到喊声，见孩子被大蛇紧紧缠住，随手抓起一截劈柴跑了过去。大蛇觉察到脚步声，立刻吐着信子昂起头四下张望。许老大趁机对准蛇的七寸处猛的一击。那蛇立刻被他打落在地。许老大迅速把蛇从孩子身上扯开，拎起蛇尾用力抖几下。大蛇被抖得浑身脱节戛然死去。惠茹妈疯了似的从许老大手里夺过小惠茹，紧紧地搂在怀里号啕大哭，直哭得肝肠寸断，死去活来，把聚集在心中的所有积怨全部化作眼泪，从黄昏一直哭到月上柳梢头。

许老大见她终于哭了出来，脸上露出难得一见的笑容。把条大蛇去掉皮，做了一锅鲜美的清蒸蛇肉，沾着蒜末，一块儿一块儿送到小惠茹嘴里。用蛇胆泡了一坛老酒，每天逼惠茹妈喝上几口补心安神。

在许老大的细心照料下，惠茹妈终于恢复了理智。除了话语少些外，平时也知道给许老大洗洗涮涮干些家务。只是病情还是时好时坏，好的时候什么都明白，一犯病便两眼直勾勾地发呆，几天不说一句话。

第二年春天，惠茹妈突然要许老大带她去找惠茹姥姥。许老大听说那地方离这儿不远，便向生产队请几天假，带上孩子，按惠茹妈说的地址去找惠茹姥姥。三口人乘汽车、马车足足晃荡一天，终于来到惠茹妈所说的地方。可是，映入惠茹妈眼帘的并不是她所熟悉的村落、土坯房，而是一道一丈多高的水库大坝和碧波万顷的一大片水面。惠茹妈望着眼前这一切茫然不知所措，不知是自己找错了地方，还是家乡发生了什么变故，失魂落魄地抱着孩子又发起了呆。许老大见她又犯病了，只好让她坐在坝上歇歇脚，自己到附近找人打听情况。

许老大跑到公路边接连问了好几个人，可是谁都不知道他要找的地方。最后遇到一个放马的老马倌才算问明白，原来前年这里发了一场百年不遇的大洪水，将附近几个村庄全都淹没了。洪水退去后，政府决定在这里修座水库，村民有亲的投亲，没亲的靠友，已经全部迁往别处。

许老大打听明白后赶紧跑回坝上，把情况告诉了惠茹妈。惠茹妈听罢，两条腿一软，瘫坐在水库大坝上放声大哭。

# 87

林惠民母子意外相认，吕二军震惊之余，立刻联想到他与宁馨之间的乱伦之恋。好在老太太年事已高，只顾和儿子讲述那些陈年旧事，还没转过这个弯儿来。因此，吕二军也不想在这个时候提及此事。

老太太拉着儿子的手，恨不得把几十年的凄风苦雨统统倒给儿子，急切地询问儿子："你姥姥呢？她还在吗？"

林惠民痛苦地摇摇头，把自己和姥姥如何离开老家，如何遇到林大夫，以及中日邦交正常化之后，姥姥如何去日本等如此这般述说一遍。

听完儿子的讲述，老人家急切地问："你姥姥是哪年没的？安葬在什么地方？"

林惠民说："姥姥是1990年秋天回日本探亲时去世。因为死在日本，骨灰也就没运回来安葬。"

老太太目光呆滞地望着儿子，流出两行热泪，长长地叹了口气道："唉！她总算回家了。"

母子俩仿佛有说不完的话，一直说了一天一宿。第二天晚上，一家人见老太太还是那么亢奋，便请大夫给她打了镇静剂，让她尽快入睡，也好休息一下。

早晨，当横躺竖卧的一家人醒来时，发现老太太已经去世。老人安详地平卧在床上，带着满足的微笑悄然离开人世。

老太太突然故去，一家人没有丝毫心理准备，昨晚还好好的，一觉醒来人已经走了。林惠民抱着母亲冰冷的遗体，哭得惊天动地。许惠茹更是哭得死去活来，一边哭，一边发疯似的扯自己的头发。吕宁馨是姥姥一手带大的，和姥姥的感情在某种程度上甚至超过母亲。见姥姥就这样无声无息地离开人世，她一头扑到姥姥身上大叫一声"姥姥"，随即面色铁青、牙关紧闭昏死过去。急得吕二军、陶小荷一个掐人中，一个捶后背，好一会儿才缓过气来。担心女儿伤心过度再哭昏过去，便直接把她送进医院。

常言道："儿子哭惊天动地，闺女哭真心实意，儿媳哭虚情假意，女婿哭驴子放屁。"吕二军和张团长，一个曾经的姑爷，一个未来的女婿，见许惠茹一家已经哭作一团，心想：咱也跟着放几声驴子屁吧。随后，这两位与同一女人有千丝万缕纠葛的男人开始联手张罗起老太太的后事。

一天之内经历大喜、大惊、大悲、大痛的林惠民已经失去了理智，见两个"妹夫"把老娘停放在门板上，疼得他捶胸顿足、号啕大恸。他掏出手机无助地对范践民道："你快点来吧，我妈死了，呜呜……"

范践民一惊，不由得好生奇怪，心想：不是去吕宁馨家，怎么突然冒出个妈来？难不成吕宁馨的妈得急病死了？不可能啊，听他哭得那惨劲儿，绝对不像在哭那个未曾谋面的丈母娘。范践民也不便细问，放下电话，立刻叫上司机，说道："备车！去吕宁馨家！"

一进屋，范践民就见地上停放着一具老人遗体，身上盖一块黄布，头上方摆着几个碗，里面盛的五谷粮上插着三炷香。他想：先别管谁的娘了，人死为大，赶紧叩头吧。于是，跪在地上磕了三个头。惠民、惠茹一人拽他一只胳膊把他拉起来，俩人一左一右靠在他肩上放声大哭。还有吕宁馨，更是哭得肝肠寸断。范践民眨着一对儿小眼睛，心想：这都哪儿跟哪儿呀，看上去怎么像一家人呢？还有那个曾经被自己吓尿裤子的吕二军，以及和他站在一起的那位军官，虽然不认识，看上去似乎也有些面熟。

范践民知道现在不是刨根问底的时候，简单询问下老人的情况后，立即打电话给李强、老吴、狗肺子、何紫琼、李丽，要他们放下手里的事，立刻带些人过来协助办理丧事。

没等李强他们赶到，祖老板不知从哪儿得到的消息抢先一步抵达，进屋便开始履行职责，见没有闲人供他支使，便对吕二军、张团长吆五喝六地下起了指令，吩咐他俩分头去准备白布、黑纱、黄纸、冥钱、灵幡、丧盆子之类东西。范践民抬腿踹他一脚骂道："你当给你妈办丧事呢？弄那些破烂东西对付对付就拉倒了。这是林总家办丧事，给我滚一边老实待着去。"

骂完祖老板，范践民立刻把张团长、吕二军、李强、老吴、狗肺子、何紫琼等人召集在一起，请他们分别负责接待、住宿、餐饮、礼仪等各项事宜，分工明确，各负其责。他特别叮嘱吕二军："你赶紧把县城内凡属上点档次的宾馆、酒店，别问多少钱，统统给我包下来。钱，只管朝老吴要。"他指派张团长负责接待前来吊唁的各方宾客，并登记造册、记清礼金；指派狗肺子、祖老板负责采购丧葬用品，并一再强调，不必考虑钱，所有用品全部必须是上乘的；指派李强负责对外联络，尽可能把林惠民遍布世界各个国家、地区的朋友全部通知到；最后叮嘱何紫琼、李丽照顾好林惠民、许惠茹、吕宁馨。经他这一调度，林惠民老娘的治丧活动立刻有条不紊地开始进行。

李强一个人用四部手机不停地打电话。稍后，来自美国、日本、俄罗斯、澳大利亚、南非等国家和地区的唁电、慰问金纷至沓来；国内各业务厂商、协作单位、朋友、同仁接到电话后接踵而至。宁静的小城顿时沸腾起来，挂有各地牌照的各式名车一窝蜂似的涌过来。吕二军预先订下的客房，没等到中午便住得满满的，可前来吊唁的宾客还在络绎不绝地赶来。吕二军急得直搓手，嘴里不住的叨咕着："这可咋整，这可咋整，往哪儿安排呀！"实在想不出辙，只好跑去报告范践民。范践民说："你个死熊。县里不是还有几处洗浴中心吗？去！统统给我包下来！"吕二军像领了圣旨似的立马照办。

第三天正式出殡。林惠民作为孝子按当地风俗头顶丧盆，跪在老娘的灵前，许惠茹、范践民、张团长、吕二军、陶小荷等平辈的身穿重孝，一字排开跪在林惠民身后。何紫琼茫然不知所措地站在一旁，不知自己这个法律上的儿媳、事实上的弃妇究竟怎么样才算合适。许惠茹一把将她拉到自己身旁，让她跪在哥哥身后。晚辈的只有吕宁馨一个，孤零零地跪在最后。

随着祖老板一声吆喝："时辰已到，起灵！"林惠民"咣当"一声把丧盆子摔在地上，众人应声抬起灵柩。许惠茹和吕宁馨立刻呼天抢地号啕大哭，跟跟跄跄地追赶老太太的灵柩，石头见了都得落泪。何紫琼原本没眼泪，也不想装出那份"虚情假意"，但不知是被惠茹母女那撕心裂肺的哭声感染，还是另有隐情，也跟着哭得肝肠寸断。众多旁观者交口称谓："看！林总媳妇哭得多伤心呀，婆媳俩一定相处得不错。"岂不知林惠民死去的老娘连这个儿媳妇的面都未曾见过。

为老太太送葬的队伍真可谓浩浩荡荡，林惠民披麻戴孝走在最前面，肩上扛着黄麻纸扎成的灵幡，腰间系条孝带，打扮得像个小丑，顺从地遵照祖老板的吩咐，让跪就跪，让磕头就磕头。

如此规模的出殡小城从没有过，简直是空前绝后。路人纷纷驻足观看，相互询问："这是谁家办丧事啊？咋这气派？"

"是许老大老伴儿死了。"

"唉，活着的时候孤苦伶仃，死了反倒这么风光。"

"人家闺女是市里的大官，听说是检察院的检察长。"

"不对，是人家的儿子厉害，听说是跨国公司的大老板，钱多得是。"

追悼会开得十分隆重，县委张副书记致悼词，言不由衷地对老人家一生的"丰功伟绩"予以充分肯定，尤其称赞她生了一双好儿女。随后，各方来宾派出代表致悼词，主持人宣读来自各个国家和地区的厂矿企业、亲朋好友的唁电、信函。最后众人依次缓步走到老太太遗体前三鞠躬最后告别。

众人退出吊唁大厅，遗体被送去火化。韩冬梅这位历经磨难的老人，终于走完她六十八年的坎坷人生路，化做一缕青烟升腾到那个没有痛苦、没有磨难的极乐世界，去追寻她未了的夙愿。


# 88


忙完老娘的葬礼，林惠民无心梳理与吕宁馨这桩超越伦理的老少恋，神情恍惚地坐在范践民车里，紧闭双眼，陷入极度痛苦之中。范践民已经知道事情的全部，搜肠刮肚想些话语宽慰他，见林惠民垂头丧气的样子，知道此时说什么都没用，只能让时间慢慢冲淡笼罩在他心头的阴霾。

李强坐在狗肺子车上问："苟哥，记得听你说过，许检察长是咱范总的情人？"

狗肺子道："没错，那时候她还是个小科员，我和范总正在'蹲笆篱子'，范总怕影响她前程，愣把她给甩了。后来她嫁给了吕二军，就是吕宁馨她爸。可不知为什么，俩人没过几年又散了。"

"那她离婚后为啥不嫁咱范总呢？"

狗肺子咧咧嘴道："那时候咱范总正给赵丽华'拉帮套'，那娘们儿老公回来后才把范总蹬出来的。等许惠茹再去找范总时，咱范总又去'蹲笆篱子'了。"

李强轻轻叹口气："唉！怎么会这样呢，为啥总是阴差阳错凑不到一块呢。"他心中未免觉得惋惜，想了一会儿，觉得还是不对劲，又问狗肺子，"苟哥，不对呀！"

"有什么不对的？"狗肺子一边开车，一边心不在焉地说。

李强问狗肺子："苟哥，范总二次出狱后，许惠茹不还是单身吗？为啥范总不去找她呢？"

狗肺子挠挠脑袋说："不知道他俩怎么回事，范总去西藏找过她，可能是去晚了。许惠茹已经和这位张团长好上，他白跑一趟，弄了个狗咬尿泡——空欢喜。"

这时，坐在他俩身后的祖半仙儿突然插言道："人不信命不行，依我看，许检察长命太硬。你看她那两道眉，一边粗，一边细，女儿身，却长了一颗男人心。谁沾她边儿谁倒霉。"

李强转回头看一眼祖老板，一脸不悦地说："怎么说话呢？你这人嘴怎么这么损呢！人家哪儿得罪你了？再者说，也没少了你的'出黑'钱啊。"

祖半仙儿哼哼叽叽地说："这不是钱的事，我也没说她不好。只不过……"

"只不过什么？你不会觉得许检察长和张团长也没戏吧？"狗肺子问。

祖半仙儿冷冷地说："哼！不但没戏，弄不好还有血光之灾。"

"啊？你这张乌鸦嘴，少说几句丧气话行不行，再他妈胡嘞嘞老子拆了你。"狗肺子真假参半地责备道。

祖老板合眼倚在靠背上小声嘟囔："凡夫俗子！岂知天命昭昭人不可违也。"狗肺子听罢，突然用力踩了一脚刹车，祖半仙儿没留神，"咣当"一声撞到前座上。疼得他"哎哟"一声骂道："你他妈抽什么邪疯！想把老子磕死啊！"

狗肺子嘲弄道："你不是能掐会算吗？咋没算出来老子踩脚急刹车呢？"

祖半仙儿揉着脑袋说道："老子算的是命，没闲工夫揣摸你那些鸡鸣狗盗的小把戏。"

"那你算算许检察长和张团长能不能成？"

祖半仙儿故弄玄虚地说道："天机不可泄露。"

狗肺子把车停在路边，一只手掐住祖半仙儿脖子，给他来了个"锁喉"，问他："想吊老子胃口是吧？你说不说？不说我把你扔在这儿，让你一步一步走回去。"

祖半仙儿被他掐得喘不上气，连声讨饶："苟哥放手，苟哥，你放开手，我说还不行吗！"

狗肺子见他服了，便松开手。祖半仙儿一边揉着脖子，一边说道：

"我看那位张团长命中注定是个'童子身'，别看他活了四十多岁，我敢打保票，他肯定还是个老处男。"

"啊？怎么可能呢，你净他妈瞎白话！"狗肺子骂道。

"你敢说我白话？我是谁呀，别的不说，就说范总，若不是我'过阴'替他把魂儿找回来，指不定他早变了一股烟。现在他有李丽罩着不拿我当回事，前天还踹了我一脚，弄得我好没面子。"

李强见他俩真真假假、连打带闹闲斗，一直坐在一旁看热闹。听祖半仙儿说李丽罩着范总，觉得他把话说反了。于是，反驳道："祖哥，你净瞎说。明明是范总护着李丽，你怎么反倒说李丽罩着范总呢？"

祖半仙儿神神道道地说："这你可就有所不知，李丽可不是凡人。我一眼就看出来她身上有仙儿，而且是个相当厉害的主。有她罩着，啥东西都近不得范总。"

狗肺子见祖半仙儿拿范践民上坟那事抬高身价，打心眼里不高兴；转念一想，大千世界无奇不有，这个祖半仙儿还真得罪不起。于是，他连忙敬一支烟恭维道："那是真的，祖老板谁敢小瞧。不过，你说那个张团长真的是个老处男？"

见狗肺子也不得不恭维自己，祖半仙儿顿时得意起来，吐出一口残烟言之凿凿地说："他不但是处男，依我看，他百日之内必有血光之灾。"

"啊？！"

祖半仙儿见狗肺子和李强惊讶不已的样子心生几分得意，故意阴着脸神秘兮兮地说："你们是看不见，他一脸的晦气，而且一天比一天重。所以我算他百日之内必定出事。"

母亲突然故去，女儿爱上了自己的亲舅舅，一连串意想不到的打击几乎把许惠茹彻底摧毁了。办完老娘的丧事，许惠茹失魂落魄地随张团长回到他下榻的宾馆，一头栽倒在床上，拉过被子蒙在脸上哭泣。她哭自己那苦命的娘，好不容易找到儿子，刚刚见着面就匆匆离世；哭自己的女儿，千挑万选却选中了自己的亲娘舅；哭自己和张团长，盼望已久的重逢却被这场意想不到的事情搅得乱七八糟。或许连日来过于疲惫，哭着哭着不知不觉睡了过去。

张团长见她没了动静，轻轻掀开她蒙在头上的被子，替她脱掉鞋、垫上枕头，也靠在她身边睡了过去。时间就这样悄然逝去，折腾了几天的两人睡了个天昏地暗。

清晨，一缕霞光透过窗帘缝隙射进屋内，许惠茹在朦胧中感觉身边躺个男人。半梦半醒时分，她坚信这个人就是范践民。那熟悉的气息、沉睡的鼾声，和紧紧拥抱自己的臂膀，无疑就是那个自己最爱的男人。她挪动下身体，紧紧靠在他那宽厚的胸膛上又睡了过去。她睡得是那么香甜、那么踏实。睡梦中，她惊喜地告诉自己："幸福原来就这么简单！"

城市终于从夜幕中醒来，汽车喇叭声和着小贩叫卖声把人们从睡梦中唤醒。俩人几乎同时从床上坐起，面面相觑地望着对方，极力回想着昨夜发生的事。许惠茹低头看看自己的衣服，不明白连外衣都没脱怎么会睡得这么踏实。她又看看张团长，见他也是和衣而卧，不由得会心一笑，许惠茹抬手捶了一下张团长，娇嗔地说"你这个傻瓜蛋"，随即扑到他怀里。

张团长胸中的激情已经亢奋到极点，周身的血液在沸腾。那双粗壮有力的臂膀紧紧搂着怀里这个女人，再也无法抑制体内的冲动。许惠茹望着那双充血的眼睛，预感到自己渴望多年的事情即将发生，浑身软软的如同飘浮在空气中，任凭那双大手尽情抚摸自己，久违的激情像团火焰烧得她五脏六腑快要炸裂开。她用力捶打着张团长，顾不上女人的尊严，紧紧搂着张团长忘情地喊着："亲爱的,快给我,给我吧！"张团长像位时刻准备发起冲锋的勇士终于听到总攻的号令般，"奋不顾身"地扑向许惠茹，笨拙地扒掉她身上所有的遮掩。当许惠茹白皙的胴体一览无遗地展现在他眼前时，他彻底惊呆了，不知道世上竟有如此精美绝伦的艺术品。

正当张团长贪婪地欣赏这个精美的"艺术品"时，许惠茹突然一个鲤鱼打挺坐了起来，问看傻了眼的张团长："美吗？""美！""要吗""要！""那好，娶我吧！等你娶我的那一天，许惠茹的一切都是你的。"她说完，匆匆穿好衣服，推门离去。


张团长不得不向部队申请超期归队。首长考虑他不久即将转业，答应得十分爽快。

张团长是真不愿回那个家。如果不是因为许惠茹，别说回去，连想他都不愿意想一下。故乡山河依旧，没有多大变化。家里那三间土坯房，由于年久失修已经东倒西歪破败不堪。

走进院子，他老爹正光着膀子坐在阳光下抓虱子，老眼昏花也分不清哪个是虱子、哪个是线头，只好把衣裳放在嘴里用牙咬。每听见"嘎嘣"一声，他便愤愤地自语："让你吃我！让你吃我！我咬死你！咬死你！"

他老爹正和虱子大战犹酣，抬头见儿子回来了，贼眉鼠眼地瞅了几眼后，又继续抓他的虱子。其间，不时用怯懦的目光偷窥儿子，揣测他为何突然归来。岁月已经把当年那个霸气十足的莽汉变成一只病猫，那股子咄咄逼人的气势早已荡然无存。

张团长的老婆穿件破背心，整天喂猪打狗，脏得连颜色都看不出来。见丈夫突然归来，她先是一愣，随后抄起根棍子满院子追打一头猪，边打边骂：

"你个丧良心的东西，挨千刀的杀货。不好好在外边待着死回来干什么！你个缺了八辈子大德的王八蛋，老娘看见你就心烦！"

张团长知道她在指桑骂槐地骂自己，只好忍气吞声地接受这种独特的"迎接方式"，全当没听见，径直走进屋里。

三间土坯房中间开门分东西两屋。老娘死后，他老婆和他老爹住在东屋。西屋门敞着，里面放些木料和一地刨花子，像是正在打家具。一晃他老婆和他老爹生的儿子已经长大成人，正张罗着结婚娶媳妇。

他老爹见儿子进家就一直阴着脸，对他回来的意图也猜个八九不离十，暗想：是福不是祸，是祸躲不过；当年丁军长都放老子一马，就不信栽在你个小冤家手里。于是，他也跟着回到屋里，坐在炕沿上，抓过烟笸箩，撕块旧报纸卷支烟放到嘴里，点燃后猛劲儿吸了一口。辛辣的烟草呛得他一阵剧烈地咳嗽，咳出几口黏痰吐在地上。他缓过一口气问儿子："怎么回来也不给个信儿，是探家，还是出差顺路？"

"既不是出差，也不是探家。我是专程回来办离婚手续的。"张团长直截了当对他爹说明来意。

"离婚？离什么婚！眼看孩子都快结婚了，离哪门子婚！这么多年都过来了，就这样吧。说起来，孩子他妈也等了你这么多年，半路途中离了婚，让她以后怎么过？"

张团长只想痛痛快快把婚离了，没心思追究以往那些陈芝麻烂谷子。因此，他平静地对老爹说："孩子结不结婚与我不相干，这么多年咋过来的更用不着我说。至于谁等谁，各自心里都清楚。啥话也别说了，痛快给我出手续，我立马走人。"

没等张团长的话音落地，他老婆"嗷"一声炸了，窜到张团长面前撒泼耍赖地说道："离婚？你说得倒轻巧！当初是不是你小子三媒六证娶的我？是不是你和我一起去扯的结婚证？你这个没良心的东西，扔下我一走就是二十年，你知道这二十年我是怎么熬过来的吗？我黑天等，白天盼，就盼着能有一天你回心转意跟我过日子。可是，你除了给我一张冷冰冰的床还给过我什么？你摸着良心想想，若不是因为你这个黑心肝的，我至于和你爹那个老王八犊子清不清、浑不浑地过日子吗？你坑了我一辈子！一辈子呀！你还腆着脸回来离婚！我告诉你，我不离！我就是不离！就让你爹个老王八蛋'爬灰'，有啥招儿你使去！"他老婆越说越激动，越说越离谱，竟然一屁股坐在地上撒泼打滚儿地发起飙来。

张团长早就知道这婚难离。可话又说回来了，如果容易，岂不早离了。他老婆说的那些话虽然难听，但也不无理道理。尽管当初自己不满意这桩婚姻，可毕竟和人家扯过结婚证，毕竟人家茶饭洗涮地伺候老娘一场。因此，他也觉得有些理亏。于是，掏出一张五万元的存折扔在炕上，对他老婆说："不管咋说，事已至此，这婚我是非离不可。这五万块钱就当对你的一点补偿吧。"

他老婆腾地跳起来，抓起那张存折摔到张团长脸上，骂道："我呸！你还真好意思说！五万块钱能买回我的青春吗？能补偿我二十年吃的苦、受的罪吗？你想得倒美，五万块钱把我打发了，再去找个年轻漂亮的。告诉你，门都没有。想离也行，二十万，少一个子儿也不行。"

张团长见他老婆狮子大开口，气得血直往脑门子上涌。一个常年驻守边疆的军人哪儿有那么多钱。再者说，张团长是个义气汉子，谁家有病有灾、遇上个为难事，只要张嘴说一声，没他不帮的。因此，虽然这么多年没少挣钱，可手里的确没存多少。见他老婆一副不依不饶的架势，估计不多出点钱肯定不行。他低头想了想，对他老婆说："这样吧，我再给你五万，只能这么多了。如果你还不同意，我只好到法院起诉离婚，到时候你连一分钱都捞不着。"

这回该轮到他老婆傻眼了。她听说过现在可以单方起诉离婚，况且她那点破烂事十里八村无人不知，无人不晓，万一闹到法庭上，肯定没她好果子吃；可又一想，儿子马上要结婚，不趁机多朝他要点儿，拿什么给儿子娶媳妇。她见张团长态度十分强硬，光自己纠缠恐怕无济于事。于是，她一把扯起坐在炕沿上抽烟的张团长老爹骂道："都是你这个老犊子做的孽，到动真格的时候，你先把王八脖子缩回去了，你倒是说句话呀！"

他老爹见被儿媳妇架到了火上，再不说话不行了，只好苦着脸央求儿子："都是你爹做的孽，好歹念我生你养你一场，你就给她二十万吧，就当帮你爹一把！"

见老爹这样说，张团长心软了下来。掏出支烟一边吸着，一边权衡手头那几个钱。这边不给够钱不离婚，许惠茹那边自己红嘴白牙答应给人家个体面的婚姻。唉！钱到用时方恨少。沉吟许久，张团长心一横对他老婆说："这样吧，我给你十五万，这总可以了吧？"

"不行！二十万！少一分也不行！"

张团长的火腾地窜了上来，掐灭手里的烟，怒气冲冲地对他老婆说："既然这样咱就法庭上见。老子还就不信这个邪，没你出手续我照样能离这个婚。"他说着，起身便朝门外走去。

他老婆见他真要起诉离婚立马慌了神，抬腿踹了他老爹一脚吼道："老犊子，还不快点把他给我弄回来。"

他老爹赶紧追出去喊儿子："你个混蛋，给我回来！"

张团长光顾着生气，理都不理他爹，继续朝外边走。

他老爹见儿子根本没拿自己当回事，顿时上来那股蛮劲儿，随手拎起菜刀吼道："你个小王八犊子，今天你敢走出这个门，老子一刀劈了你！"

张团长闻听，回头轻蔑地看了他爹一眼，转身继续往外走。他老爹气得邪火攻心，抬手掷出那把菜刀，正中张团长脖子上的大动脉。刹那间，一股殷红的鲜血溅出，张团长踉跄几步，高大的身躯像截铁塔般摔倒在地上。


# 89

自从老娘去世，林惠民便玩起了人间蒸发。公司不来，手机不开，一连几个星期范践民连他影儿都抓不到。集团上上下下几千口子人，国内国外十几处工程，想不到、念不到的事一件紧跟一件，范践民累得差点吐血。可那个该死的假美国佬儿就是不露面。

这天，范践民实在烦得不行，阴着一张脸看谁都不顺眼。几位前来请示工作的部门经理都被挡了驾，秘书悄悄告诉他们："范总心不顺，如果不是特别紧急，劝你们最好别进去。"几位都觉得新鲜，谁不知道范总是个工作狂，大凡在公司就没见他闲过，今天这是怎么了？

下午四点，范践民终于走出办公室。司机小李赶紧问："范总，去哪儿？"

范践民不耐烦地挥挥手道："没你的事儿，我自己出去走走。"

小李不敢多问，只好开车远远跟在后边。

走了一会儿，范践民给何紫琼打个电话，问："紫琼，你在哪里？"

何紫琼支支吾吾，一会儿说在美容院，一会儿又说在外边。范践民猜她准又去什么会馆"嗨药"去了，赌气挂断电话。见他拦辆出租车，司机小李赶紧把他那辆丰田大吉普停在眼前，下车替他拉开车门，问道："范总，您要去哪儿？"范践民烦躁地说了声："送我回家！"

进屋，见李丽不知什么时候倒腾回来一堆内衣、袜子、床单、枕巾。正一件一件往衣柜里摆放，把写着一月、二月、三月……一直到十二月的小纸条分别夹在上边。范践民不解地问："你鼓捣什么呢？弄回这么多衣服干吗？"

李丽也不作声，一边整理那堆东西，一边悄悄流泪。范践民立刻恍然大悟，忙问："收到神学院的录取通知书了？"

"嗯。"

"什么时候报到？"

"后天。"

范践民一屁股坐在沙发上，心仿佛被什么东西捅了一下，疼得他两片嘴唇直哆嗦，愣愣地望着李丽不知道说什么好。

李丽替他倒杯茶，说："没想到你回来这么早，我还没准备饭呢。你先喝杯茶，我马上就好。"

范践民木然地接过茶杯喝了几口，心情舒缓许多。李丽报考神学院已经有几个月，他无数次告诫自己："她肯定会被录取，离开是迟早的事。"尽管如此，他还是有些接受不了。他沉默不语地坐在沙发上，心里空落落的，仿佛李丽一走，世界上就剩下他一个人，一种莫名的孤独感油然而生。这几年，他已经习惯了李丽的存在，尽管有那么点缺憾，但毕竟亲人般地生活在一起。她这一走，虽然说不上失去，终究不能天天厮守在一起。可转念一想，既然李丽已经做出这样的选择，自然有她的一番道理，自己不应该、也没理由加以阻拦。人各有志，总不能让一个鲜活的生命成为自己的附属品吧！

范践民只顾想心事，不经意间，李丽已经把饭菜端上桌。范践民直直地看着她，仿佛在问："一定要走吗？是不是可以改变？"

李丽在围裙上擦擦手，对范践民说："你别这样看我，感觉怪怪的，看得人家浑身不舒服。"说着，把酒递到范践民手上，"哥，其实今天我也有预感，收到通知书就想给你打电话，让你早点回来。可是，总觉得不是什么理由。你那么忙，不想让你为我分心。可冥冥之中总觉得你会回来，你果真就回来了，你说这是什么？"

"是什么？"范践民问。

"心——相——通。"李丽一字一顿地说。

"心——相——通？"范践民重复道。

范践民歪着脑袋想了想，咦，也是啊，不然为什么俺老范一天都心烦意乱的，说不定这就是所谓的心灵感应吧。于是，他抓起那瓶酒倒出两杯放在各自面前，说道："来，为咱们的心相通，今晚一醉方休。"

于是，俩人你一杯，我一杯，不知不觉一瓶红酒见了底。范践民喝得高兴，起身又取来一瓶。李丽拉住他，硬着舌头说："哥，别喝了，再喝我可就醉了。"

范践民也硬着舌头道："你已经醉了，看你脸红得像猴腚儿。"

李丽晃晃荡荡地指着自己的脸说："你净说醉话，你见过这么漂亮的猴腚儿吗？"

"不但见过，而且天天见，只是以后见不到喽。"

"瞧你，净说丧气话。人家只不过去上几年学，怎么就说见不着了呢！"

"起码不能天天见，回到家看不见你，心里空落落的。"

"不会的，我申请了两个 QQ 号，你一个，我一个。账号和密码替你贴在机箱上了，这样我们不就可以天天见了吗？"

"咦，真是个好主意。好！就这么办。为我们成为网友再干一杯。"

"好！老帅哥，干！"

"来！小美女，干！"

俩人一直喝得酩酊大醉。


第二天清晨，范践民把整个房间寻个遍，连李丽的影儿都没找到。他失魂落魄地坐在饭桌前，多么希望李丽在和他躲猫猫，不经意间，突然出现在自己面前。然而，这一切只是妄想，现实是她已经离开这个家。

室内收拾得一尘不染，早餐整整齐齐地摆在饭桌上。筷子下边压张纸条，一看那整齐的字迹就知道是李丽留给自己的。范践民拿起纸条走到阳台上，瞪大一双小眼睛仔细读起来。

哥：我走了。之前，在你床前站好久，见你睡得那么香，不忍心叫醒你。可心里总觉得有许多话要对你说，而且必须说。

哥，我们在一起生活了三年零二十七天。这段日子是我生活得最踏实、最幸福的一段时光。你给我的感觉像主人、像父亲、像兄长、像亲人。离开你，我心是那样痛，几乎丧失走出去的勇气。可是我必须走，因为我的主在召唤，我的一切注定属于他。对不起，对不起，对不起！

临行前，有几句话如鲠在喉，不吐不快。

这几年，黑鹰虽然发展得很快，但我总觉得它像只飞得很高很高的大风筝，而牵着它的那根线却十分纤细。林总的确是位难得的商业精英，在他的意志引领下，黑鹰真的展开双翅越做越大，越飞越高。但林总的志向过于远大，我不敢说他好高骛远，只是觉得他像漂在水面上的浮萍，让人信不牢靠。因此，我把手中的大部分现款兑换成黄金存在何姐银行的保险箱里以备不测。何姐是你生命中最可信赖的人，虽然事先没和你商量，但这样做肯定不会错。

还有，上个月寄给赵欣欣的学费被她拿去开 birthday party 了（生日舞会）。我到她所在的学校打听过，同学和老师反映她生活十分奢侈，经常在人前吹嘘她干爹是黑鹰集团的大老板。对此，虽然多数同学嗤之以鼻，但无形中对你的形象造成了非常不好的影响。因此，我中断了对她的生活资助。

赵立峰是个好学生。他勤奋努力，为人忠厚，并且一再请求我转告你，他非常感激你的帮助；他现在有了两份家教工作，完全可以自己解决学习费用，请你不要再给他寄钱。他说："范叔的情谊，立峰将以加倍的努力回报给社会！"

再就是宋爷爷、李奶奶等十二位孤寡老人的柴米钱，我通常是月初准时送到。怕你没时间，我已经叮嘱司机小李去办。

哥，一定要好好照顾自己，记得勤换衣服。按照我在衣柜上做的标签及时增减，别让我担心。

哥，我走了。我在等待着，等你这只迷途羔羊回到主的身旁，那时，我将堂堂正正做你的妻子。让我们在主的庇护下快乐幸福地生活。

……

范践民放下信跑出家门，晨曦中，李丽穿着来时那件淡蓝色碎花小袄走在空旷的马路上。阳光透过树叶间的缝隙斑斑痕痕洒落在她身上，李丽步履从容地消失在范践民的视线中。

# 90

吕宁馨正经历着有生以来最痛苦的情感折磨。姥姥突然去世，为之骄傲的男友莫名其妙地成了自己的亲娘舅。一连串打击接踵而至，令这位原本站在幸福巅峰的女孩儿骤然跌入万丈谷底，陷入极度痛苦之中而无力自拔。她甚至怀疑，冥冥之中那个万能的主宰者有意开她玩笑，故意设计出一连串戏剧性的情节捉弄自己。

姥姥的葬礼一结束，吕宁馨便带着那颗破碎的心悄然离去。此时，她不知道该去什么地方，更不知道谁能够帮她从这痛苦的深渊中解脱出来。她开车行驶在高速公路上，却不知道向哪里去。包里的手机一遍接一遍响个没完，她抓起来抛向车外。在后视镜中目睹自己心爱的手机落在路上摔得粉碎，禁不住心头微微一震，她知道，从这一刻起，再不会有人知道她去了哪里，更不会有人找到她。于是，她开大音响，伴随着震耳欲聋的打击乐，把爱车加大到最高时速一路狂奔。似乎只有这样，才能把心里的烦恼全部抛到脑后，只剩下一个空荡荡的躯壳，走到哪儿，哪儿便是归宿。

吕宁馨驾车驶入108国道。这是一条北京通往昆明的公路，途经山西、陕西、四川、云南等省份，沿途有五台山、平遥古城、古都西安、剑门蜀道、三星堆遗址、成都武侯祠、杜甫草堂、都江堰等风景名胜。然而，那些闻名遐迩的秀丽景观、悠久绵延的人文地理却引不起她丝毫兴趣，只顾把爱车一个劲儿地往前开。实在累得不行，就停在路边休息片刻，然后继续前行。来到都江堰，吕宁馨再也走不动，倒不是没力气，而是钱没了。她已经花光了所有现金，身上原本没带多少钱，这几天加油、付过路费，把散碎银两花了个精光。唉！杨志卖刀，英雄落难；小女子没宝刀，只好卖宝马了。于是，吕宁馨把车开到车辆交易市场。刚停下，便上来几个车贩子搭讪。其中一位身材瘦小的男人抢先问道：

"小姐，这车卖多少钱？"

"滚！你妈才是小姐！卖也不卖给你！趁早给我滚远点儿！"

那人被她骂得愣眉愣眼，听她一口东北腔，一时摸不清什么来头，吓得赶紧躲到一旁看热闹。

接着上来一位中年人，十分客气地问："姑娘，这车您卖吗？"

"废话！不卖我开到这儿干吗！说吧，你出多少钱？"

那人围着车转两圈儿，胆怯地问："姑娘，手续全吗？"

吕宁馨把行车执照和附加费本扔给他，说道："手续都在这儿，瞪大眼睛看好，非偷、非抢，刚上牌不到一个月的 3 系新款宝马。"

那人看完，语气诚恳地对她说："是新车不假，可既然想卖，就得按二手车谈价。无论多好的车，出手您就得认赔。"

"少废话！说吧，给多少钱？"

那人揣测她一定是急于出手，便有意杀低价格报出个三十万。没等那人话音落地，刚被吕宁馨骂跑的那位车贩子立刻给出三十五万的报价！

吕宁馨狠狠瞪了那人一眼，怒气冲冲地骂道："姑奶奶没告诉你滚远点儿吗？不长记性！滚！"转回身对那位中年人说："三十万就三十万，不过，限你半小时内把钱交到我手上。否则，可别怪没你的份了。"周围一帮看热闹的车贩子惊得张大嘴巴，明眼人谁看不出，这车至少值六七十万。众人心想：不是自己发烧坏了耳朵，就是这位东北娘们儿有精神病。

不到一刻钟，中年人抱着一捆钱跑到吕宁馨面前，双手捧着钱，上气不接下气地说："姑娘，钱，钱我给你拿来了，您看这车？"

吕宁馨一把夺过他手里的钱，把车钥匙朝他手里一扔，说道："归你了！从现在起撞人、撞树、掉山涧随你便。"说罢，把那捆钱扔进旅行袋扬长而去。

卖掉车后，吕宁馨改步行，重新踏上没有目的地的旅途。

吕宁馨走在山间公路上，不时有过往的车辆停下来问："喂！靓女，要搭车吗？载你一程，不收费的。"

吕宁馨不领情、不道谢地回道："姑奶奶知道你孝顺，你二妈在前边等你呢，快去孝敬她吧。记着，别让你老爸看见。"无一例外的被人回骂："神经病。"她小脖儿一扬继续走路。脚下的路多长？她不知道；前边的路多远？她也不知道。她只是执拗地朝前走，去寻找那个连自己也不知道的归宿。

号称中国四大盆地之一的四川盆地面积约 16.5 万平方公里，周围山地海拔多在一千至四千米之间。盛夏时节，除却阴雨，便是烈日当头。纵然坐在竹楼里摇着芭蕉扇，人们也不会感到舒服。吕宁馨体会到的巴山夜雨可是不怎么惬意，几天下来，她浑身湿漉漉的简直要发霉。

这天中午，吕宁馨来到一座被青山环抱的小城，草草吃点东西填饱肚子便急着找处洗浴中心，打算泡上几个小时。正当她四处搜寻之际，忽听脚下响起一阵隆隆声。沉闷的轰鸣像天边的滚雷，像挂满重磅炸弹的轰炸机，像万炮齐发，像阵阵鼙鼓，没等她弄明白发生什么事，脚下的大地便开始剧烈地抖动。刹那间地动山摇，街道两旁的楼宇像被醉汉掀翻的器皿，带着烟尘、火花以及无数鲜活的生命轰然倒塌。吕宁馨被惊呆了，茫然不知所措地伫立在广场上，像巨人簸箕里的一颗米粒，任他上下左右尽情地颠簸揉搓。

当吕宁馨的意识重新开始支配大脑时，呈现在她眼前的是尚未散去的烟尘和一片残垣断壁。正前方一片废墟上，不知何时长出一片白白胖胖的"莲藕"。吕宁馨不解地擦擦眼镜，当把眼镜重新戴上后发现，天啊！什么莲藕，那是孩子们白嫩的小手、小脚。苍天呀，你太绝情，须臾之间竟然夺走那么多鲜活的生命。此刻，她顾不上大地在颤抖，顾不上倒塌的混凝土随时会吞噬她的生命，奋不顾身地冲到那片废墟上，号叫着："孩子！孩子！你们，你们还活着吗？"突然，她看见有只小手在动，立刻跑到近前，用双手扒开瓦砾，直抠得两只手鲜血淋漓。当她历经万难，终于将那孩子从废墟中挖出时，那个稚嫩的小生命早已经死去，手里还紧紧地握着一支铅笔。

吕宁馨痛苦地瘫坐在废墟上，望着偌大一座坟墓，以及那么多已经没有了生命迹象的躯体，那颗濒临死亡的心突然恢复了动力。她像一只敏捷的猎豹蹿上跳下，左冲右突，在废墟中搜寻生命的迹象，和所有前来救援的人们一起，夜以继日地挖掘、搜索，直到昏倒在震后的废墟上。

当初升的朝阳透过云雾照在她那张沾满污泥的脸庞上时，吕宁馨猛然醒来——她从死亡中醒来，从痛苦、困惑中醒来。于是，她毅然把身上那三十万元全部捐出，带着一颗重生的心投入到抗震救灾的行列中。期间，她不断问自己：为什么要急急火火地来这儿，难道是天意吗？既然是天意为什么不让自己死呢？倘若地震发生时自己正睡在宾馆里、正在饭店享用辣得周身淌汗的麻辣烫，或者正走在蜿蜒曲折的山间公路上……其实，不需要太多的如果，如果地震发生时她不是站在宽阔的广场上，相信自己她早已是那一长串死亡名单上的一分子了。

尽管吕宁馨对天意百思不得其解，然而，经历这场突如其来的劫难之后，却让她真真切切地明白了一个道理："活着真好！"

# 91

爱女失踪，吕二军一股急火攻心突然得了脑出血。好在抢救及时拣回条命，人却躺在床上成了窝吃窝拉的废物。

出院后，陶小荷只得在家照料丈夫。天天围着病人转，时间久了，难免心烦气躁。吕二军一会儿要喝水，一会儿要拉屎，一会儿又要尿尿，稍不及时，他就歪歪着嘴满嘴喷粪。虽然吐字不清，却一点儿不耽误他骂人。

这天，吕二军心情烦躁，非要喝酒。陶小荷俯在他身旁和颜悦色地劝道："亲爱的，医生特别交代你不能喝酒。为了养好身体，咱不喝好吗？"想不到吕二军把她的好心当成了驴肝肺，举起那只好使的手"啪"地给了她个大耳光，厉声吼道："少和我来这套，老子想喝谁也拦不住！"他立逼陶小荷拿酒来。陶小荷委屈地捂着半边脸，一边哭，一边把瓶酒子扔给他，气愤地说："喝！给你喝！既然你豁出去死，就不信我陶小荷豁不出去埋！"

吕二军一边哆哆嗦嗦地往嘴里灌酒，一边噘噘个猪屁股嘴骂道："早看出你没安好心！你个骚货！盼我快点儿死，你好嫁人？美的你，我就不死！就让你整天伺候！"见吕二军硬拿不是当理说，陶小荷气得坐在沙发上哇哇大哭。

就这样，两人整天你掐我一句，我噎你一句，拿吵架斗嘴当营生，越吵感情越生分。

吕二军瘫在床上，陶小荷也上不了班，在家除了伺候吕二军，就是靠上网聊天打发时光。吕二军整天躺着心情本来就烦躁，见陶小荷眉飞色舞地和别人聊得那么开心，气就不打一处来。起初，吕二军总是想方设法支使她干活。时间长了，陶小荷根本不买账，你喊、你叫，随你便，我只当没听见。实在叫急了起身应付他一下，弄得吕二军也没办法。仔细想想，陶小荷能守在自己身边茶饭屎尿地伺候已经不容易，不让她有个消遣也实在太无聊。因此，吕二军只好睁一只眼、闭一只眼随她去。

一天深夜，吕二军被一种奇怪的声音惊醒。揉揉眼睛，见陶小荷正戴着耳麦，半裸着上身与聊友视频。陶小荷一边专注地看着对方，一边抚摸着自己哎哟哎哟地叫着。气得吕二军抓起烟灰缸，真想朝她砸过去；可转念一想，算了吧，她还年轻，正是如狼似虎的年纪，自己这一废，也苦了她一辈子，只要她能在身边照料自己就随她去吧。

然而，事情远没吕二军想得那么简单。自从陶小荷迷上网络聊天，对吕二军的关心日渐淡泊，把心思全部用在上网聊天上。这样一来，瘫在床上吃喝拉撒、翻身洗涮全靠她的吕二军便成了麻烦、负担。此时，两个人的位置完全颠倒过来，吕二军想喝水得看陶小荷高兴不高兴，高兴递给他一杯，不高兴根本不理他；吕二军想撒尿得先憋着，不把吕二军憋到一定程度，陶小荷才不过来帮他呢。她整天哭丧着一张寡妇脸，摔摔打打的没好气。

常言道："不怕没好事，就怕没好人。"上网聊天难免与对方倾诉些心中的烦恼。遇上个通情达理的或许解劝一番，遇上心术不正的可就难说了。这天，陶小荷又与聊友诉说起自己的不幸，希望对方能给自己一些安慰。不料对方打出来的一串文字却让她茫然不知所措。

小荷初绽："总听我诉苦，你烦不？"

清风掠过："怎么不烦，感觉你除了诉苦也不会说别的似的。"

小荷初绽："对不起，我也不想这样，可我每天必须面对，心里烦得不行，不说得把我憋死。"

清风掠过："你这么年轻，干吗守着那个活死人？"

小荷初绽："那我怎么办？我能怎么办？"

清风掠过："我带你走！去一个谁也找不到的地方，开始我们的新生活！"

小荷初绽："你要带我私奔？"

清风掠过："别说得那么难听，可以说成'追求幸福'！"

小荷初绽："你肯为我放弃家吗？"

清风掠过："肯！你呢？你能吗？"

小荷初绽："我？我没想过。"

清风掠过："那你想想吧，是跟我去追求幸福，还是继续守着你那个活死人。"

这个话题俩人足足讨论了几个月，讨论得越深入，陶小荷越动心。每每憧憬着理想中的生活，她恨不得立刻从吕二军身边消失，投身到那个令她心驰神往的另一处世界。假话说一千遍都能变成真理，何况对方给她画的那张"饼"又香又甜。尽管如此，陶小荷还是下不了决心，毕竟和吕二军有夫妻名分，如今他瘫痪在床，自己一走了之似乎做得太绝情了。

吕二军虽然瘫痪在床，但脑袋还是清醒的。陶小荷整天惶恐不安、心烦气躁，他看得十分清楚，知道陶小荷迟早将抛弃自己。因此，情绪也随之变得越来越坏，甚至对她起了歹心。他暗想：反正我已经完蛋了，既然你对我不仁，就别怪我对你下死手，你不仗着年轻漂亮吗，我他妈的给你毁容。

于是，他借口苹果硬，咬不动，让陶小荷递给他一把水果刀。陶小荷没多想，便将刀递给他，然后跑回去继续聊天。吕二军就一只手好使，根本不能用刀削苹果，只胡乱啃了几口便扔到一旁，悄悄将那把水果刀藏了起来。

这天，吕二军一大早便开始喝酒，一个人竟然喝得酩酊大醉。尿了一床不说，还屙了一堆稀屎。陶小荷已经习惯了屋里的屎尿味，起初没怎么在意。可味道实在太大了，熏得她简直无法待下去，只好放下手里的鼠标，来到吕二军床前。陶小荷掀起被子，一股浓烈的臭气差点没把她呛个趔趄。她见吕二军躺在屎堆上，浑身沾满粪便，气得连哭带嚎地推搡他，爹娘祖宗八代的一顿臭骂；捏着鼻子抽出他身下的被褥，连屎带尿卷在一块直接扔进垃圾箱；弄盆水，也不管凉热便往吕二军身上泼。吕二军光着屁股被她浇得浑身直打哆嗦，含糊不清地骂道："×你个妈的，你个黑心肝的娘们儿，想把老子弄死呀！"

陶小荷本来就一肚子气，听他骂自己，也上来一股泼劲，扔下盆子上前抽吕二军两巴掌，骂道："我整天替你擦屎端尿还得让你骂，我怎么这么贱，非伺候你这个老王八犊子不可。"吕二军哪受得了这个，以往像只猫似的陶小荷竟然上手抽自己嘴巴！吕二军眼珠子都气红了，从枕头下摸起那把水果刀，冲着陶小荷就是一刀。陶小荷没有提防，见吕二军拿刀捅她，吓得赶紧用胳膊去挡，结果被吕二军捅了个正着。陶小荷捂着胳膊杀猪般地号叫："快来人呀！出人命了！我可活不成啦！"左右邻居赶紧跑过来，见吕二军光着腚蜷缩在满是水迹的床上，手里还握着一把水果刀，像头公牛似的干瞪眼说不出来话。陶小荷把胳膊上淌出的血往脸上、身上一通乱抹，弄得血葫芦似的坐在地板上号啕大哭。她一边嚎，一边数落："你们看呀，我整天脚不沾地、手不着闲地伺候这个老王八犊子，一不对他心思除了打就是骂，还用刀捅，我没法活啦！"

几位好心的邻居把陶小荷送去医院，又替吕二军重新铺好被褥，将地上收拾干净，才相继离去。吕二军感激涕零地再三道谢，心中不禁泛起一阵苦涩：唉！想我吕二军竟然活到今天这步田地！老天爷，难道是你在惩罚我吗？

陶小荷挨了吕二军一刀，虽然受了一点皮肉伤，却给她一个抛弃吕二军的坚强理由。尽管她不知道吕二军是存心给她毁容，但见他对自己那股凶狠劲儿，感觉到吕二军下的是死手！回想起来不由得胆战心惊。在医院包扎完后，大夫替她打了一针破伤风，并叮嘱急时换药，避免感染。

走出医院，陶小荷浑浑噩噩地走在街上，不知道该往哪里去。回家？实在不想见那个吕二军；回娘家？老爹老妈见自己这副惨样别再出点什么意外，还不如不让他们知道的好。她脑子里乱糟糟的，斩不断，理还乱，索性走进一家网吧，去找那位"清风掠过"聊天，或许他能给自己出个主意。

打开QQ，见那个熟悉的头像是灰尘色的，陶小荷不禁有些失望。等了一会儿，还不见他上来，陶小荷开始烦躁起来，忍不住用手机给他发个信息。大约一刻钟，陶小荷眼前一亮，那个熟悉的头像果然晃动起来。陶小荷立刻把刚才发生的事对那个"清风掠过"诉说一遍，急切地询问他该怎么办。话题很快又回到离家出走上，俩人快刀斩乱麻，意见很快达成一致。约好两天后会面，然后一起去海南。

陶小荷心中有了底气，匆匆回到家，翻箱倒柜，把自己的衣服、首饰、现金、存折尽数装满两只大皮箱。吕二军见她真要走，立刻换了一副嘴脸，可怜兮兮哀求道："小荷，你不能这样。看在我们夫妻一场的情分上，你不能扔下我不管。我有钱、有工厂、有房产，只要你留下，所有这一切我全给你。"陶小荷拖着皮箱正准备抬腿走人，吕二军的一番话不但没唤起她的一丝同情，反倒激怒了她。陶小荷用手指着吕二军骂道："呸！留着你的钱买棺材吧，我陶小荷不稀罕。别以为有几个臭钱就了不起。记住了，下辈子再做这样的梦。你个黑心肝的老王八犊子，守着你的钱等人给你收尸吧。"说完，她推开门，愤然离去。

老婆走了，女儿失踪，和季彩凤生的那个傻儿子早已随娘改姓多年没有了来往。自打瘫痪之后，吕二军那帮整天一起吃喝嫖赌的狐朋狗友，什么张经理、李科长没一个露面的。人情冷暖，世态炎凉，今天吕二军才真正体会到。虽然手里还有点钱，可是，有钱顶什么用啊？瘫在床上想花都花不出去！吕二军越想越窝囊，越想越犯堵，不明白自己怎么活到今天这一步。他心烦意乱地躺在床上一支接一支地吸烟，不知不觉中睡了过去。

吕二军半梦半醒时分做了一个梦：梦中自己骑根大树杈子与小伙伴玩"马战"；突然，胯下的树杈变成一匹真正的战马，自己一身戎装和战友们骑马挎枪奔驰在一望无际的草原上；毡房外，一位挤奶的姑娘正含情脉脉地朝自己招手；他有意和战友们拉开距离，伸手将那位姑娘拉上马背，不料那姑娘却变成了许惠茹；他低头亲吻许惠茹滚烫的脸庞，不禁浑身燥热，如同抱着一团火，让他无处躲、无处藏；突然，许惠茹真的变成了一团火，两道仇恨的目光如同利剑直刺他的心窝。吕二军吓得大叫一声，从梦中惊醒，睁开眼睛，立刻被一条条火舌惊得目瞪口呆。出于求生本能，他挣扎着从床上滚落到地上，拼命往门外爬去，没等他爬到门口，便被室内燃起的滚滚浓烟呛得昏了过去。

正值下午上班时间，左右邻居都不在家。过往的行人发现他家窗户冒出的滚滚浓烟，替他拨打了119火警电话。消防队员架起云梯，砸开窗户。两支高压水枪同时向室内喷出水柱扑灭明火。随后，消防队员冲进屋内，救起倒在地上的吕二军火速送往医院。

吕二军又拣回一条命。这场大火除了把他家烧了个干净之外，也让吕二军又一次绝处逢生。这几天，小城传递着两个爆炸性新闻。头一条是，陶小荷抛弃瘫痪在床的丈夫卷财私奔；第二条是，吕二军人财两空，绝望中引火自焚。两件事顿时成了人们茶余饭后的谈资。人嘴两张皮，怎么演绎的都有。甲说：陶小荷卷走了全部财产，吕二军被逼得没有活路了，点火自焚；乙说：不对，是吕二军逼陶小荷一起死，陶小荷害怕被杀才离家出走的。以讹传讹、三人成虎，一时间谁也弄不清楚这两口子之间的是是非非。


季彩霞退休后在家当起了居士。每天除了烧香拜佛，很少过问外边的事。清晨，去市场买菜，听菜贩子说起吕二军自焚的事，不由得心中一怔。暗想：这个冤家，怎么还寻死了呢？有权有势，办工厂、开商店，老婆三个四个地换，怎么突然又不想活了？于是，她赶紧来到医院。走进病房，见吕二军瘦得都脱了像。原本胖乎乎的一张大脸瘦得只剩下一窄条。青一块、紫一块，流脓冒血生了一身褥疮。见到季彩霞，吕二军咧开大嘴哭了起来，直哭得大鼻涕淌到嘴上。季彩霞见他哭得可怜，好言宽慰他几句，想去找大夫问问他的病情，吕二军以为她要走，拉住季彩霞不肯松手。刚好医生进来查房，季彩霞趁机问了下他的情况。大夫对她说："病人在火灾中并没受到太大伤害，只是一时被烟呛昏，眼下已无大碍。只是他身体不方便，拉屎撒尿不能自理，护士也照顾不周，还是办个出院手续回家吧。不过，回去后要加强护理，尤其他身上的褥疮，再不好好护理恐怕会越烂越大，最终导致败血症。"佛以善为本，心善便是佛。季彩霞早已看淡和吕二军的那些恩恩怨怨，叫辆救护车径直把他接回自己家中。

在季彩霞的精心护理下，吕二军一天天好起来。季彩霞除了让吕二军吃得香、睡得着之外，有空便替他擦洗换药，按摩理疗，特意买辆轮椅推他出去晒太阳。两个月下来，吕二军不但身上的褥疮全好了，而且还养得白白胖胖，说话也清楚许多。一年之后，终于可以自己行走了。

晨曦中,人们经常看到一个挎筐扔腿儿的"半倒体"行走在小城的街道上。这天,吕二军遇见一个老相识,大老远老哥俩儿便开始打招呼。那人问:"吕局长,最近你的气色可是越来越好,走路也快多了,用的什么绝招啊?"吕二军道:"啥绝招,还不是老婆伺候得好。"老哥们儿故意逗他:"吕局长,身体好得差不多了,啥时候再找个小五啊?"吕二军连连摇头摆手,连声说道:"不找喽!不找喽!还是原配的好!"

# 92

由美国第四大投资银行雷曼兄弟公司倒闭而引发的次贷金融危机,迅速蔓延到世界各地。蓬勃发展的中国企业,尤其是对外出口企业像感染了瘟疫,接连不断地关门歇业。大量产成品积压在仓库里,没等到年关,打工人群便纷纷提前返乡。受全球大气候影响,黑鹰集团也陷入前所未有的窘境。从国外运回的铁矿石,年初各钢铁企业还抢着要货。时隔半年,成车皮的铁矿石滞留在货场无人问津。车站索要占场费,国外还在源源不断地往回运。而国内钢材市场则一片萧条,轧制成型的钢坯每吨八百块钱都没人要。周边各中小钢铁企业纷纷倒闭,之前与黑鹰集团签订的铁矿石供货合同形同一张废纸。把范践民愁的,恨不得把那些钢厂老板挨排儿揪过来讨个公道。可事到如今,别说揪来,连兔子那么大个人都找不到。打十个电话得有十二个无人接听,清一色不是停机便是不在服务区。

企业资金周转严重不足,国内外开工的十几个项目一半以上相继停工。由于工资、奖金不能足额发放,员工情绪低落,人心浮动,工作效率低下。范践民愁得整天捧着大脑袋琢磨钱,心里这个骂:这他妈哪是展翅高飞的雄鹰,简直是他妈无底洞。他费尽心机弄回几百万,转眼工夫账面上又是零。真不知道这样的日子还得熬多久,他甚至开始怀疑这只黑鹰是否将就此坠落。

正当范践民为企业面临的严峻形势焦虑不安之际,刚刚还阳的林惠民却拿着几张黑鹰大厦的设计图纸来到他的办公室,神采飞扬地说:"你来看看这几套设计方案,全部出自世界级知名设计师之手。风格迥异,各有千秋。考考你的眼光,看看哪个方案最理想。这可是我们黑鹰集团的标志性建筑,通过它,外界一眼就能看出我们黑鹰集团的实力。"

范践民仰起那张苦瓜脸,心烦意乱地对他说:"我的林总,你能不能实际点?眼下资金这么紧张,马上就要揭不开锅了,你还有心思建什么黑鹰大厦,赶紧想办法解决一下眼前的事行不？"

林惠民不以为然地笑了笑，心思依然沉浸在未来的黑鹰大厦之中。他指着其中一幅设计图道："这几个设计方案中，我最看好马克工作室的设计方案。你看他的设计理念，古朴的哥特式建筑外形彰显着浓厚的中世纪文化底蕴。给人的感觉是大气、庄重，气度非凡。把它放在四周清一色框架结构建筑之中，更凸显咱黑鹰大厦鹤立鸡群、一览群山小的高贵气质……"

没等林惠民说完，范践民拾起几张图纸举到他面前说："我的兄弟，你能不能不做梦？就这幢大楼没个两三个亿别指望能建成。钱呢？钱从哪儿来？企业面临的情况你又不是不知道，我可是一分钱也拿不出来。"

林惠民瞪着一对狼狗眼儿望着范践民，装作十分委屈的样子说道："我在和你讨论黑鹰大厦的设计方案，又不是朝你要钱。干吗鼻子不是鼻子，脸不是脸的。"

范践民说："不是我想和你拧着来，而是咱现在根本没有能力实现你的梦想。"

林惠民从他的烟盒里抽出支烟，放在鼻子上闻了闻，振振有词地说："这不是钱的问题，是决心。只要有决心，困难是可以克服的。依黑鹰目前的情况，靠现有的投入产出根本无法走出困境。出路只有一个——让黑鹰B股顺利上市。这是企业走出困境的唯一方法。之所以选择在这个时候开工建设黑鹰大厦，目的就在于通过它充分彰显我们的实力，进而实现黑鹰B股上市计划。"

"我的林总，我们是搞企业的，应该面对现实。企业效益只能从经营中来，搞形象工程那是人家当官儿的事。"

"我的范总，你怎么就不明白呢！当官的搞形象工程可以升迁，我们搞形象工程可以来钱。说得通俗点，这叫'花钱买钱'。"

"就算你说得对，可是，我们现在实在没有那份能力，资金周转又这么困难，国内、国外近一半工程已经停下来，我担心的是咱们这只黑鹰还能不能飞得动！"

"飞不动也得飞，不但要飞，而且还要飞得高、飞得远。眼下困难的不仅仅我们一家，这是世界性经济危机。这个时候就看谁有勇气、有胆量、有魄力。毛主席刚到陕北时只剩下疲惫不堪的八千人，而张国焘却拥兵八万。最后怎么样？还不是毛主席赢了。搞企业和搞政治一样，需要勇气、胆量、魄力！"

"大道理我说不过你，咱就事论事，你说说看，这笔资金从哪儿来？"

"整个经济陷入低潮，表面上是坏事，可你认真分析一下，这里面存在着诸多对我们有利因素。比如，钢材、水泥这些建筑材料大量积压，迫使厂家的出厂价格甚至低于成本；再比如，处在经济萧条时期的建筑企业，因为没活干不得不保本，甚至亏本承揽工程。我们在这个时候下手，虽然压力大些，却可以节省相当一笔资金。如果我们不能抢前抓早，待国家为扩大内需投放的那四万个亿在市场上显现出来，必然导致新的一轮通货膨胀，现在买一吨钢的钱，到那时候恐怕连半吨都买不来。我不需要你筹集太多资金，只要两千万！两千万我就能在一年之内把这项工程拿下来！"

"两千万？这么大个工程闭着眼睛也得两个亿呀，你不是在说梦话吧？"

"按工程造价何止两个亿，可我眼下只要两千万，多一分都不用。"

范践民疑惑地望着林惠民，一时猜不透他葫芦里卖的什么药。此时，他手里的确还有两千万应急资金。管理一家这么庞大的企业，想不到念不到的事时有发生，区区两千万已经是最低资金储备。见林惠民开口就要全部掏光，急得范践民那张大长脸上浸出一层汗，两片嘴唇哆嗦半天竟然没说出话来。林惠民见他那副紧张的样子，嘲弄道："堂堂一个跨国公司老总，区区两千万竟心疼得要吐血。唉！小本商人，小本商人啊。诶？我怎么觉得你连个小本商人都不如呢？他们还知道将本求利、打耗子先下点油渍捻子呢！"

"你说我啥都行，问题是这钱不是我们自己的，是股民的，我得对全体股民负责。"

"你管是谁的钱干什么？谁支配就是谁的钱！中国还是秦始皇统一的呢，你把他抠出来，问问他敢不敢说是他的？"

"你这是胡搅蛮缠！总之，这件事不能全听你的，实在要搞必须开董事会决定。"

"好呀，那就抓紧开吧。大家集思广益，或许能更完善些。是吧？范总，哈哈……"见范践民一脸不快，林惠民故意气他道。

范践民见他一副玩世不恭的样子，换种口吻道："惠民，咱都不年轻了，做事情不能由着性子来。我们已经一把年纪，没有太多时间了，一旦跌倒，恐怕连重新爬起来的时间都没有。这么大一笔投资，你这个当家人一定要慎之又慎。"

"好好好，慎重还不行吗？不过慎重并不意味什么也不干，既然要干就没有百分之百的稳妥。开董事会我同意，如果大家否定我的意见另当别论，如果大家赞成呢？"

"我尊重董事会决议，一旦通过，我坚决执行。"

"好！一言为定？"

"一言为定！"

林惠民收起散落在范践民桌上的图纸，卷成个纸卷在范践民的大脑袋上敲了敲说："这里有些跟不上形势，传统的东西太多。不过没关系，好好跟我学习，我定当免费传授。"

林惠民在黑鹰集团董事会几个成员心目中不是凡人，是神。没有他的出现，李强、老吴、狗肺子之流做梦也当不上年薪几十万的跨国公司老总。他们太迷信这个假美国佬儿了，甚至可以用"痴迷"二字加以形容。董事会上，林惠民一番巧言令色给大家画了一张香飘四溢的大饼。人们憧憬着坐在十四层高的黑鹰大厦里，数着黑鹰B股带来的滚滚财富，禁不住心驰神往，恨不得转瞬之间林惠民的一番神话就能变成现实。不顾范践民的极力反对，一致通过林惠民关于开工建设黑鹰大厦的提议。

　　范践民见大家都赞同林惠民的意见，感觉大势已去，自己再怎么阻拦也无济于事，只好满心不情愿地跟着举起手。就这样，在企业处于极端困难的情况下，黑鹰集团董事会全体通过着手建设黑鹰大厦的决议。

　　在经济严重不景气的形势下，为拉动地方经济，黑鹰大厦的立项立即得到市委、市政府的大力支持。从立项审批到土地占用，黑鹰享受到政府所有能提供的全部优惠政策。当地政府甚至破天荒为黑鹰项目注入两千万配套资金。

　　奠基仪式上，市委、市政府的几位主要领导全部到场并即席发表讲话，盛赞黑鹰集团在全球化金融危机的不利形势下，率先杀出一条血路，自觉扩大内需，为拉动地方经济起到先锋楷模作用；号召全市各家企业向黑鹰看齐，努力扩大内需，为全面盘活地方经济做出贡献。

　　当晚，黑鹰大厦的奠基仪式作为本市头条新闻滚动播出，引起极大轰动。尤其政府那两千万配套资金，各家企业闻风而动，纷纷效仿。

　　依照惯例，还是林惠民幕后策划，范践民出头打先锋。两个人紧密配合，黑鹰大厦迅速进入实际操作阶段。

　　这天，林惠民把煞费苦心制定的招标方案拿给范践民过目，看罢，范践民惊得目瞪口呆，他满腹狐疑地问："惠民，你这葫芦里到底卖的什么药？按你的招标方案，岂不等于让承建方垫付全部建设资金吗？这可不是闹着玩的，那可是几个亿呀！哪个承建商肯在一个项目上投入这么多资金？"

　　林惠民胸有成竹地说："你就放心吧，这叫借鸡下蛋。先用他们的钱把大厦建起来，待黑鹰B股上市再把钱还给他们。眼下建筑市场冷清得很，他们手里的钱一时半会儿也派不上用场。凭借黑鹰在人们心目中的形象，我估计不但有人干，而且还得争着干、抢着干。"

　　范践民把个大脑袋瓜子摇得像只拨浪鼓，连声说道："不可能，不可能，这只是你一厢情愿。谁肯一下子把几亿资金投在一个项目上，如果换成你，你会干吗？"

"我的范总，请别犯糊涂了！你去问问，哪个承建商是靠自有资金承揽工程的？还不都是先把工程拿到手，然后再分块转包出去。甚至有些承建商本身就在玩'空手道'，他们才不会像你想象的那样。放心吧，'冤大头'比比皆是，你就等着瞧吧。"

果不其然，真的被林惠民言中。黑鹰集团的公开招标，立刻引来国内十几家建筑商前来投标。林惠民权衡利弊、精挑细选，最终决定与摩天建筑集团公司签订承建合同。工程总造价两亿四千万，合同规定，先期投资由乙方负责，甲方按工程进度，提供百分之二十的工程款。工程竣工、验收合格后，甲方一次性付清全部工程款。

黑鹰大厦自打破土动工，工程进行得异常顺利。不出林惠民所料，摩天集团果然把到手的工程分别承包给几十个分包商，各分包商又转包给若干个小承包商。经过层层转包，来自全国各地的几千民工夜以继日地抢工期，通宵达旦挑灯夜战，黑鹰大厦施工现场一片繁忙景象。基础完成之后，黑鹰大厦以惊人的速度一天天长高。照这样的施工速度，年底前竣工应该没什么问题，范践民那颗悬着的心终于放了下来。

晚上，范践民和狗肺子、老吴吃完饭去泡温泉。出来后，司机小李问："范总，去哪儿？"范践民不由得一怔，不解地问："这个时间还能去哪儿？当然是回家了！""回家？"小李疑惑地重复一句，随口说道："范总，你知道吗，自从李丽走后，你已经好长时间没回家了。"范践民低头想了想，自语道："是吗？好像真是有段时间没回家了。回家！"

家里黑漆漆的。范践民随手打开灯，眼前的情景和李丽离开时分毫不差。没吃完的早餐依旧摆在餐桌上，除了多点灰尘，一切都是那么熟悉、那么有归属感。只是没有了李丽，让人感到几分惆怅。范践民长长叹口气道："唉！没有女人的家只是一处房子！"他坐在电脑桌前打开电脑，李丽不在线。正当他感到失望之际，李丽的头像突然晃动起来。范践民连忙点开，见是李丽给自己的一大段留言。

主的女儿："老帅哥，你已经三天零十七个小时没给我留言了，一定是特忙。保重身体。想你。"

主的女儿："哥，今天去街上为灾区募集善款，我们全都穿上天主教徒的服装，走在街上特别扎眼。人们纷纷驻足观看，却很少有人把钱投进善款箱。在街上站了一天才募集到五十多块钱。感觉自己太没用，连这点儿事都做不好。只好偷偷放进两百块钱，就当替你捐的善款吧。"

主的女儿："范总，是不是把小女子给忘了？这么多天没一点儿动静。我快忍不住了，几次掏出手机想打给你，一想你那么忙，还是忍住了。盼着你上来，哪怕只留两个字：平安。"

主的女儿："亲爱的，已经四天零九个小时没你的消息，你不会生病了吧？不会！一定不会，在我心目中你是铁打的汉子。这几天，你那张丑得不能再丑的面孔总在我眼前飘来飘去，弄得人家心神不宁。你好讨厌！想你想你想你。"

……

范践民笑了笑，仔细察看李丽最后留言时间，刚好是自己进家前几分钟。他不免有些懊悔，如果能早几分钟回来或许正好遇上她；现在估计李丽已经回宿舍休息了。

范践民挥动十个大粗指头，给李丽留言。

单翅秃鹫："丫头，这几天很忙。正在建设黑鹰大厦，天天吃住在公司里，忙得喘不过气来，所以一直没能上来看你。

"募集善款是件好事，不要计较募集多少，只要用心去做就是爱的奉献。人们的观念不同，不能祈求所有人都那么乐善好施，别太往心里去。

"我身体很好，精神也不错。每天吃得香、睡得着。只是回到家见不到你心里空落落的，挺不好受。怀念有你在身边的那些日子，有你在，我心里踏实。你也好好的，也想你。"

给李丽写完留言，范践民心里猫抓似的难受，坐在电脑旁久久不想离去。仿佛还有许多话要说，却不知道从何说起。愣了一会儿，他又给李丽留了一段话。

单翅秃鹫："丫头，冥冥中遇到了你，或许是老天对我的怜悯。想我老范这辈子真心爱过两个女人，一个是我的初恋许惠茹，另一个就是你。在年龄上，我甚至可以做你的父亲，按说不应该有此非分之想。可是我管不住自己，理智总是战胜不了情感。你临行前的留言道出了我们的共同心声，经过这段时间的孤独煎熬，或者说为了能和你在一起，我情愿皈依天主。你的主有点忒不讲究，当年蒋委员长为娶宋美龄皈依他的门下，今天我老范也紧步他的后尘，聚拢到天主身边，看来你的主善施美人计。哈哈，不许生气。"

单翅秃鹫："这几天总有种不好的感觉，至于什么感觉我也说不清楚。总觉得你就在我身边，又好像离得很远。仿佛伸手可及，却又永远也抓不住。或许我们今生无缘，或许我们有缘无分。但无论如何，我绝不会轻易错过你我今生的相遇。即使做不成夫妻，即使我先一步离你而去，我也会在通向天国的路上孤独地等你！等你走来，牵着你的手共赴天堂，求上帝让我们一起投胎转世做对夫妻，一生一世，相厮相守。"

范践民越写越伤感，越写越动情，禁不住潸然落下一行热泪。

# 93

江把头是位来自河南的包工头。自从黑鹰大厦开工建设起，他便带领一支两百多人的施工队日夜苦干在工地上。他们吃住在工地，天刚放亮便开始干活。每天只在吃四顿饭的时候能歇会儿，一直干到晚上十点才钻进工棚睡上几小时。工作时间长达十五六个小时，劳动强度可想而知。三伏天，人们徒手走在林荫道上还热得不行，他们却顶着烈日，站在发烫的砖石混凝土上挥汗劳作。

来时，江把头与姓张的分包商讲好每月结算一次工钱，张老板只兑现一个月，接下来便推三托四迟迟不给。江把头想不干，却赔不起两百多民工的工钱。事情明摆着，抬腿走人，工钱就算泡汤。民工给他干活，当然朝他要钱。江把头拿不到钱自然发不出工资，找张老板讨要，那个该死的东西总说："再等两天，等两天，上边拨下工程款，我立马兑现你的人工费。"弄得江把头手插磨眼，明知疼也得挺着，东挪西借勉强维持大家能吃上饭。可是，转眼过去半年，该求的求了，能借的也都借了个遍，眼下连买米、买菜的钱都没了。百般无奈，只好去找张老板摊牌。不料，天天在工地上吆五喝六的张老板手机一关，和他玩起了人间蒸发。

江把头成了风箱里的耗子——两头受气。民工们不依不饶地找他要钱，张老板两眼一瞪一分不给，甚至连人影都让他找不到。江把头只好去找上一级分包商，可人家根本不承认与他有劳务关系。姓赵的老板凶神恶煞地对他吼道："我说你这人怎么回事？打酒朝拎瓶子的要钱这么简单的道理都不懂？我和你说，你累死、饿死与我一毛钱关系没有，你只能去找张老板。不过实话告诉你，即使你找到张老板，他也未必有钱给你，因为黑鹰不给结算，谁也拿不出钱支付你们的工资。有能耐你直接去找黑鹰，只要他们把工程款结了，你们那点工钱立马照付！"

江把头又白折腾一趟，一分钱没要回来还窝了一肚子气。民工们见他又耷拉着脑袋回来，不用问就知道还是没要到钱，一个个义愤填膺立逼他给大家个说法。几个年轻后生摩拳擦掌恨不得把他拆了。江把头只好苦着一张脸给大伙儿作揖，信誓旦旦地扔下狠话："老少爷们儿放心，如果不把大伙儿的工钱要回来，我就从黑鹰大厦上跳下来以死谢罪！"

江把头连哄带骗好话说了一车，总算暂时把民工们安抚下来。可是，第二天一早，江把头一连催促好几遍却没有一个人上工，全都趴在床上不肯起来干活。急得江把头在地上直转圈儿，把几辈子要说的拜年话全都说了出来，依旧是瞎子点灯——白费蜡。僵持到上午九点，江把头被逼得实在没办法，只好对大家说："既然你们一定要拿到工钱，我只好拿命去换了。大家起来跟我走，今天讨不到工钱，你们就等着给我收尸吧。"于是，带着两百多号民工来到工地。

设计十四层的黑鹰大厦已经建到第十层。江把头沿着走梯爬到楼顶，两手拢成个喇叭筒朝下边喊道：

"诸位兄弟们，看在我们一起受苦受累的份上，请你们停停手，听我说几句话。"

正值工作时间，大家都在紧张地忙碌着，听他这么一喊全都放下手里的活儿站在原地听他说话。塔吊停止了上下，搅拌机停止了转动，沸腾的工地瞬间沉静下来。江把头站在楼顶放开喉咙大声喊道：

"工友们，我们撇家舍业、千里迢迢来到这里吃苦受累图个什么？还不是为了挣几个钱儿养家糊口吗！可是，我们这支施工队自打来到这儿只给发了一个月工钱。现在，工钱他们不给，管事的也找不到，我们已经被逼上了绝路。我江某人无颜面对这两百多父老乡亲，他们都是我带来的，今天若再讨不到工钱，我就从这儿跳下去！请诸位弟兄帮我个人场，在我没讨到工钱之前，谁也别去干活！我给你们叩头了！"说罢，他跪在楼顶朝底下的几千号民工咣咣叩头。

大家听罢江老板的喊话，同情的占绝大多数，但看热闹的也不少。几千口子人聚集在一起，仰脖儿看着楼顶上的江把头。热火朝天的施工现场顿时变得鸦雀无声。

范践民和林惠民正在研究黑鹰B股上市方案，狗肺子气喘吁吁地闯进来说："范哥，不好了！大厦工地要出人命！"范践民一怔，忙问："怎么回事，你快说清楚！"狗肺子慌慌张张地说："具体怎么回事我也不知道，反正有个人站在楼顶要往下跳，吓得我赶紧回来报告。"范践民立刻转身要去工地，却被林惠民一把抓住，阴着脸对他说："别去！这种事儿我们不能掺和。寻死觅活是他们之间的事，与我们无关。"说完，他走到窗前，举起望远镜观察工地上的情况。见果然有位中年人站在楼顶，正情绪激昂地发表演讲，工地上的民工站在四周围观。林惠民把望远镜递给范践民，淡淡地说："看来摩天集团遇上麻烦了，不过不关我们的事，随便他们怎么处理吧！"

江把头在楼顶跳高蹦脚地折腾近一个多小时，摩天集团连兔子那么大个人也没出来。不仅让跳楼的江把头感到失望，就连看热闹的民工们也没了兴趣。三五成群地议论道："闹个啥劲儿呀，胳膊拧不过大腿，钱在人家手里，死也白死。"于是，纷纷拿起工具准备复工。楼顶上的江把头见民工们要走，管事的人却一个都不肯露面，急得威胁道："下边的人你们听好，我数十个数，如果再没人出来给我答复，我就从这儿跳下去！"看热闹的民工听他要跳都止住了脚步，重新仰起脖子朝楼上看。江把头开始数数："1、2、3……9、10。"数到十，见还是没人出来说话，他无可奈何地蹲在楼顶，双手抱头呜呜哭了起来。大家见他哭得可怜，七嘴八舌地喊道："哥们儿，下来吧，你就是哭死也拿不到钱。"江把头道："俺没脸下去，下去也没法活。我再数十个数，要是还没人给个说法，我可就真跳下去了！"说罢，他又站起来数数，"1、2、3……"又数到十，还是没有人搭理他，于是他又蹲下哭。如此反复十多次也没见他真跳，大家以为他只是吓唬人，没有胆量真往下跳，便由同情转为嘲笑。当他再次开始数数时，没等他数到十，聚拢在四周的民工便操着不同地域的口音喊道："跳呀，快跳！""你个熊包、软蛋！快下来吧，别在上边丢人现眼了！"江把头不服气地说："我不是熊包，我真敢跳！""那你倒是跳呀，光比画算什么好汉，有能耐你跳下来，跳呀！"

　　楼顶的江把头被嘲弄得简直无地自容，站在大厦顶端骑虎难下。下去吧，自己那两百多号民工不答应，不下去，又没人出面搭理自己，急得这位河南汉子血直往脑门上涌。不知是不慎踩空，还是真不想活了，江把头突然像只中箭的老鹰似的一个跟头栽了下来，瞬间跌落到地面摔成一摊肉泥。

　　范践民用望远镜观察了好一会儿。起初，他也以为那人只是胡闹，不可能真跳。当江把头果真从楼顶跳下那一刹那，他先是一惊，随即痛苦地闭上眼睛。范践民不禁问自己："这到底是为什么啊？好端端的一个人，为什么要选择死呢？酿成这样的悲剧究竟是谁的错？为什么老天总是把苦难降临到穷人身上？而自己则刚刚从苦难中爬出来，摇身一变，又成为苦难的制造者。难道人世间就该这样吗？就不能多一点平等、友善，少上一点阴险、欺诈？"其实不用发问，他心里比谁都明白，那些用生命和汗水创造财富的人，永远得不到与他们的付出相对等的回报。他们已经习惯被欺侮、被轻视而近乎麻木。他们之所以不愿意诉诸法律，是因为他们知道，执法者投向他们的目光永远不是公允的。而范践民神情冷漠地瞥了林惠民一眼，转身愤然离去。

林惠民似乎也在良心上受到谴责，范践民那双小眼睛里射出的目光，让他感受到一种无形的压力。于是，他对愣在一旁的狗肺子说道："通知财务处，给死者家属送去五万元抚慰金。不过要记到摩天集团账上，待结算工程款时如数扣回。"

　　江把头的命并没换回他应得的那份工钱，分包商张老板依然不肯露面。即使他露面，也无力支付民工们的这笔开支。其他分包商的情况也不比他好多少，大家都是"大包"，光材料款就够他们受的；虽然表面上西装革履、靓车美女显得十分阔绰，其实都是吊死鬼擦胭脂——强打精神浪；他们无一不在盼望这幢吞噬掉自己全部家当的黑鹰大厦早日竣工，也好拿回他们梦寐以求的那笔财富。

　　江把头死后，他儿子不得不放弃学业，一边在工地开吊车，一边继续讨要父亲的工程款。父亲的死，让这个花样年华的90后怀里揣的不再是对美好未来的向往，而是满腔的仇恨。他恨张老板、赵老板这些心肠歹毒的有钱人，恨那些整天对他污言秽语、动不动就拳脚相加的包工头、分包商，更恨这只夺走父亲性命的黑鹰。若能弄来一车炸药，他真想把这只可恶的黑鹰炸个粉碎，让它变成一堆残垣断壁、废砖乱瓦。因此，他不放弃任何发泄仇恨的机会：把水泥袋塞进下水管；割断预埋在墙体中的电线；一次，见赵老板的车停在附近，他竟然想用吊斗砸烂那辆车。赵老板吓得脸都青了，一溜烟儿跑得远远的，再也不敢接近这个小瘟神。

　　工程越接近尾声，劳资双方的矛盾越尖锐。民工们拿不到工钱，却又不肯离开。三五成群在工地上消极怠工，工程进展十分迟缓。眼看北方的施工季节即将结束，甲方催乙方，乙方催大包、大包催二包、二包催包工头儿；待包工头儿催到民工头上，一切又都倒回来。民工们催问什么时候发给工钱、包工头儿催问什么时候拨给材料款、分包商催问什么时候付给分项款，乙方催到黑鹰，得到的答复简单而明确——按合同执行，工程全部竣工才可划拨工程款。范践民知道，即便工程竣工他们也未必能拿到工程款。黑鹰即将面临的恐怕只有数不清的官司和没完没了的诉讼。

　　晚上，范践民神情黯然地回到家中，一个人摸黑坐在沙发上，心里翻江倒海般难受。一种从未有过的孤独、恐惧强烈地撞击他那颗伤痕累累的心灵。此时，这个貌似钢铸铁打的汉子，多么渴望有双温柔的小手抚慰一下自己。哪怕是一声责怪、一声呵斥，甚至一声怒骂也比这孤独寂寞强上一百倍。

　　包里的手机响了两声，是李丽发来的短信："老帅哥，在忙吗？我在网上等你，来不了告诉我一声。"

　　范践民一跃坐到电脑前，打开电脑，见有李丽发来的一封邮件。打开一看，原来是她的一组写真照。他好生奇怪，心想：这人变得可真快，这么个刻板女子竟然也玩起了新潮。照片拍得稍有些暴露，姿势似乎也经过刻意调整，拍出的照片和本人简直判若两人。他正看着出神，李丽的头像晃了起来。

主的女儿："亲爱的，今天怎么这么乖？上来得好快呀。"

单翅秃鹫："老婆叫，怎么敢怠慢。"

主的女儿："讨厌！谁是你老婆。丑陋的老男人！"

单翅秃鹫："不当拉倒，俺找别人去。"

主的女儿："你敢！"

单翅秃鹫："不敢！"

主的女儿："量你也不敢，你是我的！"

主的女儿："亲爱的，今天花了你好多钱，除了你看到的那组写真照外，呵呵，我还拍了一组婚纱照。不许笑我！谁笑谁是大灰狼！人家知道你忙，肯定没时间陪我拍照，所以自己先拍了些。"

主的女儿："哥，你可别后悔哟，你老婆今天可是有生以来第一次大把花钱，替你定做了一套西装，你猜花了多少钱？你肯定猜不到，花了整整六千元。起初有些心疼，后来一想，你都等了大半辈子才当回新郎，六千就六千吧！同时，我也给自己订了一套婚纱，我俩一共花了一万多，够奢侈了吧？"

主的女儿："哥，今天我和彼得牧师说起我们婚礼的事，他答应亲自为我们主持婚礼。你知道吗？他可是个大牧师，据说，他曾经给个什么王子主持过婚礼呢。他人长得特帅，学问也好，如果没有你，说不定我会爱上他。呵呵。"

主的女儿："哥，你怎么不说话？感觉你心情不怎么好？能说说吗？"

单翅秃鹫："你一直在说，我一直在看，心情挺好的，别瞎猜。"

主的女儿："不对，我能感觉到，你肯定心情不太好。和我说说吧，就当我在你身旁，虽然不能解决什么，至少你可以发泄一下。"

单翅秃鹫："其实也没什么，这段时间黑鹰的情况越来越糟，弄得我有些无所适从，真不知道以后的路该怎么走下去。"

单翅秃鹫："这么说吧，相对这只体型庞大、凌空飞舞的黑鹰，我更喜欢我的巴黎公社。因为它完全在我的掌控之中，而这只鹰我掌控不了。它能把我拖死、累死、活活折磨死！"

主的女儿："哥，我感到震惊。从你嘴里说出这样的话，说明情况一定很严重。至于严重到什么程度，恐怕你说了我也听不懂。但我相信，有你和林总，黑鹰一定能走出困境，进入一个崭新的发展阶段。"

主的女儿："哥，你要注意保重身体，无论发生什么，无论是贫穷与疾病，你的丫丫都将忠贞不渝地陪伴着你。今生今世，永不分离！"

单翅秃鹫："我身无分文怎么办？"

主的女儿："我来养你！"

单翅秃鹫："你拿什么来养我？"

主的女儿："这你就不用管了，反正我能把你养得白白胖胖的！"

单翅秃鹫："不太信。不过，我倒有个主意，保不准真能把我养得白白胖胖的。"

主的女儿："哼！肯定不是什么好主意，不过我还是想听听。"

单翅秃鹫："祖半仙儿一直说你身上有'仙儿'，要不咱跟他学学'出黑'怎么样？"

主的女儿："去你的！一猜就知道准没好话。他什么时候说我有'仙儿'的？等我回去，非好好问问他不可。这个祖半仙儿！"

单翅秃鹫："哈哈。"


和李丽说了会儿话儿，范践民一扫笼罩在心头的阴霾，咧着大嘴会心地笑了。


# 94


市场经济真可谓变幻莫测。一度萧条的建筑市场，在国家扩大内需政策的拉动下，像匹吃足了草料的骏马又开始一路狂奔起来。国家投放的四万亿项目资金，像台巨大的引擎强劲地拉动国内建筑市场。钢铁行业率先起死回生，钢材价格迅速由谷底一路升至峰顶，建筑用钢从每吨一千七八迅速涨至四千一二。与此同时，对铁矿石的需求更是与日俱增，价格也随之一路飙升。

黑鹰集团积压在站台、港口上的铁矿石仿佛一夜之间就被抢购一空。原本空空如也的账户，一串串阿拉伯数字神奇般地不断创出新高。突如其来的变化，使范践民高兴得脑瓜门儿上的皱纹都放出亮光。钱可真是好东西，有了钱，这只几乎塌拉膀子的黑鹰，又抖擞起精神、伸展开翅膀飞了起来。公司上下各部门、国内国外各施工单位相继进入最佳状态，全体员工迈着匆忙的脚步奔波在各自的工作岗位上。

范践民不得不佩服林惠民的一双慧眼。黑鹰大厦的建设时机选得简直太准了，堪称神机妙算。工程造价节省近一半，原本没一点指望的那笔巨大工程款，随着积压铁矿石的高价出售，即使黑鹰B股不上市也完全可以轻松支付。眼见大厦即将竣工，范践民高兴得走路都带着一阵风。他脸上的愁容消失得一干二净，整天乐得耳朵跟子上都带着笑。生活真的很美好，成功的喜悦真能把人变年轻。倒是那个假美国佬儿，一张白皙的脸庞依旧是那么沉静，看不出丝毫改变。他整天神出鬼没地穿梭于各个国家、地区之间，即便范践民也难得一见。

这天，林惠民终于出现在黑鹰总部。范践民放下手里的一堆事来到他办公室，倒背着手像头磨道上的老驴转起了磨磨。林惠民不解地看着这位仁兄，猜不出他想对自己说什么。见他一副怪模怪样的表情，林惠民禁不住问："怎么了？你什么时候也学会装神弄鬼了？有话你倒是说呀？"范践民把张大长脸憋得像猪肝，终于鼓足勇气对林惠民道："我，我和李丽准备结婚。""啊？"林惠民差点跳起来。要知道，这可是他盼望已久的一桩大事。他打心眼儿里希望这位多个脑袋、差个姓的兄弟能正正经经地成个家。于是，林惠民立刻嚷嚷道："行啊你，这么大的事竟然对我守口如瓶。怎么，想搞突然袭击啊？"

门外，李强、老吴、狗肺子等几位董事会成员也来看望他们的林总，忽听屋里大喊大叫以为又出了什么事，立刻推开门不请自进。几人急切地询问："怎么了？出了什么事？谁搞突然袭击？"林惠民兴奋得满面通红，迫不及待地当众宣布："范总和李丽要结婚了！""啊？真的呀！"大家不约而同地流露出惊讶的神情，围在范践民身边七嘴八舌地窝囊他。狗肺子阴阳怪气地说道："范哥，你可真是的，李丽才走几天，你就耐不住寂寞，非把人家拽回来不可。"老吴替范践民辩解道："你小子饱汉子不知饿汉子饥，敢情你天天搂着老婆睡，咱范总也享受享受肌肤之亲、天伦之乐就不行？是吧，范总？"

范践民被大家嘲弄得一脸磨不开，挥起大手对大家道："去去去，都别跟着起哄，又不是什么新鲜事，不许你们大做文章。既然董事会成员都到齐了，正好有几件事坐下来商量商量。"于是，他便把包括划拨黑鹰大厦工程款、重新启动几个施工项目，以及设备购置、资金分配等项事宜提请董事会商讨。会议一直开到中午，大家简单吃点工作餐，林惠民提议一起去视察黑鹰大厦工地。

秋高气爽，天空中漂浮着几朵白云。林惠民、范践民一行兴致勃勃地登上黑鹰大厦，站在十四层楼顶上极目远眺，整座城市尽收眼底。悠长的江水绕过城区向东流去，江轮鸣着汽笛沿江而下；新建成的公路铁路两用大桥上，满载物资的钢铁长龙在内燃机头的牵引下风驰电掣般掠过；公路上的车辆川流不息。三十年改革开放，给眼下这座城市带来的变化可谓翻天覆地。人们不得不由衷地发出一声感叹——变了，一切都变了。是翻天覆地、日新月异的变化，这是整整一代人奋斗的结果，是他们用汗水、血泪、屈辱，甚至生命换来的惊天巨变。林惠民脸上现出少有的潮红，他为黑鹰所取得的骄人业绩而自豪，为自己创下的商业帝国而骄傲。然而，他无论如何也不会想到，一双仇恨的眼睛正时刻注视着他。

江把头的小儿子坐在塔吊操作室里。当他发现林惠民等几位黑鹰集团的大老板来到大厦时，立刻瞪起一双仇恨的眼睛寻找报仇的机会。见林惠民、范践民来到楼顶，他那颗心激动得都快跳出来了。小瘟神先把大吊钩垂在楼的下方，然后悄无声息地把吊臂延伸至林惠民、范践民等人头顶，一面移动吊臂，一面往下放钢索。当他目测，放下去的钢索足以把蓄势待发的大吊钩抛到林惠民身上时，便瞪圆二目，等待实施报复的最佳时机。

在这个刚刚步入社会的大男孩眼中，所有的富人都是他的天敌。他要让自己的敌人知道："你们不是超人，你们也会像父亲那样死去。你们费尽心机、巧取豪夺来的财富丝毫不能减缓走向灭亡的脚步。你们这些坏蛋，我今天就送你们上西天！"小瘟神不错眼珠地盯着林惠民，紧握操作柄自语："往前走，你倒是往前走呀，再走两步！再走一步！哎呀，你倒是再走一步呀，只差一步！

一阵秋风夹着丝丝寒意吹得林总打了个寒战，被风掀起的大衣纽扣打在脸上火辣辣地疼。林惠民是个在任何场合都十分讲究仪容的人，不由得弯下腰整理衣服。然而，就在他直起腰来那一刹，塔吊上的小瘟神果断按下提升手柄。大吊钩立刻被拉了上来，带着一阵风，以迅雷不及掩耳之势朝着林惠民抛了过去。站在林惠民身旁的范践民先是一惊，随后大叫一声："惠民，危险！"声音未落，一个箭步蹿到近前，一把将林惠民推倒在地。与此同时，那个自重几百公斤，加上惯性加速度，足有千钧之力的大吊钩重重地撞在他身上。范践民立刻像只被"铁脚"踢飞的足球，从十四层楼顶迅速坠至第五层的脚手架上，一根"牛角权"从他腹部捅入、背部钻出，整个人被挂在半空中。

狗肺子见范践民被吊钩撞飞，大喊一声"范哥"，便跟着跑了过去，见范践民落在一根"牛角权"上，转身就往楼下跑。不一会儿，狗肺子从窗口钻出来，先要根绳子把范践民捆牢，然后接过扳手三两下拧开螺丝，把范践民连同插在身体里的钢管一起放至地面。李强、老吴接过血淋淋的范践民，拼命喊叫："范总！你醒醒，你醒醒啊！"狗肺子搂着脚手架直接从五楼滑落到地面，一脚踹醒愣在一旁的司机小李骂道："还死愣什么，赶快把车开过来！"小李已经被吓蒙了，挨了狗肺子一脚才如梦方醒，连忙把车开过来，几个人七手八脚把范践民塞进车里。

浑身血葫芦似的狗肺子钻进车里,命令小李开车去医院。第一个灯岗便遇上红灯,小李望着前方等灯的长队,只得无奈地把车停下来。狗肺子一把将其推开夺过方向盘开车就闯。小李吓得大叫:"苟总! 有警察!"狗肺子道:"别说他妈的警察,就是地雷阵老子也得闯过去。"他一脚油门接连刮蹭三辆车,硬是挤了过去。值勤交警骂了句:"我靠! 见过撞灯的,还没见过闯灯不要命的!"交警立刻拉响警笛一路追赶过来。狗肺子已经急红了眼,哪管什么警车、红灯,只顾一路狂奔。他把车开到急诊部门前,抱起范践民一边往里跑,一边大喊:"大夫! 大夫,赶快救人!"

……

范践民被推出手术室时,那根钢管已经被拿掉。应林惠民的要求,医生把范践民腹部、背部的创口全部做了缝合。两位护士擦干他脸上、身上的污血。范践民安静地躺在手术室的小车上,他死了。

# 95

李丽正沉溺于即将成为新娘的幸福时光,满脑子都是对未来生活的美好憧憬和热切期盼。每天,她除了上课,只要有一点时间便拉上同寝女友出去购物。他们打算在圣诞节举行婚礼,范践民整天都忙,她只好自己抽空购置结婚用品。

这天下午,李丽正在寝室把刚买回来的床上用品和室友们显摆,突然手机响了。见是何紫琼打来的电话,李丽赶紧接起来,刚叫了声"何姐",那边何紫琼就立刻变声变调地说:"李丽,老范出事了,你赶紧回来!"她随即挂断了电话。李丽一惊,拿着电话半天没缓过神来。她不知道范践民出了什么事,既然何紫琼专程打来电话,想必一定是大事。此时,何紫琼也是刚刚接到老吴的电话,只说范践民从楼上掉了下来,没告诉她人已经死了。何紫琼一面急慌慌地赶往医院,一面打电话通知李丽。

李丽愣了一会儿,站起身不顾一切地往外跑,正巧与彼得牧师撞了个满怀。彼得见她慌慌张张的样子,用生硬的中国话问道:"李,出了什么事? 你穿很少的衣裳,会感冒的。"经彼得提醒,李丽才发觉自己只穿件内衣就跑了出来。她顾不上对彼得解释,返身跑回寝室穿上外衣,抓起包就要往外跑。彼得一把拉住她问:"李,告诉我出了什么事,很严重吗? 是否需要帮助?"李丽一边挣扎着往外走,一边对他说:"刚才接到电话,说他出事了,我必须立刻赶到他身边。""李,先别着急,最好问清楚出了什么样子的事情,然后再做决定。或许不是什么太大的事,天快黑了,你一个人不安全。"经彼得提醒，李丽紧张的心情立刻缓解了许多。镇定一下，重新拿起电话打给何紫琼。电话只振了一声，何紫琼便接起来。这时，何紫琼已经赶到医院，亲眼看到范践民的遗体，因此没等李丽问便悲痛欲绝地说："李丽，他死了！"

李丽木雕泥塑般伫立在那儿，何紫琼的一句"他死了"，像颗重磅炸弹，将这个待嫁新娘炸得魂飞魄散，一阵天旋地转昏了过去。

祖半仙儿又接到一份大活儿。他似乎真有点特别之处，没人通知，人家照样不请自到。其实，他是四下打探而已，或许这样的事情他经历得太多了，在他脸上看不出丝毫的震惊。一到场便开始履行职责，分开众人走到范践民近前，弯下腰轻轻抚摸他半睁的双眼，嘴里念念有词地叨咕些谁也听不懂的鬼话。别说，还真挺灵验，范践民果然闭上了眼睛。随后，祖半仙儿把李强、狗肺子叫了过来，吩咐他们赶紧派人准备范践民的寿衣，以及操办丧事所必须的物品。祖半仙儿那股子大包大揽的劲儿又上来了。不过，这次范践民肯定不会起来再踢他几脚。

自从范践民被推进太平间，林惠民便一直静静守候着。他坐在范践民身旁，像只守护主人的义犬不让任何人接近。李强与狗肺子、何紫琼拿着寿衣几次要替范践民换上，都被林惠民固执地拒绝了。祖半仙儿好言相劝："林总，人死不能复生，您还是节哀顺变，让范总早日入土为安吧。"林惠民腾地站起来，挥舞着两只拳头对祖半仙儿怒吼道："胡说！什么入土为安，我要一直陪着他！滚开！通通给我滚开！"凶巴巴的一张小白脸显得十分狰狞，吓得大家谁也不敢再提此事。一连十几个小时，林惠民水米未进，不错眼儿地盯着范践民，仿佛在与他诉说这三十几年的友谊；回顾他们共同经历过的风风雨雨；展望他们即将成为现实的远大抱负；和那只饱含他们希望、正张开一双有力的翅膀搏击蓝天的黑鹰。直到祖半仙儿替范践民合上双眼，林惠民才恍然醒悟，范践民已经死了，闭上的眼睛再也不会睁开；他的那双大手再也托不起自己的梦想，那副肩膀再也挑不起肩上的那副重担，乐呵呵地带领兄弟们一路前行。他死了，因为他活得太苦、活得太累、活得太坎坷、活得让人看着都揪心。

林惠民痛苦地将双手捂在脸上，发出一声野狼般的悲号："哥！为啥不让我们一起走，即使黄泉路上也能有个照应；呜呜！哥！我心里边疼呀，疼得如同斧砍刀割；哥呀，躺在这儿的本应是我呀！平时你总是事事让着我，这次为什么非要和我争啊！哥呀！"

唉，谁见过林惠民这么哭过，这哪里是哭呀，简直是号叫，号得人们五脏六腑直哆嗦。李强、老吴、狗肺子等范践民的几个生死弟兄相拥在一起，一个个涕泪俱下，像暴风雨中失去伴侣的一群鸿雁，发出一阵阵扣人心扉的哀鸣。

接到范践民的噩耗时，许惠茹正在主持会议。何紫琼打了几个电话她都没接，直到看到何紫琼发来的信息："老范坠楼身亡，速来中心医院！"许惠茹心头猛地一震，一向以沉稳著称的她，此时却被惊得面色苍白、手足无措。她强迫自己镇定下来，对身旁的副检察长说了句"我有急事必须马上离开，会议由你主持"，便在众人惊诧的目光下疾步走出会议室，叫上司机火速赶往医院。

许惠茹一路抹着眼泪来到医院，刚好林惠民在发疯。何紫琼捧着为范践民准备的寿衣，他就是不让穿，大家谁也劝不了。

许惠茹擦去脸上的泪水轻轻推开哥哥，林惠民刚要发怒，见是妹妹惠茹，立刻张开大嘴哭道："惠茹，他死了！"许惠茹含泪看了哥哥一眼，半蹲在范践民身旁，接过祖半仙儿手里那碗酒，轻轻擦拭范践民的脸庞，与何紫琼一起替他穿上寿衣。

泪水让许惠茹的视线渐渐地模糊起来，她仿佛看见范践民冒着大雨，光着膀子跑来和自己约会，自己红着脸替他擦拭身上的雨水；她仿佛看见老范带着一路风尘走进自己那间单身宿舍，像一团燃烧的火焰让自己激情万丈。音容在耳，笑貌在目，无尽的思绪把许惠茹带入梦幻之中，她真真切切地体会过他的温情，感受过他的抚慰。然而，一切都已经不可能，老范真真切切地死了。谁也穿越不了这人鬼两重天，再续那份未了的情缘。许惠茹心中一阵莫名的悲哀，委屈得紧紧抱着何紫琼放声大哭。

范践民的遗体被移放到殡仪馆七号厅，订于上午九时举行告别仪式。猪头、乌鸦嘴等范践民的生前好友、同学，以及各厂矿企事业单位纷纷派出代表前来参加葬礼。给范践民的花圈、挽联摆了整整一条街，其中最令人瞩目的是一只完全手工制作的大花圈，挽联上赫然写道："亲爱的父亲一路走好！您的儿女：黎明、赵立峰、李长河、李明霞……"竟然有一百多个亲笔签名。这些都是范践民生前资助的贫困学生，一部分尚在校学习，但更多的已经步入社会，甚至为人父人母。当他们得知恩人不幸谢世，自发地聚集在一起，亲手为范践民制作了一个大花圈；天刚一放亮，便全体腰系白布、肩佩黑纱为恩人送行。其中，几位年长的还带着孩子一同前来。李明霞拉过小女儿跪在范践民灵前，对女儿说："宝贝，妈妈是个孤儿，是躺在这儿的外公用自己辛苦赚来的血汗钱供养妈妈完成的学业。他是个好人，我们给他磕个头吧，祝他在天堂路上一路走好。"李明霞的话音刚落，一百三十二个人齐刷刷跪在范践民灵前行磕头礼，一时间哭声震天。见此情景，全体来宾无不为之动容。人们由衷地发出一声感叹:"谁说范总无子嗣,看看人家这些儿女,有谁能比得上!"

正当大家为范践民的高尚品德唏嘘不已之际,七十八岁的李奶奶捧着一双布鞋哆哆嗦嗦来到范践民灵前,对守灵的李强、狗肺子道:"麻烦你们二位把这双鞋给他带上,受他十几年恩惠,我老婆子没法报答。今儿他要走远路,穿双布鞋更舒服。"李强把老人家扶到范践民灵前,李奶奶双目紧闭、两手合十,突然跪倒在地上发出一声撕心裂肺的呐喊:"老天爷呀,你好不公平!这么一个好人你为啥不让他活在世上,难道你嫌这世上的好人太多了吗?我的老天爷呀!你真瞎眼啊!"李强痛苦地扶起老人,狗肺子双手接过那双布鞋紧紧贴在胸前,拍打着范践民的灵柩哭诉道:"哥呀,你看到了吗,这是李奶奶亲手给你做的鞋,带上吧,做人做到这份上,死也值了!呜呜。"

时针指向九点,七号厅前仍是一片哀鸣。眼见告别仪式即将举行,祖半仙儿却凑不上前。他好不容易劝人们让开一条缝,准备把范践民的灵柩移至告别大厅,一辆中巴戛然停下挡住去路。人们惊奇地发现,李丽头戴花环,身穿洁白的婚纱,神情庄重地走下车来。彼得牧师和她的十几位教友紧随其后。

彼得手捧圣经走到范践民的灵前站定,问道:

"亲爱的朋友,你向教会求什么?"

李丽代答:"求信德。"

"信德能给你什么?"

"得永生。"

"永生就是认识天主和他派遣的耶稣基督,你愿作他的门徒,听他的圣言,遵守他的诫命,这一切都能做得到吗?"

"能做到。"

彼得又对李丽道:"你已代他接受天主,你认为他有资格领受圣洗吗?"

李丽答:"我认为他有资格!"

"对你所保证的这位教友,你已准备好以言、以行帮助他侍奉天主吗?"

"我已准备好。"

"亲爱的朋友,我以父及子及圣神之名给你付洗。"

"阿门。"

彼得牧师用圣水在范践民额头画了个十字,正式认可范践民皈依天主。随后,开始主持他们的婚礼。

没有古风琴演奏的序曲，没有激动人心的婚礼进行曲。李丽庄重地站在范践民灵前，接受教友们的赞美：

　　爱是恒久忍耐又有恩慈，

　　爱是不嫉妒。

　　爱是不自夸不张狂，

　　不做害羞的事。

　　不求自己的益处，

　　不轻易发怒。

　　不计算人家的恶，

　　不喜欢不义，只喜欢真理。

　　凡事包容，凡事相信，

　　凡事盼望，

　　凡事忍耐

　　……

　　爱是永不止息。


　　彼得问：

　　"范践民先生，你确信这桩婚姻是上帝所配，愿意承认并接纳李丽小姐为你的妻子吗？"

　　他知道不会有人作答，又继续道：

　　"我的朋友，你当以温柔耐心来照顾你的妻子，敬爱她，唯独与她居住，尽你做丈夫的本分直至终身，你在上帝和众人面前承诺，愿意这样吗？"

　　人们静静地聆听彼得牧师那令人心碎的话语，仿佛置身于梦幻之中。倘若此时范践民与李丽不是站在这里，而是站在神圣的教堂里举行这样的仪式，那将是一个多么激动人心的场面。

　　彼得继续问李丽：

　　"李丽小姐，你确信这桩婚姻是上帝所赐，并愿意承认范践民先生为你的丈夫吗？"

　　"我愿意。"

　　"上帝让你活在世上，你当顺服这个男人。敬爱他，帮助他。唯独与他居住，尽你做妻子的本分直至终身。你在上帝和众人面前承诺，愿意这样吗？"

"我愿意。"

"我以父及子及圣神之名赐予你们成为夫妻，上帝所配的人，一生一世不可以分开。你们的爱情，即将从今天开始。"


李丽的教友们齐声歌唱《圣母颂》：


啊，圣母玛丽亚，

温柔的母亲，

请你听一回少女的恳求。

在这荒凉的岩石上，

我的倾诉飞向你的身边。

……


歌声中，李丽跪在范践民灵前，在他冰冷的额头上深深一吻。

唉！可怜的女人，这样一个仪式，意味着从此她将只身一人走完这漫长的人生旅程。人们纷纷议论："何苦呀，一个如花似玉的姑娘，干吗非得和一个死人结婚？这不把自己一生给毁了吗？""唉！还不是为了继承范总那笔巨额遗产，举行完婚礼人家就是理所当然的继承人。钱才是第一位的，有了钱找啥样男人没有，天天替她啃脚丫都有的是人干。"人嘴两层皮，长在人家脸上，只能由人家说。只有何紫琼心里明白，这个天主的忠实信徒肯定会一生遵守诺言，守着对范践民的那份爱直至走进天堂。

祖半仙儿别提多窝囊，好不容易赶上份"大活儿"，却半路被人生生给劫了。他恨死了那个洋和尚，恨得他牙根直痒痒，同时在心底埋怨范践民：

"你可真是的！活着的时候什么都不信，死了反倒皈依了天主。这不是诚心和我过不去嘛！"又一想，"不对！都是那个李丽在捣鬼，不然老范都死了，还皈依什么天主。这小娘儿们为了得到老范的钱啥招儿都用上了。"

无论怎样，既然人们已经举行了天主教婚礼，接下来的葬礼无疑也是天主教仪式，看来这份"大活儿"肯定干不成了。祖半仙儿有点不甘心，见范践民的遗体被移入告别大厅，便跑到狗肺子跟前道：

"苟哥，不能任凭那个洋和尚摆弄呀，咱得对范总负责，还是举行中式传统葬礼吧。"

狗肺子说:"你没见范哥已经皈依天主了吗,还举行什么中式葬礼,一边待着去!"

祖半仙儿委屈地说:"可这活儿我已经干了一半,这半途中断算怎么回事呀?"

狗肺子道:"好歹你也是范哥生前朋友,都到了今天这份上你还惦记那几个钱,你他妈的还是人不是!"

祖半仙儿被狗肺子骂了一顿,只好无可奈何地站在一旁看起热闹。

范践民的葬礼从祷告开始。

彼得祷告道:

"我们虽为死亡的定律而悲伤,却因永生的许诺而获得安慰。生命只是改变,并非毁灭。我们结束了尘世的旅行,便进入永远的天堂。天主,您的仁慈远远超过我们的想象,唯有你明了他的心灵。求你大发慈悲,按照您的意志净化他、接纳他,让他在天国得以安息。阿门。"

范践民的遗体在教友们的歌声中被送去火化,但愿他真能在天国得到安息。


# 96

林惠民没去参加葬礼。他把自己关在屋子里一连几天没出门,在怀念范践民的同时,也在反省自己。他躺在床上,瞪着一对狼狗眼儿回顾两个人三十几年的风雨历程,突然意识到,原来自己创业的起点得从拿上范践民第一个月工资、背着何紫琼去武汉算起。由此联想起已经过世的舅舅河内一男,多年没有联系的表姐市原英子;想起柳金娜、安德烈和那个死在异国他乡的小翻译;想起那个令自己亡命天涯的黑帮老大亚历山大·加里诺夫;想起那个凡事都喜欢 AA 制的詹姆斯·琼。岁月匆匆,转眼几十年,当年的那些人、那些事,一桩桩、一件件走马灯似的呈现在眼前。林惠民突然发现,几乎每件事都有范践民的身影。自从在大学里相识,他便一直与自己息息相关地生活在一起,好端端的,怎么说死就死了呢?他不应该死啊。尽管明明知道范践民已经死了多日,他却总觉得没死,仍在自己身旁一刻都没离开过。就像弥漫在四周的空气,时刻都能感受到他的存在,只是看不见而已。唉!范践民死了,他真的已经死了,而且自己也得死。既然大家都会死,又何必绞尽脑汁去寻求那么多财富呢?到头来还不是一样撒手西去?唉,人呐,真没劲!与其最终死去,还不如干脆没来过。林惠民越想越沮丧,索性强迫自己不再去想。

范践民的影子还没散尽,何紫琼又在眼前晃动起来,一想到她,林惠民如同打翻了五味瓶，苦辣酸甜辛五味俱全。从最初稀里糊涂相爱到轰轰烈烈地结婚，其间，林惠民曾数次试图冲破她的束缚重新寻找自己的伴侣，可每次又都被她魔法般地拉了回来。打打闹闹几十年，非但没给他生下一男半女，反倒和别人弄回个半傻半痴的儿子来。时至今日，俩人说离没离，说散没散，既有夫妻名分，又各过各的日子，连他自己也弄不明白怎么就到了今天这步田地。平心而论，这笔账不该完全记在何紫琼身上。若不是自己在独联体惹事，若不是多年漂泊海外音信皆无，她也不至于颓废到借助毒品打发时光的地步，也就不会生出那个令人望而生厌的傻儿子。倘若没有这一连串的事情发生，或许俩人依旧打打闹闹地生活在一起。然而，毕竟发生了那么多不该发生的事，回到从前已是不可能。弃之可惜，存之无益。

还有吕宁馨，一晃消失了快一年，至今没个下落。凭她那股倔劲，估计凶多吉少。林惠民后悔自己聪明一世，糊涂一时，爱上谁不好，偏偏爱上自己的外甥女。报应啊，这都是老天对自己的报应。

眼下集团刚刚从危机中苏醒过来，范践民这一死，整个黑鹰集团塌了半边天。谁来接替他担起执行总裁的重任呢？没人，真的没人能挑起这副担子。怎么活得这么累呢，活得看不到希望。

这天，林惠民终于结束了蛰伏来到办公室，立即召集董事会宣布几项决定：

一、提议由李强接替范践民出任黑鹰集团执行总裁；

二、提议把范践民名下的股份转给李丽；

三、建议全面缩减开工项目，紧缩各项支出，减少管理层薪金；

四、建议取消原定黑鹰B股上市计划，立即筹措资金，争取如期足额支付黑鹰大厦工程建设款。

范践民的突然去世也让董事会的其他几位成员感到震惊。这些天，不但林惠民在反省，大家都在反省。林惠民的提议说出了大家的共同心声。关于由李强出任黑鹰集团的执行总裁一事，林惠民特意作了一番说明。他语重心长地对大家说：

"之所以让李强出任执行总裁，是因为他年轻、有能力、对公司的情况熟悉，最重要的是他为人忠厚，敢于担当，公司交到他手上我放心，大家也尽管放心。"

其实，即便他不说，大家心里也明白，相比董事会这些元老，李强的确是集团执行总裁的最佳人选。但不怕不识货，就怕货比货，若把李强与范总比较，大家未免有些失落。不仅资历浅,仅凭能力恐怕二者之间也相差甚远。没办法,蜀中无大将,廖化为先锋。眼下除了李强,也再找不出更合适的人选。

林惠民话音刚落,李强立刻起身推辞道:"林总,李强感谢您多年栽培。不过,由我出任黑鹰集团的执行总裁万万不可。且不说我才疏学浅,这么大个公司交给我简直是赶鸭子上架。我能把现在分管的工作做好,已经使出了浑身解数,执行总裁这份重担我实在担当不起。林总,恳请您收回成命,如果执意让我干,我只好追随范总从黑鹰大厦上跳下去了。"

见李强执意不肯接替范践民出任黑鹰集团执行总裁一职,竟说出宁可跳楼的狠话,足见是铁了心不愿担起这份重任。林惠民无可奈何地摇摇头,董事会陷入僵局。

下午,林惠民心烦意乱地走出黑鹰总部,突然萌发去何紫琼那儿看看的想法。他坐在车里稍犹豫一会儿,最终还是决定去她那儿。从北郊来到何紫琼的天姿美容院,想不到竟吃了个闭门羹。迎宾小姐十分客气地对他道:"先生,对不起。男士不能进入。"林惠民一怔,说:"对不起,我找你们老板,请你通报一声好吗?""好的,请您稍等。"

不一会儿,何紫琼走了出来。见是林惠民,惊讶地说:"你怎么来了?事先也不打个电话来。""心烦,想到你这里待会儿。"

何紫琼心神不宁地左右环顾了一下,似乎有些为难。林惠民见状,边后退,边说:"不方便就算了,我还有些别的事。"

何紫琼伸手将他拦住说:"别介,既然来了,还是进来坐会儿吧。"

"你这儿不是男士止步吗,我进去怕不合适吧?"

"啊,是的。这样吧,你直接去我那儿,进来吧。"

何紫琼直接把林惠民带进自己的办公室兼卧室。像在家一样,先替他换上鞋,泡杯茶递到他手上。

林惠民打量着何紫琼的小窝,觉得她还是原来的习惯,一切布置得井井有条,收拾得干净利落。其间最抢眼的要算老板台上那台显示屏,足有四十英寸,把楼内各个角落尽收眼中。林惠民好奇地看着屏幕上那些衣衫半露的女人,竟把个满世界闯荡的老爷们看直眼了。

何紫琼推了他一把,嗔怪道:

"偷看别人隐私可不是君子所为。你们这些老爷们,啥都没见过似的,有什么好看的。"

林惠民摇摇头,一边继续盯着看,一边说:"我倒不是想偷窥,只是觉得不可思议。"

"有什么不可思议的?"

"我在想，为什么来你这儿的女士们个个都长着一身赘肉，连一个苗条点的都没有呢？"

何紫琼道："净说蠢话，嫩得能掐出水的，谁来我这儿花大头钱。"

林惠民点点头，觉得何紫琼说得在理。他刚想收回目光与何紫琼说会儿话，突然，一个熟悉的身影出现在屏幕上。林惠民心头猛地一震，生怕自己看花了眼睛，赶紧上前仔细察看。当他确信自己没有看错时，惊得差点晕过去。

# 97

吕宁馨鬼使神差地赶赴那场大地震，一场惨不忍睹的大劫难挽救回她那颗求死的心。她义不容辞地投身到抗震救灾之中，在拯救别人生命的同时，也深深体会到生命的真正内涵。短短几个月，她长大了，成熟了，觉醒了，真正懂得了生命的价值所在。与此同时，她身体里也正在孕育着一个新的生命。

强烈的妊娠反应使吕宁馨再也无法坚持在抗震第一线。当她知道自己怀孕后，身体里的小生命带给她的不再是痛苦，而是希望和期盼。她就想把他带到这个世界上，做他的母亲，抚养他，照料他，疼他，爱他。为此，无论承受多大压力，她必须把孩子生下来。这就是吕宁馨，只有她才能做出这样的决定。

时间一天天过去，肚子里的孩子不允许她继续在外漂泊。吕宁馨开始有些着急，看着日渐隆起的肚皮，禁不住问自己："谁能帮我一把呢？林惠民不行，他肯定不会同意生下这个孩子；妈妈似乎也不行，本来和舅舅的这场闹剧已经让她够为难了，再生出个孩子简直要她的命。且不说未婚生子，将来孩子叫她什么呢？叫姥姥？孩子的父亲是她一奶同胞的亲哥哥，叫姑姑？又是亲生女儿身上掉下来的肉。不行！无论如何不能让她知道。"思前想后，吕宁馨决定求助于何紫琼。在吕宁馨的印象中，何紫琼是那种侠肝义胆的大女人。既不像妈妈那么爱面子，也不像别的女人那么小肚鸡肠。她性格豪爽，敢作敢为。别的且不说，单说她那个傻儿子，换成别人早就丢到爪哇国去了。她却宁可承受压力，宁可被丈夫遗弃，义无反顾地承担起一个母亲的责任。凭直觉，吕宁馨坚信何紫琼肯定能帮自己。

吕宁馨是那种想做就做的女孩，决定的事从不犹豫。想清楚之后，她当即乘车北归，带着一路风尘，挺着个大肚子来到何紫琼的美容院。一进门，把迎宾小姐吓了一跳，忙对她道："对不起，这里是美容院。您是不是走错地方了？"吕宁馨径直走进前厅，霸气十足地对那女孩道："少废话！叫你们老板娘来见我！"迎宾小姐一惊，心想：咦？这人还挺霸道。于是，不敢怠慢，忙拿起对讲机报告何紫琼。

何紫琼已经在显示屏上发现进来个孕妇，心想：谁呀，挺个大肚子还来美容，肯定病得不轻！正在纳闷儿，突然对讲机里传来："何总，有人要见你。"何紫琼拿起鼠标放大门前场景，一眼便认出是吕宁馨，不由得大吃一惊，赶紧来到吕宁馨面前惊讶地问："宁馨，怎么是你呀？你跑哪儿去了？都快把你妈妈急死了！"

吕宁馨快快不乐地说："何阿姨，我饿了，赶快给我弄点儿吃的。"

何紫琼疑惑地看着她隆起的肚子，不解地问："宁馨，你这是从哪儿来呀，你妈知道你回来了吗？"

吕宁馨不耐烦地说："何阿姨，你有完没完，我饿了。"

何紫琼连声道："阿姨知道，阿姨知道。先跟阿姨上楼，我立刻给你弄吃的。"她扶起吕宁馨来到自己房间，将其安顿在床上。然后，忙不迭地替她煮面。

吕宁馨接过那碗面，狼吞虎咽地吃得精光。见她放下碗，何紫琼把一杯茶递到她手上，问："宁馨，这段时间你跑哪儿去了，都快把大家急死了。"

吕宁馨一边吹那杯热茶，一边阴阳怪气地说："响应国家号召，去四川参加抗震救灾了。怎么样，算不算一个有觉悟的公民？"

"什么？你去了灾区？你说你这孩子，你跑那儿去干什么。再说了，你怎么也不说一声啊？"

"鬼使神差！我也不知道为啥去那儿，可能是活腻了吧。何阿姨，当我亲眼看见那么多人在地震中死去，我又不想死了。为了自己，也为肚子里这个孩子，这不回来了嘛！"

"那这孩子？"

"孩子挺好的，这段时间多亏有他陪伴，不然，指不定我还真就回不来了。"

何紫琼疑惑的目光始终没离开吕宁馨那张脸，在心里反复核计她离开的时间，最终还是忍不住问："是他的孩子？"

吕宁馨心照不宣地点点头。

得到吕宁馨的印证，何紫琼低着头沉吟许久，拉着吕宁馨的手责怪道："宁馨，你好糊涂啊！你怎么不想想，这孩子能生下来吗？亏你还受过高等教育，怎么连这点常识都不懂。孩子的父亲是你亲娘舅，是血脉近亲，万万不能生下来。再者说，即使是个健康孩子，可以后你让他如何面对世人，让你妈如何在人前抬得起头啊？这些你都想过没有？"

吕宁馨一脸无所谓的样子对何紫琼道："何阿姨，你不也念过大学、受过高等教育吗？当初生你儿子时候想过别人怎么看吗？你可以说事出有因，可后来你明明知道他是个废人，却宁可被丈夫抛弃也不肯放弃儿子，这又是为什么呢？"

　　"你？"何紫琼被点到痛处。以她的脾气，早三言两语打发吕宁馨滚蛋了，而此时她却发不起火来。何紫琼轻轻叹口气道："唉！看起来你是非把这孩子生下来不可了？"

　　"嗯！"

　　见吕宁馨已经铁了心，何紫琼觉得再劝也是徒劳。况且看她高高隆起的肚皮，估计孩子也快生了。于是，何紫琼问："他知道吗？"

　　吕宁馨用力摇摇头，对何紫琼说："我不想让他为难。其实，我知道他特别渴望有个孩子，但这个孩子他肯定不想要。"

　　"你妈妈知道吗？"

　　"也不想让她知道。"

　　"那就是说这件事只有我俩知道？"

　　吕宁馨用力点点头，两眼紧紧盯着何紫琼，渴望从她那张脸上找到自己所期待的那份承诺。

　　"你想让我帮你？"

　　"嗯！"

　　"你相信我能帮你？"

　　"嗯！"

　　"为什么？能给我个理由吗？这孩子的父亲可是我丈夫。"

　　"你帮我把孩子生下来，我把丈夫还给你。"

　　"感觉好像一笔交易？"

　　"随便你怎么认为。"

　　"如果我不同意呢？"

　　"我立刻消失。"


　　吕宁馨生了个白白胖胖的男婴。护士把新生儿抱到她面前，吕宁馨无力地看了一眼孩子，立刻昏睡过去。折腾十几个小时，她已经被这个小东西折磨得筋疲力尽。当她最痛苦的时候，不但何紫琼，甚至连医生都劝她放弃自然分娩，她就是不肯，固执地非要自己把孩子生下来不可。

何紫琼从护士手里接过婴儿，小心翼翼地把孩子放在婴儿床上，像只贪心的老猫守候着一条鲜活的小鱼儿，实足一副垂涎欲滴的贪婪相。孩子的一张小脸与林惠民简直像一个模子里铸出来的，分毫不差。那双蓝汪汪的大眼睛，忽闪忽闪的炯炯有神，一看就是个绝顶聪明的小帅哥。

出院前，吕宁馨请何紫琼帮她临时租处住所。何紫琼一脸不悦地说："租什么房子，就住我家。"

吕宁馨说："何阿姨，已经够麻烦您了，这段时间都把您累坏了，可不能再让您分心。"

"你一个大姑娘家能带孩子吗？别小瞧这么个小东西，麻烦着呢。"

"何阿姨，我能行，您就让我带吧。让我体验一回做母亲的艰辛。"

见吕宁馨执意自己带孩子，何紫琼也不好再说什么。开车把母子俩接回家，安顿下后，还是帮她雇了一位有经验的保姆。

自打吕宁馨的孩子出世，何紫琼的心像长了草似的，整天惦记那孩子。平时她很少回家，几乎每天都吃住在美容院里。自打吕宁馨来家后，何紫琼一反常态，不但天天回家住，即使白天，只要稍有空闲便开车回家看孩子。见她对孩子这么上心，吕宁馨打心眼儿里感激。小孩儿自然是谁接近和谁亲，小家伙儿见到何紫琼便张开小手让她抱。何紫琼开心之余，难免心存几分尴尬。

一天，何紫琼问吕宁馨："孩子已经出生好几个月，总得给他取个名字吧，也不能总叫小宝贝啊。"

吕宁馨道："名字他早就起好了，叫 George Toilet（乔治·厕所），您就叫他'拖累'吧。"

"这是什么破名字啊，谁给起的？"

"还能有谁，当然是他了。"

"你说什么？惠民知道有这个孩子？"

吕宁馨痛苦地摇摇头，眼泪唰地流了出来。何紫琼赶紧岔开话题，抱着孩子道：

"'拖累'就'拖累'，你嫌'拖累'我不嫌，将来大妈供你出国留学，长大成就一番惊天动地的大事业。"

"大妈？"吕宁馨惊骇地重复了一遍，不解地望着何紫琼。

何紫琼自我解嘲道："不叫大妈叫什么？人家爹俩老婆，你是他亲妈，我自然是他大妈啦。"

吕宁馨羞得满脸通红，低着头对何紫琼说："何阿姨，对不起，我不是诚心想伤害您。认识他的时候，我根本没想到他是中国人。"

何紫琼把孩子放在腿上，一边逗孩子，一边对吕宁馨说："现在还说这些干什么，即使没有你，他也会找别人。与其找个不明事理的蠢女人，还不如你呢。"

"何阿姨，瞧您！我不是说把他还给您吗？"

"傻丫头，净拿那些不着边儿的话哄你何阿姨。你当他是个物件，你不要了就还给我，那是个大活人。"

何紫琼重新抱起孩子，说道："何阿姨什么都不要喽，只要这个小'拖累'。"说着，用力亲吻孩子的小胸脯，引得小 Toilet 发出一阵银铃般的笑声。

Toilet 睡了，睡梦中小嘴还不停地蠕动。吕宁馨拽个枕头放到何紫琼背后，亲昵地说："何阿姨，累了一天了，靠会儿吧。"何紫琼顺从地靠在床头上，盯着熟睡的小 Toilet 陷入沉思。见时间还早，吕宁馨也拽只枕头与何紫琼并排靠在床上，对何紫琼道："何阿姨，和我说说你们的事好吗？"

何紫琼侧头看她一眼，茫然地问："你想听什么？"

"说说你们年轻时候的事，你、我妈，还有他。"

何紫琼苦笑了下，长长叹了口气，反问道："真想听？"

"嗯，想听。"

何紫琼起身下床，翻箱倒柜找出几本影集。

吕宁馨连忙接过来翻看，指着何紫琼当年的一张大照片惊呼道："何阿姨，您年轻时可真漂亮！肯定是校花儿！"

何紫琼端详着自己那张照片对吕宁馨道："你说得不对。其实，我们这些人中最漂亮的要数你妈，那时候她可真是个大美人。"

她取出一张许惠茹当年的照片递给吕宁馨。

吕宁馨惊奇地看着妈妈的照片，像从来也没见过的。何紫琼奇怪地问："怎么？你从来没见过你妈妈年轻时的照片？"

"从来没有，这是第一次看到。在我的记忆中她总是飘来飘去，从没像别人家妈妈那样厮守在一起过。长大后，她又和爸爸离了婚，后来又去西藏，别说相守，连见面的时候都很少。关于妈妈，我几乎一无所知。何阿姨，和我说说好吗？"

"好吧，那我就和你说说。"

吕宁馨下床泡杯茶递到何紫琼手上。双手捧着脸颊坐在何紫琼对面专心听她讲述。

何紫琼取出一张合照，对吕宁馨说："这是你妈妈，这是我，这是林惠民，这是范

359

践民。"

"啊？"吕宁馨拿起那张老照片，惊讶地说，"他年轻时好帅呀，比现在可帅多了。怪不得你看中他呢！"

何紫琼露出了几分羞涩，继续道："你说得一点不错。最初，我们四个人你妈暗恋老范，我暗恋林惠民，老范暗恋我。我把林惠民抢到手后，他却总是对我若即若离。于是，我便拿老范当替补，这样一来，我又成了你妈妈的情敌。"

"何阿姨，你够阴的了。呵呵。那后来我妈和范总怎么没成呢？"

"或许是天意，两人总是阴差阳错走不到一起，分分合合能写成一本书。直到你妈从西藏归来，他俩还是没能走到一块。"

"何阿姨，我还是不明白，当初我妈那么漂亮的一个大学生，怎么会看上范总呢？"

"这话说起来可就长了，咱有言在先，你听了可不许生气。"

"好的，我绝不生气。"

"其实，你妈妈上学之前就已经有了你。"

"啊？何阿姨，那时候她和我爸结婚了吗？你不会说我是私生女吧？"

"你看你这孩子，说好不许急的。"

"不急不急。何阿姨，你说嘛，我不急还不行嘛。"

何紫琼呷口茶继续道："你妈这一辈子，全被你爸给毁了。当年，她刚刚步入社会就落到你爸手里。那时候你爸已经结过两次婚，还有个儿子。两人的事情败露后，你妈妈怀着你苦苦等着你爸兑现诺言，可你爸为了保住他的那小官儿，竟然连一个字都没给过你妈。痛苦之余，你妈妈发奋读书，拼命复习，终于考上大学，并且遇上老范。毕业后，老范被分配到设计院，你妈妈分回县科委。正当他们准备结婚之际，你妈突然率队去韩国输出劳务。她走后不久，老范因为我和林惠民把人打成重伤蹲了大狱。他怕耽误你妈，毅然提出分手……"

何紫琼的话匣子打开就关不上，于是，就把吕二军如何不择手段娶了许惠茹，又如何始乱终弃离了婚；范践民如何去的西藏并由此产生误会；张团长又如何为娶许惠茹死于非命。她如此这般地把许惠茹的坎坷一生全盘端给了吕宁馨。

吕宁馨听得目瞪口呆。她万万没想到妈妈竟然经历过这么多磨难，而作为女儿的她却浑然不知。她悔恨自己对母亲的冷漠，在她最痛苦的时候，不但没给过她一丝的安慰，却总在她那颗流血的心上撒盐。她禁不住伏在何紫琼身上放声大哭，一脸愧疚地对何紫琼说："何阿姨，我要去找她，我要用爱去抚慰她那颗受伤的心，尽我所能让她活得幸福。"

何紫琼道："是呀，你是该对她尽一份孝心，但你无论如何也弥补不了她一生的缺憾。一切都已经成为不可能，老范死了，她的心也跟着死了。"

"何阿姨，你说什么，范总死了？"

"是的，他已经死了。"在你生 Toilet 那天，他永远地离开了我们。

"啊？怎么会这样？"

# 98

何紫琼与吕宁馨长谈到深夜。第二天，何紫琼到公司就给许惠茹打电话，她却一直没接，只回了条简短的信息："开会，一会儿打给你。"何紫琼想给她回个信息，却一时想不出恰当的词语，只好打消发信息的念头。

临近中午，何紫琼终于接到许惠茹的电话。"紫琼，我开了一上午的会，马上要去省高检，你有什么事快说。"何紫琼感觉她是一边走路，一边打的电话，语气显得十分生硬，便赌气说道："那你忙吧！等你有时间再说！"

许惠茹听出何紫琼不高兴，连忙解释道："紫琼，刚才是我心情太浮躁，有什么话你说吧，我好好听着就是。"

见许惠茹转变语气，何紫琼又兴奋起来，对许惠茹说："宁馨在我这儿，你能来一下吗？"

"啊？你说什么？宁馨去你那儿了？她怎么样，这段时间她跑哪儿去了？没出什么事吧？"

"没有，她挺好的，你来看看她吧。"

"紫琼，不行啊。不是我这个当妈的不惦记女儿，实在是脱不开身，我必须马上去省高检。这样吧，明天我回来就去你那儿，告诉宁馨等我。"她说完匆忙挂断电话。

吕宁馨一早便带孩子来美容院等妈妈。整整一个上午，吕宁馨怀着一颗忐忑的心等待着母亲的到来，她无数次地想象妈妈见到小 Toilet 时的表情。让她没想到的是，妈妈没来，林惠民反倒抢先一步跑来凑热闹。

林惠民的不请自到也给何紫琼一个措手不及，她一时弄不清林惠民的来意，暗自揣度：肯定是许惠茹给他打过电话，不然他怎么知道吕宁馨在我这儿？转念一想：事已至此，孩子已经生出来了，早晚他得知道；与其瞒着他，还不如现在就让他知道的好。于是，何紫琼便把林惠民直接带到吕宁馨面前。

林惠民走进房间，见吕宁馨正给怀里的孩子喂奶。他先是一怔，随即立刻明白发生了什么事，瞪着一对狼狗眼儿愣愣地看着吕宁馨怀里的孩子，两条腿像钉在那儿了，半天一动没动。

　　林惠民的突然出现也让吕宁馨大吃一惊。她没料到林惠民会来这里，不由得在心里埋怨起何紫琼，怪她自作主张，事先不与自己商量便告诉林惠民。她深情地看了一眼林惠民，发现他一脸憔悴，人也显得苍老许多，便抱着孩子走到他面前，自豪地对怀里的孩子说：

　　"Toilet，看看这是谁呀，咱和他比比，看谁才是帅哥儿。"

　　吕宁馨把孩子送到林惠民怀中。

　　事情来得太突然，吕宁馨的出现已经让林惠民大感意外，突然又冒出来个孩子，更让他没有丝毫心理准备。林惠民笨拙地接过小 Toilet，像捧块刚刚做成的蛋糕，生怕一不小心弄坏了。小 Toilet 刚吃完奶，兴致勃勃地嗷嗷直叫，两只胖乎乎的小手抓挠着林惠民的脸，"咿咿呀呀"竟然和他讲起了"外语"。林惠民活了大半辈子从没抱过孩子，当 Toilet 的小手触摸他脸庞的一瞬间，心中骤然掀起一阵波澜，一种从未体验过的冲动竟把个大老爷们儿激动得热泪盈眶。

　　吕宁馨取块儿纸巾替他擦去脸上的泪，心疼地说："你瘦多了，脸色也很难看。也不知道照顾自己，看着叫人怪心疼的。"

　　林惠民把孩子还给吕宁馨，倒背着手在地上转起了圈儿。

　　何紫琼嗔怪道："你别在这儿驴拉磨行不？转得人直迷糊。"

　　林惠民停下脚步，一副欲语又止的样子，弄得何紫琼、吕宁馨一头雾水。

　　何紫琼以为有自己在场两人不好说话，刚想借故走开，许惠茹突然风风火火地闯了进来。

　　自打知道女儿在何紫琼这里，许惠茹那颗悬着的心总算放了下来。从省高检回来，本想直接来何紫琼这儿看宁馨，不巧中间又不得不回中院耽搁了整整一上午。中午去食堂草草吃口饭立刻赶过来看女儿。一进门，见吕宁馨怀里抱着个孩子，没等她缓过神儿来，何紫琼便从吕宁馨怀接过小 Toilet 笑盈盈地送到她手上说："惠茹，恭喜你晋升职称！拖累，让姥姥抱抱！"

　　"啊？姥姥？"

　　许惠茹惊讶地看着何紫琼，又看了一眼吕宁馨。当她意识到这是宁馨的孩子时，苦涩的心情简直难以名状。她知道这是哥哥种下的苦果。作为母亲，她清醒地意识到：孩子的出生，意味着女儿这辈子就算毁了。她恨，却不知道该去恨谁；爱，却隔着那么多缠绕又实在爱不起来。许惠茹紧紧搂着小'拖累'，窘迫得满脸通红，恨不得找个地缝钻进去。

吕宁馨惴惴不安地望着妈妈，自从听何紫琼讲过妈妈的坎坷人生，她的心与母亲贴得更近。见妈妈尴尬地愣在那儿，这个桀骜不驯的小倔驴突然"扑通"一声跪倒在许惠茹面前，抱着妈妈失声痛哭。她一边哭，一边说道："妈妈，都是女儿不好，净给您添堵。从今以后我听您的话，好好孝顺您。咱们带着小 Toilet 一起生活，让您守着女儿、外孙，安享平安之福、弄孙之乐。"

吕宁馨这一非常之举，让所有人大吃一惊，就连小 Toilet 也被吓得哇哇大哭起来。何紫琼忙从许惠茹怀里接过孩子："拖累不哭，拖累不怕，大妈抱拖累去看小鱼。"

一声"大妈"叫得林惠民浑身直起鸡皮疙瘩，他狠狠瞪了何紫琼一眼，转身朝门外走去。何紫琼见他要走，立刻把脸沉了下来，阴阳怪气地对他嚷道："诶？林惠民，干吗急着走啊，好汉做事好汉当，一走了之还算个爷儿们吗？今天当着你妹妹，当着你大老婆、小老婆的面，总得对我们有个交代吧？"

气氛顿时显得紧张起来，许惠茹知道何紫琼的脾气，她要是发起泼来什么难听话都能说出来。她倒无所谓，只担心吕宁馨承受不了。好不容易回来，倘若一气之下带着孩子再玩一把人间蒸发，不得活活要了自己的命啊！于是，她赶紧劝慰何紫琼："紫琼，让他走吧，事已至此，你能让他说什么？孩子我帮宁馨带，你们之间的事，咱坐下来商量，都是一家人，何必吵吵闹闹的。"

何紫琼没等许惠茹说完，立刻朝她用上了劲。像斗红眼的鸡似的对着许惠茹道："好你个许惠茹，你当这么大个官儿，说话可得拍着良心！你说说这算怎么回事，舅舅和外甥女乱伦不说，生孩子还得我伺候。见过欺负人的，就没见过你们这样欺负人的。林惠民！今天你不把话给我说明白，我和你没完！"

吕宁馨惊恐地看着何紫琼，不明白一直对自己呵护有加的何阿姨，为什么转瞬之间竟变得如此不可理喻。她连忙从何紫琼手里要过孩子紧紧搂在怀里，生怕何紫琼一气之下把自己的心肝宝贝给摔死。

林惠民最了解何紫琼这脾气，她是典型的刀子嘴豆腐心。她处处为你着想时，会让你感激得无话可说；可是，一旦哪句话不对她的心思，她立刻就会和你翻脸，说出来的那些阴损刁毒的话能让你恼她一辈子，她却一转身全当什么事都没发生。见何紫琼发飙，他也担心吕宁馨承受不了，也怕这头小倔驴再带着孩子离家出走。于是，转回身重新坐下来，掏出笔和一张名片，龙飞凤舞地写下：Citibank，George Clooeyse，Password：1957030170078（美国花旗银行，乔治·克鲁尼斯，密码：

363

1957030170078）。然后，递给吕宁馨。

吕宁馨接过名片疑惑不解地看着林惠民，问道：

"What do you mean?"（你这是什么意思？）

"To study in the United States."（去美国留学）

"No, I don't want to go!"（不，我不去！）

"You must to go! You are young."（你必须去！你还年轻。）

"But what about my son?"（那孩子怎么办？）

"He Ziqiong or your mom can look after him."（交给何紫琼或者你妈妈。）

"No! I'll never leave my child!"（不！我不离开我的孩子！）

虽然许惠茹和何紫琼也学过十几年的中国式英语，但前者还马马虎虎听得似懂非懂，何紫琼却早将英语一字不留地还给老师了，根本听不懂。那俩人越说越激动，说到最后吕宁馨竟然紧紧搂着孩子，一把鼻涕、一把泪地失声痛哭起来。

正当林惠民左右为难之际，身上的手机响了起来。他烦躁地接起电话，立刻传来李强焦虑的声音："林总，你赶快回来吧！老吴上吊啦！"

# 99

老吴死在财务处的卫生间里。他是用根腰带把自己挂在下水管道上吊死的，伸出长长的舌头，死相很吓人。

范践民死后，林惠民的心也随之散了。黑鹰集团长期没人主事，林惠民又从不参与管理，别人摸不到头绪，以致各方面的关系疏于沟通，麻烦也就接踵而至。

这天，稽查局例行检查。原本过来看看当年的账目、往来科目、纳税情况，没什么大事，好好招待一番，送上几个红包就算了事。这次却没打点明白，结果越查越细，越查问题越多。连续查了一个多星期，非但没有罢手的意思，反倒不断加派人手，从最初的三个人逐渐增至十几个人；检查范围也从本年扩展到三年内、五年内乃至八年之内。稽查局担心转移资金，查封了黑鹰集团的所有账户。随后，检察机关也相继介入了调查。由此，这只黑鹰的厄运便开始了。

财务老总老吴首当其冲接受各种询问，他每天寸步不离伴随稽查人员左右，随时解答各种问题。几天下来，将这个六十多岁的老会计逼得嘴起泡、尿黄尿、睡不着觉。

集团上市以来，真假账簿、传票堆满三间仓库。当初为了上市做的假账想澄清简直比登天还难。一个月下来，初步认定黑鹰集团累计偷逃税款达一亿两千万。加上五倍罚款，想要平事儿没个五六亿恐怕想都别想。况且还有检察机关介入，摆不平就得有人被送上法庭。执行总裁死了，林惠民名义上只是黑鹰集团的出资方。老吴不但是财务老总，而且是整个集团财务运行的直接责任人。出了这么大的事，他不蹲监狱谁蹲？老伙计越想心越窄，越想越没路。"唉，已经活了六十多岁，死了也不算少亡。蹲大牢的滋味又不是没尝过，与其老死在里面，还不如自己了断算了。"

　　人往往是远离死亡时说话壮，"有什么呀，大不了一个死。"可是，真到拿根绳儿往自己脖子上套时决心也难下。老吴想一了百了，却下不了狠心，没完没了的询问又逼得他走投无路，整天精神恍惚勉强支撑着，应付一天算一天。

　　这天，稽查局会同检察院联合询问老吴。三个人一组，给他来了个车轮战。询问整整进行了三天三夜，先是政策攻心，装模作样地替他找出路，再告诫他："只有积极配合调查、交出真实账簿、大胆举报他人才是唯一出路，否则只有死路一条。"老吴一想：死就死吧，一旦交出真实账目，死的可就不是一个人。别的且不说，仅政府提供的那笔两千万配套资金，黑鹰集团实际到手不足一千万。这里面水太深，哪件事说出来不要人命？况且这些人惹得起吗，说出来不得把自己活剥了！于是，老吴拿定主意，无论怎么问，就是缄口不言。你有铁手指头，我有钢腔沟儿！你能抠，我抗抠！

　　常言道："人心似铁，王法如炉。"询问进行到第三天，在几位检察官的轮番进攻下，老吴的心理防线渐渐崩溃。花园街副73号那处只有林惠民、范践民等几个核心成员才知道的秘密仓库总在他眼前晃来晃去。老吴几次想一股脑全说出来，可话到舌尖又强迫自己咽了回去。他知道，只要自己开口，不但黑鹰集团彻底完蛋，指不定还得牵连出多少人丢官弃位、蹲大牢、挨枪子。

　　老吴的心理变化逃不过张检的眼睛。中午吃饭时，张检察长对李科长道："我看这个老家伙快挺不住了，再给他施加点压力就能全说出来。有点思想准备，这次我们逮到一条大鱼。不过，我说的大鱼可不是他本人，而是他身后的利益链。瞧好吧，肯定能引出一个惊天大案！"

　　李科长说："张检，既然这样，为什么不拘捕他回去审问呢，那样不是更有力度吗？"

　　张检点燃一支烟，深深吸了一口，仰脸吐出一缕残烟，老谋深算地说："这话只能咱俩说，千万不能让第三个人知道。"

李科长一惊，警惕地朝四下望了望，凑到张检近前低声道："您的意思是不能让许检知道？"

张检点点头，对李科长低声道："据我所知，这家公司刚死不久的执行总裁是许检的情人。"

"啊？竟有这种事，怪不得她一直单身呢，原来是为这个呀。不过，许检看上去挺正经的，该不会是您道听途说吧？"

"哼！正经个屁！检察长的位置三年前就应该是我的。当时李书记红口白牙答应得好好的，可没几天却派她来代理检察长，差点没把我气死。我左思右想，怎么也想不明白。直到后来听说她与黑鹰集团老总之间的关系，再联想到李书记和黑鹰集团之间的关系才恍然大悟，原来根源在这儿呢！"

李科长此时才明白张检之所以亲自过问此案的良苦用心。俩人私交甚好，李科长知道，倘若通过这件事扳倒许检，让张检当上一把手，对自己可是件天大的好事。于是，立刻恭维道："还是您考虑得周到，动静大了肯定会牵动某些人，到时候来自各方面的干扰影响我们办案。您说得对，案子就在这里办，动静越小越好。"

张检又对李科长道："案子快出头儿了，告诉大家严格保密，切不可泄露内情。只要这老家伙开口说话，我们就拿到了铁证，到那时谁说话都不好使了。"

"嗯，我一定告诉手下严格保密，不出任何纰漏。"

"还有，这几天要加强对老家伙的监控，不能让他出现意外。现在他这条老命对我们太重要了，一旦出现意外就前功尽弃了。"

"好的，我立即加派人手，严格监视。"

然而，智者千虑，必有一失。就当张检、李科暗自窃喜之际，变相被拘押在房间里的老吴突然看到房门下方塞进一张纸条。老吴捡起来一看，不禁大惊失色。听到张检一伙人的脚步声传来，他赶紧把纸条装进衣袋里。

张检坐定后继续对老吴动之以情，晓之以理，和颜悦色地问："老吴，考虑得怎么样了？其实我很清楚，你也是替人家打工，听人家指使，虽然有不可推卸的责任，但只要你积极配合调查，协助我们搞清问题也就没你什么事了。说说吧，别光浪费时间。"

老吴两眼直勾勾地看着张检，心里想的却是自己那个活泼可爱的小孙子。仿佛小孙子正坐在自己腿上，一边摸着爷爷的花白胡子，一边充满童趣地问："爷爷，您的胡子为什么会变白呢？""爷爷老了，胡子当然就白了。""山羊的胡子也是白的，它比你老吗？""爷爷，你为什么总去上班啊？别人家的爷爷都在家里陪孙子玩。""爷爷，再见，早点回来，接着给我讲'花和尚鲁智深''小猴摘桃'……"老吴禁不住老泪纵横，心里暗暗对小孙子说："爷爷的心肝宝贝，为了你能好好活着，爷爷死，爷爷去死！豁出这条老命也不让你受到伤害！"他站起身对张检道，"张检，我要方便一下。"

管天管地，管不着拉屎放屁，上厕所总不能不让去吧。张检示意手下带老吴去卫生间，并特意叮嘱小心看守。

老吴走进卫生间，见看守紧随其后，站在门口不错眼儿地盯着自己，苦笑道："这里没窗户，下水道又钻不进去，你在门外面不就行了吗？何必离得这么近？人老了，拉出来的臭，尿出来的骚，你就不怕弄一身味？"

看守觉得也是，一个糟老头子即使给他插双翅膀都飞不动，还怕他跑了不成。于是，他便站到门外等候。

老吴立刻插上门栓，抽出裤带把自己吊了上去。

厕所外那位看守左等没动静，右等不见出来，叫几声也没回音，暗想：坏了，弄不好要出事！于是，他踹开厕所门冲进去，见老吴已经上吊了。

张检闻听老吴上吊了，气得火冒三丈，赶紧叫人放下来抢救。可是，为时已晚，老吴已经死得利利索索。看守从他衣袋里搜出那张纸条，上边写道：闭紧你的嘴！否则要你孙子命！"

老吴白白搭上一条老命，聪明过人的林惠民见形势不妙，抢先一步指示李强转走账面上的资金、销毁存放在花园街副73号的全部文件，并吩咐李强、狗肺子等几位副总相继出国，玩起了空城计。

公司账户被查封，资金不能正常运转。一连三个月无法购进材料，员工发不出工资，整个集团陷入停顿状态。

范践民摔死了，老吴上了吊，偌大的集团公司几个月发不出工资，管理松弛，人心涣散。大骡子预感这只黑鹰要玩儿完了，便打起了孬主意。明里暗里把所有能拿走、能搬动的东西尽数往家倒腾，不但自己偷，还鼓动其他人跟着偷。

这天，大骡子转了几圈也没发现能拿走的物件，不禁有些失望。正准备离去，发现原木集材场送来一车木板，大骡子立刻来了精神。送木材的车刚离开，他便走了过去，不料与李师傅撞个正着。见李师傅贼头贼脑的样子，大骡子一眼看出他也来打这堆木材的主意，暗想：千万不能让这小子得手，这堆木材少说有两方，半价出手也能弄两千多块。

大骡子主动搭讪道："李师傅怎么这么得闲，不在车间待着来这儿转悠什么？"

李师傅被他问得一愣，心里有鬼，一时反倒不知说什么好，总不能说"我来看看怎么能把这堆木材偷走"吧？不过他似乎觉察大骡子也是来打这堆木材主意的，狡黠地反问："你来这儿干啥？"

大骡子故作一肚子委屈的样子道："这不是闲着没事，苟总让我来看这堆木头。你说我该多倒霉，大冷天儿别人都在屋里待着，偏偏让我出来看堆破木头。唉，找谁说理去，谁让咱是他哥们儿呢。"

李师傅一听，敢情人家是苟总派来的，既然这样，咱就别打这份主意了。于是，他与大骡子唠了几句闲嗑儿便悻悻离去。

晚上，大骡子和老婆倒腾一宿，差点没累吐血，才把木材全部弄到自己家。第二天，李师傅见木材全没了，知道上了大骡子的当，气得拎把扳手怒气冲冲地找到大骡子问："大骡子，苟总让你看的那堆木材呢？是不是全被弄到你家去了！今天你不给我说明白了，我他妈和你拼命！"

见两个贼打起来，大家都跑过来看热闹。大骡子贼人胆虚，觉得自己的偷窃勾当被当众揭发挺没面子的，便设法转移大家的注意力。于是，他狡辩道：

"李师傅说得不错，我是拿走了那堆木材。可是，公司已经欠咱们三个月工资，家里都揭不开锅了，孩子哭、老婆叫的不偷他们点儿咋整？再者说，自打范总死后，公司一天不如一天。范总在时从没差过咱一天工资，现在倒好，整整三个月一分不发，大家说说，这日子咋过？"

领不到工资大家原本就一肚子怨气，也都预感这只黑鹰已经离死不远了。大骡子的一番话，立刻引来众人一致共鸣。车间里一片愤然，有人抄起家伙叮叮咣咣砸玻璃。大骡子趁机爬到大铲车上继续煽动道：

"弟兄们，黑鹰马上就要完蛋了，等他们垮台咱一分钱也别想得到。别死心眼了，有啥咱就拿点儿啥吧，免得最后鸡飞蛋打，落个两手空空。"他说完便发动铲车往外开。

大家伙儿一看，得！既然有领头的，那还等啥？天塌大家死，过河有矬子。于是乎，纷纷效仿大骡子开始哄抢起来。李师傅爬上一台八吨吊车，活该他倒霉，吊车刚开出几步就没油了。情急之下，他脱下裤子朝油箱里撒泡尿，让油箱底部那点油浮上来开车就跑。短短十几分钟，停放在场区的几十台施工机械被哄抢一空。

死鬼老吴的预言果然变成了现实，大骡子真当了魏延。由他掀起的哄抢风波让黑鹰集团遭到灭顶之灾。公司上下全体员工疯狂抢夺公司财物，施工机械被抢光后，几百名员工冲进黑鹰总部见啥拿啥，什么桌椅板凳、台灯电话，短短几个小时，竟把办公大楼扫荡得一干二净。

令警察不解的是，出了这么大的事，公司竟然没有一个老总出来制止，声名在外的黑鹰集团仿佛一下子散了摊子。殊不知，此时黑鹰集团的几位副总正在澳门赌场兴致勃勃地玩着轮盘赌。

见警察赶到，参与哄抢的员工立刻做鸟兽散。几百人参与哄抢，警察只抓到两个倒霉蛋。两个傻蛋见没什么东西可拿，竟然异想天开打算把林惠民卫生间里的马桶抠走，结果被抓个正着。

林惠民把车窗落下一条缝，目睹几百名员工冲进黑鹰总部大楼。他兴奋得手舞足蹈，嘴里不住地嚷嚷："快跑！笨蛋！你弄个废纸篓子干什么，搬电脑、传真机。哎呀，两个人搬个破写字桌值几个钱儿，脑袋让驴踢了，笨死了！砸仓库、材料库、备品库、油料库，什么不比那些桌椅板凳值钱！"见果真有人砸开仓库，你争我夺地往外搬东西，林惠民脸上掠过一丝不易察觉的冷笑，关闭车窗扬长而去。

张老板开辆破奥迪前来打探工程款的事。自从林惠民主持召开董事会后，公司财务处已经着手准备先期支付一部分工程款，待大厦全面竣工后再结算尾款。张老板以为希望就在眼前，可是，等来等去却不见了动静。实在等不下去，只好又跑过来打听消息。不料，他刚把车开进大门，脑袋立刻轰的一下大了好几圈。眼前一幅破烂不堪的场景，令他心凉半截儿，暗想：完了，黑鹰集团倒闭了！

张老板走进楼内，见昔日整洁的办公大楼一片狼藉，连门窗都被人拆走了。他两腿一软瘫坐在地上，对着空无一人的大楼扯开嗓子一通干号。

其实，哪个分包商不是豁出身家性命，把全部赌注都压在了这幢黑鹰大厦上。黑鹰集团的倒闭，不仅意味着承包商血本无归，那些流血流汗的民工们恐怕也只得白干一年。

张老板干号一阵连个人影也没号出来，只好站起身，迈着沉重的脚步朝那座吞噬掉他全部家当的黑鹰大厦走去。

西北风卷起小雪抽打在张老板已经失去感觉的脸上。眼前的黑鹰大厦像头龇牙咧嘴的野兽，尖叫的穿堂风吹得张老板浑身战栗不止。他径直走进空空荡荡的大厅，忽然听到四周此起彼伏响起一阵笑声。时而像几个人窃窃私语，时而又像一群人向他大声嘲笑，最后竟然变成令他毛骨悚然的哈哈大笑。张老板的眼前又浮现出江把头跳楼时的情景，耳边又响起民工们的呐喊声："你个孬种，你倒是跳呀，没胆量快下来吧，别在上边丢人现眼啦！"

张老板终于爬上楼顶，站在黑鹰大楼顶端，俯瞰大地蝼蚁般蠕动的人们发出一阵狂笑。他笑自己聪明一世，糊涂一时，一招不慎弄得倾家荡产、债台高筑；他笑自己机关算尽，害得江把头丢掉性命，害得几百民工起早贪黑白白干了一年。

一阵寒风吹落他的帽子，可惜那顶水獭皮做成的帽子，迅速变成一个小黑点儿被风刮得无影无踪。

# 100

一架波音 747 客机缓缓降落在纽约国际机场。吕宁馨抱着小 Toilet 走下舷梯，望着眼前这个陌生世界，紧紧跟在林惠民身后，生怕迷失在这异国他乡。

住进酒店，林惠民请中介找位女佣照料 Toilet，每天带着吕宁馨四处参观游览，疯狂购物，尽情享受金钱所能带来的快乐。

闲暇之余，吕宁馨试图在林惠民那张平静的脸上寻找着什么。令她费解的是，黑鹰的倒闭非但没给林惠民带来一丝的不快，反倒让吕宁馨感觉一切尽在他的掌控之中。回到美国，林惠民仍像从前那样毫不吝啬地大把花钱，一家三口住在星级酒店，花费大得惊人。吕宁馨担心地问："我们已经没了经济来源，花钱是否应该节制一些，或者干脆租处房子住？"

林惠民不屑一顾地说："你就别操这份心了，当务之急是抓紧熟悉环境，新学期开学专心攻读学位。钱的问题你不必考虑，我积累下的财富足够你们娘俩儿用上几辈子，甚至几十辈子！"

吕宁馨相信林惠民说的是真话，她的确不必为钱的事担心，于是对林惠民说："有件事我感觉很奇怪，一直想问你。"

林惠民亲切地看她一眼，问道："什么事能让你感觉奇怪呢？"

吕宁馨见他心情好，便大着胆子问道："让我感到奇怪的是，黑鹰集团倒闭了，不但看不出你有一丝难过，反倒觉得你有种成功感，能告诉我这是为什么吗？"

见吕宁馨问起这个，林惠民饶有兴趣地反问："请问宁馨小姐，你知道商人的本性是什么吗？"

"赚钱。"吕宁馨不假思索地回答道。

"聪明！十分正确。商人就是为赚钱。"

"可是你还没回答我的问题呢。"

林惠民略为思索一下，不无炫耀地对吕宁馨道："作为一个商人，我最初给黑鹰集团注入三千万美元。直至今日，它已经带给我几十倍的回报。请问，这可不可以说是一次成功的资本运作？"

吕宁馨用力点点头，望着踌躇满志的林惠民说道："不过，我还是不太理解。在我的印象中，一个企业破产倒闭，作为企业主应该落魄的像个乞丐。现在你的企业也倒闭了，你曾经为之付出的一切努力都付诸东流。然而，你非但没有一贫如洗，财富似乎还更多了些，用你的话说是'一次成功的资本运作'。我想知道这到底是为什么呢？"

林惠民淡淡地笑笑，背着手一边踱步，一边讲出一番令吕宁馨瞠目结舌的大道理。

"你所描述的只是传统意义上的破产。事实上，不仅国外不是这样，即使在今天的中国也不是你想象的那样。企业破产倒闭已经成为一种摆脱危机的手段。当然，有时也会出现你所说的那种情况，企业破产之后，企业主一无所有，不得不重新选择谋生手段。之所以这样，是因为他们不够聪明，上帝没有赋予他们足够的智慧。试想，如果一位经营者已经得到几倍、甚至几十倍的投资回报，即便企业倒闭，对他而言难道不是一次成功的资本运作吗？他又何必为那一堆残垣断壁、破铜烂铁伤感，而不开开心心地去享受成功带来的那份喜悦呢？"

林惠民说得一点没错。他就是那位成功的资本运作者。他聪明地选择了范践民的建筑安装大队，魔术般地把它变成一家跨国公司；他聪明地选择了诚实可靠的范践民，并把他推到黑鹰集团总裁的最高位置上；他审时度势，重返独联体市场，毫不费力地赚取了几亿美金；他富有前瞻性地运作成功与外蒙 DHN 公司的合作，虽然至今尚未完成那条铁路的前期勘测，却已经把对方矿山几乎挖走了一半。然而，林惠民最最聪明之处，莫过于他自始至终置身事外，通过他人来实现自己的意志。不得不承认林惠民的确是位高人，他高就高在进退自如，进则如猛虎，退则如脱兔。置身于险境而无险，穿行于纷繁而无忧。范践民在世时他高枕无忧，范践民谢世他全身而退。倘若李强同意接替范践民出任执行总裁，他甚至还可以继续将这只黑鹰玩弄于股掌之上。

然而，人算不如天算，或许上天只让他有这么大的财命。按照当初的设想，他打算通过建设黑鹰大厦做足企业形象，以便黑鹰 B 股顺利上市，再把蛋糕做大些。范践民的突然谢世彻底打乱了他的计划。诚然，如果李强肯接替范践民继续充当他的代理人，林惠民绝对不会选择让黑鹰倒闭。遗憾的是，李强宁可跳楼也不肯趟这片浑水，使得林惠民不得不放弃黑鹰 B 股上市计划。这样一来，那幢投入几亿人民币的黑鹰大厦对他而言已经失去它应有的意义。既然已经无钱可赚，还不如及早收手，带吕宁馨母子回美国安享晚年。刚好稽查局例行检查，最初他没当回事，以为老吴应付一下便可了事。见事态越闹越大，检察机关也来插手，他便决定借坡下驴。于是，他迅速抽逃资金、销毁文件，借故停发工资、有意让几位副总出国游玩，致使发生员工哄抢，进而导致黑鹰集团彻底倒闭。

听罢林惠民一番话，吕宁馨彻底无语。她知道，这场游戏的最大赢家是林惠民。同时，也第一次看清楚林惠民内心世界的冷酷。在这场博弈中，范践民搭上一条命；张老板等几十个分包商赔光全部家当；几千位民工起早贪黑白白辛苦一年；当然，输得最惨的要数持有黑鹰股票的股民。黑鹰倒闭的消息传到新加坡，股民们争先恐后抛出手中的股票。仅一个交易日，黑鹰股便宣告停牌。股票持有者只能等待清算时分得一杯残羹。

吕宁馨愣愣地看着眼前的林惠民，忽然觉得他是那么的陌生。她禁不住想起范践民，仿佛他那高大的身影依然站在黑鹰总部，像架走时准确的时钟，一刻不停地挥舞着两只大手，敞开嗓门粗声大气地指挥集团上下几千员工，用生命和智慧创造出数以亿计的财富，最终却为林惠民搭上一条性命。吕宁馨胸中骤然涌起一阵波澜，她用鄙视的目光望着林惠民，说了句："You are so despicable—a total predator. How ignoble you are! You are a complete predantor!"（你很卑鄙！一个十足的掠夺者！）

林惠民惊异地看着吕宁馨，不知道这个一向把自己视若神明的小女子因何动怒，瞪着一对狼狗眼儿竟一时说不出话来。

# 尾 声

2010年,清明那天下了一场大雪。清晨,人们仿佛走进一个童话世界。阳光正好,白雪皑皑。落在树丫上的雪层层叠叠,像一簇簇盛开的梨花,格外撩人。

清明节是法定假日,许惠茹可以不必上班。她为自己准备了一份简单的早餐,一边吃东西,一边听早间新闻。

自从调任市人大副主任,工作相对轻松许多。假日理应待在家里放松一下,她却突然感到一阵从未有过的孤独。索性动手打扫房间,让自己忙碌起来,借此排解心中的烦闷。她无意中翻出范践民那只密码箱,内心猛地颤了一下,觉得很疼,好一会儿才缓过来。睹物思人,屈指算来,范践民已经走了一年零三十七天。今天清明,去给他扫扫墓吧。于是,她穿好衣服准备动身,突然想起那只箱子已经多年不曾打开,该不会发霉了吧?许惠茹连忙取过箱子打开,见里面仍是那几张图纸,和一块不起眼的小石头,便敞开送到阳台晾晒,随后匆匆下楼。

范践民的骨灰葬在南山公墓。清明节扫墓的人特别多,司机把车停在车场,提议陪她一起上山,却遭到许惠茹的拒绝,固执地非要独自上去不可。

墓地管理得相当不错,树木已经开始返青。园林工人正在甬道上用竹片做成一道道的拱门,到了夏季,上面爬满青藤,整个墓地更显得郁郁葱葱。

范践民的墓穴在"富鬼区",是林惠民花了十二万元人民币为他安的家。墓碑正中是林子书写的"亡夫范践民"几个魏碑大字,右侧楷书"生于公元1955年,卒于2009年",左侧写着"妻李丽立"。

许惠茹来到范践民墓前,发现已经有人来过。四周摆满鲜花、花篮,把整座墓穴装点得像个花坛。许惠茹放下手中的花篮,打算重新整理一下。无意中,一张压在墓碑上的红纸引起她的注意。那是一张喜帖,上面写着:"亲爱的爸爸,我要结婚了,愿您在天之灵保佑我们幸福。您的儿子黎明。"许惠茹看罢眼圈儿一热,泪水夺眶而出。她知道这是范践民资助的一个孤儿。十几年来,老范无论多拮据,即使深陷囹圄也想方设法照顾这个苦命的孤儿。记得自己也曾受他委托给小黎明寄过生活费。许惠茹重新把喜帖压在墓碑上，开始动手摆放那些花篮。

这时，一位年轻母亲带着小女儿也来给范践民扫墓。年轻人朝她礼貌地点点头，然后，神情肃穆地把花篮摆放在范践民的墓碑前，掏出一方手帕细心擦拭墓碑，目光中流淌着对亡者的无限追思。许惠茹极力回忆着眼前这位年轻的母亲，觉得似曾相识，却又一时想不起。凭直觉，她应该是位职业女性。小女孩儿看上去五六岁的样子，在妈妈身边蹦蹦跳跳地数着花篮，自豪地对母亲说：

"妈妈，这里数外公的花篮最多、花儿也最好看，这是为什么呢？"

"因为外公是个好人，大家都想念他，所以都来给他送花呀。"

"妈妈，我长大也做个好人，会不会也有好多人给我送花？"

"小孩子不许胡说……"

小女孩儿纯真的话语深深打动了许惠茹，她弯下腰拉起那双小手感慨万分地说：

"你妈妈说得对，他是一个好人，我们应该好好记住他。你长大也会给外公送花吗？"

"阿婆，我想来，可是我不敢，您能陪我一起来吗？"

"好，阿婆一定陪你一起来，咱给外公送最好看的花！"

"拉钩？"

"拉钩！"

年轻的母亲似乎也被感染，面带泪痕扶起许惠茹亲热地问："您是许主任吧？"

许惠茹迟疑道："你认识我？"

"我听过您讲话，但每次都离得很远，所以没敢和您打招呼。"

"噢，我想起来了，去年老范葬礼你也是带她去的，你叫？"

"李明霞。"

短短的几个小时，甬道上的雪水已经被风吹干。许惠茹正准备下山，发现李丽正朝山上走来。不知出于什么心理，她十分不愿见到这个虔诚的天主教徒。于是，转身朝另一处墓区走去。

到底是年龄不饶人，走了几里山路，许惠茹感到疲惫不堪。上车后司机问："许主任，回去吗？"许惠茹勉强点点头。这时，她看到何紫琼和儿子从车上下来，随后是李强、林子、狗肺子。她便对司机道："停一下！"刚想喊住何紫琼，却被何紫琼的一声吆喝挡了回来。原来何紫琼想让儿子拎那只花篮，那傻小子不听，只顾跟在狗肺子身后撒着欢儿往山上跑。孩子已经长得和大人一般高，仍和小时候一样，傻乎乎的没见多大长进。

许惠茹回到家时已经过了午饭时间。一个人懒得吃东西，便倒在床上睡了过去。她醒来时，天已经黑了，正犹豫是起来吃点东西，还是继续睡觉，突然发现眼前呈现出五彩斑斓的光芒，把整个房间照得如同白昼。许惠茹好生奇怪，仔细观察，发现神奇的光芒竟然是老范箱子里那颗小石子发出的，不由得大吃一惊。她胆怯地拿起那颗小石子握在手里，绚丽的光芒立刻从她手指缝宣泄出来。许惠茹恍然大悟，原来范践民千叮咛、万嘱咐自己保管的竟然是一颗宝石。

许惠茹望着手里的石子，禁不住问自己：

"这么多年它一直在身边，为什么没发现它是块宝石呢？是原本没在意，还是它给人的感觉太普通了？"想想都不是。如果原本没在意应该早早把它扔掉；如果说太普通，那是因为它原本就很普通。借此联想老范，他不就是这样一颗不起眼的石子吗？只要一米阳光，就能放出耀眼的光芒，燃烧自己，照亮别人，用毕生的付出温暖慰藉着人们，九泉之下依然受到人们的爱戴、敬仰，进而神灵般伫立在人们心中。

许惠茹心潮起伏，思绪万千，往事历历在目。萦绕心头挥不去，辗转反侧夜难眠。她索性走出家门，一个人漫步在料峭春寒中，拼命忘却那些不堪回首的往事，任其散落在风中。


落叶啊，别哭，
让风携你去远行。
去追逐那缥缈的云，
去陪伴那高天的风。
山峦向你招手，
流水向你传情。
飘落化作点点尘，
辗作泥土育苍生。
诉说那昔日的辉煌，
眷恋着往日的峥嵘。
枯黄的叶子，
片片散尽；
让过去的故事，
付诸风中！

亲爱的，别哭，

让风伴你去旅行。

去邂逅你心爱的人，

去编织你心中的梦。

亲人向你招手，

恋人向你传情。

悲欢离合人间事，

苦辣酸甜嗟叹人生。

呼唤那散落的旧梦，

寻觅那过去的曾经。

熟悉的身影，

依稀散尽；

让过去的故事，

付诸风中。

# 后　记


诗曰：陋室来去风，耳边蚊蝇声。夜卧残床望三星，柴门狗吠鸡鸣。日出挥汗劳作，日落一饮囊空。几经蹉跎人消瘦，浪迹天涯且偷生。问苍天：几度夕阳红。

俯首一腔怨，几多儿女情。自古英雄本无泪，怎奈雨苦风腥。龙卧浅滩思大海，虎落平川念山中。粪土尚有发烧日，天生我才必有用。有道是：三十年河西，三十年河东。

当年一起高唱《八十年代新一辈》的一群哥们儿，或英年早逝，或飘零异国。廖廖几位仍在官场、商场拼杀的，俱已是强弩之末，鬓发如霜，守着一堆财富与贫穷，渐渐地淡出喧嚣的名利场。或享受弄孙之乐，或忍受孤独之苦，日复一日地消磨着生命中这段最后时光。

平心而论，这一代人是幸运的。生命中最富有意义的一段恰逢改革开放。作为亲历者，从为菜里多块儿肉、粥里少几粒米斤斤计较，到大笔一挥、一诺千金，亲历一个民族从贫穷落后走向兴旺发达，目睹了共和国发生的沧桑巨变。往事依稀，历历在目。嘘唏之余，禁不住由衷的感叹，如果没有改革开放，指不定这代人依然挣扎在贫困线上，饱受精神、肉体上的双重痛苦，终老一生，无所作为。是改革开放给了这一代人展示自我的契机，让他们用聪明才智创造出一个又一个神话般的奇迹。

三十年，在人类的长河中只不过弹指一挥间。但是，就在这短暂的历史瞬间，一个古老的民族重新崛起在东方。其间，固然离不开政治家的高瞻远瞩，而真正创造奇迹的却永远是那些平凡得不能再平凡的人们，是他们用青春和汗水、用屈辱和顽强改变着这个国家。同时，也在这场伟大的变革中书写了自己的故事。

随着时光的远去，一代人连同他们的故事相继退出时代的主旋。云卷云舒，物是人非。尽管也曾风高入云，终究难免尘埃落地。感叹之余，奋然命笔将曾经的故事跃然于纸上。

拙著《风中散落的故事》历经数年，几易其稿，终于在北京中尚图文传播有限公司的鼎力协助下得以出版发行。在此，首先感谢黄向荣先生在本书创作过程中，先后两次逐章逐节审阅，感谢孟浩、隋士贵、汪洋、杨艳、潘兴东、黄向阳、马汉学、谷雪松、王丽丽等同志的大力帮助和善意的批评。